ज्ञान गरिमा के

65 वर्ष

भारतीय ज्ञानपीठ

‘उग्र’ का परिशिष्ट

पांडेय बेचन शर्मा ‘उग्र’ के संस्मरण
और
उनकी कतिपय असंकलित रचनाएँ

‘उग्र’ का परिशिष्ट

भवदेव पांडेय

भारतीय ज्ञानपीठ

लोकोदय ग्रन्थमाला : ग्रन्थांक 946

ग्रन्थमाला सम्पादक

रवीन्द्र कालिया

सह-सम्पादक

गुलाबचन्द्र जैन

ISBN 978-81-263-1508-6

प्रकाशक :
भारतीय ज्ञानपीठ
18, इन्स्टीट्यूशनल एरिया, लोदी रोड
नयी दिल्ली-110003

मुद्रक : विकास कम्प्यूटर ऐंड प्रिंटर्स, दिल्ली-110032

आवरण : राधेश्याम अग्रवाल
सज्जा : चन्द्रकांत शर्मा

पहला संस्करण : 2008
मूल्य : 250 रुपये

UGRA KA PARISHISHT
(Compilation of some rare works of
Pandey Bechan Sharma 'Ugra')
Compiled and edited by Bhawdeo Pandey

Published by
Bharatiya Jnanpith
18, Institutional Area, Lodi Road
New Delhi-110 003
e-mail : jnanpith@satyam.net.in, sales@jnanpith.net
website : www.jnanpith.net

First Edition : 2008
Price : Rs. 250

भूमिका

पांडेय बेचन शर्मा 'उग्र' कभी-कभी अपनी पुस्तक के परिचय-क्रम में शीर्षक लगाते थे, 'भूमिका' नहीं। यह उनके क्षुब्ध मानस की अभिव्यक्ति थी। पूरी जिन्दगी वे निषेधों के प्रहार से आहत होते रहे थे। यही कारण था कि उन्हें प्रायः अपने लेखन में निषेध की भावयित्री संज्ञा बनने के लिए विवश होना पड़ा था। 'उग्र का परिशिष्ट' उग्र की इसी रचनात्मक विवशता को समझने का एक 'अधूरा' संस्मरण है। 'अधूरा' इस अर्थ में कि 'उग्र' का 'पूरा' साहित्य एक ऐसी भूलभुलैया है जिसमें धनात्मक वक्रताओं के साथ ही ऋणात्मक वक्रताएँ भी हैं, मानो कोई चकाबू हो—चक्रव्यूह।

'उग्र का परिशिष्ट' के प्रथम खंड में उग्र के संस्मरण हैं। संस्मरण के केन्द्र में 'मतवाला' है परन्तु पूरकता के लिए इर्द-गिर्द को भी लिया गया है। संस्मरण का अधिकांश हिस्सा 'अपनी खबर' से बाहर की खबर है। बाहर की सारी खबरें तर्क और प्रमाण की कसौटी पर कसने-परखने के बाद ही दी गयी हैं। इसलिए इसमें पाठकीय अभिरुचि का नया आस्वाद असम्भावित नहीं है।

'उग्र' के संस्मरण-भाग में बाहरी उग्र की अपेक्षा भीतरी उग्र को समझने का अधिक प्रयास किया गया है। 'उग्र' पर लिखने वालों का ध्यान अभी तक इस पर नहीं गया था। यह सभी जानते हैं कि 'उग्र' गोपनवादी लेखक नहीं थे, लेकिन अगोपित न रहने की बारहा कोशिशों के बाद भी उनमें गोपित क्षणों की कमी नहीं है। इस संस्मरण में उनके गोपित मन के कोनों में भी झाँकने के प्रयत्न हैं। ऐसे प्रयत्न संस्मरण के कौतुकपूर्ण उपकरण कहे जा सकते हैं।

'उग्र का परिशिष्ट' के दूसरे खंड में 'उग्र' की कुछ ऐसी रचनाएँ दी जा रही हैं जो अभी तक कहीं संकलित नहीं हो सकी थीं। इनमें विभिन्न विधाओं की रचनाएँ हैं जैसे कहानी, निबन्ध, लेख-अग्रलेख और पत्रादि विधाएँ। विभिन्न विधाओं की ये सभी रचनाएँ प्रथम खंड में दिए गये संस्मरण के प्रमाण-रूप में संकलित हैं। इसलिए इन्हें संकलनधर्मी नहीं बल्कि प्रमाणधर्मी ही कहना अधिक

उपयुक्त होगा। पांडेय बेचन शर्मा 'उग्र' की अभी तक असंकलित और अज्ञात रचनाओं की इतनी अधिक संख्या शेष रह गयी है कि उनसे कई-कई ग्रंथ बन सकते हैं जो बेचन पांडे को समझने के विशेष उपादान हो सकते हैं, परन्तु उन्हें यहाँ इसलिए नहीं दिया जा रहा है कि वे संस्मरण-अंश के प्रमाण के लिए जरूरी नहीं थे। रफ्तः बेचन को रफ्तः-रफ्तः जानने में जो रस-बोध निहित है, वह एकदा में नहीं।

हालाँकि 'उग्र का परिशिष्ट' ग्रन्थ नहीं बल्कि एक संस्मरण-पुस्तक है परन्तु इसमें यहाँ-वहाँ सैद्धान्तिक विमर्श के क्रम में ग्रन्थ-शैली का सहारा लेना पड़ा है। अज्ञात नहीं है कि ग्रन्थ-शैली वैचारिक विनिमय के सांकेतिक विन्यास की सहेली होती है। ग्रन्थ-शैली संस्मरण-लेखन का अनिवार्य तत्त्व है। निराला और 'उग्र', मुंशी नवजादिकलाल और 'उग्र', प्रेमचन्द और उग्र तथा महादेव प्रसाद सेठ और 'उग्र' के बीच उपस्थित समास और विग्रह को समझने के लिए इस शैली का प्रयोग करना ही पड़ा है।

'चाकलेट-आन्दोलन' को समझने के लिए परिशिष्ट-खंड में बेचन पांडे के आत्मकथन के साथ रामनाथ लाल सुमन का लेख 'अप्राकृतिक व्यभिचार का वैज्ञानिक विवेचन' और 'नया समाज' के सम्पादक मोहनसिंह सेंगर के नाम 'विशाल भारत' के सम्पादक बनारसीदास चतुर्वेदी के आधा दर्जन पत्र भी दिए जा सकते थे क्योंकि संस्मरण-खंड में इनका कहीं-कहीं उल्लेख कर दिया गया है, परन्तु ये सभी 'चाकलेट' के दूसरे संस्करण में संकलित हो चुके हैं। इसलिए अभी तक असंकलित रचनाओं के साथ संकलित रचनाओं का दिया जाना उचित नहीं प्रतीत हुआ। अगर सम्भव हुआ तो 'उग्र का चाकलेट पुराण' शीर्षक पुस्तक में आन्दोलन की विस्तृत गाथा के साथ इन्हें भी सम्मिलित किया जाएगा। 'उग्र' द्वारा छेड़ा गया चाकलेट-आन्दोलन बेहद शालीन और संस्कृतिधर्मी था। परन्तु तद्युगीन साहित्य महारथियों ने इस 'संस्कृत पटकथा' को 'पंक-पटकथा' बना दिया था। इस कीचड़ को धोने और दाग छुटाने के लिए आज 'ग्लोबल विलेज' के किसी 'धोबीघाट' की जरूरत है जहाँ खड़े होकर कबीर की एक साखी—'गुरु धोबी सिख कापड़ा साबुन सिरजनहार, सुरति सिला पर धोइए निकसै रंग अपार'—का वाचन किया जा सके। अगर 'उग्र का चाकलेट-पुराण' प्रकाशित हो सका तो यह 21वीं सदी के राइटर्स विलेज पहुँचने का एक नया रास्ता निर्मित करेगा।

करतूती कहि देति आप नहिं कहिए साईं

अनुक्रम

खंड एक : उग्र के संस्मरण

खंड दो : उग्र की असंकलित रचनाएँ

खंड एक

'उग्र' के संस्मरण

'मतवाला' और 'उग्र' का अन्तःसंघर्ष

'उग्र का परिशिष्ट' शीर्षक यह पुस्तक इस अर्थ में विशिष्ट कही जा सकती है कि इसमें केवल 'उग्र' के अल्पज्ञात संस्मरण ही नहीं दिये गये हैं बल्कि 'मतवाला-मंडल' के अन्तःसंघर्षों के साथ ही इसके परिशिष्ट में पांडेय बेचन शर्मा 'उग्र' की अभी तक असंकलित कुछ रचनाओं का संग्रहण भी किया गया है। ये सभी रचनाएँ भिन्न-भिन्न विधाओं की हैं और अपने रचना-समय की पहचान करने की विश्वस्त सनद भी हैं। ये सभी 'उग्र' की अज्ञात और असंकलित रचनाओं का प्रातिभ दृष्टि-पथ हैं। इन्हें 'उग्र' के रचना-वैविध्य को समझने के लिए निशानेक़दम भी कहा जा सकता है।

अगर कोई साहित्यकार भूमंडलीकरण और उत्तर-संरचना की आलोचनात्मक प्रवृत्तियों को ध्यान में रखते हुए संकलन अथवा सम्पादन करने का दायित्व निभाये तो उसे पाठकों के प्रति जवाबदेही के लिए भी तैयार रहना चाहिए। आज 21वीं सदी में बेहैसियत, बेज़बान और बेउसूल 'संकलन' प्रकाशित करना साहित्यिक बाज़ीगरी के अलावा और कुछ नहीं कहा जा सकता। इसके विपरीत उग्र की अप्रकाशित-अल्पज्ञात रचनाओं का यह संकलन हमारे आज के समय में भी दमदार हस्तक्षेप दर्ज कराने में समर्थ है। इसलिए इस संकलन का साहित्यिक सांस्कृतिक मूल्य उत्तर आधुनिक समाज में भी कम नहीं है। प्रायः सर्वज्ञात है कि पांडेय बेचन शर्मा 'उग्र' का अधिकांश लेखन उल्टी गंगा बहाने में बेमिसाल था। वे सामुद्रिक दृष्टि के लेखक थे। समाज के सिर से पैर तक की रेखाएँ देखकर भविष्य-भाषण में पारंगत। कच्ची उम्र से लेकर पकी उम्र तक उन्होंने लगातार अनुभव किया कि ऐबपोशीदों को सरेआम नंगा करने के लिए कुछ सीमा तक विरुद्ध-क्रम लेखक होना भी जरूरी था। यह उनके युग का उदात्त सम्बोधन था। निषेध से चलकर स्वीकार तक पहुँचने तक के सिद्धान्त केवल गणित और दर्शनशास्त्र

में ही नहीं थे बल्कि साहित्य में भी मौजूद थे। तुलसीदास ने भी लिखा था, 'उलटा नाम जपत जग जाना, बालमीकि भये ब्रह्म समाना' के तहत उग्र का पहला कहानी-संग्रह प्रकाशित हुआ, 'चाकलेट'। अप्राकृतिक दुराचरण की कलई खोलने वाली आठ कहानियों का हंगामेदार संकलन। यह संकलन तथाकथित आदर्शवादी आलोचकों के लिए घासलेटी समीक्षा का उद्‌गम बना। 'चाकलेट' की कहानियाँ क़िस्तवार 'मतवाला' में प्रकाशित होने लगीं। हिन्दी साहित्य में भूचाल आ गया। सम्पादक महादेव प्रसाद सेठ, मुंशी नवजादिक लाल, रामजी लाल सुमन और स्वयं पांडेय बेचन शर्मा 'उग्र' के लिए यह प्रकाशन 'केप ऑफ़ होप' साबित हुआ। विरोधियों द्वारा आक्षेप पर आक्षेप किये गये, परन्तु उग्र का स्टम्प ज्यों-का-त्यों खड़ा रहा। 'मतवाला' में 'चाकलेट' छपी 31 मई 1924 और 'पालट' 19 जुलाई 1924 को। साहित्यिक प्रिंट मीडिया में तूफ़ान आ गया, परन्तु 'मतवाला' अवसन्न नहीं हुआ। तूफ़ान की लगाम थामने के लिए उसे अपने हाथ और अधिक कड़े करने पड़े। उग्र को लेकर मतवाला मंडल में पाँच सदस्य हो गये थे, यानी 'दशभुज' मतवाला। परन्तु चाकलेट-चर्चा ने साहित्य-जगत में जो आग लगायी थी, उसे बुझाने के लिए निराला का न दायाँ हाथ उठा न ही बायाँ। बचीं आठ भुजाएँ। इनमें 'मतवाला' के प्रधान सम्पादक बाबू महादेव प्रसाद सेठ चाकलेटी आग से हाथ सेंकते हुए स्वायत्त बने रहे। प्रधान सम्पादक के रूप में उन्होंने 'स्वायत्तं तु पौरुषम्' के ही सिद्धान्त का पालन किया। इसी प्रकार इस चाकलेटी संग्राम में शिवपूजन सहाय ने 'नरो न कुंजरो वा' धर्म का पालन किया। शेष बचे चार हाथ। दो 'उग्र' के, दो मुंशी नवजादिक लाल के। इनमें 'उग्र' अपने दोनों हाथों से चाकलेट-हुतासन में समिधा डालने में लगे रहे। रह गये महज दो हाथ नवजादिक लाल के। वे दाएँ-बाएँ दोनों से लिखने लगे।

इस संकलन के पाठकों को लगेगा कि 20वीं शताब्दी के पूर्वार्ध में लेखनी-संग्राम का सबसे रोचक-अरोचक परिदृश्य था, पांडेय बेचन शर्मा 'उग्र' का 'चाकलेट परिवाद'। मतवाला-मंडल में अकेले नवजादिक लाल को सभी वाक्-प्रहार झेलने पड़े। उनके पास 'मतवाले की बहक' स्तम्भ का प्रक्षेपास्त्र था। उन्होंने इसी को अभिमन्त्रित किया। इसी का तेवर बदला। अपने व्यंग्य-धन में इजाफा किया। अगर जरूरत पड़ी तो उस पर बारूद भी चढ़ायी। बनारसीदास चतुर्वेदी के 'विशाल भारत' को धकिया दिया और 'शिक्षा' का मुँहतोड़ प्रतिवाद किया। लिखा, 'शिक्षा के तीर्थराजजी को चाहिए, कि कविवर 'उग्र' जी के साथ ही हिन्दी के विख्यात लेखक श्रीयुत चन्द्रशेखर पाठक को भी देश से निकलवा दें, क्योंकि पाठकजी ने अपने 'वारांगना रहस्य' में वेश्याओं के छल-छद्‌मों का विस्तृत वर्णन किया है। कहीं ऐसा न हो, कि उसे पढ़कर सखी 'शिक्षा' की तबीयत बिगड़ जाय और वह भी उन्हीं छल-छद्‌मों

की मस्क करने लगे।' (मतवाले की बहक : 23 अगस्त, 1924, पृ. 5)। मुंशी ने 'मतवाला' के इसी अंक में 'बहक' का एक और प्रक्षेपास्त्र छोड़ा, "कविवर 'उग्र' जी ने 'चाकलेट' और 'पालट' लिखकर बटुकविलासियों के नरमेध यज्ञ में बड़ी बाधा उपस्थित कर दी है, इसलिए शिक्षा-सम्पादकों को चाहिए कि 'उग्र' को सूली दिलवा दें, नहीं तो सनातन धर्म की नाव मझधार में ही डूब जाएगी। ऐसे महान कर्म का विरोध! राम-राम 'उग्र' जी को क्या हो गया है?" (वही)

जब मतवाला मंडल में 'उग्र' के पक्ष-विपक्ष में पत्रों के अम्बार लगने लगे तो 'बहक' का तीखापन कुछ कम होने लगा। वह प्रार्थना के मूड में आ गया। 6 सितम्बर, 1924 वाले अंक में अपनी विनम्रता का इजहार करते हुए उसने (मतवाला) लिखा, 'उग्र' जी की 'चाकलेट चर्चा' तो खूब रंग ला रही है। कितने ही 'अनुभवियों' की आँखें खुल गयी हैं। प्रत्येक डाक में लोग 'कुछ आप बीती कुछ जग बीती' कथाएँ भेज रहे हैं। परन्तु 'मतवाला' में इतना स्थान कहाँ कि वे सभी पुण्य-कथाएँ प्रकाशित की जाएँ। इसलिए प्रार्थना है, कि कोई भी सज्जन अब इस विषय की कहानी भेजने की तकलीफ न करें, 'उग्र' जी के श्रेय के हिस्सेदार न बनें! हाँ, यदि वे अनुभव करते हैं, कि इस उत्सित कर्म से देश और जाति की हानि हो रही है तो उसे रोकने की प्राणपण से चेष्टा करें।'

'हमारे पास इस विषय के जो पत्र लेख और कहानियाँ आयी हैं, उनसे प्रतीत होता है, कि समस्त भारतवर्ष में यह 'कलयुगी नरमेध' जारी है और प्रतिदिन हजारों नरक-कुंड में ढकेले जा रहे हैं। यदि यही दशा रही तो एक मालवीय जी तो क्या हज़ारों मालवीयजी के व्याख्यानों से भी इस जाति में मर्दानगी न आएगी, चेष्टा करके बने हुए नामर्दों में व्याख्यान से मर्दानगी थोड़े ही आती है।'

'श्लीलता और सभ्यता की थोथी दलीलें पेशकर, जाति को भस्म कर देने वाली, इस 'दोजख की आग' पर ख़ाक डालने से काम नहीं चलेगा। इसलिए प्रत्येक देश-हितैषी नवयुवक को इस नारकीय प्रथा के विरुद्ध खुल्लम-खुल्ला कमर कसकर तैयार हो जाना चाहिए! कल्पित नाम से एक कहानी लिख देने में कोई बहादुरी नहीं है। पाँचों सवारों में दाख़िल होना है तो ज़रा तुर्की और ताज़ी पर सवार होना सीखिए। घूँघट काढ़कर नाचना शोभा नहीं देता!'

'मतवाला' के पास 'चाकलेट चर्चा' लिखकर भेजने वाले सज्जनों में कुछ अध्यापक भी हैं। सज्जनो, आपका अखाड़ा तो इस विषय में काफी सुख्याति प्राप्त कर चुका है, (और हक़दार भी तो है, क्योंकि सब प्रकार की शिक्षाएँ प्रदान करना शिक्षालय का ही काम है) इसलिए यदि सबसे पहले आप ही इस सत्यानाशी 'शिक्षा' से अपने पुत्रतुल्य छात्रों को बचाने का प्रयत्न करें तो बड़ी कृपा हो। हिम्मत कीजिए, मौला मददगार है!'

"चूँकि छात्र अध्यापकों के पुत्रतुल्य हैं और प्रत्येक पिता को अपने पुत्र पर पूर्ण अधिकार है। इसलिए प्रत्येक अध्यापक को अपने छात्र के 'तन' मन को अपने मसरफ़ में लाने का पूरा अधिकार है। प्रमाण लीजिए—"तनय ययातिहि जौबन दयऊ। पितु आज्ञा अध अजस न लयऊ!" (पृष्ठ : 65)

यह सभी जानते हैं कि 'मतवाला' के लिए महादेव प्रसाद सेठ प्रतिस्पर्धाशील प्रतिष्ठान थे और मुंशी नवजादिक लाल थे, प्रबन्धन के लैंगिक कृतिकार। इसी प्रकार शिवपूजन सहाय 'मतवाला' की स्वरोन्मुख अस्मिता थे। शेष बचे दो सदस्य। वे थे पं. सूर्यकान्त त्रिपाठी 'निराला' और पांडेय बेचन शर्मा 'उग्र' जिनमें पहला 'मतवाला' का 'संवाद' था और दूसरा मतवाला का 'प्रवाद'। हालाँकि थे तो दोनों ही 'मतवाला' के विवाद-भूमि, परन्तु दोनों 'मतवाला' के रत्न-प्रभव भी थे। इन्हीं दोनों ने मिलकर 'मतवाला' को साहित्य, संस्कृति और पत्रकारिता का 'इतिहास उवाच' बनाया था। ये ही कारण थे कि मतवाला-प्रबन्धन के लैंगिक कृतिकार ने 'बहक' और 'चलती चक्की' के 'हथियार' लेकर दोनों (निराला और उग्र) की भरपूर रक्षा की थी। हालाँकि निराला स्वतः समर्थ योद्धा थे, फिर भी उन्हें अपने गाढ़े समय में मुंशी की ज़रूरत पड़ी। परन्तु 'प्रवादी' उग्र की रक्षा के लिए तो मुंशी जी (नवजादिक लाल) ने 'बहक' की हदें तक तोड़ दीं। उग्र के लिए ही उन्होंने 'चलती चक्की' का नाम 'पम्पदार हजारा पिचकारा' रखा और 'बहक' को 'उग्र' के 'रक्षा-कवच' के रूप में प्रयुक्त किया। उग्र के लिए उन्होंने एक नहीं, दो नहीं बल्कि हज़ार 'बहकें' कीं, मिसाल के तौर पर लिखा, 'श्री 'उग्र' जी की कहानियों ने ही 'चाकलेट पन्थियों' में बेतरह खलबली मचा दी है। बेचारी 'शिक्षा' (सं. पं. जगन्नाथ प्रसाद चतुर्वेदी आदि) का तो सतीत्व ही संकटापन्न हो रहा है। वास्तव में 'उग्र' जी बड़े बेढब हैं, बेचारों के आनन्द में नाहक बाधा डाल रहे हैं।" (मतवाला : 4 अक्टूबर, 1924, पृ. 145)

जब बनारसीदास चतुर्वेदी, पं. जगन्नाथ प्रसाद चतुर्वेदी, काव्यतीर्थ, पं. सकल नारायण शर्मा, पं. ईश्वरी प्रसाद शर्मा, ज्योति प्रसाद मिश्र 'निर्मल' और महावीर प्रसाद द्विवेदी जैसे दो दर्जन हिन्दी-साहित्य के दिक्पालों ने 'मतवाला' और 'उग्र' दोनों को एक साथ समेटते हुए उन पर घोर अश्लीलता का आरोप लगाया तो जवाब देने के लिए मुंशी नवजादिक लाल को पूरी तैयारी के साथ बहकना पड़ा। उन्होंने साहित्यकारों की काट के लिए साहित्य को ही माध्यम बनाया। लिखा, 'केलिकै रैन अघाने नहीं दिनहूँ में लला पुनि घात लगाई,' 'यही पाखै पतिव्रत ताखै धरौ', 'पटताने दोऊ लपटाने पड़े हैं', 'बरसें बरसाने की गोरी धरा नंद गाँव के साँवरे ऊपर री', 'गोरी गरबीली उठी ऊँघत उघारे गात' और 'ऊपर ग्वालि गोपाल तरे' इत्यादि मृत्युंजय मन्त्रों से सखी 'शिक्षा' के सतीत्व पर जरा भी धब्बा

नहीं लगता। परन्तु 'उग्र' जी की कहानियाँ, जिनमें सभ्यतापूर्ण ढंग से एक ऐसे दुष्कर्म का भयंकर परिणाम दिखाया गया है, जिसमें बड़े-बड़े पगगड़धारी लीडर, कवि, अध्यापक और सम्पादक फँसे हैं, जिससे कोमलमति बालकों का चरित्र भ्रष्ट हो रहा है, जीवन नष्ट हो रहा है, उन्हें पढ़कर सखी के शरीर में उद्दीपन विभाव का संचार हो जाता है। इस आफ़ते-नागहानी से सखी की पाक दामनी को खुदा बचाए।'' (मतवाला : वही पृ.145)

पांडेय बेचन शर्मा 'उग्र' के दुर्लभ लेखों, कहानियों, सम्पादकीय आलेखों और पत्रों आदि विविध विधाओं के इस संकलन द्वारा अभी तक अज्ञात 'उग्र' के पक्ष-प्रतिपक्ष को तो जाना-परखा ही जा सकेगा, साथ ही मुंशी नवजादिक लाल श्रीवास्तव के भाषाई संगति शैली के अनूठेपन तथा व्यंग्य-आलोचना की केन्द्रीयता का भी मूल्यांकन किया जा सकता है। लेखकीय क्षणों की जो बहुलता मतवाला-मंडल के सम्पादकों में थी, वह शायद ही किन्हीं दूसरे मंडलों में रही हो। 'मतवाला मंडल' में भी काल का प्रतिवाचन करते हुए लेखक का जो तनाव अथवा झुकाव मुंशी नवजादिक लाल और शिवपूजन सहाय में था, वह न तो 'उग्र' में था और न ही 'निराला' में। कोलकाता में रहते हुए नवजादिक लाल को लेखन के सकाल और विकाल की अजब समझदारी हासिल हो गयी थी। इस समझदारी का सबसे अधिक फायदा उठाया, पांडेय बेचन शर्मा 'उग्र' ने, क्योंकि मुंशी नवजादिक लाल ने 'उग्र' को 'माइनस' (ऋणात्मक) होने से हमेशा बचाया। अगर खुले दिल से सोचा जाए तो आज 21वीं शताब्दी के लिए 'उग्र' की धनात्मक गत्वरता में थोड़ा बहुत 'प्लस स्पीड' नवजादिक लाल श्रीवास्तव का भी है। 'मतवाला' में 'उग्र' जी लेखन के उत्पाद अवश्य थे, परन्तु उस उत्पाद के रक्षक और वितरक थे, मुंशी जी ही। इस तथ्य की प्रामाणिकता एक-दो उदाहरणों द्वारा ज्ञात हो सकती है। इसके लिए 'मतवाला' के 4 अक्टूबर, 1924 के अंक (24 पृष्ठ) को विशेष रूप से पढ़ा जाना चाहिए।

'मतवाला' के इस अंक द्वारा मुंशी नवजादिक लाल ने एक तीर से दो निशाने साधे। सोची-समझी रणनीति के तहत इसमें उग्रजी की जलती-दहकती क्रान्तिकारी कहानी 'प्यारे' प्रकाशित की। यह उग्र की 'चिनगारियाँ' की पहली चिनगारी थी। इसने साम्राज्यवादी ब्रिटिश सरकार को इतना अधिक उत्तप्त कर दिया कि कोलकाता के तत्कालीन प्रशासन ने इसके वितरण पर पाबन्दी लगा दी। प्रतिबन्धित होने के कारण यह 'चिनगारियाँ' के संकलन में सम्मिलित होने से भले ही वंचित रह गयी थी परन्तु 'प्यारे' की चिनगारी सबसे ज़्यादा दाहक चिनगारी साबित हुई। स्फुलिंग-शर में 'उग्र' ने लिखा था—

''संसार के बली रोज़ ही दुर्बलों को लूटते हैं, उन पर डाके डालते हैं,

पर उन्हें कोई माई का लाल नहीं पूछता! क्लाइव कौन था? वारेन हेस्टिंग्स कौन था? डलहौजी कौन था? क्या वे ज़बरदस्त डाकू नहीं थे?... मैं कहता हूँ मेरे 'प्यारे' के हत्यारों इन क्लाइव, हेस्टिंग्स और डलहौजी के समर्थकों पर कोई विचारक अपनी आज्ञा क्यों नहीं चलाता? इन्हें प्राणदंड क्यों नहीं देता? क्योंकि वे बली हैं? राक्षसों की तरह बली हैं? तब यह न्याय का ढकोसला कैसा? सीधे से लोगों को पीस डालो! हमारे देश में आग लगा दो!! हमारे भाइयों को एकदम मार डालो!!! (पृ. 153)

इसी कहानी में 'उग्र' ने यह भी लिखा था, 'इस समय जीवन-मरण का प्रश्न है। ऐसे अवसरों पर साधारण सदाचार का स्मरण करना पाप है—कायरता है।' (पृ. 148)। उक्त कहानी को शीर्षांकित करने में 'उग्र' जी और मुंशी जी दोनों की हिस्सेदारी थी, 'प्यारे'।

अगर 'प्यारे' के बालक और 'चाकलेट' के बालक की तुलना की जाए तो अस्पष्ट नहीं रहेगा कि दोनों के गठन और मनः संरचना में कोई फ़र्क़ नहीं था। अगर फ़र्क़ था तो केवल जीवन-परिवेश का फ़र्क़। 'प्यारे' का बालक सोलह-सत्रह वर्षों का सुन्दर नवयुवक था, लम्बा कद, गठीला शरीर, गोरा बदन और कमल-नेत्र देखने लायक थे।' (पृ. 149) अगर 'प्यारे' के सौन्दर्य-वर्णन से 'गठीला' शब्द निकाल दिया जाए तो यह भी चाकलेटी बालकों की श्रेणी में आ जाए।

नवजादिक लाल ने 'उग्र' की 'प्यारे' (क्रान्तिकारी) प्रकाशित कर सिद्ध कर दिया था कि उग्रजी केवल 'चाकलेट' के कहानीकार नहीं थे बल्कि क्रान्तिकारी लेखक थे, आजादी के दीवाने थे और राष्ट्रीय चेतना के विप्लवकारी कहानीकार थे। उनकी कहानियों के मूल में प्रखर राष्ट्रीय चेतना थी। शाखाएँ चारों ओर फैली थीं। एक शाखा 'चाकलेट' की ओर भी चली गयी थी, लेकिन यह शाखा समाज के रुग्ण मानस की अभिव्यक्ति थी। उग्रजी चाकलेट मनोरोगियों की चिकित्सा के लिए ही इस शाखा का प्रयोग कर रहे थे।

'उग्र' जी के पूरे जीवन और पूरे लेखन का पुनस्सर्वेक्षण किया जाना चाहिए। अपनी खबर में वे चुनार के किले को दरेरती गंगा की तरह बह रहे हैं। चुनार के उम्र-वक्त में ही उन्हें तमाम छद्मवादियों से मानसिक संघर्ष करना पड़ा था। 'अपनी खबर' का आधा से अधिक हिस्सा मन:संघर्ष से आहत संवेदनाओं का 'उग्र' है। शेष हिस्से का 'उग्र' भी असहज 'उग्र' है—कहीं कटु यथार्थवादी और कहीं सांकेतिक उपाख्यानिक। सच तो यह है कि असहज संवेदकों और सहज भाषा मानकों की अकेली आत्मकथा है 'अपनी खबर'।

मतवाला-मंडल में केवल मुंशी नवजादिलाल श्रीवास्तव ऐसे व्यक्ति थे जिन्होंने पांडेय बेचन शर्मा 'उग्र' को शत-प्रतिशत जानने की कोशिश अलाभकारी दृष्टि से की थी। ये ही कारण थे कि वे खुद 'अनुग्र-उग्र' बन कर पांडेय बेचन शर्मा 'उग्र' का रक्षा कवच बने रहे। उग्रजी काल-चेतना के सबसे तीखे लेखक थे। मुंशीजी नहीं चाहते थे कि वे अपने विरोध में आये पत्रों के उत्तर देने में अपना अनुपम लेखकीय समय खो बैठें। इसीलिए मुंशीजी को प्रक्षेपक व्यंग्य शैली का मुकम्मल उत्तरदाता बनना पड़ा। वे 'चलती चक्की' के शीर्ष पर लिखा करते थे—

वह कह रहा है आसमां यह सब समां कुछ भी नहीं।
पीस दूँगा एक गर्दिश में, जहाँ कुछ भी नहीं।।

'मतवाला' में मुंशीजी के इसी आत्मविश्वास ने 'निराला' और 'उग्र' को बहुत सहारा दिया। वे मतवाला के हर अंक में 'उग्र' और 'निराला' दोनों के विरोधियों का मनोबल पीस कर रख देते थे। मुंशीजी की चक्की से जो घर्घर नाद उठता था, उसमें बड़े-बड़ों का नादत्व विलीन हो जाता था। जब अन्दर से अ-निर्मल और बाहर से निर्मल प्रसिद्ध कवि पंडित निर्मलजी ने 'उग्र' की 'चाकलेट', 'पालट' और 'हम फिदाए लखनऊ' (सभी 'मतवाला' में प्रकाशित) कहानियों का सदाचरणीय शैली में विरोध किया, तब मुंशी को लिखना पड़ा, 'उग्र महोदय की कहानियों ने सखी 'शिक्षा' के साथ ही कविवर निर्मल को भी व्यग्र कर डाला है। बेचारे थर्रा उठे हैं। क्यों कवि जी! यह नरमेध यज्ञ जारी रहने दिया जाए; इसके विरुद्ध आवाज़ न उठाई जाए? जाति चाहे रसातल में चली जाए, राष्ट्र की प्राणाधार अगली पीढ़ियाँ चाहे राक्षसों की विलास वह्नि का ईंधन बन जाएँ। परन्तु कोई साँस न ले। धर्म का काम है न! यह कल्याणकारी कर्म जारी रहना चाहिए। अच्छा किया आपने इस आन्दोलन का विरोध करके थोड़ा-सा पुण्य-संचय कर लिया। राहे-आदम के लिए कुछ तो चाहिए ही। वहाँ जरूरत पड़ेगी तो किस-किससे उधार माँगते फिरिएगा?

मुंशी नवजादिक लाल ने हमेशा 'उग्र' को जाति और राष्ट्र के उद्धार के लिए संघर्षात्मक कहानियाँ लिखने की प्रेरणा दी। वे राजनीति में 'गाँधी-आन्दोलन' और कथा-साहित्य में 'उग्र-आन्दोलन' को समानधर्मी मानते थे। 'उग्र' की अल्प ज्ञात रचनाओं के इस संकलन को पढ़कर इन सभी तथ्यों का साक्षात्कार होगा। इस 'संकलन' की सबसे महत्त्वपूर्ण कहानी है—'प्यारे'। अभी तक कहीं भी संकलित नहीं, लगभग अज्ञात। 'हम फिदाए लखनऊ' और 'मुख मर्दन उर्फ चुम्बन' के क्रम में लिखी कहानी। इसमें उग्र की राष्ट्रीय विचारधारा पुरज़ोर तरीके से व्यक्त हुई है। वे हिन्दी-साहित्य के 'भगत सिंह' थे। रोज सूली पर चढ़ते

थे, परन्तु रोज़ ज़िन्दा हो जाते थे। दूनी ताकत के साथ ज़िन्दा होना केवल 'उग्र' को आता था।

'उग्र' जानते थे कि क्रूर सत्ता ने यथार्थवादी लेखनियों पर ताले जड़ दिए थे। सामन्तों, सत्ता-आश्रित धर्माधिकारियों, सुविधाभोगी रईसों तथा सरकारी कर्मचारियों द्वारा आम आदमी को यातनाएँ दी जा रही हैं। व्यवस्था के आचरण से क्षुब्ध वे एक तरफ 'चाकलेट कहानियाँ' लिख रहे थे तो दूसरी तरफ 'वीरकन्या' (मतवाला : 2 अगस्त, 1924), 'विप्लव-गान' (13 सितम्बर, 1924), 'प्यारे' (4 अक्टूबर, 1924) और 'देशभक्त' (15 नवम्बर, 1924) जैसी कहानियाँ भी लिख रहे थे। इसी दरम्यान उन्होंने अक्टूबर, 1924 में दशरथ द्विवेदी द्वारा सम्पादित गोरखपुरी 'स्वदेश' के 'विजयाङ्क' के अतिथि सम्पादक का भी दायित्व निर्वहन किया। इसी अंक में उनका 'लाल क्रान्ति के पंजे में' विस्फोटक एकांकी प्रकाशित हुआ। ये सभी रचनाएँ 'उग्र' की मनः संरचना, उनकी लेखकीय प्रकृति और उनकी भाषिक लोकवाद की व्याख्यायिका हैं। कोई मौगा अथवा अश्लील अथवा अप्राकृत रूप से दुराचारी लेखक 'प्यारे' अथवा 'देशभक्त' जैसी कहानियाँ नहीं लिख सकता। 'उग्र' ने लिखा था, "मैं जन्मभूमि के लिए सबकुछ करने और सहने को तैयार हूँ।" (मतवाला : 4 अक्टूबर, 1924, पृ. 149)।

स्वभावतः कहानी लेखन में 'उग्र' कितने अधिक क्रान्तिधर्मी हैं, यह 'प्यारे' के पुनर्पाठ द्वारा भली-भाँति जाना जा सकता है। दुःसंयोग की बात है कि प्रतिबन्धित फलतः असंकलित रह जाने के कारण 'प्यारे' का प्रथम पाठ भी नहीं किया जा सका है। इसका एक उद्धरण है, नायक ने कहा—'जिस पर हमें डाका डालना है, वह धनी है। धनी होना कोई बड़ा अपराध नहीं है। वह पाजी भी प्रथम श्रेणी का है। अपनी रियाया पर बड़ा अत्याचार करता है। असामियों का खून चूस लेता है। पुलिस को रिश्वत देकर अपना रौब कायम किये हुए है। वह भारत की स्वतन्त्रता का विरोधी और दासता का समर्थक भी है। ऐसे लोगों पर डाका डालने में कोई पाप नहीं हो सकता। तिस पर स्वदेश के लिए, स्वराष्ट्र के लिए? किसी देश के किसी व्यक्ति की सम्पत्ति, राष्ट्र की सम्पत्ति है।" (मतवाला : 4 अक्टूबर, 1924, पृ. 151)

पांडेय बेचन की लेखकीय प्रकृति और प्रक्रिया को समझने के लिए 'मतवाला', 'स्वदेश' और 'आज' में सितम्बर से नवम्बर, 1924 तक प्रकाशित उनकी रचनाओं का 'पाठ' देखना तथा समाज के निकष पर उनकी परख करना बेहद जरूरी है। प्रस्तुत संकलन में केवल वे ही रचनाएँ सम्मिलित की गयी हैं, जो अभी तक किसी भी संकलन में प्रकाशित नहीं हो सकी हैं। 'उग्र' ने छद्म नामों से इतना अधिक लेखन किया है जो उग्र 'नाम' से लिखी रचनाओं से कम नहीं हैं, परन्तु

इस संकलन में केवल वे ही छद्म नाम संकलित किये गये हैं, जिनके ठोस प्रमाण मिल सके हैं।

सन् 1924, पांडेय बेचन शर्मा 'उग्र' के रचनात्मक व्यक्तित्व का सबसे अधिक खतरनाक और विकट मोड़ था। उनके कृतित्व की नेकनामियों और बदनामियों का महाभारत इसी अवधि में लड़ा गया। उन्हें साम्राज्यवादी अंग्रेजों तथा छद्माचरणवादी भारतीयों की दुहरी मार इसी सर्जक-काल में झेलनी पड़ी। वे एक ऐसा हिन्दुस्तान बनाना चाहते थे जो राजनैतिक रूप से स्वतन्त्र होने के साथ ही आर्थिक और सांस्कृतिक रूप से भी स्वतन्त्र हो। हज़ारों लेखकों के बीच उनके समाज का एक अलग नक़्शा था जो भौगोलिक कम सांस्कृतिक अधिक था। पूरा नक़्शा लाल क्रान्ति की हथेली पर खिंचा हुआ था। उनके युग का सुभाषित था, 'साहित्य समाज का दर्पण है।' परन्तु 'उग्र' ने एक अलग ही 'सुभाषित' उद्घोषित किया, 'साहित्य समाज का संकर्षण है।' जाहिर है, 'दर्पण' और 'संकर्षण' दो अलग-अलग विचारधाराओं के प्रतीक थे। 'दर्पण' कामशास्त्र से आया हुआ शब्द था परन्तु 'संकर्षण' कृषि-कर्म का दार्शनिक पद था। उग्र जानते थे कि 'दर्पण' को लेकर 'छन्दमंजरी' और 'रघुवंश' में उठाए गये प्रश्न के उत्तर किसी के पास नहीं थे। प्रश्नों में एक विशेष प्रश्न था, 'लोचनाभ्यां विहीनस्य दर्पण: किं करिष्यति?' अर्थात् अन्धों के लिए दर्पण की क्या उपयोगिता है? परन्तु 'उग्र' के साहित्य में तो आँखवालों की अपेक्षा अन्धों का प्रतिबिम्ब अधिक पड़ता था। इसीलिए उग्र का साहित्य समाज का संकर्षण था जो हल की तरह अनुत्पादक-बंजर भूमि का कर्षण करके नया-नया उत्पादन करने में समर्थ था, यानी आँखवालों के साथ ही आँख रहितों को भी समाज को देखने-समझने की शक्ति देने वाला। ऐसे ही कर्षण द्वारा उन्होंने 'चाकलेटवाद' के उन्मूलन के लिए आठ कहानियाँ लिखी थीं। इस संकलन में चाकलेट कहानियाँ नहीं सम्मिलित की गयी हैं, परन्तु 'उग्र' के लेखन की समग्रता को समझने के लिए 'चाकलेट-मूवमेंट' से सम्बन्धित कुछ दुर्लभ सामग्री अवश्य दी गयी है, यानी मुंशी नवजादिक लाल, रामनाथ लाल 'सुमन' और स्वयं 'उग्र' के आवश्यक विचार। इसी के साथ मोहन सिंह सेंगर के नाम लिखे बनारसीदास चतुर्वेदी के कुछ पत्र। इन पत्रों के सन्दर्भ में उग्रजी ने अपने पाठकों से आग्रह किया था, 'सेंगरजी का उक्त नोट 'नया समाज' में प्रकाशित होने के बाद पं. बनारसीदास चतुर्वेदी ने उन्हें आधे दर्जन पत्र लिखे। सेंगरजी ने इतिहास के विद्यार्थियों की जानकारी के लिए उन बोलते पत्रों के प्रकाशन की आज्ञा कृपया दे दी है। इन्हें आप पढ़ें और बिना मेरे कुछ कहे अपनी निर्मल राय क़ायम करें।' इस संकलन में ये पत्र भी ले लिये गये हैं, क्योंकि आज के पाठकों के लिए ये दुर्लभ हो गये हैं।

अगर 'उग्र' की रचनाएँ पूर्वाग्रहीत पाठकीयता का त्याग कर पढ़ी जाएँ तो यह कहने में ज़रा भी हिचक नहीं हो सकती कि वे अपने समय के बृहत्तर राष्ट्रीय आन्दोलनों के सृजन-संविधि थे। उनके समय की शायद ही कोई समस्या रही हो जो उनकी कलम की ज़द से बची हो। 'उग्र' को हनना और हुमकना दोनों आता था। वे अपने को 'तुलसीदास का वंशज' मानते थे। तुलसीदास ने भी 'हुमकि लात कूबर पर मारा' था, इसीलिए 'उग्र' ने अपने समाज के हर 'कूबड़' पर जमकर लात जमायी थी। पूरा द्विवेदी-युग उन्हें 'हरबोंग' लेखक मानता था। थे भी अजब तंज़निगार। उनकी लेखनी की नियति में दीनता-प्रदर्शन करना लिखा ही नहीं था। उनका कहना था कि क्षमा-याचना वे करें जो 'परदा के पापा' थे। पापा ही नहीं पापी भी थे। 'परदा' में चाकलेट पापियों से क्षुब्ध होकर ही उन्होंने 'चाकलेट' कहानी लिखीं। 'चाकलेट' के दिनों में ही, वे 'वीरकन्या' और 'प्यारे' भी लिख रहे थे। छोटे-छोटे बारह पृष्ठों में 'वीरकन्या' और बारह ही पृष्ठों में 'चाकलेट' तथा 'प्यारे'। तीनों कहानियाँ क्या थीं, तीन दिशाओं से प्रस्फुटित नवजागरण की प्रखर किरणें थीं, 'वीरकन्या' में नारी-नवजागरण की उग्र चेतना थी। 'प्यारे' में राष्ट्रीय मुक्ति का क्रान्तिधर्मी नवजागरण और 'चाकलेट' में भोली मति वाले बालकों की प्रत्यभिज्ञा का जागरण। चाकलेट की कहानियों में न कहीं अश्लीलता और न कहीं भाषा का नंगा-भदेस। उदाहरण के लिए, 'हे सुकुमार! हे सुन्दर!' भीड़ से हटते-हटते सनकी ने कहा, 'हे आकर्षक! हे पवित्र! एक बार फिर कहता हूँ। मत चूमने दो किसी पुरुष को अपने होठों को, मत मलने दो किसी मतवाले को अपने गालों को, मत सटने दो अपनी कोमल छाती को किसी राक्षस के वज्र-हृदय से! तुम विषय-भोग की वस्तु नहीं। तुम पुरुष हो-तुम देवता हो-तुम ईश्वर हो-तुम इन पापियों से हमेशा दूर रहो! हे सुकुमार, हे प्यारे, हे सुन्दर, हे कुलों के प्रकाश और घरों के दीपक! सावधान!'' (चाकलेट, पृ. 71)

'उग्र' का यही यथार्थ था। यही यथार्थ तद्युगीन धर्मात्मा लेखकों के लिए असह्य था। पंडितों का एक वर्ग जैसे जगन्नाथ प्रसाद चतुर्वेदी, ईश्वरी प्रसाद शर्मा, सकल नारायण पांडेय, दुलारे लाल भार्गव, कृष्ण बिहारी मिश्र, महावीर प्रसाद द्विवेदी, ज्योति प्रसाद मिश्र 'निर्मल', रूपनारायण पांडेय, बनारसीदास चतुर्वेदी और यहाँ तक कि युवा लेखक हजारी प्रसाद द्विवेदी तक 'उग्र' को अपनी-अपनी हैसियत के तहत धिक्कारने लगे। मुंशी नवजादिक लाल को यूँ ही नहीं लिखना पड़ा, ''अश्लीलता की थोथी दुहाई देकर जो लोग इस महापापपूर्ण प्रथा को प्रश्रय देना चाहते हैं, वे राष्ट्र के पक्के शत्रु हैं, इन विरोधियों में अधिकांश 'मतवाला' और 'उग्र' के द्वेषी हैं। वे अच्छी तरह जानते हैं कि इस सत्यानाशी व्याधि ने बालकों और युवकों को जर्जरित कर डाला है, हमारे भावी वंशधर, जिन पर राष्ट्र की ऊँची अट्टालिका खड़ी

है, इस घृणित व्याधि के शिकार बन रहे हैं। नारकी-विलासी दिनदहाड़े लड़कों का रक्तधान कर रहे हैं, तथापि वे इस आन्दोलन का विरोध करते हैं। द्वेष-भाव, बुद्धि को ठिकाने भी तो नहीं रहने देता। ऐसे महापुरुष दूसरों के अमंगल के लिए निःसंकोच नाक कटा लेते हैं।' (मतवाला : 4 अक्टूबर, 1924, पृ. 145)

'मतवाला-काल' के उम्रदराज और दर्शक (प्रतिभाशाली) साहित्यकारों का पांडेय बेचन शर्मा 'उग्र' और बाबू महादेव प्रसाद सेठ (मतवाला) से अप्रसन्न रहना अकारण नहीं था। 'मतवाला' में दूसरी बार आने के बाद उग्र 'मतवाला' के बीस पृष्ठों पर बेतरह छा गये। नाम और छद्म नाम दोनों तरीक़ों से 'मतवाला' के विकल्प बन गये। महादेव प्रसाद सेठ का भी कहना था, 'बक़्रा का नाम कोई भूलकर नहीं लेता, तेरे तरीक़ ने चौंका दिया ज़माने को।' 'उग्र' के कारण 'मतवाला' बलंद पर्वाज़ हो गया। 'मतवाला' और 'उग्र' एक दूसरे के विकल्प बन गये। वे अकेले ही 'मतवाला' को 'मत' वाला बनाने का संघर्ष करने लगे। इसके कई कारण थे। मुख्य कारण तो यह था कि उस अवधि में शिवपूजन सहाय 'मतवाला' को छोड़कर 'माधुरी' (लखनऊ) में चले गये थे। इसी अवधि में 'भावों की भिड़न्त' से और नये-नये अगम्भीर लेखक 'उग्र' को बाबू महादेव प्रसाद सेठ द्वारा दिये जाने वाले अतिसम्मान से 'निराला' भी आहत थे। 27 सितम्बर, 1924 को 'मतवाला' के मुखपृष्ठ पर उनकी आखिरी कविता छपी, 'दीन' शीर्षक से। यह कविता एक ऐसा दस्तावेज है, जिसमें उनके प्रति महादेव प्रसाद सेठ की अन्यमनस्कता और 'उग्र' की अपेक्षा से अधिक खातिरदारी के कारण उनकी मानसिक अशान्ति सतर-ब-सतर लिखी हुई है। जब यह कविता उनके काव्य-संकलन 'परिमल' में संकलित की गयी तो मूल (मतवाला : 27 सितम्बर, 1924 : मुखपृष्ठ) की दो पंक्तियाँ बदल दी गयीं, मिसाल के तौर पर 'दिवस का यही मधुर उत्थान।' को बदलकर 'दिवस का 'अरुणोदय उत्थान।' तथा 'दिवस का कर्म-कुटिल अश्रान्ति' के स्थान पर 'दिवस का कर्म कुटिलतम-भ्रान्ति' कर दिया।

'मतवाला' में पांडेय बेचन शर्मा 'उग्र' की उग्रता के पहले शिकार हुए निराला। भावों की भिड़न्त के बाद आहत मन निराला 'चाबुक' और 'कसौटी' स्तम्भों में आलोचना-लेखन बन्द ही कर चुके थे, जब उन्होंने देखा कि 4 अक्टूबर, 1924 से 'मतवाला' के मुखपृष्ठ पर उनकी कविताओं के स्थान पर 'विज्ञापन' (खास तौर से 'उग्र' के लिए छपने लगे तो 'उग्रमय मतवाला' उनके लिए पुष्प में छिपकर परीक्षित को डसने वाला तक्षक-सा लगने लगा। 'मतवाला' छोड़ने के अलावा कोई रास्ता शेष नहीं था। अब 'मतवाला' पूरी तरह 'उग्र' के 'मत' वाला हो गया। 'उग्र' के 'मत' का आदर करते हुए मुंशी नवजादिक लाल ने 18 अक्टूबर 1924, पृ. 165 पर (एक) निम्न सूचना प्रकाशित की—

"हिन्दी भाषा के युग-प्रवर्तक कवि श्री पण्डित सूर्यकान्तजी त्रिपाठी 'निराला' अपने 'बाधा बन्ध विहीन' संगीतों से 'मतवाला' के मुखपृष्ठ को लगातार सालभर तक अलंकृत करते रहने के कारण इधर कुछ दिनों से अस्वस्थ रहा करते थे और स्वास्थ्य सुधार के उद्देश्य से अपनी मातृभूमि को चले गये हैं। अतएव खेद है कि मतवाला अब कुछ दिनों तक उनकी अत्युत्कृष्ट रचनाएँ अपने प्रेमी पाठकों को भेंट न कर सकेगा। ईश्वर से प्रार्थना है कि वह श्री निरालाजी को शीघ्र स्वस्थ और नीरोग करे। निरालाजी का वर्तमान पता, ग्राम गढ़कोला, पो. मगरायर, जिला : उन्नाव है।'

अज्ञात नहीं है कि इस सूचना-प्रसारण में केवल मुंशीजी नहीं, बल्कि बहुनामधारी पांडेय बेचन शर्मा भी थे। अभी कुछ ही महीनों पूर्व जो निराला 'हट्टा-कट्टा-त्रिपट्टा' (लेखन का छद्म) था, वही 'उग्र' की प्रखरता के कारण अस्वस्थ रहने लगा था। निराला ने इस 'सूचना' को 'मारेसि मोहिं कुठाऊँ' की तरह लिया।

अगर आज 'मतवाला-समय' का समावर्तन किया जाए तो यह कहना असंगत न होगा कि 'मतवाला' में सद्यः समुद्गत 'उग्र' का स्वस्ति-पाठ इतना वैविध्यपूर्ण था कि उसके 'स्वर-समुदय' से डरकर ईश्वरी प्रसाद शर्मा भी 'मतवाला' का सहयोग करना छोड़कर 'मनोरंजन' के लिए आरा (बिहार) चले गये। 'उग्र' के स्वरोच्चारण की एक खास विशेषता यह थी कि वे पाठकों के मनोमय मज़दूर थे। उनकी एक-एक रचना को इतनी अधिक मजूरी मिली कि डॉ. रामविलास शर्मा के अनुसार, 'महादेव प्रसाद सेठ के घरवालों को मालूम हो गया कि किताबों का धन्धा पत्थरों के रोज़गार से बुरा नहीं है।' (निराला की साहित्य-साधना-1, पृ. 108)। डॉ. शर्मा ने इन कारणों पर प्रकाश नहीं डाला कि उग्र के लेखन का बाजार-भाव इतना ऊँचा क्यों चढ़ गया था। इसका कारण अज्ञात नहीं है। पांडेय बेचन शर्मा 'उग्र', 'उच्चैः उदात्तः', 'नीचैः अनुदात्तः' और 'समाहार स्वरितः' का स्वर-रहस्य भली-भाँति जानते थे। इस संकलन की रचनाओं में उग्र के उदात्त, अनुदात्त और स्वरित स्वराघातों का आस्वाद पूरी तरह लिया जा सकता है। यह संकलन 'उग्र' की अभी तक लगभग अज्ञात उन रचनाओं के संयोजन के उद्देश्य से किया जा रहा है जिन्होंने सिद्ध किया था, 'नीचैः गच्छति उपरि च दशा चक्रनेमिक्रमेण (कालिदास)।

अपने चक्रनेमि-क्रम (लेखकीय पहिया की परिधि गति) की स्वीकारोक्ति करते हुए 'उग्र' ने स्वयं लिखा था, 'उन्होंने (बाबूराव विष्णुराव पराड़कर) बेबोले ही मानों मुझे गोद ले लिया। सारे-साल मंडल (ज्ञान मंडल) की कानाफूसी एक तरफ़ रख अपना काम छोड़, घंटों तक मेरी कहानियों को व्याकरण की पटरी पर लाते, ग़लत-बयानियाँ सुधारते, बदशक्ल या मुहावरे काट-छाँटकर मेरी रचना को

दिव्य द्विजत्व दिया करते। (अपनी खबर : पृ. 109)।

यह कम आश्चर्यजनक नहीं है कि पांडेय बेचन शर्मा 'उग्र' 'ज्ञान-मंडल' से लेकर 'मतवाला-मंडल' तक 'कानाफूसी' के सुपात्र बने रहे थे। इतना ही नहीं जब वे 'मंडल' में नहीं 'मंडली' (सन् 1910 में नागा भागवतदास की मंडली और सन् 1911 में महन्त राममनोहरदास की मंडली) में थे, तब भी 'कानाफूसी' के शिकार बने थे, परन्तु 'उग्र' को जाननेवाले यह अवश्य कहना चाहेंगे कि उन्होंने 'कानाफूसियों' को इतना अधिक लतियाया कि वे दम तोड़ कर रह गयीं। जो 'उग्र' डंके की चोट से नहीं घबराया, वह भला 'कानाफूसी' से क्या डरता। यहाँ 'कानाफूसी' का मतलब बताने की ज़रूरत नहीं है। इस संकलन में 'उग्र' के आत्मकथन तथा अन्य अर्थापत्तियों द्वारा समझा जा सकता है। 'उग्र' के लिए 'कानाफूसी' उनके रचनात्मक अश्वारोहण का पायदान साबित हुई। इसी 'कानाफूसी' से घबराकर निराला 'मतवाला' छोड़ कर भाग गये थे और इसी 'कानाफूसी' को 'उग्र' ने अपना फ़ाइजलमराय (आरोहण) बनाया। निराला संवेदनशील थे परन्तु 'उग्र' नाम में असंवेदनीयता थी परन्तु उग्र ने अपनी कृतियों में 'उग्र' नाम की असंवेदनीयता को ही लोक संवेदनीयता में परिवर्तित किया। यही उनके यश-अपयश का कारण बना।

'उग्र' ने लिखा था, कि सन् 1924 तथा सन् 1927 से लेकर सन् 1929 तक का समय उनके जीवन और उनके लेखक के लिए, 'ज़बरदस्त कोलाहलकारी' सिद्ध हुआ। 'उग्र' निराला को सुनाकर हमेशा कहा करते थे, 'मैं मिडिल फ़ेल बाज़ार-सम्राट हूँ।' (निराला की सा.स.—1 पृष्ठ 109) अब देखा जा सकता है कि जो 'बाज़ार' आज 21वीं सदी की लेखकीयता के केन्द्र में आ गया है, उसके महत्त्व को पांडेय बेचन शर्मा 'उग्र' आज से 80 वर्ष पूर्व ही जानते थे। उनके बाज़ार-सम्राट होने का प्रमाण केवल मतवाला-कार्यालय अथवा बीसवीं सदी के प्रिन्टिंग प्रेस परिसर तक ही सीमित नहीं था, बल्कि उस समय का हर प्रकाशक उनका इन्क़ियाद था, पूरी तरह वशीभूत। 'उग्र' के अन्तर्राष्ट्रीय नाटक 'डिक्टेटर' के प्रकाशक अर्थात् 'प्रतिभा पागल पार्टी, कलकत्ता (कोलकाता) के प्रबन्धक श्री हरिशंकर शर्मा की ओर से यह घोषणा की गयी थी, 'कोई आठ साल बाद उग्रजी पुनः जोर-शोर से साहित्य क्षेत्र में आये हैं। पिछले सात-आठ महीने में उनकी पाँच रचनाएँ छपकर प्रकाशित हो गयीं। खतूत का पंचम संस्करण, घंटा, चुम्बन, सरकार तुम्हारी आँखों में और पाँचवाँ यह 'डिक्टेटर'।

" 'उग्र' जी की द्रुति गति देखकर उनके मित्रों को प्रसन्नता से प्रसिद्ध हिन्दी सेवी बाबू शिवपूजन सहाय की बातें याद आती हैं, "भैया उग्रजी हिन्दी भाषा के हाविट्ज़र तोप हैं। जिधर मुँह करते हैं उधर बम्बार्ड करके छोड़ते हैं।"

"हमारा विचार एक 'उग्र-सीरीज' निकालने का है। इस सीरीज की पुस्तकें आठ आने से अधिक की न होंगी। उग्रजी की तरह-तरह की रचनाएँ इस सीरीज में हम प्रकाशित करेंगे।" (डिक्टेटर : प्रकाशक की ओर से, पृ. 57)

श्री हरिशंकर ने उक्त घोषणा आज से लगभग साठ वर्ष पहले की थी। वे 'उग्र' की तरह-तरह की रचनाओं के कई-कई संकलन निकालना चाहते थे। यह भी एक महत्त्वपूर्ण प्रयोग कहा जा सकता है, यानी तरह-तरह की विधाओं को मिलाकर कोई एक संकलन। किसी लेखक की कई विधाओं का 'संकलन' लेखक की रचनात्मक प्रवृत्ति और निवृत्ति, दोनों को समझने में सहायक होता है। यह संकलन ऐसा ही एक प्रयास है जो उग्र को समझने और समकालीन परिवेश में उनके मूल्यांकन की संगति में क़ाफी सहायक होगा। इस संकलन द्वारा यह भी ज्ञात होगा कि 'उग्र' अपने लेखकीय ख्याति-कक्ष में तीन दरवाज़े पार करके पहुँचे थे। पहला 'स्वदेश' दूसरा 'आज' और तीसरा 'मतवाला'। इसके बाद तो वे लेखन का उपादान बन गये और आज भी बने हुए हैं। हालाँकि उन्होंने 'आज' के सम्पादक पराड़करजी के बारे में लिखा था कि, "उन्होंने 'बेचन' की लेखकीय क्षमता की परत-दर-परत खोली थी, उसे गढ़ा था, और अपने वक़्त का वजूद देकर उसे सम्बलवान बनाया था।.. हालाँकि पराड़करजी चाहते थे कि बालक बेचन पर साहित्य का रन्दा चलाकर उसे समतल और चिकना बना दें। परन्तु बेचन 'रसवन्त कवित्तन को रस ज्यों अखरान के ऊपर ह्वै झलके' नहीं चाहते थे। इसीलिए पराड़करजी 'बेचन' के अक्षर-समाहार पर रसवन्तता क्ा रस नहीं चढ़ाना चाहते थे। वे रचना के लिए भाषायी एवं अभिव्यक्ति की समतलता तो चाहते थे, परन्तु रसवन्तता नहीं। उन्हें देशभक्त लेखक चाहिए था, क्रान्तिधर्मी लेखक चाहिए था और मातृभूमि के लिए उत्सर्गकर्ता लेखक चाहिए था। बेचन ने अपने को पराड़करजी की आकांक्षा का पर्याय बनना स्वीकार कर लिया था तथा समतल और चिकना होने से इनकार कर दिया था। वे तो ऊबड़-खाबड़ और उग्र रहना चाहते थे।

संयोग ही कहा जा सकता है कि 'आज' से दो वर्ष पहले (1918) से ही दशरथ प्रसाद द्विवेदी के सम्पादन में गोरखपुर से प्रकाशित साप्ताहिक 'स्वदेश' में उन्हें पराड़करजी की आकांक्षा-पूर्ति का दायित्व मिल गया था। वे 11 अगस्त 1919 के 'स्वदेश' में पहली बार 'उग्र' बने। 'स्वदेश' के इस अंक के पृष्ठ 7 पर पांडेय बेचन शर्मा की कविता छपी 'आह्वान'। सम्पादक ने लेखक का नाम दिया 'श्रीयुत् पांडेय बेचन शर्मा 'उग्र'। वे अपने जन्म-ग्राम में बेचन पांडे थे, बनारस में आकर 'पांडेय बेचन शर्मा बन गये। यह नाम के शुद्धीकरण का बनारसीपन था। 'पांडे' का 'पांडेय' करण और फिर पांडेय को पूर्व पद बनाकर 'शर्मा' के उत्तर पद का दर्शन उन्हें बनारस में ही मिला था। उस समय 'शर्मा' और वर्मा' की नामधेयता से वाराणसी नगरी भरी हुई थी। परन्तु बनारस में 'उग्रता' नहीं

मिली थी।

संयोगत: पांडेय बेचन शर्मा 'उग्र' बनारस में लाला भगवानदीन के काव्य-स्कूल में जगन्नाथ प्रसाद शर्मा के बड़े भाई चंडिका प्रसाद शर्मा की संस्तुति के कारण दाख़िल हुए थे। लाला भगवानदीन 'उग्र' के सच्चे निर्देशक बने। उन्होंने 'उग्र' में नाट्य लेखन, वीर काव्य लेखन और पत्रकारिता की कुशलता भरने की भरपूर चेष्टा की। 'दीन'जी के कारण ही 'उग्र'जी आचार्य रामचन्द्र शुक्ल, प्रेमचन्द, सम्पूर्णानन्द, कृष्णदेव प्रसाद गौड़ (बेढब बनारसी), विश्वनाथ प्रसाद मिश्र, कमलापति त्रिपाठी और कालिका प्रसाद के सम्पर्क में आये। इनमें से 'उग्र' को आचार्य रामचन्द्र शुक्ल के सम्पर्क में आने का दस्तावेज़ी लाभ सबसे अधिक हुआ। उदाहरण के लिए आचार्य शुक्ल ने जब 'हिन्दी साहित्य का इतिहास' लिखा तब 'आधुनिक काल, पृ. 5—गद्य की वर्तमान गति : छोटी कहानियाँ' पृष्ठ 520 से पृष्ठ 523 तक की 62 पंक्तियों में पांडेय बेचन शर्मा 'उग्र' के लिए ग्यारह पंक्तियाँ लिखीं और शेष 51 पंक्तियों में हिन्दी के सभी कहानीकारों को समेट कर रख दिया। यहाँ तक कि 'प्रेमचन्द' और 'प्रसाद' तक को भी तीन-चार पंक्तियाँ ही समर्पित कर सके। ऐसा क्यों हुआ, इस आख्यान का उल्लेख यहाँ प्रासंगिक नहीं हो सकता। आचार्य शुक्ल ने उग्र जी की 'चाँदनी' कहानी का उल्लेख समाजशास्त्रीय परिप्रेक्ष्य में किया। उन्होंने लिखा, ''समाज के भिन्न-भिन्न क्षेत्रों के बीच धर्म, समाज सुधार, व्यापार-व्यवसाय, सरकारी काम, नयी सभ्यता आदि की ओट में होने वाले पाखंडपूर्ण पापाचार के चित्र सामने लाने वाली कहानियाँ, जैसी 'उग्र' जी की हैं। 'उग्र' की भाषा बड़ी अनूठी चपलता और आकर्षक वैचित्र्य के साथ चलती हैं। उस ढंग की भाषा उन्हीं के उपन्यासों और 'चाँदनी' ऐसी कहानियों में मिल सकती है।' (पृ. 521, तीसरा संस्करण)

आचार्य शुक्ल ने जिस 'चाँदनी' कहानी की समाजशास्त्रीय प्रशंसा की थी, वह 'हिन्दी साहित्य का इतिहास' लिखने के एक वर्ष पूर्व 'मतवाला' (20 अक्टूबर, 1928, पृ. 8) में प्रकाशित हुई थी। इसमें नारी-अस्मिता का चित्रण उदात्त शैली में किया गया है। इस कहानी में नाटक के रंग-संकेतों का निर्देशन निगमन-पद्धति में किया गया है। 'कहानी' की कामोत्तेजक भाषा का मनोभावात्मक पवित्रीकरण अद्‌भुत रूप में किया गया है।

संयोग की बात थी 'चाँदनी' का 'मतवाला-अंक' 'स्वदेश' की तरह 'विजयांक' ही था। 'स्वदेश' का 'विजयादशमी विशेषांक' 5 अक्टूबर, 1924 को प्रकाशित हुआ था, 'मतवाला' का 'चाँदनी विजयादशमी विशेषांक' 20 अक्टूबर, 1928 को। 'स्वदेश' क्रान्तिधर्मी था, 'मतवाला' स्त्री-यथार्थ धर्मी। हालाँकि दोनों में रचनाएँ दूसरों की भी प्रकाशित हुईं परन्तु दोनों में पांडेय बेचन शर्मा 'उग्र' का तनावग्रस्त रोबीला चेहरा पहले पृष्ठ से अन्तिम पृष्ठ तक उभरा। 'मतवाला'

के मुखपृष्ठ पर लिखा गया, 'इस अंक की विशेषताएँ श्री जयशंकर प्रसाद लिखित 'बनजारा', श्री 'उग्र' जी द्वारा लिखित 'चाँदनी'। 'बाँसुरी बाबा की तान' यह कहानी श्री चन्द्रभानु विभव की थी। इसी मुखपृष्ठ पर नीचे की ओर 'उग्र-ग्रन्थावली' (देखिये पृष्ठ 10) भी विज्ञापित किया गया। 'मतवाला' (20 अक्टू., 1928) के पृष्ठ 10 पर 'The Leader sunday' october 14, 1928 में 'उग्र' के सृजन-कौशल और करिश्माई भाषिक-संवेदना पर सम्पादक द्वारा अंग्रेज़ी में लिखी लम्बी समीक्षा छपी। सम्पादक द्वारा किये गये Book review का अन्तिम वाक्य था, 'It would hardly be an exaggeration to say that there is not a single dull page in the whole book.

अगर पांडेय बेचन शर्मा 'उग्र' के सम्पूर्ण लेखन के पृष्ठ ज्ञात हो जाएँ तो यह कहने में विश्वसनीयता आ जाएगी कि वे पैदा होने के दिन से मरने के दिन तक कुल जितने दिन जिये उनसे कम पृष्ठ नहीं लिखे होंगे। वे 29 दिसम्बर, सन् 1900 को पैदा हुए थे और 23 मार्च, 1967 को मरे थे, यानी कुल 23575 दिन। इतने दिनों और इतने पृष्ठों में एक भी dull दिन अथवा पृष्ठ नहीं। यह द्विवेदी युग का ऐसा इतिहास है, जिसकी कोई मिसाल नहीं है। जिस प्रकार डॉ. राजेन्द्र लाल मित्र भारतेन्दु बाबू हरिश्चन्द को 'राइटिंग मशीन' कहते थे, उसी प्रकार 'मतवाला-मंडल' में 'उग्र' भी 'बीसवीं सदी की प्रिंटिंग प्रेस' माने जाते थे। 'उग्र' के आने के बाद जॉब वर्क्स करने वाला, 23 शंकर घोष लेन, कोलकाता का 'बालकृष्ण प्रेस' प्रसिद्ध प्रकाशन-संस्थान बन गया 'उग्र' द्वारा लिखे 'दिल्ली का दलाल' ने पुस्तक-प्रकाशन-गृहों में 'बालकृष्ण प्रेस' का नाम ही बदल दिया। 'बालकृष्ण (भट्ट) उन्नीसवीं सदी के प्रतिनिधि थे, परन्तु मतवाला-मंडल की दृष्टि में पांडेय बेचन शर्मा 'उग्र' बीसवीं सदी के प्रतिनिधि हो गये। 'जाब वर्कर' से पब्लिशर होते ही बाबू महादेव प्रसाद सेठ के प्रेस 23 शंकर घोष लेन, कोलकाता का एड्रेस बीसवीं सदी प्रकाशक-मंडल, गऊघाट, मिर्ज़ापुर हो गया। यह सारा करिश्मा 'दिल्ली का दलाल' के कारण हुआ था। संयोगतः यह 'मतवाला' के 'मंडलेश' बाबू महादेव प्रसाद सेठ का पैतृक निवास भी था, परन्तु मूल कारण था, 'दिल्ली का दलाल'।

यहाँ यह प्रश्न उठाना बेहद स्वाभाविक हो उठता है कि 'दिल्ली का दलाल' उपन्यास में ऐसा कौन-सा उपकरणात्मक इन्द्रजाल था जिसने 'सुलभ ग्रन्थ-प्रचारक मंडल, 23 शंकर घोष लेन, कलकत्ता को नया नाम-रूप धारण करने के लिए विवश कर दिया था। ऐसा नहीं था कि 'सुलभ ग्रन्थ प्रचारक-मंडल' बहुत घाटे का बिजनेस था। यहीं से सूर्यकान्त त्रिपाठी (निराला) की कविताओं का पहला संकलन 'अनामिका' प्रकाशित हुआ था। यहीं से बाबू सम्पूर्णानन्द की 'मिश्र की सभ्यता', 'मुंशी नवजादिक लाल श्रीवास्तव की 'गृहिणी कर्तव्य', ईश्वरी प्रसाद शर्मा की

'कर्मक्षेत्र', दामोदर दास खत्री द्वारा अनूदित उपन्यास 'कपाल कुंडला' (मूल लेखक : बंकिमचन्द्र), पं. ऋषीश्वरनाथ भट्ट द्वारा अनूदित उपन्यास 'प्रेमकान्त' और 'भाग्यचक्र', बाबू शिवपूजन सहाय की 'महिला महत्त्व' और 'भीम चरित्र' जैसी महत्त्वपूर्ण पुस्तकों के प्रथम संस्करण बाबू महादेव प्रसाद सेठ द्वारा संचालित 'सुलभ ग्रन्थ प्रचारक मंडल, 23 शंकर घोष लेन, कलकत्ता (कोलकाता) से ही प्रकाशित हुए थे। उस समय तक पांडेय बेचन शर्मा 'उग्र' (मतवाला) के वजूद के अंशकालीन प्रतिनिधि भी नहीं हुए थे। बाबू महादेव प्रसाद सेठ 15 दिसम्बर 1923 से दूसरे प्रकाशनों से छपी पुस्तकों के विक्रेता बन गये थे। 'मतवाला' के इस अंक के पृष्ठ 222 पर कुल 118 पुस्तकों का विज्ञापन किया गया। इन पुस्तकों में 'मतवाला-मंडल' द्वारा प्रकाशित पुस्तकें शामिल नहीं थीं। 'मतवाला मंडल' से प्रकाशित पुस्तकों के लिए एक अलग ही पृष्ठ दिया जाता था क्योंकि पुस्तकों के साथ ही साथ इन सभी की समीक्षात्मक टिप्पणियाँ भी दी जाती थीं। लेकिन 'हिन्दी प्रेमियों का पौ बारह!' विज्ञापन तभी तक चला जब तक पांडेय बेचन शर्मा 'उग्र' का 'चाकलेट विज्ञापन' नहीं शुरू हुआ। 'चाकलेट' के पेट में 118 पुस्तकों के 'हिन्दी प्रेमियों का पौबारह विज्ञापन' समा गया। इस पृष्ठ पर रामनाथ लाल सुमन की 'चाकलेट-समीक्षा' प्रकाशित होने लगी। 'मतवाला' की 'आरती उतारंने से लेकर 'जूता मारने' तक की घटनाओं-दुर्घटनाओं का अचिन्तनीय आलम-ए-बर्ज़ख़ बन गया। सन् 1924 से लेकर 2005 तक पुस्तक-प्रकाशन और विज्ञापन संसार की यह अकेली घटना है। सन् 1924 में लाल क्रान्ति के पंजे वाले 'उग्र' की उल्टी गंगा और चाकलेट के विज्ञापन तमाम-तमाम पुस्तकों के लिए 'मौत के घाट' साबित हुए थे। फिर तो 'उग्र' की पुस्तकों के विज्ञापन ने 'निराला' जैसे महान कवि को सकते में डाल दिया। जिस निराला ने 'मतवाला' की 'मोटो कविता' (अमिय-गरल, शशि-सीकर, रवि-कर, राग-विराग भरा प्याला; पीते हैं जो साधक उनका प्यारा है यह 'मतवाला'।) लिखी थी] वही निराला अप्राकृतिक दुराचार पर लिखे 'चाकलेट' के लिए कौन-सा मोटो लिखते। उर्दू के मशहूर शायर 'अकबर' का 'खींचो न कमानों को न तलवार निकालो, जब तोप मुक़ाबिल है तो अख़बार निकालो' जैसे प्रसिद्ध 'शेर' से मतवाला का प्रत्येक अंक प्रारम्भ होता था। अब हिन्दी-काव्य के युग-प्रवर्तक कवि (निराला) को यह नहीं सूझ रहा था कि जब पांडेय बेचन शर्मा 'उग्र' के 'चाकलेट' और 'चिनगारियाँ' (कटिबद्ध) हों तो वे क्या निकालें। उन्होंने बारह वर्षों बाद 'राम की शक्ति-पूजा' लिखी। पांडेय बेचन शर्मा 'उग्र' का चेहरा भी उभरा। 'उद्धत-लंकापति' और 'रावण-प्रहार-दुर्वार' जैसे पद-विन्यासों में उग्रालेखन भी सम्मिलित हो गया।

इतना सभी जानते हैं कि 'मतवाला' में पांडेय बेचन शर्मा 'उग्र' के जामातृ-

सम्मान के मंज़र ने 'निराला' को 'दीन' बना दिया था। उन्होंने उग्र को केन्द्र में रखकर मतवाला के सम्पादक बाबू महादेव प्रसाद सेठ के लिए अपनी आखिरी कविता लिखी— 'दीन' (मतवाला का प्रथम दौर, 27 सितम्बर 1924 मुखपृष्ठ)

सह जाते हो
उत्पीड़न की क्रीड़ा सदा निरंकुश नग्न
हृदय तुम्हारा दुर्बल होता भग्न, ×××
अपने उर की तप्त व्यथाएँ
क्षीण कंठ कंठ की करुण कथाएँ
कह जाते हो
और जगत् की ओर ताक कर
दुःख, हृदय का क्षोभ त्यागकर, सह जाते हो—
कह जाते हो—
''यहाँ कभी मत आना
उत्पीड़न का राज्य—
दुःख ही दुःख यहाँ है सदा उठाना,
क्रूर यहाँ पर कहलाते हैं शूर
और हृदय का शूर सदा हो दुर्बल क्रूर....।

ऊपर की 'दीन' शीर्षक कविता में 'दीन' और 'अदीन' का उत्ताप-अनुत्ताप नहीं था, बल्कि 'हृदय के शूर-निराला' और 'निरंकुश नग्न'—'उग्र' का सृजन-संघर्ष था। 'उग्र' को पढ़ने वालों के लिए अज्ञात नहीं रह सकता कि उन्हें धार्मिक, सांस्कृतिक, राजनैतिक और कामोद्दीपक अत्याचारों के विरुद्ध खड़े होने के लिए ही 'निरंकुश', 'नग्न', और 'उग्र' होना पड़ा था। वे खुद सब कुछ झेलकर खड़े हुए थे। इसी झेलने ने उन्हें निन्दा और आक्षेप सहने का चिकना घड़ा बना दिया था। भावुकता न उनके व्यक्तित्व पर हावी हो सकी थी और न ही कृतित्व पर। हालाँकि रचना गुरु के रूप में उन्हें 'दीन' (लाला भगवानदीन) अवश्य मिले थे, परन्तु उन्होंने अपने हज़ार शीर्षकों में एक भी शीर्षक 'दीन' नहीं लगाया। 'दीन' पांडेय बेचन शर्मा 'उग्र' के शब्दकोष से बहिष्कृत पद था। वे 'मृच्छकटिक' के 'दीनानां कल्पवृक्षः' बनना चाहते थे। इसलिए 'मतवाला' काल में वे सबसे अधिक 'पाठकानाम् प्रियं' लेखक बन गये थे। उनकी कल्पवृक्षता उनके युग की रचना-चेतना थी। 'नाना फलैः फलति कल्पवृक्षः' की तरह 'उग्र' भी पाठकों की इच्छा-तुष्टि के नाना विधाओं के रोचक सन्निधान बन गये थे। पूरे द्विवेदी-युग

और छायावाद-प्रगतिवाद-युग में अकेले पांडेय बेचन शर्मा 'उग्र' जनाकांक्षाओं के 'साप्तपदिक' थे। आज के शोध-युग में भी उनकी 'जन-साप्तपदिकता' को चुनौती देना असम्भव है। दुर्भाग्य से उनकी तकदीर में 'सप्तपदी' देने का संस्कार नहीं लिखा था, परन्तु आम जनता के साथ सात कदम चलकर जो 'साप्तपदिकता' प्राप्त होती है— वह उनके भाग्य केन्द्र में विद्यमान थी। क्या कोई आलोचक यह कहने की हैसियत रखता है कि छायावाद और उत्तर छायावाद में निराला को 'दीन' जैसी आत्मकथा-प्रधान कविता लिखने के लिए मजबूर करने की उत्केन्द्रक-शक्ति 'उग्र' को छोड़कर किसी और में हो सकती थी? अगर 'मतवाला' के इतिहास का पुनर्पाठ किया जाए तो स्पष्ट हो जाएगा कि 'दीन' कविता लिखना 'निराला' की शक्तिहीनता नहीं थी बल्कि 'मतवाला' में 'उग्र' के लेखन का बड़ा बाज़ार था।

पांडेय बेचन शर्मा 'उग्र' के लेखन-बाज़ार में आम आदमी से लेकर बड़े-बड़े साहित्यकार पत्रिकाओं के सम्पादक तथा बुद्धिजीवी-वर्ग के लोग तक 'कीनने-बिसहने' के लिए लालायित रहते थे। उग्र की रचनाओं के लिए 'मतवाला' तो इतना अधिक मतवाला था कि जब वे 'स्वदेश' के विस्फोटक विजया अंक का सम्पादन करने के जुर्म में जेल का जीवन जी रहे थे, तब भी वे नाम अथवा छद्म नाम से बाबू महादेव प्रसाद सेठ के पास अपनी रचनाएँ भेजते थे। ऐसी एक रचना 'मतवाला' में 22 अगस्त, 1925 में छपी। 'उग्र' ने दोहे और कवित्त में तत्कालीन जेलों की उत्पीड़क व्यवस्थाओं का वर्णन 'प्रसादन-शैली' में किया। उनकी 'प्रसादन-शैली' व्यंग्य और हास्य के बीच की शैली थी। अगर आज जेल-काव्य का शैली-वैज्ञानिक अध्ययन किया जाए तो बड़ी सम्भावना है कि अध्ययन रिपोर्ट में पांडेय बेचन शर्मा 'उग्र' सबसे बीस निकलें। ऐसा इसलिए सम्भव हुआ था कि चुनार में बचपन बिताते हुए उन्होंने गंगा में तैराकी की जो कला सीखी थी, उसी ने उन्हें भाषा की तैराकी में भी पारंगत बनाया था। 'मतवाला' और 'आज' में प्रकाशित उनकी जेल-कविताओं को पढ़कर उनकी इल्मे ज़बां को आसानी से समझा जा सकता है। 'मतवाला' ने कैदी लेखक पांडेय बेचन शर्मा के लिए शीर्षक लगाया— 'उग्र' महाराज हैं, और कोष्ठक में लिखा (रचयिता—श्रीयुत 'उग्र')। इसके नीचे कविता छापने की पुरानी पद्धति का प्रयोग करते हुए पृष्ठ के दाहिने अर्धांश में लिखा,

।। दोहा।। सदृश

कम्बल बाघम्बर, नागमाल जंजीर।
तसला खप्पर कर लिये 'उग्र' उग्र मति धीर।।

(कवित्त)

मार[1] के हो शत्रु, हम भी हैं मार[2] ही के शत्रु,
वहाँ द्विजराज,[3] यहाँ भी तो द्विजराज[4] हैं।
जटाजूट वाले! हम भी हैं जटाजूट वाले,
भूतनाथ देखो, कैदी भूतों के समाज हैं।
मल-हर गंगा वहाँ, मल-हर गंगा यहाँ
यहाँ वहाँ दोनों ओर अशिव के साज हैं।
कालीदार[6] वाले तुम, काली दार[7] वाले हम,
तुम रुद्र हो तो हम 'उग्र' महराज हैं।

x x x

दाल जेलखाने की।

x x x

भसम हुआ, सम नहिं हुआ, संग कोयला संग।
यम का मुख पीला पड़ा, देख दाल का रंग।।

(कवित्त)

कोई कहे काजल, बताता कोई कालिख था—
'ब्लैक वार्निश' है 'फोर्डकार' में लगाने की।
बालटी में देख उसे कोई पट बोल उठा,
'कोबरा' की पालिस है बूट चमकाने की।
कोई जेबकट लखनऊ का तुरन्त बोला,
स्याही है जो 'माधुरी' की छाती पै छपाने की।
जेल-जमादार इतने में कहने यूँ लगा—
'उग्र' महराज, यही दाल जेलखाने की।

(मतवाला, पृष्ठ 46)

इन कविताओं के फुटनोट में इंगित शब्दों के अर्थ दिये गये जैसे 1. कामदेव, 2. मारपीट, 3. चन्द्रमा, 4. ब्राह्मण, 5. दोहाई है सम्पादकजी की। जेल में एक मलहर भंगी है जिसका नाम गंगा है!! 6. स्त्री, 7. दाल, 8. पत्थर, साथ।

पांडेय बेचन शर्मा 'उग्र' की कविता में 'जेल-जमादार' और गंगा नाम के मलहर के उल्लेख से यह अनुमान लगाया जा सकता है कि उनकी जेल-कविताएँ जमादार और 'गंगा' नामक सफाईकर्मी के माध्यम से ही जेल के बाहर पहुँचती रही होंगी। उनकी जेल कविताएँ 'आज' (दैनिक) और 'मतवाला' (साप्ताहिक) दोनों में प्रकाशित होती थीं। उन्होंने 'अपनी खबर' में भी कुछ जेल-कविताएँ दी हैं।

अज्ञात नहीं है कि 'मतवाला' में पहले 'कवित्त' के अन्तिम चरण में प्रयुक्त 'तुम रुद्र हो' महादेव प्रसाद सेठ के लिए प्रयुक्त किया गया था क्योंकि 'रुद्र' का एक अर्थ 'महादेव' भी होता है परन्तु 'आज' में यह पद रुद्र काशिकेय की ओर संकेत करने वाला था।

बड़ी सम्भावना है कि नौ महीने जेल के नरक में रहकर पांडेय बेचन शर्मा 'उग्र' ने अपने लेखकीय समय का कुछ हिस्सा खोया हो, परन्तु उन्हें उपन्यासों-कहानियों तथा अन्य विधाओं की रचना के लिए हासिलात भी कम नहीं हुई। उन्हें रचनाओं के प्लाट मिले, कैरेक्टर्स मिले, परिवेश मिले, आरोह और अवरोह के क्षण मिले, एक चेहरे पर चढ़े कई-कई मुखौटे मिले तथा साम्राज्यवादी सरकार की क्रूरताओं के गवाह मिले। गंगा भंगी की रफ़ाक़त ने 'बुधुआ की बेटी' और 'सब्जबाग़' के लिए 'दलित-लेखन' के प्रति प्रतिश्रुति बनायी। 'उग्र' जैसे कैदी को अंग्रेज़ी राज की 'कारा' शारीरिक यातना दे सकती थी, परन्तु रचनात्मक ऊर्जा की बढ़ोत्तरी को नहीं रोक सकती थी। उन्होंने अपने संस्मरणात्मक उपन्यास 'फागुन के दिन चार' में जेल जीवन से प्राप्त अनुभवों को रचना के साँचे में ढालकर औपन्यासिक चैतन्य का नया सूक्त रचा था। 'उग्र' की एक खास विशेषता यह थी कि वे हर परिस्थिति के साथ, अनुग्र, सहज-स्वस्थ, राष्ट्रधर्मी और सर्जनशील समझौता कर लेते थे।

'उग्र' सन् 1921 और 1925 में दो बार जेल गये थे। पहली बार बनारस जेल में और दूसरी बार नैनी जेल में। दोनों बार उन्होंने जेल काटा नहीं था, बल्कि जेल भोगा था। इतिहास साक्षी है कि सन् 1920 से लेकर सन् 1945 तक जेल जाना 'राष्ट्रीय तीर्थयात्रा' के समान था। 'उग्र' ने दोनों जेल यात्राओं के यात्रा-वृत्तान्त लिखे। उनकी फाइलें तैयार कीं और इन्हीं फाइलों के आधार पर एक मिसिली उपन्यास लिखा—'फागुन के दिन चार'। इस उपन्यास में उन्होंने बनारस जेल की मिसिल की पर्त-दर-पर्त खोली। हर पर्ण पर यथार्थ परिदृश्य दिये परन्तु परिभव और पश्चात्ताप का एक भी शब्द नहीं। 'फागुन के दिन चार' हिन्दी साहित्य में चश्मदीद इकबालमन्दी का पहला संस्मरणात्मक उपन्यास बना। इसमें ब्रिटिश कालीन कारागार के भीतरी दृश्यों की एक-दो बानगी लेना असंगत न होगा, मसलन, "आन्दोलन और धरपकड़ आरम्भ होने के महीने भर तक तो चौकाघाट-जेल वैसी ही थी जैसी अन्धकार ब्रिटिश राज के तत्कालीन वातावरण में होनी चाहिए थी : जाग्रत नरक।" अगर इस पंक्ति को गौर से पढ़ा जाए तो अस्पष्ट नहीं रहेगा कि 'उग्र' ने यह पूरी पंक्ति जेल की अन्दरूनी भाषा में लिखी थी। पुलिंग को स्त्रीलिंग की तरह प्रयुक्त करना तथा 'जेल' और 'अन्धकार' के पुलिंगत्व को स्त्रीलिंगता में बदल देना, 'जेल-भाषा' की संस्मरणात्मक अवधारणा थी, भाषाई

ग्रहण-त्याग का अद्‌भुत नमूना, कैदी-लोक का यथातथ्य वर्णन जहाँ न किसी पाणिनि की ज़रूरत थी और न ही किसी कामताप्रसाद गुरु की। यह पंडित पांडेय बेचन शर्मा 'उग्र' की निजी फक्किका थी, यानी भाषा के अनुचित व्यवहार का कूट उत्तर।

चौकाघाट की जिस जेल में पांडेय बेचन शर्मा 'उग्र' थे उसी में उनके साथ कृपलानीजी, बाबा राघवदास, सम्पूर्णानन्द, प्रसिद्ध लेखक नन्द कुमारजी, कबीर चौरा मुहल्ले का कत्थक लीलाधर, मौलाना रहमतुल्ला, प्रिंस अफगान, लोकगायक बाबा बाँके बिहारी बदायूँनी और भदैनी का विचित्र ब्राह्मण तरुण जगरूप (छद्‌मनाम) भी थे। 'फागुन के दिन चार' के छठें और सातवें अध्यायों में 'उग्र' ने कैदियों, जेलखाना के कर्मचारियों और अधिकारियों के व्यवहार, आचरण, कथनी-करनी में भेद रहस्य, मौज-मस्ती, नृत्य, गान, काव्य-गोष्ठी, प्रवचन और प्रलाप का जो वर्णन-चित्रण किया है, वह आज के इलेक्ट्रॉनिक मीडिया के विविध कार्यक्रमों से भी अधिक आकर्षक है। इसी उपन्यास में फिल्मी जीवन की सच्चाइयों का भी दृश्यांकन हुआ है। यानी चुनार के सट्टूपुर गली के बेचन ने बीसवीं शताब्दी के छठे दशक सन् 1959-60 तक अपने जीवन में जो-जो कुछ किया था, उन सभी के अक्स कहीं संकेतों में और कहीं मुँहफट्टई के साथ उतारे थे। इसीलिए 'फागुन के दिन चार' की आधुनिक प्रासंगिकता आज के लेखकों और पाठकों के लिए अधिक अर्ह हो गयी है। इसमें कलात्मक इतिहास के कुछ ऐसे पन्ने हैं जो वात्स्यायन के 'कामसूत्र' में भी नहीं मिल सकते। इस उपन्यास के उपोद्‌घात की शुरुआती पंक्ति है, "किसी उपन्यासकार का सबसे बड़ा दायित्व होता है कि वह हमारे दोषों, दुर्बलताओं का पर्दाफाश करके हमारे काले और ख़तरनाक सपनों को घसीट कर रोशनी में लाए ताकि हम स्वस्थ, सजग-सचेत हों, सुधरें और अग्रगामी हों।"

उपर्युक्त पंक्ति में रचनाकार के 'दायित्व' का सवाल सीधा और सपाट नहीं है। इसी दायित्व का एक पहलू यह भी है कि 'समाज को अग्रगामी' बनाना लेखन की अनिवार्यता है। परन्तु आज के उपन्यासों में ये प्रश्न तिरोहित हुए जा रहे हैं क्योंकि आज इंटरनेटवाद की बेखबर रोशनी इस कदर फैल गयी है कि किसी लेखक को अँधेरे की पहचान करने की जरूरत ही नहीं रह गयी है। 'उग्र' ने सारी लड़ाइयाँ लेखकों की 'बेखबरी' और 'बेएतिबारी' को लेकर लड़ी थीं। 'फागुन के दिन चार' 'उग्र' का एक ऐसा युद्धस्थल है जहाँ उन्होंने दूसरों के साथ ही अपने पर भी आक्रमण किया। 'घायल होना और घायल करना' उनकी रचना-दृष्टि थी। उनकी रचना-प्रक्रिया भी यही थी। अनुभवों के अनेक अध्यायों का 'एकाध्यायी' उपन्यासकार 'उग्र' जैसा कोई मिलता ही नहीं। इसके लिए 'उग्र'

का उपन्यास 'फागुन के दिन चार' अवश्य पढ़ा जाना चाहिए।

यहाँ 'फागुन के दिन चार' उपन्यास को 21वीं सदी की समीक्षा-दृष्टि से देखना इसलिए जरूरी है कि इससे केवल 'उग्र' के यथार्थवादी रचना-व्यक्तित्व का ही ज्ञान नहीं होगा, बल्कि इसी के साथ आज की उपन्यास-लेखन प्रवृत्ति को समझने में सहायता मिलेगी।

पांडेय बेचन शर्मा 'उग्र' जब 8 फरवरी 1926 को जेल से छूटकर छठे दिन जब 'मतवाला' में आये तो उनका भारी स्वागत किया गया था। 'मतवाला' (6 फरवरी 1926) के मुखपृष्ठ पर एक सूचना दी गयी जिसका शीर्षक था 'काशी दरबारे यही 'उग्र' महाराज हैं।' इसके बाद लिखा गया 'मतवाला' के पाठकों के परिचित, हिन्दी के होनहार युवक, लेखक और कवि, स्वदेश-प्रेम-मदमस्त श्रीयुत् पण्डित बेचन शर्मा 'उग्र' पूरे नौ मास के बाद मानो नौकरशाही का कारा-भ्रूण विदीर्ण कर परसों सोमवार ता. 8 फरवरी को बाहर निकल पड़ेंगे। मतवाला-मंडल आपका हृदय से स्वागत करते हुए भगवान भोलानाथ से प्रार्थी है कि आप सदा नौकरशाही की आँखों की किरकिरी बने रहें।" (मतवाला : 6 फरवरी 1926, मुखपृष्ठ)

पाँच दिनों तक आतुर प्रतीक्षा के बाद ब्रिटिश कारा के गर्भ का भेदन करके नव अवतरित 'उग्र' जी का 'मतवाला' प्रवेश 13 फरवरी 1926 को हुआ। 'दिल्ली का दलाल' और 'बुधुआ की बेटी' के भी दिन बहुरे। ये दोनों पांडेय बेचन शर्मा 'उग्र' के लेखकीय व्यक्तित्व के औपन्यासिक निकष साबित हुए। इसके पहले 'चन्द हसीनों के ख़तूत' उनके उपन्यास लेखन का प्रयोग था। वह ऐसा समय था जब उग्रजी पर बाबू महादेव प्रसाद सेठ के ग़ालिब हाबी थे। यही कारण रहा कि 'चन्द हसीनों के ख़तूत' में शेरो सुख़न का भरपूर प्रयोग हुआ। इसने प्रेमपत्रों के उपन्यास-लेखन की नयी कल्पना दी। इसमें रीतिकालीन प्रेमपत्रों की कामोत्तेजना के स्थान पर कौमी एकता की आवाज़ उठाई गई। 'मतवाला' में पांडेय बेचन शर्मा 'उग्र' के पुनरागमन तक इसके दो संस्करण छप चुके थे। 'द लीडर' ने इसकी धारावाहिक समीक्षा शुरू कर दी थी। 4 अक्टूबर 1928 के अंक में लिखा,

This is a tragic love story (written in the form of the letters) of a Hindu youth and a mohamedan girl. Both reading in Calcutta collages. The story has been beautifully marrated in language which is at once idiomatic and forceful. The narration has an easy and natural flow and this story fully retains the interest of the readers from cover to cover. It would hardly be an exaggeration to say that there is not a single dull page in the whole book, which is neatly printed and attractively got up."

Chand Hasinon ke Khatut by Pandeya Bechan Sharma 'Ugra'
p.142. price 12 annas.

'उग्र' के पक्ष में 'मतवाला' ने 'लीडर' द्वारा की गयी इस पुस्तक-समीक्षा का इतना अधिक विज्ञापन किया कि सप्ताह भीतर 'चन्द हसीनों के ख़ुतूत' का तीसरा संस्करण प्रकाशित किया गया। 3 नवम्बर 1928 के मुखपृष्ठ (मतवाला) पर छपा, 'उग्र लिखित 'चन्द हसीनों के ख़ुतूत' समाप्त। तीसरे संस्करण की प्रतीक्षा कीजिए।''

'चन्द हसीनों के ख़ुतूत' में शेरीयत का पटल इतना अधिक रोशन था कि वह पाठकीयता की मद्धिम दृष्टि-पथ को भी उत्कंठ-आलोक से दीप्त कर देता था। यह सभी जानते हैं कि पांडेय बेचन शर्मा के रचनात्मक आवास-रजिस्टर में केवल मिरजापुर, बनारस और गोरखपुर आदि शहरों का पूर्वांचल ही नहीं लिखा था, बल्कि उनके लिए कोलकाता में भी एक वृहत्तर पूर्वांचल था। रामलीला मंडलियों में कभी सीता, कभी लक्ष्मण और कभी नर्तकी की भूमिका में तत्कालीन पंजाब में उन्हें 'हसीन तरीन' की सनद मिल चुकी थी। 'उग्र' ने खुद लिखा है, ''मैंने पंजाब और नार्थ वेस्ट फ्रंटियर प्राविंस का लीला-भ्रमण किया। अमृतसर, लाहौर, सरगोधा, मंडली, चूहड़काणा, पिंड दादन खाँ, मिंटगुमरी, कोहाट और बन्नू रामलीलाओं में अपने राम-स्वरूप की हैसियत से शिरकत करते रहे। यह सब सन् 1911-12 ई. की बात होगी। ...मेरा ख्याल है कि, ''इश्क क्या है, इसका पता मुझे बारह साल की वय में लग गया था। बारह साल की उम्र में मैं सत्रह साल की एक अभिरामाश्यामा पर ऐसा आशिक़ हो गया था कि 'सीने में जैसे कोई दिल को मला करे है' का अनुभव मुझे तभी हो गया था। ...मैंने पहले दर्द जाना, दवा के लिए तरसने का रस चखा।'' (अपनी खबर : पृ. 61, 63, 64)

'उग्र' के सरेबाज़ार आत्मकथ्य से भलीभाँति जाना जा सकता है कि वे बारह वर्षों तक इश्क़ की दवा के लिए तरसते रहने के बाद 'चन्द हसीनों के ख़ुतूत' लिखकर पंडित मुरारी कृष्ण शर्मा, Room no. 36, Calcutta collage Hostal Calcutta (उपन्यास का नायक) की दवा नहीं बल्कि अपनी किशोरोद्दाम संवेदनाओं की दवा की थी। संकेत रूप में उन्होंने स्वीकार भी किया है कि, ''इनके बारहवें वर्ष का प्रेम उनका 'शाश्वत साहित्य' था। प्रेम के अन्य औपन्यासिक प्रसंग या घटनाएँ 'उसी शाश्वत साहित्य के संक्षिप्त, सस्ते संस्करण मात्र थे।' (अपनी खबर : पृ. 64)

पांडेय बेचन शर्मा 'उग्र' का यह सन्दर्भ उनके नाफ़रेब व्यक्तित्व का ही आईना नहीं है, बल्कि उनकी सार्वजनीन अवधारणाओं का भी दर्पण है। कुंठाग्रस्त यौनभाव और प्रेम-भाव में अन्तर दिखाते हुए उन्होंने लिखा है, ''वही मेरे सीने में मुहब्बत की आग कुछ ऐसी जगमगा गयी, जो किसी क़दर आज तक मुझे

गरमाती, तपाती, जलाती बयानी रहती है। और मेरे सलोने सौभाग्य में बारह बरस की ही वय में मुहब्बत बदी थी। उस शायर ने झूठ कहा होगा, जिसने कहा, "मेरा मिज़ाज लड़कपन से आशिक़ाना था', लेकिन मैं सच कहता हूँ। कोई पूछ सकता है, इससे मेरा फायदा हुआ या नुकसान? यह सवाल वही करेगा जिसे मुहब्बत के राहोरस्म का इल्म मुतलक न होगा। मुहब्बत सांसारिक हानि-लाभ के तराजू पर तौली जाने वाली योग्य जिंस कदापि नहीं। इसका तो जीवन के सुदुर्लभ सुधा-मधुर स्वाद से सम्बन्ध है। कहा उस्ताद ने," इश्क से तबीयत ने ज़ीस्त का मजा पाया, दर्द की दवा पायी, दर्द बेदवा पाया। इस बे-ऋतु के प्रेम ने मुझे अकारण प्रेम के मार्ग पर कुछ ऐसा उतार दिया कि आज तक मैं मन के मचलने से नहीं, न जाने क्यों किसी को प्यार करता हूँ। बक़ौले, दिल चाहेगा जिसको उसे चाहा न करेंगे, हम इश्को हविस को कभी इक जा न करेंगे। मैं महसूस कर रहा हूँ, डूबकर निकलने वाले दोस्त पूछना चाहते हैं कि साठ के हो गये, आज तक जनाब दिलफेंक ही हैं? जी हाँ! मैं बरसों से उम्र क्यों गिनूँ? जीवन की गति से क्यों न जाँचूँ?" (अपनी खबर : पृष्ठ 66-67)

देखा जा सकता है कि अपनी षष्ठि पूर्ति पर पांडेय बेचन शर्मा 'उग्र' का यह 'प्रवचन' किसी अभिनन्दन ग्रन्थ से भी अधिक महत्त्वपूर्ण है। इस छोटे से प्रवचन में 'बेचन पांडे' के तन, मन, भाव, विचार, विवेक, विमर्श, विक्रान्ति, विक्रिया, सिद्धान्त, संकल्प, साहित्य, प्रस्तावना, उपसंहार, भाषा, शिल्प और सृजन-प्रक्रिया यानी सबकुछ उभर कर सामने आ गये हैं।

अगर गौर किया जाए तो पांडेय बेचन शर्मा 'उग्र' के ब-कलमे खुद बयानात का ही एक सफ़हा है, 'चन्द हसीनों के ख़तूत'। इस लघु उपन्यास में उनकी दीर्घ चेतना का वही शेरो-शायरी वाला माहौल जो 'अपनी खबर' में। 'अपनी खबर' में उन्होंने लिखा,

हम हैं मुश्ताक़ और वह बेज़ार,
या इलाही! ये माजरा क्या है?
ये परी-चेहरा लोग कैसे हैं?
ग़म्ज़ा-ओ-इश्क-ओ अदा क्या है?
सब्ज़ा-ओ-गुल कहाँ से आते हैं?
अब्र क्या चीज़ है? हवा क्या है?

यह 'मतवाला' के मिर्ज़ापुरी सम्पादक बाबू महादेव प्रसाद सेठ का 'पांडेय बेचन' पर ग़ालिब-प्रभाव था जिसे वे ताउम्र भूल नहीं सके थे। 'चन्द हसीनों के ख़तूत' पर भी महादेव-रंग कम नहीं चढ़ा था, मसलन,

बुत में भी तेरा, रब, जलवा नज़र आता है।
बुतख़ाने के पर्दे में काबा नज़र आता है।
दिल और कहीं ले चल ये दैरो-हरम छूटें,
इन दोनों मकानों में झगड़ा नज़र आता है।
माशूक़ का रुतबा तो महशर में कोई देखे,
अल्लाह भी मजनूँ को लैला नज़र आता है।
इक क़तरए मै जब से साकी ने पिलाया है,
उस रोज़ से हर क़तरा दरिया नज़र आता है।
साकी की मुहब्बत में दिल साफ़ हुआ इतना,
जब सर को झुकाता हूँ शीशा नज़र आता है।

(ख़तूत, पृ. 85-86)

पांडेय बेचन शर्मा 'उग्र' रामलीला-मंडलियों के मंच से नृत्य-गान करते हुए 'शेरो सुख़न' के लोक-प्रभाव से अपरिचित नहीं थे। इसी प्रभावोत्पादकता का प्रयोग उन्होंने पत्रात्मक शैली में लिखे अपने पहले उपन्यास 'चन्द हसीनों के ख़तूत' में किया। लगभग सोलह हजार शब्दों के इस उपन्यास में उन्होंने दो दर्जन शेर और रहीम का एक बरवै छन्द दिये। प्रभाव ऐसा कि तीन वर्षों में 5000 से अधिक प्रतियाँ बिक गईं। हिन्दी उपन्यास लेखन के क्षेत्र में एक नया भूचाल आ गया। अश्लीलता के दोष मढ़े गये। पंडित मुरारी कृष्ण शर्मा और नरगिस की 'पाक मुहब्बत' को 'नापाक' घोषित किया गया। हिन्दू-मुसलमान दोनों उबल रहे थे। पंडित होकर मुरारी कृष्ण अपनी माँ से कहता है, "अगर मैं किसी मुसलमानिन से अपना ब्याह करूँ तो आपको कोई आपत्ति तो न होगी?" ('खुदाराम और चन्द हसीनों के ख़तूत' सन् 1987, पृ. 73) नर्गिस (एक मुसलमान लड़की) अपने अब्बा से कह रही है, "वह आदमी है, हम आदमी हैं। हममें न कोई काफ़िर है न कोई मुसलमान। वे आँखें किस काम की जो आदमी को नफ़रत, वुग्ज़ और कीने की शक्ल में देखें। मैं तो सीधी-सीधी बात जानती हूँ, दुनिया खुदा की है, शेख़ खुदा के हैं, बिरहमन खुदा के हैं, काफ़िर खुदा का है और मुसलमान भी खुदा का है।" (वही : पृ. 83)। 'चन्द हसीनों के ख़तूत' का सन् 1924 मुरारी और नर्गिस की अग्रगामिता बर्दाश्त करने के लिए तैयार नहीं था, इसलिए उस उपन्यास पर हो-हल्ला मचना अस्वाभाविक नहीं था। आज अपने देश के पचास प्रतिशत से अधिक लोग 'उग्र' की उक्त विचारधारा से असहमत नहीं हो सकते। जो पचास प्रतिशत शेष बचेंगे, वे असहमत भले ही हों परन्तु 'उग्र' को गालियाँ तो नहीं ही देंगे।

पांडेय बेचन शर्मा 'उग्र' के इस छोटे उपन्यास ने हिन्दी लेखकों को बड़े-

बड़े उन्वान दिये। खुद 'उग्र' की तमाम कहानियों के शीर्षक 'चन्द हसीनों के ख़तूत' से पैदा हुए हैं। 'दोज़ख़! नरक', 'खुदा के सामने', 'ईश्वरद्रोही', 'मलंग', 'हिन्दू-मुसलमान', 'दिल्ली की बात' जैसी दो दर्जन से अधिक कहानियों की तस्वीरें 'चन्द हसीनों के ख़तूत' के रंग से रंगी गयी हैं। 'चन्द हसीनों के ख़तूत' प्रेमोन्माद की त्रासद कथा नहीं बल्कि शाश्वत प्रेम, कौमी एकता और राष्ट्रीय चेतना का त्रिभुज है। 'ख़तूत' के शब्दों में नहीं बल्कि इसके विचारों में प्रवेश करने से स्पष्ट ज्ञात होता है कि यह उपन्यास पांडेय बेचन शर्मा 'उग्र' की रचनात्मक 'त्रिभुज-चेतना' था। यही चेतना उनकी सभी रचनाओं का उपादान-कारण बनी। 'ख़तूत' से तीन वर्ष पहले लिखी कहानी 'खुदाराम' का अन्त करते हुए 'उग्र' ने लिखा था— 'तूने मन्दिर बनाया, तू भगवान है, मैंने मसजिद उठायी, मैं रहमान हूँ। तू भी भगवान है, मैं भी भगवान हूँ, तू खुदा, मैं खुदा, फिर जुदाई कहाँ?' यह 'उग्र' द्वारा किया गया सवाल नहीं है, बल्कि हमारे ज़माने के लिए दिया गया 'उत्तर' है। 'खुदाराम' और 'चन्द हसीनों के ख़तूत' की प्रसिद्धि का प्रभाव यह रहा कि 'वाणी प्रकाशन, दिल्ली' ने सन् 1987 में इसका पुनः प्रकाशन किया।

'चन्द हसीनों के ख़तूत' पर पांडेय बेचन शर्मा 'उग्र' द्वारा सन् 1955 में दिया गया बयान अवश्य पढ़ा जाना चाहिए।

बयान— "'चन्द हसीनों के ख़तूत' विश्व के उपन्यास-साहित्य में हर्गिज़ नाम लेने क़ाबिल नहीं मगर, हिन्दी में इसने मुझे बहुत यश दिया। 'चन्द हसीनों के ख़तूत' से जो मुझे शोहरत मिली उससे मैं मालामाल हो गया और अब, भले ही मेरी जेब में एक टका न हो, पर धन मेरे चारों ओर गुजराती गरबा नाचता है। फिर भी, हिन्दू-मुस्लिम सुधार पर आज मुझे लिखना हो तो कुछ भी न क्यों लिखूँ पर 'चन्द हसीनों के ख़तूत' तो हर्गिज़ नहीं लिखूँगा। मेरी बुद्धि बदल गयी, सो बात नहीं—काल बदल गया, वक्त बदल गया।" (प्रकाशकीय, 'उग्र' प्रकाशन सदर बाजार, दिल्ली, दिनांक 1.6.55)।

'उग्र' के बयान को पढ़कर समझा जा सकता है कि वे समय-प्रत्यभिज्ञा के जागरूक लेखक थे। उन्हें यह दुःख अवश्य सताता रहा कि 'चन्द हसीनों के ख़तूत' सन् 1927 ई. में कलकत्ते के 'मतवाला' में जैसा कुछ प्रकाशित हुआ था, अथवा उसके प्रारंभिक संस्करणों का जो पाठ था, वह पाठ दूसरे प्रकाशक के यहाँ से छपने पर न रह सका। तपते हुए अंग्रेजों के भय से उनके शासन के विरुद्ध किये गये अनेक उग्र-इशारे नहीं छापे गये।' (आठवें संस्करण के प्रकाशकीय से, पृ. 6)।

'उग्र' का उपन्यास 'चन्द हसीनों के ख़तूत' हिन्दी में पत्रात्मक शैली का पहला उपन्यास भले रहा हो परन्तु विश्व-उपन्यास साहित्य में लगभग 150 वर्ष

पहले ही 'Epistlary form of Novel' लिखने की परम्परा थी। Holiett का 'Humphry Clinker' शीर्षक उपन्यास पत्रात्मक शैली में लिखा गया था। इसे 18वीं सदी में ही काफी ख्याति मिल चुकी थी। पत्रात्मक शैली के प्रसिद्ध उपन्यासकार फील्डिंग का भी कम महत्त्व नहीं था। 'मतवाला' के मंडलेश महादेव प्रसाद सेठ का 'मतवाला-पुस्तकालय' विश्व-साहित्य की किताबों से भरा हुआ था। 'सेठ' जी स्वयं अंग्रेजी, उर्दू और बंगभाषा के अच्छे अध्येता थे। वे मंडल के सदस्यों की कक्षा लगाते। 'निराला' के बाद 'उग्र' उनकी कक्षा के मानीटर बने। पांडेय बेचन शर्मा न तो शिवपूजन सहाय की अस्वीकृति थे और न ही मुंशी नवजादिकलाल के। इसलिए वे (उग्र) मतवाला के हाथ-पाँव बन गये। चुगलखोरों की चिन्ता न करते हुए वे लगातार लिखते रहे। उन्होंने 'चाकलेट' लिखकर विरोधियों को चटकना मारा था और 'चन्द हसीनों के ख़तूत' लिखकर नयी चमक पैदा कर दी।

हिन्दी-साहित्य के इतिहासों के पृष्ठों पर अब भी सुरक्षित सबूत हैं कि 'चन्द हसीनों के ख़तूत' के साल पेश्तर 'प्रेमचन्द' ने पत्रात्मक शैली में एक बहुत लम्बी कहानी, यानी 'लघु उपन्यास, लगभग 20 हजार शब्दों में लिखी जो 'माधुरी' में धारावाहिक रूप में प्रकाशित हुई। 'कहानी' का शीर्षक था, 'दो सखियाँ।' 'चन्द हसीनों के ख़तूत' में कुल सात पत्र छोटे-छोटे, परन्तु 'दो सखियाँ' में कुल तेरह पत्र बड़े-बड़े। शब्दों की दृष्टि से प्रेमचन्द ने 'उग्र' के 16 हजार पर सवा सोलह हजार (20000) जड़ा। परन्तु प्रचार की दृष्टि से 'चन्द हसीनों के ख़तूत' 'दो सखियाँ' से बाज़ी मार ले गया। मीडिया के जितने भी प्रतिष्ठान थे, उनमें से अधिकांश में (दैनिक, साप्ताहिक और मासिक) 'चन्द हसीनों के ख़तूत' की प्रशंसाएँ छपीं। यहाँ तक कि उग्र-विरोधियों ने 'चाकलेट' और 'दिल्ली का दलाल' पर भले ही अश्लीलता, वर्जित कथ्य-विनियोजन और भाषाई दुराचरण के आरोप मढ़े, परन्तु 'चन्द हसीनों के ख़तूत' की प्रशंसाएँ ही कीं। उस समय 'सर्वेंट्स ऑफ इंडिया सोसायटी' के एक सम्माननीय सदस्य वेंकटेश नारायण तिवारी दैनिक 'भारत' के सम्पादक थे। उन्होंने 4 नवम्बर, 1928 वाले अंक में 'चन्द हसीनों के ख़तूत' पर अपनी सम्मति देते हुए लिखा— "चन्द हसीनों के ख़तूत' पंडित बेचन शर्मा पांडेय 'उग्र' की उग्र-लेखनी की करामात है।' इसके बाद पूरे पृष्ठ के आधे भाग में की गयी काफी लम्बी पुस्तक-समीक्षा में उपन्यास के कथ्य की दृष्टि-सम्पन्नता और मुरारी कृष्ण तथा नर्गिस के चरित्र-चित्रण के लिए अपनाई गयी नयी शैली का तर्कों और प्रमाणों के साथ समर्थन किया। समीक्षा में लिखा गया—

'भाषा सर्वत्र बामुहाविरा और ज़ोरदार है। स्थान-स्थान पर हिन्दी और उर्दू कवियों के उपयुक्त पद्यों ने भाषा में और भी लालित्य पैदा कर दिया है।'

'मतवाला' ने वेंकटेश नारायण तिवारी की पूरी समीक्षा अपने 24 नवम्बर, 1928 के अंक में ज्यों की त्यों प्रकाशित कर दी। (पृ. 12)

बाबू महादेव प्रसाद सेठ द्वारा 'उग्र' के अतिशय विज्ञापन के कई कारण थे। डॉ. रामविलास शर्मा ने तो सेठ जी के व्यावसायिक दृष्टिकोण को ही सबसे महत्त्वपूर्ण कारण माना था। उन्होंने (डॉ. शर्मा) निराला की साहित्य-साधना (भाग एक : मतवाला मंडल) में महादेव प्रसाद सेठ पर व्यंग्य और पांडेय बेचन शर्मा 'उग्र' पर उपहासात्मक कटाक्ष तक किये हैं। यहाँ डॉ. रामविलास शर्मा के तर्कों का विरोध अथवा प्रतिपादन करना उद्देश्य नहीं है, लेकिन यह कहना जरूरी है कि सेठजी में केवल व्यावसायिक बुद्धि की ही प्रधानता नहीं थी। अगर ऐसी ही बात होती तो मिर्ज़ापुरी पत्थरों का व्यवसाय करते हुए उन्हें 'मतवाला' साप्ताहिक प्रकाशित करने की कोई आवश्यकता नहीं थी। घाटा उठाने की चिन्ता किये बिना, उन्होंने 'मतवाला' का प्रकाशन ज़ारी रखा। प्रश्न उठता है कि मिर्ज़ापुरी खत्री व्यवसायी के इकलौते रह गये पुत्र ने ऐसा क्यों किया? महादेव प्रसाद सेठ के जीवन और उनके कृतित्व से परिचित लोगों के लिए उक्त प्रश्न का उत्तर देना बिलकुल कठिन नहीं है।

बाबू महादेव प्रसाद सेठ को जानने वाला कोई भी व्यक्ति विश्वसनीय धरातल पर यह कह सकता है कि मिर्जापुर में रहते-पढ़ते हुए वे काशीप्रसाद जायसवाल के निकट सम्पर्क में रहे। इसी सम्पर्क ने उनमें लेखकीय रुचि पैदा की। जब वे मिर्ज़ापुर से इलाहाबाद गये तो पुरुषोत्तम दास टंडन के घर रहते हुए पढ़ने के साथ ही साथ कविताएँ और लेख लिखने लगे। 'मर्यादा' और 'नवजीवन' जैसी मासिक पत्रिकाओं में प्रकाशित होते रहने के कारण वे आचार्य महावीर प्रसाद द्विवेदी से जुड़े। यह एक बहुत बड़ा संयोग था कि लोहे का एक खुरदुरा टुकड़ा पारस पत्थर के सम्पर्क से सोना होने की राह पर आ गया। यहीं से पत्रिका-प्रकाशन की आकांक्षा पैदा हुई। भागे कलकत्ता। वे हाई स्कूल परीक्षा में भी नहीं सम्मिलित हुए। अब महादेव प्रसाद सेठ के सामने कलकत्ता था, पत्थरों के सिल-बट्टे, चौके, पथरी और मूर्तियाँ थे। इन्हीं पत्थर-आकारों के बीच रहते हुए पत्रिका-प्रकाशन की आकांक्षा अँकुराती रही, फलतः 'मतवाला' कैसे प्रकाशित हुआ, इसका अत्यन्त रोचक और प्रामाणिक विवरण दिया है डॉ. रामविलास शर्मा ने 'निराला की साहित्य साधना' के भाग एक में।

स्पष्ट है कि सेठजी ने पांडेय बेचन शर्मा 'उग्र' का प्रयोग व्यावसायिक स्तर पर ही नहीं किया बल्कि हिन्दी जगत में 'मतवाला' के हंगामेदार व्यक्तित्व की स्थापना के लिए भी किया। 'उग्र' के आने के बाद हिन्दी पत्र-पत्रिका की दुनिया में 'मतवाला' बहुमुख चरित्र का पाठकीय पात्र बन गया। 'उग्र' के नाम

और छद्म नामों के लेखन के कारण 'मतवाला' के पिछले सभी रिकार्ड टूट गये। 'उग्र' ने केवल अपने ही को यश-अपयश नहीं दिये, बल्कि उन्हीं के साथ 'मतवाला' और मंडलेश महादेव प्रसाद सेठ का भी यशारोहण हुआ। सन् 1923 में हिन्दी के कुल चौबीस साप्ताहिकों का प्रकाशन शुरू हुआ था। कई साप्ताहिकों के सम्पादक तो बड़े-बड़े ख्याति-रत्न थे, जैसे अजमेर के 'अहिंसा प्रचारक' के सम्पादक दुर्गा प्रसाद, दिल्ली के 'गो रक्षक' के भगवान दास, मथुरा के 'जीवन' के गणेश दत्त शर्मा 'इन्द्र' दिल्ली के 'विजय' के मंगलदेव शर्मा, नागपुर के 'श्रमजीवी' के सत्यभक्त, दिल्ली के 'सत्यवादी' के इन्द्र विद्या वाचस्पति, लखनऊ के 'महिला समाचार' की सत्यवती जैन, कानपुर के 'महिला सुधार' की सीता देवी, मेरठ के 'मातृभूमि' के विश्वेश्वर प्रसाद प्रेमी 'व्याकुल', उरई के 'भारतीय लोकमत' के मन्नालाल पांडेय, हाथरस के 'स्वच्छन्द' के राजवैद्य केदारनाथ चतुर्वेदी और 'अछूत' के हरिहर स्वामी 'अछूत'। परन्तु 'मतवाला' की चाल कोई नहीं चल सका। पांडेय बेचन शर्मा 'उग्र' ने 'रहीम' के इस कथन, 'रहिमन सूधी चाल तें प्यादा होत वजीर, फरजी मीरन ह्वै सकै टेढ़े की तासीर' को उलटकर रख दिया। 'मतवाला' के ग्राहकों की संख्या 'सोलह हजार' तक पहुँच गयी जबकि इसके एक भी अंक ने सीधी चाल नहीं चली थी। शेष पत्र-पत्रिकाएँ 'मतवाला' की तरह चिरंजीवी भी नहीं हो सकीं।

पांडेय बेचन शर्मा 'उग्र' मतवाला के सबसे महत्त्वपूर्ण यशोपादान थे। इसलिए महादेव प्रसाद सेठ को उन्हें अधिक महत्त्व देना पड़ा। जब कोई सहायक सम्पादक 'रूप यौवन सम्पन्न' हो, भाषा का जादूगर नर्तक हो, पाठकीय मन:स्थिति का पारखी हो और रपटबयानी की मशीन हो तो पत्र-प्रतिष्ठान में उसकी महिमा होगी ही। 'मतवाला' में निरालाजी 'गरिमा' के आधार थे, परन्तु 'उग्र' महिमा के। सभी जानते हैं कि 'गरिमा' का मूल 'गुरु' होता है और 'महिमा' का मूल 'महत्'। भारतीय शास्त्र परम्परा में 'गरिमा' और 'महिमा' दोनों अष्टसिद्धियों की इकाइयाँ हैं। 'मतवाला' में 'निराला' विलक्षण कुशलता के प्रतीक थे। उसी कुशलता के परिचायक जो 'सुरसा' के प्रकरण में हनुमान द्वारा प्रदर्शित की गयी थी, लेकिन 'उग्र' थे ऐन्द्रजालिक शक्ति के परिबोध। 'मतवाला' में 'उग्र' की ऐन्द्रजालिकता के सामने निराला की विलक्षणता दब गयी थी। निराला की साहित्य-साधना-1 में रामविलास शर्मा ने सेठजी द्वारा अपनाये गये इस विपर्ययवादी दृष्टिकोण की व्यंग्यात्मक आलोचना की है। उनका (डॉ. शर्मा) आरोप था कि सेठ ने 'मतवाला' में पांडेय बेचन शर्मा 'उग्र' के फोटो दो बार छापे परन्तु निराला का एक बार भी नहीं। सेठजी ने एक बार 'मतवाला' (3 मई, 1924) में निराला का फोटो छापा तो वह भी व्यंग्य चित्र सुमित्रानन्दन पन्त के व्यंग्य चित्र के साथ—पहले 'पन्त' और 'दूसरे निराला'। इन व्यंग्य चित्रों ने निराला के प्रति 'आदर' का नहीं बल्कि

मखौल का वातावरण सृजित किया। फिर भी 'मतवाला' में 'उग्र' के प्रवेश तक निराला ही 'मतवाला' की ज्ञान-मान गरिमा बने रहे।

25 मार्च, 1924 को पांडेय बेचन शर्मा 'उग्र' का मतवाला-प्रवेश हुआ था, 'माँ' शीर्षक उद्‌गार लेकर। यह 'उग्र' का रचना-प्रवेश था। 'मतवाला' में 'उग्र' का रचना-प्रवेश भी अत्यन्त शानदार था। सशरीर प्रवेश के पहले उनकी विभिन्न विधाओं की नौ रचनाएँ प्रकाशित हो चुकी थीं। इनकी विधाएँ थीं, उद्‌गार, कविता, गद्य-काव्य, क्रान्तिधर्मी कहानी और अप्राकृतिक अनैतिकता की रिपोर्टनुमा कहानी। 'उग्र' की इन रचनाओं के कारण 'मतवाला' का बाज़ार कोलकाता से लेकर मुम्बई तक विस्तार पा गया। महादेव प्रसाद सेठ के लिए यह एक अप्रत्याशित घटना थी। 'उग्र' की रचनात्मक घटनाएँ तो चमकदार थीं ही, उनकी साहित्य-वर्जित प्रकरण की दुर्घटनाएँ भी 'मतवाला' के बाज़ार में नये दीपन की जगमगाहट बन गयीं। मंडलेश मालिक महादेव प्रसाद सेठ को तो प्रसन्न होना ही था, 'मतवाला' के अर्थ-प्रबन्धक मुंशी नवजादिक लाल में भी उल्लास जाग्रत हुआ। विज्ञापन के लिए अपेक्षाकृत भागदौड़ कम हुई। 'निराला काल' में जहाँ विज्ञापनों की संख्या बीस से पचीस तक हुआ करती थी। वहाँ 'उग्र काल' में वह तीस-चालीस तक चली गयी। स्वाभाविक था कि पांडेय बेचन शर्मा 'उग्र', 'मतवाला' के मालिक, सम्पादक, प्रकाशक और मुद्रक बाबू महादेव प्रसाद सेठ के लिए 'चश्मे बातिन' बन जाते। सेठ बाबू महादेव ने पांडेय बाबू 'उग्र' के सारे अनुभवों का भरपूर लाभ उठाया। इस प्रकार की लाभेच्छा मानवीय स्वभाव होती है।

'मतवाला' में पांडेय बेचन शर्मा 'उग्र' शनैः शनैः बीच के पृष्ठों से मुखपृष्ठ की ओर आगे बढ़ने लगे। परिणाम यों घटित होने लगा कि निराला धीरे-धीरे 'मतवाला' के मुखपृष्ठ से पीछे की ओर सरकने लगे। 'मतवाला' (25 मार्च, 1924) को जब सुमित्रानन्दन 'पन्त' की कविता 'स्याही की बूँद' मिली तो 'पन्त' मुखपृष्ठी हो गये और 'निराला' पृष्ठ नम्बर दो बन गये। इसी प्रकार 13 सितम्बर 1924 को अयोध्या सिंह उपाध्याय, 10 मई, 1924 को श्रीधर पाठक और 5 जनवरी, 1924 को मैथिलीशरण गुप्त ने भी निराला को नम्बर दो पर 'ढकेल' दिया था। निराला यह सब कुछ इसलिए सह जाते कि 'मतवाला' के कई-कई अंकों में अकेले निराला की पाँच-पाँच रचनाएँ प्रकाशित की जातीं— दो कविताएँ, एक कहानी, एक चाबुक, एक कसौटी और एक-दो पुस्तक-परिचय। जो निराला 24 वर्षीय दिव्यधर व्यक्तित्व की हैसियत से 'मतवाला' में लिख रहे थे—

बहने दो,
रोक-टोक से कभी नहीं रुकती है,
यौवन-मद की बाढ़ नदी की

किसे देख झुकती है?

(धारा : मतवाला, 19 दिसम्बर 1923, मुखपृष्ठ)

वही 'निराला' 'मतवाला' में 'उग्रोदय' के 627 दिन बाद ही घबराकर 'पतनोन्मुख' लिखने लगते हैं,

हमारा डूब रहा दिनमान
मास-मास दिन-दिन प्रतिपल
उगल रहे हो गरल-अनल
जलता यह जीवन असफल
हिम-हत-पातों-सा असमय ही
झुलसा, हुआ शुष्क निश्चल।

(मतवाला : 24 अक्टूबर, 1925)

महादेव प्रसाद सेठ, पांडेय बेचन शर्मा 'उग्र' और सूर्यकान्त त्रिपाठी 'निराला' के संघात्मक अन्तःसम्बन्धों को 'मतवाला' के आइने में देखने के बाद ही इस रहस्य को थोड़ा-बहुत समझा जा सकता है। निराला का कोई भी पाठक यह मानने को तैयार नहीं होगा कि 26 वर्ष में ही उनके जैसे महान कवि का 'दिनमान' डूबने लगा था। लेकिन जो मतवाले पांडेय बेचन शर्मा की 'उग्रता' और हट्टा-कट्टा-त्रिपट्टा निराला की भावुकता को समानान्तर रखकर 'मतवाला' को यथार्थ नज़र से देखेंगे, वे ही निराला की अन्तःपीड़ा को सही-सही देख सकेंगे। 31 अक्टूबर, 7 नवम्बर, 14 नवम्बर, 21 नवम्बर, 28 नवम्बर, 5 दिसम्बर, 12 दिसम्बर और 19 दिसम्बर के मतवाला मुखपृष्ठ पर निराला की कविताओं के स्थान पर विज्ञापन प्रकाशित हुए, 26 दिसम्बर 1925 के मुखपृष्ठ पर 'भारत कोकिला सरोजिनी नायडू' का भड़कीला चित्र छपा। हालाँकि 30 मई 1926 को 'निराला' 'अविदित' कविता के साथ पुनः मतवाला के मुखपृष्ठ पर उदित हुए परन्तु जब 8 फरवरी, 1926 को कारा-मुक्ति के बाद 'उग्र' का पुनः उदय हुआ तो मुखपृष्ठ निराला से छिन गया। बाद में तो प्रायः मुखपृष्ठ राधामोहन गोकुल अथवा पांडेय बेचन शर्मा 'उग्र' के लिए सुरक्षित कर दिया जाता था। 'उग्र' के मतवाला महत्त्व का सिलसिला तब तक चलता रहा जब तक 'मतवाला' का प्रकाशन बालकृष्ण प्रेस, 36 शंकर घोष लेन, कोलकाता से होता रहा था। कोलकाता से 'मतवाला' का आखिरी प्रकाशन 21 सितम्बर 1929 को हुआ। इसके अगले सप्ताह (वर्ष : 7, सं. 6, आश्विन कृष्ण, संवत्, 1986, शनिवार, 28 सितम्बर 1929) को यह मिर्ज़ापुर सिटी से छपा। जब आर्थिक संकटों के कारण 'मतवाला' के सम्पादक बाबू महादेव प्रसाद सेठ ने 10 अगस्त, 1929 को अपने साप्ताहिक

के मुखपृष्ठ पर 'मतवाला' के कोलकाता से मिर्ज़ापुर पर स्थानान्तरित होने की सूचना प्रकाशित की, तब पांडेय बेचन शर्मा 'उग्र' ने इसका मुखर विरोध किया। 'उग्र' के मुखर विरोध में नवजादिक लाल श्रीवास्तव का भी विरोध सम्मिलित था। हालाँकि उस समय मतवाला के 'उत्तम पुरुष' पांडेय बेचन शर्मा 'उग्र' ही थे परन्तु यह प्रथम पुरुष केवल अपने लेखन के बाज़ारवादी दम्भ और उन्मुक्त मौज-मस्ती तक ही सीमित था। आर्थिक अभावों की पूर्ति 'दम्भ' अथवा 'मौज-मस्ती' द्वारा तो नहीं पूरी की जा सकती थी। जो 'मतवाला' पहले विविध लोगों द्वारा दी गयी विविध सामग्रियों के साथ पाठकों के सामने आता था, वह नौ-दस पृष्ठ तक सीमित हो गया। इसलिए महादेव प्रसाद सेठ ने 'उग्र' के विरोध को पूरी तरह नकार दिया। वे मिर्ज़ापुर आ गये, क्योंकि यहाँ उनके पास अपना मकान, अपना छापाखाना, अपने नौकर-चाकर, अपने स्वजन-परिजन सभी अपने थे। खर्च की भारी बचत थी। 'उग्र' गाली-गलौज पर उतर आये परन्तु महादेव प्रसाद सेठ ने बिना प्रतिवाद के अपने 'मतवाला' को साथ लेकर मिर्ज़ापुर के लिए ख़ामोश प्रस्थान किया। 'मतवाला' का कोलकाता चैप्टर बन्द हुआ, मिर्ज़ापुरी चैप्टर शुरू हुआ।

पांडेय बेचन शर्मा 'उग्र' के लेखन का बाज़ार-भाव काफी अच्छा था। 'उग्र' भी जब तक 'मतवाला' में रहे तब तक 'चाकलेट' और 'घासलेट' का वाक्-युद्ध भी पाठकों के आस्वाद का पूरक बना रहा। अगर हिन्दी पत्रिकाओं तथा समाचार पत्रों की दुनिया से इस वाक्-युद्ध का सिलसिलेवार संकलन तैयार किया जाए तो शायद श्यामसुन्दर दास और महावीर प्रसाद द्विवेदी के बीच 'भद्दी कविता बनाम शुद्ध कविता' का उत्तर-प्रत्युत्तर-द्वन्द्व एवं महावीर प्रसाद द्विवेदी और बालमुकुन्द गुप्त के बीच छिड़े 'अनस्थिरता-प्रयोग द्वन्द्व के संकलन' भी छोटे पड़ जाएँ। इसे अकारण नहीं कहा जा सकता, क्योंकि चाकलेट द्वन्द्व पाठकों की वासना का उत्सर्जक था जबकि 'भद्दी कविता' अथवा 'अनस्थिरता' का द्वन्द्व पाठकों के साहित्यिक तथा भाषिक-विमर्श का सम्पूरक था। अस्पष्ट नहीं है कि 'वासना' हमेशा 'विमर्श पर कब्जा जमाना चाहती है।' केवल 'चाकलेट' कांड में ही नहीं उत्तर-आधुनिक-कांड में भी यह सिलसिला अप्राप्य नहीं है।

शास्त्रों में 'न ब्रूयात् सत्यमप्रियम्' (अप्रिय सत्य नहीं बोलना चाहिए) का उपदेश चाहे जितना भी क्यों न दिया गया हो परन्तु पांडेय बेचन शर्मा 'उग्र', 'अप्रिय सत्य' और 'प्रिय झूठ' बोलने के सबसे बड़े उत्पादक साहित्यकार थे। 'मतवाला' में 13 फरवरी, 1926 को 'उग्र' के दूसरी बार आने के बाद, 'मतवाला' और इसके सम्पादक महादेव प्रसाद सेठ अंग्रेज शासकों की निगाह में चढ़ गये। बर्तानिया के हिन्दुस्तानी शासकों का भय सेठजी के प्रति नहीं बल्कि उग्रजी के

प्रति था क्योंकि वे ताज़ीरात-ए-हिन्द दफ़ा 124ए-राजद्रोह के जुर्म में नौ महीने जेल काटकर 'मतवाला' में सस्वागत आये थे। स्वाभाविक था कि ब्रिटिश शासक सेठ सहित 'मतवाला' को शक की नज़र से देखते। शासकों के शक का परिणाम था कि 11 मई 1926 को 'मतवाला' के सम्पादक बाबू महादेव प्रसाद सेठ के खिलाफ सरकारी वारंट जारी हुआ, 15 मई, 1926 को 'मतवाला' कार्यालय की सघन तलाशी ली गयी और जून लगते-लगते महादेव प्रसाद सेठ जेल भेज दिये गये। 12 जून, 1926 को 'मतवाला' के आवरण-पृष्ठ पर सेठजी के फोटो सहित सूचना प्रकाशित की गयी— 'सेठजी जेल में।' 'मतवाला' का यह पूरा अंक सेठजी के पक्ष और सरकार के विपक्ष में वकालत करते छपा। सम्पादकीय अग्रलेख छपा 'रति हूते गयी पति छूते गयी।' अगले पृष्ठ पर सेठजी की सम्पादकीय निष्ठा का सचित्र विवरण। तेरहवें पेज पर 'मतवाला' की 'बहक', 'चाबुक' से कठोर थी। आगे के पृष्ठों पर 'मतवाला' के केस में मजिस्ट्रेट द्वारा दिया गया फौरी फैसला प्रकाशित किया गया। इसी अंक में राधामोहन गोकुल का आलेख छपा, 'स्वराज पार्टी और जनता।' अन्य स्तम्भ भी सेठजी के कारा-प्रवास पर ही केन्द्रित किये गये।

पांडेय बेचन शर्मा के आगमन के बाद 'मतवाला' के अंक काफी उग्र होने लगे। साहित्य की विभिन्न विधाओं में राष्ट्रीयता की प्रखर भावनाओं की अभिव्यक्ति होने लगी। बिस्मिल की ग़ज़लें, गणेशदत्त शर्मा गौड़ 'इन्दु' की कहानियाँ, जी.पी. श्रीवास्तव के एकांकी, ईश्वरी प्रसाद शर्मा के हिन्दूवादी-मुस्लिम विरोधी लेख, निराला की कविता, 'महाराज शिवाजी का पत्र' और केदारनाथ मिश्र की राष्ट्रीय कथा-रचना, 'जेल में' जैसी कठोर सामग्री के कारण कोलकाता की अंग्रेजी सत्ता बौखला उठी। इसी का परिणाम था कि साम्प्रदायिक विद्वेष फैलाने के आरोप में 'मतवाला मंडलेश' सेठजी को तीन महीने का कठोर कारावास-दंड दे दिया गया।

संयोग की बात थी 'दुलारे लाल भार्गव' (लखनऊ) और प्रेमचन्द (बनारस) के साथ सहयोगी सम्पादक के दायित्व से थके-हारे आचार्य शिवपूजन सहाय 1925 तक 'मतवाला' में वापस आ गये थे परन्तु पत्नी की बीमारी के कारण शीघ्र ही अपने गाँव 'उनवांस', शाहाबाद, बिहार चले गये थे। 1926 में वे फिर 'मतवाला' के सम्पादकीय अग्रलेखों में प्रकट होने लगे। 'मतवाला' 12 जून, 1926 का सम्पादकीय अग्रलेख 'रतिहूते गयी पतिछूते गयी' उन्होंने ही लिखा था।

सात-आठ महीने 'मतवाला' से 'सकारण निर्वासन' के बाद निराला भी वापस आ गये। 'मतवाला-मंडल' का प्रथम संगठन फिर से सम्पूर्ण हो गया। सबकुछ ठीक-ठाक चल रहा था, परन्तु मंडल के पाँचवें सवार पांडेय बेचन शर्मा के मतवाला-आरोहण के बाद (13 फरवरी 1926) 'मतवाला' की सामग्री-विनियोग से लेकर निराला और उग्र के बीच शीत प्रतियोगिता फिर शुरू हो गयी। 'निराला' 'मतवाला'

की प्रकृति को बनाये रखते हुए भी उसे ज्ञानोन्मुख बनाना चाहते थे, परन्तु 'उग्र' 'मतवाला' की प्रकृति को जायेकदार बनाने के साथ इसे बाजारोन्मुख बनाना चाहते थे। उदाहरण के लिए जब 'उग्र' ने नैनी (इलाहाबाद) जेल से मुक्त होकर 'मतवाला' में पुनः आगमन की सूचना 'मंडलेश' महादेव प्रसाद सेठ को दी तब अकस्मात उसका 'टोन' बदल गया। 'उग्र' की आगमन-सूचना के महीने भर पहले तक जो 'मतवाला' ज्ञान अग्रण करते हुए मिलता है, वह अपनी बोली-बात-शैली को एकाएक बदलने लगता है। जो निराला उग्र के 'द्विरागमन' के पहले 'प्रार्थना' (2 जनवरी), 'निवेदन' (9 जनवरी), 'जागो फिर एक बार-1' (9 जनवरी), 'पारस' (16 जनवरी) और 'वृत्ति' (23 जनवरी) शीर्षक कविताओं द्वारा काव्यानन्द सहोदरता का सम्बोधन कर रहे थे, वही निराला 'उग्र-प्रवेशाङ्क' में 'बदला' शीर्षक कविता लिखने के लिए विवश थे। ऊपरी तौर पर 'उग्र' उनके लिए तिनके से भी हलके थे, परन्तु 'तिनका' (उग्र) का 'तिन' (सेठजी) के पास आने से उनका मन तो विचलित हो ही गया था। 6 फरवरी, 1926 के 'मतवाला' के आवरण पृष्ठ पर 64 पाइंट के मोटे अक्षरों में छपा, 'कारी दरबारे यही 'उग्र' महाराज हैं।' इसे देख-पढ़कर निराला 'मनसा' बौखला गये। कोलकाता के काली दरबार में तो पूरा 'मतवाला-मंडल' ही था। फिर 'यही उग्र' के एकवचनत्व की क्या जरूरत थी? यह बाबू महादेव प्रसाद सेठ के सेठत्व का वचन-बोध था। मुंशी नवजादिक लाल प्रकृति से ही अति ज़हीन थे। उन्होंने 'मतवाला' के 6 फरवरी 1926 वाले अंक में सेठजी के मन्तव्य की शब्दाभिव्यक्ति की। उन्होंने ही 'उग्र' की कारा-मुक्ति में बहुत कुछ लिखा। पूरा लेख-वक्रोक्ति-शैली में। मतवाला की भाषा-शैली अन्य समकालीन पत्र-पत्रिकाओं से पूरी तरह अलहदा थी। यही अलाहद, उसका बाजार था। मुंशीजी ने 'उग्र' के लिए तंज़ीयात की, 'मतवाला' भगवान भोलानाथ से प्रार्थी है कि मद-मस्त श्रीयुत् पं. बेचन शर्मा 'उग्र' सदा नौकरशाही की आँखों के किरकिरी बने रहें।' मुंशी जी की बात सच हुई। तीन महीने बीतते-बीतते महादेव प्रसाद सेठ जेल में डाल दिये गये। पांडेय बेचन शर्मा 'उग्र' नौकरशाही की आँखों में ऐसी किरकिरी बने कि बाबू महादेव प्रसाद सेठ का सारा मजा किरकिरा हो गया। इन्हीं अज़ब परिस्थितियों को ध्यान में रखकर शिवपूजन सहाय ने 'रति हूते गयी पति छूते गयी' शीर्षक से सम्पादकीय लिखा।

पं. बेचन शर्मा 'उग्र' केवल नौकरशाही की आँखों में ही नहीं गड़े बल्कि निराला की रचनात्मक आँखों की भी किरकिरी बने। वे किसी के खिलाफ वारंट तो नहीं जारी कर सकते थे, परन्तु अपने अन्तरावर्तन को अथवा अपने घूर्णन को कविता की शक्ल तो दे ही सकते थे। ऐसे ही परिवर्तित परिवेश की कविता है 'बदला' जो 'मतवाला' के 'उग्र-पुनर्प्रवेश' अंक (13 फरवरी 1926) के बाइसवें

पृष्ठ पर छपी। अज्ञात नहीं है कि 'मतवाला' के पहले दौर में निराला केवल अयोध्यासिंह उपाध्याय के लिए ही 'मतवाला' का मुखपृष्ठ छोड़ते थे। बदले हालात में 22वें पेज पर चले गये। हालात कम पीड़ादायक नहीं थे कि कई-कई स्तम्भ और छद्म नाम तो पहले छपे ही, साथ ही भृगुवंशी भट्टाचार्य, राजनारायण चतुर्वेदी 'आज़ाद', 'गिरिधारी शरण उपाध्याय, पं. चन्द्रशेखर शास्त्री और जी.पी. श्रीवास्तव आदि जैसे लोग भी 'निराला' के 'पेज़ लीडर' बन गये थे।

'मतवाला' के उक्त संगीन सन्दर्भ में निराला की 'बदला' शीर्षक कविता का पढ़ा जाना काफी दिलचस्प होगा। इतना ही नहीं इस कविता के पुनर्पाठ द्वारा इसके अर्थ का नया विवर्तन भी होगा। कविता का शीर्षक 'बदला' पाठकों के लिए इसलिए विस्मयकारी हो सकता है कि निराला के पहले, दूसरे और तीसरे दौर की कविताओं की शीर्षक-प्रवृत्ति काव्यधर्मी अथवा ऋषिधर्मी थी। पहले दौर में निराला ने लगभग 150 कविताएँ लिखीं और इन सभी कविताओं के शीर्षक उनके चिन्तन-प्रवाह की तरल तरंगों के प्रतिनिधि हैं। इन डेढ़ सौ कविताओं के शीर्षकों में 'बदला' पूरी तरह अकेला। सच तो यह है कि 'बदला' को पढ़कर यह भी पता नहीं चल पाता कि यह क्रिया है अथवा संज्ञा। यह प्रश्न स्वाभाविक है कि अगर 'बदला' संज्ञा है तो यह 'प्रतिफल' के अर्थ में है अथवा 'प्रतिकार' के अर्थ में। यदि यह क्रिया पद है तो सवाल उठता है कि निराला के लिए 'क्या' अथवा 'कौन' बदल गया था, इन तमाम सवालों के मद्देनज़र निराला की कविता का पुनरुल्लेख कर देना अधिक उपयोगी होगा—

देख पुष्प द्वार
परिमल-मधु-लुब्ध मधुप करता गुंजार।
आशा की फाँस में,
प्रणय, साँस-साँस में
बहता है, भौंरा मधु-मुग्ध
कहता अति चकित-चित्त क्षुब्ध-
"सुनो, अहा फूल,
जबकि यहाँ दम है,
फिर क्या रंजोग़म है,
पड़ेगी न धूल,
मैं हिला-डुला झाड़-पोंछ दूँगा,
बदले में ज्यादा कभी न लूँगा,
बस, मेरा हक मुझको दे देना,
अपना जो हो, अपना ले लेना।"

धूल झड़ाई थी, वह सब कुछ
जो कुछ कि आज तक की कमाई थी।
रूप और यौवन-बल खोया
दिन भर में थक, नींद
सदा की झड़कर सोया।

डॉ. रामविलास शर्मा ने 'निराला की साहित्य-साधना-1' में 'मतवाला-मंडल' के अन्तर्गत बाबू महादेव प्रसाद सेठ, नवजादिक लाल, शिवपूजन सहाय, सूर्यकान्त त्रिपाठी 'निराला' और पांडेय बेचन शर्मा 'उग्र' के पारस्परिक सम्बन्धों का विवरण कहीं सांकेतिक और कहीं लेखनी-मुक्त रूप में दिया है। 'निराला' ने भी 'बदला' कविता द्वारा 'मतवाला' का माहौल कितना बदला या कितना बदले महादेव प्रसाद सेठ और मुंशी नवजादिक लाल का विवरण अपने ढंग से दिया है। देखा जा सकता है कि अपने रूप, गुण और कर्म के कारण पांडेय बेचन शर्मा 'उग्र' कुछ लोगों के आकर्षण और कुछ लोगों के विकर्षण के कारण हमेशा बनते रहे थे।

ऐसा नहीं है कि डॉ. रामविलास शर्मा की दृष्टि 'निराला' की कविता 'बदला' पर नहीं पड़ी थी। उन्होंने यह कविता निराला के काव्य-संकलन 'परिमल' में पढ़ी थी। हालाँकि उन्होंने 'मतवाला' साप्ताहिक की अकस्मात् बदली परिस्थितियों का विश्लेषण नहीं किया था, लेकिन फिर भी उन्होंने कविता में व्यक्त निराला के मानस की थोड़ी-बहुत समीक्षा तो कर ही ली थी। उन्होंने लिखा कि यह कविता 'कुकुरमुत्ता' के लहजे की पेशगी है। न केवल शैली में भौंरे की उक्ति कुकुरमुत्ता के भाषण के समान है, वरन् यथार्थबोध का स्तर भी उस कविता की याद दिलाता है।' (निराला की साहित्य साधना-2, पृ. 230, सन् 1972)।

'जेल' से आने के बाद पांडेय बेचन शर्मा 'उग्र' ने मतवाला में बहुमुख पाठकीय भाषा और विषय-वस्तु की इतनी अधिक फ़ैयाज़ी दिखलायी कि महीने भर बाद निराला को विवशतः लिखना पड़ा, 'एक दिन होगा, जब न मैं हूँगा। हर्ष-हरण-हृदय नहीं निर्दय क्या?' ('शेष', मतवाला, 27 मार्च 1926) 'उग्र' ऐसे मिर्ज़ापुरी' थे कि उन्हें न किसी के हृदय की निर्दयता की चिन्ता थी और न किसी की सहृदयता की। उनके लेखन की प्रस्तावना, और उपसंहार, दोनों पाठक थे। आम पाठकों की पठन-मनोवृत्ति के क्लाइमेक्स की जितनी पहचान 'उग्र' को थी, उतनी पहचान 'मतवाला-मंडल' के किसी दूसरे लेखक में नहीं थी। अगर महादेव प्रसाद सेठ ने पांडेय बेचन शर्मा 'उग्र' को 'मतवाला' दे दिया तो बदले में 'उग्र' ने सेठजी को 'मतवाला' का बाज़ार दे दिया। एक-दूसरे का चुकता-चुकती।

परिस्थितियाँ किसी व्यक्ति के जीवन को कितना सम्पन्न या विपन्न बना सकती हैं, इसको 'मतवाला' में 'निराला' और 'उग्र' के उदाहरणों द्वारा भी समझा जा सकता है। जो निराला 1924-1925 में 'मतवाला' की ज्ञान-दशा के प्रतिनिधि थे, वे सन् 1927-1928 में 'मतवाला' के मत वाले पद से उतार दिये गये और उस पद पर पांडेय बेचन शर्मा 'उग्र' को बैठा दिया गया। इसके ढेर सारे प्रमाण 'मतवाला' में आज भी विद्यमान हैं। जब सन् 1924-1925 में किन्हीं कारणों वश वे 'मतवाला' के सम्पादकीय अग्रलेख लिखने में असमर्थ होते थे तो उनका दायित्व निरालाजी सँभालते थे। इतना ही नहीं शिवपूजन सहाय द्वारा लिखे सम्पादकीय भी तभी प्रकाशित होते थे, जब निरालाजी उसको पढ़ते और आवश्यकतानुसार उसका संशोधन कर देते थे। परन्तु जब नवम्बर 1927 में शिवपूजन सहाय फिसलकर कोठे से नीचे गिरने के कारण गम्भीर रूप से घायल हो गये तब 'मतवाला' के लिए अधिकांश अग्रलेख (सम्पादकीय) पांडेय बेचन शर्मा 'उग्र' द्वारा लिखे गये। यह सब कुछ मतवाला द्वारा 'उग्रोत्सव' मनाने के कारण घटित हुआ। 'सोने की चिड़िया' (12 नवम्बर 1927), 'राजधानी में गुंडों का राज' (19 नवम्बर 1927), 'तूफान' (3 दिसम्बर 1927), 'चटाई का लहँगा' (10 दिसम्बर 1927), 'मीरजाफर दल' (17 दिसम्बर 1927), 'मायावी मित्र' (24 दिसम्बर 1927) तथा 'हड़ताल और बहिष्कार' (21 जनवरी 1928) जैसे अग्रलेख उग्रजी ने लिखे। सूर्यकान्त त्रिपाठी के ज्ञान का शाश्वत कांड पांडेय बेचन शर्मा 'उग्र' के राजनीति के तात्कालिक कांड में बदल रहा था। ये 'उग्र' के इतराने और निराला के मन मारकर बैठ जाने के दिन थे। निराला रहीम के उपदेश-पथ पर धीरे-धीरे चलने लगे, यानी, ''रहिमन चुप ह्वै बैठिए, देख दिनन को फेर।'' कोलकाता उस समय साम्प्रदायिक तनावों के बीच जी रहा था। 'मतवाला' हिन्दूवादी मत वाला था। महादेव प्रसाद सेठ और मुंशी नवजादिकलाल को प्रसन्न करने के लिए निराला ने 'महाराज शिवाजी का पत्र' (मिर्ज़ा राजा जयसिंह के नाम) शीर्षक लम्बी आख्यानक कविता लिखी जो 'मतवाला' के 3 और 24 अप्रैल, 5 और 19 जून तथा 10 जुलाई, 1926 के पाँच अंकों में छपी। यह पूरी कविता लक्ष्मण नारायण गर्दे के सम्पादकत्व में कोलकाता से प्रकाशित 'श्रीकृष्ण सन्देश' में प्रकाशित गद्य-आख्यानक को आधार बनाकर लिखी गयी थी। इस आशय का उल्लेख 'फुटनोट' में इसलिए कर दिया गया था कि कहीं 'भावों की भिड़न्त' जैसा कोई कांड फिर न शुरू कर दिया जाए। इस कविता के प्रकाशन के साथ निराला की कवि-कीर्ति पुनः वापस हुई, परन्तु आंशिक। लेकिन पांडेय बेचन शर्मा 'उग्र' दूसरे पानी के लेखक थे। वे अपने लेखन द्वारा आंशिक जनाकर्षण के पक्षधर नहीं थे। उन्होंने अपनी कहानियों, उपन्यासों, नाटकों, व्यंग्यों, कविताओं और फिक्रात के लिए नई जमीनें तलाश कीं।

वे पंचायती जमीन के अन्वेषी थे। इसलिए सन् 1927 से सन् 1929 तक उन्होंने अपने सभी महत्त्वपूर्ण उपन्यासों का 'मतवाला' में धारावाहिक प्रकाशन किया। इन उपन्यासों ने पाठकीय बाजार-भाव के सभी कीर्तिमान तोड़ दिये। 'चन्द हसीनों के ख़तूत' (5 जनवरी, 1927), 'दिल्ली का दलाल' (26 फरवरी, 1927), 'बुधुआ की बेटी' (13 अगस्त, 1927), 'परदे में पापा' (12 मई, 1928) और 'शराबी' (20 अप्रैल 1929) शीर्षक उपन्यासों के कारण 'मतवाला' आसमान जा चढ़ा।

'मतवाला' के सम्पादक भले ही महादेव प्रसाद सेठ थे, परन्तु इसे सँभालना पड़ता था, मुंशी नवजादिक लाल को ही। ये 'मतवाला' के अघोषित प्रबन्ध सम्पादक थे। लेखा-जोखा से लेकर विज्ञापनों की व्यवस्था करना इन्हीं के जिम्मे था। 'बहक' और 'चलती चक्की' स्तम्भ लिखते थे। वेतन और पारिश्रमिक वितरण करते थे। शिवपूजन सहाय हों अथवा 'निराला' या 'उग्र' सबके गुस्से भी झेलते थे। सेठजी के मूड की परख भी इन्हीं को करनी पड़ती थी। सेठजी की प्रियता 'उग्र' के प्रति अधिक थी या निराला के प्रति इसका स्वनिर्णय भी इन्हीं को करना पड़ता था। जिधर सेठजी झुकते थे, उधर मुंशी नवजादिक लाल भी झुकते थे। पांडेय बेचन शर्मा 'उग्र' को मुंशी जी के तनाव-क्षणों की भरपूर पहचान थी। 'महन्त भगवानदास कानियाँ' और 'भद्दे ढंग से कच्चे महन्त राम मनोहरदास' की मंडलियों में नाचने-गाने और अभिनय करने के अनुभवी 'उग्र' में वस्तु और व्यक्ति की ऐन्द्रजालिक प्रत्यभिज्ञा-शक्ति 'मतवाला-मंडल' के किसी भी सदस्य से अधिक थी। निराला काव्य-क्षणों का एकान्त ढूँढ़ रहे थे। 'उग्र' बहुवचनीय क्षणों की भीड़ ढूँढ़ रहे थे। वे भीड़ की पाठकीयता से भी परिचित थे और पाठकीयता की भीड़ से भी। कुछ ये ही कारण थे, 'मतवाला' में 'उग्र' की चमक बढ़ती चली गयी। तीन-तीन उपन्यास धारावाहिक छपने के साथ 'मोको चुनरी की साध' (20 अगस्त, 1927), 'मीठी चुटकी' (17 मार्च, 1928) और 'चाँदनी' (20 अक्टूबर, 1928), 'बाप की बेटी' (2 फरवरी, 1929), 'कसाई कहाँ है' (9 फरवरी, 1929), 'कवि' (23 फरवरी, 1929), 'पंडुआ' (9 मार्च, 1929), 'उल्लू' (16 मार्च, 1929), 'मुक्त' (24 अगस्त, 1929) जैसी दो दर्जन कहानियाँ भी प्रकाशित हुईं। उनके 'आँय बाँय साँय' भी छपने लगे तथा 'होली में गाली', 'मेरा रोना' और 'साहित्य-पत्थर' जैसे पद्य एवं गद्य भी। 'मतवाला' में उग्रमयता की बाढ़ से निराला क्षुब्ध हो उठे। मई लगते-लगते (1929) उन्होंने 'मतवाला' का परित्याग किया, उन्नाव गये, और शीघ्र ही दुलारेलाल भार्गव के सम्पादन में प्रकाशित होने वाले 'सुधा-मासिक' में चले गये।

जो 'मतवाला-मंडल' सन् 1923 में संगत और सुगठित रूप से प्रकाश में आया था, वह छः वर्षों बाद धीरे-धीरे बिखरने लगा। इसके संपादक महादेव प्रसाद

सेठ ने अपने निवास स्थान गऊघाट, मिर्जापुर में एक-दो वर्ष पहले से ही बीसवीं सदी प्रिंटिंग प्रेस और प्रकाशन-प्रतिष्ठान चलाना प्रारंभ कर दिया था। मिर्जापुर में उनके इकलौते पुत्र हरगोविन्द सेठ रह रहे थे। सेठजी 'मतवाला' को भी यहीं लाना चाहते थे। निराला के जाने के तीन महीने बाद उन्होंने 10 अगस्त, 1929 के मुखपृष्ठ पर 'मतवाला' के कोलकाता से मिर्जापुर जाने की सूचना छाप दी। मंडल का कोई सदस्य इससे सहमत नहीं हुआ। यहाँ तक कि मिर्जापुरी पांडेय बेचन शर्मा 'उग्र' ने भी सेठजी के निर्णय का उग्र विरोध किया, परन्तु सेठजी ने किसी की चिन्ता नहीं की, फलत: 'मतवाला' 28 सितम्बर, 1929 से मिर्ज़ापुर से प्रकाशित होने लगा। महानगरीय जीवन के अभ्यस्त पांडेय 'उग्र' ने मिर्ज़ापुर आने से इंकार कर दिया और रुख किया मुम्बई की फिल्मी दुनिया की ओर।

इतना सभी जानते हैं कि पांडेय बेचन शर्मा 'उग्र' 'फटकचन्द गिरधारी जिनके लोटा न थारी' लोकोक्ति के प्रत्यय थे। उनमें कहीं भी कमाने और पेट भर लेने का बेइन्तहा आत्मविश्वास था। इसलिए वे 'चुनारवाली इनफीरिआरिटी काम्प्लेक्स' (अपनी खबर, पृ. 127) से ग्रस्त नहीं होना चाहते थे। 'उग्र' के मन से आत्महीनता की समाप्ति बनारस जैसे बड़े शहर में जाकर हुई थी क्योंकि चढ़ती अवस्था के कुँवारे बेचन ने देखा था, 'बनारस में...शराबें होतीं, सुन्दरियाँ होतीं, बार नारी, जार नारी। चुनार में तब दो-ही चार वेश्याएँ घोड़ चढ़ी रही होंगी। सो भी शहर से दूर, सराय के नज़दीक। बनारस में पब्लिक-परियाँ बीच शहर में शत-शत की संख्या में प्रकट वेश्यालयों में थीं और शत ही शत संख्या में अप्रकट वेश्यालयों में'। (वही, पृ. 127)। 'उग्र' ने 'आत्मकथा—अपनी खबर' में अपनी मन:स्थितियों का विश्लेषण करके स्पष्ट कर दिया है कि, "वे 'मतवाला' के मिर्ज़ापुरी प्रस्थान-यात्रा में क्यों नहीं सम्मिलित हुए।" देखा जा सकता है कि वे उम्र के तीस वर्ष पूरे कर रहे थे परन्तु किसी गरीब से गरीब मिर्ज़ापुरी ने उनकी धोती के 'टोंक' में हल्दी नहीं लगाई थी। मिर्जापुर गाँव-गिराँव से लेकर शहर तक 'बेचन' बदनाम थे। 'चाकलेट' के कारण। मंडलियों में 'नचनियाँ' की भूमिका निभाने के कारण। यहाँ बनारसीदास चतुर्वेदी का 'विशाल भारत' के भी पाठक कम नहीं थे। कुछ ये ही कारण थे कि 'बेचन' ने 'मतवाला' और महादेव प्रसाद सेठ के साथ मिर्ज़ापुर आना पसन्द नहीं किया। इस सम्बन्ध में 'उग्र' ने स्वयं लिखा है— "हिन्दीवालों के कौआरोर में एक प्रहार स्पष्ट यह था—आक्षेप मुझ पर भी कि मैं अश्लील साहित्य टकों के लिए लिखता था। मेरा विश्वास आज भी यही है कि रुपये ही कमाना हो, तो कहानी-उपन्यास लिखने से सरल धन्धे और हैं। वही अहंकार। मैंने सोचा, 'परे करो इस हिन्दी को। चरने दो उन्हें जिन्हें चर्रा रही है मेरी चर्चा, चलो, बम्बई चलें, जहाँ अपार समुद्र के तट पर कोई

पारसीक नारी हाथ में नारिकेल, चन्द्रमुखी, सूर्योपासनारत होगी। मैं पुनः फिल्म कम्पनियों में चला गया। सन् 30 से 38 तक मैं फिल्मों में लिखता रहा और मस्तियाँ लेता रहा। इसके बाद क़र्ज़दारों से भागकर पहली बार मैं मालवा-इन्दौर गया।' (अपनी खबर, पृ. 134)

पांडेय बेचन शर्मा 'उग्र' की आत्मकथा की उपर्युक्त पंक्तियों में न तो उनका अहंकार व्यक्त हुआ, न आक्रोश और न ही पलायन-भाव, बल्कि इनके अक्षर-अक्षर में इनके हृदय की गहरी वेदना कचोटती हुई, टीसती हुई और रिसती हुई पाठकीय संवेदना को भी विगलित कर देती है। जीवन भर वे हाथ में नारिकेल लेकर सूर्योपासना करती किसी चद्रमुखी की प्रतीक्षा करते-करते बुरी तरह आहत हो गए थे। ज़ख़्म ऐसा कि भरने का नाम ही नहीं लेता था। साठ वर्ष की उम्र में उनका संवेदी घाव रिस-रिसकर 'अपनी खबर' बना। अब आसानी से सोचा जा सकता है कि वे 'मतवाला' के साथ मिर्जापुर न जाकर मुम्बई क्यों भागे।

आज जब पांडेय बेचन शर्मा 'उग्र' को उनकी मृत्यु के चार दशक बाद पढ़ा जा रहा हो, तब कोई भी पाठक ऐसा नहीं कह सकता कि वे बाबू महादेव प्रसाद सेठ का साथ छोड़कर 'मस्तियाँ' लेने के लिए मुम्बई भागे थे। सच तो यह है कि ज़ख़्मेपिन्हा का दर्द 'बेचन' को हमेशा बेचैन बनाये रखा। ऐसी ही किसी पीड़ा के तहत 'ग़ालिब' ने भी अपने स्वयं से पूछा होगा—दिले नादां तुझे हुआ क्या है, आख़िर इस दर्द की दवा क्या है? ऐसे ही प्रश्नों के जवाब में उन्हें सूझा होगा, 'इश्क़ से तबीअत ने ज़ीस्त का मज़ा पाया, दर्द की दवा पाई दर्दे बेदवा पाया।' मुम्बई जाकर पांडेय बेचन 'उग्र' को ज़ीस्तनी परिवेश भी मिला, साथ ही फिल्मी दुनिया की आवारगी भी मिली। जब उन्होंने फिल्मी दुनिया से प्राप्त ज़ीस्त (जीवन) की भाषिक प्रतिमा बनायी तो उसका अभिधान किया 'फागुन के दिन चार' में। यह रचना चलचित्र जगत की ऐसी उपलब्धि थी जो 'कोलकाता' अथवा 'मिर्जापुर' में नहीं मिल सकती थी। यह रचना फिल्मी दुनिया और उसके इर्द-गिर्द से प्राप्त रचनात्मक शब्दावलियों से निर्मित 'उग्र' की आत्मकथा है अथवा उग्रानुभव से प्राप्त पश्यन्ती शब्दावलियों का उपन्यास है, इसका निर्णय पाठकों को ही करना पड़ेगा। यों तो 'उग्र' जी इसे आत्मकथात्मक उपन्यास कहते थे और इसकी भूमिका में इस आशय की सनद भी प्रस्तुत कर दी है।

'फागुन के दिन चार' को चाहे जिस भी विधा का सृजन क्यों न कहा जाए, लेकिन इतना तो निश्चित है कि बनारस का 'उग्र' इसकी प्रस्तावना है और फिल्मी मुम्बई का 'उग्र' इसका उपसंहार है। इसका प्रकाशन दिल्ली से हुआ, उसी वर्ष सन् 1960 में 'अपनी खबर' का भी प्रकाशन हुआ। ये दोनों रचनाएँ पाठकों के लिए 'उग्र' की षष्ठि पूर्ति का उपहार थीं।

'मतवाला' मंडल में सूर्यकान्त त्रिपाठी 'निराला' और पांडेय बेचन शर्मा 'उग्र' दो ऐसे रचनाकार थे जिन्होंने अपनी षष्ठि-पूर्ति के अवसरों पर अपने समय और समाज को रचनाओं के आकर्षक उपहार दिए। पांडेय बेचन शर्मा सन् 1960 में और निराला सन् 1956 में साठ वर्ष के हुए थे। 'उग्र' ने 'आत्मकथा' लिखकर और निराला ने गीतों की रचना कर अपने प्रिय और अप्रिय, दोनों प्रकार के पाठकों में आत्मनिधि लुटाई। इन निधियों में दोनों के बीते दिनों की स्मृतियाँ भी थीं। 60 वर्ष में निराला को 'मनोहरा देवी' याद आईं। उन्होंने गीत लिखा—

मालती खिली, कृष्ण मेघ की।
छायाकुल हो गयी धरा
विपुल पल्लवित मनोहरा
दृगों से मिली।

अज्ञात नहीं है कि 'मनोहरा' निराला की अर्द्धांगिनी थीं। हालाँकि स्थूल शरीर से उनका देहान्त हो गया था, परन्तु सूक्ष्म शरीर से वे उनके हृदय में अमर बनी हुई थीं। 60 की अवस्था में जब निराला के प्रेम का दूसरा अंकुरण हुआ तो इसमें लाख-लाख नये पल्लव उद्‌भासित हो उठे। लगभग यही दशा पांडेय बेचन शर्मा उग्र की भी थी। उन्हें भी एक प्रेमिका याद आयी। 'अपनी खबर' में उसकी भी खबर दी। सत्रह साल की एक अभिरामा श्यामा से अपने प्रेम की खबर तो दी ही, साथ ही रामलीला के महन्त राममनोहर दास द्वारा उस अभिरामा श्यामा के यौन-उत्पीड़न और उसके पति द्वारा उस श्यामा की अमानवीयतापूर्वक की गयी हत्या का विवरण भी दिया।

पांडेय बेचन शर्मा 'उग्र' द्वारा अपने पाठकों को षष्टिपूर्ति उपहार के रूप में दी गयी पुस्तक 'अपनी खबर' आत्मकथा से ज्यादा संस्मरण-रचना है। इसमें दिया गया आत्म-संस्मरण इस रचना का निमित्त-हेतु है। इस हेतु के अन्तर्गत नैमित्तिक पात्रों या परिदृश्यों का वर्णन अधिक हुआ है। इसमें 'उग्र' ने फिल्म-जगत की अपनी यौन-आश्रयायों को भी याद किया, मसलन 'तब गृहस्थ बनी हुई एक वेश्या मुझ पर आसक्त थी और एक अर्धवेश्या पारसीक परम सुन्दरी पर मैं स्वयं बुरी तरह मोहित था।' (पृ. 133) तथा दूसरी बार जब 1930 में पुनः फिल्मी जीवन जीने मुम्बई गये तब भी यौन-आश्रयायों के हाथों खेलते रहे जिसका विस्तृत वर्णन 'फागुन के दिन चार' में किया है।

अगर यहाँ 'निराला' और 'उग्र' की षष्ठि पूर्ति प्रेम-स्मृतियों की तुलना की जाए तो कहना पड़ेगा कि निराला ने चरम उदात्त प्रेम-जीवन जिया परन्तु 'उग्र' ने बेहद तल्ख़ और छिछला। निराला महान बने, 'उग्र' बदनाम। 'उग्र' के बम्बइया

छिछलेपन से दुखी प्रेमचन्द ने 26 जनवरी 1935 में सदर, बम्बई-14 से शिवपूजन सहाय के पास प्रेषित एक पत्र में लिखा था, "उग्रजी से मेरी मुलाकात कभी नहीं हुई और ईश्वर करे न हो। जो आदमी माँ-बहन की गाली देता है, उसे मैं इनसान ही नहीं समझता। वे, किसी तरह अपना निर्वाह किये जा रहे हैं। उसका कोई सिनेरिओ तो इधर नज़र नहीं आता। मगर सुनता हूँ बुरा हाल है। मुझे तो यह लाइन पसन्द नहीं आयी।" (प्रेमचन्द की चिट्ठी-पत्री भाग-2, अमृतराय मदन गोपाल, पृ. 229, जून 1978)

'मतवाला' छोड़ने के बाद पांडेय बेचन शर्मा 'उग्र' के कुल नौ उपन्यास छपे 'सरकार तुम्हारी आँखों में' (1937 लखनऊ), 'घंटा' (1937, कलकत्ता), 'कढ़ी में कोयला' (1955, दिल्ली), 'जी जी जी' (1955, दिल्ली), 'फागुन के दिन चार' (1960, दिल्ली), 'जुहू' (1963, दिल्ली), 'गंगामाता' (1972, दिल्ली) और 'सब्ज़बाग' (1979, दिल्ली)। इनमें अन्तिम दो मरणोपरान्त प्रकाशित हुए। 'गंगामाता' को अधूरा छोड़कर मरे थे जिसको अपने ढंग से पूरा किया हंसराज रहबर ने। इनमें से 'फागुन के दिन चार' को छोड़कर किसी भी दूसरे को किताब-बाज़ार का गौरव नहीं मिला। हालाँकि 'गंगामाता' की प्रासंगिकता समकालीन सन्दर्भों में 'फागुन के दिन चार' से भी अधिक बढ़ गयी है परन्तु इसमें औपन्यासिक काल-चेतना वहीं तक स्पन्दित है, जहाँ तक पांडेय बेचन शर्मा 'उग्र' मौजूद हैं। आधा-अधूरा होने के कारण इसको अपेक्षित विक्रय-ख्याति नहीं मिल सकी।

पांडेय बेचन शर्मा 'उग्र' को पढ़ते हुए और इन्हीं के सन्दर्भों को देखते हुए साहित्यिक कृतियों के बाजार के बारे में भी कुछ कहा जाना अप्रासंगिक न होगा। यह तो सच है मूर्त चेतना के बाजार अन्य जिंसों के बाज़ार से पूरी तरह भिन्न होते हैं। साहित्यिक कृतियाँ भी बाजार के बाहर नहीं होतीं। वर्तमान दौर को वर्तमान की आँखों से देखने पर स्पष्ट हो जाता है कि सचेतन साहित्याभिव्यक्ति के चरम क्षण कविताओं के बाद उपन्यासों में ही होते हैं। इसलिए कविता और उपन्यास (समानान्तर रूप से अन्य विधाएँ भी) के बाजार अधिक नहीं होते। जब पांडेय बेचन शर्मा 'उग्र' फरवरी 1926 में दूसरी बार 'मतवाला' में आये तो उनमें लेखकीय लालसा की उत्तेजना के स्थान पर सापेक्ष अहं का विस्तार, लेखक और पाठक के अन्त:सम्बन्धों का ज्ञान, समय की प्रत्यभिज्ञा और आत्म-विस्तार की शब्दावलियों की प्राप्तियाँ हो चुकी थीं, साथ ही प्रकाशन, विज्ञापन और वितरण का अच्छा प्रतिष्ठान भी मिल गया था। इसलिए 'चन्द हसीनों के ख़तूत, दिल्ली का दलाल और बुधुआ की बेटी' की जबर्दस्त बिक्री हुई। इन कृतियों में वे स्वयं, उनका समय और उनके पाठकों की मन:स्थितियाँ स-तन-मन विद्यमान थे। फिल्मी दुनिया की ओर रुख करते ही उनके 'अहं' की सापेक्षता ख़त्म हुई, उनके 'स्व'

में सिकुड़न आयी, उनकी विषयवस्तु की आबादी घटी और पाठकीय अभिरुचियों का तिरोहण शुरू हुआ। 'मतवाला' जैसा प्रतिष्ठान छूट ही गया। वे 'दिल्ली का दलाल' के शोहरत-शिखर पर फिर कभी नहीं पहुँचे। लेकिन कुल मिलाकर वे बेचन पाण्डे तो थे ही। कुछ हासिलात भी की आत्महठ की परिस्थितियों के कारण वे केवल ऋणात्मक नहीं रहे। उन्हें भाषा-शैली की वक्रता का धन मिला। विलास-सुख के अवसर मिले और अतुलित मनोबल का संचय मिला। फिर भी खोना ज्यादा और पाना कम था। ऊपर उद्धृत किये गये शिवपूजन सहाय के नाम प्रेमचन्द के पत्र से फिल्मी दुनिया में 'उग्र' के पतन की कहानी अच्छी तरह जानी जा सकती है। प्रेमचन्द 'उग्र' की रचनात्मक प्रतिभा के प्रशंसक थे और उनकी मौलिकता के भी कायल थे। 'उग्र' में अछूते विषयों की स्थापक कला की पहचान प्रेमचन्द और रामचन्द्र शुक्ल दोनों ने की थी। बेचन पांडेय प्रेमचन्द से 20 वर्ष और रामचन्द्र शुक्ल से सोलह वर्ष छोटे थे। दोनों ने इन्हें लेखकीय प्रोत्साहन देने का काम किया।

प्रेमचन्द द्वारा पांडेय बेचन शर्मा 'उग्र' को लेखकीय स्वीकृति देना बहुत ज्यादा महत्त्वपूर्ण था। 'उग्र' को उछाल मिल गयी। उन्होंने जब 1922 में 'महात्मा ईसा' शीर्षक नाटक लिखा, तब बनारस में 'उग्र' के साहित्य-गुरु लाला भगवानदीन ने उस पर प्रेमचन्द से सम्मति देने का आग्रह किया। प्रेमचन्द के लेखन सेवासदन में 'उग्र' का हाजिरी देना इतिहास का अद्‌भुत क्षण था। प्रेमचन्द ने उग्र के साथ ही साथ उपस्थिति-क्षण की बारीकी पहचानी। 'बेचन' को बेचन-योग्य बनाने के लिए प्रेमचन्द ने अपने प्रहर्षक शब्दों की इतनी दक्षिणा दी कि बेचन मालामाल हो गये, लिखा, 'महाशय उग्र ने जब मुझसे 'महात्मा ईसा' के जीवन-चरित्र पर एक नाटक लिखने का जिक्र किया तो मैं उसे देखने के लिए बहुत उत्सुक हुआ। विषय इतना विशद, इतना गम्भीर, इतना 'ग़ैर मानूस' था कि मुझे 'उग्र' जी की सफलता के विषय में बड़ी आशंका थी। सच तो यह है कि मैं केवल मुरौवत से उसे आद्योपान्त सुनने को तैयार हुआ।

लेकिन पहले दृश्य ने मेरी आशंका बहुत कुछ निवृत्त कर दी और पहला एक्ट समाप्त होते-होते तो मैं उसका भक्त हो गया। भाव, भाषा, चरित्र-चित्रण, कथानक, सभी ने मुझे मुग्ध कर दिया।

हिन्दी में अच्छे ड्रामों की कमी है। डी.एल. राय के नाटकों को निकाल दीजिए तो हमारे पास कुछ रह ही नहीं जाता। अब हम भी एक उच्चकोटि के मौलिक 'ड्रामा' को अन्य भाषाओं के सामने पेश कर सकते हैं। 'महात्मा ईसा' महाशय राय के किसी नाटक से टक्कर ले सकता है। ऐसे मौलिक और गहन विषय पर नाटक लिखकर 'उग्र' जी ने हिन्दी का मस्तक ऊँचा कर दिया है।

महात्मा ईसा ने भारतवर्ष की यात्रा की थी। कतिपय विद्वानों की यह धारणा है। 'उग्र' जी ने इसी धारणा के आधार पर कथा की कल्पना की है।

नाटक में सभी रसों का सम्मिश्रण होना चाहिए, विशेषतः जब वह खेलने के उद्देश्य से लिखा जाए। महात्मा ईसा में आप हास्य, शान्ति, शृंगार, करुण, वीर, वीभत्स आदि सब रसों का आस्वादन कर सकते हैं। गाम्भीर्य के साथ हास्य का ऐसा अपूर्व और सुन्दर मेलजोल आपको और कहीं बहुत कम मिलेगा। अन्य देशीय पात्रों के भाव और विचार व्यक्त करने में लेखक ने असाधारण कुशलता प्रकट की है। ऐसी सर्वांग सुन्दर-रचना के लिए हम उन्हें हृदय से मुबारकवाद देते हैं।' (महात्मा ईसा : भारती भंडार, लीडर प्रेस, इलाहाबाद, सन् 1938 द्वितीय संस्करण, पृ. 7-8)।

देखा जा सकता है कि प्रेमचन्द के उक्त पुरोवाक् ने उग्र को भारी रचनात्मक उछाल दी। अपने से बीस-इक्कीस वर्ष बड़े और साहित्य की जमीन पर पाँव जमाये कथाकार प्रेमचन्द द्वारा प्रयुक्त 'जी' और 'महाशय' जैसे पद उग्र के लिए महत्त्वपूर्ण रचनात्मक उपहार सिद्ध हुए। इस 'पुरोवाक्' से प्रेमचन्द की महानता सिद्ध हुई थी। यानी 'प्राइमरी राइटर' को बड़े लेखक की तरह प्रस्तुत करना। 'महात्मा ईसा' बंगला भाषा के प्रसिद्ध रचनाकार डी.एल. राय के नाटकों के समानान्तर रखकर प्रेमचन्द ने जयशंकर 'प्रसाद' को भी 'उग्र' से पीछे धकेल दिया था। यह थी प्रेमचन्द की महानता। परन्तु 'उग्रजी' ने इनकी 'महानता' का अपेक्षित सम्मान कभी नहीं किया था। उग्र के इसी व्यवहार से क्षुब्ध होकर प्रेमचन्द ने शिवपूजन सहाय से इनकी गम्भीर शिकायतें की थीं। जो प्रेमचन्द 'उग्र' के पहले नाटक 'महात्मा ईसा' के पहले ही एक्ट को पढ़ने के बाद उनके भक्त हो गये थे, वे ही प्रेमचन्द 'उग्र' का मुँह तक देखना नहीं चाहते थे। इसका कारण यह नहीं था कि 'उग्र' ने प्रेमचन्द से कोई झगड़ा-रगड़ा कर लिया था, बल्कि इसका कारण था, फिल्मी दुनिया में 'उग्र' द्वारा किया जाने वाला असामान्य आचरण।

प्रेमचन्द ने जनवरी 1930 में जैनेन्द्र को एक पत्र द्वारा बताया था कि पांडेय बेचन शर्मा 'उग्र' का उपन्यास 'शराबी' बेहद मौलिक और नयी चेतना का प्रतिनिधि था। उन्होंने जैनेन्द्र को यह पत्र तब भेजा जब जैनेन्द्रजी गुजरानवाला (पंजाब) के स्पेशल जेल में राष्ट्रीय मुक्ति-आन्दोलन के जुर्म में बन्द थे। इनकी जिज्ञासा के तहत प्रेमचन्द ने 'शराबी' के साथ प्रसादजी के 'कंकाल' और वृन्दावन लाल वर्मा के 'गढ़कुंडार' को भी मौलिक माना था, लेकिन कथ्य की नवीनता को अत्यन्त रोचक शैली तथा भाषा की अभिनवता के साथ प्रस्तुत करने में 'शराबी' को प्रथम स्थान पर रखा था। 'गढ़कुंडार' के लिए तो लिखा, 'मुझे तो गढ़कुंडार (कुछ) नहीं जँचा।' (प्रेमचन्द की चिट्ठी-पत्री, भाग-2-12, जनवरी 1931, पृ. 17)।

जैनेन्द्रजी ने प्रेमचन्द से 'शराबी' भेजने का आग्रह किया। उनकी आलोचक उत्कंठा का आदर करते हुए प्रेमचन्द ने 'शराबी' उपन्यास भेजा ही नहीं बल्कि इसकी समीक्षा करने का भी आग्रह किया। 'शराबी' पर जैनेन्द्र द्वारा लिखी समीक्षा 'हंस' में प्रकाशित भी की। वे 'चन्द हसीनों के ख़ुतूत', 'दिल्ली का दलाल' और 'बुधुआ की बेटी' के भी प्रशंसक थे। उन्होंने 'विशाल भारत' के सम्पादक बनारसीदास चतुर्वेदी को पत्र लिखकर 'घासलेटी आन्दोलन' चलाने पर चिन्ता जताते हुए उसे समाप्त करने का भी आग्रह किया था, जिसके उत्तर में चतुर्वेदी जी ने लिखा, "घासलेट साहित्य के विरुद्ध जो आन्दोलन मैं कर रहा था उसकी मैंने 'इतिश्री' कर दी है और अन्तिम लेख 'घासलेट विरोधी आन्दोलन का उपसंहार' 'विशाल भारत' में लिख रहा हूँ।" (वही, 15 नवम्बर 1929, पृ. 73)। तीन वर्ष बाद जब प्रेमचन्द ने हिन्दी कथा-साहित्य में 'मौलिकता' का प्रश्न उठाया तो उन्होंने केवल दो ही उपन्यासकारों के नाम लिये— 'जैनेन्द्र' और 'उग्र'। 'मौलिकता' की 'बहुलता' में 'उग्र' को उन्नीस नहीं बीस माना। उन्होंने 'उग्र' की कहानियों की भी भरपूर प्रशंसा की थी। यहाँ तक कि जब प्रेमचन्द ने हिन्दी की उच्च कोटि की कहानियों का एक संकलन सम्पादित किया तो उसमें 'उग्र' के 'बुढ़ापा' को भी सम्मिलित कर लिया। हालाँकि 'बुढ़ापा' कहानी नहीं बल्कि माधव प्रसाद मिश्र के 'सब मिट्टी हो गया' की शैली में लिखा गया रम्य लेख था। आचार्य रामचन्द्र शुक्ल ने अपने 'हिन्दी साहित्य का इतिहास' में 'सब मिट्टी हो गया' और 'बुढ़ापा' को निबन्ध रूप में ही स्वीकार किया है।

ऊपर के सभी उल्लेखों को दृष्टि में रखते हुए सोचा जा सकता है कि जो प्रेमचन्द सन् 1922 से लेकर सन् 1930 तक लगातार पांडेय बेचन शर्मा 'उग्र' के तहेदिल प्रशंसक बने रहे थे, वे एकाएक सन् 1935 में क्यों 'उग्र' से इतना अधिक अप्रसन्न हो गये कि शिवपूजन सहाय को पत्र लिखकर 'उग्र' की निन्दा ही नहीं की बल्कि उन्हें असभ्य और अश्लील तक कहा। जिस प्रेमचन्द ने उग्र की 'चाकलेट' कहानियों और 'दिल्ली का दलाल' तक को अश्लील और असभ्य लेखन नहीं माना था, वही प्रेमचन्द 'उग्र' का मुँह तक नहीं देखना चाहते थे। अगर गौर किया जाए तो प्रेमचन्द के जीने का रास्ता बिल्कुल साफ था। उन्हें सामाजिक परिष्कार के लिए 'उग्र' के लेखन की ईषत् अश्लीलता अग्राह्य नहीं लगी थी, लेकिन लेखकीय अश्लीलता को अपने सामाजिक व्यवहार में उतारना उन्हें पसन्द नहीं था।

पांडेय बेचन शर्मा 'उग्र' 'मतवाला' के सम्पादक महादेव प्रसाद सेठ को गन्दी-भद्दी गालियाँ देते थे। यह सेठ और उग्र का व्यक्तिगत मामला था, परन्तु जब फिल्मी दुनिया में जाकर 'उग्र' ने एबनार्मल तरीके से माँ-बहन की गालियों

को सार्वजनिक बना दिया, तब प्रेमचन्द में उनके प्रति घृणा उत्पन्न होना अस्वाभाविक नहीं था। उग्रजी प्रेमचन्द द्वारा उन्हें स्थापित साहित्यकार के रूप में रचने-गढ़ने के सभी उपकार भूल गये और उन्हें भी अपनी सार्वजनिक गालियों के दायरे में रगड़ने लगे।

घटना ऐसी घटी कि जब पांडेय बेचन शर्मा 'उग्र' अपने अशालीन व्यवहारातिरेक के कारण मुम्बई की प्रसिद्ध फिल्म कम्पनी 'महालक्ष्मी' से निकाल दिये गये, तब उसमें प्रेमचन्द सम्मिलित हो गये। इस फिल्म कम्पनी में बनी फिल्म 'छोटी बहू' बॉक्स ऑफिस पर काफी हिट हुई थी। हालाँकि इसकी कहानी 'शैदा' ने लिखी थी, परन्तु संवाद-लेखन की भूमिका 'उग्र' ने पूरी की थी। 'छोटी बहू' की शोहरत इसके संवादों के बाँकपन के कारण अधिक हुई थी। पूरी फिल्म फ़ज़ा में पांडेय बेचन शर्मा 'उग्र' की फ़नकारी की तूती बोलने लगी। फिल्म के कलाकार दुर्गा खोटे, मामा गोरे, जयराज, जुबैदा, बानू, मास्टर मोदक और नलिनी जयवन्त, सभी 'उग्र' के सांवादिक कौशल पर मुग्ध थे। परन्तु सारी मुग्धताओं के बावजूद फिल्म जगत के प्रायः सभी हीरो, हीरोइन, डायरेक्टर, कैमरामैन, साज-सज्जा करने वाले, नर्तक और गायक 'उग्र' के असामान्य बर्ताव-व्यवहार तथा फूहड़ से फूहड़ भोजपुरी गालियों से आजिज आ गये थे। बिना किसी बचाव के 'उग्र' महालक्ष्मी' से बाहर निकाल दिये गये थे। 'महालक्ष्मी' को अपनी ख्याति-सुरक्षा के लिए सुदर्शन, चतुरसेन शास्त्री और प्रेमचन्द में से किसी एक के चयन की लाचारी थी।

संस्कृत में एक उक्ति है, 'पयसा कमलं कमलेन पयः' अर्थात् जल से कमल का सौन्दर्य और कमल से जल का सौन्दर्य निरूपित होता है। यही सम्बन्ध 'महालक्ष्मी' और 'प्रेमचन्द' में स्थापित हो रहा था। प्रेमचन्द फिल्मों में कहानियाँ लिखते आहत होने लगे थे। फिल्मकारों के लिए नग्न यथार्थ, सुपाच्य अश्लीलता और रोमांचक दृश्य जरूरी थे। प्रेमचन्द अपने लेखकीय व्यक्तित्व को फिल्मी जुआ के दाँव पर नहीं चढ़ा सकते थे। उन्होंने 7 फरवरी 1935 को जैनेन्द्र से अपनी जुआचोरी करने की असफलता का जिक्र करते हुए लिखा था, "मैं जो प्लॉट सोचता हूँ, उसमें आदर्शवाद घुस आता है और कहा जाता है कि उसमें Intertainment Value नहीं होता। इसे मैं स्वीकार करता हूँ। मुझे आदमी भी ऐसे मिले जो न हिन्दी जानते हैं और न उर्दू। अंग्रेजी में अनुवाद करके उन्हें कथा का मर्म समझाना पड़ता है और काम कुछ नहीं बनता। (वही : पृष्ठ 53)।

फिल्मों के लिहाज से प्रेमचन्द की मजबूरी की बातें पांडेय बेचन शर्मा 'उग्र' के कानों में पड़तीं। वे घूम-घूम कर प्रेमचन्द को भी गालियाँ देते और अपने को प्रेमचन्द से भी बड़ा कलाकार मानते। इतना तो सच था कि 'उग्र' को नाचने-गाने, संवादों के तेवर तीखे करने, दृश्यों को आत्मसात करने, अपनी अदा को

डेडीकेट करने और दर्शकों में बेइन्तिहा मनोरंजन बाँटने का व्यावहारिक ज्ञान था। परन्तु प्रेमचन्द लेखक थे। उनके लेखक की एक साहित्यिक जगह थी। वे अब उस जगह से नीचे नहीं गिर सकते थे। इसके विपरीत 'उग्र' हर जगह को अपनी जगह मानते थे। कभी यौन-वासना आगे और कलम पीछे, कभी कलम आगे और यौनतृप्ति पीछे। दोनों में सीमा तोड़। साथ ही यथायोग्य दुर्वचन सुनाने की दीक्षा इन्हें अपने चाचा से मिली थी। इसी का प्रयोग इन्होंने प्रेमचन्द पर भी किया। ऐसी स्थिति में प्रेमचन्द का न तिलमिलाना ही अस्वाभाविक होता। प्रेमचन्द अपनी मुराद के मुरीद थे। परन्तु 'उग्र' किसी की भी मुराद पूरी करने में सक्षम थे। फिल्मी जगत में प्रेमचन्द केवल दस महीने ही रह सके, परन्तु उग्र सन् 1930 से 1938 तक यानी पूरे आठ वर्ष फिल्मों में लिखते रहे और मस्तियाँ लेते रहे।

प्रेमचन्द अपनी व्यक्तिगत नाराजगियों को किसी की युवारचनात्मक प्रतिभा के मार्ग का अवरोध नहीं होने देते थे। वे पूर्णतः 'धनपत' थे यानी धनात्मक व्यवहारों के शांत प्रयोक्ता। उन्होंने सन् 1922 में 'महात्मा ईसा' पर अपना दृष्टिकोण प्रस्तुत कर पांडेय बेचन शर्मा में रचनात्मक विकास के लिए लोकपथ निर्मित कर दिया था, परन्तु 'उग्र' जी किसी का ऋण उतारना नहीं जानते थे। उतारना तो दूर ऋण स्वीकार करना तक नहीं जानते थे। प्रेमचन्द द्वारा अपने प्रति दिखाई गयी सदाशयता पर अपने दम्भ का आरोपण करते हुए साम्प्रदायिक सौहार्द्र के मामले में लिखा, "इस विषय में मैं प्रेमचन्द से गजों आगे हूँ। मेरा मत है कि तमाम हिन्दू अपने मुसलमान भाइयों को प्रसन्न करने के लिए अपनी उदारता, क्षमा और सहिष्णुता दिखाने के लिए खोपड़ी पर का मुट्ठी भर बाल दाढ़ी पर चिपका लें, लुंगी मारा करें, अल्ला-अल्ला का हल्ला किया करें, खतना करा लें और मस्जिद में जाया करें। ऐसा करते ही वसुधैव कुटुम्बकम हो जाएगा।" 'उग्र' की यह बेहद हलकी व्यंग्य-टिप्पणी 9 जुलाई 1926 को बनारस से प्रकाशित दैनिक 'आज' में छपी। सोचा जा सकता है कि जिस प्रेमचन्द ने जन्माष्टमी पर्व पर 'उग्र' के प्रथम नाटक महात्मा ईसा के लिए लिखा था, "ऐसी सर्वांग सुन्दर रचना के लिए हम उन्हें (उग्र) हृदय से मुबारकबाद देते हैं।" उसी प्रेमचन्द का अहसान चुकाने में 'उग्र' ने अपने अहंकार का भोंडा प्रदर्शन किया था।

'हिन्दी साहित्य का इतिहास' साक्षी है कि महात्मा ईसा से पहले बनारस में ही जयशंकर प्रसाद के छह नाटक प्रकाशित हो चुके थे। इनमें 'विशाख' शीर्षक नाटक को ख्याति भी मिल चुकी थी। स्वयं प्रेमचन्द का नाटक 'संग्राम' भी 'महात्मा ईसा' से पाँच महीने पहले छप चुका था। इसमें उत्तर भारत के गाँवों के कृषक-जीवन का यथार्थ उभरा था। पहले अंक के प्रथम दृश्य का रंग-संकेत यथार्थ-बोध के स्तर पर उभरा हुआ था। दृश्यारम्भ विश्वसनीय और आकर्षक था।

परन्तु प्रेमचन्द ने पांडेय बेचन शर्मा 'उग्र' के लिए मजबूत उत्थानक सोपान बनाते हुए यहाँ तक लिख दिया, ''महात्मा ईसा महाशय 'राय' के किसी नाटक से टक्कर ले सकता है। ...उग्रजी ने हिन्दी का मस्तक ऊँचा कर दिया है।''

प्रेमचन्द ने हिन्दी-नाट्य-लेखन में अपने नव-प्रयोग धर्म को नकारते हुए पांडेय बेचन शर्मा 'उग्र' के मंगलाचरण और कथ्य की काल्पनिकता को अधिक महत्त्व दिया था। उन्होंने 'उग्र' का मस्तक इतना ऊँचा कर दिया था कि वह प्रेमचन्द से भी ऊँचा बनने का स्वांग करने लगा था।

पांडेय बेचन शर्मा 'उग्र' आठ वर्षों तक फिल्म जगत में रहे। यहाँ यह सोचना सही नहीं होगा कि उनका लड़ाका व्यक्तित्व ही उन्हें लम्बी अवधि तक फिल्मों में जमाये रखने का कारण बना। सही तो यह है कि उनकी गालियों और दुर्वचनों में भी खलनायकत्व का कौशल विद्यमान था। उनके परवर्ती उपन्यासों में इसकी अभिव्यक्तियाँ बार-बार हुई हैं।

उग्रजी ने 'सिनेमा संसार और मैं' (साप्ताहिक हिन्दुस्तान 27 फरवरी, 1955) के तहत अपने फिल्मी जीवन का विवरण विस्तार से दिया है। जब वे सन् 1930 में दूसरी बार फिल्म की दुनिया में गये, तब बोलते चित्रों की शुरुआत हो रही थी। सन् 1931-32 तक कुछ अच्छी फिल्म कम्पनियों ने साउंड रिकार्डिंग मशीनें भी खरीद ली थीं। उस समय 'इम्पीरियल फिल्म कम्पनी' पूरे मुम्बई में सबसे आगे थी। इसने पहला टाकी चित्र 'आलम आरा' बनाया था। बोलते चलचित्रों का श्री गणेश 'आलम आरा' से ही हुआ था। 'उग्र' जी का प्रवेश इसमें नहीं हो पाया था। वे 'शारदा फिल्म कम्पनी' से जुड़े। इन्होंने सिन्धी प्रेमियों की एक प्रसिद्ध लोक कथा के आधार पर कहानी लिखी, मर्मस्पर्शी संवादों की भंगिमाएँ गढ़ीं, चढ़ाव-उतार और उच्चारण की व्यंजनाएँ गुम्फित कीं और इन सबको अपने सुदीक्षित और स्वानुभूत अभिनय में परिवर्तित किया, परन्तु सारा गुड़गोबर हो गया। यान्त्रिक दोष के कारण केवल फिल्म ही नहीं असफल हुई बल्कि 'शारदा फिल्म कम्पनी' के स्वामी श्री भोगीलाल भावजी दबे के करम ऐसे फूटे कि वे क्षति बर्दाश्त न कर सके। वे केवल फिल्मी दुनिया से ही नहीं बल्कि इस दुनिया से ही उठ गये।

पांडेय बेचन शर्मा 'उग्र' की कहानियों-संवादों के आधार पर निर्मित 'राम विलास', 'पतित पावन' और 'राधामोहन नन्दलाल' शीर्षक पिक्चर पर्दों पर प्रदर्शित भी हुईं। इनमें रामविलास और पतितपावन को तो अपेक्षित सफलता नहीं मिली, परन्तु 'राधा मोहन नन्दलाल' फिल्म दर्शक-दीर्घाओं में सराही गयी। इस तरह उग्रजी फिल्मी दुनिया के लिए प्रासंगिक बने रहे।

ऐसा लगता है कि उग्र काल से लेकर आज तक चलचित्र जगत की

भूमिकाओं में उतरे लोगों के हालात बहुत कुछ एक जैसे हैं। डायरेक्टर से लेकर नायक-खलनायक तक सफलताओं-असफलताओं के बीच जीते रहते हैं। यह कम आश्चर्य की बात नहीं है कि पांडेय बेचन शर्मा 'उग्र' लड़ाका, बदतहजीब, खुरचाली, लट्ठम-लट्ठ, बात-बात पर गाली बकने वाले और अहंकार में ऐसे डूबे कि बड़े-बड़े को अपमानित कर देने वाले थे परन्तु उनमें कुछ ऐसा अवश्य था कि वे फिल्मों के लिए त्याज्य नहीं माने गये। उन्होंने खुद लिखा था, "पृथ्वीराज कपूर युग के बम्बई फिल्म कलाकार, डायरेक्टर, कैमरामैन, साउंडरिकार्डिस्ट और फिल्म कम्पनियों के मालिक मुझे मजे में जानते थे।" ('सिनेमा संसार और मैं' साप्ताहिक हिन्दुस्तान, 27 फरवरी, 1955 पृ. 12)।

स्पष्ट है कि पांडेय बेचन शर्मा 'उग्र' अपनी कलात्मक अदायगी के साथ ही अपने मिर्ज़ापुरी अक्खड़पन के कारण फिल्मी दुनिया में काफी मशहूर हो गये थे। इनसे जिनका भी पाला पड़ा उन्हें या तो रोना पड़ा या धीरे-से खिसक लेना पड़ा। दस-ग्यारह वर्ष की किशोर-अवस्था में ही रामलीला एक्टिंग करने के कारण इनमें बेहमीयती आ गयी थी। यह ताउम्र बनी रही। वे अपनी निर्लज्जता के हथियार से बड़े-बड़े को परास्त कर चुके थे। फिल्म जगत किस खेत की मूली हो सकता था? 'उग्र' जी ने अपने कलाकार-जीवन में दो मूल्यों का त्याग कभी नहीं किया। पहला मूल्य था— 'मिर्ज़ापुरी अक्खड़ता' और दूसरा था 'अश्लीलता' का। ये दोनों इनके लेखकीय मूल्य थे। लेखक के रूप में इन दोनों मूल्यों को अर्जित करना इनका अपना निजी सिद्धान्त था। अंग्रेजी हुकूमत के भय से कायर बने भारतीय समाज के बरक्स इन्होंने 'अक्खड़ता' अपनायी तथा छद्म आचरणवादियों को बेनकाब करने के लिए अश्लीलता।

जिस समय सन् 1933-34 में पांडेय बेचन शर्मा 'उग्र' की मुलाकात हिन्दी के प्रसिद्ध कथाकार आचार्य चतुरसेन शास्त्री से बम्बई फिल्म नगरी में हुई थी, उस समय 'उग्र' जी 'सागर फिल्म कम्पनी' के लिए कहानियाँ लिख रहे थे। एक रात चतुरसेनजी 'उग्र' के साथ ही 'सागर कम्पनी' का शूटिंग-दृश्य देखने चले गये। चतुरसेनजी आचार्य भी थे और शास्त्री भी। भला वे 'उग्र' के अश्लील दृश्य-परिदृश्य को कैसे बर्दाश्त करते। वे 'उग्र' का साथ छोड़कर घर चले आये। इस रात वे इतना अधिक क्षोभ से भर गये थे कि 'विशाल भारत' में एक लेख लिखकर उन्होंने अपने को पवित्र किया था। हिन्दी के आचार्य लेखक अश्लीलता की छूत उतारने के लिए शोभन शब्दों से विन्यस्त लेख अथवा कविता लिखा करते हैं। संस्कृत में अशुचि-मुक्ति का मंत्र है— 'अपवित्रः पवित्रो वा सर्वावस्थां गतोऽपि वा। यः स्मरेत् पुंडरीकाक्षं सः बाह्य-अभ्यन्तरे शुचिः।' अर्थात् चाहे पवित्र हो, चाहे अपवित्र हो, चाहे वह किसी भी कुकर्म अवस्था से गुजरा हो अगर

वह पुंडरीकाक्ष भगवान विष्णु का स्मरण कर लेता है तो वह भीतर से बाहर तक पवित्र हो जाता है। आचार्य चतुरसेन शास्त्री ने इसी मार्ग का अनुसरण किया। अपने लेख में उन्होंने लिखा, 'उग्र' जी सन् 1933 में बम्बई की सागर फिल्म कम्पनी के लिए कहानियाँ लिखते थे। उनकी ये फिल्मी कहानियाँ अत्यन्त अश्लील होती थीं। एक दिन मैं भी सागर फिल्म कम्पनी गया। रात को शूटिंग हो रही थी, वह भी देखी। 'उग्र' की कहानी थी, 'उग्र' जी स्वयं हाज़िर थे। देखते ही पास आ बैठे और पानों का बंडल पेश किया। गिलौरियों पर सोने के वर्क़ चढ़े हुए थे। मैंने हँसकर कहा—सोने के वर्क चढ़ी गिलौरियों में आप हिन्दी-साहित्य को भूल गये। कहने लगे—अजी, अश्लीलता के नाते हम-आप साढ़ू हैं। मैं तो इस नई विद्या का अध्ययन करता हूँ, हिन्दी-साहित्य को आप सँभालिए। फिल्म के सम्बन्ध में बहुत-सी बातें हुईं। उस दिन 'उग्र' की 'प्रतिभा' देखते बन रही थी।' (सन् 1934)।

आचार्य चतुरसेन शास्त्री 'उग्र' द्वारा फिल्मी जीवन में कलाकारों से लेकर सिनेमा-दर्शकों तक अश्लीलता बाँटने के कारण काफी क्षुब्ध थे। इसलिए उन्होंने भी 'उग्र' के विरुद्ध मोर्चा खोलने का दायित्व सँभाला। 'विशाल भारत' ऐसे हर आन्दोलन की प्रतीक्षा करता था। पं. बनारसीदास चतुर्वेदी ने सन् 1929 में प्रेमचन्द से प्रतिज्ञा की थी कि आगे वे 'उग्र' के विरुद्ध 'घासलेटी' टाइप कोई लेख 'विशाल भारत' में नहीं प्रकाशित करेंगे परन्तु चतुरसेन शास्त्री का लेख पाते ही वे अपनी प्रतिज्ञा भूल गये। हालाँकि पांडेय बेचन शर्मा 'उग्र' ऐसे आक्रमणों-आन्दोलनों के अभ्यस्त हो गये थे। फिल्मी जीवन के दरम्यान आत्म-अश्लीलत्व दोषों की स्वीकृति उन्होंने खुद की थी। उनकी साहसिक स्वीकृतियाँ उनके सृजन-अभिलेखों में आज भी सुरक्षित हैं।

आज 'उग्र' को मरे लगभग चालीस वर्ष बीत रहे हैं। 'उग्र' के नये पाठकों में उनके विविध व्यवहारों को समझने के नये भाव पैदा हो रहे हैं। हिन्दी-साहित्य में ऐसा शख़्सेवाहिद शायद ही कोई मिले। भीड़ झेलते हुए उनके एकाकीपन ने उन्हें कितना सताया था और वे पैदा होने के साथ कितना आहत हुए थे, इसकी तस्वीर 'अपनी खबर' के अलावा उनकी अन्य रचनाओं में भी उभरी हुई हैं। बेचन के लेखन का पूरा कक्ष आहत बेचन की तस्वीरों से भरा हुआ है।

आज बेचन पांडे को सहानुभूति शैली में पढ़ने से ज्ञात होता है कि वे कुछ ढूँढ़ रहे थे परन्तु उन्हें मिला कुछ नहीं। यहाँ तक कि वे ठौर-ठिकाने के साथ आत्म-अन्वेषण भी नहीं कर सके थे। इसे न पाने की बौखलाहट ने ही उन्हें 'उग्र' बनाया—नग्न 'उग्र', अश्लील उग्र, अतिचारी उग्र, एहसान फरामोश उग्र, ईर्ष्यालु, उग्र, अहंवादी उग्र, जाने क्या-क्या 'उग्र' बेचन पांडे को बनना पड़ा था,

अपनी दुर्नियति के कारण। इसको क्या समझ पाते आचार्य चतुरसेन शास्त्री। वे भी तो अपनी 'हृदय की प्यास' (उपन्यास) लेकर गये थे बम्बई। लेकिन उन्हें उल्टे पाँव फिल्मी दुनिया से वापस आना पड़ा था। प्रेमचन्द तक वहाँ क़ोफ़्त-दर-कोफ़्त ढोते किसी प्रकार नौ-दस महीने ही रह सके थे परन्तु पांडेय बेचन शर्मा 'उग्र' वहाँ पूरे आठ साल रहे। प्रसिद्ध कहानीकार 'सुदर्शन' की तरह उन्होंने नौकरी नहीं की, क्योंकि बेचन पाण्डे के आपूर्ति-मनोरथ केवल दो तक ही सीमित थे, पहला था पेट और दूसरा था सेक्स। उन्होंने फिल्म-नगरी में देखा था, 'कम्पनी के मालिक, फाइनेंसर, डायरेक्टर, एक्टर-प्रायः सभी चन्द्रमुखी तारिकाओं के इर्द-गिर्द मस्त मँडराते थे। मँडराते-मँडराते तमाम लोग मर गये। 'एक मैं (बेचन) हूँ जो जिन्दादिल हूँ, सकुशल हूँ और स्काच ह्विस्की जानीवाकर के विज्ञापन के चित्र की तरह (स्टिल गोइंग स्ट्रांग) सदा तेजी पर हूँ।' (वही)

पांडेय बेचन शर्मा 'उग्र' के उक्त 'अहंवादी आत्मकथन' का पुनर्पाठ करने से अस्पष्ट नहीं रह जाता कि उनकी जिन्दगी के सबसे कमजोर पक्ष का बयान है— ''मैं अब भी बलवान बना हुआ हूँ।'' अगर बेचन पांडे अपने पैदायशी गाँव जलालपुर माफी में होते अथवा चुनार कस्बे में 'जजमानी' से प्राप्त सुद्दूपुर की गली के मकान में होते तब इस तरह की बात उनकी 'बेहयाई' कही जाती।

लेकिन 'सिनेमा संसार और मैं' में 'उग्र' ने एक पते की बात भी कही है। मसलन, 'आज मैं गम्भीरता से विचार करता हूँ तो लगता है कि इस 'टैंजेंट' ने मुझे बचा लिया। नहीं तो मैं अब तक अवश्य मर चुका होता, मार डाला गया होता, अथवा पागल हो गया होता। (वही)। पाठक उग्र जी की 'बकलम खुद' पंक्ति को पढ़ने के बाद बड़ी आसानी से समझ जाता है कि यह पांडेय बेचन शर्मा 'उग्र' की 'मृत्यु' की शब्दावली का प्रलाप था। पांडेय बेचन के लेखन में ऐसी अनेक पंक्तियाँ मिलती हैं जो उनकी आन्तरिक पीड़ा के मदमाते विलोम की प्रत्ययिकाएँ हैं। 'अपनी खबर' में भी ऐसे कई प्रमाण मिलते हैं जिनसे ज्ञात होता है कि उग्रजी जब ज़ोम में आते थे, अथवा सामाजिक विसंगतियों से आहत आवेश में आवर्तित होने लगते तो कई कई ऐसी बातें कह जाते थे जो तथ्यगत नहीं होती थीं। सिनेमा-संसार के अनुभवों पर बयान देते हुए उन्होंने भदैनी-अस्सी के अपने पुराने मित्र पंडित भगवती प्रसाद मिश्र पर जो कुछ कहा वह मिश्रजी के बरक्स अपने को उत्तम सिद्ध करने का ज़ोमेबातिल हो गया है। उग्रजी ने स्वयं स्वीकार किया था कि जब वे 'मतवाला' छोड़कर शानो-शौकत, भोग-विलास तथा मस्तियाँ लेने की कल्पना में डूबे मुम्बई के सिनेमा-समाज में सम्मिलित हुए थे, तब उनके बनारसी मित्र पंडित भगवती प्रसाद मिश्र और मध्यप्रदेश के राय बहादुर नन्दलाल सेठी ने ही उनके रहने-खाने की व्यवस्था की थी। इतना ही

नहीं इन्हीं लोगों की सहायता से उन्हें फिल्मों में प्रवेश मिला था, परन्तु 'फागुन के दिन चार' आत्मकथात्मक उपन्यास में भगवती प्रसाद मिश्र को 'जगरूप' और अपने को 'नन्दकुमार' की भूमिका में प्रस्तुत करते हुए अपने को 'स्वः' में स्थापित किया और भगवती प्रसाद मिश्र को 'भूः' पर छोड़ दिया।

मुम्बई में पांडेय बेचन शर्मा 'उग्र' की मुलाकात रायबहादुर सेठी से अकस्मात हुई थी। सेठीजी साहित्य-प्रेमी व्यक्ति थे। वे व्यावसायिकता के साथ सामाजिक सरोकारों से भी भली-भाँति जुड़े थे। उनके यहाँ विभिन्न रुचि-सम्पन्न व्यक्तियों का दरबार लगता था। वे 'उग्र' को भी जानते थे, चेहरे से नहीं नाम से। 'उग्र' का नाम मुम्बई महानगर तक 'चाकलेट' कहानियों के कारण पहुँचा था। स्वयं सेठीजी ने इसे स्वीकार किया था और मुम्बई महानगर में सबसे पहले मिर्ज़ापुरी लेखक को किसी ख्याति-प्रधान व्यक्ति की तरह रहने-खाने की व्यवस्था सेठीजी ने ही की थी। भगवती प्रसाद मिश्रजी तो बाद में मिले थे। परन्तु जब सन् 1945 में कर्जों के बोझ से लदे और अपने मिज़ाज की मार से आहत उग्रजी मुम्बई छोड़कर मालवा इन्दौर गये तो वहाँ भी नन्दलाल सेठी ही इनके काम आये थे। परन्तु चन्द दिनों के बाद ही 'उग्र' जी खंडवा से प्रकाशित 'स्वराज' साप्ताहिक में 'खुली चिट्ठी' स्तम्भ के तहत सेठीजी के विरुद्ध आरोपों के इतने अधिक शरःक्षेप करने लगे कि सेठी जी तो क्या चिट्ठी का हर पाठक कहीं न कहीं आहत हुआ था। ये सभी लेखाकृत पत्र परिशिष्ट में दिये गये हैं। ये इतने महत्त्वपूर्ण पत्र हैं कि इनके माध्यम से पांडेय बेचन शर्मा 'उग्र' को समझने में काफी मदद मिल सकती है। अभी तक ये सभी पत्र असंकलित पड़े हुए हैं।

अच्छा हो कि पांडेय बेचन शर्मा 'उग्र' के अतिवाद का एक नमूना और पढ़ लिया जाए। उग्रजी को मतवाला-लायब्रेरी में दुर्लभ पुस्तकें पढ़ने के लिए उपलब्ध थीं। वे बेहद पढ़ाकू थे। 'मतवाला' में पहली बार आने के पूर्व उनकी अप्राकृत दुराचरण सम्बन्धी तीन कहानियाँ छप चुकी थीं। इनके शीर्षक थे—'चाकलेट', 'पालट' और 'हम फ़िदाए लखनऊ'। पहली कहानी का शीर्षक था, 'चाकलेट'। यह हिन्दी साहित्य के लिए अज्ञात शब्द तो था ही, हिन्दी शब्दकोशों में भी इसके लिए कोई स्थान नहीं था। आचार्य रामचन्द्र शुक्ल ने 'हिन्दी शब्द सागर' में 'चाकल' शब्द का उल्लेख अवश्य किया, परन्तु 'चाकलेट' शब्द का ज्ञान उन्हें भी नहीं था। इसलिए 'उग्र' ने 'चाकलेट' की लाक्षणिकता की व्याख्या करते हुए लिखा था, ''चाकलेट देश के उन भोले-भाले कमसिन और सुन्दर लड़कों को कहते हैं जिन्हें समाज के राक्षस अपनी 'वासना' की तृप्ति के लिए सर्वनाश के मुख में धकेलते हैं।' (चाकलेट : तृतीय संस्करण 1953, पृ. 100) अगले पृष्ठ पर दिनकर बाबू के शब्दों का प्रयोग करते हुए उन्होंने लिखा, ''उन्होंने एक अंग्रेजी

पुस्तक के सहारे सुकरात तक को इस अपराध का अपराधी बताया। कहने लगे कि शेक्सपियर भी अपने किसी खूबसूरत दोस्त का गुलाम था। मिस्टर आस्कर वाइल्ड की चर्चा भी उन्होंने की थी। (वही, पृ. 101)

'मतवाला' के सम्पादक मंडल में शरीक होने के पहले पांडेय बेचन शर्मा 'उग्र' सुनी-सुनायी बातों का उल्लेख करते थे, परन्तु मतवाला-प्रवेश के साथ ही उनका प्रवेश एक उन्नत पुस्तकालय में भी हुआ। मतवाला पुस्तकालय में उन्होंने अपने मित्र रामनाथ लाल 'सुमन' के साथ बारह खंडों में Sanchez की किताब De Matsimonio, Balzac की किताब 'The physiology of Marriage, Have lock Ellis की संकलित किताब Studies in Psychology of sex. j.A. Hammerton की संकलित किताब 'Harmsworth's Universal Encyclopedia, Ceri की किताब L. Instinct Sexual और A de rochas की किताब Les sentiment के साथ ही History of Anthropology, डार्विन द्वारा लिखी किताब Decent of Man और Evolution of Sex जैसी तमाम अन्य पुस्तकें भी पढ़ीं। रामनाथ लाल सुमन ने चालीस पृष्ठों में 'अप्राकृतिक व्यभिचार का वैज्ञानिक विवेचन' शीर्षक से 'उग्र' की पुस्तक 'चाकलेट' की भूमिका लिखी। 'उग्र' ने भी अपने उपन्यास 'फागुन के दिन चार' में चौदहवें अध्याय के दो पृष्ठों में आस्कर वाइल्ड की अतिवादी यशोगाथा लिखी। अतिवादी इस अर्थ में कि उन्होंने आस्कर वाइल्ड के एक सूत्र, 'सारी कलाएँ अनैतिक होती हैं, की व्याख्या करने में लगभग एक हजार शब्द सर्फ़ कर दिये। कला की मीमांसा के लिए एक छोटे दायरे में घूमते रहना पांडेय बेचन शर्मा 'उग्र' की महानता को एक सीढ़ी नीचे उतारने का कारण बनता है। कुछ ऐसे ही कारण थे कि निराला और उग्र में वैचारिक दूरी हमेशा बनी रही। 'मतवाला' मंडल में उग्रजी 'कला' को ऐन्द्रिय सुख तक सीमित मानते थे परन्तु निराला 'कला' को काल की मनोमय संवेदना, उसके सम्यक् परिबोध और लोकानन्द की अभिव्यक्ति क्षमता को कला मानते थे। महादेव प्रसाद सेठ को इन दोनों अवधारणाओं की 'ज़रूरत' थी। उनके लिए पांडेय बेचन शर्मा 'उग्र' द्वारा दिया गया बाजार मूल्य पहली सीढ़ी का 'पदार्थ' था। दूसरी सीढ़ी पर निराला का विराट सांस्कृतिक चिन्तन था। 'मतवाला' द्वारा दी गयी वरीयता को 'उग्र' ने खूब भजाया। फिल्मी दुनिया के लिए निराला की रंचमात्र आवश्यकता नहीं थी, परन्तु उग्रजी ने आठ वर्षों तक फिल्मी 'टैजेंट' होते हुए भी अपनी अनिवार्यता बनाये रखी। 'उग्र' जी ने अपनी इस श्रेणिक (खेमाबन्दी) उपलब्धि पद दम्भ भी कम नहीं प्रदर्शित किया। उन्होंने 'मातृमंगल' लेख में अपने फिल्मी चरित्र के कला-ज्ञान के अहं के बारे में लिखा, "मेरा ख्याल है कि इस विद्या की 'डाक्टरेट' मुझे फिल्म कम्पनियों से प्राप्त हुई और आज इस विषय की मेरी जानकारी जितनी

प्रचंड है, उतनी राहुल सांकृत्यायन संस्कृत नहीं जानते होंगे, अम्बिका प्रसाद वाजपेयी अखबारनवीसी नहीं जानते होंगे। बिनोवा का तत्वज्ञान, बिड़ला का अर्थज्ञान, करपात्री का अनर्थज्ञान, सुनीति बाबू का भाषा तत्त्व ज्ञान और हजारी प्रसाद द्विवेदी का साहित्य ज्ञान मेरे वेश्या बाजार-ज्ञान के आगे फीके, महत्त्वविरहित और हेय हैं, भोथड़ हैं जहाँ; जैसे पुरानी प्रणाली के अस्त्र-शस्त्र आधुनिक एटमास्त्रों तथा हाइड्रोजन बमों के आगे।' यह लेख तब छपा था जब पांडेय बेचन शर्मा 'उग्र' दिल्ली आ गये थे। मानसिक रुग्णता उन्हें घेरती जा रही थी, परन्तु उनका लेखकीय ज्ञानकोश रिक्त नहीं हुआ था। उक्त लेख दिसम्बर के 'हिन्दू पंच' में प्रकाशित हुआ था। देखा जा सकता है कि 'उग्र' ने पंच-शैली का कितना बोधक प्रयोग किया था, मसलन 'बिड़ला का अर्थ ज्ञान और करपात्री का अनर्थ ज्ञान। इसमें 'अनर्थ' शब्द की व्यंजना अर्थ-विस्तार की दृष्टि से क्षितिज पार कर जाती है। डॉ. रत्नाकर पांडेय ने 'उग्र' के 'हिन्दू पंच' लेख का उद्धरण उनके फिल्मी जीवन के सन्दर्भ में दिया है। (उग्र और उनका साहित्य : पृ. 33)।

यहाँ एक बार फिर 'मतवाला' में 'उग्र' को याद कर लेना इसलिए असंगत नहीं होगा कि उनमें 'पंच-शैली' (व्यंग्यशैली) का पूर्ण विकास 'मतवाला' काल में हुआ था। 'आज' दैनिक (बनारस) के 'अष्टावक्र' (पांडेय बेचन शर्मा) द्वारा लिखे 'ऊटपटांग' स्तम्भ के जो व्यंग्य-लेख 'मतवाला' के सम्पादक मंडल में रहते हुए लिखे गये थे उनकी व्यंजनाएँ तीखी और गहरे स्तर तक बेधक थीं, परन्तु 'मतवाला' में जाने के पूर्व के 'ऊटपटांग' काफी सतही और हास्य के संयोग तक भी गतिशील नहीं थे। इसके प्रमाण के लिए 'ऊटपटांग' की एक व्यंग्य कविता देखी जा सकती है—

पीटे जो एक्केवानों को, फेरीवालों पर टूटे,
जबरदस्त का ठेंगा 'सिर पर' मंत्र जपे सबको लूटे।
ऐसा नर दूसरे जन्म में धोबी का गदहा होए,
लादी लाद-लाद चिल्लाए, डंडे खाय खूब रोए।

('आज' दैनिक, 23 जून 1923, पृ. 2)

पांडेय बेचन शर्मा 'उग्र' 'हिन्दू पंच' में तब भी छपते थे जब 'मतवाला-मंडल' में रहते हुए लेखन के बोझ से दबे हुए थे। 'हिन्दू-पंच' मराठी में प्रकाशित पत्र का हिन्दी-संस्करण था। इसके सम्पादक काशी निवासी गोविन्द शास्त्री दुगवेकरजी बेचन पांडे को बनारस से ही जानते थे। 'उग्र' जी इसमें 'भङ्ग भगत' के छद्म नाम से लिखते थे और अपने व्यंजक प्रयोगों से साहित्य महारथियों पर 'उग्र' तीर चलाते थे। 15 दिसम्बर, 1928 को 'भङ्ग भगत जी की भद्रता' लेख लिखकर

'सत्यव्रत शर्मा 'सुमन' ने 'उग्र' का कठोर शैली में विरोध किया था और 'नोक झोंक' प्रेमी महादेव प्रसाद सेठ ने इसे ससम्मान 'मतवाला' में प्रकाशित किया था। (पृ. 13) उग्रजी 'हिन्दू पंच' के सामग्री-चयन, भाषा-शैली और शीर्षक-विनियोग से इतना अधिक प्रभावित थे कि मिर्जापुर से कोलकाता होते हुए जब दिल्ली गये तो स्वयं सन् 1956 में 'हिन्दी पंच' (पाक्षिक) का प्रकाशन शुरू किया, परन्तु वह तीन-चार पक्षों के बाद 'खाली हाथ जै सियाराम' हो गया। 'मतवाला' ने पांडेय बेचन शर्मा 'उग्र' को इतना अधिक मथा था कि वे जब फिल्मी दुनिया मुम्बई से इन्दौर गये तब उन्होंने कुछ दिनों तक 'वीणा' मासिक में सहायक सम्पादक का दायित्व सँभाला। परन्तु 'उग्र' तो उग्र ही थे। उन्होंने 'वीणा' का होली अंक निकालने के बाद अपनी उग्रता का महाभारत संग्राम छेड़ दिया। 'वीणा' के कूचे से बेआबरू होकर निकाल दिये गये। परिशिष्ट में दी गयी 'स्वराज' की कतरनों से मध्यप्रदेश की उग्र-पत्रकारिता के बारे में बहुत कुछ जाना-समझा जा सकता है।

पांडेय बेचन शर्मा 'उग्र' लेखकीय स्तर पर ही नहीं स्वभाव के स्तर पर भी उग्र थे, बल्कि यह कहना चाहिए कि 'उग्रतर' थे। इसलिए जब वे इन्दौर से प्रकाशित 'वीणा' के सम्पादकीय से जुड़े, तब पत्रिका के प्रबन्ध मन्त्रिमंडल के खिलाफ 'स्वराज' में खुली चिट्ठी प्रकाशित करवाने लगे। जब पानी सिर से ऊपर होकर गुजरने लगा तो अगस्त, 1941 के एक सर्वसम्मत प्रस्ताव द्वारा 'उग्र' को 'वीणा' से अलग ही नहीं कर दिया गया बल्कि उसमें इनकी कोई भी रचना प्रकाशित करने पर प्रतिबन्ध लगा दिया गया। इनकी जो रचनाएँ 'वीणा' में प्रकाशन के लिए स्वीकृत हो गयी थीं अथवा 'मध्यभारत' हिन्दी साहित्य समिति द्वारा जो पुस्तकें प्रकाशित की जाने वाली थीं, वे भी जब्त कर ली गयीं। उग्रजी एक बार पुनः पुस्तक जब्ती के शिकार बने। पहली बार इनके द्वारा लिखी गयी क्रान्तिकारी कहानियों की संग्रह-पुस्तक 'चिनगारियाँ' ब्रिटिश सरकार द्वारा जब्त कर ली गयी थी, परन्तु महादेव प्रसाद सेठ द्वारा 'उग्र' के पुस्तकों के विज्ञापन में इसका उल्लेख अवश्य किया जाता रहा था क्योंकि सेठजी नहीं चाहते थे कि 'उग्र' के लेखन के प्रति ब्रिटिश सत्ता द्वारा की गयी नाइंसाफी के कारण उग्र की आज़ाद लेखनी से रची गयी एक पुस्तक का नाम भी कालग्रस्त हो जाए। वे तीसरे नम्बर के सामने प्रकाशित करते थे, 'चिनगारियाँ' (सरकार द्वारा जब्त-अप्राप्य)। ('मतवाला' 10 नवम्बर 1928, पृ. 10)। इन्दौर में उग्रजी की जो पुस्तकें जब्त हुईं, वे साहित्यिक रचनाएँ नहीं थीं बल्कि 'उग्र' की व्यंग्यात्मक उग्रताओं की संकलित प्रस्तुतियाँ थीं। 'शिकारपुर ख़ास यानी आज का इन्दौर तथा 'हाटेन साहब लड्डू' इन दोनों पुस्तकों को अप्रकाश्य घोषित करने के बाद इन्हें ज़ब्त किया गया था।

इन पुस्तकों में नामित व्यक्ति मध्यप्रदेश राजशाही घराने से सम्बद्ध थे, जैसे यशवन्त राव होल्कर, तात्या सर्बेटे, हरिश्चन्द्र ढंढा, हीरालाल कासनीवाला, हैरोनीडू, जौहरीलाल मिंदल, रामेश्वर तांत्या, रामसिंह वर्मा, बैजनाथ और हरिनाथ उपाध्याय। 'उग्र' ने इन सभी लोगों के छिद्रान्वेषण में अपनी तीखी शैली का प्रयोग किया। 'स्वराज' में प्रकाशित इनके सभी लेख पत्रात्मक शैली में लिखे गये थे। अज्ञात नहीं है कि उग्रजी पत्रात्मक शैली का लेखन करने में बेहद बेधड़क थे। उनके लेखों को पढ़कर होल्कर को महसूस हुआ कि जिस प्रतिभाशाली व्यक्ति को उन लोगों ने 'मध्य भारत हिन्दी साहित्य' समिति के माध्यम से साहित्यिक अभ्युत्थान के लिए ठौर-ठिकाना दिया था, वह पत्रकारिता की राजनीतिक गिरफ्त में आ गया था। 'स्वराज' में दिये गये उग्र बयानों के कारण इन्दौर के कई-कई लोगों को सामाजिक बदनामियाँ झेलनी पड़ी थीं।

पांडेय बेचन शर्मा 'उग्र' तथ्य और सत्य के कटु शिखरगामी लेखक थे। जब वे कटु सत्य की भाषा में अपनी व्यंग्य-शैली का 'समारोह' करते थे तब वे अपने व्यक्तियों को मर्माहत कर देते थे। वे संस्कृत के आचार्यों के अनुभवों को प्रायः ठुकराते रहे। 'न ब्रूयात् सत्यं अप्रियं' का ध्यान उन्होंने कभी नहीं किया। जिस महात्मा गाँधी का चरण पकड़कर वे जेल गये थे और आगे चलकर राजनीतिक कथाकार होने का गौरव प्राप्त किया था, उन्हीं गाँधीजी द्वारा प्रयुक्त 'सत्य-प्रयोग शैली' का प्रयोग उन्होंने कभी नहीं किया। गाँधी जी 'न ब्रूयात सत्यम प्रियम' का समाज शास्त्री महत्त्व समझते थे, परन्तु उग्रजी ने इसको ज़रा भी महत्त्व नहीं दिया। वे 'सत्य' को प्रिय बनाने के सख़्त विरोधी थे। कुछ ये ही कारण थे कि उन्हें सन् 1945 के मध्य तक इन्दौर छोड़ने के लिए विवश होना पड़ा था। वे 'आगे नाथ न पीछे पगहा' वाली स्थिति में थे। उन्हें न कहीं सम्बल दिखायी पड़ रहा था, न कोई संस्थान और न कोई संरक्षण। इसलिए एक बार फिर मुम्बई का रुख किया। उनकी यह तीसरी मुम्बई यात्रा थी। मुम्बई के तीसरे स्थान ने उन्हें 'मस्तियाँ' लेने का कोई माहौल नहीं दिया। उन्हें मुम्बई से 'संग्राम' (साप्ताहिक, 1945) और 'विक्रम' (मासिक सन् 1947) के प्रकाशन में भी कोई सफलता मिलती नज़र नहीं आयी, परन्तु जैसे-तैसे वहाँ ढाई वर्ष काटे और सन् 1948 में महादेव प्रसाद सेठ के पुत्र हरगोविन्द सेठ के आग्रह पर गऊ घाट, मिर्जापुर आ गये और हरगोविन्द सेठ द्वारा उपलब्ध सुविधाओं से प्रसन्न होकर उन्होंने 'मतवाला' का पुनः प्रकाशन प्रारम्भ किया।

मध्यप्रदेश में पांडेय बेचन शर्मा 'उग्र' के पाँच वर्ष व्यर्थ चले गये हों ऐसी बात नहीं। इस दरम्यान उनके कई-कई लेख, फीचर, रिपोर्ताज और कहानियाँ विभिन्न पत्रिकाओं में प्रकाशित हुईं। यहीं इन्दौर, उज्जैन में रहते हुए उन्होंने

नाट्यकर्मियों के लिए मंचन कक्षाएँ आयोजित कीं। उस समय मंचन की दृष्टि से नाटकों के नये युग का उदय हो रहा था। बोलते चलचित्रों ने अभिनय कला को नयी चुनौतियाँ दी थीं। स्वयं उग्रजी देख चुके थे कि मुम्बई में 'पृथ्वीराज थियेटर्स' ने नाटकों और मंचों को आधुनिकता के नये-नये अन्दाज दिये थे। इसलिए जब उन्हें 'मध्य भारत हिन्दी साहित्य समिति' द्वारा 'एकांकी नाटक आयोजन' विंग का संयोजक नियुक्त किया गया तब उन्होंने अपने अभिनय के लम्बे अनुभवों को मूर्त करने की पूरी कोशिश की तथा रंग-निर्देशन की कला को 'लोकवाद' से जोड़ा। रामलीला मंडलियों और फिल्मों की विभिन्न भूमिकाओं में पार्ट अदा करते हुए उन्हें लोकरुचि की पहचान हो गयी थी। इसलिए उन्होंने मध्यभारत के युवा कलाकारों को अभिनय की नयी दुनिया में प्रवेश करने का कौशल समझाया। नई रंग-व्यवस्थाएँ स्थापित कीं और मंचन को सफल बनाने के लिए गीत, नृत्य और वाद्य की अनिवार्यता समझायी। इनमें उग्रजी को काफी सफलता मिली थी।

पांडेय बेचन शर्मा 'उग्र' जहाँ भी रहे अपने रचनात्मक दायित्व का निर्वाह करते रहे। इन्दौर और उज्जैन में रहते हुए उन्होंने तीन नाटक लिखे : 1. 'गंगा का बेटा', इन्दौर से 1940 में, 'आवारा' और 'अन्नदाता माधव महाराज महान' उज्जैन से क्रमशः 1942 तथा 1943 में प्रकाशित हुए थे। ये सभी नाटक प्रयोगधर्मी थे। इनमें रंगमंच के नये युग के लिए दीर्घा-भाव और वीक्षा-धर्म, दोनों का भरपूर निर्वाह किया गया था। 'उग्र' के जीवन का आखिरी नाटक था, 'अन्नदाता माधव महाराज महान' यह पुस्तक गुलाब चन्द मेड़तिया, प्रोप्राइटर मानक चन्द बुक डिपो इन्दौर (मालवा) द्वारा प्रकाशित की गयी थी। यहाँ 'उग्र' द्वारा लिखी गयी इसकी भूमिका इसलिए पढ़ी जानी चाहिए कि पाठक इस आइने में परिवर्तित 'उग्र' का नया चेहरा पहचानने का प्रयास करें। इस छोटी-सी भूमिका का उल्लेख करना यहाँ अप्रासंगिक न होगा। भूमिका 4 मई, 1943 को 'मध्यभारत हिन्दी साहित्य समिति' इन्दौर, मालवा के भवन में रहने के दरम्यान लिखी गयी थी। नीचे की पंक्तियों में उसका यथावत उल्लेख किया जा रहा है—

"नाटक के बारे में—माधव महाराज महान—नाटक पहले है और महाराज का चरित्र-चित्रण बाद में। चरित्र-चित्रण तो जीवनी का विषय हो सकता है या उपन्यास का नाटक का जो रूप दुनिया में स्वीकृत है, नाटक में पहले, मध्य और अन्त में वही झलकना चाहिए।

माधव महाराज सचमुच महान थे। उनका सारा चरित्र सौ पेज में खींचना सम्भव काम नहीं। उनकी प्रतिभा बहुमुखी क्या सर्वतोमुखी थी। जिस आसानी और चमत्कार से वह मराठा-पलटन के शहसवारों की सरदारी करते थे उसी आसानी से ऑफ़िस भी देखते थे और वैसे ही भाव बतलाकर गा भी सकते थे।

ऐसे-ऐसे दो नाटक और लिखने पर भी स्वर्गीय श्रीमान का गुणगान समाप्त होने में मुझे तो सन्देह है।

मेरा राजदरबारों से परिचय बिलकुल नहीं, व्यक्तिगत स्वर्गीय महाराज को मैं मुतलक नहीं जानता। फिर भी उनकी लिखी 'दरबार पॉलिसी' के कई जिल्द पढ़ने और भाषण देखने से मालूम पड़ता है कि असल में महाराज बहादुर क्या थे। चन्द विदेशी-ग्रन्थकारों के आधार पर आगे-पीछे माधव महाराज को 'स्टीम रोलर' की उपाधि कोई देशी जानकार नहीं दे सकता। जब वह जानेगा महाराज के समकालीन भारतीय राजों के अन्दरूनी हालात।

नाटक में धनिकलाल, कस्तूरी, गंगादीन सभी कल्पित कैरेक्टर हैं। सत्य व्यक्ति शायद तीन हैं—माधव महाराज, नाना (जनरल नाना साहब सिंदे, बड़ोदे) और रामजीदास वैश्य (ताजिरुल मुल्क, वफ़ादार दौलते सिंधिया)। सन् 1927 के मराठी मासिक 'रत्नाकर' में माधव महाराज पर नानासाहब का एक सुन्दर लेख है और सन् 1926 में प्रकाशित 'जयाजी प्रताप' के माधव महाराज स्मृति-अंक में श्रीरामजीदास वैश्य का वर्णन 'प्यारे सरकार की अनमोल बातें'। उक्त सज्जनों के लेख के आधार पर नाटक में कई घटनाएँ खड़ी की गयी हैं और भोजन बनाने वाली घटना, मातृ-मूर्ति की सफ़ाई की बात-नाना और रामजीदास की बहुत सी बातें—प्रायः उन्हीं के शब्दों में हैं। राज-सम्बन्ध में महाराज के मुँह से जो वाक्य कहाये गये हैं अक्सर वे उनके भाषणों या पुस्तकों से संग्रहीत हैं जिसका लुत्फ़ उन पाठकों को ख़ास मिलेगा जिन्होंने महाराज को और उनके बारे में ज़रा 'केयर' से पढ़ा है। जब मैं नाटक लिख रहा था मेरे पास महज़ निम्नलिखित मसाले थे—1. 'जयाजी प्रताप' के महाराज सम्बन्धी आगे-पीछे के विशेषांक-संग्रह, 2. 'दरबार पॉलिसी' कई जिल्द, 3. ग्वालियर—राज का लैंड रिकॉर्ड्स मैनुअल, 4. कई प्रोसीडिंग्स कान्फ़रेन्स जागीरदारान, 5. प्रोसीडिंग्स मजलिस आम गवालियर, 6,7. इन्तिख़ाब स्पीचेज़ हुजूर मुअल्ला दामइकबालहू, मुताल्लिक सरदार स्कूल, 8. गवालियर भू-परिचय, 9. क्षात्रेय अवन्तिका, 10. शिन्देशाही इतिहासांतील सुलभ गोष्ठी, 11. सचित्र उज्जयिनी, 12. विजय वैजयन्ती, 13. महाराज महादजी सिन्धिया और 14. उसी नाम का मराठी से अनूदित एक हिन्दी नाटक, 15. ग्वालियर रेवेन्यू कान्फ़रेन्स सन् 17 में महाराज की स्पीच, 16. मैनुअल मजलिस क़ानून और 17. मेमोरेन्डम नम्बर 33 बाबत ख़ास फ़रायज़ आफ़िसरान। बहुत सी और भी पुस्तकें मिल सकती थीं मगर क्यों न मिलीं सो कहने की यह जगह नहीं।

एक बात और— प्रसादजी का वह नाटक जिसमें 'आह, वेदना मिली बिदाई' गीत है मेरे इस नाटक की घटनाओं के बाद प्रकाशित हुआ है। मगर 'प्रसाद'

के सभी नाटक कई बरस बस्तों में बँधे रहने के बाद प्रकाश में आये और मेरे नाटक के कवि को छपने के बरसों पहले उक्त गान का पता था।

मैं कहता हूँ—जितना पढ़कर जितनी सावधानी से मुझे यह नाटक रचना पड़ा है उतना परिश्रम दूसरे एक पर भी नहीं पड़ा था।

मैं अपने परिश्रम, सावधानी और फल सभी से सन्तुष्ट हूँ—मगर मज़ा तब जब भगवान महाकाल पाठकों को भी सन्तोष दें। एवमस्तु।" (म. भा. हि. सा. समिति-भवन, इन्दौर, मालवा, 4 मई 1943 ई.)

भूमिका के अगले पृष्ठ पर 'उग्र' का समर्पण उद्‌गार, 'उग्र का यह नाटक ग्वालियर राज्य की भावुक, ग़रीब और ईमानदार जनता को सप्रेम समर्पित है—उसी जनता को जिसे दिवंगत महाराज सचाई और ईमानदारी से 'अन्नदाता' पुकारा करते थे।' इस उद्‌गार को माधव महाराज की महानता का शब्दान्तरण कहना ज्यादा उचित होगा। इसमें लेखक का खुरचाली, विद्वेषी और अतिवादी स्वरूप धुला-धुला-सा नज़र आता है।

'अन्नदाता माधव महाराज महान' के तीसरे अंक में उग्रजी ने ग्वालियर राज्य की प्रशंसा में एक महत्त्वपूर्ण गीत लिखा है—

आइए, आपको दिखलाएँ, इस महा-राज की सीमाएँ
(ग्वालियर-राज की सीमाएँ)—आइए!
पूरब, पश्चिम, उत्तर, दक्षिण
ऊपर, नीचे, दायें, बायें, ग्वालियर-राज्य की सीमाएँ-आइए!
बेतवा, पार्वती, शिप्रा कल
माही, जो मुक्त सिन्धु में मिल
वह नदी-रत्न चंबल उज्ज्वल
सतपुड़ा, अरावलि, विन्ध्याचल
ऐसे पहाड़! ये सरिताएँ—आइए!
दशपुर, विदिशा और अवन्ती, जिनकी इतिहासों में गिनती
यहीं मध्य-रेखा भू-मंडल, जगमन जग ने देखा मंगल
चौ मुख चमकीली चर्चाएँ-आइए!
सान्दीपन मुनि सुयश सुबासित, आर्यभट्ट, वाराहमिहिर-युत
बौद्ध महाकात्यायन शोभित, कालिदास-कवि गीत गुंजरित
ग्वालियर-राज की गाथाएँ-आइए!
वह शिकारी विक्रम भी बे-शक, विश्वविदित साका सम्पादक
बने इसी ज़मीन पर सुन्दर, हुए इसी असीम में व्यापक
जग-प्रिय अशोक की आशाएँ-आइए।

भव्य भर्तृहरि-क्या वैरागी। कैसे तानसेन वह रागी
श्री महाद जी सैनिक, त्यागी, कर्तबगारी में बड़ भागी!
हिन्दू स्वराज की ज्वालाएँ— आइए!
सब भी सो नरेन्द्र जो तपने, 'पाटिलबाबा' के-से सपने
देख कौन आया रे खपने, हमसे पूछो तो हम अपने
'मोतीवाले' को बतलाएँ-आइए!

(शिवपुरी, दूसरा अंक, दूसरा दृश्य, पृ. 74-75)

'अन्नदाता माधव महाराज महान' का यह गीत पवाड़ा शैली में लिखा गया है। किसी व्यक्ति से सम्बन्धित 'पवाड़ा' लोकछन्द वैदिक काल के नाराशंसी-गाथा' के वर्तमान रूप हैं। उग्रजी यह लोकगीत महाराज की यशोगाथा प्रस्तुत करने के साथ मध्यभारत के इतिहास, भूगोल, संस्कृति और नृशास्त्रीय अतीत का चित्रण भी है। अपने पहले के किसी भी नाटक में उग्रजी ने इस प्रकार के लोकछन्द का प्रयोग नहीं किया था। पांडेय बेचन शर्मा यह नाटक लिखकर मध्यभारत हिन्दी साहित्य समिति का ऋण चुकाना चाहते थे। उन्होंने नाटक की प्रथम प्रति महाराज को 20 जून, 1943 को सहस्ताक्षर समर्पित की थी।

'अन्नदाता माधव महाराज महान' को पढ़ने के बाद पाठकों को पांडेय बेचन शर्मा 'उग्र' की उस आत्मपीड़ा की कचोट एक बार फिर होने लगती है जो उन्हें राममनोहर दास की रामलीला मंडली में सीताजी की भूमिका प्रस्तुत करने के दरम्यान मिली थी। 'अपनी खबर' में 'उग्र' ने ताउम्र तड़पाने वाले अपने 'दर्दे दिल' के बयानात में लिखा है, "बाराबंकी वाली की वह बाँकी छवि, वह मादक, छलकती, छाती को छूती, अछूती जवानी की हवा मेरे हृदय से न गयी, न गयी। और मैं उदास-उदास रहने लगा, प्रेत बाधित जैसा। मेरी चंचलता कम होने लगी, भीड़ छँटने लगी। जब ध्यान होता सत्रह साल वाली का और बारह साल के बेचन पांडे होते। और बेचैनी होती। ऐसा मचलता मन होता जिसका पता न चलता कि वह आखिर मचल रहा है क्यों? वही उस्ताद का शेर 'दिले नादां तुझे हुआ क्या है? आखिर इस दर्द की दवा क्या है?' लेकिन मैंने पहले दर्द जाना, दवा के लिए तरसने का रस चखा।" (पृष्ठ 65-66)।

उग्रजी ने शिवपूजन सहाय के आग्रह पर साठ वर्ष की अवस्था में आत्मकथा लिखते हुए यह बयान दिल्ली में रहते हुए दिया था। मुहल्ला था, 'जमुना पार कृष्ण नगर।' मेहतरों की बस्ती थी, रोजी-रोटी का कोई अवलम्ब नहीं, मस्तिष्क बेठिकाना, परन्तु बाराबंकी की, 'अभिरामा श्यामा' का दर्देदिल ज्यों का त्यों। 'उग्र' ने अपनी षष्ठि-पूर्ति के साहित्य प्रसादन में अपने पाठकों को इत्तिहाफ़ (उपहार)

देते हुए कहा था, "मेरा प्रथम और अन्तिम प्रेम वही था।" (पृ. 64)। अज्ञात नहीं है कि जब उन्होंने अपना पहला उपन्यास 'चन्द हसीनों के ख़तूत' लिखा तो स्वयं को मुरारी कृष्ण शर्मा के रूप में ढाला और अपनी प्रेमिका को 'नर्गिस' का नाम दिया। ग़ालिब का वही 'दिलेनादां' वाला शेर दुहराया। इस प्रेम का वही हश्र हुआ जो बाराबंकी वाले प्रेम का हुआ था। इसी प्रकार अपने आखिरी नाटक 'अन्नदाता माधव महाराज महान' में भी उन्होंने बाराबंकी वाली अभिरामा श्यामा को 'कस्तूरी' का रूप दिया और वही शेर 'दिले नादां तुझे हुआ क्या है?' लिखा। (पृ. 13) 'कस्तूरी' का भी वही अन्त जो 'अभिरामा श्यामा' का और 'नर्गिस' का। देखा जा सकता है कि पांडेय बेचन शर्मा 'उग्र' का पहला असफल प्रेम ही उन्हें विभिन्न रूपों और आकृतियों में गढ़ता-तोड़ता रहा। 'उग्र' को गहराई के साथ पढ़ने वाले पाठक इतना अवश्य कहेंगे, उनकी दर्दनाक गरीबी और उनके दर्दनाक असफल प्रेम ने उनके विराट मानस में कुंठा की जो ग्रन्थि लगा दी थी, उसको खोलने-सुलझाने के लिए उन्होंने श्लील-अश्लील तमाम माध्यम अपनाये परन्तु जीवन के अन्तिम क्षण तक असफल रहे। उन्होंने अपने इनसानी वजूद को छोड़कर देवता बनने की नाहक कोशिश कभी नहीं की। उन्होंने बुरा किया या भला किया इसको जानने के लिए उनका विशाल साहित्य भंडार है और 21वीं सदी के पाठकों की हमदर्दी है। इसी भंडार और इसी हमदर्दी के चन्द सफहे इस 'उग्र का परिशिष्ट' शीर्षक किताब में भी दिए जा रहे हैं।

पांडेय बेचन शर्मा 'उग्र' के जीवन और रचना-सिद्धान्त को गहराई के साथ समझने के लिए उनके आत्मकथात्मक उपन्यास 'फागुन के दिन चार' और उनका अन्तिम उपन्यास 'गंगामाता' का पढ़ा जाना अत्यन्त जरूरी है। इसलिए यहाँ उन दोनों उपन्यासों की संक्षिप्त समीक्षाएँ दी जा रही हैं।

काशी-चेतना का महाभाष्य : 'फागुन के दिन चार'

पांडेय बेचन शर्मा 'उग्र' का नाम लेते ही आँखों के सामने उनके साहित्यकार की जो तस्वीर उभरती है उसमें चुनार और बनारस के रंग बहुत गाढ़े हैं। जीवन के आखिरी दशक में उनके रोम-रोम में बसी काशी की यादें उन्हें उत्तेजित भी करती थीं और उनमें सिहरनें भी भर देती थीं। उत्तेजना की गर्मी और सिहरनों की ठंडक के मिलते ही वे गर्म तवे पर पड़े पानी की तरह छनछना उठते थे। छनछनाना, छनछनाहट से ऊर्जा पैदा करना, ऊर्जा से लेखन की रोशनी और इससे तमाम अँधकारों का गला घोंटना, 'उग्र' की सृजन-प्रक्रिया थी। पैदा होते 'उग्र' से लेकर मरते हुए 'उग्र' तक ने यही प्रक्रिया अपनायी। चाहे उग्र की उठान रही हो चाहे उग्र की ढलान वे 'उग्रं पश्य' और 'उग्रं लिख' बने रहे, 'सिंह निपातं उग्रम्' की तरह। अगर 'उग्रेषु नरकेषु विवर्तनम्' के नये महाभारत का अनुभव करना हो, तो इसके लिए केवल 'उग्र' का साहित्य ही काम आएगा। 'उग्र' ने नरक को 'जीवन-संगी' बनाकर लिखा था। 'बेचन-समाज' को यह सुविधा कभी नहीं मिली थी कि वह 'स्वर्ग' का सपना देख सके। उग्र ने अनुभव किया कि साम्राज्यवाद, उपनिवेशवाद के साथ ही 'स्वर्गवाद' के विरुद्ध भी लड़ाई छेड़ी जानी चाहिए। उन्होंने 'लेखन की युद्ध अवधारणा' विकसित की और इसके द्वारा नरक के हथियारों से ही 'स्वर्गवाद' को पराजित किया। पांडेय बेचन शर्मा 'उग्र' की यह काशी-चेतना थी जो उन्हें संकल्पों और समाजधर्मी अवधारणाओं से परिपूर्ण रखती थी।

पांडेय बेचन शर्मा 'उग्र' का लेखन और काशी चेतना पुष्प-सुगंध की तरह मिलकर एक हैं। भाषा और शैली में वे पूरी तरह बनारसी हैं। उनका स्वर्ग भी बनारस (काशी) है और नरक भी बनारस। 'चाकलेट' से लेकर 'सब्ज़बाग' तक कोई भी रचना उठाइए काशी उपस्थित मिलेगी। उनके पाँच गुरुओं में चार काशी के थे यानी 'पं. काशीपति त्रिपाठी, लाला भगवान दीन, पं. बाबूराव विष्णु पराड़कर और कृष्णदत्त पालीवाल। इन गुरुओं ने उनमें पक्ष-विपक्ष की भावनाएँ पैदा कीं।

उन्हें गुण-दोष परखने की दृष्टि दी। पाप और पुण्य के रहस्य समझाये। लिखने के लिए कथा-चयन और उसकी अभिव्यक्ति का विन्यास दिया। भाषा के वैविध्य के प्रति आकर्षण उत्पन्न किया। काशी की कलात्मक-विकलात्मक संस्कृति के फक्कि का सूत्र-वाक्य सिखलाये। प्रकरण वृत्ति और फक्किक शैली में मौलिक-स्थापनाओं के महत्त्व समझाये। इन्हीं गुरुओं से उन्हें रचनात्मक दृष्टि की मुक्तता मिली। 'उग्र' ने गुरुओं की सविधि दीक्षा तो नहीं ली, लेकिन लेखन कार्य करते हुए उनके प्रदान को नहीं भूले। उपनिषद कालीन गुरुओं ने समावर्तन-वेला में समझाया था, 'यानि यानि अस्माकं सुचरितानि तानि त्वया उपास्यानि नो इतराणि।' पांडेय बेचन शर्मा 'उग्र' ने इसमें थोड़ा-सा संशोधन कर दिया। उन्होंने अपने लेखन में 'इतराणि' को भी सम्मिलित कर लिया। यह काशी-चेतना का उल्लंघन नहीं बल्कि उसी का एक अंग था।

रचना की यह काशी-दृष्टि कबीर, तुलसी, रैदास, दीनदयाल गिरि, भारतेन्दु, प्रसाद, प्रेमचन्द, रामचन्द्र शुक्ल, बेचन शर्मा 'उग्र' और हजारी प्रसाद द्विवेदी से लेकर आज तक के बनारसी लेखकों को समान रूप से मिली है। बनारस बनारस ही रहता है, लकड़ी चलाने से लेकर लकड़ी का तमाशा दिखलाने तक बनारस का कोई मुकाबला नहीं। हालाँकि 'उग्र' ने अपने निजी जीवन के लिए लकड़ी लगाने की कला नहीं सीखी थी, परन्तु उनकी रचनाओं में यह कला अनुपस्थित नहीं है। उन्होंने अपनी रचनाओं द्वारा कबीर और प्रेमचन्द की तरह बनारस का ऋण चुकाया। स्थान चाहे जितने भी बदले लेकिन रचनाओं का चोला बनारसी ही रखा। उन्होंने शंकराचार्य से नहीं, चार्वाक से लिया था। इस प्रकार के रचना-दर्शन के कारण साहित्य-जगत में 'उग्र' को अनेक विरोधों का सामना करना पड़ा, परन्तु उन्हें न कोई चिन्ता न परवाह। उनकी चिन्ता यह थी कि लेखकीय शल्य-क्रिया में कलम की फिसलन न होने पाये। एक कुशल-सर्जक की तरह वे स्वस्थ समाज की प्लैनिंग करते थे और तब लेखनी उठाते थे। वे जो लिखते थे, डंके की चोट पर लिखते थे। उन्होंने लिखा था, "ज्यादातर कलाकार नामधारी होते हैं, डूबकर निगलने वाले अपराध और दम्भ की मछली उनके गले में भी अटकती हैं, रोग, असफलता, शोक के दारुण रूप में, पर समाज के आक्रोश से बच जाते हैं।" (फागुन के दिन चार, 1992, पृ. 82) समकालीन लेखकों के प्रति पांडेय बेचन शर्मा 'उग्र' का यह कटु अनुभव था। अपने समय के लेखकों की तरह उन्होंने डूबकर मछली निगलने की कोशिश नहीं की। उन्होंने वह सब कुछ लिखा जो था, परन्तु उसके संस्कारार्थ, न कि विकारार्थ। उनकी एक भी रचना विकार के खाते में नहीं डाली जा सकती। उनकी काशी-चेतना उन्हें हमेशा सजग बनाये रखती थी। काशी चेतना के एक हाथ में फक्कड़पन तो दूसरे हाथ में क्रान्ति होती है। पांडेय बेचन शर्मा इसके पूर्ण प्रतिनिधि थे।

पांडेय बेचन शर्मा 'उग्र' अपने जीवन के आखिरी दशक की रचनाओं में काशी-चेतना के उभार के लिए अधिक प्रतिश्रुत थे। उन्होंने 'आत्मकथा' (अपनी खबर) 'फागुन के दिन चार', 'गंगामाता' और 'जुहू' जैसे उपन्यास इसी अवधि में लिखे। इन सभी में काशी-राम के स्वर प्रधान हैं। वे काशी के सांस्कृतिक-विस्थापन से काफी दुखित थे। काशी की संस्कृति और कला के पारम्परिक मूल्यों के रूपान्तरण से वे क्षुब्ध थे। कला-मूल्यों पर अनियन्त्रित आधुनिकता के प्रभाव को भी वे काशी-चेतना के विरुद्ध मानते थे। उन्होंने अपनी इस व्यथा की अभिव्यक्ति 'फागुन के दिन चार' में की। मुम्बई के फिल्मी जीवन में रहकर उन्होंने कलात्मक उन्माद के दिन देखे थे। इनकी किशोर अवस्था रामलीला के मंचों से लेकर काशी के कथक नृत्यों की भव्यता देखते बीती थी। धीरे-धीरे कथक नृत्य की दार्शनिक और पौराणिक अवधारणाएँ छिछले फिल्मी नृत्यों-गीतों में संक्रमित होने लगी थी। सांस्कृतिक विस्थापन की अवस्थाएँ कलाकारों के लिए चिन्ताजनक स्थितियाँ बनाने लगी थीं। 'उग्र' ने इन सारी स्थितियों और परिणामों के व्यापक चित्र 'फागुन के दिन चार' में खींचे। बनारस के कथक जीवन पर हिन्दी में एक भी उपन्यास उपलब्ध नहीं था। उन्होंने इस अभाव की पूर्ति प्रामाणिकता के चरम धरातल पर जाकर की, क्योंकि वे केवल गहराइयों में झाँककर नहीं बल्कि उसमें उतरकर लेखन करते थे। रस मीठा रहा हो, चखा ही अगर कड़वा रहा हो तो उसे भी मीठेपन की ललक के साथ चखा। उनके समय के ज्यादातर लेखक 'मीठा-मीठा गप कड़वा-कड़वा थू' करनेवाला जीवन लिख रहे थे। उग्र ने इस प्रकार की लेखकीय बेईमानी पर जमकर प्रहार किया। उन्होंने कथक नृत्य की प्राचीन मान्यताओं के आधुनिक विघटन को कड़वे रूप में लिया और यथार्थ को बिना नमक-मिर्च लगाये पाठकों के सामने प्रस्तुत किया। लिखा, "कत्थक जब तक हरि-कथा-कथक कीर्तन थे उनकी नृत्य-कला साधना भक्ति-विभोर होती थी, वह भगवान के आगे नाचते थे, न कि साधारण इनसान के। जिस कत्थक ने सर्वप्रधान राजभय या धन-लोभ से देव मन्दिर त्याग राजमन्दिर में नृत्य-चंचल-चरण चलाये निस्सन्देह उसने अपराध किया। समाज के प्रति मैं नहीं कहता, जाति के प्रति भी उसने अपराध किया, नृत्य कला के प्रति भी।" उन्होंने बड़े ही स्पष्ट शब्दों में कहा, "वर्तमान में कत्थक कोई आदरणीय शब्द नहीं रह गया है। इसका कारण कत्थकों का नैतिक, चारित्रिक पतन ही है।" (फागुन के दिन चार : पृष्ठ 20) 'उग्र' ने 'फागुन के दिन चार' में कत्थक नृत्य की ऐतिहासिक और सांस्कृतिक मान्यताओं को कथावस्तु के अवयवों की तरह प्रयुक्त किया। अपनी शोधात्मक एप्रोच में उन्होंने ऐसा कुछ नहीं किया जिससे वस्तु के अवस्तु होने का खतरा उत्पन्न होता। इस उपन्यास को 'जीवन के विश्वसनीय उद्‌घाटन का महापर्व' भी कहा जा सकता है। यह

कत्थक-कृति उनकी काशी-चेतना की ही अभिव्यक्ति है।

बेचन शर्मा 'उग्र' को कला-मंचों पर किये जाने वाले विभिन्न नृत्यों का सैद्धान्तिक और व्यावहारिक ज्ञान था। व्यावसायिक मंचों पर नृत्य-कला के घटिया बाजारीकरण का निजी अनुभव था। कलात्मक बोध के धरातल पर काशी के प्रशस्त अतीत से भी वे वाकिफ थे। बम्बइया फिल्मों की ओर भागते बनारस को भी वे देख रहे थे। इन सारी पक्ष-विपक्ष स्थितियों में कहीं उनके चेहरे पर प्रकाश था तो कहीं अन्धकार। 'फागुन के दिन चार' उनके मन-मस्तिष्क पर पड़ी सुरूपता और कुरूपता की निजी गाथा है। बनारस का कथक जीवन और मुम्बई की फिल्मी-जिन्दगी तो मात्र अभिव्यक्ति के माध्यम हैं। 'उग्र' ने उपन्यास का प्रारम्भ काशी-चेतना की उत्पन्न विशेषण शैली में किया था। इस शैली का प्रारम्भ और विकास, दोनों 'उग्र' के उपन्यासों में आज भी नये हैं। 'उग्र' ने अपने लेखन में अन्तःइच्छाओं की अभिव्यक्ति प्रायः इसी शैली में की थी। इस शैली को समझने के लिए 'फागुन के दिन चार' का प्रथम पृष्ठ पढ़ लेना पर्याप्त होगा।

बेचन पांडे जब 20वीं सदी के दूसरे दशक में चुनार से बनारस आये थे तो काशी की विराट-चेतना ने उन्हें विमुग्ध कर लिया। अपने मुग्ध मानस की व्यंजना करते हुए उन्होंने लिखा, "40 वर्ष पूर्व की काशी की कलावन्ती ऐसी केकी-कंठिनी थीं कि कोसों तक उनकी तानें बिना किसी (ज्ञान या विज्ञान) व्यवधान के अम्लान रूप से पहचानी जाती थीं। ...40 वर्ष पूर्व की काशी शरद पूर्णिमा की चाँदनी में जादूनगरी-जैसी।" (पृ. 36)। इस समय कत्थक नृत्य की वेश-भूषा गेयात्मक ध्वनि-विन्यास, पद-न्यास की लाघवता, स्वर-ताल-वाद्य-कोक-हस्त आदि की कलात्मक प्रस्तुति काशी-चेतना की जीवन्त शृंखला थी। उग्र ने इसे अपनी लेखन-संस्कृति का हिस्सा बनाया। इस 'कला-रचित श्रृंखला' की प्रशंसा में उन्होंने लिखा, "बनारस कबीर चौरा मुहल्ले का कत्थक लीलाधर आवेश......के बीच में कत्थकी' आमद मुद्रा से आया और एक पुराना 'परन' मुँह और चरणों से अदा करने लगा—

श्रवण सुन्दर नाम गणपति ज्ञान नाथगजाननं
धिग धान धिकिट धधनि तकत
कृतिक लम्बोदर एकदन्त धा!
कृतिक लम्बोदर एकदन्त धा!
कृतिक लम्बोदर एकदन्त धा!

(फागुन के दिन चार पृ. 50)

भारतेन्दु से लेकर द्विवेदी युग तक हिन्दी उपन्यास-लेखन का केन्द्र कलकत्ता

से भी बड़ा बनारस था। 20वीं शताब्दी के प्रारम्भिक दशकों में प्रेमचन्द और जयशंकर प्रसाद दोनों बनारस के थे, परन्तु आश्चर्य है कि इन दोनों की दृष्टि कत्थक-नृत्य की काशी-संस्कृति पर नहीं पड़ी। हालाँकि ये दोनों (प्रेमचन्द-प्रसाद) काशी के 'आईना' थे, परन्तु इस आईने में काशी की कत्थक-छवि नहीं उभर सकी। काशी की कलात्मक अभिव्यक्ति का प्रतिनिधि शब्द था, 'आमद' परन्तु 'उग्र' को छोड़कर इसकी अनुगूँज अन्य किसी के साहित्य में नहीं सुनाई पड़ी। यहाँ तक कि 'हिन्दी-शब्द-सागर' के सम्पादक ने भी इस पारिभाषिक शब्द की उपेक्षा कर दी। छह सम्पादक बारह आँखें, परन्तु सभी ने 'आमद' को अदना बनाकर छोड़ दिया। इसे 'आना' और 'आमदनी' के अर्थ तक सीमित रखा। (प्रथम खंड, पृ. 254)। उग्र ने 'आमद' का प्रयोग 'नर्तन रत त्रिभंगी मुद्रा', 'चरणों की चारुता के चमत्कारी चित्र', 'मंथर चरण-न्यास' और 'घुंघरुओं की उन्मादक ध्वनि' (पृ. 68) की सम्मिलित व्यंजना के लिए किया था। यह थी उनकी 'काशी-कला-चेतना' जिसका चित्रण 40 वर्षों बाद काशी से बाहर बैठकर किया था, खास तौर से उस अवधि में जब निराला की तरह वे भी उन्माद के दौर से गुजर रहे थे। 'काशी कबहुँ न छाँड़िए' उनकी लेखकीय निष्ठा थी। परिस्थितियों के दबाव में काशी की भूमि तो छोड़ी परन्तु काशी की भूमा नहीं छोड़ी। उन्होंने 'भूमि' से अनुभव और 'भूमा' से सृजन लिया था। उग्र होकर भी उन्होंने भूमा को लेखक का चेतन-चाबुक कहा था। 'परम स्वतन्त्र न सिर पर कोई' जैसी प्रकृति का लेखक उग्र भूमा के चाबुक-निर्देशन में लिख रहा था— "यह रहस्य जानत कोऊ कोऊ।" यह उनकी काशी-चेतना का रहस्य था। उन्होंने लिखा, "यह काशी के मैदानी मुहल्ले की चर्चा है जिसका रस लेने के लिए हमें प्रथम विश्व महायुद्ध के बाद की काशी के वातावरण में पैठना पड़ेगा। यानी सन् 1919-20 की काशी के वातावरण में। बनारस की विशेषता थी—दार्शनिक फक्कड़पन। हर की अपनी खाल में मस्त-मगन रहने की लगन। विशेष के लिए विशेष हाय-हाय नहीं पड़ोसी का विशेष देख जलना-वलना नहीं। साधारण जरियों से जीवन की सूखी रोटी को चुपड़ कर स्वादिष्ट बनाने का सारे समाज को सहज अभ्यास। कोपीनवन्तों को भी देखकर धीमन्त-श्रीमन्तों ने सोल्लास कहा, "खलु भाग्यवंत:।" काशी में लख-लख अलख बनारसी अक्षरश: लंगोटी में फाग-कुछ सानुराग कुछ तटस्थ भाव से खेलते थे। कुछ संन्यासी, विवेकी, विज्ञानी सत्यत: सतत् विरत होने पर भी जीवनरत मालूम पड़ते थे। काशी में सच्चे आशिक भी, प्रेमी भी भावुक भक्त भी।' (35) उग्र ने काशी के गहरे बाज-घोड़ों, सांड़ों, गजगामिनी गायों, छलकते छैलों, वहरी अलंगो, साफे बाजों, जवानी के तूफान मेलों, टिपटाप वालों, तरहदारों, देशभक्तों, रईसों, भिखारियों, क्लासिक वेश्याओं, ध्रुपद-धमार-मालकोस मल्हार-

बागेश्वरी-बहार-फाग-कजली-ख्याल- लावनी गायकों का चित्रण बड़ी अदाकारी के साथ किया। उनके लिहाज से, "रांड, सांड, सीढ़ी और संन्यासी से बच जाए तब तो काशी का सेवन करे ही अगर न भी बचे तो भी सेवन करे।" इन्होंने बनारस वालों को 'प्रशंसामुखर कनरसिया बनरसिया' (36) कहा था। इस कथन में प्रयुक्त तीनों पद भाष्य कामी हैं। ये शब्द काशी चेतना के त्रयी हैं।

'फागुन के दिन चार' में पांडेय बेचन शर्मा ने काशी की राजनीतिक और राष्ट्रीय महाजागरण-कला की उद्वेलित चेतना का वर्णन किया है। उन्होंने लिखा, 'सन् 1921 के उस राष्ट्रीय महाजागरण काल की काशी के चौकाघाट जिला जेल की घटनाएँ दसियों बार लिखी गयी होंगी, लेकिन उपन्यास में पहली ही बार उतारी जा रही हैं।' (पृ. 44) इन्होंने चौकाघाट की जिला जेल को माध्यम बनाकर राष्ट्रीय मुक्ति आन्दोलन में कारागार काशी भूमि का इतिहास लिखने की कोशिश की थी। इन्होंने इतिहास और साहित्य का अनूठा संगम किया। इस नये संगम में डुबकी लगाने के लिए ऐसे चरित्रों का आह्वान किया था, जिनके अन्तः सत्य को लिखने का साहस कोई इतिहासकार नहीं कर सकता था। 'उग्र' जानते थे, कि "इतिहास, चरित्रों के स्थूल भौतिकी तक ही शेष हो जाता है जब कि साहित्य चरित्रों के अन्तः प्रतिअन्तः का टंकण बनना जानता है।" मसलन इतिहास चौकाघाट जिला जेल की उन तमाम घटनाओं का उल्लेख नहीं कर सका है जो 'फागुन के दिन चार' में इस प्रकार वर्णित है, जिनसे काशी की ही नहीं बल्कि भारतवर्ष की अन्तः प्रवृत्ति का सम्यक् बोध होता है। मिसाल के लिए कृपलानी, सम्पूर्णानन्द, परमहंस, राघव दास, अफ़गान प्रिंस, विचित्र नारायण शर्मा आदि प्रतिष्ठित कांग्रेस नेताओं द्वारा 'बच्चन' नामक किसी कैदी को गणना के समय छिपा देना और जेलर से कैदी-प्राप्ति के लिए यज्ञ करवाकर तथा दक्षिणा स्वरूप इक्यावन रुपये वसूलना। यह घटना इतिहास के पृष्ठों से आज भी वंचित है। यह एक ऐसी घटना थी जिससे उस समय के कैदियों के निश्चिन्त स्वभाव, हास्य वृत्ति और यज्ञ-संस्कृति के प्रति लगाव-भाव को आसानी से समझा जा सकता है। पर इतिहास को किसी व्यक्ति अथवा घटना के विवेक, भावबोध, प्रवृत्ति और संस्कृति को समझने की कोई जरूरत ही नहीं पड़ती। इन्हें तो केवल साहित्य ही सँजोकर रखता है। अगर इतिहास को जरूरत पड़ ही गयी तो वह साहित्य से उधार ले लेता है। पांडेय बेचन शर्मा 'उग्र' इन घटनाओं के प्रत्यक्षदर्शी थे। प्रत्यक्ष से 'कितना लेना और कितना छोड़ना' का जितना गहन रचनात्मक विवेक 'उग्र' में था, उतना द्विवेदीयुगीन किसी दूसरे लेखक में नहीं था। वे प्रत्यक्ष को परोक्षवत् प्रत्यक्ष बनाने में भी कुशल थे। इसके दर्जनों उदाहरण उनके उपन्यास 'फागुन के दिन चार' में विद्यमान हैं। चाहे वाल्जाक रहे हों अथवा वृन्दावन लाल वर्मा वे 'उग्र' की तरह परोक्षवत्

प्रत्यक्ष और प्रत्यक्षवत् परोक्ष की सापेक्षता का औपन्यासिक इतिहास नहीं दे सके थे। उपन्यास रचना की यह कला 'फागुन के दिन चार' से शुरू होती है। इसमें प्रत्यक्ष और परोक्षवत् प्रत्यक्ष के सन्तुलन का एक नमूना देखा जा सकता है, "उसी समय जय! जय हो दादा कृपलानी की!' कहता हुआ कोई सवा छह फुटा जवान जेल के फाटक में दाखिल हुआ। आगन्तुक कृपलानी भक्त कोई अन्य नहीं, लखनऊ से सजा पाकर बनारस पहुँचाया गया— व्याकुल भारत कम्पनी का मैनेजर, भदैनी का विचित्र ब्राह्मण तरुण जगरूप ही था।" (पृ. 44)

अगर ऊपर उद्धृत पंक्तियों का इतिहास और उपन्यास दोनों प्रतिमानों से जाँच की जाए तो अज्ञात नहीं रहेगा कि इनमें उल्लिखित कृपलानी जी (जे.बी. कृपलानी) प्रत्यक्ष यथार्थ हैं, परन्तु जगरूप परोक्षवत् यथार्थ है। कृपलानी जी इतिहास हैं और जगरूप प्रकरण हैं। जगरूप को काल्पनिक चरित्र कहना इसलिए उचित न होगा कि भदैनी छह फुटा जवान और नाटक कम्पनी का मैनेजर आदि पदों के यथार्थ द्वारा उसके प्रत्यक्ष की पहचान आसानी से की जा सकती है। इसलिए जगरूप कल्पना नहीं, प्रकरण है। साहित्य दर्पण में प्रकरण के सन्दर्भ में कहा गया है, 'भवेत प्रकरणे वृत्तं लौकिकं कविकल्पितम्'। जगरूप के नाम की दृष्टि से कवि कल्पित है, परन्तु सन्दर्भों और संकेतों द्वारा पूरी तरह से प्रत्यक्ष और लौकिक यानी बनारस के एक प्रतिष्ठित त्रिपाठी खानदान के जामाता श्री भगवती प्रसाद मिश्र। 'उग्र' ने कुल 13 उपन्यास लिखे परन्तु उनमें 'फागुन के दिन चार' एक ऐसा उपन्यास है जिसमें 'ताना' तो एक है (औपन्यासिकता) परन्तु बाने दो हैं। पहला आत्मकथा और दूसरा इतिहास। इस उपन्यास के सन्दर्भ में उग्रजी ने 'बकलम खुद' लिखा था, 'लीलाधर कत्थक का 'कैरेक्टर' मेरे मते इस कथा की विशेषता नहीं है। यह कथा तो 35 वर्ष पूर्व की काशी, भदैनी तरुण ब्राह्मण कुमार जगरूप को पाठक-जगत के सामने रखने के लिए रची जा रही है, पर बहुत अंशों तक प्लाट कपोल-कल्पना कम, जीवित चरित्रों के जीवन संघर्ष पर अधिक आधारित होने के कारण नाटक में जिसका जितना भाग और प्राण है, देना ही पड़ेगा।" (पृ. 62)

हालाँकि 'उग्र' नहीं चाहते थे कि 'फागुन के दिन चार' में आये चरित्रों की पहचान आसानी से कर ली जाए, परन्तु उनके 'चाहने' का अनुकूल परिणाम नहीं निकला। उन्होंने लिखा था, "सामाजिक कहानी के सर्वथा सत्य मालूम पड़ने से भारी खतरा यह होता है कि लोग अनुमान भिड़ाने लगते हैं कि अमुक व्यक्ति या परिवार के बारे में तो अमुक कहानी या उपन्यास, नहीं लिखा गया है? इसमें कभी-कभी लेखकों को झंझट में पड़ जाना पड़ता है। सो, इस उपन्यास में इतना तो मैं बतलाऊँगा कि काशी के उच्च ब्राह्मण-कुल के एक भ्रष्ट भविष्य, तेजस्वी,

तरुण की वासना की बेहवास-प्यास की कथा है, पर यह नहीं सूचित करूँगा कि यह उच्च-ब्राह्मण कुल पांडे लोगों का है या दूबे लोगों का अथवा मिसिर, सुकुल, तिवारी या त्रिपाठियों का (35)। उग्र के इस कथन से इतना तो स्पष्ट है कि 'फागुन के दिन चार' के केन्द्र में काशी के भदैनी मुहल्ले का कोई प्रतिष्ठित ब्राह्मण कुल था। उन्होंने 'तिवारी या त्रिपाठियों का' लिखने के बाद जो प्रश्न चिह्न लगाया है, वह व्यंग्य रूप से पाठकों को उस गन्तव्य तक ले जाने की भूमिका निभाता है जिसे उग्र अस्पष्ट छोड़ देना चाहते थे। यहाँ 'उग्र' के आत्मकथ्यात्मक एक लेख 'सिनेमा संसार और मैं' का उल्लेख करना सन्दर्भ को और अधिक स्पष्ट करने में सहायक हो सकता है। इस लेख में 'उग्र' ने अपने भावुक बनारसी बन्धु पंडित भगवती प्रसाद मिश्र की चर्चा की है। उन्होंने मिश्र जी को 'मशहूर निर्देशक, अभिनेता, चित्रकार, मूर्तिकार यानी बहुरंगी कलाकार कहने के साथ ही उनकी दुखद मृत्यु का कारण बम्बइया फिल्मी जीवन को बतलाया है। लिखा है, "रोज दोनों (भगवती प्रसाद मिश्र और उनकी प्रेमिका सलोनी क्रिश्चियन हीरोइन) एक दूसरे से अलग हो जाने की कसम खाते, मिश्र जी गंगा और जनेऊ का नाम लेकर तथा मिश्री जी मरियम और मसीहा का। उनका प्रेम (वासना) जलन से भरा हुआ था। वे एक-दूसरे की जवानी नष्ट कर बूढ़ा या बूढ़ी बना देने के लिए प्रेम का रूपक बाँधते थे, और एक दिन जब मिश्र जी काल या अकाल में चले ही गये तब मिश्री जी ने उनके शव पर खुले बाल रोते-रोते फोटो खिंचवायी।' (साप्ताहिक हिन्दुस्तान, 27 फरवरी 1955, पृ. 11) इस संस्मरणात्मक लेख द्वारा आसानी से समझा जा सकता है कि 'फागुन के दिन चार' का नायक जगरूप भगवती प्रसाद मिश्र का ही प्रतिबिंब था जो एक क्रिश्चियन हीरोइन मिस रोजी के वासनात्मक भोग में भगवती प्रसाद मिश्र की तरह ही मरा। शायद ये भगवती प्रसाद मिश्र काशी के किसी विख्यात त्रिपाठी कुल से संबद्ध थे।

'फागुन के दिन चार' में उपन्यास का केन्द्रीय उद्देश्य स्पष्ट है, यानी काशी के सांस्कृतिक विस्थापन की पीड़ा। पांडेय बेचन शर्मा 'उग्र' ने यह पीड़ा तीन-चार दशक तक अनवरत भोगी थी। काशी में रहे तब भी काशी में नहीं रहे तब भी। हालाँकि उन्हें तन मिला था चुनार (मिर्जापुर) में परन्तु मन मिला बनारस में। पीड़ा तो चुनार में भी झेली थी, परन्तु वह मुख्यतः आर्थिक पीड़ा थी। बनारस की पीड़ा मिर्जापुरी पीड़ा से बिलकुल भिन्न थी यानी सांस्कृतिक विस्थापन की पीड़ा। इनकी पूरी जिन्दगी इन्हीं दोनों पीड़ाओं का द्वन्द्व झेलते बीती थी। वे द्वन्द्व में टूटे नहीं बल्कि संकल्पवान बने। अगर गौर किया जाए तो इनका सारा लेखन मिर्जापुर और बनारस के संकल्पों का प्रतिमूर्तन है। परन्तु 'फागुन के दिन चार' और 'अपनी खबर' प्रतिमूर्तन से अधिक मिर्जापुर और बनारस द्वारा कराये गये संकल्पों के लिए

'उग्र' द्वारा दी गयी 'दक्षिणा' हैं। वे चाहते थे कि 'कूच का डंका' बजने से पहले दोनों नगरों की दक्षिणा चुका दी जाए। 60 के होते-होते बनारस की दक्षिणा चुकायी 'फागुन के दिन चार' और 'गंगा माता' द्वारा और 'अपनी खबर' द्वारा मिर्जापुर की। यही कारण है कि वे स्थान और समय से उऋण होनेवाले अनुपमेय लेखक बन गये हैं। हालाँकि स्थान और समय दोनों ने उनके साथ 'छल' किया था परन्तु वे उनसे (स्थान-समय) विमुख नहीं हुए। पाठकों के सामने उनकी हुबहू तस्वीर प्रस्तुत की। किसी से न लगाव, न मोहमाया, न प्रेम, न घृणा, न सत्कार, न दुत्कार। स्थान और समय का कोई भी रूप उन्हें अस्वीकार नहीं था। उनके लिए 'सबै भूमि गोपाल की' थी यानी 'ऐन्द्रिय-भूमि'। अपने भौतिक जीवन में जितनी भी भूमियों से उनका पाला पड़ा था, उनमें से प्रत्येक ने उन्हें एक अलग नाम दिया था। उन्होंने हर नाम को सहर्ष स्वीकार किया। चुनार ने 'बेचन', बनारस ने 'उग्र', गोरखपुर ने 'गद्री' (इंकलाबी), कलकत्ता ने 'चाकलेट', बम्बई ने 'टैंजेंट', इंदौर-उज्जैन ने 'झगड़ालू' और दिल्ली ने 'सनकी' नाम दिये थे। 'उग्र' ने इन सभी स्थान-वाचकताओं को सिर-माथे चढ़ाया। 'दई दई सो कबूल' सो कबूल कर लिया। समय के दैत्यों को उतना ही कबूला जितना स्थान के देवताओं को। उनका 'फागुन के दिन चार' उपन्यास इसी कबूलियत की विश्वसनीय कृति है, एक ऐसी कबूल-कृति जैसी द्विवेदी युग में तो क्या छायावाद, प्रगतिवाद, प्रयोगवाद, नवलेखन और समकालीन युग में भी नहीं लिखी गयी। सही तो यह है कि हिन्दी में खुदनाविस्त उपन्यास नहीं के बराबर लिखे गये। 'फागुन के दिन चार' पांडेय बेचन शर्मा 'उग्र' का एक ऐसा उपन्यास है जिसके अधिकांश चरित्रों में आत्म-प्रक्षेपण करके उन्होंने अपनी जिन्दगी की अनुभवात्मक कहानी कही थी। यह खुद कबूलियत का क्लासिक उपन्यास है।

पांडेय बेचन शर्मा 'उग्र' के उपन्यासों में उन आत्मानुलोकित व्यक्तित्व चित्रण के साहसिक खुलेपन को देखकर उन परिस्थितियों को जानने की सहज इच्छा होती है जिन्होंने उन्हें उपन्यासकार के रूप में गढ़ा और अभिव्यक्ति की ईमानदारी दी। इस सन्दर्भ में 'मतवाला-मंडल' की ओर ध्यान जाना अस्वाभाविक नहीं हो सकता।

मतवाला-मंडल लीक छोड़कर चलने वाले रचनाकारों का मंडल था। 'उग्र' जब पहली बार (1924-1925) मतवाला कार्यालय गये तब यह देखकर विस्मृत हो उठे कि अखबारनवीसों का दफ्तर नहीं बल्कि हिन्दी पत्रकारिता और साहित्य के पारम्परिक ठंडेपन के विरुद्ध अग्निस्तोकों की प्रयोगशाला था। उन्होंने देखा कि निराला के चेहरे पर प्रतिभा की आग जल रही थी। महादेव प्रसाद सेठ और शिवपूजन सहाय उसमें आहुति दे रहे थे। नवजादिक लाल श्रीवास्तव हाथ सेंक रहे थे। 'उग्र' ने अनुभव किया कि निराला का आग्नेय व्यक्तित्व हिन्दी-कविता

की निरीह बस्ती में आग लगा सकता था, परन्तु कहानी और उपन्यास लेखन के लिए 'सुलगावन' तक नहीं बन सकता। इसलिए वे विस्फूर्जित कथा-अग्नि की शक्ति लेकर मंडल में प्रविष्ट हुए और उपन्यास लेखन की आग बरसाने लगे। 'चन्द हसीनों के खतूत', 'दिल्ली का दलाल', 'बुधुआ की बेटी' जैसे उपन्यास शोलों की तरह धधकने लगे। इन उपन्यासों ने नई पाठकीयता पैदा की। इतना ही नहीं इन्होंने उपन्यास लेखन की होड़ 'निराला' और शिवपूजन सहाय तक में पैदा कर दी। 'बुधुआ की बेटी' के साथ ही शिवपूजन सहाय का 'देहाती दुनिया' छपा, परन्तु जो आग 'बुधुआ की बेटी' में थी, वह 'देहाती दुनिया' में कहाँ? वर्षों की रियाजत के बाद निराला ने उपन्यास लिखा 'अप्सरा' परन्तु वह 'बुधुआ की बेटी' की तरह धरती पर नहीं उतर सकी। ये घटनाएँ 'फागुन के दिन चार' की पृष्ठभूमि थीं। 'मतवाला' ध्वंस और निर्माण सिद्धान्त का साप्ताहिक था। उग्र के सभी उपन्यास इसी सिद्धान्त के महाभाष्य थे। 'फागुन के दिन चार' इसका अपवाद नहीं हो सकता था। उन्होंने अपने लेखन की शुरुआत आग लगाने से की थी और अन्त भी आग लगाने से किया, "उदेति सविता ताम्रः ताम्र एव अस्तमेति च।" 'फागुन के दिन चार' लिखने के बाद उग्र ने सप्तपदी (सात वर्ष) देकर मृत्यु का वरण कर लिया लेकिन आश्चर्य यह कि उन्हें आग देने वाला कोई नहीं मिला। सप्तपदी के दरम्यान उन्हें बनारस के गंगा और मणिकर्णिका श्मशान घाट याद आये। परन्तु कबीर की तरह उनका भी सोचना था, 'जो काशी तन तजै कबीरा रामहिं कौन निहोरा।' सो वे भी मरे दिल्ली में, यमुना के तट पर। 'दिल्ली का दलाल' के बीच फँसे रह गये।

'फागुन के दिन चार' पांडेय बेचन शर्मा 'उग्र' का औपन्यासिक आत्मचरित होने के साथ ही एक दशक पूर्व यमराज द्वारा जारी मृत्यु-पत्र की तफसील भी है। यह उपन्यास उन्होंने जगरूप, भगवती प्रसाद मिश्र और पांडेय बेचन शर्मा का त्रिक बनाकर लिखा है। घोर ज्वर में जागता हुआ जगरूप सोच रहा था, "चार ही दिन बाद होली का त्योहार पड़ेगा। क्या? फागुन के (जीवन के) चार ही दिन और रह गये? वह अधिक दिनों हर्गिज-हर्गिज नहीं जी सकता। देह हड्डी-चमड़े का ढाँचा मात्र रह गयी। प्राण यातनाओं से प्रपीड़ित हो रहे हैं और नज़दीकी अपना कोई नहीं। ..."तू काशी में, कुल में, कुलीनता की सीमा में रहता तो बता तेरी ऐसी गति होती?...पत्ता-पत्ता झड़ गया। ठूठवत मैं रह गया। सो भी उस पेड़ का जिसकी लकड़ी जीवनदाता चूल्हे में नहीं नरकदायी चिता में जलाई जाती है।" (पृष्ठ 217-218)। मरते वक्त भगवती प्रसाद मिश्र ने भी यही सोचा था और मौत का परवाना पाकर 'उग्र' भी यही सोचने लगे थे।

'फागुन के दिन चार' लिखने के चार-पाँच वर्षों बाद उग्र चुनार (मिर्जापुर)

आये थे। हम मिर्जापुर के कुछ साहित्य प्रेमी उन्हें जन्मदिन की शुभकामना देने चुनार गये। वही सद्दूपुर की गली, पूरबमुख ओसारा, ओसारे के दक्षिण एक छोटी-सी कच्ची कोठरी, कोठरी में झिलगी चारपाई। चारपाई पर कम्बल ओढ़े पूरी तरह नग्न पांडेय बेचन शर्मा 'उग्र'। हमने देखा 'देह हड्डी चमड़े का ढाँचा मात्र' शेष। यानी 'बेचन' तक सीमित थी फिर भी 'उग्र' चेहरे पर बरकरार था। 'फागुन के दिन चार' के मुखड़े में उन्होंने लिखा था, ''और अभी मैं दर्जनों उपन्यास हिन्दी पाठकों को दूँगा। और अभी तो मैं जवान हूँ।'' (क्रिसमस, 1959, उज्जीयनी)

'मुखड़ा' में उग्र ने यह भी लिखा है कि पचीस वर्ष यानी चौथाई शती बाद उग्र का यह सम्पूर्ण उपन्यास प्रकाशित हो पाया है।' किसी उपन्यास के प्रारम्भ और अन्त के बीच इतना लम्बा अन्तराल होने से कोई उपन्यास कई फाँकों में विभक्त हो जाने के खतरों से बच नहीं पाता लेकिन 'फागुन के दिन चार' के समूचेपन पर कोई अन्यथा प्रभाव नहीं पड़ा। पूरे उपन्यास में काशी के कत्थक-नृत्य के शास्त्रीय व्याकरण का बम्बई के पापुलर फिल्मी कल्चर में परिवर्तित होने की पीड़ाएँ उभरी हुई हैं। इन्हीं पीड़ाओं की अभिव्यक्ति के साथ उपन्यास का अन्त होता है। उपन्यास का प्रारम्भ और अन्त दोनों लीलाधर के चरित्र के साथ होता है। प्रारम्भ में बुढ़वा मंगल का मेला, काशी की नर्तन कला की शास्त्रीय व्याख्या, लय, तान, काव्य, संगीत, नाटक और रंग के सांस्कृतिक उद्देश्यों का गायन परन्तु अन्त में प्रलयंकर शंकर का रूप धरे, दोनों हाथों में जलते नर कपाल लिए लीलाधर का तांडव नृत्य। उपन्यास के प्रारम्भ का लीलाधर शुभंकर था परन्तु अन्त में लीलाधर प्रलयंकर बन गया। यह सम्पूर्ण उपन्यास 'शुभंकर' और 'प्रलयंकर' में अनवरत चलने वाले द्वन्द्व की महाकथा है। प्रारम्भ का लीलाधर भावुक मन के साथ दोनों हाथ जोड़कर काशी विश्वनाथ के दिव्य कलश को नमस्कार करता हुआ और अन्त का लीलाधर जलते हुए नर-कपालों के साथ ध्वंस-नृत्य करता हुआ। प्रारम्भ का लीलाधर सृजन का प्रतीक और अन्त का लीलाधर विनाश का प्रतीक यानि काल के दो प्रतीकों और प्रत्ययों के बीच निरन्तर गतिशील द्वन्द्व की कथा। शिव के दो नामान्तरों द्वारा उपन्यास का प्रारम्भ तथा अन्त। प्रारम्भ का शिव 'महादेव रूप में और अन्त का शिव प्रलयंकर शंकर रूप में। प्रारम्भ का शिव' विश्लेषाक्षरी रूप में अन्त का शिव संश्लेषाक्षरी रूप में। आन्तरिक रूप में 'फागुन के दिन चार' काशी-संस्कृति द्वारा विश्वनाथ शिव को निवेदित विश्लेष और संश्लेष का बोधात्मक उपन्यास है। पांडेय बेचन शर्मा 'उग्र' 25 वर्षों तक इस उपन्यास का विश्लेषणात्मक लेखन करते रहे, परन्तु कथानक के प्रवाह को विश्लिष्ट नहीं होने दिया। यहाँ तक कि काशी और बम्बई में भी प्रतिपरिणात्मक संश्लेष स्थापित किया। इसके लिए 'उग्र' ने मुख्यतः दो चरित्रों को उपादान रूप में प्रयुक्त किया,'

पहला कत्थक लीलाधर और दूसरा पत्रकार नन्दकुमार नन्दन। ये ही दो चरित्र उपन्यास का उपसंहार बनते हैं और इन्हीं दोनों द्वारा ही हिन्दी उपन्यासों के अन्त का एक बिल्कुल नया शिल्प विकसित किया गया है। यहाँ इस नये शिल्प का प्रारूप देखना अप्रासंगिक न होगा, ''उपन्यास-जगरूप के साथ ही समाप्त माना जाए। लेकिन लीलाधर कत्थक और नन्दकुमार नन्दन अभी हैं और तगड़े-तन्दुरुस्त हैं।'' यहाँ उपन्यास के 'मुखड़ा' में 'उग्र' द्वारा अपने लिए कहा गया— ''अभी तो मैं जवान हूँ?'' वाक्य याद आना अस्वाभाविक नहीं हो सकता। अगर उपन्यास के प्रथम प्रकरण पर ध्यान दिया जाए तो अस्पष्ट नहीं रहेगा कि लीलाधर कत्थक उम्र में 'उग्र' से बड़ा था। प्रमाण के लिए लीलाधर का ही एक कथन देखा जा सकता है, ''मैं तो आदरभाव से उन्हें बराबर महामाया ही कहता हूँ। तब से जब वह आठ साल की निरी बच्ची थी। तभी से मैं रानी का संगीत-शिक्षक रहा हूँ और जब वह खासी स्त्री हो गयी हैं तब भी मैं उनका गुरुपदाधिकारी ही हूँ।'' (पृ. 14)

पांडेय बेचन शर्मा 'उग्र' ने प्रकरण 'सैंतीस' (अन्तिम) द्वारा काशी की अवमूल्योन्मुख संस्कृति के पुनः प्रतिस्थापन का प्रयास किया है। काशी उनकी देखी हुई थी। भारतेन्दु बाबू हरिश्चन्द्र की अपेक्षा इन्होंने बेहतर आँखों से काशी देखी थी। काशी के जितने रास्ते (भले-बुरे) 'उग्र' चले थे उतने रास्ते भारतेन्दु ने देखे भी नहीं थे। यह सम्भावना की जा सकती है कि भारतेन्दु लीलाधर रहे हों परन्तु उनके जगरूप होने की कल्पना नहीं की जा सकती। लीलाधर का कहना था, ''जब हम ऐसी महामायाओं को सिखाते हैं तब एक अलिखित समझौता-सा रहता है कि शिष्या गुरु की पलंग-सेवा तक करेगी।'' (पृ. 15)। भारतेन्दु भी महामायाओं को संगीत सिखाते थे। उनकी प्रमुख महामाया थी 'हुस्नाबाई'। परन्तु वे जगरूप जैसा घृण्यपन्थी नहीं हो सकते थे। जगरूप के लिए 'उग्र' ने लिखा था, ''जगरूप ने दोनों हाथ पसारकर लड़के को भुजाओं में कस, हृदय से लगाते हुए कपोल नहीं, उसके अधर चूमने की चेष्टा की।'' (पृ. 69)। उग्र ने चुनार से लेकर काशी तक तमाम पात्रों-कुपात्रों को अपनी लेखनी में जज्ब किया था। थोड़ा-थोड़ा उग्र में अनेक लोग समाये थे। लीलाधर, जगरूप, रत्नशंकर, राम शंकर, कृपलानी, विचित्र नारायण शर्मा, नन्द कुमार नन्दन आदि सभी के कुछ न कुछ अंश 'उग्र' में थे। सब में 'उग्र' थे उग्र में सब थे। इसीलिए उन्होंने 'फागुन के दिन चार' को 'निज वृत्तान्ताधीन संस्मरणात्मक उपन्यास' कहा था। इस उपन्यास में उन्होंने 'सच' के सिवा कुछ नहीं कहा था। स्थानों में काशी का सच और बम्बई का सच। कलात्मक क्षेत्र में कत्थक का सच और फिल्म का

सच। 'फागुन के दिन चार' पांडेय बेचन शर्मा के विलोमात्मक सत्य-प्रस्तुतियों का दस्तावेज है।

उपन्यास के कथाक्रम में पांडेय बेचन शर्मा 'उग्र' ने काशी की कत्थक नृत्यांगना महामाया और उसके कला-गुरु लीलाधर के विस्थापन द्वारा प्राचीन और नवीन कला-मूल्यों की तुलनात्मक समीक्षा की है। उपन्यास के प्रारम्भ में कत्थक-नृत्य की उत्पत्ति और विकास का परिचय देते हुए उसके सांस्कृतिक और आध्यात्मिक पक्ष का निरूपण किया। इसी क्रम में उन्होंने नाट्यशास्त्र के रचयिता भरत मुनि की चर्चा की। उन्होंने प्रश्न उठाया कि यहाँ के ब्राह्मण मुनियों ने उन्हें पूर्ण 'मुनि' का दर्जा देने में आनाकानी क्यों की? कत्थक आचार्य लीलाधर का यह कहना ''ये भरत मुनि देश के बड़े महान आचार्य, पर उनके समय के गम्भीर विवेकी ऋषि-मुनि उन्हें 'कुछ कम मुनि' मानते थे...'' नव चिन्तन की दिशा में नया सवाल उठाने वाला है। 'उग्र' ने स्मृतियों के रचनाकार मुनियों पर व्यंग्य करते हुए कहा कि स्मृतिकारों ने भरत-मुनि को 'छिछली, चंचल, भ्रामक कला का व्याख्याता' कहकर भारत की नृत्य-नाट्य-कला के विकास में बाधाएँ उपस्थित की थीं। उन्होंने लीलाधर के शब्दों में प्रश्न किया, ''मैं पूछता हूँ, नाट्यशास्त्र के विख्यात भरत मुनि कौन थे? शूद्र? वणिक? क्षत्रिय?'' 'फागुन के दिन चार' में पहली बार इस प्रकार का विमर्श प्रश्न उठाया गया था। यह एक गम्भीर सांस्कृतिक प्रश्न था। इस प्रश्न ने भारतीय वर्ण व्यवस्था पर अप्रत्यक्ष रूप से आघात पहुँचाया था। यह था, उग्र द्वारा नृत्य-कला का नया चिन्तन, प्राचीन को नवीन बनाकर व्याख्यायित करने का प्रस्ताव।

'फागुन के दिन चार' में पांडेय बेचन शर्मा उग्र ने बम्बई के फिल्मी जीवन और जन-मानस पर पड़ने वाले उनके दुष्प्रभावों की कटु निन्दा की थी। उन्होंने अर्थ-लोभी-पत्रकारों द्वारा फिल्मों के अश्लील विज्ञापन प्रकाशित करने पर भी क्षोभ व्यक्त किया था। इस सन्दर्भ में सम्भवतः वे इतना अधिक क्षुब्ध थे कि औपन्यासिक औचित्य ही भूल बैठे। संवाद-शैली को छोड़कर प्रवक्तृ-शैली के प्रयोग के कारण पाठकीय नीरसता आ गयी। उपन्यास का उपसंहार तो 'दिल्ली का मंच' बन गया। प्रकरण, प्रस्ताव और प्रविधि सभी असहाय हो गये। स्पष्ट प्रतीत होता है कि उग्रजी उपन्यास को खत्म करने की जल्दी में थे। द्विवेदी युग में चैप्टर क्लोज करने का उतावलापन केवल 'उग्र' में ही नहीं बल्कि कई अन्य उपन्यासकारों में भी विद्यमान था।

'फागुन के दिन चार' में व्यवस्था देने अथवा फैसला सुनाने के लिए उग्रजी ने लीलाधर की काया में प्रवेश किया था। काया प्रवेश के बाद उन्होंने कहा, ''फिल्मों से किसी का भला होते तो मुझे नज़र नहीं आता है। साथ ही इसका

प्रभाव जन-समुदाय पर कल्याणकारी नहीं पड़ रहा है। ×××विलायती-फिल्मों, विलायती आचरणों, विलायती रस्म-रिवाजों का प्रदर्शन और दर्शन अपने देश के आचरणों और रस्म-रिवाजों से बिल्कुल भिन्न पड़ता है। हमारे यहाँ रास, नौटंकी, लीला, तमाशा आदि में धर्म की कथाएँ गायी जाती हैं या महापुरुषों के चरित्र प्रदर्शित किये जाते हैं। पर इन अमरीकी फिल्मों में? ज़ाल, फ़रेब, ज़िरा, डाकेजनी, सबके सामने बोसेबाज़ी, लपटौवल देख-देखकर लोग जरूर एक दिन यही सब पब्लिक में करेंगे। ×××ये देशी फ़िल्में तो और भी गयी-गुज़री गति की बनती हैं—दुर्गतिभरी। उन्हीं अमरीकी फिल्मों की भद्‌दी नकल। मुझे झख मारकर फ़िल्म देखना ही पड़े तो मैं इन देशियों की जगह अमरीकी फिल्म ही देखूँ। क्योंकि देशियों में देखिये तो देखने काबिल कुछ होता ही नहीं।'' (पृष्ठ 180)

उपन्यास के उपसंहार में 'उग्र' ने दुष्प्रभाव डालने वाली फिल्मों के विरुद्ध वातावरण बनाने के कुछ सुझाव भी प्रस्तुत किये थे। उन्होंने लिखा था, ''मैं कहता हूँ, दुष्ट फिल्मों का प्रचार रोकने का पहला उपाय है, पत्रों में विज्ञापन छापना क़तई बन्द होना। जर्नल और जर्नलिस्ट की पहली और अन्तिम जिम्मेदारी जनता के सिवा और किसी के प्रति नहीं होती।'' (पृ. 227) उन्होंने दुःख व्यक्त किया कि आज के अखबारनवीस पैसे के लिए कुछ भी करने के लिए तैयार दिखते हैं। अधिकांश अखबार राजनीतिज्ञों की इच्छा-पूर्ति के साधन बने हुए हैं। ये अपराध-प्रचार के माध्यम बन गये हैं। 'उग्रजी' स्वयं अपने शुरुआती जीवन से आखिरी समय तक पत्रकार बने रहे। उन्होंने अपने अधिकांश पत्र घाटे में प्रकाशित किये परन्तु सच कहने से डिगे नहीं। आम जनता के प्रति मीडिया की जिम्मेदारी निभाने में वे हमेशा सजग रहे। पैसे और सुख-सुविधा के आगे झुकना उन्हें कभी नहीं आया। उन्होंने 'फागुन के दिन चार' के उपसंहार में अपने 'उग्रपन' की जोरदार वकालत की थी।

पांडेय बेचन शर्मा 'उग्र' के निजी जीवन और उनके लेखन को लेकर अखबारों द्वारा उन पर कड़े प्रहार किये गये थे। उनके चरित्र पर कीचड़ उछाला गया था। उनके साहितय को घासलेटी कहा गया। उनके उपन्यासों और कहानियों को अश्लील, समाज संहारक, उद्देश्यहीन, भोंड़ा और पागल का प्रलाप घोषित किया गया। ऐसी घोषणाएँ ऐसे सम्पादक कर रहे थे जो डूबकर मछली निगलने में माहिर थे, ऊपर से आदर्शवादी थे परन्तु अन्दर से खोखले थे। 'फागुन के दिन चार' में उग्र ने ऐसे सम्पादकों को जमकर लताड़ते हुए लिखा, ''आप अपने अखबार भर लिखें, लेकिन जो लिखें अच्छी तरह जाँच-पड़ताल कर लिखें। नृत्य खराब, संगीत खराब, अभिनय खराब, सिनेमा खराब, नट खराब, नटी खराब। मालूम नहीं कितना खराब है। ऐसों का भेजा जो बिना अपनी तरज़ देखे ही दुनिया को

खराब (घोषित) करके रख देते हैं। मैं समझता हूँ, ऐसे सम्पादक की—मुझे क्षमा न किया जाए? सूझ-बूझ, बुद्धि अपनी मिसाल आप हैं।'' (पृष्ठ 224)

'मुझे क्षमा न किया जाए' लिखकर 'उग्र' ने अपने विरोधियों को चुनौती देते हुए साठ वर्ष की उम्र में एक बार फिर उनका 'काक-रव' सुनने की इच्छा जाहिर की थी। वे मरते दम तक 'कौवा हँकना' बना रहना चाहते थे। उनके हाथ में 'मतवाला' द्वारा दिया हुआ 'भिन्दियाल' (गुलेल) था। जब तक मन हुआ काँव-काँव सुना। जब मन भर गया तब भिन्दियाल चला दिया। कौए फुर्र हो गये। हिन्दी-लेखकों ने 'उग्र' के फिल्मी जीवन पर भी कटूक्तियाँ दागीं, परन्तु वे बेपरवाह बने रहे। सन् 1933 में जब आचार्य चतुरसेन शास्त्री ने उनकी फिल्मी अश्लीलता की ओर संकेत किया, तब उन्होंने कूट मुस्कान के साथ कहा, ''अजी, अश्लीलता के नाते हम आप साढ़ू हैं।'' (विशाल भारत, 1934)। चतुरसेन से उनकी गाढ़ी मित्रता थी, इसलिए वे एक हल्के मजाक से ज्यादा कुछ नहीं बोले, परन्तु 'फागुन के दिन चार' में कुछ तल्खी के साथ लिखा, 'सिनेमा अशुभ है, एक्टर-एक्ट्रेसें समाज पर बुरा प्रभाव डालते हैं।' यह सब जो लोग कहते हैं, झूठ कहते हैं। दर्जनों चरित्रवान एक्टरों को मैं जानता हूँ। जो प्राइवेट लाइफ में किसी भी सम्पादक या समाज सुधारक से किसी तरह भी मन्द नहीं हैं (पृ. 224)। उन्होंने हमेशा दृष्टि-दोषियों का मखौल उड़ाया, तर्क में तुलसीदास को उद्धृत किया, 'जाकी रही भावना जैसी, प्रभु मूरति देखी तिन तैसी।' (पृ. 225)

पांडेय बेचन शर्मा 'उग्र' ने आठ वर्ष चार महीने बम्बई में रहकर फिल्मी जीवन का कटु आस्वाद लिया था। सन् 1938 में फिल्म-नगरी बम्बई का परित्याग करने के बाद भी फिल्मी आचरणों की कटुता उन्हें बेचैन करती रही। इसी कटुता का परिशमनीय उपन्यास था 'फागुन के दिन चार'। उन्होंने लीलाधर को अपनी सहआत्मा के रूप में उपन्यास-मंच पर उपस्थित करते हुए कहा, 'वह (लीलाधर) वीर रस की कविता के लहजे में फिल्मों के विरुद्ध अव्यवस्थित बातें व्यवस्थित भावों से बकता चला जा रहा था।' स्थान था श्मशान-घाट जहाँ 'यः तिष्ठति सः बान्धवः' होता है, जहाँ झूठ नहीं बोला जाता और जहाँ काल-सत्य से रूबरू होना पड़ता है। लीलाधर बनारसी कत्थक वेश-भूषा में अजीब अदा से नाचता हुआ कल्पकीय शैली का गीत सुनाने लगा, ''ज़हर है! ज़हर है। सुनो यार। फिल्म का रोजगार। कहर है! कहर है! धृकिट धा! धृकिट धा! धृकिट त्रिकिट धा!...प्रोड्यूसर, डायरेक्टर, डिस्ट्रीब्यूटर। सबके सब अपराधी—ठंडे हैं। ये हरामलीला के पंडे हैं। ...धर्म जाए भाड़ में। कर्म जाए भाड़ में। नीति का विधान, ज्ञान। देश का भविष्य, वर्तमान जाये भाड़ में। खानदान, सभ्यता, जहान जाये भाड़ में। ऋषियों का देश यह...धिग् धिग् धा! मुनियों का देश यह...धिग् धिग् धा। (पृ. 191 से 193 तक)।

यह थी, उम्र के 60वें पायदान पर खड़े 'उग्र' की चिन्ता। इस उम्र में धर्म-कर्म, नीति-ज्ञान, ऋषि-मुनि, संस्कृति-सभ्यता, कुल-खानदान, देश और राष्ट्र सभी याद आते हैं। जब 'उग्र' 25 वर्ष के खूबसूरत नौजवान पट्ठा थे, तब उन्होंने फिल्मी जीवन का अनुभव कुछ दूसरी तरह किया था—'सामने थी बम्बई फिल्म कम्पनी शराब-कबाब....गृहस्थ बनी हुई एक वेश्या मुझ पर आसक्त थी और एक अर्धवेश्या पारसीक परम सुन्दरी पर मैं बुरी तरह मोहित था।'' (अपनी खबर! पृ. 137)। 25 वर्ष और 60 वर्ष का यह अन्तर अस्वाभाविक नहीं था। उग्रजी की यह विशेषता थी कि उन्होंने अपने 25वें और 60वें सत्य पर छद्म का पर्दा नहीं डाला। दोनों को साफगोई के साथ कबूल किया। इसका मूल कारण यह था कि छद्म उन्हें कभी नहीं आकृष्ट कर सके। यह उनकी बनारस-चेतना की विशेषता थी। अगर कोई पूछे कि बनारस में कबीर के बाद निर्भीक, सत्य-चेतना का लेखक कौन हुआ तो शायद उत्तर हो 'पांडेय बेचन शर्मा 'उग्र'। लेकिन कबीर और बेचन के सच में थोड़ा अन्तर है, कबीर का सच लौकिक और आध्यात्मिक दोनों था, परन्तु बेचन का सच केवल लौकिक था। कबीर ने सच के सन्दर्भ में कहा था 'लेखा देणां सोहरा जो दिल सांचा होइ, उस चंगे दीवान मैं, पला न पकड़े कोइ।' यानी कबीर के लिहाज से दिल 'सच' बोलने वाले को चंगे दीवान के दरबार से पल्ला (दामन) पकड़कर निकालना सम्भव नहीं था, परन्तु दिल से सच बोलने के कारण बेचन को हर दरबार से दुतकारा गया, निकाला गया और साहित्य के धर्माधिकारियों द्वारा 'बहिष्कार' का फतवा जारी किया गया लेकिन काशी-चेतना ने उन्हें सच का जो बाना दिया था, उसे उन्होंने मरते दम तक नहीं उतारा। उत्तर भारत के सम्पूर्ण पूर्व मध्यकाल का नतीजा निकालते हुए कबीर ने कहा था, 'निरभै होइ निसंक भजि केवल कहै कबीर'। परन्तु बेचन ने कबीर के 'केवल' को 'दुकेल' कर दिया। एक कबीर और दूसरे बेचन। परन्तु अतिशयोक्ति से बचने के लिए यहाँ यह भी कहना जरूरी है कि 'बेचन' कबीर नहीं हो सकते थे क्योंकि वे होश सँभालने से लेकर मृत्यु-क्षण तक स्त्रीलिंग-पुल्लिंग में ही फँसे रहे जबकि कबीर ने अपने पूरे समाज के स्त्रीलिंगत्व को ध्वस्त करके एक ऐसे 'सत्य' (ब्रह्म) की तलाश की थी जिसकी कल्पना तक बेचन नहीं कर सकते थे। हालाँकि काशी चेतना दोनों में थी, परन्तु पांडेय बेचन शर्मा 'उग्र' में 'ससीम' थी जबकि कबीर में 'असीम'। काशी-चेतना का अर्थ ही है 'ससीम और असीम की द्वन्द्वात्मक विचारधारा से उत्पन्न चेतना'। कबीर ने अपने समय 15वीं-16वीं सदी की काशी-चेतना ग्रहण की थी। जबकि बेचन पांडेय ने 20वीं सदी की। इसी सन्दर्भ में बेचन ने कहा, ''आज की वाराणसी और कल की वाराणसी की मनोवृत्ति का

भेद केवल एक अक्षर 'अ' से अदा किया जा सकता है।" (फागुन के दिन चार, पृ. 35) अर्थात 'अ-सीम'। 'उग्र' ने 'अ' के उल्लेख द्वारा काशी-चेतना के सापेक्षतावाद की ओर संकेत किया था। वैदिक-पौराणिक युग में भी काशी-चेतना निरपेक्षवादी नहीं थी। चाहे कबीर रहे हों, चाहे पांडेय बेचन शर्मा दोनों ने ही रचना-कर्म को सामाजिक सापेक्षतावाद से विलग कभी नहीं होने दिया।

'फागुन के दिन चार' के 'अध्याय सत्रह' (पृ. 96-103) में पांडेय बेचन शर्मा 'उग्र' ने बनारस, बम्बई और कलकत्ता (जिन्हें अब वाराणसी, मुम्बई और कोलकाता कहा जाने लगा है) की कार्य-शैली और सोच-समझ की संवादात्मक त्रिकोण-तुलना की। संवाद श्रीचन्द और जगरूप के बीच। बम्बई वाला श्रीचन्द बनारस वाले जगरूप को देखकर पूछता है, 'तुम? जगरूप?...बांका बनारस छोड़ तुम बम्बई में?' (97) यहाँ 'उग्र' द्वारा 'बनारस' को 'बाँका' विशेषण द्वारा उपवृंहित करने और बम्बई को प्रश्नों के घेरे में रखने के निहितार्थ को आसानी से समझा जा सकता है। उन्होंने स्वानुभूत बम्बई के बारे में लिखा, "यह बम्बई शहर है। यहाँ माले-मस्त सेठ सुन्दरियों के पीछे सर्वस्व लुटाते हैं और फिर काल के गाल में चले जाते हैं। ×××ऐश करने वाले धनपति तो बम्बई में ही नज़र आते हैं। बम्बई में चौपाटी है, चौपाटी में सेव-गांठिया है जिसे खाकर लोग अपने-अपने चकार चेहरे पर बम्बइया, समुद्री, नमकीन पानी चढ़ाते हैं। (99) 'उग्र' ने बम्बई के फिल्मी जीवन के बदनुमा दाग़ों का एक्सरे फोटो लेकर एक-एक पाठक के समक्ष प्रस्तुत कर दिया है।

बनारस पांडेय बेचन शर्मा 'उग्र' का आत्मराग है। उन्हें अपने सभी 'उपपद' यहीं प्राप्त हुए थे। वे बनारस से दूर रहकर भी बनारस को देखा करते। 'फागुन के दिन चार' दिल्ली में लिखते हुए कह रहे थे कि यह, "कहानी काशी बनारस या वाराणसी की है। ×××सांड़ काशी में नहीं हैं—यह मैं दूर दिल्ली से अनुभव कर रहा हूँ।" (पृ. 27)। 'उग्र' ने बनारस तथा उसके इर्द-गिर्द का सन्दर्भ देते हुए लिखा, "ज्यादातर यू.पी. वाले इतने कूप-मंडूक होते हैं कि जहाँ पैदा होंगे वहीं भूखों, अभावों, अपमानों के बीच मर जाएँगे, पर घर के बाहर कदम निकालना हराम है उन्हें। बनारसियों ने तो इस मसले पर एक दोहा तक गढ़ रखा है, "चना-चबेना, गंगा-जल जो पुरवै करतार, काशी कभू न छोड़िये विश्वनाथ दरबार।" (98) इसके विपरीत उन्होंने बंबई को, "फिल्मी रोजगार का अंधड़ कहा है। इसकी तेजी में सोना-चाँदी की बरसात बला से होती है पर पगड़ियाँ, टोपियाँ, इज्जतें भी हवा हो जाती हैं।" (पृ. 97)।

इतना प्राय: सभी जानते हैं कि 'उग्र' ने अपने लेखकीय जीवन की यश यात्रा कलकत्ता के जहाज पर बैठकर ही आरम्भ की थी। बनारस और कलकत्ता

उनके आरम्भ थे, जिन्हें प्रारब्ध भी कहा जा सकता है। उन्होंने अपने दूसरे प्रारम्भ के बारे में लिखा कि कलकत्ते में धनपति, शानोनादिर, कभी-कदा नजर आते हैं। उन्होंने धनपतियों को कलकत्ते में भी देखा था परन्तु उनमें अधिकांश व्यवहार में नादिम नहीं, नादार थे। इश्क की भूख तो उनमें थी परन्तु धोती ढीली-ढाली होने के कारण इश्कबाजी नहीं कर पाते थे। अगर ऐसा होता तो सन् 1930 में 'उग्र' को कलकत्ता नहीं छोड़ना पड़ता। फिर भी भौतिक रूप से कलकत्ता छोड़ने के बाद भी कलकत्ता की स्मृतियाँ इनमें कौंधा करती थीं।

पांडेय बेचन शर्मा 'उग्र' ने 'काशी कभू न छोड़िये' के सिद्धान्त का निर्वाह मरते दम तक किया। 'फागुन के दिन चार' में बनारस के राष्ट्रीय नवजागरण का जीवन्त इतिहास तो सुरक्षित ही है, साथ ही इसमें स्वतन्त्रता के बाद की राजनीति के विकृत होते चेहरे का भी निरूपण है। उग्र ने इन विकृत चेहरों का दर्शन दिल्ली और वाराणसी में साथ-साथ किया था। उन्होंने प्रतीकात्मक शैली में लिखा, ''आज रांड-सांड़-सीढ़ी-संन्यासी चारों के गुण काशी के पालिटीशियनों में इकट्ठे हो गये हैं। जबरे पार्टीबाज पालिटिकल नेताओं में पंडितजी, सिंहजी, मुंशीजी, भैया जी'' थे। उग्र ने इन राजनीतिज्ञों की गतिविधियों की परख बारीकी के साथ की थी क्योंकि इनमें उनके अभिन्न मित्र क्लासमेट भी थे। उग्र के अनुसार, ''ये पालिटीशियन 'नीति-विरहित और तेज-विरोधी भी थे।'' उन्होंने एक स्पष्ट संकेत देते हुए लिखा, ''इनमें अपना तेज तो है नहीं वोट से बड़े बने लंगोटिये ये तेजस्वियों से जलते हैं।'' उन्होंने 'अपनी खबर' में भी अपने लंगोटिये पालिटीशियन के बारे में बहुत कुछ लिखा है। आजादी के बाद 'नीति-विरहित' राजनीति से वे आहत भी थे क्षुब्ध भी थे। संस्मरणात्मक-उपन्यास 'फागुन के दिन चार' में इनकी अभिव्यक्ति अस्वाभाविक नहीं थी। (पृ. 3)

'उग्र' ने अपने अनुभव-अभिलेख में स्पष्ट किया कि सन् 1960 आते-आते अधिकांश पॉलिटीशियनों में न कोई दर्शन रह गया था, न दृष्टि। ये लोग साँड़ों की तरह आचरण करने लगे थे। लोभजनित राजनीति की रौ में 'आर्यत्व, कुलीनता, हया, ब्रह्मचर्य सब कुछ त्याग चुके थे। उन्होंने लिखा कि, ''सभी के सभी पॉलिटीशियन 'बिक गये हैं। किसी ने पद लिए, किसी ने पैसे लिये, किसी ने परमिट प्राप्त किये।'' (पृ. 32)। उन्हें लगा कि बीस-बाईस वर्ष के स्वदेशी शासन ने स्वराज-पूर्व के स्वतन्त्रता संघर्षों और उनके आदर्शों को मटियामेट कर दिया था। चुनाव और टिकट के घटिया बँटवारे तक राजनीतिक दल सीमित हो गये थे। राजनीति में योग्यों की उपेक्षा और अयोग्यों का सम्मान बढ़ने लगा था। गाँधीवाद को उलटा लटका दिया गया था। ऐसी राजनीति के प्रति उनका मोहभंग होना स्वाभाविक था, क्योंकि वे स्वतन्त्रता-संग्राम के ऐसे उग्र-सैनिक थे जिन्होंने

वाराणसी के तद्युगीन राजनीतिज्ञों को लेफ्ट-राइट करवाया था। उन्होंने लिखा, "30 वर्ष बाद लिखी जा रही यह कथा 35 वर्ष पहले की है। कहानी काशी-बनारस या वाराणसी की है।' (पृ. 29) जहाँ ऐसे अनेक बड़े आदमी थे जिन्हें भद्रता के केंचुल के अन्दर वासना का विषधर ही कहना उचित होगा। बाल-बच्चे जिम्मेदारी के बावजूद जो लोग साधिकार मन्द कर्म करते हैं वे अपने हाथों आने वाली पीढ़ी के मुँह महा-माहुर-मदिरा का मारक प्याला लगा देते हैं। पांडेय बेचन शर्मा 'उग्र' ने सन् 1959 में आने वाली पीढ़ी के प्रति जो चिन्ता व्यक्त की थी, वह आज 21वीं सदी में ज्यों-की-त्यों घटित हो रही है।

'फागुन के दिन चार' को सन् 1957 के बाद 'भारतीय राजनीति और शासन से साहित्यकारों के मोहभंग का घोषणापत्र' कहा जा सकता है। इतिहास में सन् 1857 और 1957 दोनों एक समान याद किये जाते रहेंगे। 1857 में देश का प्रथम स्वतन्त्रता-आन्दोलन असफल हुआ था तो 1957 में देश की बेहतरी के लिए सरकार द्वारा की जाने वाली घोषणाएँ असफल हुई थीं। हिन्दी साहित्य में सन् 1957 से लेकर 1967 तक की अवधि को मोह 'भंग-काल' कहना असंगत न होगा। हिन्दी साहित्य के 'नवलेखन' का 'साठोत्तरी लेखन' में प्रवेश इसी अवधि में हुआ था। साहित्य की सभी विधाएँ 'नयी' का परित्याग कर 'अ' में बदलने लगी थीं। मसलन नयी कविता 'अकविता' हो गयी और नयी कहानी 'अकहानी'। पांडेय बेचन शर्मा 'उग्र' ने वाराणसी का सन्दर्भ उठाते हुए लिखा था, "मनोवृत्ति का भेद केवल एक अक्षर 'अ' से खड़ा किया जा सकता है।' (फागुन के दिन चार, पृ. 35)। 'उग्र' का यह कथन भी हिन्दी-साहित्य में होने वाले परिवर्तन की भविष्यवाणी थी। 'फागुन के दिन चार' को भविष्यवाणियों का उपन्यास कहा जाना अधिक संगत होगा क्योंकि इसमें 'उग्र' ने वाराणसी और बम्बई के माध्यम से स्पष्ट कर दिया था कि राजनीति, समाज, धर्म, अध्यात्म, कर्मकांड, संस्कृति-सभ्यता, वाणिज्य-व्यवसाय, साहित्य, संगीत, कला, नृत्य, गीत, अभिनय, मीडिया आदि सभी 'अस्वीकृति-युग' में प्रवेश करने की तैयारी कर रहे थे। उस समय 'फागुन के दिन चार' को पागल लेखक का 'सैमसुयल प्रलाप' मान लिया गया। फलतः 'अस्वीकार' का युग सबके सिर चढ़कर बोलने लगा है।

गंगामाता : नारी के वर्ग-संघर्ष का 'उग्र'-आवाहन

पांडेय बेचन शर्मा 'उग्र' के 'गंगामाता' को एक खास जिज्ञासा के साथ पढ़ना इस उपन्यास के वर्तमान रूप के विवेचन में सहायक हो सकता है। प्रश्न उठता है कि प्रकाशक के बार-बार तकाजा करने के बाद भी पांडेय बेचन शर्मा 'उग्र' ने 'गंगामाता' को पूरा क्यों नहीं किया? विवश प्रकाशक ने इसे हंसराज रहबर द्वारा पूरा करवाया और 'उग्र' की मृत्यु के काफी दिनों बाद इसका प्रकाशन किया। प्रकाशक ने स्वीकार किया है, ''उग्रजी का यह उपन्यास हमारे पास बड़े अर्से से अधूरा पड़ा था...हमने कई बार उन्हें इसे पूरा करने को कहा...लेकिन इसकी उन्हें फुर्सत नहीं मिली। (प्रकाशकीय)

ऐसा लगता है कि गंगामाता का प्रकाशकीय वक्तव्य गैर-ईमानदारी और व्यावसायिक चातुर्य का एक नमूना है। किसी भी लेखक की अधूरी रचना को किसी दूसरे लेखक द्वारा पूरा किया जाना मूल लेखक के 'रचना-संविधान' की हत्या करना कहा जा सकता है। तुलसीदास, सूरदास, भारतेन्दु हरिश्चन्द्र, महावीर प्रसाद द्विवेदी, मैथिलीशरण गुप्त, पन्त और नरेश मेहता जैसे रचनाकारों के अधूरे रचना-प्रस्तावों को पूरा करने में कामयाबी मिल भी सकती है, परन्तु जब मूल लेखक कबीर, केशव, दीनदयाल गिरि, बालमुकुन्द गुप्त, निराला, उग्र, मुक्तिबोध और धूमिल जैसा हो तब तो पूरक लेखक के लिए मूल रचना का सन्तरण असम्भव हो जाता है। 'गंगामाता' के पूरक लेखक हंसराज रहबर इस हादसे के शिकार न हुए हों, ऐसी बात नहीं। 'गंगामाता' पांडेय बेचन शर्मा 'उग्र' का उपन्यास है। वे एक ऐसे उपन्यासकार थे जिन्होंने अपने उपन्यास पूर्व निर्धारित क्रमशः-कथा-प्रस्तावों के आधार पर नहीं लिखे थे। वे पतवार और पाल लगाकर नाव चलाने की तरह उपन्यास में कथा चलाने के पक्षधर नहीं थे। उन्होंने अपने उपन्यासों के कथ्यों को इस प्रकार मुक्त छोड़ दिया था कि वे अपना अगला प्रस्ताव स्वयं तैयार करें और कथा को अपेक्षित गति देते रहें। कथा के रास्तों और मोड़ों का पहले से नक्शा तैयार करना उन्हें पसन्द नहीं था। उनके उपन्यासों में सब कुछ

त्वरित, क्षिप्र और अकस्मात हुआ था। उस समय के मुक्त जीवन, मुक्त विचरण और मुक्त लेखन का अर्थ ही होता था—पांडेय बेचन शर्मा 'उग्र'। वे अपने आप में कथ्य और शिल्प दोनों थे। मिसाल के तौर पर उनके कथा-साहित्य की एक शैली थी, ''मैं कहता हूँ।' उन्होंने इसी शैली के साथ अपने कथा-साहित्य की शुरुआत की थी और इसी शैली के साथ अपने कथा साहित्य का अन्त किया था। उनके कथा-साहित्य की पहली किताब थी 'चाकलेट' और आखिरी थी 'गंगामाता'। 'चाकलेट' की शुरुआत की, ''मैं कहता हूँ शासन के सूत्रधारों से और उनके एक-एक तार से, मैं कहता हूँ समाज के समझदारों से और उनके एक-एक मंगलमय विचार से...मेरा कहना सुनो, मुझे कहने दो।'' (कैफ़ीयत-चाकलेट)।

और इसी 'मुझे कहने दो!' शैली द्वारा 'उग्र' ने अपने कथा-साहित्य का अन्तिम 'स्वाहा' किया, 'गंगामाता' की आहुति-अग्नि में समिधा डालकर, जिसमें लिखा, ''मैं कहती हूँ, कार्ल मार्क्स का यह कथन कम ठीक है कि उत्पादन की वर्तमान प्रणाली खत्म करते ही उस वृक्ष का विष-फल व्यभिचार, अनाचार, वेश्याचार समूल नष्ट हो जाएँगे' इसी शैली को आगे बढ़ाते हुए उन्होंने कार्ल मार्क्स के 'कम ठीक कथन' के समानान्तर लिखा, और बिलकुल ठीक यह बात है कि पुरुष जाति के हाथों से शक्ति और शासन-व्यवस्था छिनकर मातृजाति के हाथों में आने पर ही सारी विषमता, अन्याय, अनाचार और व्यभिचार दूर हो। निस्सन्देह सबसे बड़ा अत्याचारी पुरुष-समाज रहा है और अत्याचार पीड़ित सबसे बड़ा मजलूम रहा है स्त्री-समाज।''

'उग्र' के अधूरे उपन्यास 'गंगामाता' के पूरक लेखक हंसराज रहबर 'उग्र' की 'मैं कहता हूँ' शैली से प्राय: बेखबर रहे, इसलिए उनकी रहबरी काबिले तारीफ़ की हद तक नहीं पहुँच सकी। सही बात तो यह है कि पांडेय बेचन शर्मा 'उग्र' के लेखन का रहबर बनना सम्भव ही नहीं था। 'उग्र' अपने कथा-साहित्य में अभिव्यक्ति के लिए बेचैन शब्दों की तलाश करते थे। वे बेचैन शब्दों की बिरादरी में जिए भी मरे भी। उनके शब्दों, वाक्यों, मुहावरों और अनुच्छेदों में निहित बेचैनियों से ऊर्जा की तरंगें उठती थीं। 'उग्र' का शायद ही कोई पाठक रहा हो जो उनकी विद्युत-धारा की चपेट में न आया हो। हंसराज रहबर के कथा-प्रस्तावों की भाषा-शैली में 'उग्र' जैसा ताप होना सम्भव नहीं हो पाया। इनके प्राय: सभी पूर्ति-प्रसंगों में अजीब-सा ठंडापन है। एक प्रकरण द्वारा इसका अनुभव करना ज्यादा 'संगत' होगा— ''पुच्चन पांडे की नजर में राजनीति वैसी ही, जैसी फ़िज़ूल-सी बात। आन्दोलन या भाषण या लोकहित आदि वाक्यों या उनके अर्थ से उसका कोई खास सम्बन्ध नहीं।' (गंगामाता, पृ. 142)। 'उग्र' को जानने

वाले आसानी से समझ सकते हैं कि 'रहबर' द्वारा एक वाक्य में तीन बार प्रयुक्त 'या' और 'आदि' में 'उग्र' की छाया तक नहीं थी। 'राजनीति वैसी ही जैसी फ़िजूल-सी बात' का अप्रस्तुत देखकर 'उग्र' का हर पाठक कुढ़कर रह जाएगा। अगर प्रकाशक ने 'उग्र' के 'गंगामाता' का अधूरा ही अंश प्रकाशित कर दिया होता तो पाठक पूरी कथा चाहे भले न जान पाता परन्तु रहबरी की कुढ़न से तो बच जाता।

यह तथ्य अज्ञात नहीं है कि 'उग्र' 'विकृत-संस्कार' के लेखक थे। सन् 1924 से 1966 तक में 'विकृत संस्कारी' लेखक बने रहे। उन्होंने हिन्दी कथा-साहित्य के लेखन में 'संस्कृत विकारवादियों' की जमकर निन्दा की। ऐसे लेखकों को उन्होंने चैलेंज भी किया, लिखा, "मैं कहता हूँ, छिपेरुस्तमों से, मैं कहता हूँ आदर्श का नाम लेकर प्रथा की दोहाई देकर, सत्य के मुँह पर ढोंग का लिफाफा चढ़ाकर, अपने कंठ और स्वर को छिपाकर झिलमिल गम्भीरता के कंठ से बोलने वाले महाशयों से, मेरा कहना सुनो, मुझे कहने दो (कै.फ़ीयत)। 'संस्कृत विकृति' के लेखक उनकी इस चुनौती को रचनात्मक धरातल पर स्वीकार करने में असमर्थ थे, इसलिए उनके बहिष्कार के लिए निरन्तर 'कागारोल' (काक-रव) करते रहे। हिन्दी साहित्य से 'उग्र' के बहिष्कार का जो आन्दोलन बनारसी दास चतुर्वेदी द्वारा सन् 1925 में शुरू किया गया, वह उनकी मृत्यु के बाद तक जारी रहा। बहिष्कार का आन्दोलन चलाने वालों में अधिकांश 'संस्कृत विकृतिवादी' थे। वे लोग 'उग्र' का पीछा करते हुए नरक तक गये। जब सन् 1980 में डॉ. नगेन्द्र के सम्पादन में 'हिन्दी साहित्य का इतिहास' का दूसरा संस्करण निकला तो उसमें लिखा गया, "पांडेय बेचन शर्मा 'उग्र' परचेबाज लेखक थे क्योंकि उन्होंने अपने उपन्यासों में 'किसी प्रकार का शील या अभिजात शिष्टता का परिचय नहीं दिया।" xxx उनकी स़पाट बयानी अधकचरे और कम उम्र पाठकों की रुचि को विकृत करने के खतरे से मुक्त है।" (पृ. 586)। इतने से सन्तोष नहीं हुआ तो लिख मारा, "उग्र विशुद्ध समाजद्रोही थे।" (पृ. 592)। ऐसे ही लेखकों, आलोचकों और सम्पादकों को 'उग्र' ने 'छिपे रुस्तम और सत्य के मुँह पर लिफाफा चढ़ानेवाला कहा था। छिपे रुस्तमों को न 'उग्र' के कथ्य पसन्द आये न ही भाषा-शैली पसन्द आयी। उनकी भाषा को 'अश्लील-विकृत मानसिकता की उपज, सामाजिक संस्कारों का विध्वंसक, रुग्ण, कुंठित, चाकलेटी क्या-क्या नहीं कहा गया। उनकी शैली को साहित्य के खाते से ख़ारिज करने की अपीलें की गयीं, लेकिन 'जिसको पिया माने, वही सुहागिन' होती है। लेखकों का 'पिया' पाठक होता है। पाठकों ने 'उग्र' को जबर्दस्त स्वीकृति दी। परिणाम यह कि आज 21वीं सदी में वे बेहद प्रासंगिक हो उठे हैं।

सन् 1921 में आचार्य महावीर प्रसाद द्विवेदी का 'सरस्वती' के सम्पादन-दायित्व से अवकाश लेना और पांडेय बेचन शर्मा 'उग्र' का हिन्दी-कथा लेखन में प्रविष्ट होना हिन्दी साहित्य की महत्त्वपूर्ण घटनाएँ थीं। आचार्य द्विवेदी ने 17 वर्षों तक 'सरस्वती' का सम्पादन कर साहित्य को नयी भाषा-शैली दी थी। उस युग के प्रायः सभी रचनाकार द्विवेदीजी की भाषायी देन का सम्बल लेकर लिख रहे थे। हालाँकि आचार्य द्विवेदी द्वारा प्रवर्तित भाषा-शैली का प्रायः मानवीकरण हो गया था, परन्तु दो ही तीन वर्षों बाद 'उग्र' ने महसूस किया कि उनके कथ्यों की अभिव्यक्ति और आम पाठकों की सन्तुष्टि में द्विवेजीजी द्वारा प्रचलित भाषा और शैली सक्षम नहीं थी। द्विवेदी-काल की प्रचलित भाषा परम्परावादी थी। इसमें कथनीयता से अधिक प्रवंचनीयता के संस्कार प्रबल थे। साहित्यिक कथ्यों के चयन में आदर्शवाद की 'मूँछ' झुकाना साहित्यकारों की मजाल से बाहर था। दो वर्षों तक 'उग्र' भी मजाल के दायरे में ही लिखते रहे परन्तु उनकी सृजन-दृष्टि 'मजाल' के बाहर पर टिकी रही। उन्होंने अनुभव किया कि साहित्यिक आदर्श और जनता के यथार्थ में भारी फाँक थी। पूरा देश गाँवों और कस्बों की जनता था। गाँवों और कस्बों की भाषा में ही देश जागने जा रहा था। भारतेन्दु-युग शहरों का नवजागरण था, द्विवेदी-युग को गाँवों का नवजागरण होना था। परन्तु आचार्य द्विवेदी के कारण साहित्य के कथ्य और भाषा गाँवों और कस्बों के यथार्थ से दूर पड़े थे। उस युग में 'गाँव' तो लिखे गये परन्तु गाँवों की भाषा नदारद थी। 'शहर' तो खूब लिखे गये परन्तु शहरों के भीतरी रहस्यों का उद्‌घाटन करना सम्भव नहीं था। मई, 1924 आते-आते 'उग्र' ने यथार्थवाद की 'नकली मूँछें' उखाड़कर जेनुइन यथार्थ की प्रस्तुति की। इसके लिए उन्होंने विषय-वस्तु, भाषा और शैली में 'विकृत संस्कारवाद' का मार्ग चुना। जहाँ-जहाँ विकृतियाँ थीं वहाँ-वहाँ का साहित्यिक दौरा किया और रचनात्मक औजारों द्वारा विकृति को संस्कृति बनाने की कोशिश की। इस कोशिश को 'उग्र' का नवजागरण कहा जाना चाहिए जो द्विवेदी मार्ग से न चलकर नव यथार्थवादी मार्ग से चला था। 'उग्र' का अधिकांश कथा-साहित्य 'विकृत संस्कारवाद' का नया संविधान था जिसे आज 21वीं शताब्दी में 'घासलेटी साहित्य' की लिहाड़ियों द्वारा मूल्यहीन घोषित करना सम्भव नहीं रह गया है। नयी आधुनिकता ने केवल साहित्य में ही नहीं बल्कि जीवन के दूसरे अनुशासनों में भी 'लिहाड़ी' लेने वालों का गला घोंट दिया है। पांडेय बेचन शर्मा 'उग्र' में नयी आधुनिकता पिछली शताब्दी के तीसरे दशक से ही पनपने लगी थी जिसे उन्होंने अपने मृत्यु-दशक के उपन्यासों में विकास के चरम सोपान तक पहुँचा दिया था। 'गंगामाता' उनके मृत्यु-दशक का आखिरी उपन्यास था, जिसे अधूरा छोड़कर वे दुनिया से कूच कर गये। लेकिन इस अधूरे उपन्यास में भी नारी-

अस्मिता का वह अध्याय लिखा गया जो उपन्यास-लेखन में तब तक गायब था।

'गंगामाता' पांडेय बेचन शर्मा 'उग्र' की अलविदा-रचना थी। उन्होंने जन्म गंगा-तट पर लिया था। जीवन की सारी दुर्धर्षताएँ गंगा के किनारे झेली थीं। गंगा-तट पर ही उन्हें रचनात्मक अन्तश्चेतना मिली थी। जब वे किशोर काल में ही चुनार से बनारस गये तब उन्हें गंगा तो मिली ही साथ ही औढर प्रकृति के भोले बाबा विश्वनाथ भी मिल गये। उनकी रचनात्मक अन्तः चेतना में बहिर्चेतना का महासंयोग हुआ। लेखकीय सम्पूर्णन में गंगा और विश्वनाथ दोनों की शक्तियाँ मिलीं। उन्होंने लेखन का श्रीगणेश क्रान्ति, विद्रोह और वामपन्थी विचारधारा के प्रकरणों के साथ किया परन्तु काशी विश्वनाथ और गंगामाता के कारकत्व से रहित कभी नहीं हुए। इसी कारक-बोध का परिणाम था उनका आखिरी उपन्यास 'गंगामाता'।

पांडेय बेचन शर्मा 'उग्र' 23 मार्च 1967 को दिल्ली में मरे। मौलिक धरातल पर गंगा और विश्वनाथ दोनों से दूर, परन्तु आध्यात्मिक स्तर पर दोनों उनमें समाए हुए थे। स्वाभाविक था कि वे अपने काल-वर्ष की विषम परिस्थितियों में जो उपन्यास लिखते, उसका नाम रखते 'गंगामाता' और प्रारम्भ करते—

भोला बाबा, बसो मोरी नगरी।
तोरे बैल को मेवा खिलाऊँ
तोकूँ पिलाऊँ भंग भरि गगरी। (पृ. 1)

इस उपन्यास का प्रारम्भ 'लोक भजन' से किया जाना पांडेय बेचन शर्मा 'उग्र' के जीवन के यवनिका पात का एक अंग था। जब उन्होंने अपना पहला उपन्यास 'चन्द हसीनों के ख़तूत' लिखा था, तब उसकी शुरुआत उर्दू शेर से की थी। ग़ालिब उनकी रग-रग में बसे थे। मृत्यु पूर्व दशक में भी उन्हें ग़ालिब भूले नहीं थे, परन्तु जीवन का अन्तिम औपन्यासिक प्रणाम तो उन्हें लोक और लोक के देवता भोले बाबा को करना था, इसलिए समर्पित किया लोक-भजन। इस लोक-भजन में उन्होंने मतवाला के बीते दिनों को भी याद किया। 'मतवाला' के सम्पादक थे 'महादेव प्रसाद' नाम से भोले बाबा के ही पर्याय। वे प्रतिदिन मेवा खाते और जमकर भाँग छानते थे। 'उग्र' भी मेवा खाने और 'गगरी' भर भाँग पीने की शर्त पर 'मतवाला मंडल' में दाखिल हुए थे। (अपनी खबर, पृ. 13-14)। 'गंगामाता' के समर्पण-भजन में उनकी ये स्मृतियाँ भी कौंधी।

'गंगामाता' उपन्यास मृत्यु-पूर्व 'उग्र' के मनः परिवर्तन का साक्ष्य है। उनका यह अकेला उपन्यास है जिसमें उन्होंने वैयक्तिक अथवा सामाजिक स्तर पर यौन-विकृतियों से लड़ाई का मोर्चा नहीं खोला था। यह था नारी-शक्ति-जागरण की प्रस्ताव-कथा। उन्होंने अपने परिवार से लेकर बृहत्तर समाज तक पुरुषों द्वारा नारियों

के उत्पीड़न, प्रतारण और अनेक स्तरों पर शोषण की घटनाएँ देखी थीं। उत्पीड़ित नारियों की मूक व्यथा ने भी उन्हें क्षुब्ध किया था। उन्होंने देखा था कि पुरुषवादी समाज ने स्त्रियों के प्रतिरोधात्मक अधिकार भी बलपूर्वक छीन लिये थे। पाँच-छह वर्ष की अवस्था में ही उन्होंने देखा था कि उनका बड़ा भाई उनकी माता और भाभी को जूतों, थप्पड़ों, घूसों, लातों से मारता था। वेश्याओं को देने के लिए उसने उनके आभूषण बलपूर्वक छीन लिये थे। उन्हें मकान के पिछले खंड में कैद कर देता था। कुलीन औरतें मुखर विरोध करने में असमर्थ थीं। भाई का आचरण 'उग्र' को बहुत बुरा मालूम पड़ता। उन्होंने लिखा था, ''पर मैं कर ही क्या सकता था। चार पाँच साल का बालक। उसके सिर पर सरदारी पगड़ी बाँधी गयी थी।'' (अपनी खबर : पृ. 23, 24, 25)। नारियों को उत्पीड़ित करने के लिए पुरुषों के सिर बँधी सरदारी पगड़ी से 'उग्र' को बेहद घृणा थी। वे चाहते थे कि पुरुषों के सिर से सरदारी पगड़ी उतारकर स्त्रियों के पैरों तले रख दें। अब मृत्यु का परवाना कटने वाला था परन्तु वे अपना दायित्व पूरा नहीं कर पाये थे। मृत्यु-दशक के दूसरे उपन्यासों—'फागुन के दिन चार', 'जुहू' और 'सब्ज़बाग़' में यौन-कुंठाओं का ही उखाड़-पछाड़ करते रहे थे। उम्र बीतती जा रही थी, इसलिए 'गंगामाता' लिखना प्रारम्भ किया, परन्तु पूरा नहीं कर पाये। बीच रास्ते छोड़कर गुजर गये। इस प्रकार नारी के नवीनीकरण की आधुनिक योजना अधूरी ही रह गयी।

पांडेय बेचन शर्मा 'उग्र' का 'गंगामाता' उपन्यास भूतल-प्रवाहिनी गंगा नदी की पुराण कथा नहीं बल्कि गंगामाता के मानवीकरण द्वारा सृजित एक 'अभिनव नारी' की स्वातन्त्र्य-चेतना का प्रस्तावित उपन्यास है। इसमें नारी गौरव की स्वीकृति के साथ ही पुरुषवादी सामाजिक अवधारणा को विच्छिन्न करने की इच्छा शक्ति और नारियों द्वारा स्वतन्त्र सत्ता स्थापित करने की कर्मठता का वर्णन है। 'उग्र' ने नारी सत्ता की स्थापना के लिए चलाए जाने वाले आन्दोलनों के अगुआ के रूप में जिस नारी की खोज की थी उसका नाम रखा था, 'गंगामाता'। हालाँकि 'उग्र' के मनस्तत्व में भी एक 'गंगामाता' थीं, परन्तु अमूर्त। यद्यपि अमूर्त 'गंगामाता' भी नारी शक्ति का प्रतीक प्रतीत होती थीं, परन्तु इस प्रतीक गंगा को लेकर उन्होंने अपना उपन्यास इसलिए नहीं लिखा क्योंकि वह मिथक-सीमा से निकलकर अपने वर्तमान के काम का न होता। उपन्यास में 'उग्र' ने 'गंगामाता' का परिचय इन्दौर-निवासिनी भद्र महिला के रूप में दिया था जो स्वभाव से चंड, तेजस्विनी, दृढ़ विचारशील, अनाथों और समाज-निषिद्धों के प्रति दयालु। यहाँ तक कि काशी-विश्वनाथ के पंडों और दर्शनार्थियों को उन्हें देखकर यह विश्वास पनपने लगा था ''गंगामाता' की व्यवस्था ही काशी की जनता के लिए अन्तिम होगी।'' (पृ. 20) उन्होंने यह भी लिखा, '' 'गंगामाता' की आज्ञा टाल कौन सकता है? काशी

के बड़े-बड़े पंडित, विचारक, व्यवस्थादाता और विद्वान तपस्विनी गंगामाता के चरणों पर श्रद्धा से शिशु बनकर लौटते हैं।'' (पृ. 23)

उक्त सन्दर्भ में यह जिज्ञासा अस्वाभाविक नहीं कही जा सकती कि 'उग्र' में इन्दौर की किस नारी के प्रति इतनी अधिक श्रद्धा थी जिसे उन्होंने 'गंगामाता' बनाकर पाठकों के सामने प्रस्तुत किया था? उन्होंने लिखा, ''प्रसिद्ध और सिद्ध महिला साधुनी श्री गंगामाता बीस वर्षों के बाद काशी पधारी हुई थीं जिन्हें वहाँ के लोग विदुषी और चमत्कारिणी के रूप में देखते थे।'' (पृ. 2)। इस जिज्ञासा का उत्तर पांडेय बेचन शर्मा 'उग्र' के जीवन इतिहास में अंकित है। वे सन् 1939 से 1945 तक इन्दौर में रहे थे। (अपनी खबर : 134-35)। उन्होंने गंगामाता उपन्यास सन् 1965 में लिखा था अर्थात् इन्दौर छोड़े उन्हें बीस वर्ष हो गये थे। 'गंगामाता' भी बीस वर्षों बाद इन्दौर से काशी आयी थीं। इन्दौर में रहते हुए उग्र ने होलकर राज्य की अहिल्याबाई को 'माता' के रूप में स्वीकारा था। लगातार छह वर्षों तक इन्दौर में रहते हुए उन्हें इतिहास की 'अहिल्याबाई' मूर्त रूप में दिखायी पड़ी थीं और तद्कालीन इन्दौर की जनता में भी उसी अहिल्याबाई की झलक उभरती हुई दिखाई पड़ी थी। इस सन्दर्भ में 'उग्र' की एक चिट्ठी पढ़ी जा सकती है जो 'सफलताएँ' शीर्षक से खंडवा के हिन्दी 'स्वराज्य' (साप्ताहिक) में प्रकाशित हुई थी। उसमें 'उग्र' ने लिखा था, ''होलकर राज्य पर मुझे माता अहिल्याबाई की शीतल कर-छाया नजर आती है। यही कारण है कि जो कभी इस राज्य के महाराज परम उग्र या तेजस्वी होते हैं और कभी परम उदार या तपस्वी।...माता अहिल्याबाई के प्रताप और पुण्य तथा आशीर्वाद की चर्चा मैं खुले हृदय से इस लेख में करता हूँ।'' (असंकलित)

पांडेय बेचन शर्मा 'उग्र' सन् 1939 में मुम्बई से इन्दौर गये थे और 1945 तक वे वहाँ रहे थे। इस दरम्यान उन्होंने होलकर वंश के इतिहास का शोधात्मक अध्ययन किया। अहिल्याबाई द्वारा काशी के विश्वनाथ-मन्दिर के निर्माण कराये जाने की घटना ने इन्हें बेहद प्रभावित किया। इसे उन्होंने काशी पर इन्दौर का ऋण माना और 'गंगामाता' द्वारा उस ऋण को चुकाने का धर्म निभाया। 'बेचन' का यह अद्भुत कमाल था। उन्होंने यह अनुभव किया कि काशी पर इन्दौर-उज्जैन का कर्ज सोना-चाँदी से नहीं चुकाया जा सकता था। इसके लिए चाहिए था, भावों और शब्दों की अक्षय सम्पदा, सो बेचन के पास थी। हालाँकि वे सन् 1943 में 'अन्नदाता माधव महाराज महान' नाटक के समर्पण में लिख चुके थे, '' 'उग्र' का नाटक ग्वालियर राज्य की भावुक, गरीब और ईमानदार जनता को सप्रेम समर्पित है, उसी जनता को जिसे दिवंगत महाराज सचाई और ईमानदारी से 'अन्नदाता' पुकारा करते थे। परन्तु उसमें होलकर वंश की अहिल्याबाई का प्रत्यक्ष

अभिनन्दन नहीं हो सका था। इस अभाव की पूर्ति उन्होंने 'गंगामाता' में की।

'उग्र' के लिए 'गंगामाता' उपन्यास नहीं बल्कि 'इतिहास और संस्कृति' तथा 'उज्जैन और काशी' का भावात्मक गठबंधन था। उन्होंने 'गंगामाता' की शुरुआत की थी, 'हिन्दुस्तान-पाकिस्तान बँटवारा होने से प्रायः पन्द्रह महीने पहले की बात है। घटना काशी-बनारस के विख्यात विश्वनाथ-मन्दिर की है।' (पृ.1)

स्पष्ट है कि 'उग्र' ने 'गंगामाता' के पहले वाक्य द्वारा उसमें वर्णित घटनाओं के 'काल' का और दूसरे वाक्य द्वारा उसमें वर्णित घटनाओं के स्थान का उल्लेख किया था। काल और स्थान का यह उल्लेख अकारण नहीं था। वे अपनी सभी रचनाओं में प्रायः काल और स्थान के समवायी-सम्बन्धों का निरूपण किया करते थे। काल और स्थान का समवायत्व अन्वेषित करना उनकी रचनाओं की विशेष वैज्ञानिक प्रक्रिया थी। अतीत-आधृत किसी सृजन में वर्तमान को संक्रमित करने की यह रचना-पद्धति 'उग्र' की निजी-विशेषता थी। समाज में वे 'न आगे नाथ और न पीछे पगहा' वाले थे। अपना कोई नहीं। 60 वर्ष की उम्र में 'अपनी खबर' लिखते हुए उन्होंने पहले ही पेज पर, 'ग़ालिब हमें न छेड़ कि भर जोशे अश्क से, बैठे हैं हम तहय्यः-ए तूफां किये हुए'। 'उग्र' के इस उद्धरण से साफ जाहिर था कि उनके लिए कूच का परवाना कटने के दिन बहुत दूर नहीं थे। जल्दी-जल्दी में 'जुहू', 'सब्ज़बाग़' और 'फागुन के दिन चार' लिखे। 'आत्मकथात्मक' उपन्यास 'फागुन के दिन चार' का शीर्षक अनायास नहीं था। अबूझ भी नहीं। जिन्दगी की शाम सामने थी। इसलिए एक आत्म-तर्पण-उपन्यास लिखना जरूरी समझा। अपने सर्जक बेचन की तृप्ति के लिए आखिरी उपन्यास लिखा, 'गंगामाता'। उस 'विलग नास्तिक' ने अपने मरने के बाद का कृत्य जीते जी कर लिया। उनकी काल-चेतना की यह विलक्षण रचनात्मक दृष्टि थी यानी तर्पण-उपन्यास की प्रस्तुति। हिन्दी में तर्पण-रचना की शुरुआत की थी निराला ने। उन्होंने अपनी मृत पुत्री 'सरोज' के लिए लिखा था, 'कन्ये गत कर्मों का अर्पण कर, करता मैं तेरा तर्पण।' (सरोज-स्मृति, 1935)। लेकिन 'उग्र' का कौन था जो उनके मरने के बाद उनका 'तर्पण' करता। सांसारिक सम्बन्धों के नाम पर पांडेय बेचन शर्मा 'उग्र' का केवल पांडेय बेचन शर्मा 'उग्र' था। हालाँकि यह दूसरा 'पांडेय बेचन शर्मा 'उग्र' मरने वाला नहीं था, परन्तु यह 'देह' नहीं 'देही' था, रूप नहीं नाम था, कार्मिन् नहीं कर्म था। इसलिए 'उग्र' ने अपनी मृत्यु के पहले ही 'गंगामाता' (उपन्यास) लिखकर स्व-कर्मिन् की भूमिका पूरी कर दी।

'उग्र' के अन्तिम उपन्यास का नाम 'गंगामाता' पढ़कर यह सोचना गलत होगा कि यह उनका अनुष्ठान अथवा आराधना-उपन्यास था। इसमें भी वे वही थे जो सन् 1925 से लेकर 1964 तक के उपन्यासों में थे। नाम से 'गंगामाता'

होते हुए भी यह साहित्य में 'साठोत्तरी-चेतना' का नवमूर्तन था। अज्ञात नहीं है कि साठोत्तरी रचना अस्वीकार की सृजन-प्रस्तुति थी। 'उग्र' इससे अप्रभावित नहीं रह सकते थे। 'गंगामाता' लिखते समय वे दिल्ली में रह रहे थे। उस समय दिल्ली देश की केवल राजनीतिक राजधानी नहीं बल्कि वैचारिक राजधानी भी बन गयी थी। यहाँ तमाम गतानुगतिक और असंगत मूल्यों को अस्वीकार कर देने की रचना-प्रवृत्ति जोरों के साथ उभरने लगी थी। 'उग्र' बहुत पहले से ही इस प्रवृत्ति के उद्वाहक थे, परन्तु उन्होंने सर्जक की जमीन कभी नहीं छोड़ी थी। उनका सम्पूर्ण रचना-संसार अस्वीकार और स्वीकार का तथा ध्वंस और निर्माण का द्वन्द्व था। उनकी 'जमालो' आग लगाकर दूर नहीं खड़ी हुई थी बल्कि अवांछित को जलाकर वांछित का निर्माण किया था। 'गंगामाता' इसका अपवाद नहीं हो सकता था। इसमें भी उन्होंने काशी विश्वनाथ मन्दिर के पुरोहित पंडे, पंडित नीलकान्त शास्त्री के माध्यम से 'भड्डुर' स्वभावी पंडों की चरित्रगत फिसलन, धर्म के व्यवसायीकरण, सामंतवादी आचरण और यौन-शोषण-व्यापार पर तीखे व्यंग्य किये। बचपन के नाम भागवतदास और राममनोहर दास मृत्यु वर्ष में भी याद आये। लिखा, "मकसूदन दास बनारस के पक्के महिषियों में अपने साथ चन्द चिकने छोकरे रखने के लिए 'सरनाम'।' (पृ. 4) उन्होंने उपन्यास में तीर्थ-पंडों की भड्डुरता के विविध रूपों का पर्दाफाश तीखे शब्दों में किया। सन् 1920 से 1924 तक बनारस में रहकर उन्होंने वर्जित तथा अवर्जित और पुण्य तथा घृण्य जगहों के जीवन का गम्भीर अनुभव प्राप्त किया था। इन्हीं अनुभवों के आधार पर 'फागुन के दिन चार' में कत्थक और 'गंगामाता' में हिजड़ों के समाज की समस्याएँ उठायीं। ये समस्याएँ हिन्दी-लेखन में अगृहीत पड़ी थीं। उनके उपन्यासों के ज्यादातर कथ्य और चरित्र अगृहीत ग्राही थे। 'गंगामाता' का 'गुलामजान हिजड़ा' एक ऐसा ही चरित्र था। 'गंगामाता' में इसे वर्ग-चरित्र के रूप में उभारा गया था। यह एक ऐसा वर्ग था जो न मर्द था और न औरत परन्तु उसे काम करना पड़ता था दोनों का। यहाँ गुलाम जान के कथन में निहित व्यंग्य के माध्यम से हिजड़ा-समाज की वर्ग-पीड़ा की जानकारी प्राप्त की जा सकती है। हिजड़ा ने कहा, "औरतें मुझे औरत नहीं मानतीं और मर्द मर्द नहीं मानते।" (पृ. 85)। वास्तव में नवजागरण के गाँधी युग में भी हिजड़ा-वर्ग उपेक्षित पड़ा था। इनकी समस्या स्त्रियों, वेश्याओं और दलितों की समस्याओं से भी बदतर थी, परन्तु वे सभी की दृष्टि से ओझल थे। उन पर दृष्टि पड़ी तो पांडेय बेचन शर्मा 'उग्र' की, वह भी अपने तर्पण-उपन्यास 'गंगामाता' में। जब निराला ने 'कुल्लीभाट' का तर्पण कराया था तो उन्हें कर्मकांडी पंडित बनना पड़ा था, परन्तु जब 'उग्र' को अपना तर्पण-उपन्यास लिखना पड़ा तो उन्होंने इसके लिए हिजड़ों को चुना। 'उग्र' का यह 'हिजड़ा-

सूक्त' था जिसका भाष्य उन्होंने मरने से एक वर्ष पहले दिल्ली में किया था। अगर गौर से देखा जाए तो हिन्दी का साठोत्तरी समाज उग्र के हिजड़ा-सूक्तों का पर्याय बनने लगा था। 'उग्र' ने 'फागुन के दिन चार', 'सब्ज़बाग़' और 'गंगामाता' के माध्यम से उन लेखकों, संस्कृतिकर्मियों और कलाकारों को ललकारा जो अपने कर्तव्यों से उदासीन होकर अपने रचनात्मक हथियार धूर्त, लोभी और यौन शोषक राजनीतिज्ञों के चरणों में समर्पित करने लगे थे। 'उग्र' की यह ललकार एक बूढ़े लेखक की नौजवान आवाज थी जिसने साठोत्तरी लेखकों को पलायन से केवल बचाया ही नहीं बल्कि उन्हें साठोत्तरी लेखन के लिए भाषा और शैली दी। 'गंगामाता' तक में 'लहरिया लहंगे में लचकती आती एक खूबसूरत मारवाड़िन को देखकर उनमें से दूसरा बेसाख्ता बोल उठा, 'हाय राजा!' (5) उसी प्रकार 'कलोरबछिया' के मुँह की तरह आकर्षक' (21), 'अरे मारो, एक ने कहा, 'मारो गोली', 'सौदे के बाद ऐय्याश-पुरुषों ने वेश्या बेचारी को बुरी तरह मार डाला', 'फूलसेज के दूसरे ही दिन सेल्समैन पति ने पत्नी को सेठ के बंगले पर रात बिताने की आज्ञा दी और 'हिजड़ा मटका-मर्द तो मोरी नाजुक बैयां मरोरे झकझोरे करि हैंया (84) जैसे सैकड़ों भाषायी रूपों का प्रयोग करके 'नंगी भाषा और भूखी शैली' का मुहावरा दिया। 'उग्र' की इस देन का मूल्यांकन अभी शेष है जिसे 21वीं सदी के आलोचकों को करना है।

'गंगामाता' पांडेय बेचन शर्मा 'उग्र' का आखिरी उपन्यास था। इसलिए उन्होंने जरूरी समझा कि वे अपने लेखकीय संकल्प का इजहार एक बार फिर कर दें। उन्होंने लिखा, ''आदमी को आदि अन्त और मध्य में भी केवल अपनी अन्तरात्मा को ध्यान में रखकर उसी के प्रति जिम्मेदार होना चाहिए। (पृ. 73) 'उग्र' को पढ़नेवाले यह जानते हैं कि उन्होंने अपने लेखकीय संकल्प का निर्वाह 'आवाहन' (स्वदेश, मई 1919) से लेकर 'गंगामाता' (1965) तक निरन्तर किया। हिन्दी साहित्य में 'अथ' और 'इति' के सम्बन्धवाचक व्याकरण के सबसे बड़े प्रयोक्ता 'उग्र' थे, 'एकः उग्रः द्वितीयः नास्ति।' 'गंगामाता' में एक विलेन पात्र है 'मधुसूदन दास' जो हर किसी से पूछता था, 'क्या कोई बनारसी माल भी चाहिए।' (पृ. 15)। 'बनारसी माल' बनारस के व्यवसायियों का सूत्र-वाक्य था। 'उग्र' तो नाम से ही 'बेचन' थे इसलिए उन्होंने बनारस के व्यावसायिक सूत्र-वाक्य को अपने साहित्य का भी सूत्र बनाया। 'चाकलेट' से लेकर 'गंगामाता' तक 'बनारसी माल' तैयार किया, साड़ियाँ भी धोतियाँ भी, जो बिना बेचे ही बिकने लगा। 'बेचन' ने अपने 'बेचन' को सार्थक कर दिया। 'बेचन' के बनारसी उत्पाद के बिकने का आलम यह था कि सांस्कृतिक आलोचना के महापुरुष डॉ. राम विलास शर्मा को लिखना पड़ा, '' 'उग्र' ने महन्त-मंडली में अप्राकृतिक व्यभिचार

की जानकारी प्राप्त की। ×××वह भरसक बाजार में बोली जाने वाली भाषा को अपने गद्य में सँवारते थे। ×××रामलीला के मंच पर थिरकते हुए किशोर अभिनेता की तरह 'मतवाला' के पृष्ठों में ठुमकती-थिरकती हुई 'उग्र' की शैली भी पाठकों का मन मोह लेती थी। खूब बिकती थीं 'उग्र' की पुस्तकें। 'दिल्ली का दलाल' डेढ़ महीने में 1100 बिक गया। ××महादेव प्रसाद सेठ जुल्फों से लेकर कलम के जादू तक 'उग्र' को सराहते अघाते न थे।'' (निराला की साहित्य साधना, भाग एक, पृ. 108, तृतीय संस्करण, 1979)। यहाँ यह भी कहा जाना चाहिए कि 'बेचन' के इतना अधिक बिकने का रहस्य केवल बाजारू भाषा-शैली ही नहीं बल्कि उनके द्वारा निर्मित उनका 'बनारसी माल' भी था जो महज व्यावसायिक ही नहीं सांस्कृतिक और राजनीतिक भी था। वास्तव में 'उग्र' का साहित्य बाजार और संस्कृति के रिश्तों के परिज्ञान का ब्राह्य सूत्र था। बार-बार 'अथातो उग्र-जिज्ञासा' दोहराया जाता रहेगा और बार-बार 'उग्र' नये होते रहेंगे। वे किसी के लिए निग्रह और किसी के लिए विग्रह बने रहेंगे। 'गंगामाता' को तो उनके निग्रह और विग्रह के जोड़ का विस्मयादिबोधक अव्यय-उपन्यास कहा जा सकता है।

पांडेय बेचन शर्मा 'उग्र' का 'गंगामाता' उपन्यास भारतीय समाज में पुरुषवादी सत्ता की बेदखली और नारी सत्ता की बहाली का एक सम्पूर्ण मजमून था। इसे उन्होंने वर्ग-संघर्ष के रूप में प्रस्तुत किया था। नारी चाहे जिस भी क्षेत्र, जिस भी सम्प्रदाय अथवा जिस भी पेशा की थी, 'उग्र' ने उसे सामूहिक चेतना के रूप में प्रस्तुत किया जिसका प्रतिनिधि पात्र 'गंगामाता' थीं। 'गंगामाता' इंदौर से अहिल्याबाई के नव संस्करण के रूप में बनारस आयी हुई थी। पुरुष-सत्तात्मक समाज का विघटन कर नारी सत्तात्मक समाज की स्थापना करना उनका लक्ष्य था। इसकी शुरुआत वे उत्तर भारत के सांस्कृतिक नगर बनारस से करना चाहती थीं। 'उग्र' ने भी अपने राष्ट्रीय लेखन की शुरुआत बनारस से ही की थी। उन्होंने अपनी पहली कहानी द्वारा बनारस में 'गाँधी आश्रम' की स्थापना और आखिरी उपन्यास 'गंगामाता' द्वारा 'महाशक्ति महामाया नारी-मुक्ति संगठन' की स्थापना की थी। पहली रचना का उद्देश्य 'देश मुक्ति' और अन्तिम रचना का उद्देश्य 'नारी मुक्ति'। जब उन्होंने पहली कहानी लिखी थी तब देश और नारी दोनों गुलाम थे। देश की मुक्ति राजनीतिक प्रश्न था परन्तु नारी की मुक्ति सांस्कृतिक प्रश्न। 'गंगामाता' के रचनाकाल सन् 1965 में देश स्वतन्त्र हो चुका था परन्तु 1965 के स्मृतिवादी समाज में नारियाँ तथावत गुलाम पड़ी थीं। 'उग्र' ने अनुभव किया कि नारी मुक्ति एक समाज शास्त्रीय प्रश्न था। इसलिए उन्होंने दिल्ली में रहते हुए भी 'गंगामाता' की रचना-भूमि बनारस को बनाया, उस बनारस को जो भारतीय सामाजिक व्यवस्था का निर्णायक नगर था। 'उग्र' जानते थे कि सनातन समाज में मनु, याज्ञवल्क्य

और पाराशर द्वारा घोषित नारी धर्म को बदलने में दिल्ली समर्थ नहीं थी। इस सन्दर्भ में जो बनारस कहेगा, वह सारा देश बोलेगा। इसलिए सम्पूर्ण उपन्यास (गंगामाता) घटित हुआ बनारस में।

पांडेय बेचन शर्मा 'उग्र' ने नारियों के प्रति पुरुषों की सनातन मानसिकता का चित्र खींचते हुए लिखा, "मुक्ति तो महिलाओं के लिए मरण-काल तक नहीं। वे कभी पिता की निगरानी में रहें, कभी पति की और कभी पुत्र की। यह मनु की राय है। यही याज्ञवल्क्य का कथन है और यही मत शुक्राचार्य तथा कौटिल्य का भी।" (पृ. 125)। यह थी नारी-मुक्ति के विरोध में अभिव्यक्त पुरुष-दृष्टि जिसका प्रतिनिधित्व करते हुए पंडित नीलकंठ शास्त्री जी ने कहा, "नीलकंठ शास्त्री की व्यवस्था वज्रलेख है, वज्रलेख। क्या मजाल जो कोई नहीं अथवा अमान्य करे।" (पृ. 126)। पांडेय बेचन शर्मा 'उग्र' ने उस 'नीलकंठीय' व्यवस्था के विरुद्ध 'गंगामाता' को क्रान्ति के रास्ते पर खड़ा किया। 'गंगामाता' ने ललकारा, "पुरुषों को मैं स्पष्ट चुनौती देना चाहती हूँ कि या तो वे अपना दृष्टिकोण बदलें अथवा महाक्रान्ति के थपेड़े खाने को तैयार रहें।' (पृ. 120)। यह कहना अतिशयोक्ति न होगा कि 'गंगामाता' में पांडेय बेचन शर्मा 'उग्र' ने नारी-मुक्ति का सवाल उठाते हुए भारत देश के सभी पुरुष-भगवानों, वेद, शास्त्र, पुराण और इतिहास को उल्टा लटका दिया था। उन्होंने लिखा, "क्या नहीं किया परशुराम ने अपनी जननी के साथ, राम ने सीता के साथ, युधिष्ठिर ने पत्नी के साथ।...धर्मराज की सेना में सैनिकों के भोग के लिए वेश्याएँ रखी जाती थीं। जैन तीर्थंकर महावीर ने कहा कि परिव्राजकों को जिन-जिन संकटों से बचना चाहिए उनमें एक स्त्री भी है।...साधु को स्त्रियों का विश्वास करना ही नहीं चाहिए क्योंकि वे मायाविनी होती हैं...बुद्ध ने अन्त: काल तक स्त्रियों का विश्वास नहीं किया। राजनीति या शासन के लिए तो वह स्त्रियों को सर्वथा अनुपयुक्त मानते थे। वेद, पुराण, इतिहासों में बड़े-बड़े महापुरुषों ने स्त्रियों की जितनी निन्दा की है, उन्हें जितना अधम कहा है, उनके विरुद्ध पुरुष मत को जितना 'प्रिजूडिस' किया है, वह अपनी मिसाल आप है। (पृ. 118, 119)

'गंगामाता' में 'उग्र' ने वैदिक काल से लेकर 20वीं शताब्दी तक मर्दों द्वारा 'मर्द भगवान' बनाये जाने की प्रवृत्ति पर कठोर प्रहार किया। उन्हें परम्परागत पुरुष-भगवानों द्वारा की गयी नारी की सामाजिक-सांस्कृतिक व्यवस्थाएँ और अपने समय के 'अज्ञानों-हैवानों' की 'स्त्री कहानी' विष की घूँट की तरह कड़वी लगीं। उन्होंने पुरुष समाज को अविचारी और दुराचारी कहा। सन् 1957 के बाद की राजनीति में घटित धूर्तताओं से उन्हें काफी चिढ़ हुई। उन्हें लगा कि पुरुष-संगठनों द्वारा नारी-मुक्ति के लिए उठाई जाती आवाजें छद्म थीं। ये संगठन नारी-शोषण के चालाक केन्द्र थे जो स्त्रियों को भ्रम में जीते रहने के जाल रच रहे थे। इसलिए

उग्र ने 'गंगामाता' को नारी-वर्ग का प्रतिनिधि बनाकर कहा, 'जिस दिन स्त्री अपनी उन्नति में पुरुष को विघ्न मानने लगेगी उसी दिन वह उन्नत हो जाएगी।' (पृ. 28), 'महिलाओं का उद्धार तभी होगा जब महिलाएँ स्वयं अपने तेज से पद और प्रतिष्ठा की रक्षा करने में समर्थ होंगी।' (पृ. 31) 'दुनिया में आज सर्वाधिक सतायी हुई यदि कोई जाति है, तो यह स्त्री जाति ही है।' (पृ. 32), 'अब समय आ गया है, जब नगर, प्रान्त, देश और संसार की महिलाएँ अपना तेज सँभालें और अपनी मुक्ति की राह स्वयं ढूँढ़ें।', 'औरतों को संगठित होकर पुरुषों के हाथों से शासन-सूत्र छीन लेना चाहिए।' (पृ. 88)।

अगर ध्यान दिया जाए तो लगेगा कि 'गंगामाता' पांडेय बेचन शर्मा 'उग्र' के लिंगत्व-परिवर्तन का आपरेटिव उपन्यास था। एक पुरुष-उपन्यास-लेखक के रूप में वे नारी-मुक्ति का संग्राम यथार्थ के धरातल पर नहीं कर सकते थे। इसलिए उन्होंने अपने व्यक्तित्व के आंशिक नारी को सम्पूर्ण नारी बनाया। किसी लेखक या लेखिका के कृतित्व की सबसे बड़ी विशेषता होती है कि वह रचनात्मक औजारों द्वारा लिंगत्व के परिवर्तन में समर्थ हो। 'उग्र' ने अपने इस कौशल की आजमाइश 'गंगामाता' में की और इसमें इन्हें कुछ हद तक सफलता भी मिली। जिस 'उग्र' ने 'मैं कहता हूँ, मेरी बात सुनो! (कैफ़ीयत चाकलेट) के साथ कथा जगत में 'अथ' किया था उसी 'उग्र' ने 'मैं कहती हूँ, मेरी बात सुनो। (गंगामाता, पृ. 100) द्वारा कथा-जगत से 'इति' किया। 'चाकलेट' से लेकर 'सब्जबाग़' तक वे भाषा-पुरुष थे। परन्तु 'गंगामाता' में भाषा-नारी हो गये। भाषा-नारी में भाषा-पुरुष के विलयन का यह अद्‌भुत दृश्य था। सन् 1965 में 'उग्र' ने कहा था, ''आज मैं खास मंत्र तुम्हें यह देना चाहती हूँ कि पुरुष के सहारे अपना स्वर्ग नारी कदापि नहीं पाएगी। ××ओ देवियो! अब समय आ गया है जब तुम्हें बदलना ही चाहिए।'' (पृ. 28) 'उग्र' के इस कथन ने कथा-साहित्य में नारियों के प्रवेश का नया पथ प्रशस्त किया था। कृष्णा सोबती, मन्नू भंडारी, ममता कालिया से लेकर मृदुला गर्ग, चित्रा मुद्‌गल, प्रभा खेतान, मैत्रेयी पुष्पा आदि दर्जनों उपन्यास लेखिकाएँ पांडेय बेचन शर्मा 'उग्र' की आवाहन-परिणतियाँ हैं जो पुरुषवादी समाज के विरोध में नारियों के संघर्ष का संचालन कर रही हैं। आज के कथा-साहित्य पर लेखिकाओं का व्यापक दबदबा देखकर लगता है कि 'गंगामाता' विजयी हो गयी हैं। अब किसी 'उग्र' के लिंगत्व परिवर्तन की जरूरत नहीं पड़ेगी। अब 'गंगामाता' को यह नहीं कहना पड़ेगा, 'मैं कहती हूँ, ऊँच-नीच-भेदहीन सभी स्त्रियों से (पृ. 100) कि वे हर क्षेत्र में पुरुष वर्चस्व का अन्त कर दें।' आज कम से कम हिन्दी-उपन्यास-लेखन में 'पुरुषान्त-युग' का आरम्भ हो गया है। पुरुष उपन्यास-लेखन से पलायन करके कविता, संस्मरण, आत्मकथा, आलोचना और इंटरव्यू की शरण में चले गये हैं। खौफ है कि 'गंगामाता' इन क्षेत्रों में भी न धमक पड़ें।

खंड दो

'उग्र' की असंकलित रचनाएँ

पतित

"आज मैं जब छत पर तुम्हारी धोती डालने के लिए गयी थी तब एक मुसलमान मुझे देखकर इशारेबाजी कर रहा था।" पति के वक्षःस्थल में उसी तरह अपना सिर छिपाये हुए पद्मा ने कहा, "मुझे उसकी सूरत देखकर... उफ़... अब भी जब उसकी याद आती है तो छाती धड़कने लगती है!"

अलसाये हुए रमानाथ के मुँह से एक 'हूँ' से अधिक और कुछ न निकला। पद्मा ने पति की नींद में बाधा डालना उचित नहीं समझा, परन्तु उस दिन उसकी कोई कहानी बिना सुने ही रमानाथ निद्रा के विश्राम-मन्दिर में बेधड़क घुस जाना चाहते थे, इस अनधिकार प्रवेश के लिए उन्हें क्षमा करना भी उसने उचित नहीं समझा। जहाँ दो स्वार्थ आपस में झगड़ने लगते हैं, वहाँ उदारता स्वार्थ के सूक्ष्म विचारों को सौंप दी जाती है। पद्मा भी स्वार्थ का लालच न छोड़ सकी। उसने पति का कन्धा हिलाकर पूछा, "क्या सो गये?... मेरी कहानी?" रमानाथ ने बिना आँखें खोले ही कहा, "हूँ... सुनता हूँ... कहो... फिर—" पद्मा हँस पड़ी। उसकी खिलखिलाहट से जागने के बजाय रमानाथ पर एक और मोह का पर्दा पड़ गया, सुख की नींद सोने के लिए जैसे डाक्टर ने दो औन्स गैलीसिया पिला दी हो। पति को इस तरह वीतराग देखकर उन्हें जगाने के लिए पद्मा ने भी जिद पकड़ी, उसने फिर कन्धा हिलाकर कहा, "इस तरह बेखबर सोते हो, अगर चोर आ जाएँ तो?" रमानाथ ने "हूँ, ...फिर?" कहकर करवट बदली। पद्मा निराश हो गयी। उस मुसलमान की लोलुप दृष्टि का ध्यान नहीं छोड़ सकी। उस दृष्टि का अर्थ भी वह समझ गयी थी, इसलिए उसे और शंका हो रही थी।

एकाएक दरवाजे पर जोर से धक्का लगा। इसी तरह लगातार दो तीन धक्के लगे। कमजोर दरवाजा टूट गया। आवाज सुनते ही पद्मा की रहस्य-प्रियता दूर हो गयी। उसने ज़ोर से झटका देकर पति को जगाया। रमानाथ के उठते ही उठते कई लोग उस कमरे में घुस गये। पद्मा पर नजर पड़ते ही एक ने कहा, देखते क्या हो, यही तो है। कहने भर की देर थी, तीन-चार आदमियों ने पद्मा को पकड़

लिया। पद्मा उस समय अपने पति से इस तरह लिपट गयी थी मानो उसके हृदय में ही वह अपने छिपने की जगह खोज रही थी। रमानाथ की नींद छूट गयी थी, वे उठकर खड़े हो गये थे और आश्चर्य में ऐसे डूबे हुए थे कि इस सत्य घटना को भी वे एक स्वप्न की तरह देख रहे थे, उन्होंने आत्मरक्षा करने का कोई प्रयत्न नहीं किया, न उन्हें सँभलने का समय ही मिला। स्वप्न के विकार को सत्य का रूप मिलने से पहले ही बदमाशों ने पद्मा को उनके हृदय से छीन लिया! उसने करुणा भरी दृष्टि से पति से सहायता की प्रार्थना की, परन्तु सब विफल हो गया। रमानाथ को जैसे काठ मार गया। वे उस जगह से हिल भी न सके।

2

''मुहल्ले में शोरगुल सुनकर मेरी आँखें खुल गयीं। वीरेन्द्र ने कहा, ''कितनी देर हुई? जल्दी कहो, कितनी देर हुई पद्मा को ले गये?''

रमानाथ का सर्वांग जैसे जकड़ गया हो। कुछ बोल न सके। शून्य दृष्टि से सिर्फ एक दफे वीरेन्द्र को देखा।

वीरेन्द्र ने फिर कहा, ''देखते क्या हो रमा, कहते क्यों नहीं? किधर ले गये? खिड़की से या सदर से? अजीब आदमी हो, बोलो?''

रमानाथ की माँ पास ही खड़ी थी। उसने धीमे स्वर से कहा, ''वह जाने ही की थी, चली गयी, ऐसी चंचल थी, हमारे कुल में कभी दाग न लगा था—वह भी लगा गयी! अब उसका नाम लेते हो हमारे ही घर में?''

रमानाथ की माँ की ऐसी बातें सुनकर वीरेन्द्र आश्चर्य में पड़ गये। वे कुछ देर चुपचाप खड़े रहे, क्या किया जाए, कुछ स्थिर न कर सके। तब तक रमानाथ की माँ ने फिर कहा, ''जाओ भैया, घर जाओ, जो होना था सो तो हो ही गया। यही है कि कुछ खर्च करना पड़ा। मैंने इससे पहले ही कहा था कि पढ़ी-लिखी बहू घर का कलंक होगी, आखिर वही हुआ!''

डपटकर वीरेन्द्र ने कहा, ''तुमसे यह सब कौन पूछता है, मैं पूछता हूँ, डाकू गये किधर से?''

रमानाथ की माँ ने कहा, सदर दरवाजा तोड़कर आये थे—क्यों रमा? खिड़की खुली है, उसी रास्ते गये होंगे! वीरेन्द्र ने देखा, खिड़की खुली थी। उन्होंने घर जाकर पहले अपने छोटे भाई को थाने में खबर देने के लिए भेजा, फिर अपना रिवॉल्वर भरकर और कुछ गोलियाँ साथ लेकर रमानाथ की खिड़की के रास्ते पद्मा को ढूँढ़ने के लिए चले।

रात के चार बज चुके होंगे, किसी-किसी पेड़ से रह रहकर चिड़ियों का

चहकना सुनकर वीरेन्द्र को ऊषा की सूचना मिलने लगी थी। जिस रास्ते से वीरेन्द्र जा रहे थे वह रास्ता एक बहुत बड़े बगीचे के भीतर से गया था। कुछ दूर बढ़ने पर उन्होंने कुछ लोगों को आपस में बातचीत करते सुना, हृदय में आशा का संचार होने लगा, लम्बे कदम बढ़ते गये, जब फासला बहुत थोड़ा रह गया तब देखा, वह दृश्य उन्हीं के हृदय की तरह पवित्र था। वीरेन्द्र को विचार करने का समय नहीं मिला, वे उसी वक्त जबकि एक पशु दूसरे से कह रहा था, ''नहीं मानती तो जबरन—नसीर—जबरन—पहले तुम।''

पद्मा के मुँह में कपड़ा ठूँस दिया गया था, हाथ बाँधे हुए थे। उसकी प्रार्थना आँसुओं का धारा में बह रही थी, क्षमा चितवन में मिली हुई थी। ...एक ओर विनय थी, दूसरी ओर लालसा का नग्न रूप। एक ओर करुणा, दूसरी ओर उपेक्षा का वीभत्स रूप! वीरेन्द्र और न देख सके। नसीर को आगे बढ़कर पद्मा का हाथ पकड़ते हुए देखते ही उन्होंने ललकार कर कहा, ''बस हाथ छोड़ दे अगर अपनी जान की खैर चाहता है।'' नसीर डर गया। उसने पद्मा का हाथ छोड़ दिया। उसके मन की चंचलता देखकर जान पड़ा, वह भागना चाहता है। परन्तु साथियों की ओर निहारकर वह ज्यों का त्यों खड़ा ही रहा। वीरेन्द्र की ललकार से उसके साथी भी चौंक पड़े थे। परन्तु वीरेन्द्र को अकेला देख, वे भागे नहीं। भय का रूप, उन्हें अकेला देख, क्रोध में बदल गया था। वीरेन्द्र को देख नसीर ने कहा, ''मियाँ खुरशीद! इस पर नजर रखो, कहीं भाग न जाए, हम इसके सामने अपना काम करते हैं, देखें यह हमारा क्या बिगाड़ लेता है, फिर इसे भी किये का मजा चखाएँगे।''

पद्मा पास ही, रास्ते की बगल में, पंखहीन पक्षी की तरह पड़ी थी। पद्मा ने वीरेन्द्र को देखा। वीरेन्द्र ने भी पद्मा की दुर्दशा देखी। उस समय पद्मा अपने बँधे हाथों से वीरेन्द्र को प्रणाम कर रही थी। वीरेन्द्र पद्मा के पास तक बढ़ गये। नसीर अली को उन्होंने कसकर एक लात जमायी। नसीर अली सामने ढेर हो गये। वीरेन्द्र ने पहले पद्मा के मुँह का कपड़ा निकाला, फिर उन हाथों को, जिन्होंने अपनी बन्धन दशा में भी उन्हें प्रणाम किया था, खोलने लगे।

नसीर धूल झाड़कर जब उठे और वीरेन्द्र को पद्मा के बन्धन खोलते देखा तो उन्होंने एक दफे अपने साथियों की ओर नज़र दौड़ायी, फिर वीरेन्द्र को दुरुस्त करने के लिये अपना डंडा सँभाला। उनके साथियों ने ऐसा ही कुछ इशारा किया था।

वीरेन्द्र डरे नहीं। वे धोती की गाँठ खोलते ही रहे। जब वे हाथ खोल चुके तब देखा, नसीर अपने डंडे का वार भर चुका था। रिवॉल्वर निकालकर उसे चलाने से पहले डंडे ही का वार बैठता था, इसलिए वे फुर्ती से कुछ कदम आगे—

नसीर की ओर बढ़ गये। डंडा लगा, पर चोट ज़रा भी नहीं आयी, मूठ के पास का ही कुछ हिस्सा देह में छू गया था, निशाना हट जाने से वार खाली गया।

नसीर और उसके साथियों का उस समय वीरेन्द्र पर उतना ध्यान न था जितना पद्मा पर। पद्मा की ओर एक साथ ही तीन चार आदमी, उसे पँजे से निकलते देख, बढ़ गये थे। वीरेन्द्र को रिवॉल्वर निकालने का काफी समय मिला। जब नसीर दोबारा उसके हाथ बाँधने की तैयारी कर रहा था उस समय वह खड़ी वीरेन्द्र की ओर ताक रही थी।

अचानक एक आवाज हुई। कुछ धुआँ आँखों के आगे छा गया। जब देखा तो नसीर मुँह के बल पड़ा था, उसके साथी भाग गये थे।

3

पुलिस के सामने वीरेन्द्र ने सच-सच बयान किया। पद्मा के भी बयान लिखे गये। उसने आदि से अन्त तक, जैसा उस पर बीता था, कहा। न कहीं अतिरंजना थी, न अकारण आक्षेप। जिस समय उसके बयान लिखे जा रहे थे, उस समय उसके पति को भी पुलिस की आज्ञा से वहाँ हाजिर रहना पड़ा था। अन्त में जब पुलिस ने रमानाथ से पूछा, "क्या तुम्हारे सामने ही तुम्हारी स्त्री को डाकू उठा ले गये थे?" तब रमानाथ ने, पास ही खड़े हुए पंडित गदाधर की ओर जो गाँव के मुखिया थे, निहारा। उस समय पुलिस का वह प्रश्न सुनकर बड़े आग्रह से पद्मा अपने पति को देख रही थी। गदाधर ने आँख के इशारे रमानाथ को रहने से इनकार कर जाने की युक्तिपूर्ण सलाह देकर पास ही खड़े एक कांस्टेबल से हँस-हँसकर बातें करने लगे।

रमानाथ घर में न रहने की सफाई देते हुए कहने लगे—"नहीं साहब, मैं गदाधरजी के यहाँ था, मेरा न्योता था, (गदाधर चौंककर सँभल गये, परन्तु दृष्टि से तब भी भय दूर न हुआ था) जब वहाँ से घर आया—उस समय रात के 2 बज गये होंगे—तब देखा, दरवाजा टूटा पड़ा है और मेरी स्त्री घर में नहीं है, माँ से पूछा तो उन्होंने बतलाया कि कुछ लोग दरवाजा तोड़कर पद्मा को ले गये।"

पद्मा को अपनी जाग्रत दशा का भ्रम हो रहा था। वह उन बातों को सुनकर भी उन पर विश्वास न कर सकती थी। उसने न जाने एक किस तरह की आशा और भय के भावों से पति को देखा, उसके ओंठ काँप रहे थे, सिर में चक्कर आने लगा, कुछ बोलने के लिए जी तड़फड़ा रहा था, परन्तु कुछ बोल नहीं सकी। भिक्षा की दृष्टि से पति को देखा। रमानाथ ने आँखें फेर लीं, उन आँखों की घृणा पर पद्मा को विचार करने का समय नहीं मिला। उसका शरीर इतना दुर्बल हो गया था कि घृणा से चोट खाकर उसे मूर्च्छा आ गयी। वीरेन्द्र बगल में ही खड़े

थे, रमानाथ की कापुरुषता वे खूब ध्यान लगाकर देख रहे थे। पद्मा के प्रति उनका मौन दुर्व्यवहार भी उनकी सजग आँखों से छिपा नहीं था। पद्मा जब गिरने लगी—तब वीरेन्द्र ने उसे थामकर अच्छी तरह उसका बदन ढँककर वहीं लिटा दिया। फिर रमानाथ से कहा, "रमा! तुम इतने बड़े पशु हो, मुझे नहीं मालूम था।" रमानाथ, भेड़ के बच्चे की तरह पुलिस अफसर का मुँह ताकने लगा। उसने वीरेन्द्र से डपटकर कहा, "जब तक कोई बात कही न जाए तब तक तुम्हें कुछ बोलने का अधिकार नहीं है।" गदाधर ने हाथ जोड़कर कहा, "हाँ हुजूर, ये ऐसे गँवार हैं कि अफसरों के सामने भी बेअदबी करते हैं।" इतना कहकर वे गाँववालों की ओर ताकने लगे—दृष्टि में उतना ही उत्साह था जितना परीक्षा पासकर लेने पर किसी विद्यार्थी के पास होता है। उन्हें हाथ जोड़े देख रमानाथ ने भी हाथ जोड़ लिये, गाँव के जिन लोगों ने किसी दूसरी चिन्ता में पड़कर उनकी सहकारिता नहीं की थी, उन्होंने भी चौंककर अपराधी की तरह हाथ जोड़ लिये।

बड़ी देर तक जाँच होती रही। पद्मा और रमानाथ के बयान एक दूसरों से नहीं मिले। रमानाथ के पक्ष में गाँव भर के लोगों ने गवाही दी। वीरेन्द्र के पक्ष में कोई न खड़ा हुआ। वीरेन्द्र गिरफ्तार कर लिये गये। पद्मा को भी गिरफ्तार करना पुलिस अफसर ने उचित समझा।

दूर खड़े गदाधर एक कांस्टेबल से कुछ बातचीत कर रहे थे। उसने लौटकर थानेदार से कुछ कहा। सुपरिंटेंडेंट के चले जाने पर थानेदार साहब वीरेन्द्र और पद्मा को थाने में ले गये, रमानाथ से फिर कुछ भी नहीं पूछा।

4

मुकदमे से वीरेन्द्र छूट गये हैं। पद्मा पहले ही छोड़ दी गयी थी। वीरेन्द्र की मदद वहीं के सी.आई.डी. विभाग के इंस्पेक्टर अब्दुल गनी ने की थी। उन्होंने जाँच करके डाकुओं के अत्याचार और वीरेन्द्र के प्राण संकट के समय गोली चलाने के यथेष्ट प्रमाण दिये थे।

वीरेन्द्र के छूटकर गाँव आने पर आज कई दिनों के बाद गाँव के कुछ माननीय लोगों ने पंचायत करने के उद्देश्य से घर-घर बुलावा भेजा है। पंचायत छन्नूलाल के शिवालय में होगी। गाँव के अधिकांश लोग वीरेन्द्र के आचरणों पर असन्तुष्ट हैं। इसी विषय पर विचार होगा। वीरेन्द्र को भी बुलावा भेजा गया है, हाँ, पद्मा को भी वहाँ हाजिर होने के लिए उसके पति के नाम से बुलावा भेजा गया है। उसे वहाँ जाकर समाज के सामने अपनी सच्चरित्रता के प्रमाण देने पड़ेंगे। पंचायत शाम को होगी।

धीरे-धीरे शिवालय में आदमियों का जमाव होने लगा। ब्राह्मण, क्षत्रिय, वैश्य

आदि शिवालय के चबूतरे के ऊपर बैठे थे और शूद्र चबूतरे के नीचे बैठे थे, गमछे से दोनों घुटने बाँधे हुए। वह उनकी आरामकुर्सी थी। समय से दो घंटे पहले ही गदाधर मिश्र आ गये थे। ऐसे कामों में उन्हें समय पर ध्यान नहीं रखना पड़ता था, समय को ही उन पर ध्यान रखना पड़ता था। गाँव के लोग इसलिए उनकी बड़ी तारीफ करते थे और इन्हीं सब बातों से वे गाँव के एक सच्चे हितैषी और धर्मात्मा समझे जाते थे। कहते हैं, जब वे जगन्नाथजी के दर्शन करने गये थे—जिन्दगी भर में यही उनकी गाँव से बाहर विदेश की यात्रा थी—तब गाड़ी पर उन्होंने पानी नहीं पिया।

समय होने पर उन्होंने रमाकान्त अवस्थी से कहा, "बैठे अखबार पढ़ रहे हो, चलकर देखो तो रमानाथ क्यों देरी कर रहे हैं और उधर से वीरेन्द्र को भी एक आवाज लगा देना, हाँ, सुनो।" —रमाकान्त से कानोंकान कहा, "और वीरेन्द्र से कहना, उन्हें भी लेते आयें जिनके लिए हवालात हो आये।"

5

सब आये। पद्मा नहीं आयी। उसके बिना पंचायत के लोगों का रंग ही फीका पड़ गया। कितने ही लोग तो उसकी उस दीन दशा में भी उसे देखकर अपने नेत्र सफल करने के लिए गये थे। रमानाथ गदाधर के पास बैठे हुए थे। वीरेन्द्र चबूतरे के नीचे खड़े, गदाधर के प्रश्नों का उत्तर देते जाते थे, पर दृष्टि उनकी अखबार पर थी। गदाधर ने कहा, "माना कि तुम सच्चे हो और तुम्हारा उद्देश्य बुरा नहीं था, तुम रमा की स्त्री को छुड़ाने के लिए ही गये थे, परन्तु अब वह समाज की दृष्टि में पतित हो चुकी है, अब अगर उसे अपने घर में रखोगे तो हम लोग तुम्हें भी समाजच्युत कर देंगे।"

वीरेन्द्र—"यह मैं बहुत पहले ही से जानता हूँ। मुझे इसका भय न दिखाइये। गदाधरजी, आप अपने समाज को लेकर रहिए। मेरे लिए और संसार के लिए निराश्रय स्त्रियों की रक्षा करना ही सबसे बड़ा धर्म है, फिर वह तो मेरे एक मृत मित्र की विधवा है—मेरी बहन है... क्यों रमा?

रधिया नौची

रुद्रदत्त पांडे का खानदान बड़ा प्रसिद्ध है। दूर-दूर से लोग आपका नाम सुनकर आपके यहाँ आते हैं। वर ढूँढ़नेवाले जिससे पूछते हैं, "कि इधर कोई अच्छा, सम्पन्न ब्राह्मण है।" तो लोग बड़े हर्ष से उत्तर देते हैं कि चौकटपुर में पांडे जी के यहाँ एक लड़का विवाह के योग्य है। मगर तिलक एक हज़ार से कम न लेंगे। बड़े-बड़े लोग पांडेजी के यहाँ अपनी लड़की देकर अपने को धन्य समझते थे। पांडे जी भी मोलभाव की बात तो दूर रही, साफ़-साफ़ कह देते थे कि जो एक हजार तिलक देगा, उसी के यहाँ शादी करेंगे। चार-पाँच लड़कों की शादियाँ हुईं। नाच, तमाशा, भाँडों की धूमधाम हर विवाह में समान हुई। सबसे अच्छी रंडी जो 'दाल की मंडी' में होती उसी का मुजरा पांडेजी कराते और अपने पुत्र के विवाह में उसी को ले जाते चाहे वह 300 रु. रोज क्यों न माँगती।

बड़े-बड़े काम पड़े मगर किसी को थाह नहीं लगी कि पांडेजी के पास कितना धन है। पांडेजी की मूँछ कभी भी टेढ़ी नहीं हुई थी। पांडेजी सैकड़ों में बोलनेवाले थे। पद-पंचायत में पांडेजी की धाक थी।

2

पांडे जी के पाँच लड़के और एक लड़की थी। लड़की का नाम 'भगनी' था। भगनी बड़ी भाग्यवती और चंचल स्वभाव की प्रतीत होती थी। पाँच भाइयों में एक बहन होने के कारण भाइयों का प्रेम भी उस पर खूब था। नाच-तमाशे में जो रंडी घर पर आती भगनी को गोद में बिना लिए न छोड़ती। उस समय पांडे जी फूले न समाते। पंड़ाइन का तो कहना ही क्या है। रंडी का नाच बाहर तो होता ही था, भीतर भी बिना नाच के काम चलना मुश्किल था। पंडाइन की खास आज्ञा थी कि नाच घर में भी होना चाहिए। रंडी को बुलाने भी भगनी को साथ लेकर पांडे जी जाते। भगनी जब तक आठ-नौ साल की रही। मजलिस की शोभा बढ़ाने में भाग लेती थी। भगनी के हाथ से रुपये भी पांडे जी रंडी को दिलवाते थे और रुपया दे देने के बाद बड़े प्रेम से चुम्मा लेकर कहते थे, "भगनी रानी

बेटी है।''

3

समय पाकर भगनी विवाह के योग्य हुई। यह पहला मौक़ा था जब पांडे जी को अनुभव हुआ कि कन्या के लिए वर ढूँढ़ने में कितना कष्ट होता है। बहुत ढूँढ़ा, बहुत घूमे फिरे मगर मनोनुकूल वर नहीं मिला। कहीं घर मिलता था तो वर नहीं और वर मिलता था तो घर नहीं। ऐसी दशा में पांडे जी को अपने स्वभाव का भी ध्यान होता था। खोजते फिरते जिला जौनपुर में एक अच्छा खानदान मिला। उसके पास जमींदारी काश्तकारी के अतिरिक्त रुपये और गल्ले का रोज़गार भी था। पांडेजी ने उस ब्राह्मण को पसन्द किया। घर-द्वार सब ठीक है, ज़रा लड़का छोटा है पर कोई परवाह नहीं। दो-चार साल लड़के का छोटा होना कोई हरज की बात नहीं। पुरोहितजी ने भी पांडेजी के हाँ में हाँ मिलाकर कहना प्रारम्भ कर दिया, ''भैया भगनी अभी छोटी-सी लड़की है, ज़रा खाने-पीने का आराम होने से सयानी हो गयी है, नहीं तो अभी कल की बात है, खेलती फिरती थी। अब भी उसके कुछ ख्याल थोड़े ही है।

4

तिलक डेढ़ हजार माँगते हैं। सब दुरुस्त है, गहना खूब लाएँगे, दरवाज़े पर घोड़ा हिनहिना रहा है, नौकर चाकर—सब काम ठीक है। आदमी हाथी-नशीन हैं। तुम्हारी क्या राय है? लड़का गुलाब का फूल है मगर ज़रा उमर में छोटा है। भगनी बारह-तेरह साल की होगी, उसका नवाँ साल चल रहा है। इतने फर्क से क्या हो जाएगा, देश में इस तरह के विवाह बहुत होते हैं।

''जैसी राय हो गहना—बारात तो ठीक आयेगी न।'' अपनी स्त्री की राय अनुकूल समझकर पंडित रुद्रदत्तजी पांडे ने नाई को बुलवाकर पत्र लिख दिया—

''मुझे डेढ़ हजार तिलक मंजूर है। आषाढ़ सुदी 11 को तिलक जाएगा।''

शंकर तिवारी भी उसी तरह से अपने हल्के में प्रसिद्ध हैं जैसे इधर पांडे जी। उनको अब तक डेढ़ हजार तिलक नहीं मिला था। हज़ार तक हद थी। तिवारी जी ने यह भी सुना की लड़की सयानी है। कहा, ''और कोई ऐब तो नहीं है। सयानी और छोटी दो ही बातें होती हैं। लड़का भी बड़ा हो जाएगा। साल—दो साल का अन्तर कोई अन्तर नहीं।

5

''विवाह के दिन विदा करने की साइत नहीं है। तीसरे बनता नहीं, पाँचवें बनेगा।'' पंडाइन से इस बात को सुनकर पांडे ने कहा, ''तब? सयानी लड़की को घर रखना

तो ठीक नहीं।''

पंडाइन ने कहा, ''चुप रहिये। आप तो ऐसे ही कहते हैं। दो-चार साल अपने घर रहेगी तो क्या होगा, ''कहीं जंगल में है? दुनिया में आप ही के एक लड़की है। सबके लड़की-पतोह हैं।

पांडे जी सिर नीचा किये घर से बाहर निकले और बारात को विदा करने के लिए अक्षत साथ लेते गये। जाकर कहा कि विदा-विदाई की साइत नहीं है। मैं खुद समय पाकर आपको कहला दूँगा। अब तो यह आप ही की लड़की हुई इसमें मेरा क्या वश है। मैंने तो आपको कन्यादान दे ही दिया।

6

आधी रात का समय है। रात सायँ-सायँ कर रही है। सब लोग खर्राटे की नींद सो रहे हैं। ठीक ऐसे समय में पंडाइन ने पांडे को जगाकर कहा।

''अब तो बड़ा अनर्थ हो गया। क्या होगा—अभी गौना जाने को एक साल है, भगनी का पेट...''

पांडे जी चौंककर उठे मानो दस साँप साथ ही उनके बदन पर लोटते हों—रुँधे कंठ से कहा—

''क्या कहा? पेट रह...अरे बापरे—अब कहाँ जाएँ, मुँह दिखलाने का रास्ता नहीं मिलेगा।''

''अब रोने-पीटने का समय नहीं है। इज्जत-बे-इज्जत जो है सो तो है ही —आगे की सुध कीजिए क्या करना चाहिए। भगवान को जो मंजूर होता है वही होता है।''

''क्या करें? मुझे तो कुछ नहीं सूझता।''

''एक काम कीजिए—कल कुलबोरनी के सासुर में कहला दीजिए कि बादशाहपुर स्टेशन पर सवारी लेकर आवें। विदाई की बड़ी अच्छी साइत है। यहाँ से गाड़ी पर भिजवा दीजिए।''

''जो चाहो करो।'' कहते-कहते पांडे जी रोने लगे, सिर पीटने लगे, अन्त में मुँह तोपकर सो गये।

विपत्ति के समय नारी का हृदय वज्र हो जाता है।

सवेरा होते ही पंडाइन ने एक नाई भेजकर तिवारी जी को बुलावा भेजा और भगनी को उनके साथ रवाना कर दिया। तीन दिन रहने के बाद स्त्रियों में कोलाहल मचा। बड़ा अनर्थ हुआ। एक कान से बात दूसरे कान गयी। अब अभागिनी भगनी का कहीं ठिकाना नहीं। फिर वह चौकटपुर में लौटा दी गयी! घर में मत घुसो, बाहर ही रहो, माता-पिता सभी रोते हैं। भगनी को सभी बुरा-

भला कह रहे हैं।

7

पांडे जी आधी रात को भगनी को लेकर काशी पहुँचे। वहाँ जाकर एक मकान का दरवाज़ा खटखटाने लगे। एक दुबे जी उसमें रहते थे। पांडे जी के बड़े ऋणी थे। पंडों के कमीशन एजेंट थे। पांडेजी ने भगनी का हाथ पकड़कर उनके सुपुर्द किया और कहा कि इसको 'दाल की मंडी' में पहुँचा दो।

पन्द्रह वर्ष के बाद पांडे जी के एक नाती की शादी थी—उनको एक नाच की जरूरत थी। 'दाल की मंडी' पहुँचे। 'रधिया' नौची 'दाल की मंडी' में प्रसिद्ध थी। उसी को 50 रुपये रोज पर पांडे जी ने ठीक किया। भगनी ने रधिया से उसके जन्म की कथा सुना दी थी। जिस समय वह पंडाइन के सामने नाच रही थी। पंडाइन ने भगनी के मुँह की सुध करके 'रधिया' को प्रेमभरी दृष्टि से देखा।

रुद्रदत्त पांडे ने अपने पौत्र के विवाह के दूसरे ही दिन संन्यास ले लिया।

लोगों ने बहुत उद्योग किया कि पांडेजी के संन्यास लेने का क्या कारण है। पर किसी को आज तक कुछ भी पता न लगा।

तीन सप्ताह हुए पंडाइन का भी देहान्त हुआ। अब रधिया की बात कोई नहीं बता सकता।

प्यारे

उस दिन आखिरी खेवा पार लगाने में मुझे बड़ी देर हो गयी थी। मैं आठ बजे रात के बाद अपनी झोंपड़ी में लौटा। मेरी झोंपड़ी झोंपड़ी ही थी राजप्रासाद नहीं। उसमें दो चार लोहे के तसले, मछली पकड़ने का जाल, कछुओं के खोपड़े, डाँड़े और एक टूटी—बिना किसी बिस्तर की—चारपाई मात्र थी। उसे प्रकाशित करने के लिए एक छोटी मिट्टी की डिबरी थी जिसमें मिट्टी का ही स्नेह अपने को जलाया करता था। झोंपड़ी में पहुँचते ही मैं दीपक जलाने के विचार से सलाई की पेटी तलाशने लगा। इतने में बाहर से दो आदमियों की ज़रा तीव्र फुसफुसाहट सुनायी पड़ी।

"जान पड़ता है झोंपड़ी में कोई नहीं है।"

"पर द्वार तो खुला है।"

"हवा से खुल गया होगा। ज़रूर इसमें कोई नहीं है। चलो हम लोग उस पेड़ के नीचे बैठकर बातें करें।"

फुसफुसाने वाले, झोंपड़ी से थोड़ी दूर पर खड़े पीपल के वृक्ष की ओर बढ़े। मुझे उनकी इस हिम्मत पर आश्चर्य मालूम हुआ। नगर के लोगों की धारणा थी कि उस पेड़ पर प्रेतों का निवास है अतः रात की बात तो दूर कोई सरेशाम भी उसके नीचे क्या पास से भी गुज़रने में डरता था। मगर वे दोनों उसी पेड़ के नीचे जाकर बैठ गये। मैंने मन में कुछ भय का अनुभव किया। ये चोर तो नहीं हैं?

रात अँधेरी—घोर अँधेरी थी। नीले आकाश पर बिखरी हुई तारिकाएँ ऐसी जान पड़ती थीं मानो समुद्र में सीपियाँ चमक रही हैं। मैंने सलाई ढूँढ़कर अपने अँगोछे के कोने में बाँध लिया और बिना दीपक जलाये ही, हाथ में मोटा-सा डंडा लेकर, दबे पाँव उन आदमियों के पीछे जाकर उनकी इच्छा जानने का विचार किया। क्षण भर में मेरा विचार कार्यरूप में परिणत होने लगा।

2

वे दोनों इस प्रकार बातें कर रहे थे—

"मैं प्रचार विभाग में काम कर सकता हूँ।"

"उस विभाग के लिए और भी अनेक लोग हैं।"

"मैं भर्ती का काम भी बड़ी सतर्कता से कर सकता हूँ।"

"इस काम के लिए तुमसे अधिक जानकार और सतर्क आदमी हमारे दल में हैं।"

"मैं, अपने नायक के आज्ञानुसार शस्त्र चलाने का काम भी कर सकता हूँ। देशद्रोहियों या स्वदेश के हत्यारों की हत्या करने से मुझे परहेज़ न होगा।"

"बेशक यह काम वीरता का है। भीषण भी है। जिम्मेदारी भी इसमें कम नहीं है। फिर भी इसकी अभी आवश्यकता नहीं। आवश्यकता हो भी तो इस काम के करने वाले बहुत हैं।"

"मैं फाँसी पर चढ़ सकता हूँ।"

"हिश! इस काम के लिए जल्दबाजी की ज़रूरत नहीं। तुम्हें पहले वही करना होगा जो मैंने अभी बतलाया है।"

"क्या?—डाका?"

"ज़रा धीरे बोलो। पेड़ के पत्ते भी सरकारी गवाह बन सकते हैं। हाँ।"

"डाका?" ज़रा धीरे से परन्तु दृढ़स्वर में पहले व्यक्ति ने कहा, "डाका बड़ा ही नीच कर्म है। बड़ा ही अपमानजनक है!"

स्वदेशोद्धार के लिए कोई भी कर्म नीच नहीं है। अपने उद्देश्य-सिद्धि के मार्ग में 'अपमान' का स्मरण करना भीरुता है। तुम्हें डाका डालना होगा।"

"नहीं—कदापि नहीं। मुझे क्षमा कीजिए। मैं डाकू होकर आपके दल में नहीं रह सकता। मैं ब्राह्मण हूँ। मैंने पढ़ा-लिखा भी है। देखता हुआ अन्धा नहीं बन सकता।"

"इधर देखो! देश रसातल को जा रहा है। हमारा गौरव विदेशियों की ठोकरों से नष्ट हो रहा है। संसार की नज़रों से तो हम गिर ही गये हैं अब उसकी स्मृति भी हमें भुला रही है। इस समय जीवन-मरण का प्रश्न है। ऐसे अवसरों पर साधारण सदाचार का स्मरण करना पाप है, कायरता है।"

"मैंने हज़ार बार कहा है, फिर भी कहता हूँ मैं मरने से नहीं डरता। पर चोर-डाकुओं की मृत्यु से मैं घृणा करता हूँ। उद्देश्य कितना ही पवित्र हो पर उसे देश, काल और समाज के अनुकूल होना चाहिए। यदि हम डाकू के रूप में पकड़े गये तो कोई हमारे उद्देश्य की प्रशंसा कर हमसे सहानुभूति प्रकट करेगा? कदापि नहीं। सब यही कहेंगे कि 'धन के लोभ से डाका डाल रहा था।' इसे आप साधारण

बात समझते हैं। किसी कुलीन मनुष्य का इससे अधिक पतन और क्या हो सकता है?''

''ठीक है। तब यह क्यों नहीं कहते कि तुम्हारा स्वदेश-प्रेम और कुछ नहीं 'स्वार्थ प्रेम' है। तुम वही काम कर सकते हो जिससे वाहवाही मिले—देश का भला हो या बुरा, तुम देश के नेता बनना चाहते हो, चारों ओर अपनी प्रशंसा सुनना चाहते हो, अखबारों में 'आत्म चरित्र' पढ़ना चाहते हो और चाहते हो लोगों के कन्धों पर, मालाओं से मंडित होकर, चलना! पर भाई! विश्वास रखो, उपर्युक्त बातों से त्याग की परिभाषा पूर्ण नहीं होती। पूर्णता तो दूर उक्त बातों में त्याग का नाम तक नहीं है। यह तो खासा व्यापार है। तुमने देश की सेवा की और देश ने तुम्हें नेता बना दिया। जो काम करोड़ों रुपयों से नहीं होता वह ज़रा देशभक्ति की दुहाई देने से हो गया। यह त्याग है?''

पहले व्यक्ति ने कुछ कहना चाहा पर दूसरे की बातों का तार न टूटा...

''उन हज़ारों तपस्वियों की ओर देखो जिन्होंने इतिहास की अणुमात्र भी चिन्ता न कर, समाज के तमाशबीनों की ओर उपेक्षा से देखकर, अपने मानापमान को एकदम भूलकर—अपने आप को विपक्षियों के हाथों में हलाल होने के लिए सौंप दिया और अपने उद्देश्य के लिए, प्यारे देश के लिए वे, नारकीय जेलखानों में अमानुषिक सजाएँ भोगकर विविध प्रकार से अपमानित होकर, अस्थिमात्र के पुतले बनकर संसार से उठ गये और उठे जा रहे हैं। क्या वे स्वार्थी हैं? पतित हैं? जघन्य हैं? क्या वे किसी गोखले, तिलक, मालवीय, गाँधी, मैकस्विनी, मैजिनी, गैरीवाल्डी, लेनिन, जगलुल और कमाल से कम हैं?''

पहले व्यक्ति ने पुनः कुछ कहना चाहा पर व्यर्थ! दूसरे की ज़बान न रुकी—

''मूर्ख प्रेमी! प्रेम का पुरस्कार लेकर अपने को 'महात्मा' सिद्ध करना चाहता है? 'त्याग' और 'पुरस्कार' में भी कोई सम्बन्ध कभी हुआ है? पहले उस प्रेमी को देख जिसने अपने प्रेमजन्य त्याग का पुरस्कार प्रियतम से मिलन, आलिंगन और चुम्बन के रूप में वसूल कर लिया हो और फिर, संसार की नज़रों में, उस अभागे प्रेमी की ओर देख जिसकी 'डायरी' में मर जाने पर भी 'मिलन' लिखा ही न हो, जिनके ओठों ने विरहाग्नि से झुलस जाने पर भी प्रियतम-अधर-सुधा रस के दर्शन न पाये हों और जिनके हृदय ने टुकड़े-टुकड़े हो जाने पर भी अपने प्यारे के आलिंगन का आनन्द न पाया हो! उस समय तुझे मालूम होगा पवित्रता कहाँ है, मनुष्यता का निवासस्थान कहाँ है और कहाँ है सच्चा त्याग?''

उपर्युक्त बातें सुनकर मुझे किसी बात का ध्यान आ गया। मैंने एक ठंडी साँस ली। साथ ही पहले व्यक्ति की लम्बी साँस भी मुझे स्पष्ट सुनायी पड़ी। दूसरे व्यक्ति ने आगे कहा,

"तुम जाओ भैया, ईश्वर तुम्हारा मंगल करे। तुम अपने को देश से बड़ा समझते हो, समाज को देश से बड़ा समझते हो। तुम देश के नाम पर वही काम कर सकते हो जिसमें असफलता होने पर भी इतिहास तुम्हें अपने हृदय में स्थान दे। तुम देश के लिए और सब छोड़ सकते हो परन्तु अपनी इज्जत नहीं कम करा सकते। तुम पूरे त्यागी नहीं हो सकते। हमें पूरे त्यागियों की आवश्यकता है...।"

बीच ही में रोककर पहले व्यक्ति ने कहा—

"बस कीजिए। क्षमा कीजिए। सचमुच मैं ही गलत रास्ते पर था। मैं ही भूल करता था। क्षमा कीजिए। मैं डाका डालूँगा। आज्ञा हो, कब? कहाँ?

3

पहले व्यक्ति की बातें सुनकर दूसरे ने, जो नायक जान पड़ता था, कहा—

"खूब समझ लो। हमारे रास्ते में बाधाएँ हैं, विपत्तियाँ हैं, काँटे हैं पर, सम्बल कुछ भी नहीं है। चलते हो हमारे साथ?"

"हाँ! चलूँगा।"

"मानापमान का ध्यान छोड़कर?"

"हाँ।"

"खूब सोच लो। पीछे विचलित होने से तुम्हारा कुछ अमंगल हो सकता है। भाई शत्रु बन सकते हैं।"

"खूब समझ लिया है। अब आज्ञा हो।"

"अच्छा आओ! पहले भगवती भागीरथी को साक्षी रखकर शपथ लो।"

दोनों हाथों में हाथ दिये पुण्य-सलिला भगवती जाह्नवी की ओर बढ़े। क्षणभर जहाँ-का-तहाँ खड़ा रह, मैं दोनों व्यक्तियों की बातों पर विचार करता रहा। अन्त में कुछ सोचकर तेज़ी से उनकी ओर झपटा।

शपथ खाने के लिए हाथ में ली हुई तलवार अभी पहले व्यक्ति के हाथ में ही थी, गीता की छोटी-सी पोथी भी अभी पाकेट में नहीं गयी थी, अभी शपथ के अन्तिम शब्द— "मैं जन्मभूमि के लिए सब कुछ करने और सहने को तैयार हूँ।" गंगा की तरंगों में गूँज ही रहे थे कि मैंने उनके पीछे खड़ा होकर एक दियासलाई जला दी। अन्धकार का हृदय फट गया और उसमें से दो तस्वीरें निकलकर मेरी ओर आश्चर्यमय क्रोध से देखने लगीं। उनमें एक व्यक्ति जो शपथ ले रहा था। सोलह-सत्रह वर्षों का सुन्दर नवयुवक था। उसका लम्बा कद, गठीला शरीर, गोराबदन और कमलनेत्र देखने लायक थे। दूसरे व्यक्ति की अवस्था तीस-पैंतीस से कम न थी। उसके मुख पर तेज, गम्भीरता, भयंकरता और मनुष्यता का

एक अपूर्व सम्मिश्रण दिखायी पड़ता था। मैं अभी उनकी ओर आँखें फाड़-फाड़कर निहार ही रहा था कि वे मेरे ऊपर शेर की तरह झपटे। क्षणभर में एक सात नली पिस्तौल और एक भयंकर धार वाली तलवार मेरे सिर पर नाचने लगी!

× × ×

दूसरे व्यक्ति ने क्रोध से पूछा—

''तू कौन है?''

''एक गरीब मल्लाह।''

''झूठ! झूठ बोलेगा तो गोली मार दूँगा। सच बता तू कौन है? कबसे हमारे पीछे है? और क्यों है?''

''झूठ नहीं कहता भाई, मैं एक गरीब मल्लाह ही हूँ। प्राय: एक घंटे से आपकी बातें सुन रहा था।''

''एक घंटे से?'' ज़रा आश्चर्य से प्रथम व्यक्ति ने पूछा, ''तो उस पेड़ के नीचे की हमारी सब बातें भी तुमने सुनी होंगी?''

''हाँ सुनी हैं। पर उसके लिए चिन्तित होने की आवश्यकता नहीं। आप थोड़ा कष्ट उठाकर पहले मेरी कहानी सुन लें फिर आपकी चिन्ता दूर हो जाएगी। मैं शत्रु नहीं, मित्र हूँ।''

4

मेरी कहानी इस प्रकार प्रारम्भ हुई—

''आज से आठ मास पूर्व मेरे परिवार में तीन प्राणी थे। मैं, मेरे वृद्ध पिता और मेरी युवती स्त्री। उस समय तक मैं स्थानीय सरकारी स्कूल की नवीं श्रेणी में पढ़ रहा था। मेरे पिता को मेरी पढ़ाई की चिन्ता थी। वे मुझे पुलिस इंस्पेक्टर के रूप में देखना चाहते थे। एक दिन स्कूल से लौटने पर मैंने देखा, मेरे पिता बेहोश पड़े थे, मालूम पड़ता था उन्हें किसी ने भरपेट मारा था, और मेरी स्त्री घर में नहीं थी। दरियाफ्त करने पर आसपास के मल्लाहों ने बताया कि कुछ सिपाही उसे थाने में पकड़ ले गये हैं। लोगों ने इशारतन मुझे यह भी बताया कि सिपाहियों की इच्छा बुरी जान पड़ती थी।

''सिपाहियों की बुरी इच्छा! मेरी स्त्री के प्रति!! मैं इस बात को सुन भी न सका। बेतहाशा दौड़ता हुआ थाने पर गया। उस समय सन्ध्या होने में थोड़ी देर थी। थाने के फाटक पर एक सिपाही खड़ा था। मैंने पूछा—

''यहाँ मेरी स्त्री आयी है भाई?''

''स्त्री? तेरी? तू कौन है?''

''मेरा नाम दुक्खी मल्लाह है। मेरी स्त्री को कुछ सिपाही थाने पर लाये हैं।''

इसी समय हवालात के भीतर से करुण चीत्कार सुनायी पड़ा, "छोड़ दो, मुझे छोड़ दो।"

मैंने कहा, "सुनो, वह बोल रही है। उसने क्या अपराध किया है जो तुम उसे यहाँ पकड़ लाये हो? मुझे भीतर जाने दो।"

सिपाही ने कहा, "अबे भाग! मारे डंडों के ठीक कर दूँगा। उसने कोई कसूर किया होगा तभी तो यहाँ लायी गयी है। जा, उसे हमलोग तेरे घर पर पहुँचा देंगे। अभी थानेदार साहब उसका बयान ले रहे हैं।"

भीतर से पुनः आवाज़ आयी—

"मैं मर जाऊँगी, मर जाऊँगी। एक स्त्री की इज्जत...। तीन राक्षस, तीन हत्यारे, तीन डाकू!"

"मैं अधिक न सुन सका। सिपाही को एक धक्का देकर भीतर घुस गया। पर उससे क्या हो सकता था। हवालात के भीतर बन्दकर थानेदार के साथ दो जमींदार मेरी प्राणप्यारी का...कर रहे थे! मैं पहाड़ की तरह हवालात के द्वार पर टूट पड़ा, पर उसने वज्र का रूप धारण कर लिया था, उसकी छाती मेरी करुणा से न फटी, वह नहीं खुला! मैं बेहोश होकर गिर पड़ा!!

"होश आने पर मैंने अपने को उसी हवालात में बन्द पाया। प्यारी का कहीं पता नहीं था। हाँ उस स्थान पर कई जगह रक्त के छींटे थे। इसके बाद पुलिस पर आक्रमण करने के अपराध में मेरे ऊपर मुक़दमा चला। मैंने हज़ार सफ़ाई दी हज़ार दफ़ा अपनी स्त्री के अपमान की कथा सुनायी पर वह न्याय के कानों तक न पहुँच सकी। मुझे छह महीने की सख़्त सज़ा हुई। जिस समय मैं अपना जेल-जीवन भोगने के लिए कारागार भेजा जा रहा था उस समय मेरे पिता कचहरी के फाटक पर खड़े होकर अपने असमर्थ आँसुओं को बहा रहे थे। मैंने उनसे पूछा—

"बाबूजी, वह कहाँ है?"

"मरन सेज पर! बेटा वह जीती न रहेगी।"

इससे अधिक बात न हो सकी। मैं जेलखाने की ओर ज़बरदस्ती बढ़ाया गया।

सज़ा समाप्त कर लौटने पर मुझे मालूम हुआ कि मेरे जेल जाने के पन्द्रह दिनों बाद मेरी स्त्री मर गयी थी और उसकी मृत्यु के एक सप्ताह बाद मेरे असमर्थ वृद्ध बाप का भी देहान्त हो गया था! अब—अब मेरे हृदय में प्रतिहिंसा की आग जल रही है। जिस राज्य में प्रजा पर इस तरह अन्याय हो...।

मेरी बातें सुनकर अपनी आँखों को पोंछते हुए दूसरे व्यक्ति ने कहा—

"बेशक तुम दुःखी हो। हम तुम्हारी सहायता करेंगे। तुम हमारे भाई हो। तुम्हारी अवस्था कितनी है?"

"अट्ठारह वर्ष।"

''तुम्हारे परिवार में कोई और है? बूढ़ी विधवा माँ तो नहीं है?''

''नहीं भाई! मुझ अभागे का साथी कोई भी नहीं है।''

''ठीक। हम तुम्हें अपने दल में मिला लेंगे। इस समय तुम अपनी झोंपड़ी में विश्राम करो। शेष बातें कल।

5

दूसरे दिन मैं अपनी छोटी डोंगी पर जाल रख मछलियाँ फँसाने जा ही रहा था कि वह आये। उन्होंने धीरे से पूछा—

''पहचाना?''

''हाँ। आप ही ने कल शपथ ली थी। वह नायक जी कहाँ हैं?''

''बताता हूँ। नाव पर बातें होंगी।''

वह बैठ गये। मैंने डांड़े चलाना आरम्भ किया। उफ़ उनके मुख पर विचित्र आकर्षण था, अद्वितीय तेज़ था। मैं नाव को एकान्त की ओर खींच रहा था और वे मेरे मन-पोत को अपनी ओर खींच रहे थे। पुरुष में इतना आकर्षण मैंने कभी नहीं देखा था। चारों ओर शून्य देखकर उन्होंने कहा—

''तुम्हें नौकरी करनी होगी।''

''किसकी?''

''पहले बताओ, करोगे?''

आपलोगों की जो-जो आज्ञाएँ होंगी सबका पालन करूँगा? बताइए मुझे किसकी नौकरी करनी होगी।''

''मेरी।''

''आपकी? ओहो! मेरे ऐसे भाग्य कहाँ? आप ब्राह्मण मैं—और मैं...सब प्रकार अति नीच निषाद?' मेरे ऐसे भाग्य कहाँ?''

''देखो, हम राष्ट्र के सेवक हैं। राष्ट्र हमारा धर्म है राष्ट्र हमारी जाति है और राष्ट्र ही हमारा स्वर्ग, अपवर्ग सब कुछ है। राष्ट्र का प्रत्येक बच्चा हमारा भाई है। तुम मुझे आप न कहा करो भाई!''

प्रेम गदगद होकर मैंने पूछा—

''तब क्या कहा करूँ?''

''मेरा नाम प्यारे चन्द्र है। तुम इसी नाम से मुझे पुकारा करो।''

मैंने कहा, ''प्यारे!''

''हाँ।''

प्यारे के पिता, नगर के प्रसिद्ध वकीलों में से थे। उनके विचार भी बहुत स्वतन्त्र

थे। उन्होंने मुझे—प्यारे की सिफ़ारिश पर घर के साधारण कामों के लिए पन्द्रह रुपये मासिक पर नौकर रख लिया। प्यारे की नौकरी को 'नौकरी' कहने से नरक निवासिनी नौकरी की प्रतिष्ठा बढ़ जाएगी और घट जाएगी स्वर्ग की मर्यादा। प्यारे मुझे अपने भाई की तरह मानते थे। मेरे दुखों के कारण उनकी आँखें हमेशा अश्रुपूर्ण रहा करती थीं। वह प्रायः यही कहा करते, ''दुखी! तुम्हारे ऐसे न जाने कितने पीड़ित इस अभागे देश में होंगे। उन्हीं की रक्षा करना हमारा उद्देश्य है।'' वह चौबीस घंटों में चार बार, दस बार, बीस और पचास बार मुझसे मिलते। मुझे सान्त्वना देते, मेरे हृदय को अपनी सहानुभूति से आनन्दमय करते और मेरे दुःखों को भुलवाने की चेष्टा करते। उनकी एकान्त कोठरी में मैं नौकरों की तरह सिर झुकाकर फर्श के कोने में नहीं बैठ सकता था वह मुझे ज़बरदस्ती अपनी बगल में पलंग पर बैठाते। मेरी कोठरी में मेरे फटे-पुराने बिस्तरे पर बैठकर मुस्कराने में उन्हें लेशमात्र भी संकोच न होता। कहें तो, उनका व्यवहार सगे भाई से भी बढ़कर था।

जब तक वे मुझसे दूर रहते तब तक चाहे कितनी भी चिन्ताएँ आतीं पर उनके आते ही मेरे मुख पर प्रसन्नता नाचने लगती। उन्हें देखते ही मैं अपने पिता, माता और प्रियतमा को भूल जाता। वह मेरे सबकुछ से जान पड़ते। जब वह जलियाँवाला की क्रूर-कथा कहते-कहते रोने लगते तब मुझे ऐसा जान पड़ता मानो 'तरुण भारत' अपनी दासता के नाम पर रो रहा है। जब वह संसार के राष्ट्रों से भारत की तुलना करते-करते उसके पतन पर पश्चाताप करने लगते तब मुझे ऐसा जान पड़ता मानो 'स्वतन्त्र भारत' के इतिहास की भूमिका वह स्वयं लिख रहे हैं। वह अक्सर कहा करते, ''दुखी! वह दिन कब आएगा जब देश का प्रत्येक युवक गुलामी के सर्वनाश के लिए बद्ध परिकर होकर आगे बढ़ेगा?''

6

उस दिन निशासुन्दरी ने काली चादर ओढ़कर प्रकृति-प्रांगण में प्रवेश किया था। आकाश ने भी बादलों के काले-कम्बल से अपने बदन को ढक रखा था। भगवती भागीरथी भी काले परिधान से छिपी थी और माता वसुन्धरा भी। जान पड़ता था कि प्रकृति ने कोई भीषण कार्य करने का विचार किया था। प्यारे ने उस दिन तीसरे पहर मुझसे कहा था, ''तुम अपनी दोनों नौकाओं को लेकर सात बजे शाम को, अपनी झोंपड़ी से थोड़ी दूर पर तैयार रहना। नायक की आज्ञा है। उक्त आज्ञा के पालन के लिए दोनों नौकाएँ प्रस्तुत कर, उस अँधेरी रात में मैं प्यारे और नायक की बाट देख रहा था। ठीक सात बजे, नायक के साथ प्यारे आये और उनके कुछ ही पीछे एक-एक कर बारह व्यक्ति और आये। सबके आ जाने पर नायक

ने छोटी नाव पर पाँच और बड़ी पर दस मनुष्यों को चढ़ने का आदेश दे, शीतलागंज की ओर चलने को कहा। क्षणभर बाद हमारी नौकाएँ गंगा के बीच से शीतलागंज की ओर रवाना हुईं। बादल अधिक घने हो गये, रात अधिक काली हो गयी, हवा अधिक वेग से चलने लगी। नायक ने कहा—

"सावधान!"

साथ ही चौदह कंठों ने 'सावधान!' शब्द को दृढ़ता से कहा। डाँड़ों का चलाना रोक दिया। हम सब नायक के मुख की ओर उस अँधेरे में देखने लगे। उन्होंने कहा—

"आप सब जानते हैं आज क्या करना होगा?"

सब—"नहीं।"

नायक—"हम मातृभूमि के उद्धार के लिए आज डाका डालेंगे।"

नायक की बात सुनकर सब मौन रहे। सम्भवतः गंगा की तरंगें और वायु भी क्षणभर के लिए स्तब्ध हो गयीं? नायक ने आगे कहा—

"जिस पर हमें डाका डालना है वह धनी है। धनी होना कोई बड़ा अपराध नहीं है। वह पाजी भी प्रथम श्रेणी का है। अपनी रियाया पर बड़ा अत्याचार करता है असामियों का खून चूस लेता है। पुलिस को रिश्वत देकर अपना रौब कायम किये हुए है। वह भारत की स्वतन्त्रता का विरोधी और दासता का समर्थक भी है। सब बातों का हमने भली प्रकार पता लगा लिया है। ऐसे लोगों पर डाका डालने में कोई भी पाप नहीं हो सकता। तिस पर स्वदेश के लिए, स्वराष्ट्र के लिए? किसी देश के किसी व्यक्ति की सम्पत्ति, राष्ट्र की सम्पत्ति है।"

सब—"ठीक है। हम ऐसे व्यक्ति पर डाका डालना पुण्य समझते हैं। हम तैयार हैं।"

नायक—"किसी को प्राणों का भय हो, तो वह, अभी से अच्छा है, उतर जाए। किसी को पाप का विचार हो तो वह भी हमारा साथ छोड़ सकता है।"

सब—"नहीं। हम सब दृढ़तापूर्वक तैयार हैं।"

"अपनी-अपनी नकाब पहन लो।"

आज्ञा का पालन हुआ।

"अपने शस्त्रों को हाथ में ले लो।"

सबके हाथों में शस्त्र सुशोभित हो गये। हममें से बारह के पास सात फायर वाली पिस्तौलें थीं और तीन के पास तलवार, छुरे और बर्छे।

"प्रतिज्ञा करो।"

"प्रारम्भ कीजिए।"

"मैं जन्मभूमि के उद्धार के लिए, स्वतन्त्रता प्राप्ति के लिए, या तो लड़कर

विजयी होऊँगा अन्यथा युद्ध में प्राण दे दूँगा। सबने गरज कर कहा—

"लड़कर विजयी होऊँगा अन्यथा युद्ध में प्राण दे दूँगा।"

× × ×

शीतलागंज के एक फर्लांग फासले पर हम नीचे उतरे। वहाँ नायक ने मुझसे कहा—

"दुखी! तुम्हें नौकाओं की रक्षा का भार लेना होगा। तुम्हारे पास पिस्तौल...। नहीं तुम्हारे पास कहाँ से होगी। तुम यह—मेरा पिस्तौल—लो। जो कोई भी विपक्षी बन कर नौका पर अधिकार करने आये उसका स्वागत इसी से करना।"

यद्यपि मेरी इच्छा प्यारे का साथ छोड़ने की नहीं थी, यद्यपि मुझे भी युद्ध करने का शौक था, फिर भी नायक की आज्ञा माननी पड़ी। मैंने उनके हाथ से पिस्तौल लेकर माथे से लगाते हुए, नायक की आज्ञा पालन की स्वीकृति दी। नायक के पीछे दल गाँव की ओर रवाना हुआ। शायद जानबूझकर उस समय प्यारे सबके पीछे थे मुझे अकेला छोड़ने के पूर्व मेरे पास आकर वह कहने लगे—

"दुखी।"

"प्यारे।"

"घबराओ नहीं?"

"नहीं प्यारे, पर तुम्हें अकेले छोड़ते...।"

"दुर! इसकी चिन्ता क्यों करते हो? हमारे साथ चौदह वीरों का दल है।"

प्यारे चले गये। मैं मुग्ध दृष्टि से उनकी गति को देखता ही रह गया।

7

आधी रात से अधिक बीत गयी थी। नौका संचालन की क्लान्ति रात्रि की निस्तब्धता और शीत के समीरण ने मुझे बरबस निद्रा देवी की गोद में ढकेल दिया। मैं नाव पर बैठे ही बैठे खर्राटें लेने लगा। मैंने स्वप्न में देखा प्यारे सुन्दर स्वच्छ वस्त्रों से सुसज्जित होकर मेरे सम्मुख खड़ा था। उस समय उसका सौन्दर्य अद्वितीय हो गया था, उसके मुख पर का तेज देवताओं को लज्जित करता था। प्यारे ने कहा—

"दुखी!"

मैंने प्यारे का हाथ पकड़कर प्यारे से पूछा—"अरे तुम अकेले कैसे? नायक कहाँ है? तुम्हें सफलता नहीं मिली क्या?"

सफलता मिली क्यों नहीं दुखी मैंने उसे अपने प्राणों के मूल्य पर खरीदा है।

"क्या प्यारे?"

"मैं जाता हूँ।"

"कहाँ प्यारे? इस बार तुम्हें अकेले न जाने दूँगा। बोलो कहाँ चलोगे?"

"तुम मेरे साथ नहीं चल सकते दुखी! जहाँ मुझे जाना है वहाँ परतन्त्रता का कष्ट नहीं। कोई गुलाम नहीं, कोई किसी का शत्रु नहीं। वहाँ सब देवता ही हैं कोई राक्षस नहीं, हत्यारा नहीं। वहाँ साम्राज्यवाद का प्लेग नहीं है, राजतन्त्र का प्रेत नहीं है—वहाँ सब मुक्त हैं।"

"साफ बताओ कहाँ जाना है? मैं तुम्हें छोड़ूँगा नहीं?"

"मुझे जहाँ जाना है, वहाँ भगवान बुद्ध हैं, महात्मा ईसा हैं, महाप्रभु चैतन्य हैं, राणा प्रताप हैं, गुरु गोविन्द सिंह हैं। शिवाजी हैं, नेपोलियन हैं। वहाँ पर, कोरियन-रक्त के प्यासे अपने को बौद्ध कहने वाले जापानी नहीं हैं। वहाँ पर दानवता के समर्थक ईसा के भेड़िये नहीं हैं। दुखी, एक बार हृदय से मिल लो। तुम मेरे प्यारे हो—मैं तुम्हें प्यार करता हूँ। मुझे जाने दो।"

इतना कह प्यारे मेरे हृदय से चिपक गये और क्षणभर बाद आकाश में उड़ने लगे। मैं 'प्यारे! प्यारे!! ज़रा सुन लो—प्यारे!' चिल्लाता ही रह गया! उसी समय पिस्तौल की आवाज़ सुनायी पड़ी। मेरी निद्रा टूट गयी! मैं सतर्क होकर गाँव की ओर देखने लगा।

आधे घंटे तक किसी की कोई आहट न मिली। इसके बाद कुछ लोग नाव की तरफ झपटे आते दिखायी पड़े। अभी वे कुछ दूर ही थे कि मैंने ललकारा—

"कौन आ रहा है?"

उत्तर मिला—"13 अप्रैल 1919"

मैंने पिस्तौल को नीचे झुकाकर सांकेतिक उत्तर से उन्हें नाव की ओर बुलाया। वह उत्तर था—'1857'

देखते-देखते तेरह आदमी अनेक गठरियाँ और सन्दूक लिये नाव के पास आ गये। तेरह ही क्यों? चौदहवाँ कहाँ छूट गया? क्या गिरफ्तार हो गया? या काम आ गया? मैंने नायक से पूछा। नायक ने कहा—

"नौका जल्दी खेओ! गाँव के लोग जाग गये हैं। सम्भवत: पीछा करेंगे।"

मैंने व्यग्र होकर पूछा—

"प्यारे कहाँ हैं?"

तुम्हारे प्यारे हमारे साथ हैं। उन्हीं की कृपा से हमें सफलता मिली है। पहले भागो सब कथा सुनाऊँगा।"

लाचार, मैं नाव लेकर जिधर से आया था उधर ही तेज़ी से चला।

8

बहुत दूर निकल आने पर नायक ने डाके की कथा इस प्रकार आरम्भ की—

"जिस समय हमारा दल उस धनिक के घर पर पहुँचा उस समय गाँव

का गाँव घोर निद्रा में था। बिना किसी कठिनता के हमने धनिक के नौकर-चाकरों और परिवार के प्राणियों को बाँध लिया। और सब तो डर से सन्नाटे में आ गये पर वह धनिक मानता ही न था। रह-रहकर चिल्लाने और बन्धनमुक्त होने की व्यर्थ चेष्टा करता था। अतः हममें से एक उसके मस्तक के सम्मुख पिस्तौल का मुखकर, उससे थोड़ी दूर पर खड़ा हो गया। और लोग रुपये, जवाहिरात और बहुमूल्य सामानों को एकत्र करने लगे। इतने में पिस्तौल की आवाज़ सुनाई पड़ी। आवाज़ उस कोठरी में से आयी थी जिसमें धनिक और हमारा एक साथी थे। बात क्या है इसका पता लगाने के लिए जब मैं उस कोठरी में पहुँचा तब क्या देखा कि हमारे ही दल का एक नकाबपोश पृथ्वी पर तड़प रहा था और दूसरा—जो धनिक की निगरानी पर था—हक्का-बक्का-सा होकर उसे सँभाल रहा था। तड़पनेवाला नकाबपोश—दुःखी! तुम्हारा प्यारा भाई प्यारे था।''

मैंने कातर स्वर से प्रश्न किया, ''तो—क्या प्यारे को हमारे ही किसी व्यक्ति ने मार डाला?''

''प्यारे, बहुत जल्दी में एक ओर से दूसरी ओर जा रहा था उसी समय, गलती से वह उस आदमी की पिस्तौल से टकरा गया जो धनिक की निगरानी कर रहा था। एकाएक घोड़े के दब जाने से गोली छूट गयी। प्यारे की कमर की हड्डी में भयंकर घाव हो गया!

फिर हमने अपने हाथ से अपना माथा पीटकर कहा कि अब हम लोगों को सफलता नहीं मिल सकती। प्यारे खुद चलकर यहाँ तक आ नहीं सकता और उसे यहाँ तक लाना असम्भव था। हमारा दल या तो किसी तरह प्यारे को यहाँ पर ढोकर लाता या अत्यन्त परिश्रम से प्राप्त उस धन को।''

''तो आपने प्यारे को वहीं छोड़ दिया?''

''नहीं। मेरे लिए वैसा करना असम्भव था। मैंने प्यारे से कहा कि तुम्हें ही लेकर हम भाग चलते हैं। तुम्हारे पकड़े जाने से सब भंडाफोड़ हो जाएगा। ईश्वर की ऐसी ही इच्छा थी कि हमारी सामने आयी हुई थाली छिन जाए। पर प्यारे ने कुछ और ही उत्तर दिया। उसने कहा, ''नायकजी, असफल होकर आप नहीं लौट सकते। हमने प्रतिज्ञा की है कि या तो मरेंगे या सफलता प्राप्त करेंगे। अस्तु, मैं नहीं चाहता कि मेरे कारण आपको असफलता मिले। आप एक काम करें। मैंने पूछा क्या? उसने उत्तर दिया—''आप मेरा सिर काटकर लेते जाएँ खाली शरीर को कोई क्या पहचानेगा। स्वदेश के लिए अपना सिर देकर मैं अपने को धन्य समझूँगा। आप यही करें।'' मैंने कहा असम्भव! ऐसा कदापि नहीं हो सकता। तुम वीर हो तुम्हें इतने सस्ते मूल्य पर कदापि न बेचूँगा।''

इतना कह मैंने, माल छोड़कर फौरन सबको अपने पास आने का संकेत

बिगुल से किया। प्यारे, ''मुझे मार डालिये। मेरे कारण असफल मत बनिये। मेरा सिर काट लीजिये।'' आदि कहता ही रह गया। मैंने उसकी बातों पर ध्यान नहीं दिया। सबके एकत्र हो जाने पर मैं प्यारे को ले चलने की व्यवस्था कर ही रहा था कि उसने जोर से पुकार कर कहा—''यह असम्भव है नायकजी! मेरे कारण पराजय नहीं हो सकती। देखिये!'' मैंने प्यारे की ओर मुड़कर देखा। वह तड़प रहा था। उसने अपने हाथ से अपना सिर धड़ से अलगकर अपना काम पूरा किया। उसकी वह वीरता देखकर मैं उसकी छाती से चिपटकर उसकी पीठ ठोंकने लगा पर वह तो शव मात्र था! दुखी! हमने अनेक वीरों को देखा है पर प्यारे की तरह बहादुर को देखने का सौभाग्य मुझे आज ही प्राप्त हुआ। उसी की वीरता से आज हम प्रायः साठ सहस्त्र रुपये का माल स्वदेशोद्धार के लिये लूट लाये हैं।''

नायक ने गठरी से प्यारे का कटा सिर निकालकर मेरे हाथों पर रख दिया। और मैंने? विक्षिप्तों की तरह उस शून्य निशा में, गंगा की गोद में—हजारों बार 'प्यारे', 'प्यारे' पुकारकर उस कटे सिर को हृदय से, मस्तक से, आँखों से लगाया, चूमा-चाटा, ठठाकर हँसा, कातरता से रोया, करुण-कंठ से कुछ गाया, नाचा, कूदा! मैं अपने आपको भूलकर प्यारे के लिए पागल हो गया!

जब नायक को पूर्ण निश्चय हो गया कि मैं पागल हो गया तब उन्होंने एक बात बताकर मुझे अपने दल से अलग कर दिया। उन्होंने कहा—

''दुखी, मरते समय प्यारे ने कहा था कि दुखी से कह देना कि वह अपने दल का पता भूलकर भी किसी को न दे। नहीं तो मैं उसे विश्वासघातक और देशद्रोही समझकर प्यार करना छोड़ दूँगा।''

मैंने कहा, ''नायकजी, प्यारे ने कहा है? सच कहते हैं? हाँ, हाँ, उन्होंने कहा होगा। एक बार मुझसे और भी कहा था। अच्छा मैं किसी से न कहूँगा नायकजी। पर, सुनिये इस बार यदि कहीं डाका डालने चलना हो तो मुझे भी साथ ले चलिएगा। मैं भी प्यारे की तरह अपना सिर आपके चरणों में, स्वदेश के लिए समर्पित करना चाहता हूँ।''

नायक ने कहा, ''अच्छा।''

× × ×

उपर्युक्त घटनाओं के बाद मेरा नित्यनेम क्या था, सो भी सुनिये। मैं रोज सायंकाल उसी नौका को खेकर, जिस पर उस दिन प्यारे को ले गया था। शीतलागंज के उसी घाट पर जाता और प्यारे की पथ प्रतीक्षा करता। जब वे बहुत देर लगाकर भी न आते तब रो-रोकर पुकारता, ''प्यारे!'' उस समय दशो दिशाएँ मुँह चिढ़ाकर कहतीं, ''प्यारे!'' ऊपर से आकाश कहता, ''प्यारे!'' नाचती हुई तरंगें कहतीं, ''प्यारे!'' काली या उजली रात कहती, ''प्यारे!'' मानो सब प्यारे

को प्यार करते थे सब उसके लिए दुखी थे। अन्त में पुलिस ने सन्देह में मुझे गिरफ्तार कर लिया। इसका विश्वास रखिए उसने मुझे दुःख भी बहुत दिए पर नीचे की अदालत और पुलिसवालों को मैंने एक बात भी नहीं बतलायी। हाँ जज के सामने जाने पर मैंने नीचे लिखा बयान दिया। मैंने कहा—

''संसार के बली रोज़ ही दुर्बलों को लूटते हैं, उन पर डाके डालते हैं पर उन्हें कोई माई का लाल नहीं पूछता! क्लाइव कौन था? वारेन हेस्टिंग्स कौन था? डलहौजी कौन था? क्या ये ज़बरदस्त डाकू नहीं थे? इन्होंने तो मेरे प्यारे का सर्वस्व छीन लिया था। उसी के उद्धार के लिए ही तो मेरे प्यारे डाकू बने और अपने प्राणों को खो बैठे। मैं कहता हूँ, ''मेरे प्यारे के हत्यारों इन क्लाइव, हेस्टिंग्स और डलहौजी के समर्थकों पर कोई विचारक अपनी आज्ञा क्यों नहीं चलाता? इन्हें प्राणदंड क्यों नहीं देता? क्योंकि वे बली हैं? राक्षसों की तरह बली हैं? तब यह न्याय का ढकोसला कैसा? सीधे से लोगों को पीस डालो! हमारे देश में आग लगा दो!! हमारे भाइयों को एकदम मार डालो!!! फिर यह न्याय का ढकोसला कैसा?''

× × ×

प्रमाण थे या नहीं, यह तो मैं नहीं कह सकता पर मुझे आजन्म द्वीपान्तरवास की सजा मिली! किसी की इच्छा हो तो आकर देख जाए मैं आजतक कु-प्रसिद्ध कालेपानी के कारागार में बैलों का काम करता हूँ। गरी का तेल निकालता हूँ। आजतक प्यारे की स्मृति, मेरे जीवन को धन्य बनाया करती है और आज तक मैं रोज—रात-दिन—'प्यारे! प्यारे!!' चिल्लाया करता हूँ!

मेरे लिए प्राणदंड नहीं था? मेरे लिए मृत्यु नहीं थी??

कर्तव्य और प्रेम

"बतलाते क्यों नहीं?"

"क्या बतलाऊँ, उसकी मृत्यु ऐसी ही बदी थी।"

"कैसे?"

"जेलखाने में, भीषण रोग से पीड़ित होकर।"

"वह क़ैदखाने में भेजे क्यों गये, उनका अपराध?"

"मुझे तंग न कर बेटी, जा सो रह, मुझे भी नींद आ रही है।"

"नींद आ रही है? फिर वही पुराना बहाना? अच्छा ठहरिए, मैं थोड़ी चाय बनाकर ले आती हूँ। सोने न चले जाइएगा, मैं अभी, अभी आयी।"

"ठहर, सुन ले, डोरा—डोराइना!"

बूढ़ा रोवस्की बुलाता ही रह गया। परन्तु डोराइना चाय लाने के लिए चली गयी। क्षणभर के लिए कोठरी में सन्नाटे का साम्राज्य हो गया। परन्तु रोवस्की के हृदय में शान्ति कहाँ? वह सोचने लगा—

"क्या डोरा को भी दीक्षा देनी होगी? नहीं! नहीं? अवश्य 'नहीं।' वह पथ अत्यन्त भयानक है। उस पथ के पथिक सब नहीं हो सकते। डोरा पुष्प की तरह कोमल है। उससे फौलाद का काम कैसे लिया जाएगा? जिसे कोमलता की गोद में खेलना चाहिए उसे काँटों में घसीटना क्या उचित होगा?"

सामने की खिड़की से ठंडी हवा का एक झोंका रोवस्की की ओर आया। सहसा उसकी दृष्टि खिड़की की ओर जाते-जाते एक चित्र पर जा पड़ी। चित्र खिड़की के ऊपर दीवार पर लटक रहा था। वह चित्र रोवस्की की मातृभूमि रूस का था। उसमें कोटि-कोटि रूसियों की जननी एक वृक्ष में निर्दयता से कसी हुई दिखलायी गयी थी। उसके चारों ओर ज़ारशाही के बहुत से गुलाम संगीनें तानें खड़े थे। मानो कह रहे थे, "मुँह से आवाज़ निकली नहीं कि तेरी बोटी-बोटी काट डाली जाएगी।" माता के करुणापूर्ण नेत्रों के सम्मुख उसके कितने ही बच्चे विविध प्रकार से मारे जा रहे थे। कोई आरों से चीरा जा रहा था, कोई मिट्टी का

तेल डालकर जलाया जा रहा था, कोई फाँसी पर लटकाया जा रहा था और किसी पर कोड़े बरस रहे थे। किसी देशभक्त की बहन-बेटी की लज्जा की हत्या की जा रही थी! चित्र के नीचे रक्ताक्षरों में लिखा था—"अपमानिता माता!" अपमानिता माता! रोवस्की अपने को भूल गया। दुखिता माता का ध्यान आते ही उसकी आँखों से आँसू आ गया। वह सोचने लगा—

"जब तक मातृभूमि की छाती पर अत्याचारियों का तांडव नृत्य हो रहा है, जब तक जननी जन्मभूमि के बच्चे 'मातृप्रेम' रूपी अपराध के कारण विविध यातनाएँ भोग-भोगकर प्राण-विसर्जन कर रहे हैं, जब तक स्वदेश पर भयंकर विषमता का राज्य है, तब तक सुखभोग की कल्पना कायरता है, आत्महत्या नहीं, मातृहत्या है। इस समय रूस की प्रत्येक सन्तान का एक—और केवल एक ही—कर्तव्य है। और वह है, माता के उद्धार की चेष्टा। मेरा पुत्र यदि माता के लिए बलि हो गया तो क्या चिन्ता। किसके ऐसे भाग्य हैं जो मातृपूजन में अपने रक्त का तर्पण करे! मेरी डोराइना यदि जोन ऑव आर्क की तरह माता के उद्धार की चेष्टा कर सके, मेरी डोराइना यदि रणचंडी का रूप धारण कर देशद्रोहियों का नाश कर सके—! ओ हो हो!! कैसा गौरवमय—कितना सुन्दर यह विचार है!!"

इसी समय डोराइना चाय लेकर आयी और पिता के सम्मुख प्याला रखती हुई कहने लगी, "धीरे-धीरे चाय पीते जाइये और मेरे भाई की मृत्यु की कथा सुनाते जाइए। आज बिना सुने न मानूँगी।"

"बेटी!" एक घूँट चाय पीकर, बूढ़े ने कहना आरम्भ किया, "तेरा भाई क्यों पकड़ा गया और क्रूर ज़ार के नाम पर उसकी हत्या कैसे की गयी, यह घटना संसार के बहुत कम प्राणियों को मालूम है।"

बीच ही में टोककर डोरा ने कहा, "सुना है उनका सम्बन्ध किसी गुप्त दल से था।"

"हाँ, वह निहिलिस्ट दल का एक प्रधान कार्यकर्ता था। आज से पाँच वर्ष पूर्व दल के एक व्यक्ति को ज़ार ने जीते जलवा दिया था। जलवा दिया था केवल इसलिए कि अधिकारियों को उस पर सन्देह था। उससे भेद की बातें पूछी जा रही थीं पर उसने बतलाने से इनकार कर दिया था। उसकी हत्या के संवाद से निहिलिस्टों में बड़ा क्षोभ उत्पन्न हुआ। उन्होंने ज़ार पर बम चलवाने का निश्चय किया। दल के तीन व्यक्तियों पर उस कार्य का भार दिया गया। उनमें एक तेरा भाई भी था।"

क्षणभर के लिए रुककर रोवस्की चाय पीने लगा। डोराइना ने पूछा—

"क्या अभी तक मास्को में निहिलिस्टों का संघटन है?"

"पहले कहानी सुन!" रोवस्की ने आगे कहना आरम्भ किया। "उस दिन

पेट्रोमाड में ज़ार की सवारी निकलनेवाली थी। मास्को से तेरा भाई और उसके दोनों साथी ज़ार की हत्या करने के लिए पेट्रोमाड भेजे गये थे। परन्तु उनके भाग्य में दुष्ट ज़ार की हत्या का पुण्य नहीं लिखा था। मास्को स्टेशन के जासूसों को तेरे भाई और उसके साथियों पर सन्देह हो गया। वे गिरफ्तार कर लिये गये।''

''जेलखाने में उन्हें अनेक प्रकार की यातनाएँ दी गयीं। तुझे नहीं मालूम है बेटी, ज़ारशाही के कारागार नरक के प्रतिरूप हैं। इनकी सृष्टि केवल देशभक्तों की दुर्दशा के लिए हुई है। वहाँ पर नाखूनों में सुइयाँ चुभो-चुभोकर, बेंत मार-मारकर, अँगुलियों में तेल से भींगे चीथड़े बाँधकर और उसमें आग लगाकर, उनसे निहिलिस्ट दल की बातें पूछने की कोशिश की गयी पर वे पर्वत की तरह दृढ़ एवं मूक रहे। लाचार होकर अधिकारियों ने उनकी हत्या का ही निश्चय किया। वे सब कारागार के तहखानों में डुबोकर मार डाले गये!''

''तहखानों में डुबोकर? क्या उन तहखानों में जल था?'' डोराइना ने प्रश्न किया।

''हाँ, यहाँ के क़ैदखानों में कुछ तहखाने विशेष प्रकार से बनाये गये हैं। उनमें पहले अभागे क़ैदियों को बन्द कर दिया जाता है और फिर पाइप के द्वारा वे जल से भर दिये जाते हैं। बेचारे बन्दी, वायु के अभाव एवं जल के आधिक्य से उसी में डूबकर मर जाते हैं। ऐसी ही भयानक मृत्यु तेरे भाई की किस्मत में भी लिखी थी। अब भी उक्त घटना की याद आ जाने से मेरे शरीर में आग लग जाती है। जी चाहता है कि भयंकर प्रलय का रूप धारण कर ज़ारशाही का क्षणभर में सर्वनाश कर डालूँ। पर हाय! इतनी शक्ति नहीं है बेटी, अब मैं बहुत बूढ़ा हो गया हूँ।''

2

रोवस्की की आयु का अधिकांश समय भयंकर क्रान्ति-कल्पना और राज-परिवर्तन चेष्टा में व्यतीत हुआ था। वह सन् 1910 ई. में मास्को के निहिलिस्ट दल का सभापति था। उसके नेतृत्व में मास्को में अनेक राजनीतिक हत्याएँ हुई थीं, अनेक डाके डाले गये थे फिर भी ज़ार की सरकार की नज़रों से वह सदैव सुरक्षित था। उसके चेहरे से उसके हृदय की थाह लेना असम्भव बात थी। वह बहुत कम बोलता था, हँसता तो शायद था ही नहीं। मास्को में उसे किसी ने कभी खिलखिलाकर हँसते नहीं देखा। उसके शरीर में दानवों का-सा बल था। अर्थशास्त्र, इतिहास, राजनीति और गणित शास्त्र का आचार्य तो वह था ही, साथ ही जासूसी-विद्या का भी पूर्ण पंडित था। हम जिस समय की घटना को लिख रहे हैं उस समय रोवस्की के परिवार में उसकी प्यारी पुत्री डोराइना के सिवा और कोई नहीं था।

साठ वर्ष के बूढ़े रोवस्की ने डोराइना को भी माता के चरणों पर अर्पित करने का निश्चय कर लिया।

× × ×

मास्को स्थित निहिलिस्ट दल की गुप्त समिति के 9 मुख्य सदस्यों के सम्मुख रोवस्की ने, डोराइना को भी समिति में सम्मिलित कर लेने का प्रस्ताव उपस्थित किया। अपने सभापति के प्रस्ताव को सुनकर उनमें से एक सदस्य बोला—

"डोराइना की दृढ़ता पर आपको पूर्ण विश्वास है?"

रोवस्की—(दृढ़ता से) "डोराइना क्रान्तिकारी रोवस्की की पुत्री है, उसकी नसों में वही रक्त बह रहा है जो मेरी नसों में।"

किसी दूसरे सदस्य ने प्रश्न किया—"वह प्रतिज्ञा करने और परीक्षा देने के लिए प्रस्तुत है?"

"अवश्य।" रोवस्की ने गम्भीरता से उत्तर दिया।

"अच्छा तो डोराइना को दल में मिला लिया जाए पर उसकी परीक्षा इसी सप्ताह में आरम्भ हो जाए, जैसा कि हमने आपको कल सूचित किया था। अधिकारियों का एक जासूस हमारे हेड ऑफिस के पास कई दिनों से चक्कर लगा रहा है। डोराइना की नियुक्ति उसी पर होनी चाहिए। एक सप्ताह के भीतर डोरा उसकी हत्या कर डाले।" एक तीसरे सदस्य ने कहा।

रोवस्की—"अच्छी बात है।"

सर्वसम्मति से डोराइना निहिलिस्ट दल में मिला ली गयी। उसे उसकी परीक्षा की सूचना भी दे दी गयी और दे दी गयी एक सातनली पिस्तौल।

3

"डोरा!"

"बाबा!"

"आज तीन दिन हो गये, कुछ पता लगा, वह कौन है?"

"पता तो लगा, उसका नाम रोमनोविच है और वह मास्को के जासूसी विभाग का अफ़सर है। पीटर स्ट्रीट के 30. नं. के मकान में रहता है।"

"उससे तूने बात की थी? इन सब बातों का पता तुझे कैसे मालूम हुआ।"

"परसों मैंने उसका पीछा किया था और कल उसके घर पर उससे मिली थी। नौकरी के बहाने मैंने उससे बातें की। आज उसने मुझे बुलाया है। सम्भवतः कोई काम देगा।"

"ध्यान रहे, चार दिनों के भीतर ही उसकी हत्या हो जानी चाहिए।"

डोराइना ने पिता की अन्तिम बात का कोई उत्तर नहीं दिया। थोड़ी देर

चुपचाप खड़े रहने के बाद रोवस्की अपने कमरे में चला गया। उसे क्या मालूम कि डोराइना के हृदय में उस समय भीषण संग्राम हो रहा था! वह गयी थी रोमनोविच के प्राण लेने की भूमिका तैयार करने और तैयार कर आयी अपने गले की फाँसी!!

रोमनोविच गौर वर्ण का बलिष्ठ एवं सुन्दर युवक था। उसकी बड़ी-बड़ी आँखों में स्त्रियों को मुग्ध कर लेनेवाली मादकता थी। पहली ही भेंट में सुन्दरी डोराइना का हृदय रोमनोविच की मुट्ठी में चला गया। वह उसके रूप-यौवन पर मुग्ध हो गयी। रोमनोविच का व्यवहार भी डोराइना के प्रति अत्यन्त प्रेमपूर्ण हुआ। अस्तु, डोरा के स्त्री-हृदय ने, कोमल प्रकृति ने, उसके कानों में कहा—''ऐसे सुन्दर, ऐसे मनोरम, ऐसे अद्वितीय पुरुषरत्न की तू हत्या करेगी? यह तो हृदय में छिपा रखने की चीज़ है। देख, इसका नाश न करना!'' डोराइना किंकर्तव्यविमूढ़ हो गयी। उसके हृदय में प्रेम और कर्तव्य का द्वन्द्व होने लगा।

4

डोराइना के दुर्बल नारी-हृदय ने कर्तव्य को ठुकराकर प्रेम का आदर किया। उसने अपने प्रियतम रोमनोविच की रक्षा करने का निश्चय कर लिया। परीक्षा के सात दिनों में से छह दिनों तक वह बराबर रोमनोविच के हृदय की थाह लेती रही। रोमनोविच का व्यवहार बड़ा ही मधुर एवं प्रेमपूर्ण रहा। वह अनेक प्रकार से डोराइना के प्रति अपना प्रेम प्रकट करता था। एक दिन तो उसने यहाँ तक कह दिया कि—''मेरी! (डोरा ने रोमनोविच को अपना परिचय इसी नाम से दिया था) मैं तुम्हारी ही तरह सुन्दरी और विदुषी युवती से ब्याह करना चाहता हूँ।'' रोमनोविच की इस बात ने डोराइना के हृदय पर जादू-सा प्रभाव डाला। उसने अपने मन में, रोमनोविच से बातें बता देने का पूर्ण निश्चय कर लिया।

वह परीक्षा का अन्तिम दिन था। सायंकाल के समय कपड़े पहनकर डोराइना ज्यों ही रोमनोविच के यहाँ जाने को तैयार हुई त्यों ही रोवस्की ने बुलाकर उससे कहा, ''देख, आज अन्तिम दिन है। बिना काम पूरा किये आज न लौटना। अरे! तेरा चेहरा उदास क्यों हो गया? क्या तू हत्या से डरती है?''

पिता की तीव्र दृष्टि के सम्मुख डोराइना अधिक काल तक न ठहर सकी! वह, ''आज सब काम समाप्त करके ही लौटूँगी।'' कहकर चली गयी।

डोरा का उदास मुख देखकर रोमनोविच ने पूछा—

''आज इतनी उदास क्यों हो मेरी?''

''तुमसे कुछ कहना चाहती हूँ?''

"खुशी से कहो!"

"जो कुछ मैं कहूँगी उसे तुम्हें गुप्त रखना पड़ेगा। बोलो किसी से कहोगे तो नहीं?"

"मेरी शपथ खाओ कि किसी से न कहोगे।"

"तुम्हारी शपथ मैं किसी से भी न कहूँगा।"

"अच्छा सुनो! मेरा असली नाम 'मेरी' नहीं डोराइना है। मैंने आज तक तुम्हें धोखा दिया था पर अब नहीं दे सकती। तुम मेरे प्रियतम हो—प्राणाधार हो।"

"डोराइना!" आश्चर्य मुद्रा से रोमनोविच ने पूछा, "तुमने आज तक अपना नाम किसलिए छिपाया था? तब तो जो कुछ तुमने अपनी जीवनी बतलायी थी वह भी गलत ही होगी। तुम्हारी बात समझ में नहीं आ रही है मेरी!"

"अब मजे में समझाकर कहती हूँ। मुझे पूर्ण विश्वास है, तुम मुझसे विश्वासघात न करोगे। मैं स्थानीय निहिलिस्ट दल की एक सदस्या हूँ। दल की तरफ से मेरी नियुक्ति तुम्हारी हत्या करने के लिए हुई है।"

"अच्छा!" अधिक आश्चर्य से रोमनोविच ने कहा, "तब तो तुम बड़ी भयानक स्त्री मालूम पड़ती हो।"

"बड़ी भयानक? भयानक स्त्री होती तो अब तक कभी की तुम्हारी हत्या कर चुकी होती। यह देखो! पिस्तौल मुझे दी गयी है। मुझे आज्ञा मिली थी कि सात दिनों के भीतर ही तुम्हें मार डालूँ। आज वही सातवाँ दिन है। मैं तुम्हारी हत्या नहीं कर सकती, तुम्हें देखने से मेरे हृदय में क्रोध के स्थान में प्रेम उत्पन्न हो जाता है। तुम मेरे सर्वस्व हो!"

क्षणभर रुककर डोराइना कहने लगी, "प्यारे, चलो हम दोनों कहीं भाग चलें। ऐसे स्थान पर भाग चलें, जहाँ न तो निहिलिस्टों का भय हो और न ज़ार की चिन्ता! चलोगे?"

धूर्त रोमनोविच ने डोराइना की सरलता से लाभ उठाने की इच्छा से कहा—

"प्रिये! मैं यहाँ से भाग चलने को तैयार हूँ। परन्तु भागने के पूर्व तुम्हें एक बात बतानी होगी। यहाँ पर निहिलिस्टों का अड्डा कहाँ पर है?"

भय से काँपकर डोराइना ने कहा—

"यह प्रश्न मुझसे मत पूछो, हाथ जोड़ती हूँ, इसका उत्तर मुझसे मत माँगो। मुझे प्रतिज्ञा से भ्रष्ट न करो।"

रोमनोविच ने कहा—प्रेम में प्रतिज्ञा कैसी? तब तो जान पड़ता है, तुम्हारा प्रेम भी तुम्हारे उस नाम की तरह बनावटी। तुम्हें मेरे प्रश्न का उत्तर देना ही होगा। बिना इसका उत्तर पाये मैं तुम्हारी किसी भी बात पर विश्वास न करूँगा।

हतभागिनी डोरा, रोमनोविच के प्रश्न का उत्तर देने ही जा रही थी कि

पिस्तौल की आवाज़ सुनाई पड़ी! देखते-देखते तीन गोलियाँ रोमनोविच के शरीर में प्रविष्ट कर गयीं!! वह जहाँ-का-तहाँ ढेर हो रहा!!!

डोराइना ने पीछे फिरकर देखा, उसका पिता तीन क्रान्तिकारियों के साथ खड़ा था। वह मारे भय के मूर्च्छित हो गयी!

5

गुप्त समिति के सब सदस्य एकत्र थे। सभापति के आसन पर वृद्ध रोवस्की बैठा हुआ था। सामने जंजीरों से जकड़ी हुई डोराइना खड़ी रो रही थी। कमरे के कोने में काठ का भयानक क्रूस रखा था। सभा में घोर निस्तब्धता थी। सबकी दृष्टि सभापति के मुख की ओर थी, सब पिता का पुत्री के प्रति न्याय देखने के लिए उत्सुक थे। रोवस्की ने भयंकर दृष्टि से डोराइना की ओर देखकर कहा—

"डोराइना!"

डोराइना के रोदन की गति बढ़ गयी, हिचकियाँ बँध गयीं।

"अपराधिनी डोराइना? विश्वासघातिनी डोराइना! इस समय तू मुझसे दया की आशा न रख। जन्मभूमि का शत्रु—चाहे वह मेरा हृदय ही क्यों न हो—मुझसे दयाभिक्षा नहीं पा सकता। तुझे मालूम है, विश्वासघात का दंड क्या है?" क्रुद्ध रोवस्की ने पूछा।

रोती हुई डोराइना ने कहा, "क्षमा बाबा!"

"चुप रह! कौन है तेरा बाबा? देश के शत्रुओं से मिलकर तूने मेरे मुख में अमिट कालिमा पोत दी है। तू कुल-कलंकिनी है। तेरे अपराध का दंड केवल मृत्यु है। तैयार हो जा मरने के लिए।"

एक सदस्य से रोवस्की ने पूछा—

"सब ठीक है?"

"जी हाँ।"

"अच्छी बात है।" रोवस्की ने कहा, "ले जाओ, मेरे शरीर के इस भीषण पाप को क्रूस पर चढ़ा दो। जल्दी करो, इसके हाथ और पैरों में मेरे सामने ही कीलें ठोंक दी जाएँ।"

रोवस्की के सामने ही डोराइना क्रूस में जड़ दी गयीं। पुत्री के निवेदन और रोदन का कर्तव्यशील पिता के हृदय पर कुछ भी प्रभाव न पड़ा। उस स्थान को छोड़ने के पूर्व रोवस्की ने डोराइना के गले में एक तख्ती लटकाकर उस पर उसी के रक्त से लिख दिया—

"विश्वासघात का फल!"

दहीबड़े

अगर सारी मौजूदा लड़ाई रोटी की मान ली जाए तो हिन्दोस्तान को एक लम्बा-चौड़ा बावर्चीखाना मान लेना गैरमुनासिब न होगा। अत: हिन्दोस्तान का सबसे बड़ा ऑफिसर बावर्ची इन चीफ तथा उसके मातहत सैकड़ों विदेशी-देशी—कुक, किचनर, बटलर, बावर्ची, रसोइया, मिसिर वगैरह करार दिये जाएँगे और कहानी यों शुरू हो जाएगी—

दिन का तीसरा पहर, शहर दिल्ली—हिन्दोस्तान के खासोआम बावर्चीखाने के लम्बे-चौड़े हाते और लम्बी-चौड़ी राजसी बिल्डिंग में असाधारण चहल-पहल है। बावर्ची इन-चीफ के कमरे की तरफ कई गोरे बावर्ची लपके जा रहे हैं। कमरे में बड़े बावर्चीजी टेबल के पास चिन्तित खड़े कोई खत-सा पढ़ रहे हैं। गोरे बावर्चियों ने जब उन्हें घेर लिया तब उन्होंने खत को ज़ोर से पढ़ना शुरू किया—

यह खत कांग्रेसवालों का है—

''ज़नाब बावर्ची-इन-चीफ साहब बहादुर की खिदमत में गुजारिश यह है कि जिस बावर्चीखाने के आप सरदार हैं उसके भंडार में सारे मुल्क का अनाज इकट्ठा होता है। मगर बँटवारा सही नहीं होता। गोरे इतना पाते कि खुद खाते सो खाते ही जो बचाते उससे विलायत में सोने के महल बनाते। अमीर और 'अपने अंग के' हेडबावर्ची-खाने से इतना अधिक पाते कि उनके चापलूस और कुत्ते भी माल मलीदे चाभते हैं। लेकिन आज रियाया भूखों मर रही है, मेहरबानी कर जल्द से जल्द बावर्चीखाने का चार्ज इस मुल्क के लोगों को सौंपकर आप इन्साफ कीजिए। नहीं तो—नहीं तो नहीं कहा जा सकता मुल्क के मरभुखे क्या न कर बैठें, मरता क्या न करता। आप जानते हैं, सारी लड़ाई रोटी की है। जब तक रोटीखाने पर उनका कब्जा रहेगा जो पहले गैरमुल्क का पेट भरना और फिर टुकड़ों पर हिन्दुस्तान को लोभाना चाहते हैं, तब तक शान्ति हरगिज़ मुमकिन नहीं।''

दूसरा ख़त हिन्दू-महासभा का था—

''श्रीमान् भूखे भूमंडल-भंडारी, दिल्ली-बिहारीजी! जबकि आप सारे

भारतवर्ष, जिसमें छत्तीस कौम और छत्तीस हजार कौमिनियाँ हैं, के अखंड भंडारी हैं तब आपको एक ही कौम को खुश करनेवाला नाम भंडारे को नहीं देना था। बावर्चीखाना शब्द केवल मुसलमानों का है, हिन्दुओं का कदापि नहीं। अत: पहली प्रार्थना यह है कि बावर्चीखाना बदलकर बावर्ची-भंडार कर दिया जाए। दूसरे हमारे पास काफी सबूत हैं इस बात के कि बावर्चीखाने में मुसलमानों को ज्यादा सहूलियतें दी जाती हैं बनिस्बत हिन्दुओं के। हमारा दावा है कि खाने में या खाना बनाने में हिन्दू—मुसलमान ही नहीं संसार की किसी भी कौम से पीछे नहीं। हिन्दू मिसिर, महाराज और पांड़े—सौ में सौ-मुसलमानों के गन्दे खाँ बावर्चियों से साफ होते हैं। अत: नौकरियों में पहला हक हिन्दुओं का जन्मसिद्ध है।''

तीसरा पत्र महामाननीय महाबावर्चीजी ने जो पढ़ा वह मुस्लिम लीग का था—

''आला हजरत! जनाब हेड बावर्ची साहब की खिदमत में अर्ज जरूरी यह है कि अहले इसलाम ने यह खबर सकते में आकर सुना कि बड़े बावर्चीखाने में इस साल हजारों हिन्दू बर्तन खरीदे गये हैं! हमने सुना है बँधने कम और लोटे कसरत से खरीदे गये हैं। ऐसा क्यों? हमने सुना है रकेबियाँ—दस्तरखानों की दिक्कत होने पर भी, थालियाँ थाल और परात खरीदे गये हैं! हिन्दुस्तान केवल हिन्दुओं का नहीं, फिर हिन्दुस्तानी बावर्चीखाने में केवल हिन्दू बर्तन क्यों खरीदे जा रहे हैं? इसकी रोकथाम जरूरी है, नहीं तो आप नहीं, जानते कि हम कौन हैं...हमारा नाम है कहर, गजब, तूफान हश्र...!''

तीसरे खत का मजमून खत्म होने पर एक गोरे बावर्ची ने कहा—

''देखता हूँ, कालों की हिम्मत बहुत बढ़ गयी है।''

''कुछ भी सही।'' हेड बावर्ची साहब ने फरमाया, ''हमारे देश में जंग छिड़ी है, ऐसे वक्त हिन्दोस्तान वालों को नाराज न रखना ही अक्लमन्दी होगी।''

''तो क्या इन्हें कुछ दिया जाएगा?'' एक गोरे ने भय से घबराकर पूछा।

''देने की बात तो मैंने कही नहीं।''

हेड बावर्ची ने संजीदगी से जवाब दिया, ''हिन्दुस्तानियों को खुश रखना होगा तब तक—जरूर किसी न किसी तरह—जब तक अपने देश में बदअमनी है, कई मोर्चे पर एक साथ लड़ाई लड़ी नहीं जाती।''

''तो क्या इन्हें कुछ भी नहीं दिया जाएगा?'' एक गोरे-मोटे बावर्ची ने पूछा।

''न देने की बात तो मैंने कही नहीं।'' महाबावर्ची महोदय ने कूट दृष्टि से अपने भाई बावर्ची की ओर देखकर कहा, ''कल कांग्रेस, हिन्दू महासभा और मुस्लिम लीग के लीडर मुझसे मिलने आवेंगे। हिन्दू बावर्चीखाने का नाम बदलना चाहते हैं, मुसलमान बर्तन और कांग्रेस बावर्चीखाने की शक्ल ही बदल देना चाहती है, सारा इन्तजाम।''

"तो कल क्या होगा?"

"बातें...!"

"फल क्या होगा?"

"बातें...!!"

जिस दिन कांग्रेस मुस्लिम लीग और हिन्दू महासभा के लीडरान महाबावर्ची साहब से मिलनेवाले थे उसी दिन, मुलाकात से पेश्तर, एक फ्रांसीसी बावर्ची महाबावर्ची से बातें कर रहा था—

"आज बावर्चीखाने में दंगा हो गया।" फ्रांसीसी ने कहा।

"दंगा—बावर्चियों में?" महाबावर्ची ने पूछा।

"बावर्चियों में होगा तब होगा अभी तो बावर्चीखाने के बर्तन आपस में लड़ाये जा रहे हैं...।" मुस्कराकर फ्रेंच ने जवाब दिया।

"लड़ रहे हैं बर्तन। वेलडन! अब बाजी अपनी है। लड़ाई कौन डायरेक्ट करेगा?" महाबावर्ची ने पूछा—

"मैं! बावर्चीखाने के पीछे की कोठरी में बिजली के बोर्ड के पास बैठकर मैं बटन दबाऊँगा और वही होने लगेगा जो कभी न हुआ होगा।"

इसी वक्त खबर मिली कि तीनों पार्टियों के नेता आ गये हैं। महाबावर्ची ने तुरन्त आगे बढ़कर स्वागत के साथ उन्हें अन्दर ला बैठाया—

"अच्छा हुआ आप लोग आ गये देख लीजिये चल कर अपनी आँखों अब...।" महाबावर्ची ने कहा।

"क्या हुआ?" कांग्रेस नेता ने पूछा।

"दुश्मनों की तबीयत नासाज़ तो नहीं?" मुस्लिम लीग ने रसगुल्ले की तरह मीठा मुँह बनाकर सवाल किया।

"क्या बतलाऊँ?" महाबावर्ची ने रंजीदा होकर कहा, "आप लोग बावर्चीखाने पर कब्जा चाहते हैं। वहाँ बर्तन तक आपस में लड़ रहे हैं। एक-दूसरे को तोड़े डाल रहे हैं। चलकर देखिए।"

महाबावर्ची तीनों लीडरों को लेकर तेजी से उस कमरे की ओर बढ़े जिसमें बावर्चीखाने के बर्तन रखे जाते थे। दूर से ही बर्तनों के गिरने-टूटने की आवाज़ सुनायी पड़ रही थी। निकट पहुँचकर सबने देखा कमरे में पूरा भूचाल का नज्जारा—कहीं टूटी थाल पड़ी है कहीं तश्तरी। बँधने की टोंटी नदारद, लोटे का पेंदा गायब! बर्तन लड़ ही नहीं कुछ बोल-बक भी रहे थे—

पीतल का घड़ा—अरे 'जग', अरे 'मग', अरी 'देगची' भाग यहाँ से यह हिन्दुओं का भंडार है।

देगची—अरे चल भड़वे! छोटा-सा मुँह बड़ी बातें! जानता नहीं हिन्दुस्तान महज़ इसलामी भटियारखाना है।

छुरी-काँटे बिगड़े और झनककर कहने लगे—यह बावर्चीखाना उन साहबों का है जिन्होंने पीतल के कलशे और ताँबे की देगची के बाप-दादों को ठोंक-पीटकर वैद्यराज बना दिया था।

पीतल का घड़ा—मैं इस म्लेच्छिन देगची के साथ हरगिज नहीं रह सकता। इसे निकालो इस घर से?''

देगची—''अरे जा भड़वे कलशे! भूल गया। अभी कल तक तो इस मुल्क के बादशाह हमारे मालकैन थे। हिन्दोस्तान के बावर्चीखाने पर साहबों से पहले खाँ साहबों का कब्जा था और कब से! तेरे हिमायती हिन्दू साग-भात खोर, गाय की तरह महज़ दूध देने और ज़ाहिल की तरह केवल गुलामी करने के लिए अल्लामियाँ के हाथों सँवारे गये हैं!''

''अल्लामियाँ नहीं हमारे ईश्वर भगवान शंकर हैं, प्रलयंकर!'' तड़पकर कलशा देगची के ऊपर जा गिरा। वह पिचककर रह गयी। आसपास के कई विलायती प्लेट चकनाचूर हो गये। छुरे और काँटे मुड़कर बेकार हो गये!

''हें!'' महाबावर्ची ने आवाज़ दी, ''बुलाओ, पुलिस को, ये बदमाश बर्तन सीधी तरह माननेवाले नहीं। आइए साहबान! देख चुके आप सब—इस बावर्चीखाने की हालत? मैं कहता हूँ इस बावर्चीखाने को हिन्दू या मुसलमान नहीं सँभाल सकते। हुकूमत करने की कला ही और है और ऐसे कलावान बावर्ची हिन्दुस्तान में नहीं। इसलिए आप लोग एक राय होकर एक राय पर आइए। हम पर जो विपत्ति आयी है उसे दूर करने में हर तरह से हाथ बँटाइये। इस वक्त बावर्चीखाने पर कब्जा करने की बात बेवक्त की रागिनी होगी। हम आप सबको खुश करेंगे जरूर।''

''मुसलमानों से जब तक यह बावर्चीखाना भर नहीं जाएगा मुस्लिम लीग की छाती ठंडी न होगी।''

''जब तक बावर्ची-भंडार से देगची और बँधने निकाल बाहर न किये जाएँगे हिन्दू-महासभा धमकियों के धमाके धमकाती ही रहेगी।''

''कांग्रेस फौरन से पेश्तर हिन्दोस्तानी बावर्चीखाने पर से विदेशियों की हुकूमत उठा देना चाहती है। हमें बावर्चीखाना चाहिए, हम बावर्ची और महाबावर्ची खुद बनना चाहते हैं।''

''गैर मुमकिन है।'' महाबावर्ची साहब ने कहा, ''जिस बावर्चीखाने के बर्तनों तक में मिल्लत नहीं उस पर हिन्दुस्तानी हुकूमत होने से गजब हो जाएगा। हुकूमत करना तो हमीं जानते हैं। हम इंसाफ पसन्द सुकरात और बुकरात से भी

बड़े हैं। हमने आप लोगों को आपकी मेहनत का फल देने का निश्चय किया है—

हिन्दू—कैसा फल... ?

मुस्लिम—"क्या फल से 'सिला' का मतलब है ? संसकीरत अल्फाज़ हिन्दोस्तान के बावर्चीखाने के आफिसरान क्यों बोलते हैं ? क्या मिलेगा हमें...बिना बावर्ची बने अहले इसलाम माननेवाले नहीं!

कांग्रेस—"कैसा फल आप लोग देंगे हिन्दोस्तान को ?"

"बड़ा—ग्रेट तुम लोगों को फल जल्द ही मिलेंगे--बड़े-बड़े!"

× × ×

मीटिंग

उक्त घटना के दो महीने बाद एक बड़ी मीटिंग में कांग्रेस का लीडर स्पीच झाड़ रहा था—"दोस्तों, मैं आपको विश्वास दिलाता हूँ, विलायती बावर्ची हमारे बावर्चीखाने से हटने को तैयार नहीं। झूठमूठ फूट के किस्से वे गढ़ते हैं। कलशे, देगचियों, काँटे-छुरियों को वे तरकीब की बिजली से आपस में लड़ाते हैं—मगर सब धोखा, टालमटोल। एक बार महाबावर्ची ने कहा, "जंग में हमारी मदद करो तो बड़े-बड़े फल मिलेंगे। मैंने पूछा आखिर इस बड़े-बड़े की कोई परिभाषा या तारीफ भी है ?"

इस पर महाबावर्ची ने कहा, "बड़े से मतलब दही-बड़े है। भंडारा आप लोग चला नहीं सकते, एक-दूसरे को काट या भून खाएँगे, इसलिए दही-बड़ों की तजवीज हमने की है।" दोस्तो! अजी हम दही-बड़ों के भूखे नहीं, हम अपने बावर्चीखाने पर अपना हक चाहते हैं।

सभा

उक्त भाषण के कई दिनों बाद एक चौमोहानी पर हिन्दू सभा का नेता बिना बुलाये ही बोल रहा था, "...कैसे दहीबड़े ? मैंने महाबावर्ची से पूछा, "अगर आप इस मुल्क को तेल के दहीबड़े देते हैं तो राष्ट्र का स्वास्थ्य खराब होता है। तेल के बड़ों से हिन्दुस्तान का पेट नहीं भर सकता। इस पर महाबावर्ची ने वक्तव्य दिया है कि जो बड़े देने की तजवीज उन्होंने की है वे मूँग के होंगे और घी के। और घी-मूँग के बड़े मिलने के बाद भंडारे पर कब्जा करने में रह ही क्या जाता है ? इस भंडारे को महज हिन्दुस्तानियों के हित की नजर से हम सँभालते और तपते हैं। हमारे हटते ही जापानी, अफगानी या कोई न कोई आसमानी बावर्ची इस बावर्चीखाने पर कब्जा कर लेगा। मूँग के दही-बड़े अच्छे होते हैं, खासकर घी

के। कनाडा में, आस्ट्रेलिया में ऐसे ही बड़े चालू हैं।'' ठीक है। महाबावर्ची साहब के दही-बड़े से मेरा परहेज नहीं और न उसके महत्त्व में सन्देह ही है। मगर मुसलमानी बर्तनों में अगर बड़े पकाये गये तो समझ लीजिये, 'हरि के खारे बड़े पकाये, जिन जारे तिनखाये।' हिन्दू उसे छुएगा भी नहीं।''

जुलूस

उक्त सभा के कई दिनों बाद मुस्लिम लीग का एक जुलूस निकला। जिसमें ये नारे लग रहे थे—

''हम बावर्ची बनेंगे!''

''हिन्दोस्तानी बावर्चीखाना हमारा है।''

''मूँग के—घी के—दही के बड़ों पर लानत है! यह अहले इसलाम नहीं साग-भात खानेवाले की गिजा है।''

''दहीबड़े मुर्दाबाद!''

''घी के बड़े मुर्दाबाद!!''

''मूँग के बड़े मुर्दाबाद!!!''

साधु और असाधु

(उग्रजी हिंदी के श्रेष्ठ नाटककार, औपन्यासिक, कहानी-लेखक और कवि हैं। आपका गद्य हिंदी में विशेष स्थान रखता है। उसमें उमंग, सरलता और स्वाभाविकता का अपूर्व सामंजस्य है। शब्द-चित्र बहुत मनोहर होते हैं। भाषा में उर्दू-शब्दों और मुहावरों का प्रयोग बहुत सुन्दर होता है। संस्कृत शब्दों की मधुर पदावली एक बार सुनने पर कानों में गूँजा करती है। यथासम्भव आप कोई भी बात इस सुसंस्कृत ढंग से कहते हैं कि शीघ्र ही समझ में आ जाए। भाषा-प्रवाह देखते ही बनता है। लेखन-शैली प्रभावोत्पादक होती है। इस कहानी में साधुता और असाधुता का विश्लेषण किया गया है, जो प्रत्येक पाठक के लिए विचार करने का विषय है।—सुधा-सम्पादक)

साधु गंगादास और असाधु गूदड़ ग्वाले में कोई चाहे, तो कह सकता है कि ख़ासा दोस्ताना था। साधु लक्ष्मीपुर क़स्बे के बाहर रहता था एक छोटी-सी, कोई आध बीघे की, आमों की बगिया में, और असाधु गूदड़ ग्वाला रहता था क़स्बे के अन्दर मक्खनपुर नामक अहीरों के मुहल्ले में। गंगादास और गूदड़ यद्यपि हमारी कहानी के समय क्रमशः 40 और 35 वर्ष के थे, मगर थे वे एक-दूसरे के बचपने के लँगोटिया यार।

साधु और बदमाश की बचपन की दोस्ती यों सम्भव हो सकी कि गंगादास के गुरु श्रीगोविन्ददासजी छोटे मगर मठकारी साधु थे। अपने तप और प्रभाव ही से उन्होंने उस आधे बीघे की रसाल-बगिया को लक्ष्मीपुर के एक ज़मींदार द्वारा प्राप्त किया था। दूसरे ज़मींदार ने गोविन्ददासजी के आदेशानुसार उसमें राम-मन्दिर बनवा दिया। सारे क़स्बे के चन्दे से बगिया में पक्की, जगत का एक कुआँ भी तैयार कराया गया। और, जब तक गोविन्ददासजी हृष्ट-पुष्ट थे, उसी बगिया में परम सन्तुष्ट रहते थे। लेकिन जब उन्होंने स्वयं पर दुर्बलताओं का दबाव पड़ते पाया, तब किसी ऐसे व्यक्ति के लिए चिन्तित हो उठे, जो उनके बाद भाव और भक्ति से भगवान की पूजा और सेवा करता रहे। लक्ष्मीपुर के भक्तों ने सलाह दी कि वह किसी कुलीन को अपना शिष्य बना लें। यही उन्होंने मन-ही-मन

निश्चय भी किया, लेकिन बीच में गंगादास टपक पड़े, जिन्हें विधवा माता जन्म लेते ही लेकर नदी में बहाने जा रही थीं। गंगादास को उसकी माता से माँग लाकर गोविन्ददास ने गंगादास बनाया, पाला-पोसा, बड़ा किया, लिखाया और पढ़ाया भी। गुरु गोविन्ददास ने अपने शिष्य के चरित्र पर भी भरपूर ध्यान रखा था—संयम, यम, नियम, व्रत, उपवास और कठोर ब्रह्मचर्य में बाँध-बाँधकर गुरु ने आख़िरकार चेले को साधु बना ही डाला। गोविन्ददासजी जब बैकुंठवासी हुए, उस वक्त उनके शिष्य गंगादास जी पच्चीस वर्ष के पूरे पचहत्थे जवान थे। क़स्बे के सैंकड़ों पंडित-विद्वानों से जान-पहचान होने पर भी गंगादास का सबसे बड़ा मित्र था—ग्वाला गूदड़—बाल-मित्र। क्योंकि गूदड़ का बाप मन्दिर की गाय दुहने जब आता, तब उसको, अक्सर, संग लाता था। गोशाला साफ़ करने, गायों को नहलाने, पानी भरने में गूदड़ के बाप को कई घंटे लगते, और अक्सर कई घंटे गूदड़ और गंगादास साथ-ही-साथ बिताते। खेलते, हँसते, दोनों यह भूलकर कि एक साधु का चेला है और दूसरा साधारण बालक। यों ही दिन बीते, हफ़्ते, महीने और बरसों बीते। गंगादास बच्चे से बड़े हुए, और फिर हुए साधु से महन्त, मगर गूदड़ ग्वाला और साधु गंगादास का प्रेम दिन दूना और रात चौगुना ही बढ़ता रहा, यद्यपि पिछले काँटे गूदड़ लक्ष्मीपुर में बुरी तरह बदनाम हो गया था। लोगों का ख़याल था कि वही चोरों का सरगना है, चोरी करता है और इस तरह हासिल चीज़ों को इस सूबे से उस सूबे में बेचवाया करता है। गंगादास को पुराने पंडितों ने हितोपदेश भी दिये, फिर भी दोनों की मैत्री ठंडी न पड़ी, दिनोंदिन गरमाती ही गयी। लोग आश्चर्य, आख़िर करने लगे, "लुटेरे का मित्र यह साधु क्यों है, और हठपूर्वक रहना चाहता है? क्या गूदड़ की कमाई में गंगादास का भी भाग होता है? तो क्या साधु गंगादास इतना गिरा हुआ है, ऐसा तो नहीं। बातचीत से, रंग-ढंग से, ऐसा तो नहीं मालूम पड़ता। फिर अब तक कभी, किसी ने भी, गंगादास को किसी भी दुराचार के नज़दीक नहीं पाया। एक-ब-एक साधु को हल्का सोचने में लोग मन-ही-मन सिहरते थे। मगर गूदड़ की असाधुता के प्रमाण भी कम नहीं। नवगढ़ी के डाके में कितनों ने गूदड़ को साफ़ पहचाना, मगर पकड़ उसे कभी कोई न पाया। पब्लिक तो पब्लिक-पुलिस तक!

× × ×

"बदमाश गूदड़ के मारे तो नाकों दम हो रहा है। हज़ार कोशिशें करने पर भी उसके ख़िलाफ़ एक भी सबूत या गवाह हम नहीं पाते।" लक्ष्मीपुर-क़स्बा-पुलिस-स्टेशन के इन्चार्ज ने झंखते हुए छोटे दारोग़ा से कहा।

छोटे दारोगा बाबू बंगाली थे और पुलिस में चंद बरसों से ही होने पर भी बड़े ज़ोशीले और बुद्धिमान ऑफिसर माने जाते थे।

"गवाह नहीं मिलते, इसका सबब कुछ-कुछ मैं जानता हूँ, शायद...।"

"क्या...आप जानते हैं?" बड़े दारोगा ने दरियाफ़्त किया।

"मैं समझता हूँ, महन्त गंगादास का दोस्त होने की वजह से क़स्बे के लोग गूदड़ के ख़िलाफ़ गवाही देने नहीं आते, क्योंकि महन्त गंगादास चालचलन के बहुत ही अच्छे साधु हैं। उनका स्नेह-पात्र या मित्र लुटेरा भी हो सकता है, लक्ष्मीपुर का कोई भी ऐसा विश्वास कर नहीं सकता।"

"आप तो गंगादास की बगिया में अक्सर जाते हैं? आप ही ने कहा था न कि वहाँ के कुएँ का पानी स्वास्थ्य देनेवाला और रासायनिक द्रव्यों से दिव्य है। आप पूछते क्यों नहीं गंगादास से कि उसकी किस ख़ूबी पर ख़ुश हो उन्होंने उसे अपना सहचर बनाया है? यह बाबा भी...।"

"नहीं जनाब," छोटे दारोगा ने प्रार्थना भरे स्वर में कहा, "गंगादास पर शक लाना दूध को ताड़ी समझ लेना होगा।"

"फिर..." बायीं हथेली पर दाहिना घूँसा मार बड़े दारोगा ने कहा, "फिर गंगादास ऐसे शातिर बदमाश का साथी क्यों है? आप नहीं जानते बाबूजी," बड़े दारोगा ने अनुभवजन्य रोष दिखाया, "आप अभी चार ही साल से पुलिस में हैं। ये बाबे—मैं कहता हूँ—ये बाबे सौ में सवा सौ पाजी होते हैं। बने, ढोंगी, ठग—'जे ताकहिं पर-धन, पर-दारा...।"

"मेरी कुछ और ही राय है।" छोटे बाबू ने अपने अफ़सर की तरफ़ गम्भीरता से देखकर कहा, "मैं समझता हूँ, गंगादास को गूदड़ का जीवन पसन्द आता है, मोहक मालूम पड़ता है। क्यों? मैं समझता हूँ, बचपन से ही कठोर व्रत, संयम, नियमों का पालन करते-करते उक्त सभी अच्छे गुणों से गंगादास का मन खट्टा-सा हो गया। मुझे तो अक्सर डर..."

"डर क्या छोटे बाबू?"

"मैं अक्सर गंगादास से बातें करने के बाद इस चिन्ता में पड़ जाता हूँ कि क्या यह शख़्स जिस जगह पर है, वहाँ खुश है? क्या वैराग्य, ब्रह्मचर्य और व्रत-पूजन का जीवन इसे पसन्द है? या—या..."

"या क्या?"

"या जिसने बचपन में गुरु के डर से गली में खेलना बन्द कर बराबर माला फेरने का अभ्यास किया, जवानी में माशूक़ों की गली की ख़ाक छानने की जगह 'राम-रज' से मूँड़ मारा—वही ज़बरदस्ती—वह तन से साधु होकर भी मन-ही-मन अधूरा ही रहा। मैं जो गंगादास की जगह होता, तो कभी का बगिया और कमंडलु बेचकर एक बार संसार का दूसरा पहलू भी देखता। और, तब अपने को पूर्ण मनुष्य समझ, पूर्ण मनुष्य से साधु को बहुत कम समझता।"

"हा हा हा हा!" हँसे बड़े दारोगा साहब, "छोटे बाबू की बातें होती हैं दूर की—पते की। जिन्हें कहते हैं अँगरेज़ी-ज़बान में—हाँ—'साइकालॉजिकल' बातें। ख़ैर, इस गूदड़ को अब आप ही सँभालिए। मुझे पूरी उम्मीद है, बदमाश को सप्रमाण गिरफ़्तार न कर सकने की कमज़ोरी पर ऊपर के ऑफ़िसर नाराज़ हैं, और तबादले का डर सिर पर सरासर नाच रहा है। गोकि ईमानदार आदमी को तबादले से घबराना नहीं चाहिए, लेकिन हम तो बदले जाएँगे नालायक़ बनाकर...। ऐसा न होने पाये छोटे बाबू! गूदड़ का केस आप ही सँभालिए।"

× × ×

"गूदड़ भाई!" गंगादास ने मन्दिर के बरामदे में बैठे-बैठे पूछा, "पुलिस बुरी तरह तुम्हारे पीछे है, यह तुम जानते हो?"

"जानता हूँ, महाराज!" मित्र होने पर भी नम्रता से गूदड़ ने कहा, "लेकिन आपकी कृपा से कच्ची गोलियाँ गूदड़ ने नहीं खेली हैं। लूटपाट के हर एक मौक़े पर मैं नहीं रहता, मेरे साथी लोग रहते हैं। मैं स्वयं किसी औरत के पास या डाका डालने जब जाता हूँ, तब एक ख़ास तरह के यन्त्र से लैस होकर जाता हूँ।"

"यन्त्र?" आश्चर्य से मुँह फैलाकर गंगादास ने अहीर गूदड़ से पूछा, "क्या स्त्री-गमन और डाके के लिए भी यन्त्र-मन्त्र होते हैं? क्या है तुम्हारे पास?"

"मेरे पास..." गूदड़ ने धीरे से जवाब दिया, "दो टके बराबर ताँबे के सिक्के हैं, उन पर कुछ मन्त्र-सा खुदा है।"

"ताज्जुब!" साधु ने फिर पूछा, "कैसे काम में लाते हो, ज़रा सुनूँ।"

"स्त्री-संग के लिए ख़ास यन्त्र को कमर में बाँधा जाता है, डाकों में रक्षा के लिए मुँह में रखा जाता है। सब विश्वास की बातें हैं, इसे मुँह में रखकर पचासों बार मैं यारों के साथ 'काम' पर गया, और बेदाग़, हर बार, बचकर आया। यहाँ तक कि पुलिस हैरान है। अब भले ही दुनिया इन यन्त्रों पर एतबार न लाये, मगर मैं तो पूरा भरोसा करता हूँ।"

"मैंने भी पुलिसवालों से तुम्हारी तारीफ़ सुनी है!"

"ठीक है महाराज।" ज़रा उदासी से गूदड़ बोला, "सब ठीक है, मगर न जाने क्या नहीं ठीक है, जिसे दिल से महसूस करने पर भी बतलाया नहीं जा सकता...मैं, आप विश्वास मानिए, इस जीवन से ऊब उठा हूँ।"

"क्या?" हैरान गंगादास ने पूछा, "तुम्हारा जीवन-क्रम मुझे तो बहुत ही आकर्षक मालूम पड़ता है। सुना है, कई सुन्दरियाँ तुम्हारे वश में हैं।"

"हैं। बरसात का पानी नाबदान में जाता है कि नहीं, वैसे ही हमसे निरकुंश

लुटेरों का सर्वस्व अबला कहलाने वाली महामायाओं के पास ही जाता है। हैं स्त्रियाँ—कई सुन्दरियाँ, लेकिन मैं छक चुका उनके रूप-रस से। सबके दिल में अगर चाह है, तो महज़ उन रुपयों की, जिन्हें मैं अपनी जान जोखिम में डालकर भर-भर अंजुली लाता हूँ। रुपये न होंगे, उस दिन वे सुन्दरियाँ मेरी न रहेंगी। सारा दिखावा ख़ुदग़रज़ी का है—कठोर, नीरस। मैं इस नकली जीवन से ऊब गया हूँ। मुझे तो ऐसा लगता है कि सनक में किसी दिन सर मुँड़ाकर किसी ओर चला न जाऊँ।"

"ओह!" घबराकर साधु ने गूदड़ का मुँह बन्द कर दिया, "बुरी बातें मुँह से न निकालो। साधु होना है, तो यह मन्दिर है, बगिया है। यहीं रहो और सेवा करो। कहीं भागने-जाने की क्या ज़रूरत? मुझे तो तुम्हारा जीवन निहायत मीठा मालूम पड़ता है। मेरा तो अगर बस चले..." गंगादास न जाने क्या कहते-कहते, न कह सके।

"बस" गूदड़ ने दृढ़ता से कहा, "परसों आख़िरी बार एक 'काम' और करना है। इसलिए कि उस काम की तैयारी महीनों से हो रही है और अब पूरी हो चुकी है। लक्ष्मीपुर की विख्यात विधवा रुक्मिणीबाई के पास पाँच लाख रुपये नक़द हैं। उसी के सेवकों और नौकरानियों को मिला लिया गया है। बड़ी रकम हाथ लगने की उम्मीद है। बस, सोचा है, इस काम को कर, दाम से एक दिन और मैं अन्तिम बार सुख लूटूँगा। हर एक सुन्दरी को तन और धन से सन्तुष्ट करूँगा और फिर आज्ञा होगी, तो यहीं आकर आपका चेला बन जाऊँगा। फिर ठाकुरजी की सेवा उसी प्रेम से करूँगा, जिस प्रेम से आज तक चुन-चुनकर कुकर्म करता रहा।"

"छि: गूदड़ भाई!" गंगादास ने कहा, "कुकर्म-सुकर्म कुछ नहीं। देखते नहीं मुझे। बचपन ही से तो सुकर्म कर रहा हूँ। न जाने फिर भी शान्ति, सन्तोष क्यों हासिल नहीं। तुम अपनी समझ से 'कुकर्म' करते हो। लूटपाट करने, कमर में यन्त्र बाँधकर सुन्दरियों से मिलने और पुरुषार्थ से सुख की सारी सामग्री पाने पर भी तुम्हें शान्ति नहीं, सन्तोष नहीं। शान्ति-सन्तोष न तो इस ओर है, और न उस ओर, फिर दोनों तरफ़ की सैर क्यों न की जाए?"

"महाराज!" ताज्जुब से गूदड़ बोला, "आप ऐसे कैसे वचन बोल रहे हैं? आख़िर कुकर्म कुकर्म ही है और सुकर्म सुकर्म। आपमें और मुझमें आसमान और ज़मीन का फ़र्क़ है।"

"कुछ भी अन्तर नहीं। मैं कोई अपनी इच्छा से तो साधु हुआ नहीं, मेरा दिल चालीस साल तक आने वाले जन्म या मुक्ति के लिए खटते-खटते निस्सार और नीरस हो गया है। गुण-दोषमय संसार में जीवन का तुलन-क्रम सम रखने

के लिए आदमी को अच्छे के साथ बुरे को भी देखना—जानना ही होगा, नहीं तो वह अपूर्ण, अतः बेकल ज़रूर रहेगा। तुम बुरा देख लेने के बाद कैसे अब भले की तरफ़ बढ़ रहे हो, पूर्ण बनने की अनजान इच्छा से, वैसे ही गंगादास की पूर्णता के लिए अभी ज़रूरत है..."

"किसकी ज़रूरत?"

"कुकर्मों की गूदड़ भाई! ज़रा पास आओ। कान में एक बात कहूँ।"

कान की बात सुनकर गूदड़ सकते में आ रहा।

"महाराज! आप क्या कहते हैं? ऐसा नहीं हो सकता। आप ऐसा कुछ कर ही नहीं सकते। जिस तरह अच्छे काम अभ्यास से होते हैं, वैसे ही बुरे कामों की भी कहानी है। इनके लिए जितने अभ्यास की ज़रूरत है, आपमें उसका दसवाँ हिस्सा भी नहीं। और, न कोशिश करने पर भी, बरसों, आप पाप के मर्म को समझ सकेंगे। भले-बुरे, सबके लिए अभ्यास की ज़रूरत है। ख़ैर, अब आज्ञा हो। विधवा के घरवाला काम करने का इन्तज़ाम करना है। कौन आ रहा है? हाँ, पहचाना आपने?"

"छोटे दारोगा—बंगाली बाबू—मेरे मित्र हैं...।"

"मैं जाऊँ?"

"यह शक करें, तो—कि मेरे आते ही भागा गूदड़?"

"करें शक बेशक! यह हमारा कुछ भी नहीं कर सकते। जैसे इन्हें अपने पुलिस होने का घमंड है, वैसे ही हमें भी पुलिस की आँखों में धूल झोंकनेवाला होने का अभिमान है। आइए, सलाम छोटे बाबू!"

"ओह गूदड़!" तेज़ नज़र उस पर डालकर बंगाली दारोगा ने पूछा, "ख़ैरियत तो है?"

"आपकी दया है।" गूदड़ ने 'खग ही की भाषा' में जवाब दिया। "आप बाबाजी से सुलझिए। मुझे कुछ काम है।"

गूदड़ चला, फिर भी बंगाली छोटे दारोगा ने बाधा देते हुए एक प्रश्न और किया, "क्या काम है गूदड़ भाई? क़स्बे में काम है या बाहर? तुम ख़ुद जा रहे हो?"

"हाँ, घर पर कुछ काम है। काठियावाड़ की भैंसें बिकने आयी हैं, उन्हीं के सौदागरों से झक-झक करना है। माफ़ करिएगा।"

गूदड़ चला गया। निर्भय, निर्बाध। कुछ और पूछने की इच्छा होने पर भी छोटे दारोगा पूछ न सके। परिणाम यह हुआ कि साधु गंगादास से आज उन्होंने बहुत सीधा, साथ ही टेढ़ा सवाल किया, "इस डाकू से आपकी इतनी दोस्ती क्यों?"

"डाकू? किसने कहा?" गंगादास ने पूछा, "गूदड़ डाकू नहीं, साधारण पेशेवर इंसान है। उसे आपने क्या कुसूर करते पाया?"

"यही तो हैरानी है!" सब-इंस्पेक्टर ने कहा, "मौक़े पर गूदड़ कभी पकड़ा न गया। वैसे उसके ख़िलाफ़ आतिशज़नी, डाके, जुए और ज़िना की गाड़ियों शिकायतें थाने की दराज़ों में इकट्ठी हैं। फिर भी हम उसे पकड़ नहीं सकते। हमारा ऐसा ख़याल है, आपकी वजह से गूदड़ मज़बूत है। आपका दोस्त जान आपके भक्त-मुलाहज़ा कर जाते हैं। इसी गूदड़ के बारे में ख़ास तौर पर आज मैं आया हूँ। इसे जल्द ही इस क़ानून के शिकंजे में कसेंगे, लेकिन यह काम आपकी मदद बग़ैर मुमकिन नहीं।"

"कैसी मदद आप मुझसे चाहते हैं?" गंगादास ने पूछा।

"उसे गिरफ़्तार कराने में।"

"वह तो मेरा मित्र है।"

"वह चोर है! गूदड़!"

"किसी-न-किसी अर्थ में हम सभी चोर हैं।" गंगादास ने दबंग आवाज़ में जवाब दिया, "न पकड़े जाने के कारण हमें कोई चोर नहीं कहता। इसी तरह जब तक गूदड़ पकड़ा नहीं जाता, उसे चोर कहना ठीक नहीं। आप तो क़ानून जानते हैं।"

"ठीक है। अफ़सोस, आप बिल्कुल ठीक कह रहे हैं। मगर यह अफ़सोस टिकाऊ नहीं। हम लगे हैं पीछे गूदड़सिंह के। ज़रूर पकड़ेंगे रँगे हाथों एक-न-एक दिन—और वह दिन बहुत दूर नहीं।"

"गूदड़ मेरा मित्र है। जब कभी उसके रँगे हाथ आपके चंगुल में आवेंगे, आप देखेंगे, वे हाथ गंगादास के होंगे, गूदड़ के नहीं। वह तो साधु है साधु।"

"और आप?"

"मैं साधुता की खाँड़ खाते-खाते खीझकर अब ज़रा ज़ायका बदलने के लिए दुनिया के दूसरे तेज़ रंग देखने को लालायित हूँ। मैं गूदड़ भाई को बुरा आदमी नहीं मानता, और न अपने को बहुत भला।"

× × ×

रात अँधेरी और घनघोर—बरसाती वक्त कोई बारह बजे का। पानी बरसते-बरसते रुक गया था, सन्नाटा चारों ओर भयानक था। इसी वक्त लक्ष्मीपुर-क़स्बे का कोई व्यक्ति गोपालदास की बगिया की ओर जाता नज़र आया। आदमी सिर से पैर तक काले लबादे से ढका था। उसके हाथ में एक लम्बा डंडा भी बिजली की चमक में साफ़ दिखाई पड़ता था।

वह जब बगिया के निकट पहुँच गया, नज़र दौड़ाकर उसने चारों ओर

सतर्कता से देखा, कोई पीछे है तो नहीं। जब कोई नज़र न आया, तब वह बगिया के अन्दर दाख़िल हुआ।

और, अब बगिया के फाटक पर दो काली मूर्तियाँ पुनः नज़र आयीं। वे दोनों आदमी पहले के साथ नहीं आये थे, बल्कि कहीं छिपे थे—अर्से से। वे धीरे-धीरे बातें करने लगे, "गूदड़ ही तो है। जा रहा है गंगादास को प्रणाम कर आशीर्वाद लेने।"

"गंगादास तो गंगादास, आज विष्णुदास भी गूदड़ को हमसे बचा न सकेंगे। मैं यहाँ अकेला ही काफ़ी हूँ। तुम जाओ। सारी तैयारी सही-सही जगहों पर फ़ौरन करो। मैं गूदड़ के साथ आऊँगा।"

एक आदमी क़स्बे की तरफ़ लौटा। दूसरा बगिया के फाटक पर खड़ा-खड़ा अन्दर की बातें सुनने की चेष्टा करने लगा। मगर गूदड़ और गंगादास फाटक से काफ़ी दूरी पर बातें कर रहे थे, कुछ-कुछ उत्तेजित, जो सुनाई पड़ता था अस्पष्ट। एक बार आवाज़ आयी गूदड़ की, "बस, यह मेरा आख़िरी काम ठीक, फिर मैं बैरागी बन जाऊँगा।" दूसरी बार आवाज़ आयी गंगादास की, "फिर नहीं, आज ही बैरागी बन जाओ। यह काम अब उसे सौंपो, जो वैराग्य से ऊबकर अनुराग की तरफ़ लुब्ध हो।" वे फिर धीरे-धीरे बातें करने लगे, जिन्हें बाहर का भेदिया कुछ भी सुन न सका। मगर गंगादास की आवाज़ पुनः बुलन्द हुई, "बस, मन्दिर, बगिया और ठाकुरजी की सेवा तुम सँभालो। तुम्हारी सारी सुन्दरियों को मैं सँभाल लूँगा। मैं ऊब गया हूँ वैराग्य से। अनुराग का अर्थ समझने के पहले ही मुझे बैरागी बना दिया गया, सो ठीक नहीं हुआ। एक बार चिमटकर दुनिया सुन्दरी का प्रेमरस मैं चखना चाहता हूँ। वैराग्य बहुत हो चुका।"

इसके बाद कोई आध घंटे तक वे दोनों आपस में उलझते रहे, लेकिन बोलते थे धीरे। आख़िर वे फाटक की ओर आते मालूम पड़े। पद-ध्वनि सुन गुप्त पुरुष पुनः आड़ में हो रहा। फाटक पर आ उनमें से एक ने दूसरे से कुछ कहा या पूछा, पता न चल सका। हाँ, इतनी आवाज़ सुनायी पड़ी—"क्या?"..."यन्त्र के दोनों सिक्के—यह कामिनी-मर्दक और यह शत्रुनाशक यन्त्र!" इसके बाद दोनों में से एक बगिया का फाटक बन्द कर अन्दर की ओर और दूसरा क़स्बे की तरफ़ बढ़ा। तेज़ी से, काले लबादे में, लम्बा डंडा साथ हाथ में। वह व्यक्ति बेखटके बढ़ा चला जा रहा था, गोकि उसके ज़रा ही पीछे एक तगड़ा 'खटका' लगा हुआ था।

क़स्बा-लक्ष्मीपुर के पूर्व में गोपालदास की बगिया थी। वह आदमी दक्षिण की ओर चला। पीछा करनेवाले ने भी उसे अपनी आँखों से कभी ओझल न होने दिया। एक पुराने, सूखे नाले के पास आकर डंडाधारी ने ताली बजायी। जिससे

पचासों आदमी चारों तरफ़ से निकल आये। पहले आदमी ने आज्ञा के स्वर में सबसे कहा, "फौरन अपने-अपने काम पर पन्द्रह-पन्द्रह की तीन टुकड़ियों में बँटकर विधवा के घर पर झपटो। हमें पता मिला है, उसके पास कई लाख नक़द हैं। बस, हिम्मत और जीवट की ज़रूरत है। वर्षों का ख़र्चा एक ही घर में भरा धरा है—बहादुरो! बढ़ो, लूटो!" और, बिना एक शब्द के आज्ञा का पालन हुआ। तीन टुकड़ियों में बँटकर सब-के-सब क़स्बे में घुस गये।

थोड़ी ही देर बाद रुक्मिणीबाई के मकान पर भयानक डाका पड़ा। डाकुओं के पास मशालें, टार्च, तलवारें और बन्दूकें भी थीं। डाकुओं को जैसे घर का एक-एक कोना मालूम था। देखते-ही-देखते रुक्मिणीबाई के सारे नौकरों को बाँध, औरत-बच्चों को एक कोठरी में बन्दकर रुक्मिणीबाई को डरा-धमका, चाबियों का गुच्छा छीन, तिजोरियाँ खोल और तोड़-ताड़कर बरसों का संचित माल डाकू लूटने लगे। इसमें उन्हें बहुत वक्त न लगा। आनन-फानन में विधवा का सर्वस्व लूटकर भाग खड़े हुए।

मगर अधिक दूर न गये होंगे कि सामने से पुलिस की तेज़ टार्चों का प्रकाश उनकी भयानक शक्लों पर पड़ा। वे घबराकर पीछे की तरफ़, भागने के इरादे से, मुड़े। मगर इधर भी पुलिस के टार्चों का अग्निमय जमघट! देखते-ही-देखते पूरा गिरोह घेर लिया गया। पुलिस के जवान कोई डेढ़ सौ थे। एक-एक डाकू के हिस्से में तीन-तीन! काले लबादेवाले डंडाधारी को पुलिस के कई ऑफ़िसरों ने जा घेरा—"कहाँ भागता है बदमाश गूदड़, ठहर!"

"एक क़दम भी आगे बढ़ा कि गोली मार दूँगा। पहचानता नहीं, मैं बंगाली सब-इंस्पेक्टर हूँ। तुझ जैसे डाकुओं का काल।"

"ओः आप हैं! बंगाली बाबू?" लबादेवाले नक़ाबपोश ने कहा, "गूदड़ के हाथ में जब तक यह यन्त्र है, उसे कोई पकड़ न सकेगा। देखिए।"

उधर बंगाली सब-इंस्पेक्टर के हाथ में यन्त्रित सिक्का गया, इधर पुलिस के हाथों नक़ाबपोश गिरफ़्तार!

"फाड़ डालो इसका लबादा।" एक ऑफ़िसर ने आज्ञा दी—"कई बरस से यह गूदड़ साला हाथ आ नहीं रहा था। इसे आज नंगाकर यहीं से जूते लगाते कोतवाली ले चलो।"

हुक्म की देर—पुलिस के एक जवान ने इधर से लबादे को लिया, दूसरे ने उधर से। तीसरा नक़ाब पर झपटा। तब सबसे पहले बंगाली सब-इंस्पेक्टर ने और फिर सबने देखा कि नक़ाब के अन्दर की सूरत गूदड़ ग्वाले की नहीं, किसी और ही की है!

"आप...?" परमाश्चर्य से बंगाली सब-इंस्पेक्टर ने पूछा।

"हाँ, बंगाली बाबू, मैं ही हूँ—गंगादास। गूदड़ ग्वाला तो कभी का साधु हो गया है।"

"साधु!" हैरत से बंगाली दारोगा बोला—"विश्वास नहीं होता गंगादासजी!"

"बंगाली बाबू, मुझसे उसी भाषा में बातें करने की कृपा कीजिए, जिसमें गूदड़ ग्वाले से करते। मुझे साधु अब न समझिए। अब तो मैं साधुत्व की मिठाई से ऊबकर दुनिया की खटाई का मज़ा लेने पर आमादा हूँ। देवता बदल गया बाबूजी! पूजा का प्रकार भी, साथ ही, बदलना चाहिए।"

तीन कलाकारों की एक भूल

विवेकपुर से महामायावी महाराज मन्मथदेव के जादू से विवश कुमारी कामलोचना एक बार पुनः कामरूप देश में आयी तो, मगर दिल उसका अपने पिता की ओर से उचट-सा गया। इसके पहले वह मन्मथदेव को इतना चाहती थी कि युवती हो जाने पर भी पति पाने की कामना कामलोचना के मन में कभी न हुई। मगर, कबूतर की तरह निरीह और सुन्दर तथा कोमल गायक का पिता के कोप-कृपाण से कटकर अपने ही सीने पर गिरना उसे न भूला। किस क्षण में कुमारी ने गायक को देखा! जब से देखा तब से उसकी छवि कुमारी के हृदय में फोटो-सी खिंच गयी। उसके मरने पर पहली बार जीवन में कामलोचना की आँखों से करुणा के आँसू झड़े। कठोर जादूगर पिता के साथ जादू के वायुरथ में बैठी कुमारी सारी राह गायक के वियोग में आँसुओं से मुँह धोती आयी। बीच में बार-बार महाराज ने मीठी बातों से कुमारी का मन बदलना चाहा, मगर कामलोचना का स्वभाव उन्होंने सर्वथा बदला हुआ पाया। मन्मथदेव के हृदय ने अनुभव किया मानो कामलोचना उससे कोसों दूर चली गयी हो। वे मन-ही-मन दहल उठे। उन्हें भय होने लगा कि कहीं कुमारी हाथ से निकल न जाए। कामलोचना ही महाराज मन्मथदेव की सौभाग्य-लक्ष्मी, सिद्धि और शक्ति है।

"कामा!" स्वदेश में पहुँचने पर लाड़ के नाम से कामलोचना को सम्बोधित किया महाराज ने, "सारी राह तू गुमसुम आयी है। किस चिन्ता में है तू? क्या उन मूर्ख जादूगरों ने तुझे कोई तकलीफ दी है? हा हा हा हा बदजात! पहुँच गये अपने नरकों में।"

"मैं आप से नाराज हूँ।" कुमारी ने सूखे ओठों और भरे गले से कहा।

"क्यों... ?"

"मैं उस जवान से खुश हूँ जिसे आपने मेरी ......पर कठोरता से मार डाला।"

"वह गया नरक में—अब उसकी चर्चा में माथा मारकर दिमाग खराब न

करो बेटी! देखो मेरी ओर! मैं ही हूँ तुम्हारा प्यारा पिता जिसके बग़ैर तुम्हें एक क्षण भी अच्छा नहीं लगता था। तुम्हें हो क्या गया है?''

''प्रेम, पिताजी! मैं गायक से ब्याह करूँगी।''

''वह गया नरक में, ब्याह के वास्ते तू बनी भी नहीं है। सिद्धों की कन्याएँ सिद्धि मात्र के लिए होती हैं।''

''मैं अब कामरूप देश में नहीं रहना चाहती।''

''तो कहाँ रहेगी?'' सक्रोध मन्मथदेव ने पूछा।

कुमारी ने भी सतेज उत्तर दिया—''विवेकपुर में। उसी बरगद के नीचे जहाँ पर आपने मेरे प्रिय की हत्या तंगदिली से की। आप जानते ही हैं, मैं मामूली लड़की नहीं? देवता भी मुझे मेरी इच्छा के विरुद्ध जाने को विवश नहीं कर सकता।''

''देवता न कर सके, पर एक बार मन्मथदेव कुछ भी कर सकता है। नहीं मानेगी, तो मैं तुझे कैदखाने में डालकर अचल बना दूँगा।''

''ज़बरदस्ती में आप मुझसे जीत न सकेंगे पिताजी! पर मैं आपके पास रहने की नहीं। मैं तो चली—!'' कहकर कुमारी कामलोचना अपने प्रचंड पिता के सामने से दूर खिसकी, मगर मन्मथदेव ने झपटकर उसका हाथ पकड़ा और अपनी ओर झटके से खींचा। कुमारी के जूड़े से कमल के तीन फूल जमीन पर गिर पड़े—

''छोड़िए! छोड़िए! मेरे फूल वेणी से गिर पड़े। छोड़िए!'' झपटकर कुमारी ने फूलों को जमीन से उठाकर उन पर की गर्द साफ की, ''ये फूल मुझे निहायत पसन्द है। यह घर मुझे निहायत नापसन्द।''

''दंडनायक!'' जादूगरों के सम्राट ने गरजकर कहा, ''इस हठी छोकरी को अँधे तहखाने में बन्द करो। इस पर सख्त निगरानी रखो। अगर किसी भी तरह कुमारी कैद से बाहर चली जाएगी तो सारा कामरूप देश तबाह हो जाएगा। तकलीफ़ कुमारी को न हो कोई। मगर, यह जाने न पाए, चंचला, मायाविनी!''

उसी क्षण कामलोचना अँध कारागार में क़ैद कर दी गयी।

भागता-भागता विवेकपुर का वह विचित्र कलाल सीधे अपनी दुकान पर आया जहाँ अब भी शाम से पीनेवाले सुबूही के इन्तज़ार में डटे बैठे थे।

''क्या हुआ चौधरी!'' एक पेया-प्रेमी ने कलाल की घबराहट का कारण दरियाफ़्त किया।

''हुआ क्या—बेचारे तीन महान गुणी एक चमड़े की पुतली—औरत के लिए जान से मार डाले गये।''

इसके बाद जादूगरों के महाराज द्वारा उसकी पुत्री को उड़ा लेने के अपराध

में जैसे तीनों कलाकार मारे गये, कलाल ने भय से काँपते-काँपते वह सब सबको सुनाया और ऐसे गुणियों के इस तरह उठ जाने पर अफसोस करने लगा—

"मगर चौधरी!" एक पुराने बूढ़े दाढ़ीदार पियक्कड़ ने बड़ी-बड़ी आँखें सतेज कर कलाल से कहा, "जादू या प्रेत या साँप के काटे लोग फौरन नहीं मरते। मेरा खयाल है अगर कोई तीनों कलाकारों की लाशों को जतन से रखें और किसी अच्छे मन्त्र-शास्त्री से सलाह लेकर उन्हें प्राणित करने की कोशिश करें, तो उन सबके प्राण लौट सकते हैं। फिर, उनकी सिद्ध की हुई चीज़ें भी वहीं पड़ी होंगी। मुमकिन है उनसे भी कोई सहायता मिल सके।"

"हाँ-हाँ, यक्ष साधक का गोला तो अमूल्य है। तान्त्रिक के डंडा और कमंडलु भी देखने में साधारण नहीं मालूम पड़ते। ऐसे ही, गानेवाले कलाकार के सितार का तार-तार-तूँबा, काठ, जवारी सभी अद्‌भुत कारीगरी से बने हैं। जरूर इन चीजों की मदद से कलाकारों की कुछ सहायता की जा सकेगी। वाह, काका, तुमने लाख टके की सलाह दी है। चलो भाइयो! हम अपने काँधे पर कलाकारों की लाशों को उठा लावें।"

लेकिन जब सदल बल कलाल वट वृक्ष के नीचे आया तो उसने वहाँ पर एक गोरे, बलिष्ठ और लम्बे पुरुष को बिल्लौरी गोलावाले कलाकार के शव के पास बैठा पाया। वह गोले में न जाने क्या बड़े गौर से देख रहा था। कलाल आदि को देख वह पहले तो ज़रा चमका मगर, तुरन्त ही सँभला और परिस्थिति समझकर बोला—

"भले आ गये तुम लोग। इन लाशों को किसी सुरक्षित जगह पर उठा ले चलो। ये तीनों मरे नहीं हैं। इनके प्राण कामरूप देश में सुरक्षित हैं।"

अचम्भा से भौंचक कलाल और उसके साथियों ने एक साथ ही तेजस्वी पुरुष से पूछा—

"आपको कैसे मालूम?"

"अभी इस बिल्लौरी गोले में मैंने देखा है। कुमारी कामलोचना की वेणी में तीन कमल के फूल हैं जिनमें तीनों कलाकारों के प्राण बन्द हैं।"

"लेकिन जादूगरों की बेटी के जूड़े से उनका उद्धार कौन करेगा? हम तो वहाँ तक अपने पौरुष से पहुँच भी नहीं सकते।" कलाल ने उस बलिष्ठ पुरुष से लाचारी सुनायी।

"कामरूप देश मैं जाता हूँ। मैं इस बिल्लौरी गोले के मालिक का रखवाला हूँ, मैं यक्ष हूँ कोई भी रूप बदलकर कहीं जा सकता हूँ। तुम इन शवों में ऐसे लेप लगाकर रखो कि ये सड़ें नहीं। मैं जल्द से जल्द कामरूप देश से इनके प्राणों को मुक्त करा लाता हूँ।"

कलाल को बिल्लौरी गोला सौंपते हुए उस विचित्र पुरुष ने कहा, ''सावधान! अपवित्र अवस्था में इस गोले या कमंडलु, डंडे और सितार को नहीं छूना, नहीं तो लेने के देने पड़ जाएँगे।''

और सबके देखते ही देखते वह दिव्य पुरुष बिना, पंख ही, आकाश की ओर उड़ गया और हवा में गुब्बारे की तरह सनक चला।

''सुना बहुत मगर, असल जादू देखा आज ही!'' उस बूढ़े पियक्कड़ ने साश्चर्य कहा।

फिर वे सब सावधानी से तीनों कलाकारों की लाश कलाल के स्थान पर लेकर आये और गोला-कमंडलु वगैरह कलाल खुद ले आया। फौरन शरीर-रक्षक तेल तीनों मुर्दों पर चढ़ाकर सावधानी से, अलग-अलग काठ के बड़े-बड़े बक्सों में उन्हें रखा गया।

कलाल ने जादू की सिद्ध वस्तुओं को एक ख़ास कोठरी में सजा दिया। गोले का चमत्कार देखने के बाद वह जादूगरी का कायल हो गया था। मन-ही-मन कमंडलु, डंडा और सितार के गुणों की परीक्षा के लिए, विवेकपुर का परीक्षक कलाल व्याकुल होने लगा। रोज ही उसका जी कहता कि आज परीक्षा जरूर कर ली जाए, मगर यक्ष की बातों से भय मानकर वह परीक्षा से दूर ही रहता।

आखिर एक दिन कलाल के सब्र की हद हो गयी। उसने बड़ी पवित्रता से रात में जादू की चीज़ों की परीक्षा करने का दृढ़ निश्चय किया। सरेशाम ही से तेज शराबें वह अपने भारी पेट में उड़ेलने लगा। रात बारह बजे के बाद वह पागल भूत की तरह उस कोठरी में आया जिसमें कमंडलु, डंडा, बिल्लौरी गोला और अद्‌भुत सितार थे। कलाल ने निर्भय रहने के लिए, अधिक से अधिक पी रखी थी। जाते ही तान्त्रिक का जड़ाऊ डंडा हाथ में लेकर बड़े ध्यान से देखने लगा। डंडा छोटा, कोई ढाई फुट का होगा, मगर, वज़न में पाँच सेर से कम नहीं। उसमें जगह-जगह पर इस्पात की मजबूत कीलें और अष्टधातु के तार बँधे थे। चमत्कार कैसे प्रकट होगा यह कलाल समझ न सका। आखिर उसने आवेश से डंडे को हवा में घुमाना शुरू किया। अभी दो बार भी उसने ऐसा नहीं किया होगा कि डंडा उसके हाथ में सट गया और एकाएक गरमी उसमें बढ़ने लगी, यहाँ तक कि कलाल ने चमड़ा जलने का अनुभव किया। मारे व्यथा के वह सारी कोठरी में नाचने लगा। मगर चिल्लाया वह नहीं, बदनामी के डर से। उसी उछलकूद में कमंडलु को कलाल के पैर का धक्का लगा और उसी वक्त भयानक रव-रोर मच गया! भैरव-भीषणाकार, आग-सी आँखें, लपट-सी मूँछ और दाढ़ी, वज्र की तरह तेजस्वी त्रिशूल हाथ में! भैरव मूर्ति के प्रकट होते ही कलाल के हाथ

से छूटकर सिद्ध डंडा जमीन पर जा गिरा! भैरवी मूर्ति ऐसी विकराल थी कि डंडे की गर्मी से बच जाने पर भी मारे भय के वह काँपता रहा।

"अरे मूर्ख!" भैरव ने कहा—"क्यों बुलाया तूने?"

"यों ही—! धोखे से!—भूल में!" कलाल भय से घिघियाने लगा—"माफ करो!"

"अनाधिकारी—! मूढ़!!" कहकर अन्तर्धान होने से पूर्व भैरव-स्वरूप ने कलाल को दौड़ा और पकड़कर उसके दोनों कानों को जड़ से उखाड़ डाला। क्रोध से दाँत पीसते, भैरवदेव कलाल की नाक भी दाँत से काटकर चबा गये! बेजान होकर कलाल जमीन पर गिर पड़ा। और होश में आने पर पागल हो गया! उसी पागलपन में उसने सोचा कि तीनों कलाकारों की लाशों को नष्ट कर देना चाहिए। जीते रहेंगे तो ये फिर औरत पर आसक्त होकर, फिर मरेंगे। ऐसे अज्ञानियों को जीवन का दु:ख दिखाया ही क्यों जाए। इनका मरना ही अच्छा।

वह एक तेज और भयानक गँड़ासा लेकर तीनों कलाकारों की लाशों पर झपटा!

× × ×

यह पहला ही मौका था जब कुमारी कामलोचना ने महाराज मन्मथदेव को इस तरह असन्तुष्ट किया और ऐसी सख्त सज़ा उसे दी गयी। अँधेरे तहखाने में उसका दम घुटने लगा।

ऐसा नहीं, कि कुमारी कामलोचना जादूगरी के फन से नावाकिफ थी। वह खुद जादू की पुतली थी। पर महाराज मन्मथदेव उससे कहीं अधिक शक्तिशाली थे। उन पर कामलोचना के जादू असर नहीं डालते थे। इसलिए, चाहकर भी, महाराज के जेलखाने से वह भाग न सकी।

विवशता से व्याकुल हो कामलोचना रो पड़ी। उसी वक्त यक्ष तहखाने में प्रकट हो गया—

"क्या कष्ट है कुमारी को? मैं आपकी क्या सेवा करूँ, आप रोती क्यों हैं?"

"मुझे।" सिसककर सीना थाम कुमारी बोली, "मुझे प्रेमरोग हो गया है!"

"सिद्ध कुमारियों को रोग नहीं सताते—आप क्या कह रही हैं!" यक्ष ने निवेदन किया।

"मैं विवेकपुर के सुन्दर, कमलनयन गायक पर मर रही हूँ...।"

"मगर, अर्सा हुआ वह तो मार डाला गया, महाराज मन्मथदेव के हाथों।"

"मारा गया तो, लेकिन माया से मैंने तीनों कलाकारों के प्राणों को वेणी के सफेद कमलों में बन्द कर लिया। देखो! और जल्दी मुझे इस काल-कोठरी से बाहर ले चलो। प्यारे गायक के लिए मेरे प्राण तड़प रहे हैं।"

यक्ष के जबरदस्त जादू से कुमारी कामलोचना कैदखाने के बाहर हो गयी। पलक गिरने ही में कुमारी कामरूप की सरहद से कोसों दूर थी।

"विवेकपुर आपका जाना व्यर्थ होगा, सिद्ध कुमारियाँ मनुष्यों के लिए नहीं।"

"मैं तो गायक के रूप पर मुग्ध हूँ।"

"रूप बादल के बाग-सा बनते ही बिगड़ जाने वाला क्षणभंगुर? किसके लिए कुमारी व्यग्र हैं? जिन लाशों को मैंने विवेकपुर के बाहर देखा वे तो बदशक्ली का नमूना थीं।"

"मजे में देखा नहीं मेरे गायक को तुमने! वह मादक है, चितचोर!"

"आप भूल में हैं कुमारी, मानव का रूप महज चमड़े की चमक है। चलकर ध्यान से देखिएगा, तो आँखें खुल जाएँगी। लीजिए आ गयीं, यही विवेकपुर है न?"

"हाँ, वहीं वह वट का पेड़ है जहाँ मैंने प्यारे गायक के दर्शनों का सौभाग्य पाया था।"

"और वह है कलाल की दुकान। इसी में, इधर से आइए! कलाकारों के शव सुरक्षित हैं। खोलो! अरे कौन भीतर है? खोलो!!"

और ज्यों ही कलाल लाशों को नष्ट करने पर आमादा हुआ त्योंही तो यक्ष की तेज़ आवाज़ आयी। गँड़ासा उसके हाथ से जमीन पर गिर गया। तुरन्त दरवाज़ा खोल, विकराल रूप से वह यक्ष और कुमारी के सामने भयानक खड़ा हो गया—

"अरे! तुम्हारी नाक किसने काटी है?" यक्ष ने साश्चर्य पूछा!

"पहले गायक को जीवित करो! लो! ये तीनों फूल। इनमें सबसे छोटे फूल में मेरे प्रियतम के प्राण हैं। और मँझले में तुम्हारे भक्त के और सबसे बड़ा फूल तान्त्रिक के प्राणों का डब्बा है। मैं खुद अपने जीवन-धन को जीवन दूँगी। कहाँ हैं लाशें?"

"इधर—यहाँ—उफ कैसी भयानक! कुमारी इसी रूप पर आप मरने जा रही हैं?"

"क्या है...?" साश्चर्य जिज्ञासा की नज़र कुमारी ने लाशों पर डाली—

"आह!" घबराकर वह गज़ों पीछे हट गयी—"ये तो प्रेतवत हैं! हैं! क्या इसी देह को उस उजली रात में मैंने देखा था? या यह सब माया है?"

"कुमारी, इन लाशों में आपके प्रियतम की कौन है? पहले उसी रूपवान से मैं आपको 'प्राणेश्वरी' कहलाऊँ।"

"चुप रहो!" सखेद कुमारी बोली, "इन लाशों में मेरा प्यारा नहीं है। ये तो जली-भुनी बदबूदार—किन्हीं गन्दे भिखारियों की लाशें हैं, जलें या गलें मैं इनमें प्राण नहीं भरूँगी।"

"ऐसा नहीं।" कहकर कुमारी के जूड़े से तीनों कमल बाहर कर यक्ष ने कलाकारों को जीवित कर दिया! फिर भी वे भयानक थे, भूतों की तरह! उनकी जादू से जली देह देखकर रोंगटे खड़े हो जाते। उनके जागते ही कुमारी कलाल की कोठरी से भाग खड़ी हुई।

मगर, तीनों कलाकारों ने कब छोड़ा कुमारी कामलोचना को। प्राण पाते ही देह की दुर्गति भूल वे कुमारी के पीछे दौड़ पड़े! और जैसे भूत के डर से बालक भागे, वैसे ही इन भयानकों के भय से कुमारी प्राणों पर खेलकर भागी। मगर, बहुत दूर जाने के पहले ही तान्त्रिक ने कामलोचना को जा पकड़ा।

"जाती कहाँ हो प्रिये!"

"छोड़ मुझे, असुन्दर! राक्षस! मैं तुझे नापसन्द करती हूँ।" तमककर कुमारी तान्त्रिक की भुजाओं से छूटने के लिए छटपटा उठी। तब तक गोलावाले साधक ने कुमारी को अपनी ओर खींचा।

"दूर हट भयानक!" उसको भी कामलोचना ने तिरस्कार–पुरस्कार दिया।

"कुमारी!" अब गायक ने विनती की—"आपने मुझे प्रेम का वरदान दिया था भूल गयीं!"

"ओ असुन्दर प्राणी! मैं तुझे नहीं पहचानती। भाग जा! फौरन! नहीं तो मेरी माया से तुम्हारा मरण निश्चित हो जाएगा।"

"जाने दो साधको!" कुरुप कलाल भी चिल्ला पड़ा, "औरत से लड़ाई मोल न लो! यह तुम्हें नहीं चाहती तो इसको अपना सौभाग्य समझो और भागो!"

"अबे चुप नकटे!" कहकर तान्त्रिक पुनः कामलोचना की तरफ लपका। कुमारी ने तान्त्रिक बदमाश की छाती में एक लात हुमक कर लगायी। इससे उत्तेजित हो भयानक तान्त्रिक ने कुमारी का कोमल गला अपने चंगुल में कस लिया।

"यह नहीं चाहती तो मरे! मार डालो!!" कह दूसरे साधक के साथ ही गायक भी शेर की तरह कामलोचना पर झपटा।

"यह लो।" गँड़ासा गायक को कलाल ने जा पकड़ाया—"इसकी मदद लो औरत को साफ करने में।"

और देखते ही देखते कामरूप देश की कुमारी को तीनों कलाकारों ने टुकड़े-टुकड़े काट डाला।

भयानक शब्द हुआ उसी वक्त और जादूगरों के महाराज मन्मथदेव कलाकारों के सामने गुस्से से काँपते प्रकट हुए।

"भाग्यलक्ष्मी, मेरी सिद्धि का इन बदमाशों ने नाश कर दिया। पकड़ो!" दूर पर मौन खड़े यक्ष को जादूगरों के राजा ने ललकारा।

"मैं नहीं दस्तनदाज़ी करने का।" यक्ष ने गम्भीरता से कहा।

"क्यों?" जादूगरों के सम्राट ने पूछा।

क्योंकि अब कामरूप देश का पतन जरूरी है।" यह कहकर यक्ष वहाँ से अन्तर्धान हो गया।

"जाने दो मूर्ख को।" मन्मथदेव महाराज बोले—"जादू की रस्सी में बाँध मैं इन बदमाशों को कामरूप देश ले चलूँगा और वहाँ पर नर-बलि देकर नयी सिद्धि की साधना में इन्हें खपा दूँगा, क्योंकि इन्हीं की, शैतानी से मेरी पुरानी सिद्धि—कुमारी कामलोचना—नष्ट हुई है। देखता हूँ ये कैसे जादूगर हैं और दंड, कमंडलु, सितार-गोले के साथ तीनों कलाकारों को जादू की रस्सी से बाँधकर महाराज मन्मथदेव कामरूप देश की ओर बिजली की तरह, वायु रथ से झपटे।

नौकर सा'ब

माँ ने कहा, ''टिल्लू में लाख ऐब हों, मैंने माना, लेकिन एक गुण भी ऐसा है जिससे लाखों ऐब ढँक जाते हैं— वह नमकहराम नहीं है!''

''मैंने तो कभी नमकहराम कहा नहीं उसे'' मैंने जवाब दिया—''वह काहिल है और नौकर को काहिल ही न होना चाहिए। काम तो रो-गाकर वह सभी करता ही है, मगर रोज़ ही झकझक उससे करनी पड़ती है। अब आज ही की लो! शाम ही से मेरे सिर में दर्द है! और वह दवा लाने गया है शाम ही से! देखो तो घड़ी अम्मा! रात के 9 बज गये! अच्छा यह तो सिर-दर्द है, अगर कॉलरा होता? तब तो, टिल्लू ने अब तक बारह ही बजा दिये होते!''

''भगवान मुद्दई को भी हैज़ा-कॉलरा का शिकार न बनाये।'' माँ ने सहमकर प्रार्थना और भर्त्सना के स्वर में कहा, ''तू भी कैसी बातें कहता है। मैं टिल्लू की कद्र करती हूँ, यों कि वह सारे घर को अपना समझता है। उसके सामने कोई भी बात बे-डर की जाती है और की जा सकती है। सब नौकरों में यह बात नहीं, दूसरे ही दिन—दूसरे अपने मालिक के घर की एक-एक बात गलियों में गाते नज़र आते हैं। टिल्लू तो बिलकुल अपना आदमी है।''

इतने में दवा की शीशी लिए चींटी-चाल वह अन्दर दाख़िल हुआ। देखते ही मैं मारे गुस्सा के जलकर अंगार हो गया, ''मैंने तो समझा।'' मैंने ताना दिया, ''तुम्हारे ऊपर मोटरलारी चढ़ गयी।''

''चला ही तो आ रहा हूँ।'' नाक फुलाकर वह बोला—''आदमी आख़िर आदमी है मोटरलारी नहीं बाबूजी।''

''अबे बाबूजी के नाने!'' मैंने गाली के लहज़े में कहा। जिसे सुन इशारे से माँ ने अपशब्द उसे कहने से मुझे मना किया, ''शाम का गया-गया अब लौटा है? सिर की दवा लेने गया था या दारू पीने?''

''डाक्टर साहब नहीं थे घर पर।'' रुआंसा होकर उसने कहा, ''अभी आये हैं, दवा मिली है तो भागता ही आ रहा हूँ। जब देखो तभी आप मुझ पर उधार

खाये बैठे रहते हैं बाबूजी!'' वह रोने लगा, ''गालियाँ और अबे-तबे मैं नहीं सुनने का। आपके पिताजी, भगवान उन्हें स्वर्ग में दूध दे? हमेशा मुझे टिल्लू भैया! पुकारा करते थे। मालकिन आज भी मेरी इज्जत करती हैं और आप जब देखो तभी अबे! अबे! बाज़ आया ऐसी नौकरी से मैं—भूल-चूक—माँजी! मेरी माफ़ करिएगा, अब इस घर में मेरी गुज़र नहीं। इस पकी उम्र में कच्चे-बच्चों की लात मुझसे नहीं सही जा सकती।''

और माँ रोकती ही रहीं उसे, लेकिन उस दिन वह न रुका। उसके अपमान का प्याला शायद मैंने भर दिया था।

× × ×

दूसरे दिन एक-दूसरे नौकर को रखने के लिए मैंने बुलवाया और वह होते-सवेरे नीला जाँघिया, बूटेदार पुरानी रेशमी कमीज़ पहन और खूब तेल लगी जुल्फ झाड़कर आ गया। उसे नीचे खड़ाकर मैं माँ के पास गया—

''देखा माँ—देखा? वही विश्वनाथ है। इसी की तारीफें मैं तुमसे किया करता था कि नौकर नहीं, पूरा पढ़ा-लिखा जेंटिलमैन है। देखो उसकी सफ़ाई—नेकर, कमीज़, सिर के बाल सुधरे। टिल्लू तो जंगली कुत्ते की तरह हमेशा गन्दा ही रहा।''

''इसकी जो सफ़ाई तू पसन्द करता है।'' माँ ने मुस्कराकर कहा, ''उसी को तेरे पिता 'चिकनियाँपन' कहा करते थे और ऐसे नौकरों को दरवाज़े पर चढ़ने तक नहीं देते थे। ऊपर से ये जितने चिकने होते हैं, अन्दर से उतने ही मैले! टिल्लू आलसी हो, मूर्ख हो, मगर हीरा आदमी है।''

''तुम्हें तो पुरानी ही चीज़ें रुचती हैं अम्मा—टिल्लू तो मेरी नज़र में इस लायक़ भी नहीं कि उसके हाथ से किसी को एक लोटा पानी भी पिलाया जाए—मैल की एक काली परत-सी जमाये रखता है।''

''ख़ैर'' माँ असन्तुष्ट हुईं—''अब टिल्लू की जान क्यों मारता है, वह तो गया न? विश्वनाथ बड़ा जन्टूमैन है तो रख ले न, मगर बिना महीना-दो-महीना उसका मिज़ाज जाने मैं उसे ज़नाने में न जाने दूँगी, सो जान ले।''

''तो क्या केवल अपना काम करने को मैं नौकर रखूँ?''

''केवल अपना नहीं।'' माँ ने समझाया, ''विश्वनाथ से पहले बाहर का काम ले और उसका मिज़ाज देख, फिर विश्वास मज़बूत होने पर वह अन्दर-बाहर दोनों देखेगा।''

× × ×

विश्वनाथ के बारे में माँ को अधिक कठोर देख मैंने टिल्लू को उनकी पसन्द माना और उसे नौकर रख लिया।

''मेरी माँ बड़ी सख़्त हैं—घर के मामलों में।'' मैंने उसे समझाया पहले ही दिन—''अभी तू ज़नानख़ाने में न जाना, जो ज़रूरत हो बाहर से पुकारकर माँग लेना। अभी कुछ दिन बाहर का काम सँभालो, फिर माँ समझ जाएँगी।''

''अजी सरकार!'' विश्वनाथ बत्तीसी दिखाकर बोला—''मैंने बहत्तर जगह अब तक काम किये हैं, ऐसा-वैसा होता तो एक जगह एक दिन भी टिक पाता?''

''ख़ैर, बहत्तर जगह काम करने को मेरी माँ सर्टिफ़िकेट न मानेंगी।'' मैंने गम्भीरता से बतलाया उसे—''भले ही मैं यह मान लूँ कि ऐसा आदमी आदमियों के मिज़ाज का पारखी हो सकता है और ऐसा नौकर बेशक़ीमत भी हो सकता है।''

''सो तो।'' उसने मुस्कान में लपेटकर कहा, ''आप ख़ुद ही देखेंगे—काम के लिए बातों की कोई ज़रूरत नहीं।''

''अच्छा।'' मैंने पूछा, ''विश्वनाथ! काम सबसे अच्छा तुम क्या कर सकते हो?''

''हुज़ूर!'' उसने जवाब दिया—''वैसे तो जब बचपन से ही नौकरियाँ कर रहा हूँ तो सभी काम करने की हिम्मत रखता हूँ!''

''जैसे लड़ाई-भिड़ाई!'' मैंने उसकी दुर्बल देह देखकर सन्देह से सवाल किया।

''बस, यही एक काम अपने नहीं कर सकते।'' वह हँसा, ''खूब हुज़ूर ने सवाल किया कि पहले ही मैं फेल हो गया। बात यह है कि एक बार की लड़ाई में चोरों ने मुझे इतना मारा था कि जब भी पुरवा हवा चलती है, अब भी देह फोड़े-सी दुखती है। तभी तो मैं टूट-सा गया हूँ, नहीं तो सरकार ऐसा मरतिंगहा नहीं था विश्वनाथ। दस-पाँच से सटाने के क़ाबिल था।''

''अच्छा, फिर क्या-क्या कर सकते हो?''

''सब कुछ।'' अकड़कर वह बोला—''यहाँ तक कि लड़ाई-भिड़ाई भी। अजी सरकार! हाथ-पाँव से कूढ़ लड़ा करते हैं—आपकी कृपा से लड़ाई दिमाग़ की लड़ी जा सकती है, जिसमें आप घर बैठे ही रहें और दूसरा मुँह की खा जाए।''

''खूब!''

''और काम? काम मेरा है नौकरी। हाट-बाज़ार सौदासुल्फ़ मेरा काम। घर की रखवाली मेरा काम। खाना मैं ऐसा पका दूँ कि खाते ही बने। लेकिन सबसे अच्छा मैं जानता हूँ मालिश करना, देह दबाना। इस काम के तो सर्टिफ़िकेट भी हैं मेरे पास सोलह!''

''खूब!'' मैंने कहा, ''यह बात तुमने खूब बतलायी। मुझे मालिश कराने

का बड़ा शौक है, टिल्लू को यह काम मुतलक़ नहीं आता था। देह दबाने को कहो तो पीठ या पाँव पर हाथ रखकर वह सोने लगता और बदबू करता था। पास बैठाना मुश्किल। दबाता भी तो सेवा कम और गोबर अधिक पाथता था।''

× × ×

और रात में जब वह देह दबाने लगा, बेशक उसके हाथ इस फ़न में मँजे हुए थे, तब चन्द बातें और करने पर विश्वनाथ का स्वभाव विशेष प्रकट हुआ। मैंने पूछा—

''तुम कहते थे,'' टिल्लू को 'तू' कहनेवाला मैं विश्वनाथ को 'तुम' कहता था, वह साफ़-सुथरा जो था, ''तुमने रामगनेशदास के यहाँ नौकरी की थी, वहाँ से क्यों छोड़ी? वह तो बड़ी अच्छी जगह थी।''

''अजी सरकार, दूर के ढोल सुहावने।'' मेरी पीठ चाँपते हुए वह कहने लगा—''रामगनेशदास के यहाँ मैंने तीन साल काम किया, मगर आदमी वह बदमाश है, बदमाश!''

''अरे, जिसके पास तुम तीन साल खपे—वह बदमाश!'' उचककर मैंने करवट बदल ली विश्वनाथ के इस ढीठ वक्तव्य पर—''रामगनेश कैसे बदमाश हुआ आख़िर— ?''

''सो आप नहीं जान सकते—सो, तो हम ग़रीब नौकर-चाकर ही जानते हैं। रामगनेश की चार जवान लड़कियाँ हैं हुज़ूर! और जब किसी नौकर को कई महीने की तनख़्वाह मारकर निकालना होता है, रामगनेश दास या उनकी बीवी किसी-न-किसी लड़की से एक धक्का उस नौकर को लगवा देते हैं, और फिर उसकी चाल-चलन पर धब्बा!''

''तुम्हारे साथ भी ऐसा ही हुआ होगा?''

''बिलकुल—! छह महीने की तनख़्वाह बाक़ी थी—रुपये साठ नक़द और रामगनेश दास देना नहीं चाहते थे और उन्होंने कहा जाकर बिस्तर ठीक करने में बेटी किशोरी की मदद करो! अब किशोरी अठारह बरस की पठिया बिस्तर ठीक करने के वक्त गिर पड़ी मेरी गोद में! मैंने कहा—''हत्! तू मेरी बहन है। और लगी साली चिल्लाने—बेशर्म! विश्वनाथ ने मेरा सीना ज़ोर से दबा दिया!''

'विश्वनाथ का क़िस्सा सुनते-सुनते मैं माँ की बातें सोचने लगा। सोचने लगा, क्यों उन्होंने देखते ही इस आदमी को अच्छा नहीं समझा। मगर बातें मैं उससे करता ही रहा—

''फिर तो बड़ा हंगामा उठा होगा विश्वनाथ!'' मैंने पूछा।

''हंगामा इतने ही का कि छह महीने की तनख़्वाह बिना लिए विश्वनाथ भाग जाए, मगर विश्वनाथ ने कोई कच्ची गोटियाँ नहीं खेली थीं—मैंने रामगनेश

दास से साफ़-साफ़ कहा कि सरकार! मेरा हिसाब पहले साफ़ कर दीजिए और किशोरी की बात बन्द कीजिए नहीं तो, मैं ठहरा नौकर आदमी। अगर बात बढ़ी तो बदनामी किसकी होगी।'' फिर वह मुझसे कहने लगा—''अदालत में बात जाती तो मैं कह देता कि मैं जवान, वह जवान, 'वह' मेरी है, दिल लेकर दग़ा कर रही है।''

वह कहता रहा और मैं सोचता रहा कि माँ ने तो 'साइकॉलिजी' या 'मनुष्य-स्वभाव शास्त्र' का अध्ययन किया नहीं, फिर वह इसे घर के अयोग्य कैसे पहचान गयीं? और सब कुछ पढ़कर भी मैंने झख मारा। यह तो नौकर नहीं, गुंडा है—गुंडा!

मगर उससे मैंने पुन: पूछा—''और मिस्टर गर्ग? गर्ग तो बड़े समाज-सुधारक, आर्यसमाजी, हिन्दू सभावाले नेता हैं! उनसे तुम्हारी क्यों नहीं पटी?''

''बदमाश है हुजूर।'' उसने मेरा हाथ दबाते हुए कहा, ''माफ़ कीजिएगा। आप कहेंगे विश्वनाथ गुस्ताख़ है—ये लीडर और लेक्चर देनेवाले साले पूरे बने हुए होते हैं। मिस्टर गर्ग की 'विडो' भाभी हैं और बीवी है ऐसी मोटी, जैसी हथिनी, और मिस्टर गर्ग दोनों की ख़ातिर करते हैं! अब उन्हें ऐसा नौकर चाहिए, जो मौक़ा देखकर उनके पास जाए या न जाए। एक आर्डर, दो बजे चाय बिना पूछे दो! लेकिन एक-दो बजे आप अपनी भाभी से खेल-हँस रहे थे और विश्वनाथ हो गया बदकिस्मती से दाल-भात में मूसलचन्द! बस—अबे बदतमीज।'' उन्होंने अपनी तमीज़ खुल जाने पर गुस्सा ज़ाहिर किया, ''आने के पहले खाँसा-खखारा जाता है, या भले घर में जब-तब यों ही घुसा जाता है?'' मैंने कहा, ''आपके हुक्म से चाय लेकर दो बजे हाज़िर हूँ, यह अगर बदतमीज़ी है तो मेरी तनख़्वाह साफ़ कर दीजिए, अपनी नौकरी के लिए एम.ए. पास तमीज़दार खोजिए।''

''मगर ठाकुर रामगोपाल की नौकरी तुमने क्यों छोड़ी? उन्हें तो सारा शहर साधु कहता है कि वह भी बदमाश है।'' मैंने जम्हाई लेते हुए एक और सवाल किया।

''ठाकुर रामगोपाल में वैसी कोई बुराई नहीं, वह जोरू के गुलाम हैं। औरत के साथ बैठकर खाना खाते हैं। उसी के चुल्लू से पानी पीते हैं। पूरे मजनूँ उस लैला के हैं, जिसका नाम है तो 'चमेली' मगर होना चाहिए था 'काली'। एक सेर लेती है दूध। बीस बार पीती चाय—तिस पर तुर्रा यह—विश्वनाथ, दूध क्या हो जाता है? आख़िर सेरभर दूध कोई समुद्र तो है नहीं कि बाईजी का सारा काम चले। ऐसे ही भाजी मँगावेंगी डेढ़ पैसे की—और परवल! खाने बैठेंगे तो ठाकुर भले न भी चाहें, उसे चाहिए विश्वनाथ, भाजी लाओ! ज़रा ज्यादा लाना। मतलब नौकर भाजी न खाये। खाएँ महज़ माँजी—अजी सरकार, खाने ही के लिए तो अधम

चाकरी करते हैं और जब उसी पर मुसीबत हो तो कैसे गुज़ारा हो सकता है? रामगोपाल कैसे भलेमानस हैं, मगर उनकी 'वह'—वह तो नौकरों के सीने पर शेरनी-सी सवार चौबीस घंटे रहती है—मैंने कहा, मेरा हिसाब साफ़ कर दीजिए। ऐसी झिकझिक की नौकरी मुझसे नहीं हो सकती।''

× × ×

पहले ही दिन के अनुभव से विश्वनाथ से मैं तो डर गया और रात को देह दबाने के वक्त उसके क़िस्से सुनते ही उसी वक़्त उसे निकाल देने की सोचने लगा—मगर बाप रे! वह तो, आदमी नहीं, पूरा समाचारपत्र है—सनसनीखे़ज। इसको नौकर रखना तो इसके 'सहस्र-रजनी-चरित्र' में अपने खानदान का भी एक किस्सा जोड़ना होगा।

फिर भी उसी वक्त उसे निकालने में मैं बदनामी से डरा और मौक़ा देखने लगा। और ऐसे नौकरों की बदतमीज़ी के लिए मौक़ा दूर तक नहीं देखना पड़ता। उसी दिन, शाम को, अपने बाग़ के पीछे मैंने उसे एक नौकर से बातें करते और सिगरेट में चरस पीते देखा। मैं फाटक के पास ही संयोग से टहलता लताकुंज में छिपा हुआ था। वे मुझे देख नहीं रहे थे।

''कैसी नौकरी है?'' उसके दोस्त ने दरियाफ़्त किया।

''यों ही—साग-सत्तू-सी लगती है।'' विश्वनाथ ने जवाब दिया—''पुराने ढंग के लोग हैं। यहाँ राग-रंग शायद ही मिलं।''

''मगर और तो सब ठीक है न?''

''ख़ाक-पत्थर, ठीक है।'' उसने कहा, ''तेल में बघारी भाजी, मोटी-मोटी रोटियाँ, दाल है तो भाजी नहीं, भाजी है तो दाल नहीं—घर में दूध-दही सब, मगर नौकर को देखता हूँ कब देते हैं। अड़तालीस घंटे तो काम बजाते हो गये। अभी तक तेल की भाजी, मोटी रोटियाँ, यही समझा!''

''और मिस्टर गर्ग की तरह इस घर में भी पटाखे हैं?'' उसके यार ने पूछा।

''अजी, एक डोकरी है—वही साली सब कुछ है। नौकरों को बिना वैष्णव बनाये घर में दाखि़ल नहीं होने देती। पता नहीं, इस घर में शमा है कि गुल।''

एक बात और हुई। तीसरे दिन वह माँ के मुँह पर आ गया। वह विश्वनाथ को एक बाल्टी पानी से पूजा की कोठरी धो देने को कह रही थीं और वह उन्हें निर्भय जवाब दे रहा था कि—''यह काम नौकर का नहीं, भंगी का है। वाह जी, मैंने बहत्तर जगह काम किये, मगर बाल्टी के पानी और झाड़ू को कभी नहीं छुआ—वह मुझसे न होगा।''

''तब नौकर रखने से फ़ायदा?'' माँ को बेशक नागवार लगीं उसकी बातें।

"फ़ायदा तो माँजी।" उसने उन्हें पुनः धृष्ट उत्तर दिया—"वही जानें।" उसका आशय मुझसे था, "बाबूजी, जिन्होंने मुझे नौकर रखा है। आप तो घोड़े को गधा बना देना चाहती है माँजी!"

"विश्वनाथ!" दूसरी कोठरी से निकलकर मैंने डाँटा—"इस घर की मालकिन वही हैं, मैं नहीं! मेरी यहाँ एक भी नहीं चलती। अगर तुम ठाकुर की कोठरी साफ़ नहीं कर सकते तो साफ़ बात यह है कि तुम्हारी यहाँ ज़रूरत नहीं।"

"तो लाइए मेरा हिसाब साफ़ कर दीजिए।"

"अभी!"

"मगर विश्वनाथ!" माँ ने कहा, "कोठरी न साफ़ करो, नौकरी भी छोड़ दो, लेकिन जाना खाना खा लेने के बाद, हिसाब चाहे जाओ अभी ले लो। भैया, यह तो गृहस्थी है। नौकर-मालिक परिवार की तरह मिलकर रहते हैं और घर के हरएक काम को निस्संकोच कर लेते हैं।"

× × ×

विश्वनाथ को देने के लिए पैसे लाने को जब मैं अपने कमरे की तरफ़ जाने लगा, तब राह में ठाकुरजी की कोठरी में सुना खुरखुर सुर—और देखी टिल्लू की गन्दी शक्ल—वह बड़े गर्व से ठाकुर की कोठरी पानी से धो रहा था। वह अपना महत्त्व समझता था मानो!

शहीद भोंदू भट्ट

उस डिब्बे में 27 आदमियों के बैठने की जगह थी और सब-की-सब छिकी हुई थीं। गोआ जाकर सत्याग्रह करने के इच्छुक सत्याग्रहियों से सारा डिब्बा भरा हुआ था और सहज संयोग से डिब्बे में कई सूबों या राज्यों के सत्याग्रही थे।

सत्याग्रहियों में तीन या चार वृद्धजन, एक तरुणी और शेष सभी बाईस से पैंतीस साल तक की उमरवाले नौजवान थे। देखने से सत्याग्रहियों में मजूर या निम्न मध्यवर्ग के लोग ही अधिक लगते थे, कुछेक लोगों के चेहरों पर मध्यवर्गी चिकनाई थी, मगर अमीरी चरबी तो एक के भी चेहरे या देह में नज़र नहीं आ रही थी। गाड़ी के अन्य डिब्बों में भी सैकड़ों सत्याग्रही अखिल भारतीय प्रदेशों के। जिस डिब्बे की कथा है उसमें संयोग से अपने-अपने दल से अलग होकर, कई सूबों के सत्याग्रही स्वतन्त्र यात्रा कर रहे थे।

बेलगाम से मैं समझता हूँ, सात-आठ स्टेशन पहले किसी जंक्शन पर वह एकाएक डिब्बे में घुस आया, सो भी तब, जब ट्रेन निकलने लगी थी। दरवाज़ा खोल अंधड़ की तरह दाखिल होकर, कहीं और जगह न देख वह एक सत्याग्रही की गोद में बैठने लगा और 'हें! हें!' की आवाज और भर्त्सना की दृष्टि से दुत्कारा गया। झन्ना-झन्न आवाज हुई। पाँवों में उसके घूँघरू बँधे थे! उस सत्याग्रही की गोद से उछलकर वह एक बूढ़े सत्याग्रही की पलेथी पर जा पहुँचा और वहाँ से भी 'साकल' धकियाया गया। अब कहीं-न-कहीं बैठने का ही दृढ़ निश्चय कर वह उलटे पाँव पीठ-पीछे मुड़ा। कई तेज उलटे कदम झना-झन्न बढ़ाकर वह तरुणी सत्याग्रहिणी की गोद में आखिरकार बैठने को चला। इस पर सारे डिब्बे के सत्याग्रहियों ने क्रोध और भर्त्सना से ललकार कर डाँटा—"कैसा आदमी है? इसे आगा-पीछा, पुरुष-स्त्री, स्थान-कुस्थान नज़र नहीं आता!" और वह चमका। लोगों के चेहरों से उसे मालूम पड़ा कि शायद उससे कोई चूक बन पड़ी। बिजली की तेजी से मुड़कर उसने देखा कि अपने ठीक पीछे उस तरुणी को कौतूहल मन्द मुस्कराते पाया। झट से तरुणी के समक्ष हो वह उसके चरणों पर गिर पड़ा,

"क्षमा करो, माँ! जगह पाने की घबराहट में मैंने तुमको देखा नहीं। मुझ मूर्ख की चूक माफ करो, माँ!"

"नहीं भाई! नहीं भाई!! मै। नाराज़ नहीं। क्या करते हैं?" तरुणी ने अपने पैर उसके सिर के नीचे से सावधानी से हटा लिया। इसके बाद ही वह झपाक से झन्न से, चमककर डिब्बे के फर्श पर नृत्य की मुद्रा में खड़ा हो गया। अब सारे-के-सारे सत्याग्रहियों ने उस आदमी को ग़ौर से देखा— काला, दुबला, लम्बा दीखने वाला, सुन्दर नासिका और मुख, बड़ी-बड़ी आँखें, केश उसके गन्दे मगर घुँघरवाले, बाटा के सस्ते बूट, खाकी रंग की नेकर और हरे रंग की गंजी। गले में लटकती एक बड़ी सीटी, हाथ में खंजड़ी, पाँव में घुघँरू पहले ही कह चुका हूँ।

नृत्य मुद्रा में खड़े होते ही पहले उसने गले में लटकती सीटी बजायी— जैसे कार्यारम्भ का संकेत किया। उसके बाद कड़ीं, सुरीली खंजड़ी पर तीन बार 'त्रिक-त्रिक-त्रिक' आवाज़ पैदा की और फिर लचककर, त्रिभंगी बनाकर, मराठी के लोकगीत पवाड़े के छन्द में कुछ गाने लगा, जिसका हिन्दी अनुवाद करीब-करीब इस तरह होना चाहिए—

चाहिए, सभी को जगह—
चाहिए जगह!
चाहते विश्व रे, विश्वनाथ,
चाहता देश रे, राजा,
चाहते आज भी जमींदार
मीलों धरती,
चाहते कृषक पृथ्वी बीघों
पर मैं हूँ भोंदू भट्ट
चाहता डेढ़ फुट जितना
छोटा कोना
इस महामही का।
चाहिए सभी को जगह—
चाहिए जगह!
ईश्वर को सृष्टि रचने के लिए,
राजा को राज करने के लिए,
जमींदार को ऐश करने के लिए,
किसान को परिवार पालने के लिए,
भोंदू भट्ट को भी
ज़रा-सा बैठकर दम लेने के लिए,

जिन्दगी की यात्रा में,
कठिनाइयों की रेलगाड़ी में,
चाहिए जगह—
चाहिए सभी को जगह!

जगह के लिए ही
सभी के आग्रह
सभी के दुराग्रह
सत्याग्रह कभी-कभी
जैसे हम अभी-अभी
गाते हैं गोआ-गोआ किसलिए?
जाते हैं गोआ-गोआ किसलिए?
सत्य क्या नहीं, यह
गोआ है एक जगह?
इसलिए सीधी-सी बात यह—
चाहिए सभी को जगह—
जगह! जगह!! जगह!!!

डिब्बे के सभी सत्याग्रहियों के माथे पर भोंदू भट्ट के प्रदर्शन से चिन्ता की रेखाएँ उग आयीं—सभी को एक बार ऐसा लगा जैसे उन्होंने आदमी को पहचानने में धोखा खाया हो। अँधेरे में सर्पवत् दीखनेवाली वस्तु के निकट आने पर सुगन्धित मोगरे का हार नज़र आने से जो भाव चेहरे पर आते हैं, उन्हीं भावों से सबके चेहरे रंग उठे।

"इधर मेरे पास आकर विराजो, भाई!" इन्दौर मध्य भारत के एक सत्याग्रही तरुण ने भोंदू भट्ट को अपनी ओर बुलाते हुए कहा, "फिलासफर के वेश में 'बुद्ध' तो सैकड़ों देखने को मिले थे, पर बुद्ध के वेश में फिलासफर आज ही नज़र आये आप।"

"इधर आइए! इधर आइए!" की आवाज़ों से डिब्बा गूँज उठा। क्षण भर पहले जिस शख्स को लोग इंच भर जगह देने पर राजी नहीं थे, उसे ही अब हरेक आदमी अपनी-अपनी जगह बाँटने को तैयार हो गया। मैंने सोचा, आदमी धीरज न छोड़े तो समय बदलते देर नहीं लगती। इसी वक्त उस तरुणी ने भोंदू भट्ट को आवाज दी, "तुम मेरे पास आकर बैठो, क्योंकि तुमने मुझे माँ कहा।" और भोंदू भट्ट बन्दर की तरह उछल, खंजड़ी पर थाप मारकर, तरुणी की बगल में जा बैठा।

"आप क्या करते हैं?" दिल्ली के एक सत्याग्रही ने पूछा।

"कानून भंग...!"

"कानून भंग?" एक मराठे सत्याग्रही ने आश्चर्य और अविश्वास से कहा, "किस देश के कानून आप तोड़ते हैं?"

"एक नहीं, दो-दो देशों के..।"

"ताज्जुब!" एक मुसलमान सत्याग्रही ने हैरत से कहा, "दो-दो मुल्कों के कानून जनाब तोड़ते हैं! उन मुल्कों के नाम भी होंगे?"

"हैं न..." भोंदू भट्ट ने दृढ़ता से कहा, "पुर्तगाल और भारत। इन दोनों ही राष्ट्रों के कानून में करीबन हर महीने सारी जिन्दगी तोड़ता चला आ रहा हूँ।"

"किस तरह?"

"मैं गोआ की सीमा से विलायती सामान भारत में लाता हूँ और भारत से जरूरी चीज़ें टैक्स-फ्री गोआ पहुँचाता हूँ।"

"खूब!"

"सत्याग्रहियों के डिब्बे में बूटलेगर!"

"स्मगलर!"

"सीमा-चोर!"

"आप कहाँ तशरीफ ले जा रहे हैं?"

"वहीं, जहाँ आप सब भाई जा रहे हैं?"

"क्यों? सत्याग्रह करने?"

"नहीं तो...।"

"तो क्या भारत से कोई माल गोआ की सीमा में 'स्मगिल' करने?"

"हाँ...।"

"तब आप हमारे साथ क्यों चल रहे हैं?"

"आप ही लोगों को मैं गोआ के अन्दर 'स्मगिल' करूँगा न। गोआ के जागरण के लिए भारतीय जवान जरूरी हैं। जरूरी और महँगी चीज़ें ही मैं सीमा के इस पार से उस पार 'स्मगिल' करता हूँ। सारे पहाड़ी बीहड़ पथ और जंगली पगडंडियाँ मेरी जानी-जोई हैं। मैं ऐसे रास्ते आप लोगों को ले चलूँगा कि जब तक आप बिल्कुल अन्दर न पहुँच जाएँ तब तक, कोई आपकी आहट तक न पा सके।

"मगर हम सीमा पर ही सत्याग्रह करें, तो क्या बुरा-बहुत अन्दर क्यों जाएँ?" एक सत्याग्रही ने कहा।

"इसलिए कि गोआ के दूर-देहातों की जनता भी जोति की किरणें देखे और जागरण का सन्देश सुने। सीमा पर सत्याग्रह ऊपर-ऊपर दवा है। अन्दर तक असरदार दवा ही रोग दूर करती है।"

''जय हो भोंदू भट्ट की!'' मध्यप्रदेश के एक वृद्ध सत्याग्रही ने कहा—''बिलकुल सही बात। मैं तो आप ही के नेतृत्व में सत्याग्रह करूँगा। जहाँ भी आप कहेंगे। मैं गोआ की सही में सेवा करने आया हूँ, केवल दिखावे के लिए नहीं।''

''मगर, मैं नेता नहीं, भोंदू भट्ट हूँ और सत्याग्रही नहीं, सीमाचोर हूँ। केवल श्रद्धा से मैं आप लोगों को गुप्त पहाड़ी राह से गोआ के हृदय तक पहुँचा दूँगा। इसके बाद मैं रुकूँगा नहीं। फौरन लौट जाऊँगा। उधर से काफी माल इधर लेकर आना है।''

''क्या माल है?''

''फाउंटेन पेन, घड़ियां, शृंगार और शौकीनी की विलायती चीजें, जो भारत में भारी टैक्स के कारण बहुत महँगी मिलती हैं। सैकड़े में सौ के मुनाफे का धँधा है।''

''फिर भी, तुम्हारे तन पर मुनासिब कपड़े तक नहीं।''

''मगर सौ-में-सौ नफा उठाने वाला व्यापारी मैं तो नहीं। मैं तो भोंदू भट्ट भर हूँ।''

''जब सारा माल इधर-से-उधर तुम्हीं करते हो तब भोंदू भट्ट का व्यापारी न होना कस्तूरी मृग का अपने ही भीतर की परम सुगन्ध से अपरिचित होना नहीं तो क्या?''

''सुगन्ध से अपरिचित नहीं, मेरे कोई है ही नहीं कि जरूरत से ज्यादा कमाऊँ या जोड़ूँ।''

''फिर यह खतरे का धन्धा क्यों करते हो?''

''उसी के लिए।'' मृदु गम्भीर होकर भोंदू भट्ट ने कहा, ''वह है न मेरी...।''

''कौन?'' कई सत्याग्रहियों ने प्रश्नों की झड़ी लगा दी।

''कौन है, तुम्हारी पत्नी?''

''रखेली?''

''माशूका?''

''मैं पूछता हूँ।'' मध्यप्रदेश के वृद्धजन ने जरा धिक्कार-भरे भाव से प्रश्न किया—''किसी की अगर 'कोई' हो, तो उसे पत्नी, रखेली या माशूका ही होना चाहिए? माँ-बहन-बेटी नहीं हो सकती?''

''माँ बहन बेटी के लिए जान देने वाले दुनिया में हैं—भरे पड़े हैं।'' अब तक चुप सत्याग्रहिणी तरुणी ने विवाद में पहली बार योग दिया—''मगर आदमी दीवाना होता है किसी चमकचन्दा ही के लिए।''

''माँ ने सच कहा, भोंदू भट्ट दीवाना है।''

"किसका?"

"अपने प्रिय का नाम औरत ही नहीं प्रेमी मर्द भी मुँह पर मुश्किल से लाते हैं।"

"ऐसा क्यों होता है, भाई जी?" तरुण सत्याग्रहिणी ने पूछा।

"दूसरों की दूसरे जानें, मैं तो अपने उनका नाम इसलिए नहीं बतलाता कि लोग समझेंगे नहीं और मेरी जिन्दगी दुश्वार कर देंगे।"

"मतलब?"

"यहाँ कौन किसकी समझने की कोशिश करता है? ऊपर-ऊपर से टटोलकर झट से लोग राय कायम कर लेते हैं, भरसक गलत। और उनकी मिट्टी पलीत होकर ही रहती है जिनके बारे में लोग गलत राय बना लें।"

"मगर, हम आपको पहचान गये?"

"क्या?"

"वही...।"

"फिर भी...?"

इस पर पीछे से किसी बनारसी सत्याग्रही ने धृष्टता से चिल्लाकर कहा, "फकत दुम की कसर है!"

मगर उस सत्याग्रही का वह 'रिमार्क' किसी को भी अच्छा नहीं लगा। क्योंकि डिब्बे भर के सत्याग्रहियों की सहानुभूति भोंदू भट्ट के मनोरंजक व्यक्तित्व के प्रति थी।

"किसी सत्याग्रही को किसी भी भाई-बहन के लिए ऐसी बात कहना शोभाजनक नहीं है।"

"मगर भोंदू भट्ट बुरा नहीं मानते।" भोंदू भट्ट ने उस सत्याग्रही से कहा, "श्रीमान के पास कोई फाजिल दुम यदि हो तो मुझे उधार देकर कसर पूरी कर सकते हैं।"

"साक्षात् पशुः पुच्छ विषाणहीन।" अधेड़ मराठी सत्याग्रही ने बनारसी सत्याग्रही की तरफ देखकर कहा।

"कहाँ-से-कहाँ बात जा पहुँची।" तरुणी ने रस भंग होते देखकर विरोध के स्वर में कहा, "कहाँ तो भाई साहब से उनकी प्रियाजी का नाम पूछा जा रहा था कहाँ अप्रिय बात बनने लगीं। हाँ भाई साहब!" तरुणी सत्याग्रहिणी ने भोंदू भट्ट को पुनः छेड़ा—"वह आपकी कौन हैं?"

"मैं पूछता हूँ माताजी!" भोंदू भट्ट ने कहा, "जिसे कोई प्रिय माने उससे दुनिया या समाज की कोई रिश्तेदारी होनी ही चाहिए? वह मेरी प्रिय हैं।"

"कौन आखिर?"

"आप लोग हँसेंगे। भोंदू भट्ट की मूर्खता पर...।"

"लीजिए मैं तो दाँत भींच लेती हूँ।" तरुणी ने प्रसन्न नटखट भाव से भोंदू भट्ट से आग्रह किया, "मैं हर्गिज़ नहीं हँसूँगी।"

"हँसने में भी बुरा होता है, वाह भाई भोंदू भट्ट वाह!"

"वह तुम्हारी कौन है?"

"वह गोआ के विवास नगर के पुलिस अफसर की पत्नी है।"

"परस्त्री?" इन्दौरवाले सत्याग्रही ने फटकारभरी आवाज़ से पूछा,

"परस्त्री वह पीछे बनी—" भोंदू ने सुनाया, "विवास नगर के पुलिस अधिकारी से विवाह होने के पहले ही से मेरा मोह मीरा पर है।"

"मीरा नाम है, अब पता चला!"

"मीरा किसी को जपती थी मगर यह हैं कि मीरा को जपते हैं।"

"मगर जब से उसकी पुलिस से शादी हुई।" भोंदू ने कहा, "तब से वह मीरा से मैरी बन गयी है।"

"ऐसा क्यों हुआ?"

"पुलिस अफसर गोयनी ईसाई है न—फ्रेंसिस डि-सिलवा। उसने शादी करने के पहले ईसाई मजहब में मिलाकर मीरा को मैरी डि-सिलवा बना लिया था।"

"मीरा को पुर्तगाली पुलिस ने मैरी क्यों बनाया?" बिहार के सत्याग्रही ने पूछा।

"क्योंकि, मीरा का बड़ा भाई क्रान्तिकारी विचारों का युवक था। उसने फिरंगियों के विरुद्ध पार्टी में अपना नाम लिखाया था। फ्रेंसिस डि-सिलवा ने पहले तो भाई को फँसाकर अफ्रीका की जेल में भेजा और फिर सारे जनपद की जनता में त्रास फैलाने के लिए उसकी नौजवान और सुन्दरी बहन को ईसाई बनाकर अपनी औरत बना लिया। मैंने विरोध किया तो कोतवाली में बन्द कर मेरी वह पिटाई की कि जब भी पुरवई हवा चलती है, तब मुझे स्त्री-प्रेम के प्रसाद का स्वाद याद आ-आकर रहता है। यह तो उसने दया की, नहीं तो फ्रेंसिस हरामी मुझे मार ही डालता।"

"किसने दया की?"

"उसी मीरा ने। उसी ने फ्रेंसिस को समझाया कि मैं खाली खोपड़ीवाला आदमी, मतलब आधा पागल, पूरा सनकी मगर निर्दोष आदमी हूँ। तब उसने मुझे हवालात से बाहर किया।"

"वह तुमसे प्रेम करती है?"

"मैं आपसे प्रेम करूँ तो बदले में आप प्रेम ही करें यह जरूरी नहीं, आप दया भी करें तो कम नहीं—वह मुझ पर दया करती है।"

"कहाँ-कहाँ?" उसी बनारसी ने पूछा—"घर के अनेक हिस्से होते हैं, रसोईघर, बैठक, सोने का कमरा—मीरा से मैरी बनकर—वह किस जगह तुम पर दया करती है?"

"दिल में दया है उसके दोस्त!" भोंदू भट्ट ने बनारसी से बिना बिगड़े कहा, "मेरे लिए उसके दिल में दया है।"

"और फ्रांसिस डि-सिलवा के लिए मैरी के दिल में क्या है?"

"घृणा, घृणा।" कुछ खुश-सा होकर भोंदू भट्ट ने सुनाया, "क्योंकि, जबरदस्ती वह ईसाइन बनायी गयी है। वह चाहती है कि पुर्तगाली राज गोआ से हटे और फ्रेंसिस डि-सिलवा संकट में पड़े! उसने मुझसे कहा...।"

"क्या कहा?"

"कि अगर तुम भारत के सत्याग्रहियों को विवास तक ले आओ..."

"तो?"

"तो, गोआ जब स्वतन्त्र हो जाएगा तब पुलिस फ्रांसिस डि-सिलवा को तलाक देकर वह मुझसे...।"

"ओहो!" उज्जैन के सत्याग्रही ने कहा—"देखता हूँ गोआ की मुक्ति में दूसरे की लुगाई से आपकी सगाई का सम्बन्ध खाल-बाल की तरह जुड़ा हुआ है। मगर इस पचड़े में हम क्यों पड़ें?"

"आप लोगों को तो सत्याग्रह करना ही है।" भोंदू भट्ट ने गम्भीरता से कहा, "फिर उसे इस तरह करने में क्या हर्ज है कि आप लोग सत्याग्रह भी कर लें और मेरी सगाई भी 'सेटिल' हो जाए।"

"आप मीरा बहन को बहुत चाहते हैं, देखती हूँ।" तरुणी ने कहा।

इसके उत्तर में स्वीकार भाव से भट्ट ने दमड़ी के गुड़ की तरह मीठा बना दिया। सब लोग हँस पड़े।

"यह चाह क्या है भाई?" तरुणी ने मजाकिया प्रश्न किया।

"लिपटन की चाह!" बनारसी बेढंगा बोला "सरदी में गरमी और गरमी में ठंडक पहुँचानेवाली।"

सत्याग्रहियों में से कई बनारसी की उक्ति पर हँसे। लेकिन दूसरे कई तरुण सत्याग्रहिणी का लिहाज कर मौन ही रहे पर, भोंदू भट्ट की मस्त मुद्रा पर बनारसी सत्याग्रही के तानों का कोई भी प्रभाव नहीं। बल्कि चाह के प्रश्न पर जैसे उसके उत्साह में उन्माद आ गया। एकाएक चमककर खड़ा हो, खंजड़ी पर थाप मार, नृत्य मुद्रा ग्रहण कर, घुँघरू झनझना भोंदू भट्ट एक पवाड़ा गाने लगा। इस बार प्रेम-पवाड़ा जिसका भाव करीब-करीब यों—

तुम पूछ रही हो :
"आह, क्या है चाह क्या?"
मैं क्या बतलाऊँ वाह क्या!
गूँगे ने गुड़ खाया स्वाद क्या बतलाए?
जो जिसको जाने सो क्योंकर लब पर लाए?
मैं क्या बतलाऊँ वाह क्या!
आह, क्या है चाह क्या?
तुम पूछ रही हो :
"दिल, कोई देता कैसे?"
मैं इस हैरत में—कोई ले लेता कैसे?
बेछीने, बेझपटे, बगैर डाका डाले—
लुटते हैं नित्य ही तो दुनिया में दिलवाले—
लूटते हैं दिलबर!
मैं क्या बतलाऊँ, वाह क्या!
आह, क्या है चाह क्या?

तुम पूछ रही हो :
"दीपक पर जल जाने में
लगते हैं कहाँ सुर्खाबी पर परवाने में?"
मैं क्या बतलाऊँ?
सचमुच यों मर जाने में
मधुरता कहाँ?
(सहमती समझ समझाने में)
पर स्वाद कहीं मधु है निश्चय
जिसकी मिठास से लग निर्भय
मर-मरकर बनते मृत्युंजय
हम-तुम-वे अगजग-जन जय, जय
मैं क्या बतलाऊँ, वाह क्या!
आह, क्या है चाह क्या?

ईमान की बात पूछिए तो भोंदू भट्ट की बातों, उसके बेतुके गानों और फक्कड़ मस्त स्वभाव से उस डिब्बे के सभी सत्याग्रही उसकी तरफ आकर्षित हुए और सीमा के सत्याग्रही-शिविर में पहुँचने पर संचालकजी से हम सभी ने आग्रह किया कि वह हमें भोंदू भट्ट के पथ-प्रदर्शन में गोआ की सीमा में सत्याग्रह करने जाने

दें। संचालकजी के राजी होने में बहुत विलम्ब नहीं लगा। लेकिन भोंदू भट्ट ने सत्याग्रह-संचालक और हम सबसे वचन ले लिया कि गोआ के अन्दर का रास्ता उसने बतलाया यह भूलकर भी किसी को न बतलाया जाए। क्योंकि, इससे उसके पेशे को धक्का लगेगा। इस पर सत्याग्रह-संचालकजी ने भोंदू भट्ट को पूर्ण आश्वासन देते हुए कहा, "मुझे आपकी बातें मंजूर, बशर्ते कि अपनी मस्त अदा से एक कविता आप मुझे सुना दें।" इस पर तुक जोड़कर गाने, कमर मोड़कर नाचने को सदा आतुर भोंदू भट्ट हाव-भाव मुद्रा से लैस हो खंजड़ी बजाकर गाने लगा—

जब कि आसमान में
न देव रह गये...
रह न गये दुनिया में देवालय...
आज अर्चना को मेरा मन
बड़ा व्याकुल है
आज वन्दना को!!

इल्म की कसम ज्यों फिल्म की रील है
कौन?—वही, मेरा मन!
ओझल मृग के पीछे भागता ज्यों भील है :
कौन? वही
मेरा मन व्याकुल
हवा-हैरान हृदयेश्वरी का काकुल!

अराजक मैं हूँ
अन्धाधुन्ध अरे मेरे मारे
आसमान पृथ्वी पर गिरे
और बेचारे देव मारे-मारे फिरें!
सौ-सौ माइल घंटे
मेरी रफ्तार से
धूल उड़ी पन्थों की;
पत्थर मीलों के उड़े
सड़क-संसार से!
प्रेम-नेम, हेन-तेन—
भावोंभरी भावनाएँ,
सभ्यता की मान्यताएँ,

सब रे समाप्त
मेरी तर्जनी के तर्जन से!
एक ही इशारे, एक बात, एक वर्जन से!
आज मेरे कारण
कुछ भी तो नहीं रहा जिसे कहें पुरातन।
हृदय, प्राण
बुद्धि, ज्ञान, लोचन, दर्शन
सब रे समाप्त
मेरी तर्जनी के तर्जन से!
एक ही इशारे,
एक बात, एक वर्जन से!
अब मैं हूँ—बिलाशक—और मेरी झक है,
(ईश्वर में शक है)
मैं जो कहूँ—'स्वर्ग, स्वर्ग,
—'नरक' नरक है!
चतुर्भुज छोटे हैं
बड़ा पाँचहाथ में...
नागनाथ नहीं साँपनाथ
—विश्वनाथ मैं!

जबकि आसमान में
न देव रह गये,
दुनिया में रह न गये देवालय,
आज अर्चना को मेरा मन
बड़ा व्याकुल है
आज वन्दना को!!

कहानी के कलेवर में कविता या तुकबन्दी की गुँजाइश कम ही होती है, पर यह कहानी नहीं और न इसका लेखक कहानीकार ही है। यह तो गत 14 अगस्त को गोआ के मैदान में सत्याग्रह करनेवाले एक अदने देश-सेवक का लिखा हुआ 'रिपोर्ताज' या प्रत्यक्षदर्शी का विवरण मात्र है।

भोंदू भट्ट बात-बात में कोई-न-कोई पवाड़ा बना और गाकर सुनाने लगता, उसकी भाषा आधी मराठी, आधी कोंकणी। ऊपर उद्धृत कविताएँ तो कर्कश अनुवाद मात्र हैं। उनमें जो जान है, वह भोंदू भट्ट की उक्तियों की है और जो कटु-

कर्कश कमजोरियाँ हैं, सब इस रिपोर्ताज के अकुशल लेखक की हैं।

हमारे दल का नेतृत्व यही बनारसीजी कर रहे थे, जिनकी चर्चा कई बार पहले आ चुकी है। बनारसीजी के पीछे उज्जैन के तरुण सत्याग्रही श्री बद्रीविशाल थे, उनके पीछे बम्बई के हरिजन वृद्ध रामलालजी थे और उनके पीछे बंगाल के तरुण त्रिभुवन देव चक्रवर्ती थे, चक्रवर्ती महाशय के पीछे वह तरुणी सत्याग्रहिणी थी जो शिविर से ही जुलूस का नेतृत्व करने पर तुली थी और शिविर संचालक के एक निर्णय पर, कि दल का नेतृत्व श्री राधारमणजी बनारसी करेंगे लाचारी से बीच में चल रही थी। बनारसीजी के भी आगे भोंदू भट्ट नाचता, कूदता, खंजड़ी, सीटी बजाता, मार्ग बतलाता चल रहा था। इस तरह अपने रंग से सत्याग्रहियों के उस जत्थे का सही संचालक वह सीमाचोर विचित्रवेशी आशुतुक्कड़ ही था। यह बात शायद उसकी समझ में भी आई, तभी तो विवास से तीन मील पहले ही उसने आगे-आगे चलना बन्द कर दिया था यह कहकर कि उसका काम केवल राह दिखाना है। सो भी हृदयेश्वरी मैरी को प्रसन्न करने के लिए। वह काम अब करीब-करीब हो चुका था।

"मैं अब आगे-आगे नहीं जाऊँगा।" उसने कहा।

"क्यों भाई?" तरुणी सत्याग्रहिणी ने पूछा।

"क्योंकि, मैं मरने के लिए सत्याग्रहियों के साथ यहाँ तक नहीं आया हूँ, मेरी ओर से सारी दुनिया मर जाए? खस कम जहाँ पाक। केवल हम बचे रहें—मैं और मेरी वह मैरी डि-सिलवा। सत्याग्रह करके जान दे मेरा मुद्दई। मैं सत्याग्रही नहीं सीमाचोर हूँ, विवेकी नहीं भोंदू भट्ट हूँ और अपना नाम और पेशा विश्व के बड़े-बड़ों से बदलने को तब तक तैयार नहीं जब तक वह है। वही मेरे दिल के कूड़ेखाने पर भी अपनी मुस्कान की चाँदनी, अनुराग के गुलाब खिलानेवाली मेरी मैरी-मेरी मीरा।"

"भाई"—तरुणी ने कहा—"तुम भी तो भारतवासी हो, या नहीं? ऋषि-गुरु-पितृ-ऋणों की तरह जननी-जन्मभूमि का भी ऋण होता है।"

"होता होगा ऋण माँ!" भोंदू भट्ट ने कहा, "पर भोंदू भट्ट न तो किसी देश में रहता है और न किसी का कर्जदार है। मैं अपनी प्रियतमा के हृदय नगर का नागरिक हूँ। दर-दीवार दरपन भए...।"

"क्या?" तरुणी ने पूछा।

"बचपन में साधु से सुना था...।"

"क्या"

"दर-दीवार दरपन भए,
जहं देखों तहं तोहि,

कांकर, पाथर, ठीकरी
भए आरसी मोहि।''

भोंदू भट्ट का मीरा पर ऐसा एकान्त प्रेम देखकर जैसे उस तरुणी सत्याग्रहिणी में मोह का मधुर पानी आ गया। उसने पूछा—

''तुम सबको अपनी मीरा ही की तरह देखते हो?''

''सबको...।''

''मुझे भी?''

''हाँ, माँ—भाव विह्वल उस नर-लंगूर ने कहा, ''अपनी मीरा ही समझकर रेल के डिब्बे में आपके चरणों पर माथा रख दिया था तो बस, अब मैं आगे नहीं जाऊँगा—रास्ता सीधा है, आधी मील पर विवास नगर पर चौमुहानी मिलेगी। वहीं पर पुलिस कोतवाली है जिसके पीछे क्वार्टर में मैरी है। आप लोगों के संकट में पड़ते ही वह समझ जाएगी कि उसके दरवाजे तक गोआ की पुकार कैसे आ पायी है।

वहाँ से वह आगे नहीं बढ़ा। जुलूस बनारसीजी के नेतृत्व में आगे बढ़ा तरह-तरह के आजाद नारे लगाता हुआ। मैं उनके बिलकुल पीछे था। भोंदू भट्ट के चले जाने पर मैं कुछ भयभीत-सा हो गया। मुझे लगा कि कुछ ही आगे विवास नगर की वह चौमुहानी होगी जहाँ पहले ही बर्बर पुर्तगाली पुलिस सैनिक हमारी मिट्टी पलीत करके छोड़ेंगे। जान से भी मार सकते हैं। 'देखते ही गोली मारो' की आज्ञा पुर्तगाली सैनिकों को हुई तो क्या मैं मर जाऊँगा? अरे ना! तबाही के लिए सत्याग्रह करने नहीं आया हूँ—आया हूँ दुनिया की वाहवाही लूटने।

मैं काँटा निकालने के बहाने रुक गया और जुलूस नारे लगाता, गाता, जय-जय हिन्द करता आगे निकल गया। दस मिनट, बीस-तीस मिनट और धायँ! धायँ! धायँ! तीन आवाजें। तो क्या पुर्तगालियों ने हम पर फायरिंग शुरू कर दी? मैं क्या करूँ? आगे बढ़कर देखूँ या पीछे हटकर जान बचाऊँ? मगर पीछे भी अगर पुर्तगाली मिले तो?

इतने में वही नजर आया—भोंदू भट्ट, उधर को झपटा हुआ जाता, जिधर सत्याग्रहियों का जुलूस गया था। उसे देखकर हिम्मत फिर से बढ़ गयी और उसके साथ मैं भी उसके पीछे-पीछे विवासनगर की चौमुहानी की तरफ बढ़ा। भोंदू भट्ट भी सुरक्षित स्थान से तमाशा देखने के इरादे से शायद आया था, क्योंकि, ज्योंही सत्याग्रही नजर आये वह एक मकान के कोने में दुबक रहा।

अब सामने चौमुहानी का मोर्चा स्पष्ट नज़र आने लगा। चौमुहानी के बीच में एक छोटा-सा पुराना मन्दिर था। मन्दिर की उस ओर पुर्तगाली सशस्त्र सैनिक कुछ करने पर कटिबद्ध-से खड़े थे और इस ओर सत्याग्रही मरने पर कटिबद्ध।

प्रश्न था आगे बढ़कर मन्दिर के शिखर पर तिरंगा झंडा फहराने का। बनारसीजी ने मौके पर तर्क किया, कि दल के नेता को पहले खतरे में नहीं पड़ना चाहिए। अत: कोई दूसरा आगे बढ़े। किसी दूसरे ने कहा, ''कोई दूसरा आगे बढ़े।'' हँसकर उज्जैन के बद्रीविशालजी आगे बढ़े और फौरन पुर्तगालियों ने उनका सीना फोड़ दिया। हाथ में राष्ट्रीय झंडा लिए वह धीर धराशायी हो गया। अब बंगाल के त्रिभुवन देव चक्रवर्ती झंडा सँभालने को आगे बढ़े और शहीद हुए। इसके बाद कई मिनट बीतने पर भी कोई सत्याग्रही जब आगे न बढ़ा तब वही तरुणी राष्ट्रीय झंडे की इज्जत सँभालने को आगे बढ़ी। और उसके बढ़ते ही मैंने देखा, मेरे सामने से भोंदू भट्ट तीर की तरह मैदान की तरफ झपटा, ''पहले मैं मीरा! पहले मैं!'' लेकिन जब तक वह पहुँचे तब तक पुर्तगाली गोली कन्धे में लगने से वह तरुणी भी धरती पर गिर पड़ी।

अब मैदान में भोंदू भट्ट! उसने झपटकर राष्ट्रीय झंडा हाथ में लिया। फिर उछलकर दाहिने गया, बायें गया। पीछे मुड़ा, आगे बढ़ा और लपककर मन्दिर की दीवार पर चढ़ ही तो गया। और ऐसा नहीं था, कि पुर्तगाली सैनिक तमाशा देखते थे, गोलियाँ वे बराबर बरसा रहे थे। पर, वह बच-बच जाता था। भोंदू भट्ट मन्दिर के शिखर पर जब झंडा बाँधने लगा, तब कहीं सैनिकों का निशाना लग पाया और जब झंडा ऊपर फहराने लगा तब भोंदू भट्ट भू पर लोटन कबूतर की तरह छटपटाने लगा।

उसकी अन्तिम पुकार—''हे राम!'' नहीं, ''स्वतन्त्र गोआ!'' नहीं, 'जय भारत!' भी नहीं। हमेशा के लिए चुप होने के पहले वह विजयी वीर की तरह हुँकार रहा था—

''मैरी! देखा तुमने? मैं उन्हें ले आया!''

तुलसी दल

लोग अक्सर पूछते हैं कि, ''ऐसी अच्छी जानकारी रखते हुए भी तुलसीदास का प्रचार कम्युनिस्ट-मत के विरुद्ध आप क्यों नहीं करते? क्यों नहीं स्वतन्त्र भारत की सरकार पर ज़ोर डालते कि विश्वशान्ति के लिए वह तुलसीदास के मत का प्रचार सारे संसार में करावे?'' इसके उत्तर में पहले मैं यह कहता हूँ कि वर्तमान विश्व शान्ति चाहता नहीं, भले ही लाउडस्पीकर से दिन में चौबीस घंटे और महीने में तीस दिन ॐ शान्तिः ॐ शान्तिः की आवाज़ बुलन्द करता हो। वर्तमान विश्व के महान या क्षुद्र राष्ट्रों के बजट पर एक निगाह डाल यह जाँचने से कि कितना व्यय युद्ध के नाम पर होता है और कितना शान्ति के नाम पर, सहज ही ज्ञात हो जाएगा कि विश्व का विश्वास किस पर विशेष है—युद्ध या शान्ति? युद्ध की तैयारी के मुकाबले में शान्ति की तैयारी के लिए रुपये में दमड़ी भी लगाने को दुनिया के दिमाग़दार दानिशमन्द (!) तैयार नहीं! ऐसे वातावरण में तुलसी-मत से दुनिया का इलाज कराने की कोशिश वैसी ही है जैसे अभागे कोरियनजनों के दर्द की दवा के लिए 38 वीं अक्षांश-रेखा पर तुलसी के पौधे लगाना—अमेरिकन और चीनी ज्वालामुखी तोपों के बीच में। अभिप्राय यह कि फ़िलहाल दुनिया शान्ति चाहती नहीं, अतः तुलसीदास के शब्दों से यही सत्य मालूम पड़ता है कि—

''समुझि सुनीति कुनीति रत जागत ही रह सोइ,
उपदेसिबो जगाइबो तुलसी भलो न होइ।''

तुलसीदास का प्रचार होगा तो महँगे एटम बमों, हवाई जहाजों, युद्धपोतों और तोपों के (अमेरिका और रूस दोनों के) संग्रह व्यर्थ चले जाएँगे। युद्ध की घनघोर तैयारी करते हुए शान्ति-शान्ति चिल्लानेवाले वर्तमान महाराष्ट्र पूर्व की ओर मुँह किये सीधे दक्खिन चले जा रहे हैं। सो, निकट भविष्य में संसार में अशान्ति की सम्भावना ही अधिक है। ऐसा न होता तो शान्ति के पैगम्बर महात्मा गाँधी की हत्या न की जाती। मैं गाँधीजी की हत्या का कारण नाथूराम गोडसे के पागलपन

से अधिक वर्तमान विश्व की स्वार्थी, हत्यारिणी, असाधु मनोवृत्ति को मानता हूँ। अब दुनिया का नाश हो जाने के पहले शान्ति का कोई दूसरा अवतार होता मुझे तो नहीं नजर आता और नाश हो जाने के बाद शान्ति हुई भी तो क्या?

दूसरी बात मैं यह कहता हूँ उनसे जो यह समझ बैठे हैं कि तुलसीदास का प्रचार होने से कम्युनिस्ट मतवालों को धक्का लगेगा कि मैं तुलसीवाद को कम्युनिस्टवाद से उग्रतर मानता हूँ। कम्युनिस्ट अर्थवादी, तुलसीदास परमार्थ वादी। कम्युनिस्ट को काम चाहिए, दाम चाहिए, रोटी चाहिए, बोटी चाहिए; उसे दुनिया के सभी सुख चाहिए जिन्हें तुलसीदास मायामय और मिथ्या मानते हैं। कम्युनिस्ट को 'प्रोपैगंडा चाहिए, डंडा चाहिए, प्रतिपक्ष को मार-मार कर ठंडा या कंडा कर देने के लिए, पर, तुलसीदास का 'मनुष्य' शुद्ध हृदय से चाहता है कि—

कबहुँक हौं यहि रहनि रहौंगो,
श्री रघुनाथ कृपालु कृपा तें सन्त सुभाव गहौंगो।
जथा लाभ सन्तोष सदा, काहू सों कछु न चहौंगो,
परहित निरत निरन्तर, मन, क्रम, बचन नेक निबहौंगो,
परुष बचन अति दुसह श्रवन सुनि तेहि पावक ना दहौंगो,
बिगत मान सम सीतल मन पर गुन नहि दोष कहौंगो।
परिहरि देह जनित चिन्ता, दुखसुख समबुद्धि सहौंगो,
तुलसीदास प्रभु यहि पथ रहि अविचल हरि भगति लहौंगो।

यह साम्यवाद देखिए—"सम सीतल मन" जिसमें "दुखसुख समबुद्धि सहौंगो" शक्तिमय तटस्थ निश्चय।

कम्युनिस्ट कहते—और सब ठीक तुलसी में लेकिन यह "श्री रघुनाथ कृपालु कृपा" की कामना का वर्डिस, कायरता, कमज़ोरी है। मेरा ख्याल है कर्म में दम्भ से बचने के लिए ही तुलसीदास 'श्री रघुनाथ कृपा' की दुहाई देते हैं न कि अकर्मण्य बनने के लिए, फिर, कार्ल मार्क्स, लेनिन और स्टालिन के चित्र आप पूजें तो ठीक प्रगतिगामी और तुलसीदास "श्री रघुनाथ-कृपालु कृपा" का भी सहारा लें तो दुर्गतिगामी। यहीं पर भावुकता अन्धी नजर आती है। मार्क्स की बड़ाई क्या? यही तो कि वह सबका भला चाहनेवाले ग़रीब परवर थे? मैं पूछता हूँ तुलसीदास के 'श्री रघुनाथ' अगर मार्क्स से करोड़ों वर्ष पहले से ही ग़रीब परवर हों तो? सर्वहारा के हितैषी हों तो? दशरथ के बेटे के राम वे जानें, पर तुलसी के राम कम्युनिस्टक कमनीयता में किसी भी कम्युनिस्ट से कदमों नहीं, कोसों आगे हैं।

ऐसे राम दीन-हित कारी
अति कोमल, करुना निधान बिनु कारन पर उपकारी!
साधन हीन, दीन निज अघ बस सिला भई मुनि-नारी,
गृहतें गवनि परसि पद पावन घोर सापतें तारी!
हिंसारत निषाद तामस बपु पशु समान बन चारी,
भेंट्यो हृदय लगाह प्रेम बस नहिँ कुल जाति बिचारी!
यद्यपि द्रोह किये सुरपति सुत कहि न जाए अति भारी,
सकल लोक अवलोकि सोकरत सरन गये भय टारी!
बिहँग जोंनि आमिष अहार पर गीध कौन व्रत धारी?
जनक समान क्रिया ताकी निज कर सब भांति सँवारी!
अधमजाति सबरी जोषित जड़ लोक वेद तें न्यारी,
जानि प्रीति दै दरस कृपा निधि सोउ रघुनाथ उधारी।
कपि सुग्रीव बन्धु-भय व्याकुल आयो शरन पुकारी,
सहि न सके दारुन दुख जन के हत्यो बालि सहि गारी!
रिपु को अनुज विभीषण निसिचर कौन भजन अधिकारी... ?
सरन गये आगे ह्वै लीन्हों भेट्यो भुजा पसारी!
अशुभ होइ जिनके सुमिरंतें बानर, रीछ बिकारी...
वेद विदित पावन किये ते सब महिमा नाथ तुम्हारी!
कहँ लगि कहौं दीन अगनित जिनकी तुम बिपति निवारी,
कलिमल ग्रसित दास तुलसी पर काहे कृपा बिसारी!

मुख-मर्दन उर्फ चुम्बन

निकाल लेने दे ऐ चर्ख़! हौसले दिल के,
शबाब तक तो रहे ऐश उम्र भर न सही।

—अकबर

'चोरी और उस पर सीनाज़ोरी' इसी का नाम है। दिनदहाड़े दूसरे सत्कवियों की कृतियों पर छापा मारना जिसका पेशा है; दूसरी भाषाओं के लब्धप्रतिष्ठ साहित्य-शिल्पियों की चीजों पर कुरुचिपूर्ण काट-छाँट की भद्दी वार्निश लगाकर, साहित्य की मर्यादा और ज्ञान से कोरे सम्पादकों को धोखा देना जिसका नित्यकर्म है; स्वर्गीय अमर लेखकों की पुस्तकों से चैप्टर के चैप्टर निकालकर रंगमंच की लक़दक़ और भोले-भाले चेहरों पर विस्मय-विमुग्ध हो पड़नेवाली 'गाँठ की पूरी आँख की अँधी जनता' को और उसके साथ ही रंगमंच के विधाताओं को ठगना जिसके 'पोयटिक लाइसेन्स', ईमानदारी और प्रतिभा का नंगा 'जाहर' है वह भी साहित्य के अभ्युदय की चिन्ता में जीने-मरनेवाले समालोचक को सब्ज़बाग दिखलाना चाहता है। रोगी, वैद्य को पथ्य और संयम का उपदेश देता है। साहित्य क्षेत्र में यह अभूतपूर्व लुंठन-व्यापार कलकत्ता की अलफ्रेड कम्पनी के 'वीरभारत' से कम सुन्दर नहीं; जाननेवाले इसे खूब अच्छी तरह जानते हैं!

महजूब 'फौजी'! अपने मौजी चन्द्रानन पर 'वक्रतुंडत्व' का 'पाउडर' पोतने की क्या ज़रूरत थी? तुम्हारा मनचला 'तांडवनृत्य' तो प्रथम-मिलन की पहली ही 'शुभ-दृष्टि' में तुम पर फ़रेक्त: हो चुका था; इस हिजाबेनाज़ के अन्दर अगर तुम अपना नंगाचित्र न दिखाते तो उसकी मैनोशी में क्या कुछ कमी आ जाती? यह बनावट, यह (हिन्दी में ये) अदाएँ, नग्ननृत्य देखकर तो, भई, उस्ताद 'अकबर' का यह शेर ज़बान पर आये बिना नहीं रहता:

अन्दा.ज .क़यामत के हैं ऐ जान! तुम्हारे
सौ दिल हों तो सौ दिल से हूँ क़ुरबान तुम्हारे।

सोचा था, एक बार तुम्हारे चेहरे पर मख़मूर नज़र डालकर अपनी राह लूँगा पर तुम्हारी इस शोख़ी ने तो मुझे कहीं का न रखा; दामन अलग करते ही नहीं बनता, दिल अलग मचल रहा है, तौबातिल्ला मचाये हुए है; फिर तुम्हीं सोचो इस 'मुखमर्दन' उर्फ़ 'चुम्बन' (मुआफ़ करना, हमारा चुम्बन ज़रा उग्र हुआ करता है) में मेरा क्या कुछ बस है? अपराध है?

इश्क़ के इज़हार में हरचन्द रुसवाई तो है,
पर करूँ क्या अब तबीयत आप पर आयी तो है।

—'अकबर'

तुमने जिस प्यार के चक्कर में पड़कर 'तुम' जैसे प्रेम—'पेटेंट' शब्द से 'तांडवनृत्य' का अभिवादन किया है, उसी के सरूर से सरशार होकर 'तांडवनृत्य' तुम्हें 'तुम' से दीक्षित और सिद्ध कर रहा है, अन्यथा 'आप' की इज्जत वह खूब समझता है।

'मौजी' प्रिय, (लेकिन अब तो इस 'प्रियता' पर 'तांडवनृत्य' का भी दावा दायर हो चुका है) 'फ़ौजी'! संस्कृत श्लोक एवं फार्सी, उर्दू के शेरों के परदे में 'वक्रतुंडत्व' दिखाने से काम नहीं चलेगा; उसमें तुम्हें सफलता नहीं मिल सकती। तुम्हारी चालाकियाँ इस 'मोहान्ध' (क्या खूब सम्बोधन अता हुआ है, गोया लैला के मुँह से मजनूँ के लिए फूल झड़े हों!) 'तांडवनृत्य' के पद-प्रहार में चूर होने से नहीं बच सकतीं। हाँ, इतना जरूर है कि हो तुम छँटे रँगीले—किन्तु इस बेचैन आशिक़ से इतना खेल खेलने की ज़रूरत नहीं है। वह तुम्हें ख़ूब पहचानता है, ख़ूब समझता है। दुनिया में उसने बहुत कुछ देखा है; तुम्हारे जैसे बीसों के सौन्दर्य की उपासना करना उसका नित्य का काम है। तुम इन विविध भाषाओं के उदाहरणों से उसका दिल लुभाना चाहते हो? धाक जमाना चाहते हो? उसे अपने बहुभाषा साहित्य-ज्ञान दिखाना चाहते हो? पर तुम्हें शायद मालूम नहीं है कि पहले ही आलिङ्गन में तुम्हारे हृदय की नाड़ियों का रक्त पहचाननेवाला 'तांडवनृत्य' तुम्हारी इन कलाबाज़ियों पर मुग्ध नहीं हो सकता। न जाननेवाली जनता भले ही तुम्हारे रौब में आ जाए पर वह तो खूब अच्छी तरह जानता है (और वही क्यों, सभी विविधभाषाभिज्ञ विद्वान साहित्यिज्ञ जानते होंगे) कि तुम्हारे ये उदाहरण, तुम्हारी बहुज्ञता के सूचक नहीं, हज़रत 'आज़ाद' और पं. पद्मसिंह शर्मा के ख़जानों के चुराये हुए सिक्के हैं! अरे यार, (खुदा मग़फ़रत करे और सहृदय पाठक मुआफ़ फरमावें 'तांडवनृत्य' और 'वक्रतुंडत्व' में कुछ दूसरा ही पौराणिक रिश्ता है—क्यों भई 'मौजी'-प्रिय! है न?—पर दुर्भाग्य से उस सम्बन्ध में चुम्बन व मुखमर्दन का रस नहीं है, इसीलिए 'तांडवनृत्य' को मजबूर होकर यह सरस सम्बन्धबोधक-

सम्बोधन इख्तियार करना पड़ा—क्या कीजिएगा कलियुग है न 1)+ इतना हावभाव क्यों कर रहे हो? साफ़-साफ़ क्यों नहीं कह देते कि "ज्यादा से ज्यादा मेरी पहुँच शर्माजी की बिहारी-सतसई (प्रथम भाग) के 240वें पेज (ज्ञानमंडली एडीशन) एवं हज़रत 'आज़ाद' के 'आबेहयात' के 360 वें और 194 वें पेज तक ही है। वहीं से मैंने ये उदाहरण चुराकर रख दिये हैं; वस्तुतः मैं उर्दू, फ़ारसी और संस्कृत साहित्य से उतना ही महरूम हूँ जितना गधा सींग से होता है।" क्या तुम अपने 'तांडवनृत्य' पर भी विश्वास नहीं करते? तुम्हारी रहस्यमयी कथा क्या वह किसी से कह सकता है? विश्वास रखो, तुम अपनी रहज़नी बन्द कर दोगे, कम से कम मुझसे स्वीकार कर लोगे तो वह तुम्हें बार-बार के चुम्बन से ज़लील करने थोड़े ही आएगा; फिर तो वह तुम्हारी गली छोड़कर दूसरे के घर डेरा डालेगा।

तुमने अपनी चोरी को स्वकल्पित काव्य-मर्यादा की सीमा के अन्दर जायज़ क़रार देने के लिए जो उछलकूद मचायी है और उस पर अपना ख़ास रंग चढ़ाने के लिए 'पोयटिक लाइसेन्स' की जो तशरीह—व्याख्या—की है, उसपर 'तांडवनृत्य' को, लाख रोकने पर भी, हँसी आ ही गयी। मालूम नहीं मैथ्यू आरनॉल्ड जैसे काव्यमर्मज्ञों की आत्माएँ स्वर्ग से तुम्हारे इस कुत्सित कर्म को किस रूप में देख रही होंगी और 'मौजी' के अँग्रेज़ी भाषा एवं साहित्य से अभिज्ञ पाठक तो तुम्हारे अँग्रेज़ी साहित्यज्ञान पर ताली पीटे बिना शायद ही रहे हों। इस शब्द की तशरीह करने से पूर्व अगर 'मौजी' के एम. ए. सम्पादक से ज़रा पूछ लेते तो क्या तुम्हारी विद्वत्ता पामाल हो जाती?—परन्तु वे तो तुम्हारे चेले हैं!

जिन प्राचीन रचनाओं के उदाहरण तुमने अपनी दलील के समर्थन में पेश किये हैं, उनमें एक दूसरे से भावापहरण अवश्य किये गये हैं किन्तु तुम्हारी उस रचना की तरह शब्द-समूह एवं क़ाफ़िये नहीं चुराये गये हैं, फिर भी काव्य-मर्मज्ञों ने इन्हें छोड़ा नहीं है। यदि तुमने किसी साहित्य का अध्ययन किया होता, तो तुम्हें इसका पता होता। गोस्वामी तुलसीदास की 'जब-जब होइ धरम कै हानी' इत्यादि चौपाइयाँ गीता के 'यदा यदाहि धर्मस्य' से ही अपहृत की गयी हैं, इसे कौन अस्वीकार करता है? किन्तु तुम्हारे समान थोथे तार्किक की समझ में यह बात क्यों नहीं आयी कि गोस्वामीजी की इज्जत में इन चौपाइयों ने कोई वृद्धि नहीं की है। अनेक काव्यमर्मज्ञों ने स्थान-स्थान पर इन चौपाइयों को उपर्युक्त श्लोकों का अनुवादमात्र लिखा है और इसके लिए काव्य की कसौटी पर परखते समय गोस्वामीजी की प्रशंसा किसी ने नहीं की है। गोस्वामीजी का सच्चा महत्त्व उनकी काव्यगतप्रतिभा में है भी नहीं, इस दायरे में तो हिन्दी के दूसरे कई कवि उनसे श्रेष्ठ ठहरते हैं। 'बिहारी' ने प्राचीन संस्कृत श्लोक का भावापहरण किया है, इसे स्वीकार करने में 'तांडवनृत्य' को कोई उज्र नहीं है। इसके लिए आवश्यकता पड़ने

पर वह 'बिहारी' की भी आलोचना कर सकता है। 'बिहारी' के प्रेमियों ने भी इसके लिए बिहारी को धन्यवाद नहीं दिया है, इसे उनकी मौलिक सूक्तियों की श्रेणी में स्थान भी नहीं दिया है। हिन्दी के कितने ही धुरन्धर आचार्यों ने उन पर दोष लगाने में भी उनके साथ दया का व्यवहार नहीं किया है। यही बातें घटा बढ़ाकर नासिख एवं आतिश इत्यादि के शेरों के लिए भी कही जा सकती हैं। यदि अपने 'तांडवनृत्य' के उपदेश से शिक्षा ग्रहण कर किसी उर्दू दाँ उस्ताद के चरणों में नाक रगड़ते और उसकी क़दम बोसी हासिल कर उर्दू-साहित्य का शान्त-सुस्थ मन से मनन करते तो तुम्हें मालूम होते शायद देर न लगती कि उर्दू के पुराने एवं नये काव्यमर्मज्ञ समालोचकों के मशहूर 'तज़किरे' ऐसी आलोचनाओं से भरे हैं। अभी तो हाल ही में निज़ाम द्वारा संक्षित सुप्रसिद्ध 'अंजुमन तरक्किए उर्दू' से एक उम्दाः 'तज़किरा' प्रकाशित हुआ है। 'आतिश' के कितने ही शिष्य 'नासिख' पर और 'नासिख' के शिष्य 'आतिश' पर ऐसी रचनाओं के लिए उनके जीवनकाल में ही दोषारोपण कर चुके हैं और इन दोनों स्कूलों के मोतक़िद अब भी एक दूसरे पर ऐसी चोटें करने से बाज़ नहीं आते। उर्दू के मशहूर मासिक 'ज़माना', मृत 'अदीब', 'सुबहेवतन' (मालूम नहीं आजकल यह ज़िन्दा है या नहीं) तथा 'नक्क़ाद' में समय-समय पर निकले हुए उर्दू के आधुनिक काव्यमर्मज्ञों के अनेक लेखों में इस प्रकार की बातों की आोचना हो चुकी है और अपहृत रचनाएँ हमेशा निन्दनीय ठहराई गयी हैं। खुद हज़रत 'आज़ाद ने भी मौक़े-मौके पर ऐसी रचनाओं की निन्दा की है और व्यंग्यमयी टिप्पणियाँ जड़ने में भी नहीं चूके हैं पर तुम्हें इन सब बातों की वाक़फ़ियत होती तो कहाँ से? तुमने कभी उर्दू साहित्य की शक्ल भी तो नहीं देखी? किसी अच्छे उस्ताद के पाले भी तो नहीं पड़े? 'तांडवनृत्य' के सत्संग से ही कुछ सीख जाओ तो भी ग़नीमत है!

तुमने लिखा है—"तुलसी, बिहारी, नासिख़, आदि के 'अनुवादित' पदों के प्रति भी विद्वज्जन की वह श्रद्धा और अकबर का केवल आधार (? कुछ दिन किसी व्याकरणतीर्थ के तलवे चाटो यार) ले लेने पर तुम्हारी 'फ़ौज़ी' के प्रति यह बेअदबी?...।" वाह! तुम्हारी अद्‌भुत तर्कप्रणाली देखकर तो 'तांडवनृत्य' के हृदय का कोना-कोना जर्मनी के प्रसिद्ध दार्शनिक कवि गेटी (Goethe) के शब्दों में चिल्ला उठता है—'So bold or denk, its erein kind' (ज्यों ही वह कुछ सोचना आरम्भ करता है, त्यों ही बालक हो जाता है)। अरे यार! व्यर्थ 'विद्वज्जन की श्रद्धा' का श्राद्ध क्यों कर रहे हो? विद्वज्जन ने कब इन 'पदों' की दाद दी है, कब श्रद्धा प्रकट की है? तुम्हारे जैसे माल-मारक विद्वानों ने भले ही ऐसी चीज़ों की क़दर की हो पर साहित्यिक दुनिया में तो ऐसी बात कभी नहीं सुनी गयी। बड़े-बड़े लोगों की चीज़ों का हवाला देकर समझदारों के मस्तिष्क पर जादू चलाया

चाहते हो? 'तांडवनृत्य' के विरुद्ध अपनी निस्सार दलीलों से ठगने के लिए लोगों की 'इमोशनल सेन्सेज़'(Emotional senses) को उभारना चाहते हो? बड़े लोगों के नाम के प्रभाव से प्रभावित करना चाहते हो? पर याद रखो, अब लोग समझने लगे हैं कि 'तुलसी', नासिख और बिहारी की तो बात ही क्या, सत्य, राम और कृष्ण के व्यक्तित्व से भी अधिक—अत्यधिक—महान है। चोरी चाहे नासिख की हो, चाहे तुम्हारी, वह हेय ही है। समझे?

यार फ़ौज़ी! तुम्हारे 'वक्रतुंड' ने 'पोयटिक लाइसेन्स' की व्याख्या करके जैसे करुण शब्दों में दुहाई दी है और 'अकबर' का 'केवल आधार' लेकर बनायी हुई कविता पर बिगड़े हुए 'कवि के अधिकारों से नादान और बेख़बर' 'तांडवनृत्य' से जैसी मर्मस्पर्शी वाक्यावली में रियायत चाही है, उसे देख, सुन और पढ़कर तो वह एक चटपटे शेर को दुहराए बिना नहीं रह सकता:—

किस नाज़ से कहते हैं वह झुँझला के शबे-वस्ल,
तुम तो हमें करवट भी बदलने नहीं देते।

—अकबर

भई 'वक्रतुंड'! 'फौजी' के ऊपर 'तांडवनृत्य' को फौजकशी करते देखकर तुम्हें उस पर अफ़सोस हो रहा है, इस सहृदयता के लिए तुम्हें धन्यवाद और मुझे दुःख है क्योंकि उसने तो तुम्हारी अदाएँ देखते ही मुझ से कह दिया था:—

जनाबे शेख़ को है मेरे हाल पर अफ़सोस,
कहो कि इससे भी होगा सिवा अभी क्या है?

—अकबर

यार! मेरी ग़रीब प्रतिभा की परीक्षा करने मत जाओ। उधर तुम्हारे जैसे अछूतों का प्रवेश-निषिद्ध है। तुम्हारे 'मार्क' किये हुए शब्दों ने ही तुम्हारी बुद्धि का परिचय दे दिया है। अब अधिक ज़रूरत नहीं है। हाँ, इतना जरूर कहूँगा कि फरहंग आसफ़िया के पन्ने एक बार उलट तो जाओ!

इस नाचीज़ 'तांडवनृत्य' के भाषाज्ञान पर मत जाओ, इस विषय में तुम्हें पढ़ाने की वह बहुत कुछ लियाक़त रखता है—

तर दामनी पे शेख़ हमारे न जा अभी,
दामन निचोड़ दूँ तो फ़रिश्ते वज़ू करें।

—ग़ालिब

तुमको जितनी फारसी आती है उसका पता भी हमें ख़ूब है, पर हाँ, (पाठक आत्मश्लाघा के लिए क्षमा करेंगे) इस विषय में तुम से कह देना अच्छा होगा कि फ़ार्सी के जिस 'गुलिस्ताँ' के दरवाजे से ही उसके मालियों ने तुम्हें धक्के देकर लौटा दिया है उसके बू क़लमूं सहनों पर छह वर्ष की अवस्था में ही 'तांडवनृत्य अपना कलनृत्य कर चुका है और विश्वास रखो उर्दू, फार्सी के साहित्य पर उसका कम से कम इतना अधिकार तो अवश्य ही है कि वह तुम्हें पढ़ा लिखाकर उनमें तुम्हें पारगामी पंडित बना दे सकता है।

× × ×

दो चार शब्द 'मौजी'-सम्पादक भी। क्यों हज़रत, बेचारे 'मतवाला' ने आपका क्या बिगाड़ा था, जो उस पर भी दुलत्तियाँ झाड़ दीं? यह तो 'खिसियानी बिल्ली खम्भा नोचे' वाली कहावत हो गयी। मुझ पर चाहे जो आक्षेप करते किन्तु मेरी 'फौजकशी' से चिढ़कर बेचारे नामः बर—'मतवाला'—पर क्यों हाथ की सफाई दिखलाने लगे? बताइये तो—

ख़त लिखा था मैंने मेरे हाथ करने थे क़लम,
नामःबर मेरा सज़ावारे ख़ता क्योंकर हुआ?

मुझे दुःख है कि आपकी दलीलें, शायद आपकी लिखी नहीं हैं। मुझे विश्वास है कि 'आर्ट' के 'मास्टर' होकर आप ऐसी थोथी चीजें पेश नहीं कर सकते। फिर भी आप सम्पादक हैं, आप पर जिम्मेदारी है अतएव आपको सोचना जरूर चाहिए था कि 'कुड़मधुम' के तर्क में जोर है या नहीं? समाचार तो सदैव एक ही होते हैं। एक ही समाचार विभिन्न पत्रों में छपता है। 'मतवाला' में यदि वही समाचार प्रकाशित हो गया, जिसे आप प्रकाशित कर चुके थे तो वह चोरी कैसे हुई? और फिर इसका मेरे लेखक के साथ क्या सम्बन्ध था? परन्तु आप तो...।

दूसरी टिप्पणी पहले से भी गयी बीती है। 'इंग्लिशमैन' एवं 'स्टेट्समैन' अपने रविवार अंकों को विलायती डाक की चोरी करके भर देते हैं, इसीलिए 'मौजी' भी चोरी करे? गोया ये दोनों गोरे पत्र जो कुछ करते हैं, वह सबके लिए उचित एवं अनुकरणीय है। अँग्रेजी लेखकों को पता नहीं चलता, इसलिए या और किसी कारणवश वे इन पत्रों के सम्पादकों पर दोषारोपण नहीं करते, परन्तु इससे यह कैसे सिद्ध हो गया कि उनकी तरह चोरी करना साहित्यिक मर्यादा के विरुद्ध नहीं है। अच्दा होता यदि आपकी अवधानता में ये टिप्पणियाँ न निकलतीं! परन्तु आप तो...!

× × ×

मि. फौजी! इन अप्रिय बातों के लिए क्या तुम अपने स्नेही 'तांडवनृत्य' को क्षमा कर दोगे? तुम जानते ही हो, इश्क़ क्या-क्या नहीं करता? हाँ, इतना और कह देना वाजिब है कि तुम्हारी अच्छी से अच्छी कविताओं पर 'कुछ कहने' का जो 'अल्टिमेटम' तुम्हारे 'वक्रतुंड' ने तुम्हारे 'तांडवनृत्य' को दिया है, वह उसे सहर्ष स्वीकार करता है। यदि फ़ुरसत मिली तो, वह प्रयत्न करेगा कि तुम्हारी अन्यान्य 'अच्छी से अच्छी कविताओं' पर भी वह कुछ कह सके। इच्छा न होते हुए भी तुम्हारे 'वक्रतुंड' की बदौलत मुझे यह चैलेंज स्वीकार करना पड़ रहा है। क्या करूँ:—

खूब वह दिखला रहे हैं सब्ज़बाग़,
तुमको भी कुछ गुल खिलाना चाहिए।

—अकबर

विप्लव-गान

भैरवी! जान पड़ता है तू उस 'भैरवराग' को भूल गयी। संगीतविद्या की पंडिता और भूल गयी! आश्चर्य!! अपनी (भैरवी-) रागिनी गा-गाकर तू प्रभात को प्रकृति -प्रांगण में रोज ही बुलाती है और उसे बाल-दिवस बनाकर 'आसावरी' सुनाती है, दोपहर के समय, जब प्रभात पूर्ण युवा हो जाता है, तू 'सारंग' गाकर उस युवक पर मोह-रंग चढ़ाती है, दिवस का पतन प्रारम्भ होते ही तेरे कंठ से 'पीलू' का प्रादुर्भाव होता है—तू गाती है 'डगमग हालै मोरी नैय्या रे-ए-ए-ए-ए कन्हैया बिन!'—पर कभी भैरवराग क्यों नहीं गाती?

सन्ध्या सुकुमारी के प्रकृति-सिंहासन पर बैठते ही तू उसके कल्याण के लिए 'श्यामकल्याण' का स्वर छेड़ देती है और उसके बाद 'इमन', 'खम्माच', 'कान्हरा', 'दरबारी', 'मालकोष' न जाने कौन-कौन राग-रागिनियाँ अलापती चली जाती है। मानो तुझे निशा के अवसान की सुध ही नहीं रहती, मानो तू समझती है कि निशा की मोहनिद्रा ही संसार के लिए अधिक शान्तिकर है। पर संसार से पहले तेरी ही आँखें खुलती हैं। आख़िर तू योगिनी ही तो ठहरी। जिस समय से तेरा रोदन आरम्भ होता है। तू 'बिहाग' के स्वर में कहती है—'सबै दिन नाहिं बराबर जात।' यौवन के उत्थान की छाती ही पर उसके पतन की भूमिका लिखी जाती है, फूलों का मस्त होकर खिलखिलाना ही उनके टूटने, बन्धन में पड़ने, दलित-मलित होने, सबकुछ खोने और अन्त में पैरों से रौंदे जाकर धूल में मिल जाने का कारण होता है! पिछली रात के पहले तू चीख़कर 'सोहनी' क्या गाती है कलेजा निकाल देती है। उस समय के तेरे आँसू, सोते हुए लताद्रुमों की छाती पर जम जाते हैं!' 'परज' गाती-गाती तो तू बेहोश हो जाती है पर अभागिनी, कभी भैरवराग क्यों नहीं गाती?

सचमुच तू उसे भूल गयी। अच्छा मैं सुनाऊँ? ठीक-ठीक तो याद न होगा फिर भी उसकी झलक दिखा सकता हूँ। इसका यह अर्थ न समझ लेना कि मैं तुझसा बड़ा संगीतज्ञ हूँ। मैं तो एक साधारण कवि मात्र हूँ। कवि ही तो संगीत का सृष्टा है? हाँ, अब सुन! भैरवराग का देवता है विश्वप्रेममय निर्विकार परन्तु

भयंकर क्रोध, फल है—सुन्दरशान्ति। भैरवराग के गान के नायक वृन्दावन के मनमोहन नहीं, कुरुक्षेत्र के चक्रपाणि, कर्मवीर कृष्ण हैं, देशद्रोही जयचन्द नहीं, रणवीर पृथ्वीराज हैं, (तीन सौ वर्ष पहले के) बीकानेर के राजा नहीं, उदयपुर के 'राणा' हैं, मीरजाफर नहीं सिराजुद्दौला हैं। उस कविता की पदावली—

'सुन्दर रूप सोहाय—
कमरिया नागन-सी बलखाय।'

की तरह की कायरतामयी नहीं होती, उसमें तो शृङ्गार की मदिरा के स्थान में क्रोध का ज्वालामुखी रहता है। भैरवराग में गाया जा सके ऐसा गान सब नहीं लिख़ सकते! उस कविता के विधाता 'भूषण', 'बायरन', 'काबूर', 'बंकिम', 'सावरकर' या 'लेनिन' ही हो सकते हैं! मेरा स्वर शुद्ध नहीं, हृदय में यथेष्ट बल भी नहीं फिर भी तुझे याद दिलाने के लिए टूटा-फूटा भैरवराग सुनाता हूँ, सुन—

भैरवी नाच रही है
व्याह में दानवता के!
सभी को मोह लिया है
राग विप्लव का गाके!
रणस्थल-रंगभूमि पर
तना अम्बर-वितान है,
रक्त-रेखाओं का दल
सजा 'चौका' समान है!
भैरवी नाच रही है!!!

× × ×

डटे योद्धा-बाराती
धरे केसरिया बाना
देखते हैं वह नर्तन
और सुनते हैं गाना
ताल, नर-मुंड दे रहे
धमाधम रुंडों से गिर
झनझनाकर स्वर भरता
कृपाणों का दल अस्थिर!
भैरवी नाच रही है!!!

तुपक का तर्जन गर्जन,
भयंकर 'हा-हा' करना,
कटे मुंडों का रव है—
भैरवी का स्वर-झरना!
योगिनी दल के खप्पर
छलकते शोणित से भर
वही तो है गुलाबजल
उसी से तन सबका तर!
भैरवी नाच रही है!!!

× × ×

रणस्थल के मंडप में
रुद्र का पूजन होता
'हाय!—हा!—हो-हो-हो!!' ही
मन्त्र उच्चारण होता!
पुष्प अंगों के चढ़ते
पूत हो शोणित-सर में
पड़ी माला मुंडों की
उग्र के कंठ-अधर में!
भैरवी नाच रही है।

कसौटी

''रास्ता रोक के कह लूँगा जो कहना होगा
क्या मिलोगे न कभी राह में आते जाते॥''

इलाहाबाद के पंडित रामनरेशजी त्रिपाठी हिन्दी-कविता साहित्य में बहुत बड़ा काम कर रहे हैं। वह स्वयं सुकवि हैं, सुलेखक हैं, काव्य मर्मज्ञ हैं, देश-भक्त हैं, सम्पादक हैं, और भी न जाने क्या-क्या हैं! आपकी कृपा से कविता-प्रेमियों को बहुत लाभ पहुँचा है। आपके द्वारा सम्पादित कविता-कौमुदी के दो भाग पहले निकल चुके हैं और उनका आदर भी हिन्दी-संसार में खूब हुआ है। अब उन्होंने कविता-कौमुदी का तृतीय-भाग प्रकाशित किया है। इसमें संस्कृत-भाषा के 57 कवियों की कविताएँ संगृहीत हैं और सरल भाषा में उनका अर्थ भी दे दिया गया है। इसका सम्पादन एक साहित्याचार्य महोदय ने किया है। हमें इस संग्रह में कुछ त्रुटियाँ प्रतीत हुई हैं, और हम उन्हीं पर कुछ निवेदन करना चाहते हैं। आशा है, हमें त्रिपाठी जी के कोपानल में दग्ध न होना पड़ेगा।

संस्कृत भाषा कई सहस्त्र वर्षों तक कविता की एकमात्र भाषा रही है। समय-समय पर अनेक सुकवि अपनी-अपनी रचनाओं से संस्कृत-साहित्य को अलंकृत करते रहे हैं। यद्यपि उनकी सब कृतियाँ आज उपलब्ध नहीं हैं, तो भी जो कुछ मिलती हैं, वही इस ज़माने में, जबकि संस्कृत-भाषा किसी-किसी के मतानुसार मृत है, किसी भी सभ्य और जीवित भाषा से टक्कर लेने के लिए पर्याप्त है। आर्य कवीश्वरों की यशोरक्षा के लिए अलम् हैं। भले ही उनमें पूर्व और पश्चिम के सन्धि-स्थल में खड़ा होने की क्षमता न हो! और वे, आर्य कविगण विश्व-साहित्य में स्थान पाने के अनुपयुक्त हों, फिर भी जो कुछ उन्होंने कहा है, वह उनका अपना है। उस पर उनकी छाप लगी हुई है। वह उनकी अपनी सूझ-बूझ है। वह उनके हृदय की, उनके मस्तिष्क की उपज है। किसी की चोरी नहीं है। यद्यपि इस छोटी सी पुस्तक में उन सब कवियों का स्थान नहीं हो सकता था, दिया भी नहीं गया, किन्तु संग्रह किस क्रम से हुआ है, यह हमारी समझ

में न आया। समझ में आये कैसे? सम्पादक-महोदय ने भूमिका लिखने में पूरी कंजूसी की है। हाँ पूरी कंजूसी! अजी साहब, सम्पादकीय वक्तव्य है ही नहीं, अतएव यह जानने का कोई उपाय नहीं है, कि इन 57 कवियों की रचनाओं को ही सम्पादक ने क्यों पसन्द किया? और योग्य होने पर भी अन्य कवियों को इस संग्रह में स्थान क्यों नहीं मिला। स्थानाभाव का कारण तो नहीं है, इतना हम अपनी ओर से बलपूर्वक कह सकते हैं। कारण, पुस्तक के अन्त में एक बहुत विस्तृत कौमुदी-कुन्ज है, अभी तक तो लता कुन्ज, आदि ही सुन पड़ते थे, अब त्रिपाठी जी की कृपा से कौमुदी-कुन्ज के भी दर्शन होने लगे। हिन्दी भाषा-भाषियों का सौभाग्य! हाँ, तो स्थानाभाव के अतिरिक्त कोई और ही गूढ़ कारण होगा? इस रहस्य पर प्रकाशक महोदय ने भी अपनी भूमिका में कुछ प्रकाश डालने का कष्ट नहीं स्वीकार किया।

फिर काव्य-प्रकाश रचयिता मम्मट भट्ट को इसमें स्थान क्यों नहीं मिला, यह कह सकना हमारे जैसे नाहर के लिए भी असम्भव है। कविता कौमुदी (अवश्य ही तृतीय भाग) के सब पन्ने उलट डालिये, तो भी निम्नलिखित कवियों का नाम नहीं मिलेगा।'काव्यादर्श' और 'दशकुमारचरित' आदि के प्रणेता दंडी, काव्यालंकार निर्माता रुद्रट, 'चंड कौशिक'-प्रणेता आर्यक्षेमीश्वर, 'मृच्छकटिक' के शूद्रक, विक्रम की सभा के नवरत्न घटकर्पर, 'भट्टि-काव्य' के भट्टि, 'पञ्चतन्त्र' के विष्णुशर्मा... कहाँ तक गिनावें, अभिनवगुप्त, गुणाढ्य, व्यांडि, शिल्हण और उमापतिधर आदि कवियों को क्यों इसमें स्थान नहीं मिला? इन लोगों की क्यों उपेक्षा की गयी है, यह बतलाना सम्पादक महाशय का काम है। हमारा नहीं! यदि कौमुदी-कुंज कुछ संक्षिप्त कर दिया जाता, और उस रिक्त-स्थान में यदि उन उपयुक्त कवियों के विषय में संक्षेप में ही कुछ कह दिया जाता, तो शायद 'कविता-कौमुदी' की शोभा में किसी प्रकार की बाधा न उपस्थित होती। लेकिन सम्पादक हैं, साहित्याचार्य, अतएव उनसे कुछ कहते भी डर लगता है। एक बात और है, उसमें वर्णानुक्रम से कवियों को स्थान मिला है! अन्यभागों से इसमें यह व्यतिक्रम क्यों हुआ? यह हम नहीं जानते! कविता-कौमुदी के प्रथम और द्वितीय भाग में समय के अनुसार और एक ही समय के कवियों को शायद गुणानुसार स्थान दिया गया है! किन्तु तृतीय भाग में बूढ़े बाबा बाल्मीकि पीछे भटक रहे हैं, और अकाल-जलद, महाशय आगे ही गम्भीर-घोष कर रहे हैं। सम्भवतः इसमें भी कोई रहस्य ही होगा।

महाशयो, थोड़ा-सा निवेदन अभी और है, वह यह कि इसमें प्रूफ़ की ग़लतियाँ बहुत हैं, प्रकाशक महाशय ने यद्यपि इसके लिए खेद प्रकट कर दिया है और 'पाठकों से क्षमा प्रार्थना भी कर लिया है, तथापि हमें तो इससे ज़रा भी

सन्तोष नहीं हुआ। पुस्तक शुद्ध रूप में निकालने में शायद कुछ ही अधिक देर लगती, किन्तु वह न करके अगले संस्करण में सुधारने का वादा किया गया है। इससे जबरदस्त हानि होने की सम्भावना है। पढ़नेवाले सब धनाढ्य नहीं होते। न हर एक संस्करण की पुस्तक ही बार-बार खरीदी जा सकती है। ऐसी दशा में जिनके हाथ में इस संस्करण की पुस्तक रहेगी, उन्हें ग़लतियों से आप कैसे बचाइएगा? हम केवल दो उदाहरण रखते हैं, ये श्लोक हैं, पंडितराज जगन्नाथ के। पृ. सं. 104 प. 18 से 21

'आमूलाद्रत्न सानोर्मलय वलयिता दाचकूलात्पयोधे,
अबिन्तः सन्तिकाव्य प्रणेन पटवसो विशङ्क बदन्तु!
मृद्वीकामध्य निर्यन्मसृण पद धुरी माधुरी साग्यसाजां
बाचाभाचार्यतया पदमनुभवितुं कोऽस्मि धन्यो मदन्यः।'

सम्प्रत्युज्झितमासनं मधुरीमध्ये हरिः सेव्यते।

और भी इसी प्रकार की प्रूफ की अगणित ग़लतियों से पुस्तक परिपूर्ण है। क्या ऐसी भद्दी भूलों के लिए भी क्षमा प्रार्थना की जा सकती है? श्लोकों के अर्थ जो सरल भाषा में लिखे गये हैं, उन पर बहुत कुछ कहना है सो तो फिर कहेंगे। आज इतना कहे देते हैं, कि अधिकांश अर्थों में श्लोकों का भाव ठीक-ठीक व्यक्त नहीं हो सका। कम से कम हम तो हजार चेष्टा करने पर भी नहीं समझ सके। कवियों की कृतियों की विशेषताओं पर कुछ नहीं कहा गया पदों का अर्थ कहकर पिंड छुड़ाया गया है। ऐसी दशा में संस्कृत कवियों की बहुत गौरव हानि हुई है। बानगी फिर पेश करेंगे। आज तो अब विदा होते हैं। अच्छा। त्रिपाठी जी, प्रणाम।

चाबुक

''सुन लीजे गोश-दिल से मेरे मुशफ़िका य' अर्ज़।
मानिन्द-बेद .ग़ुस्सः से मत थरथराइये॥''

—इंशा

जबलपुर की सुप्रसिद्ध मासिक-पत्रिका 'श्री शारदा' अब त्रैमासिक रूप में निकलती है। सम्पादन अच्छा होता है। लेखों के चुनाव में कोर-कसर नहीं की जाती, काग़ज और छपाई आदि बढ़िया होती है। मतलब यह कि पत्रिका की उपयोगिता में किसी प्रकार का सन्देह नहीं है। इस त्रैमासिक रूप के प्रथम वर्ष का द्वितीय अंक हमारे सामने है, इसमें 4 लेख हैं। इन्हीं चारों में एक लेख है—कवि और समाज, लेखक हैं—श्री गुरुप्रसाद पांडेय। आप साहित्यरत्न हैं, और बी. ए. एल. एल. बी. भी हैं। अतएव आपकी विद्वत्ता में किसी को सन्देह न होना चाहिए! फिर चाहे आपने इसमें ऊटपटाँग ही क्यों न लिख मारा हो। साहित्यरत्न जी ने जिस प्रकार अपने पक्ष की वकालत की है! जैसा असम्बद्ध-प्रलाप किया है, वह वस्तुतः दर्शनीय है। आपने अपने वृथा-पुष्ट लेख में यही सिद्ध करने की चेष्टा की है कि ईस्वी सन् के बाद संस्कृत और हिन्दी कवि—समुदाय तथा तत्कालीन भारतीय समाज बहुत 'पतित' रहा है। इस सम्बन्ध में तो फिर कभी कुछ लिखा जाएगा। आज आपके कुछ असम्बद्ध-वाक्यों की बानगी पाठकों के सामने रखता हूँ, आप 87 वें पृष्ठ की 14 वीं पंक्ति में लिखते हैं कि, ''आप कालिदास को भले ही बड़ा मान लें।'' यहाँ आप का अभिप्राय मालूम नहीं किन 'आप' से है। पंडितों से तो है नहीं, क्योंकि आपने इसी पंक्ति में आगे चलकर उनका निषेध कर दिया है! फिर पंडित-इतर ये आपके 'आप' कौन हैं? कोई, 'देवानां प्रिय'।

आपके मत से कालिदास का भारत में प्रसिद्धि प्राप्त करने का कारण उनकी 'सरल और सच्ची' कविता नहीं है। किन्तु 'जनता की श्रृङ्गार-तृप्ति का पुरस्कार' है! ठीक है पांडेय जी! 'ज़बान के आगे खन्दक' थोड़े ही है। पृष्ठ 88 की 16 वीं पंक्ति में आप लिखते हैं कि, ''एक जैन कवि का लिखा हुआ 'धनञ्जय'

नामक ग्रन्थ भी ऐसा ही है।'' वाह! महाराज, इसी ज्ञान के बल पर आप प्राचीन समाज का, 'सानुमान ज्ञान' प्राप्त कीजिएगा! इतना बड़ा अन्याय ग्रन्थकार के नाम ही को 'ग्रन्थ' बना डाला! क्या है उस 'धनञ्जय' नामक गन्थ में? और किस जैन कवि का वह लिखा हुआ है? कहीं सुन सुनाकर तो नहीं लिख दिया! महाराज ज़रा कान खोलकर सुनिए 'धनञ्जय' ग्रन्थ नहीं है, कवि का नाम है। यही धनञ्जय नामक जैन कवि हैं, जिन्होंने 'द्विसन्धान' नाम श्लेषात्मक ग्रन्थ लिखा है और जिसको आपने 'धनञ्जय' बना डाला है। बलिहारी इस ऐतिहासिक ज्ञान की! इसी पृष्ठ पर आपने 'भट्टि काव्य' का एक श्लेषात्मक श्लोक खिलकर यह राय दी है, कि पंडित लोग इसको प्रथम श्रेणी की कविता समझते थे। उन लोगों ने ऐसी कविताओं को 'तुच्छश्वपुच्छच्छटयेव वाचा' (तुच्छ कुत्ते की पूँछ के समान) ही कहा है। किन्तु पांडेय जी को इससे क्या मतलब? पृष्ठ 90 की 10 वीं पंक्ति में आपने लिखा है, ''समालोचक ही कवि की रुचि के प्रवर्तक हैं।' वाह! कैसी अनूठी गवेषणा है! कैसा नूतन 'आविष्कार' है! अरे मेरे दोस्तो! इसको नोट कर लेना। समझे। यह बड़ी मेहनत से की हुई खोज है।

अगर समालोचक ही कविता की रुचि के प्रवर्तक हैं, यह बात सत्य है तो कम से कम संस्कृत साहित्य में शृंगार-रसमयी कविताएँ न होनी चाहिए थीं। कारण वहाँ का एक दल तो शृंगार-रचना के कारण कविता का ही विरोध करता था, उसकी आज्ञा थी, कि ''असभ्यार्थ विधायित्वान्नोपदेष्टव्यं काव्यम्'' और भी कितने ही समालोचक शृंगार-रस के विरुद्ध खड्ग-हस्त थे। लेकिन समालोचकों का प्रभाव कवियों पर प्रतिभावान कवियों पर पड़ ही क्या सकता था! आपके लेख भर में कवियों पर अश्लीलता और कुरुचि प्रवर्तक प्रेम के वर्णन करने का अपराध लगाया गया है, पर हम न समझ सके, कि अश्लीलता और कुरुचि की आपने परिभाषा क्या निश्चित की है। आप कविता में आखिर क्या चाहते हैं, केवल वैराग्य और नीति की बातें! आप कहते हैं कि यहाँ के लोग काम-वासना को ही प्रेम समझते थे। वो कैसे? पांडे जी, इस प्रकार की निराधार बातें आप क्यों कहते हैं?

आपकी एक और भी विचित्र राय है, कि यहाँ की जनता 'उच्चादर्श' प्रिय नहीं थी और उसमें 'पशुता के मुख्यगुण—हृदय कठोरता, और प्रबल काम इच्छा आदि का भाव खूब जोरों पर था? ठीक है, उस्ताद, कहते चलो, जो जी में आये। कोई टोकनेवाला थोड़े ही है।

शायद वेदान्त-वाद की गणना उच्चादर्श में नहीं है। भारतवर्ष के हिन्दू आज भी अपने उच्च आदर्श के लिए बदनाम हैं, उच्च आदर्श के मुख्यगुण सर्व-हितैषणा का लोप इस गिरे हुए समय में भी हिन्दू जाति से नहीं हुआ है। परन्तु साहित्य रत्नजी इस आदर्श का अभाव बहुत पुराने ज़माने से देखते हैं! रही प्रबल 'कामैषणा',

सो इसका साक्षी इतिहास है। हमारे पूर्वजों का समय विश्वविख्यात रहा है। लेकिन 'घर के लड़के' पांडेय जी इस बात को नहीं मानते। पृ. 98 में लिखा है, कि "इसका वर्णन रति-ग्रन्थों में आवश्यक हो गया" किन रति-ग्रन्थों में? कोकशास्त्र आदि में। क्या साहित्य में कुछ 'रति-ग्रन्थ भी हुआ करते थे। यदि हाँ, तो वे कौन-कौन से हैं!'

सबसे बढ़कर एक बात आपने जो कही है, वह है, "हिन्दी में सच्चे प्रेम का वर्णन वास्तव में वेश्यावों के साथ ही देखा जाता है" (पृ. 100)। वैसे तो पांडेयजी ने अपने इस लेख में कई तथ्यों का आविष्कार किया है, किन्तु यह तथ्य सबसे अनूठा है; अश्रुत-पूर्व है। इसके अतिरिक्त आपने कई जगह अपने कथन के सिद्ध करने के लिए या यों कहिए कि अपने पूर्वजों की निन्दा करने के लिए कई विदेशी विद्वानों के वाक्यों के अवतरण दिए हैं, जिसकी कोई आवश्यकता न थी। हमारा विचार है, कि पांडे जी ने इस लेख को जोश में आकर लिख डाला है। यदि वह शान्तचित्त होकर विचार करते तो उन्हें अपना भ्रम स्पष्ट मालूम हो जाता। कवियों ने यदि शृंगार-रस का वर्णन किया है, और आपको उसमें अनौचित्य दीख पड़ता है, तो आप उन पर खूब लिखिए। किन्तु सभ्य समाज को उसके साथ घसीटना कहाँ का न्याय है? कवियों ने स्वयं अश्लीलता को दोषों के अन्दर माना है और काव्यालंकार के निर्माता रुद्रट आदि ने स्पष्ट शब्दों में लिख दिया है कि, "नहि कविनापरदारा-द्रष्टव्या" आदि। फिर समाज जहाँ इन कवियों का आदर करता है वहाँ कितने ही नीतिकारों और वेदान्तवादियों का इनसे भी अधिक आदर करता है। फिर समग्र समाज को लक्ष्य करके इस तरह अंट-संट कहने की क्या ज़रूत थी, सो हम नहीं समझते।

पं. रामनरेश त्रिपाठी द्वारा सम्पादित होकर प्रयाग से प्रकाशित होनेवाली कविता-कौमुदी का चतुर्थ अंक हमारे सामने है। लेख सब के सब अच्छे हैं; सुपाठ्य हैं। केवल 'नायिका-भेद' शीर्षक लेख में जो विद्वान सम्पादक महोदय का लिखा हुआ है, थोड़ी-सी त्रुटि रह गयी है। आपने 'ऊढा' और 'अनूढा' को स्वकीया नायिकाओं के अन्तर्गत ही शुमार किया है। प्राचीन कवि 'ऊढा' और 'अनूढा' को परकीया नायिकाओं के अन्तर्गत मानते रहे हैं। शायद अब ज़माने की रफ़्तार के अनुसार त्रिपाठी जी ने इनका सम्पादन करके बिलकुल 'अपटूडेट' बना कर 'स्वकीया' के अन्दर कर दिया है। बहुत अच्छा हुआ। अख़िरकार अब तो भारत में 'कोर्टशिप' की प्रथा का प्रचार हो ही रहा है, इससे 'अनूढा' तो 'स्वकीया' है ही, रही 'ऊढा' सो डाईवोर्स का प्रचार हो जाए तो वे भी स्वीकीया श्रेणीभुक्त होने की अधिकारिणी हो जाएगी।

चाकलेट आन्दोलन

[इसी दिसम्बर 1928 के प्रयाग के प्रसिद्ध 'चाँद' पत्र में उसी कार्यालय द्वारा प्रकाशित 'अबलाओं का इन्साफ' नाम्नी पुस्तक की आलोचना के सिलसिले में, श्रद्धेय पंडित बालकृष्ण भट्ट के सुपुत्र, पंडित जनार्दन भट्ट एम. ए., जो स्थानीय एक विख्यात विद्यालय के प्रधानाध्यापक भी हैं, लिखते हैं—]

'विशाल भारत' के सुयोग्य और श्रद्धेय सम्पादक पं. बनारसीदासजी चतुर्वेदी ने कुछ दिनों से हिन्दी संसार में एक नया शब्द गढ़ डाला है, जो हिन्दी की अख़बारी दुनिया में 'घासलेटी साहित्य' के नाम से मशहूर हो रहा है। जहाँ तक मुझे मालूम हुआ है, चतुर्वेदीजी का मतलब 'घासलेटी साहित्य' से अश्लील साहित्य का है। पर 'घासलेट' से 'अश्लीलता' का अर्थ कैसे निकला तथा 'अश्लीलता' का भाव प्रकट करने के लिए चतुर्वेदी जी को इसी शब्द का सहारा क्यों लेना पड़ा, यह मेरी समझ में न आया। आगे चलकर हिन्दी का कोष लिखनेवालों को यह शब्द ज़रूर एक बड़ी भारी पहेली या बला साबित होगा। कोई इसकी उत्पत्ति शायद 'घास' से निकालेंगे और कोई 'लीद' से और कोई 'घास-लीद' दोनों से। उनकी मेहनत को हल्का करने और उन्हें इस झंझट से बचाने के लिए मैं 'घास-लेट' शब्द की उत्पत्ति यहाँ पर लिखे देता हूँ। 'घासलेट' अँग्रेज़ी शब्द 'गैस-लाइट' (Gas Light) से निकला है और वह 'केरोसिन' या 'मिट्टी के तेल' के लिए बम्बई में इस्तेमाल होता है। अस्तु, 'मिट्टी के तेल' और 'अश्लीलता' के बीच क्या रिश्ता है, यह चतुर्वेदीजी ही बतला सकते हैं! शायद उनको ऐसे शब्द की तलाश थी जो वज़न से पूरा 'चाकलेट' की तरह उतरे और साथ ही 'अश्लीलता' का अर्थ भी प्रकट कर सके। सचमुच "चाकलेट" और 'घासलेट' में वज़न ख़ूब बैठता है, 'लेट' दोनों में समान है, ख़ाली 'चाक' और 'घास' का फ़र्क है।

आजकल जैसे हर बात में अराजकता का भूत सरकार को दिखाई पड़ा करता है, उसी तरह हिन्दी के कुछ लेखकों को बहुत सी पुस्तकों और लेख में गन्दगी का परनाला बहता नज़र आता है। वे हर बात में अश्लीलता की बू सूँघा करते

हैं। ऐसे लोगों में हमारे श्रद्धेय मित्र पं. बनारसीदासजी चतुर्वेदी भी हैं। मेरा चतुर्वेदीजी से नम्र निवेदन है कि यदि उन्हें अश्लीलता की इतनी तलाश है, तो उनको वेद और पुराण से शुरू करना होगा, क्योंकि जितना इन ग्रन्थों का प्रचार और प्रभाव जनता के बीच है, उतना 'चाकलेट' जैसी पुस्तकों का नहीं। ख़ैर, वेद को जाने दीजिए, क्योंकि उसके मन्त्रों के भिन्न-भिन्न अर्थ हो सकते हैं। पुराण को लीजिए। पुराण अश्लीलताओं से भरे पड़े हैं। नमूने के तौर पर ब्रह्मा का अपनी लड़की के पीछे भागना, महादेव का मोहनी के पीछे दौड़ना, इन्द्र का गौतम ऋषि की पत्नी को धर्मभ्रष्ट करना, तथा चौर-जार-शिरोमणि भगवान कृष्ण का गोपियों के साथ विहार करना, आदि पुराणों में पढ़िए और अश्लीलता की बानगी का मज़ा चखिए। संस्कृत के महाकाव्यों और नाटकों को भी पढ़िए जो शृंगार-रस से भरे हुए हैं। ढूँढ़ने से उनमें बहुत-सी अश्लीलता की सामग्री मिल जाएगी। परन्तु अश्लीलता के पीछे लाठी लेकर न पड़नेवालों को उनमें कविता का अलौकिक आनन्द प्राप्त होगा और अनेक उपयोगी शिक्षाएँ भी मिलेंगी। मिसाल के तौर पर महाकवि भवभूति का 'उत्तररामचरित' लीजिए। संस्कृत के कवियों में भवभूति सबसे शुद्ध और उनका 'उत्तररामचरित' सबसे अधिक अश्लीलता रहितग्रन्थ माना जाता है। पर वह भी कुछ अश्लीलतान्वेषी सज्जनों की दृष्टि में अश्लीलता से ख़ाली नहीं है। 'उत्तर रामचरित' का वह श्लोक, जो अश्लील समझा जाता है, यह है:—

किमपि किमपि मन्दं मन्दमासत्ति योगाद्,
अविरलितकपोलं जल्पतोरक्रमेण।
अशिथिल परिरम्भ-व्याप्तैकैकदोष्णो
रविदितगतयामा रात्रिरेवं व्यरंसीत्॥

अर्थात्—रामचन्द्रजी सीता से कहते हैं—"प्रिये, यह वही प्रसावण पर्वत है, जहाँ वनवास के समय हम लोग रहते थे और जहाँ हम दोनों एक दूसरे का गाढ आलिंगन किये हुए तथा एक दूसरे के गाल से गाल सटाए हुए रात की रात बिता देते थे, पर हम लोगों की बात ख़तम न होती थी। रात बीत जाती थी, पर बात न बीतती थी।"

यह श्लोक कुछ लोगों की राय में अश्लील माना जाता है और भवभूति की लेखनी से न लिखा जाना चाहिए था। एक लिहाज़ से देखा जाए तो सचमुच इसमें अश्लीलता का पुट मिला हुआ मालूम पड़ता है। परन्तु जिनका ध्यान अश्लीलता की ओर नहीं, बल्कि कविता की ओर है वह इसमें अश्लीलता नहीं, बल्कि कविता

का अनोखा आनन्द पाते हैं। यही हाल हिन्दी के बहुत से काव्य-ग्रन्थों का भी है। दो-एक छोड़कर, शायद कोई हिन्दी का काव्य ऐसा न होगा जिसमें कुछ न कुछ अश्लीलता न पायी जाती हो। पर अश्लीलता उनके लिए है जो अश्लीलता की खोज के लिए उन्हें पढ़ते हैं। बाकी काव्य का और भक्ति का वही स्वाद उनमें मिलता है जो संस्कृत के काव्यों और ग्रन्थों में मिलता है। यही बात 'चाकलेट' जैसी पुस्तकों के लिए भी कही जा सकती है। किसी पुस्तक के सम्बन्ध में कुछ फ़ैसला करने के पहले हमें यह देखना चाहिए कि वह किस उद्देश्य से लिखी गयी है। पुस्तक लिखने में लेखक का उद्देश्य क्या है—अश्लीलता फैलाने या किसी व्यभिचार, अत्याचार या कुरीति की ओर समाज का ध्यान खींचकर उसे सुधारना? उसके कुछ फ़िक़रे उधर से लेकर अपनी पहले ही से मान ली हुई राय के मुताबिक़ फ़ैसला न करना चाहिए, बल्कि कुल पुस्तक पढ़ लेने के बाद देखना चाहिए, कि उसका क्या असर हम पर पड़ता है।

यही नहीं, जिस कुरीति की ओर जनता का ध्यान खींचने के लिए वह पुस्तक लिखी गयी है, उसकी ओर ध्यान खींचने में वह सफल हुई या नहीं, या जिस किसी अच्छे उद्देश्य से लिखी गयी है उसको 'अन्ततोगत्वा' कुछ न कुछ पूरा करने में सफलता प्राप्त की है या नहीं। 'चाकलेट' को ही लीजिए। मैंने इस पुस्तक को पढ़ा नहीं है, पर जहाँ तक चतुर्वेदी जी की आलोचना से पता चला है, यह पुस्तक सदभिप्रायपूर्ण उद्देश्य से लिखी गयी है, न कि जनता को अश्लीलता की ओर ले जाने के उद्देश्य से। जहाँ तक मुझे ज्ञात हुआ है, लेखक का उद्देश्य समाज का ध्यान एक ऐसे महाघृणित और अस्वाभाविक पाप की ओर खींचने का है, जो समाज में महाभयंकर रूप से फैला हुआ है और जिसका पर्दाफ़ाश करने की हिम्मत, झूठी लज्जा या अश्लीलता के डर से बड़े-बड़े अगुआ, उपदेशक या लेखक की भी नहीं पड़ती। पर यह एक ऐसा व्यभिचार है, जो समाज को घुन की तरह खोखला बना रहा है। न जाने कितने सुकुमार, सुन्दर और कोमल-वयस्क बालक, जो आगे चलकर देश की भावी आशाओं को सफल बना सकते थे, विषयी-लम्पट तथा अस्वाभाविक पापाचार में रत, नरपिशाचों की घृणित काम-तृष्णा के शिकार बनकर प्रतिदिन शारीरिक, मानसिक और नैतिक पतन के गड्ढे में गिर रहे हैं और समाज अपने आसन से ज़रा भी नहीं डिगता। विधवाओं के ऊपर जो अत्याचार होते हैं, उनसे कहीं बढ़कर ये अत्याचार हैं जो समाज के नवयुवक बालकों के ऊपर हो रहे हैं। इस अप्राकृतिक पाप के अपराधी यदि साधारण असभ्य और अनपढ़ लोग ही होते तो भी ग़नीमत थी, परन्तु पढ़े-लिखे, सभ्य और शिष्ट लोगों में भी यह पाप उसी भयंकर रूप में फैला हुआ है जैसा कि अशिक्षित और असभ्य

लोगों में कोई फ़िर्का ऐसा नहीं, कोई समाज ऐसा नहीं, कोई पेशा ऐसा नहीं, जो इन नरपिशाचों से खाली हो। अध्यापकों में ये पाये जाते हैं, वकीलान में ये देखे जाते हैं, डाक्टरी पेशा इन से खाली नहीं, सम्पादकों में भी कई इस फन के उस्ताद मिलते हैं। कहाँ तक कहें, कोई समुदाय ऐसा नहीं जहाँ इन नर-पिशाचों का जाल न बिछा हो! मैं एक ऐसे सज्जन को जानता हूँ, जो देखने में बहुत ही सभ्य और शिष्ट, बातचीत करने में निहायत आला दर्जा के शाइस्ता-ख़्याल, सरकारी नौकरी में बहुत ऊँचा ओहदा पाये हुए, शायद रायबहादुर भी हैं, दो-एक प्रतिष्ठित पत्रों के सम्पादक भी रह चुके हैं, दोनों वक्त सन्ध्या जरूर करते हैं, उम्र भी 40-45 से कम न होगी; पर हज़रत इस फ़न में पूरे उस्ताद हैं। अब तक सैकड़ों नहीं तो कई दर्जन कोमल-वयस्क, गुलाब के समान सुन्दर बालकों और नवयुवकों को अपनी अस्वाभाविक काम-तृष्णा को शान्त करने के लिए सदाचार से भ्रष्ट कर चुके हैं और अपने पीछे एक दो नहीं, बल्कि अनेक अपने सिखलाए हुए इस सम्प्रदाय के मुरीद छोड़ जाने वाले हैं। अभी थोड़े दिनों की बात है कि कलकत्ते का एक विद्यालय अपने एक ऐसे ही अध्यापक के कारण काफ़ी बदनाम हो चुका है। कहा जाता है कि उस नराधम अध्यापक ने, न जाने कितने छात्रों को अपनी अस्वाभाविक काम तृष्णा का शिकार बनाया था। मैं चतुर्वेदी जी से पूछता हूँ कि इस भयंकर दुराचार और पापाचार को रोकने का समाज ने क्या प्रयत्न किया है? मैं एक हेडमास्टर की हैसियत से कह सकता हूँ कि यह अस्वाभाविक व्यभिचार कितनी भयंकरता के साथ समाज में फैला हुआ है। पर समाज के सिर पर जूँ तक नहीं रेंगती और अगर कोई हिम्मत करके अपने ढंग पर इस गन्दे पाप का पर्दाफ़ाश करता है और इसकी ओर समाज का ध्यान खींचना चाहता है, तो अश्लीलता की गुहार की जाती है और यह कहा जाता है कि लिखनेवाला 'ज़िम्मेदार' शख़्स नहीं है और उसका मस्तिष्क 'सभ्य और सुसंस्कृत' नहीं। परन्तु यह निश्चय करना ज़रा टेढ़ी खीर है कि कौन 'जिम्मेवार' है और किस का मस्तिष्क 'सभ्य और सुसंस्कृत' गिना जा सकता है? अगर कोई शख्स 'ज़िम्मेदारी' का और 'सभ्यता तथा सुसंस्कृतता' का दावा करता है और यह कहता है कि फ़लाँ शख़्स 'ज़िम्मेवार' नहीं है तो वह महज़ हिमाक़त करता है। ख़ैर, हमारे मित्र चतुर्वेदी जी एक लिस्ट ऐसे सज्जनों की बना देते जो उनकी राय में 'ज़िम्मेदार' हों और दूसरी लिस्ट ऐसे आदमियों की छपा दें जो उनकी पाक राय में 'ग़ैर-ज़िम्मेवार' समझे जाएं तो बहुत अच्छा होता, ताकि हम ऐसे लोग अगर 'ज़िम्मेवार' न समझे जाएँ तो अनाधिकार चर्चा से बरी रहें।

× × ×

चुरु से पंडित बी. जोशी खन्दालजी साहित्य-भूषण, काव्य-व्याकरण-साहित्य विशारद, काव्य और साहित्य शास्त्री, एच. एस. के. बी. विद्यावाचस्पति साहित्य और काव्य तीर्थ महोदय लिखते हैं—

श्री महोदय

कल 'उग्रजी' की लिखी हुई 'चाकलेट' मिली। सचमुच 'उग्रजी' की लेखनी में अद्‌भुत करामात है। तभी तो उन्होंने ऐसे नारकीय विषय पर कलम चलायी। आजकल, श्री बनारसीदासजी चतुर्वेदी जो घासलेटी साहित्य नामकरण करके इस प्रकार की रचनाओं को तुच्छ एवं खराब देखते हैं यह ठीक नहीं। इस प्रकार की पुस्तकों का अधिकाधिक प्रचार होना चाहिए जिससे देश का परोपकार हो।

मैंने इस पुस्तक को आदि से अन्त तक पढ़ा है और यह बड़ी प्रसन्नता से कहता हूँ कि इस पुस्तक को पढ़ने के बाद कोई युवक चाकलेटी के फन्दों में नहीं आ सकता। पुस्तक बड़ी उपादेय है। इसलिए धन्यवाद। सचमुच 'उग्र' साहित्य सबके अध्ययन करने योग्य है। और 'उग्रजी' ने ऐसी पुस्तकों की रचना करके देश का बड़ा उपकार किया है। इसके पहले 'दिल्ली का दलाल' भी पढ़ चुका हूँ। वह पुस्तक भी बड़ी उपादेय है। 'उग्रजी' ने ये क्रान्तिकारी रचनाएँ करके समाज तथा देश और जाति को बड़ा लाभ पहुँचाया है।

'उग्र' को फाँसी दी जाए

[हमारे हवाई रिपोर्टर ने येन केन प्रकारेण आगरेवाले, दक्षिण अफ़रीक़ी, म्याऊँ-मुख, पड़पुड़गंडिस्ट प्रवर, पंडित बनारसीदास चतुर्वेदी के उस भाषण की एक हस्तलिखित प्रति, बल्कि, एडवांस कापी पा ली है, जिसे वह राष्ट्रभाषा सम्मेलन के आगे भाखेंगे। हम भरपूर ज़िम्मेवारी के साथ उसे यहाँ उद्धृत करते हैं।]

साधु, सीधे, विश्वासी, महात्मा सभापतिजी, हिन्दी के अज्ञान लेखको, घासलेट आन्दोलन के ज्ञानी समर्थको, विशाल भारत के परिवारियो और परिवारनियो!

मैं जानता हूँ और मैं दावे के साथ जानता हूँ कि मुझसे ज़्यादा इस राष्ट्र और इस भाषा में कोई भी नहीं जानता। यद्यपि मैं क्या जानता हूँ, यह जानना कोई मामूली काम नहीं।

मैं जानता हूँ, भाई घासलेटमंडली को! कि यह राष्ट्रभाषा सम्मेलन है। यहाँ पर अखिल भारतीय राष्ट्र के विद्वान, साहित्यिक, श्रीमान और कलाकार एकत्र हैं। यहाँ पर विख्यात बंगाली विद्वान विराज रहे हैं जिनकी भाषा और जिनका साहित्यिक उत्कर्ष भारतवर्ष ही की नहीं, वरन् संसार की किसी भी भाषा के पीछे नहीं। यही बात मद्रासी, मराठी, गुजराती आदि भाषाओं के एकत्र पंडितों की मातृभाषाओं के बारे में भी कही जानी चाहिए। मगर, दोस्तो, मित्रो, फ्रेंडो, बन्धुओ, भाइयो, सगो, सम्बन्धियो! अ क्ख...क्ख...क्ख...खि...खि...खु...खु...खे...खै... खौ... खं...खः... आप ज़रा मुझे खाँस लेने दीजिए। मुझे दक्षिण अफ़रीकी वायु लग गयी है।

भाइयो...मैं कह रहा था कि मैं जानता हूँ, और आप विश्वास मानिए—मैं फिर-फिर कह रहा हूँ कि, मैं जानता हूँ तथा मैं जीवन भर इस विशाल भारत में कहता रहूँगा कि मैं जानता हूँ। मैं जानता हूँ कि यह राष्ट्रभाषा सम्मेलन है। इसमें अन्य भाषाओं के भाखी हमारी भाषा की विशेषता, विभूतियाँ, जानने के लिए आये हैं। मगर, भाइयो! मुझे अपनी भाषा की खूबी के बारे में कुछ भी नहीं कहना है। उसे तो सभापति महोदय कह चुके—या यदि नहीं कह चुके तो कहेंगे। मैं

तो आपको अपनी राष्ट्रभाषा की 'घास-लेटता' बताने के लिए यहाँ 'ठाढ़भयों हौं सहज सुभाये, जे बिनु काज दाहिने बायें,' जैसा कि गोस्वामी श्रीतुलसीदासजी ने साधुओं के वर्णन में कहा है।

आप पूछेंगे यह 'घासलेटता' कौन-सी बला है। इस पर मेरा म्याऊँ उत्तर यह है कि घासलेटता 'चाकलेटता' का दूसरा रूप है। मगर यह तो 'मघवा' का अर्थ 'विडौजा' हो गया! अस्तु।

ज़रा बुद्धि की खुरपी उठाकर आप मुझे घासलेटता को परिष्कृत करने दें अपने को हिन्दी का क्रान्तिकारी कहनेवाले साहित्यिक छोकरे "उग्र" ने—जो सम्भवतः मेरे और मेरे महादल के भय से काशी या बनारस अथवा B—E—N—A—R—E—S—C—I—T—Y— भाग गया होगा या अपने दुर्भाग्य से शायद इस मजलिस में उपस्थित हो—एक गलीज भद्दी, गैर-जिम्मेवार पुस्तक लिखी। उसका नाम 'चाकलेट' है। अब उसी के वजन पर यह 'घासलेट' मैंने तैयार किया है। मगर, ठहरिए। मेरे मुँह से एक झूठ सरासर निकला भागा जा रहा है। इस 'घासलेट' में बीज है 'चाकलेट' का, जो 'उग्र' की सृष्टि है, और गर्भ है 'आर्यमित्र' सम्पादक पंडित हरिशंकर शर्मा का जो महात्मा गाँधी तक को ज़िम्मेवाराना ढंग से गाली देने वाले श्रद्धेय महाकवि शंकरजी के S, O, N, हैं। मैं तो केवल इस असुन्दर के सुन्दर बच्चे की 'दाई' मात्र हूँ। मैं इसे पाल-पोस कर बड़ा कर रहा हूँ, इसलिए कि सयाना होकर अपने बाप 'चाकलेट' को मार डाले। और, आप बुरा न मानें, सिद्धान्त के लिए बाप तक को मार डालना कोई बुरी बात नहीं है। क्योंकि मैंने साबरमती आश्रम में प्रहलाद की कहानी सुनी है।

सज्जनो, यह चाकलेट पुस्तक बाल व्यभिचार-विरोधिनी कहानियों का कलेक्शन है। साथ ही, इसकी एक कहानी का शीर्षक है, 'चाकलेट'। वह कहानी, इस कलकत्ता के प्रसिद्ध साप्ताहिक 'मतवाला' में सन् 1924 ई. की 31 वीं मई को प्रकाशित हुई थी। और उसी सन् में, उसी विषय पर, उसी गन्दे गल्प-गढ़क द्वारा, चार कहानियाँ प्रकाशित हुई थीं। मुझे मालूम नहीं उस समय मैंने उन कहानियों को पढ़ा था या नहीं, मगर, मुझे यह मालूम है कि उनका विरोध उस समय से लेकर मेरे मुँह खोलने तक किसी ने नहीं किया। और मुझे तो यदि उस समय उन कहानियों की ख़बर होती तो भी मैं उनका विरोध न करता—क्योंकि उस समय मुझे भाषा का ज्ञान नहीं था। साहित्यिक परिष्कार का ध्यान नहीं था, और श्रीहरिशंकरजी के गर्भ के इस 'घासलेट' का भान नहीं था। साथ ही, मेरे पाँवों तले विशाल भारत-सा कोई इंटरनेशनल 'चहचहाता चिड़ियाघर' का अड्डा नहीं था।

उसी सन् के लगभग वह गन्दा लेखक गोरखपुरी 'स्वदेश के' विजयांक में, कुछ राजद्रोह करने के अपराध में, 124 अ. में—ग़ैर ज़िम्मेवाराना ढंग से

जेल चला गया। जेल से आने के बाद वह कलकत्ता आया और यहाँ 'मतवाला-मंडल' में मंडित होकर उसने अनेक कथा-पुस्तकें लिखीं और प्रकाशित करायीं। यद्यपि मैंने यह बात अपने इंटरनेशनल चिड़ियाघर में नहीं प्रकट की है—क्योंकि, मैं प्रोपॉगैंडिस्ट हूँ और प्रचार की दृष्टि से यह लिखना भूल होती—फिर भी यह सच है, और मेरा जाँचा हुआ सच है, कि, जब मैंने दरियाफ़्त किया उस समय राष्ट्रभाषा मार्केट में उस 'उग्र' की पुस्तकें ऐसी चलती थीं जैसे पंजाब मेल! बस, इसी से तो मेरे कान खड़े हुए और मैं दो-चार तपस्वियों की सलाह से 'चाकलेट' की ओट में, उस दुष्ट साहित्य-निर्माता पर टूट पड़ा।

पर ध्यान रहे!—टूट पड़ने के पूर्व में कई बार उस चाकलेट-विधाता के प्रवासाश्रम पर गया भी था। मैंने उस छोकरे से एकबार कहा—

"कुछ ज़िम्मेवार, सिकुड़-मुख़, दढ़ियल और तपस्वी तुम्हारी रचनाओं के घोर विरोधी हैं—ख़ासकर 'चाकलेट' के और उन कहानियों के जिन का सम्बन्ध दाढ़ी-चोटी से है। अतः, मैं मौका ढूँढ़कर तुम्हारे साहित्य का विरोध करना चाहता हूँ। इसे कहे दे रहा हूँ इसलिए कि, जिसमें हमारे सामाजिक प्रेम में बट्टा न लगे। क्योंकि यह शुद्ध साहित्यिक-विवाद होगा।"

इस पर उस उग्र ने ठठाकर कहा, "हा हा हा हा! कीजिए विरोध। पर, यह तो बताइये कि आपने मेरी कौन-कौन-सी कृति पढ़ी है?"

सज्जनो! इसका भला मैं क्या उत्तर देता? मैं तो प्रोपोगैंडिस्ट हूँ। मैं कुछ पढ़ता थोड़े ही हूँ। फिर, इस 'विशाल भारत' में कोई कितना पढ़ सकता है? मैंने तो दूसरों ही की राय पर अपनी राय चढ़ा रखी थी। जब चन्द दाढ़ीदार तपस्वी कह रहे हैं कि 'उग्र' की रचनाएँ घासलेट हैं तब वे अवश्य ही घासलेट होंगी। मैं उनकी जिम्मेवार राय पर सन्देह कैसे करता? आख़िर वेदों में भी तो लिखा है—"बाबा वाक्यं प्रमाणम्।" अतः मैंने सीधे से स्वीकार कर लिया कि मैंने तो तेरी एक भी रचना नहीं पढ़ी। फिर भी ओ दुष्ट! मैं तेरा विरोधी हूँ।

इस पर उस पागल ने अपनी सारी कृतियों की एक-एक प्रति मुझे मुफ़्त ही में दी। कहा, "इन्हें पढ़कर इनका विरोध कीजिएगा।" पर मैंने उन सबको नहीं पढ़ा। ख़ासकर जिन पुस्तकों की हिन्दी के अनेक प्रतिष्ठितों, विद्वानों, कलाकारों ने प्रशंसा की उन्हें तो मैंने छुआ तक नहीं। केवल 'चाकलेट' पढ़कर मस्त हो गया और एक ही चावल से राष्ट्रभाषा की उस 'उग्र-हाँड़ी' का सारा भेद मेरे पेट में मलमला कर रह गया।

यह मैं अपने 'सत्यम् शिवम् सुन्दरम्' अनुभव के आधार पर दक्षिण अफ्रीका के पूज्य पिता की शपथ खाकर कह सकता हूँ कि प्रोपोगडिंस्ट के लिए न तो कोई झूठ झूठ है और न कोई आचरण असत्! अतः 'चाकलेट' की आलू, चना

के पूर्व मैंने 'उग्र' के समर्थकों को काग़ज़ी घोड़े दौड़ा-दौड़ाकर, कोने-कोने में ढूँढ़-ढूँढ़कर, अपने दल में मिलाने की कोशिश की। मैंने 'प्रताप' वालों को समझाया कि यद्यपि 'चाकलेट'—विषय पर सारे ज़िम्मेवारों के मुँह पर दही जमा रहने पर भी 'उग्र' ही ने पहली आवाज़ उठायी है, फिर भी, उसका ढंग तो नालायकाना है। आप लोग उसकी रचना को अयोग्य कहकर अपनी योग्यता के भोंपू अब फूँक दें और उसी में कृपा कर मेरे इस घासलेट स्वर को भी मिला लें। 'चाकलेट विरोध' को भी मिला लें। 'चाकलेट विरोध' के लिए मैं काशी गया, प्रयाग गया, कानपुर गया और आगरा तो मेरा घर ही है और उस 'घासलेट' शब्द का भी जो चाकलेट से चार क़दम आगे बढ़कर इंटरनेशनल हो रहा है।

इसके बाद अपने मन की सारी काई और कालिख बटोरकर मैंने 'चाकलेट' को काला करना आरम्भ किया, उस बंगाली मासिक 'चिड़ियाघर' में। सारी पुस्तक छोड़ कर मैंने पहले उसकी उस पुरानी कहानी में से राम, कृष्ण, सुकरात और शेक्सपियर का नाम ढूँढ़ निकाला। आह! उन्हें पाते ही मैं फूलकर कुप्पा हो गया। मगर, याद रहे, स्वच्छ गोघृत का। घासलेट-घी का नहीं। मैंने सोचा जनता ज्योंही इस अपवित्र प्रसंग में रामादिक का नाम सुनेगी त्योंही उस उग्र को फाँसी के तख्ते पर लटका देगी। उस समय मैंने यह नहीं विचार किया कि उक्त नाम कहानी के पात्रों के मुँह से आये हैं। और वे पात्र, लेखक की तस्वीर नहीं, समाज के पठित-धूर्त चाकलेट पन्थियों के चित्र हैं। "कहि महिष, मानुष, धेनु, खर, अज, खल निशाचर भक्षही" में तुलसी के मनोभाव नहीं, बल्कि राक्षसों की साफ़ छवि है। मगर मुझे तो 'उग्र-साहित्य' का, उसकी पुस्तकों की बिक्री का, उसकी आर्थिक और सामाजिक उन्नति का विरोध करना है। फिर मैं क्यों विचारता कि वह राम, कृष्ण, सुकरात, शेक्सपियर, 'उग्र' के नहीं; बल्कि 'उग्र' की तस्वीरों के हैं। फिर मैं 'उग्र' के 'इन्द्रधनुष' को उठाकर 'सीता-हरण' में राम की दूसरी उज्ज्वल छवि क्यों देखता। मेरी आँखों पर तो प्रोपोगैंडिस्ट का चश्मा था।

मैंने यह भी पता नहीं लगाया कि 'चाकलेट' के प्रथम संस्करण के आवरण पर, "A Public discussion of this very difficult and delicate subject has become necessary"—Young India. आदि वाक्य नहीं थे। उसकी आलोचना में मैंने यह भी नहीं कहा कि ये वाक्य 'उग्र' के नहीं, बल्कि बिहार के बाबा सीताराम दास के उस पत्र से लिये गये हैं जो दूसरे संस्करण की भूमिका के रूप में है। बस मुझे तो 'उग्र' को बदनाम करना था। अत: राम, कृष्ण, के साथ महात्माजी का नाम भी जोड़कर और यह लिखकर कि 'गाँधी सिगरेट' की तरह यह 'चाकलेट पुस्तक' भी महात्माजी के नाम पर बेची जा रही है, मैंने अपनी प्रोपॅगेंडा-गाड़ी हाँक दी। मैंने लिख मारा—"हमारी सम्मति में वे मोहक-भाषा

में लिखी हुई 'सुगर कोटेड' संखिया है, 'घासलेट-साहित्य' का निकृष्ट उदाहरण है और छिछोरी मनोवृत्ति का गन्दा नमूना है।" मगर यह लिखने के पूर्व मैंने 'चाकलेट लेखक' के 'कैफ़यित' के ये शब्द नहीं पढ़े—या पढ़कर भी पी गया—

"पढ़ें—समाज के बड़े-बूढ़े पढ़ें, 'उग्र' की इस नाटकीय कृति को, कहानी और कला का सुख लेने के लिए नहीं, उसकी प्रतिभा की उड़ान देखने के लिए नहीं, बल्कि अपने बच्चों का भविष्य उज्ज्वल रखने के लिए। उन्हें समाज के भिन्न-भिन्न रूपधारी दानवों से बचाने के लिए। उनका तेज और ब्रह्मचर्य रक्षित रखने के लिए। उन्हें पशुता से दूर और मनुष्यता से निकट रखने के लिए।

"पढ़ें—जीवन की ड्योढ़ी पर खड़े हमारे नवयुवक मित्र मेरी इस काली रचना को अवश्य पढ़ें; और इसे पढ़कर अपने हृदय की घृणित छाया को अपने किसी बन्धु या मित्र के कोमल हृदय पर डालने से परहेज़ करें। प्यार को शुद्ध प्यार की तरह प्यार करें' और उसके मुख पर वासना की स्याही पोतने से हिचकें। अपने हृदय की कोठरी में धुआँ न फैलावें। किसी अबोध मित्र के घर में आग न लगावें।"

"पढ़ें—देश के छोटे-छोटे फूल के खिलौने, सुन्दर बच्चे भी मेरी इन लकीरों को पढ़ें और शुरू से ही काँप उठें चाकलेट-पन्थियों के षड्यन्त्रों से, उनकी धूर्त्तताओं से। इन राक्षसी तस्वीरों को देखकर वह राक्षसों को पहचानना सीखें और सीखें उनके आक्रमणों से अपने फूले-फूले गुलाबी गालों को रक्षित रखना, अपने अधर-पल्लवों की रक्तिमा को महफ़ूज रखना और हृदय की पवित्रता को साधारण प्रलोभनों से अधिक महत्त्व देना।"

"मुझमें दोष हैं, मेरी कृतियों में भी अवश्य ही दोष हैं।" मगर पाठको को उस अमर कवि की इन लकीरों को स्मरण कर ही किसी की कृति को देखना चाहिए—

"जड़, चेतन गुण, दोष मय
विश्व कीन्ह करतार,
सन्त हंस गुण गहहिं पय
परिहरि वारि विकार।"

इस तरह सज्जनो! गोकि उस 'उग्र' ने अपनी कृति 'चाकलेट' को स्वयं ही कोस लिया है और अपनी ख़ाकसारी से धूल उड़ानेवालों के मुँह में ख़ाक भर रखने की चेष्टा की है, मगर मुझे तो उसे साहित्य से गिराना है, बदनाम करना है। इसी से मैंने इन बातों को जानबूझकर भुला दिया था। क्योंकि, मैं प्रोपोगैंडिस्ट हूँ। इसी से मैंने और मेरे पीर पंडित पद्मसिंह शर्मा ने भी 'मतवाला' को उतना नहीं कोसा, जिसमें ये सारी चाकलेटी रचनाएँ छपी हैं, क्योंकि हम तो केवल सरकश

'उग्र' का सिर चाहते हैं।

मुझसे यह भी बताया गया है कि आयरिश अँग्रेज़ी-जीनियस मिस्टर आस्कर वाइल्ड ने एक कहानी— Portrait of Mr. W. H.—लिखकर शेक्सपियर को चाकलेटपन्थी साबित किया है। मगर मैं इस पर नहीं विश्वास करता, क्योंकि मैं 'उग्र' का नाश चाहता हूँ। मुझसे यह भी कहा गया है..."Aristotle advised abstinence from women, and preached sodomy in the place of natural love." मुझसे यह भी कहा गया है कि —Socrates regarded sodomy as the privilege and sign of higher culture. The male Greeks shared this view and lived in harmony with it. और मुझसे यह कहा गया है कि उक्त बातें जर्मनी के किसी विख्यात कम्युनिस्ट दार्शनिक August Bebel की पुस्तक Women: Past & Present में हैं। और है अनेक बड़े-बड़े चॉककेट-पन्थियों की लिस्ट कहा गया है कि, 'हैवलाक एलिस' की 'साइकालजी आफ़ सेक्स' नाम्नी छह जिल्दी पोथी में भी है। साथ ही मैंने यह भी पढ़ा है कि 'उग्र' इस चाकलेट पन्थ का विरोधी है—अरस्तू और सुकरात की तरह समर्थक नहीं। फिर भी मैं, चाकलेट और 'उग्र' का विरोधी हूँ। क्योंकि वह क्रान्तिकारी बनता है; और बिना मूँछ-दाढ़ी निकले ही, तपस्वी बने ही, साबरमती आश्रम देखे ही तथा सबसे बड़ी बात यह कि बिना मुझ दक्षिणअफ़रीकी सन्त से पूछे ही।

मैं 'अबलाओं का इन्साफ़' और 'मनोरमा के पत्र' के लेखकों के भी विरुद्ध हूँ। मगर बाद में हुआ हूँ। जब मुझे यह पता चला कि बिना इन्हें भी हथियाए 'उग्र' मारा न जाएगा। पर, 'मनोरमा के पत्र' के लेखक ने, मेरी डाँट सुनते ही, मिनमिना कर मुझसे क्षमा याचना कर ली है। हाँ-हाँ—विश्वास न हो तो चलिए चिड़ियाघर में, मैं आपको उनकी 'दन्तनिपोर चिट्ठी' तक दिखा दूँ। इसी से मैं उन्हें क्षमा कर देने पर तैयार हूँ। पर, सभापति महोदय, और घासलेट-मंडलिको! इस पापी 'उग्र' को अवश्य ही फाँसी दी जाए। जैसा कि मेरे साबरमती-शुद्ध खोपड़े 'चाँद' के फाँसी अंक के सिलसिले में लिखा है। 'इन्साफ़' के प्रकाशक ने चाकलेट नहीं लिखा, साथ ही तपस्वियों की पुस्तकें और जीवनियाँ छापकर उसने अपने पाप-पुण्य का ब्योरा कुछ-कुछ ठीक कर लिया है। अतः उसे आजन्म द्वीपान्तरवास की सज़ा ही काफी होगी। मैं अनुचित अत्याचार नहीं करना चाहता। क्योंकि मैंने बुद्ध, तीर्थंकर महावीर, टाल्सटाय, गाँधी आदि को पढ़ा भी है और देखा भी है।

यह 'उग्र' क्या चीज़ है मेरे महत्त्व के आगे; सज्जनो! मैं तो अपने मित्रवर सम्पूर्णानन्द को अभिमानी समझता हूँ, क्योंकि वह एम. एल. सी. हैं; दक्षिण अफ्रिका के संन्यासी भवानीदयाल को व्यर्थ समझता हूँ, क्योंकि उन्होंने भी मेरे 'हेरिडेटरी' अफ्रिका पर पुस्तक लिखने की धृष्टता की है। पं. जवाहरलाल नेहरू

के नाम के आगे से 'त्यागमूर्ति' काट फेंकता हूँ, उन्होंने मेरे दक्षिण अफ़्रीकी-खाते को ऐसी कड़ाई से जाँचा था जैसे लेनिन ने ज़ार के खातों को। फिर भला यह कल का लड़का 'उग्र' मेरे आगे वैसे ही क्यों नहीं झुक जाता जैसे बूढ़े पंडित कृष्णकान्तजी झुक गये। हाँ, हाँ, कहिए तो चिट्ठी निकालकर दिखा दूँ।

अस्तु, सज्जनो—बस। मैं आज यहीं समापता हूँ अपने भाषण को। यह सम्मेलन मैंने केवल 'उग्र' को गिराने के लिए रचा है। इसकी सफलता तभी सम्भव है जब आप लोग उस अप्रियवादी को आज ही फाँसी पर टाँग दें। दोहाई है महात्मा गाँधी की! दोहाई है सारे नेताओं और विद्वानों की!! मेरे मुँह की ओर देखिए, मेरी तपस्या की ओर निहारिए, मेरी अफ्रिकी सेवाओं को समझिए और मेरी बात मानिए। उसे अवश्य ही फाँसी दीजिए, मैं फाँसी का समर्थक हूँ, मैं अहिंसावादी हूँ। मैं बारह बड़े-बड़े महीनों का अनुभवी जर्नलिस्ट हूँ। मैं कई जीवनियों का अनोखा जनक हूँ। भाइयो, बहनो, पुलिसो, सार्जंटो, सम्पादको, प्रूफ़रीडरो, लौंडो-लबाड़ियो! आप मेरी आज्ञा अवश्य—अवश्य—अवश्य मानिए मानिए!

कुछ साहित्यिक बम-गोले
(एक साहित्यिक अनारकिस्ट)

गत कातिक के तिरहुतिया 'बालक' में दक्षिण-अफ्रीका-प्रवासी स्वामी भवानीदयाल संन्यासी का एक सचित्र लेख अफ्रीका-यात्रा पर निकला है। उसमें संन्यासी महाशय लिखते हैं— "सन् 1925 के दिसम्बर में ताजमहल होटल, बम्बई में भारत कोकिला श्रीमती सरोजिनी नायडू कानपुर-काँग्रेस के लिए अपना भाषण लिख रही थीं। मैं भी वहाँ जा पहुँचा। उनकी पुत्री कुमारी पद्मजा भी वहीं बैठी हुई थीं, वह विनोद की मूर्त्ति हैं। मैंने उनसे हँसी में कहा था कि आप ज़रा अपने शरीर की ओर अधिक ध्यान दीजिए; आपको दुबली-पतली देखकर मुझे दुःख होता है; आप ऐसी चीजें खाया कीजिए, जिससे शरीर पुष्ट हो जाए; इस समय तो आपका शरीर इतना निर्बल है कि यदि जोरों से आँधी आवे, तो आप उसके झोंके से पतंग की भाँति उड़ जाएँ। कुमारी ने तुरन्त मुझे जवाब दिया कि भाईजी, ज़रा आप अपने बदन की ओर तो निहारिये—आप तो मुझसे भी अधिक कमज़ोर हैं और यदि मैं आँधी के झोंके से उड़ जाऊँगी, तो आप भी साधारण हवा में नहीं ठहर सकते। इस पर वहाँ बैठे हुए सभी लोग खिलखिला पड़े। 'बम्बई क्रानिकल' पत्र के डायरेक्टर श्रीयुत देसाई ने कहा, "शाबाश बीबी, तुमने खूब जवाब दिया!"

अब इस पर टीका-टिप्पणी की जरूरत नहीं है। समझदार की मौत है बस! ज़रा सवाल-जवाब के फिकरों पर ध्यान दीजिए। ऊपर-ही-ऊपर तैरनेवाले को तिनका मिलेगा, गोताखोर मोती पाएगा!

× × ×

आखिर 'कोउ न रहा बिनु दाँत निपोरे'। बेचारे सीधे-सादे मारवाड़ी 'बाबू गंगाप्रसाद भोतिका एम. ए. काव्यतीर्थ' भी घासलेटी साहित्य के आन्दोलन में धम-से आ कूदे। वे 'विशाल-भारत' के अगहन-अंक में लिखते हैं—"इधर मतवाला-आफिस से भी 'उग्र' महोदय ने बहुत-सी उग्र-पुस्तकें निकाल दीं जिनमें व्यभिचार

के वीभत्स दृश्यों का वर्णन किया गया। मज़ा तो यह है कि ऐसी पुस्तकें लिखने और प्रकाशित करनेवाले समाज में क्रान्ति (!) मचाने का दावा करते हैं।'' अच्छा ठहरिये यहीं पर; हमको भोतिकाजी से पूछ लेने दीजिए कि आप किस बात का दावा करते हैं। हमने तो भोतिकाजी का चेहरा बहुत पास से निहार-निहार कर गौर से देखा है। चेहरे-मुँहड़े से तो वे 'बछिया के ताऊ' ही जान पड़ते हैं। फिर उग्रता के सामने कैसे आ डटे? हाँ, उनमें पम्प करके जोश पहुँचाया गया हो तो हम नहीं कह सकते। राम जाने।

× × ×

भोतिकाजी को 'विशाल-भारत' द्वारा एक नया आन्दोलन उठाना चाहिए—कलकत्ते ही के माहेश्वरी विद्यालय के हेडमास्टर पं. जनार्दन भट्ट एम. ए. के विरुद्ध! पूछिये क्यों? तो वह इसलिए कि भट्ट जी ने इसी दिसम्बर के 'चाँद' में अँग्रेजी के 'चाकलेट' को निर्दोष प्रमाणित किया है। भट्ट जी अपने लेख में लिखते हैं—''मैंने चाकलेट को पढ़ा नहीं है; पर जहाँ तक चतुर्वेदी जी (पं. बनारसीदास जी) की आलोचना से पता चला है, यह पुस्तक सदभिप्रायपूर्ण उद्देश्य से लिखी गयी है, न कि, जनता को अश्लीलता की ओर ले जाने के उद्देश्य से। जहाँ तक मुझे ज्ञात हुआ है, लेखक ने इसके जरिए से युवाओं को चाकलेटपन्थियों की हरकतों से आगाह किया है।

क्या यह सच है

(1) काशी में—कोई तीस-चालीस दिन हुए, मेरे 'नज़दीकी भाई' सुकवि, सहृदय श्रीरामनाथलाल 'सुमन' ने मुझसे कहा था कि, ''मुझे विश्वस्त सूत्र से पता चला है कि महात्मा गाँधी ने 'चाकलेट' पुस्तक के उद्देश्य को भला और लेखक को 'सिंसियर' कहा है।

(2) मतवाला-कार्यालय में कोई बीस-बाईस दिन हुए, माननीय पंडित लक्ष्मीकान्त भट्ट जी ने मुझसे ही कहा था कि, ''श्रीसुन्दरलाल (महात्मा, तपस्वी, प्रयागी) के मकान पर स्वयं चतुर्वेदी बनारसीदासजी मेरे सामने यह कह रहे थे कि गाँधीजी ने 'चाकलेट' के सदुद्देश्य में विश्वास प्रकट किया है, वे लेख़क को 'सिंसियर' मानते हैं।

(3) कलकत्ता में, अपने मकान पर—कोई दस-बारह दिन हुए, आदरणीय पंडित जनार्दन भट्ट एम. ए. ने बातों के सिलसिले में, मुझसे ही, यह कहा था कि, ''स्वयं बनारसीदासजी यह कह रहे थे कि गाँधीजी ने 'चाकलेट' को, उसके लेखक के 'मोटिव' को सच्चा और स्वच्छ माना है।

(4) 'मतवाला मंडल' में—अभी गत परसों—'त्यागभूमि' सम्पादक पंडित हरिभाऊ उपाध्यायजी यह कह रहे थे—और मुझसे ही कि, ''मैंने भी यह बात सुनी है कि महात्मा गाँधीजी 'चाकलेट' को सदुद्देश्यपूर्ण कहते थे।

मुझसे यह भी कहा गया है कि महात्माजी के इस मत को सुनकर विशाल-भारती चौबे महोदय पगहा तुड़ाकर साबरमती की ओर इसलिए भागे थे कि गाँधीजी को समझावें कि, ''यदि आप ही 'चाकलेट' के पक्ष में ऐसी बातें कहेंगे तो हमारी नौका भला किस घाट लगेगी? उसी सिलसिले में उन्होंने अन्य पुस्तकों के टुकड़े महात्माजी को सुनाये और उनसे यह वचन लिया कि वह अश्लील साहित्य पर भी व्यवस्था देंगे। साथ ही यह भी आज्ञा ले ली, कि, वे फ्री-प्रेस को यह सूचना दे देंगे कि महात्माजी भी अश्लील साहित्य पर अपने 'पावन-पेन' से लेखों का एक झुंड सँवारेंगे।

मैं स्वयं यह नहीं चाहता था कि, मुझ जैसे अगण्य, यौवनोद्वेलित उद्दंड 'उग्र' को भी, महात्माजी से महापुरुष का एक विषय बनाया जाए। मेरे लिए तो मेरे सच्चे साहित्यिक, परिचित, मित्र, भाई और आदरणीय-श्रद्धेय ही बहुत थे। मगर, यदि चतुर्वेदीजी ने मुझे गिराने के लिए गाँधीजी को पुकारा ही, तो क्या यह भी उनके लिए उचित नहीं था कि 'चाकलेट' पर महात्माजी की राय को वे ईमानदारी से साहित्य संसार को बता देते? मुझे न बताते—क्योंकि मेरे पास तो वह घासलेटी-बुलेटिन और घासलेटाऽगार, चहचहाता चिड़ियाघर, बंगाली, 'विशाल भारत' भी नहीं भेजते। यद्यिप मेरे ही सुधार के...छरररररररर कबीर!... उसमें—टाल्सटाय की शिक्षाओं से भी अधिक गाये और गवाये जाते हैं।

मैं चाहता हूँ कि यदि उक्त चारों महानुभावों की बातें असत्य हों, तो, चतुर्वेदीजी उनका खंडन कर दें। उससे मुझे कुछ भी दुख न होगा। क्योंकि उक्त समाचार मेरी काल्पनिक-खोपड़ी की ख़राबी नहीं, बल्कि, चार 'ज़िम्मेवारों' की बातें हैं।

मैं यह भी कह देना चाहता हूँ कि उक्त बातों में भाव उन महानुभावों के हैं जिनसे मैंने बातें कीं और, शब्द मेरे।

साथ ही, यदि उक्त कथन सत्य हों, तो इस साहित्यिक युद्ध में, इस छोटी-सी 'बड़ी' घटना को, प्रोपॅगैंडिस्ट की छाती में छिपाने के पश्चाताप में, हमारे आदरणीय पंडित बनारसीदास चतुर्वेदी को अपना गरेबां फ़ाड़ कर एक नया दामन बनाना चाहिए।

यह कौन साहित्य है

सत्यम? शिवम्? सुन्दरम्?

आह, 'विशाल-भारत'-सम्पादक!

''बाक़ी है दिल में शेख़ के हसरत गुनाह की!''

(पढ़िए—''विशाल भारत'' पृष्ठ 638, दूसरा कॉलम—वर्ष-1, खंड-2, संख्या-5, अगहन, संवत् 1985)

इतने कवियों की कविताएँ सुनी जाने के बाद टकापन्थ प्रवर्तक कविवर कुक्कुटराजजी काव्य-कानन में कूदे। आपके 'कुकड़ूंकूं' करते ही जनता ने हर्षध्वनि की और उत्सुकता से उनकी ओर दृष्टिपात किया। कुक्कुट कविराज ने चोंच चलाते, पूँछ हिलाते और चोटी चमकाते हुए बाँग देना शुरू किया—

''वोट दे दो रे! भाई, भिखारीमल को,
लोगों की बातों में हरगिज़ न आओ
खद्दर न पहनो, न जेलों में जाओ।
है चुंगी चुनाव चली कल को—
वोट दे दो रे! भाई, भिखारीमल को।
बढ़-बढ़ के लाला ने दावत खिलायी,
कोठी हवेली दुकानें बनायी।
सीधे हैं, जाने न छल-बल को—
वोट दे दो रे! भाई, भिखारीमल को।''

अहा! कुक्कुट कवि की इस परोपकार प्रवृत्ति पर सब कवियों ने साधुवाद की शिला सरकानी शुरू की, 'मरहवा' की मटकी फोड़ दी, 'वाह-वाह' की बाँह तोड़ दी। धन्य हैं, ऐसे अशरण-शरण कविराज! देखिए न सेठजी के लिए, आपके दराज़दिल-दालान में कैसे-कैसे प्रेम के पीपे भरे पड़े हैं—वाह-वाह ख़ूब!

कवि कुक्कुट जी की 'कुकड़ूं कू' समाप्त होते ही घटना, घन-घमंड घोंघा,

घुग्घू घासलेटानन्दजी, अपनी अकड़ में घोर घोषणा करते हुए, उसी प्रकार बिना बुलाये पञ्च बनकर मंच पर आ आरूढ़ हुए, जिस प्रकार 'साइमन सप्तक' भारत के माल पर आ धमका। सभापति श्री गरुड़देवजी ने गुस्से से गुर्राते हुए कहा, "अच्छा, पढ़िये, पहले आप ही पढ़िए। तब श्री घासलेटानन्दजी ने अगाई-पिछाई तोड़ और कुंडे-कुंडी फोड़कर साहित्य क्षेत्र का सुविस्तीर्ण मैदान पा महामोद मनाते हुए नीचे लिखा सरल आलाप करना शुरू किया—

"गोबिन्द-भवन की कथा सुनो, वेश्याओं के अट्टे देखो, लो लोट 'लाटरी' के लुटते बाजारों में सट्टे देखो। लड़कों पर प्यार करें टीचर, वह चाकलेट चर्चा सुन लो, विधवा व्यभिचार प्रचार करे, सो सुनो शोक से सिर धुन लो।

× × ×

हाँ, एक-एक करके तुमको, सब विस्तृत बात बताता हूँ। परदे में पाप करें कैसे, सो सब तुमको समझाता हूँ।"

श्री घासलेटानन्दजी की अभी भूमिका भी समाप्त न हुई थी कि काक, कंक, कारंडव, कीर आदि कवियों ने कोपपूर्ण काँव-काँव करनी शुरू कर दी। नहीं, नहीं हम यहाँ ऐसी विचित्र विधि सुनना नहीं चाहते। घासलेटानन्दजी बैठ जाइए। इस सारहीन सिखावन से संसार को बख्शिए। इनके विपरीत दूसरे कवियों ने कहा, "कहिये, कहिये, ज़रूर कहिये। बराबर सिलसिला जारी रखिए। जाति-जागृति का जतन जितनी जल्दी जनता को जनाया जाए, उतना ही अच्छा है। "कहिए, कहिए, घासलेटानन्दजी कहिए" की आवाज ने कविवरजी की नाक में दम कर दिया। वे 'हाँ' 'ना' की खींचातानी में त्रिशंकु की तरह बीच में लटक गये। युगल चुम्बक के मध्य में पड़ी सुई की तरह सिटपिटाने लगे। अड़ें या बढ़ें, हटें या डटें, चहकें या बहकें, जमें या रमें, उन्हें कुछ न सूझ पड़ा। अन्त में श्रीसभापतिजी के आदेश से आप अधवर में ही बैठ गये और विरोधियों की बुद्धि पर बड़बड़ाते हुए अपनी अक्ल की स्तुति करने लगे।

देश के सपूत, फिर भी अछूत?

सँभालो। ज़माना चिल्ला रहा है—सँभालो। राष्ट्र पुकार रहा है— सँभालो। सुअवसर मिल गया है सँभलने का—शीघ्र सँभल जाओ। याद करो, तुम्हारे ही पूर्वज थे—कुम्भज ऋषि। उन्होंने आतापी राक्षस को खाकर पचा डाला था। तुम भी अपनी पाचनशक्ति बढ़ाओ। क़ै करते-करते तुम्हारी आँतें ढीली पड़ गयी हैं। क्षय-रोग ने तुम्हारा कलेजा चूस लिया है। ज़रा आँखें खोलकर अपना जातीय शरीर तो देखो। रक्त-माँस का लेश मात्र नहीं है, सिर्फ़ सूखी हड्डी की ठठरी पर पुराना चमड़ा चढ़ा हुआ है। इस तरह जेठ के कुक्कुर कब तक बने रहोगे? तुम्हारे ही रक्त-माँस से दूसरे मोटे-ताज़े होकर तुम्हें ठुकरा रहे हैं। तुम्हारे ही लाखों भाई तुम्हारी ही अज्ञानता के कारण तुमसे बिछुड़ कर दूसरे की शक्तिवृद्धि कर रहे हैं। उन्हें प्रेम से गले लगाओ। जिस डालपर खड़े हो, उसी को न काटो। होश करो, नीचे अँधकूप है, गिरोगे तो लापता हो जाओगे।

जो अछूत हैं, वास्तव में कपूत नहीं है, सच्चे सपूत हैं। उन्हें अगर हृदय से अपनाओगे, तो साल ही भर में शक्ति के धनी कहलाओगे। वे उन्हीं चरणों की सन्तान हैं, जिनसे त्रिलोकपावनी गंगा निकली हैं, जिनकी धूलि तपस्वियों को भी जल्दी नसीब नहीं होती, और जिस पर सारा संसार सिर झुकाता है। यदि न अपनाओगे, अपने मुँह की खाओगे, दीन-दुनिया से जाओगे, बाप-दादों की लुटिया डुबाओगे। इसके सिवा और क्या होगा?

पंडे-पुजारियों और मठाधीश महन्तों को पूजते हो; क्या वे अछूतों से अच्छे हैं? गोमाँस-भक्षकों की गुलामी करते हो; क्या अछूत उनसे भी गये-बीते हैं? क्या वेश्यागामियों से अछूत श्रेष्ठ नहीं हैं? क्यों आँख रहते अन्धे बने हुए हो? गुड़ खाना और गुलगुले से परहेज़ करना कहाँ की नीति है? जब चेथरू चमार मिस्टर बकलैंड बन जाता है, तब उसका हैट देखकर दुम दबाते शर्म नहीं आती? भुआली भंगी जब कादिर मियाँ बन जाता है तब तो तुम्हारी मज़ाल नहीं है कि कुएँ में उसे बँधना न डालने दो? जब सती देवियों पर अत्याचार करनेवाले व्यभिचारी

पंडे-पुजारी मन्दिर में रहकर मूर्तिपूजा कर-करा सकते हैं, तो क्या अछूत-दर्शन से भी रहे? कल का जल शुद्ध है और अछूतों के कुएँ का जल अशुद्ध? अँधे कहीं के, पूरे चौपट ही चौपट, एड़ी से चुटिया तक ख़ाली खोगीर भरा है, सचमुच साढ़े तीन हाथ के भोंदूमल हो।

तुम्हें शायद सनातनधर्मी होने का अभिमान है। ईमान से कहो, तुम सनातनधर्मी कहलाने योग्य हो? तुम्हारे मन्दिर टूट रहे हैं, गंगा बँध रही हैं, गायें कट रही हैं, विधवाएँ भ्रष्ट हो रही हैं, बच्चे बिछुड़ रहे हैं, धर्मग्रन्थ कुचले जा रहे हैं, पुरोहित मक्खियाँ लील रहे हैं, तीर्थ अत्याचार के अड्डे हो रहे हैं, फिर तुम किस बिरते पर इतना इतराते हो? छाती पर हाथ रखकर कहो, तुम्हारा वह धर्म कहाँ है, जिसे सिर से पैर तक पाक कहा करते हो? क्या पोथियों के श्लोकों में धर्म की पवित्रता ढूँढ़ने से अब तुम धर्मरक्षक कहलाओगे? हरगिज़ नहीं, सौ जन्म में नहीं। लाख ढकोसले करो, धार्मिक दुर्बलता पर परदा नहीं पड़ सकता।

सतियों पर हाथ साफ़ करनेवाले ढोंगी पुजारियों के छूने से, गाय की चर्बी से पुते हुए विदेशी वस्त्र धारण करने से, रालीब्रादर्स का चर्बी-मिश्रित घी भोग लगाने से, क्या तुम्हारे ठाकुरजी अशुद्ध नहीं होते? तो क्या अछूतों की दृष्टि पड़ते ही अशुद्ध हो जाएँगे? क्यों इस तरह न्याय के गले पर भोंड़ी छुरी रेत रहे हो? ज़रा गहराई में डूबकर विचार करो। मनुष्यता से काम लो। हृदयहीन होकर कब तक धर्म को फाँसी देते रहोगे? ज़रा अपने ठाकुर जी से पूछो; क्या अछूत उनके प्यारे पुत्र नहीं हैं? क्या तुम्हारे घर में आकर उन्होंने 'पतितपावन' और 'अधमोद्धारण' कहलाना छोड़ दिया?

एकान्त में बैठ कर सोचो। अन्तरात्मा से सवाल-जवाब करो। पुराणों में आदर्श-चरित्रों की ओर देखो। इतिहासों पर हठधर्मी की हरताल न फेरो। आपत्तिकाल का उपचार न भूलो। संकट का सामना करने से न पिछड़ो। नहीं तो ऐसा डूबोगे कि लाश न मिलेगी। ऐसी जगह पर मारे जाओगे, जहाँ एक बूँद पानी न होगा। ऐसे सुनसान जंगल में घसीटे जाओगे, जहाँ खाली बबूल-ही-बबूल होंगे। अब भी चेतो। जागो। उठो। भ्रम छोड़ो। गँवा रहे हो। पछताओगे। खोपड़ी में बलगम भर गया हो, तो नाक में बाँस डालकर छींको। माथा हलका हो जाएगा। समझ दुरुस्त हो जाएगी। तब ये बातें समझोगे। अभी तो तुम्हें अपनी पवित्रता का मिथ्या अभिमान सता रहा है। तुम्हारी वह कैसी पवित्रता है, जो अपवित्र को पवित्र नहीं कर सकती? तुम से तो जड़ कहलानेवाली गंगा ही अच्छी, जो कमनाशा को गोद में लेकर दूध-मिसरी हो गयी। प्यारे हिन्दुओ, जानबूझकर अपने पैरों में कुल्हाड़ा न मारो। इस समय अछूतों को जनेऊ देने से हम सहमत नहीं, अछूतों से रक्त-सम्बन्ध करने में हम एकमत नहीं हैं, छूतों को पूज्यपाद ब्राह्मणों के सिर पर चढ़ा देने के क़ायल नहीं हैं। हम पक्षपाती हैं उनके सच्चे सामाजिक अधिकारों

के उनके प्राकृतिक स्वत्वों को न कुचला जाए। वे हमारे भाई हैं। वे हमारे अंग हैं। वे हमारी राष्ट्रीयता की खाद हैं। हमारी शक्ति की सत्ता हैं। वे हमारी पूँजी हैं, रक्त-बिन्दु सगे हैं, सर्वस्व हैं। यदि वे मलिनता से दूर न होंगे, हम उनसे दूर रहने के लिए बाध्य हैं। किन्तु वे तो स्वच्छ होने को उत्सुक हैं। वे निर्मल जातीय गंगा में नहाने को उत्कंठित हैं। उन्हें रास्ता दो, घाट बताओ, नहलाओ, छाती से लगाओ। मनुष्यता तुम्हें लाख बार असीसेगी। शक्ति तुम्हें हजार बार उकसाएगी। पुरुषत्व तुम्हें सौ-सौ बधाइयाँ देगा।

यदि तुम्हारी अन्तरात्मा स्पष्ट कहती है कि वे तुम्हारे अपने ही भाई हैं, तो तुम संसार की बनावटी लज्जा छोड़कर अपने भाई से मिलो। और, यदि तुम्हारी आत्मा छोटी है, हृदय संकीर्ण है, मन मलिन है, तो कान में ग्यारह गाँठ रुई ठूँस लो, हमारी बात मत सुनो। अपनाना है, तो सच्चे दिल से, शुद्ध मन से, अपनाओ। उनकी शिक्षा की व्यवस्था करो, नहीं तो ईसाई मिशनरीवाले तुम्हारी 'पूँजी' लूट ले जाएँगे। उन्हें भक्ष्याभक्ष्य से बचने का उपदेश दो, नहीं तो आबकारी-विभाग की ज़हरीली धारा में तुम्हारा 'सर्वस्व' बह जाएगा। उन्हें स्वच्छ आचार-विचार की शिक्षा दो, नहीं तो 'पैर' सड़ जाने से तुम कोढ़ी हो जाओगे। दया करके अब भी जातीयता को गलित कुष्ठ से बचाओ। हिन्दू धर्म के झंडे के नीचे समूह शक्ति का संघटन दिखाकर संसार की आँखों में चकाचौंध डाल दो। सच कहते हैं, उसी दिन तुम्हें अपनी बेवकूफ़ी समझ में आ जाएगी, उसी दिन तुम्हारे हृदय में सवाल उठेगा—जो देश के सपूत हैं, फिर वे कैसे अछूत?

परमात्मा करे वह दिन तुम्हें शीघ्र ही नसीब हो। वही दिन तुम्हारे जातीय जीवन का सच्चा त्योहार होगा। उसी दिन के लिए, ईश्वर को साक्षी मानकर, शस्त्रों को मध्यस्थ बनाकर, शुद्ध हृदय से देशोद्धार का संकल्प धारण करो। संकल्प की साधना में कष्ट और सिद्धि में सुख होता है। मजहबी कमजोरियों को धता बताकर यदि संकल्प धारण करोगे, तो तुम्हारे संकल्प की शंखध्वनि तुम्हारे चारों ओर के वायुमण्डल में विजयमन्त्र भर देगी। तुम्हारा समाज सर्वांग सुन्दर और संघटन सर्वांगसम्पन्न हो जाएगा। तुम्हारी शक्ति अजय और जातीयता सनाथ हो जाएगी। यही सब सोच-समझकर संसार के सामने अपनी यह घोषणा प्रकाशित कर दो कि अछूत हमारे अपने ही भाई हैं, अछूत हमारे अपने ही अंग हैं, उन्हें हम ममता के साथ अपनावेंगे, उन्हें हम अपना बनाकर सुधारेंगे—सँवारेंगे—दुलारेंगे; क्योंकि उनका सुख-दुख हमारा सुख-दुख है, उनका उत्थान-पतन हमारा उत्थान-पतन है, उन पर हम और हम पर वे आश्रित हैं, वे हमारे और हम उनके बल हैं। यही घोषणा संसार में तुम्हारा सिक्का जमा देगी। तुम्हारी देखा-देखी, तुम्हारे स्वर में स्वर मिलाकर, संसार भर कह उठेगा—जो देश के सपूत हैं, फिर वे कैसे अछूत हैं?

ज़िला मिर्ज़ापुर के टुकड़े हर्गिज़ न हों

हमारी प्रान्तीय सरकार मिर्ज़ापुर ज़िले के टुकड़े करने की तैयारी कर रही है। बूढ़े समन्वयी जी चले थे बनारस राज्य को मिर्ज़ापुर में मिलाने, फलतः सरकार बनारस के निकटवाले मिर्ज़ापुरी भाग यानी ज़िले के सबसे ज्यादा ज़रखेज़ और जाग्रत हिस्से को बनारस में मिलाने की सोच रही है। चौबेजी जो छब्बे होने चले थे, दुबे होने की दुर्दशा में फँसे मालूम पड़ते हैं। जिन लोगों ने हिन्दुस्तान का खंड करना मंजूर कर लिया बिना अच्छी तरह लाभालाभ सोचे—राष्ट्रपिता गाँधीजी की इच्छा के विरुद्ध!—वे क़साई न हों पर काटने की आदत उनकी हो गयी है। भारत काटनेवालों के सामने मिर्जापुर। शालिग्राम भूनने वालों के सामने बैगन!

और अब तक स्थानीय काँग्रेसी नेता महानुभावों के कानों पर जूँ तक नहीं रेंगी। एम. एल. ए. पं. विजयानन्द मिश्र और एम. एल. सी. श्री जे. एन. विल्सन की क्या राय है? कुछ है भी या ये प्रतिनिधि हमारे हिताहित से उदासीन हैं? ये लोग अगर मिर्ज़ापुर के टुकड़े होने देना चाहते हैं तो मिर्ज़ापुर ज़िले की जनता इनके लिए क्या चाहती है?

खुशी की बात है कि स्थानीय बार एसोसियेशन ने ज़िले की काट-कूट का उचित विरोध स्पष्ट शब्दों में किया है। एकाध अधिकारी को छोड़ बाकी सभी बड़े अधिकारियों ने खंडन का मंडन नहीं किया है। फिर भी, इतने से काम नहीं चलेगा। शहर और ज़िले के प्रत्येक भाग में सभाएँ कर प्रस्ताव पासकर सरकार के सामने सारे-ज़िले को अपनी राय रखनी चाहिए।

और (रक्षात्मक) युद्ध से घबराना नहीं चाहिए। बिना सटाये आज के ज़माने में कुछ मिलता नहीं। मौक़ा आ गया है कि मिर्ज़ापुर के हर रंग के मर्दाने जनकल्याण के मैदान में आवें। हमें नये खून की ज़रूरत है, वह बार एसोसिएशन से मिले, शहर से मिले, तहसील और गाँव-गाँव से मिले। तब मिर्ज़ापुर की इज्जत बचेगी। बूढ़े कार्यकर्ताओं का ख़ून ठंडा हो गया, लगता है तभी तो समन्वयीजी, हनुमानजी पांडे, जनहित में किंकर्तव्यविमूढ़वत् आचरण करते नज़र आ रहे हैं। एम. एल.

सी. ग़लीचे पर; एम. एल. ए. खटारे पर; अपनी-अपनी डफली पर अपना-अपना राग टिटिया रहे हैं। ज़िले की तबाही की तैयारी हो रही है, और जिला बोर्ड के श्री रामललितजी हज्जाम से मालिश करा रहे हैं—सरेआम! अरे यारो! अपनी ही नहीं, अपने बच्चों की भी सोचो! आनेवाली पीढ़ी की; जो पिंडा पानी देने के वक्त तुम्हारे कर्मों को याद करेगी।

कलकत्ता-दर्शन

पहले मुझे कलकत्ता से ज्यादा बम्बई पसन्द आती थी। बार-बार मैंने कलकत्ता को भैंस और बम्बई को सुश्री गाय काठियावाड़ी कहकर निन्दा या सराहा है और सचमुच वह शहर इस शहर से सौ-गुना ज्यादा खुबसूरत बनाया गया है। पुरुष और प्रकृति ने जैसे होड़ लगाकर बम्बई को सजाया हो। माशूक की आँखों की तरह नीला, लहरीला अरब समुद्र, और चंचल नेत्रों में चारों ओर अचल नाचती पश्चिमी घाट की पार्वतियाँ और हरी-भरी पहाड़ियाँ। कोला-से पवाई झील तक पिकनिक या आमोद के सहस्र सहस्र ऐसे स्थल, जिन्हें देख गगन विहारी गन्धर्व, किन्नर भी क्षणभर के लिए स्वर्ग को भूल जाएँ। फिर मानुष बपुरा कौन? भैंस में जैसे केवल दूध है वेसे कलकत्ता में केवल रुपये! फिर रुपयापतियों की तुलना दुधार भैंसों से नहीं की जा सकती। क्योंकि इसका सारा संचय और शरीर भी परोपकार में खप जाता है, पर पूँजीवान मर जाने के बाद भी कारूँ के ख़जाने में साँप की तरह सेफ सोना पसन्द करता है। मगर मुझे विषय से बहकना नहीं चाहिए। मैं कलकत्ता के बारे में कह रहा था, पूँजीवान या बम्बई के बारे में नहीं। मैं यह कहना चाहता था कि रुपया जीवन का एक अंश हो सकता है और चमकदार, पर रुपये को ही जीवन बना डालना (चंचला होने पर भी) मेरी बुद्धि वेश्याचार (वैश्याचार नहीं, हाँ) मानती है। सो, यहाँ जो भी कमाता हो उसे 'सर्वे गुणाः काञ्चन मा श्रयन्त' के पहले 'शरीरमाद्यं खलु धर्म साधनम्' के अर्थ का मनन करना चाहिए। सारे विश्व की सम्पत्ति कमाकर भी अगर कोई रुग्ण जीवे या अकाल ही काल गाल में गुल हो जाए तो मैं तो इसे बुद्धिमानी नहीं मानता। और व्यक्ति के स्वास्थ्य का सूत्र समाज के स्वास्थ्य सूत्र के साथ सटा-बटा हुआ है। सो अगर महलों में बसनेवाले महान अपनी सफाई से सन्तुष्ट हैं तो मूर्खों के स्वर्ग में रहते हैं। चारों तरफ की गन्दगियों के आगे अमीर घर की स्वच्छता किसी तरह भी स्वस्थ नहीं रह सकती और गरीबों की आह वह गन्दगी हर ऋतु में हर रोग का रूप धरकर घर-घर मर-मर स्वर भर ही आती है।

सो, कोई भी आदमी का दोस्त अस्वस्थ वातावरण के विरुद्ध बिना बोले या विद्रोह का नारा बुलन्द किये न रहेगा। मेरी राय में भी ये बड़े-बड़े शहर या मेट्रापालिस या तो स्वस्थ रहें या रहें ही नहीं। बड़े शहरों की गन्दगी तन के साथ ही मानव मन को भी रोगी बनाती है। पानी, पावर, प्रकाश, पब्लिक वर्क्स की सुविधाएँ, शिक्षा और दवाएँ सही मात्रा में अगर नहीं मुहैया की जा सकती सबके हितार्थ तो जन समाज को शारीरिक और मानसिक रोगी बनाने से कहीं उत्तम होगा इन बड़े-बड़े शहरों को सर्व सुविधा सम्पन्न छोटे-छोटे नये नगरों में बाँट देना।

बड़ाबाज़ार में पहले जैसे मुसलमान जब नहीं दिखे तो मैंने सोचा कि अभागे पाकिस्तान भाग गये होंगे, पर मछुआबाजार और 'सन्मार्ग' कार्यालय के आसपास के मुहल्लों में घुसकर देखने से पता चला कि नादान दोस्त भागे नहीं, घुसे हुए हैं। क्या ही खूब होता अगर वैसे ही दूसरे लोग भी पाकिस्तान में जमे होते। अँग्रेज़ी अमल में कलकत्ता का मुसलमान बड़ा दम्भी, बड़ा गुंडा, बड़ा दुर्दम मालूम पड़ता था पर आज उसका दम टूट गया-सा लगता है। हिन्दुओं को कहते सुना कि, ''मुसलमानों का दम उन्होंने नष्ट किया है।'' आर्यों की किताबों में पढ़ा कि, ''दम्भी भगवान महाकाल का भोजन है।'' जो हो।

कॉंग्रेस खुद एक सम्प्रदाय है

स्वामी पारसनाथ सेक्रेटरी,—योगीराज पारटी—हिमालय की मोह-गर्जना

आगरा, 10 जनवरी 1949

यहाँ एक सभा में भाषण देते हुए स्वामी पारसनाथजी सम्पादक 'मीरा' तथा प्रधानमन्त्री—महात्मा महामंडल ने कहा—

''काँग्रेस खुद एक सम्प्रदाय बन गयी है। महात्मा गाँधी ने कहा था कि, ''स्वराज्य मिलने पर काँग्रेस को तोड़ देना चाहिए। नहीं तो वह भी एक 'मत' मानी जाएगी। धार्मिक ही नहीं—राजनीतिक सम्प्रदाय भी होते हैं। एक अलग 'सड़क' का नाम—सम्प्रदाय है। अत: आज की काँग्रेस एक सम्प्रदाय है और अन्य समस्त सम्प्रदायों से लड़कर अपने सम्प्रदायत्व को मजबूत बनाती जा रही है।

हमने प्रधानमन्त्री नेहरू को कई बार लिखा है कि आपकी यह 'विधान परिषद' गैर-कानूनी है। इसमें भारत के समस्त सम्प्रदायों के प्रतिनिधि नहीं हैं। महात्मा गाँधी, मिस्टर जिन्ना और मि. अम्बेदकर भी यही कहते हैं। फलत: गैर कानूनी हालत में विधान परिषद 'कोई कानूनी किताब' बनाने का अधिकार नहीं रखती। 'कम्पलीट बुक ऑफ ला' तभी बनेगी कि जब परिषद में कम्पलीट चुनाव हो।

हमने बारम्बार लिखा कि हिमालय के योगीराज महामंडल को मुरदा मत समझो। उसमें अजीज गुनवाले और लजीज हुनरवाले लोग हैं। ज्यादा नहीं तो 500 वाली बड़ी पंचायत में 10 सीट महात्माओं के लिए रिजर्व कर दीजिए। उन दसों के नाम तथा काम नीचे लिखे जाते हैं—

नम्बर	नाम	काम
1	स्वामी माधवानन्दजी	हिन्दू-मुस्लिम शाही का सारा दफीना बाहर करा सकते हैं।
2	स्वामी करपात्रीजी	भारत की पशु रक्षा कराके दूध का सागर पैदा करा सकते है।

3	स्वामी पारसनाथजी	रामराज्यवाली खेती का प्रोग्राम प्रकट कर फी रुपया 10 सेर गेहूँ तथा फी रुपया 1 सेर घी का उत्पादन करा सकते हैं।
4	स्वामी गोरखनाथजी	भारत भर के काले साँपों की पलटन बना सकते हैं। रात की लड़ाई के कप्तान आप हैं।
5	स्वामी बजरंगीजी	भारत-भर के बन्दरों की सेना आप बना सकते हैं—दिन की लड़ाई के कप्तान आप हैं।
6	स्वामी कागाजी	भारत भर की कागा पलटन द्वारा 'हवाई जहाजों' को गिराने का काम आप करेंगे।
7	स्वामी बिहारीजी	'अरधक अरधँग विवाह' नामक एक नवीन मुहकमा द्वारा आप समस्त भारत से 'बुढ़ापा' और 'मौत' को भगा सकते हैं।
8	स्वामी दत्तजी	'कम्पलीट शान्ति' का प्रोग्राम आप के ही पास है।
9	स्वामी शुकदेवजी	'कम्पलीट शिक्षा' की पुस्तकें आप ही अपने तत्वावधान में बनवा सकते हैं।
10	स्वामी भक्तिसरनजी	आप रसायन विद्या द्वारा सोना तथा चाँदी बनवाकर धन का पहाड़ लगवा सकेंगे।

इनमें जो तीन योगीराज—फौजी जनरल हैं, उनकी भी आवश्यकता हमारे भारतीय राष्ट्र को है।

इस समय लन्दन, रूस और अमरीका, भारत को अपना-अपना 'माशूक़' समझते हैं। जो जब चाहे चूमा लेने को तैयार। यदि हमारा 'नेचुरल फोर्स' तैयार हो जावे, जिसमें साँप, वानर तथा काग पलटनें काम करेंगी, तो फिर उन तीनों राक्षसों से हम आजाद हो जावेंगे। अभी 'आजादी' नहीं है—'माशूकी' है। अभी तो 'चूमाबाजी' हो रही है।

हम भारत की पब्लिक से और भारत की वर्तमान काँग्रेसी सरकार से पूछते हैं कि 'राष्ट्रीय सरकार' बनाने में अब क्यों देरी हो रही है? उसका नतीजा क्या होगा?

हाय—जिस जगह पर ब्रिटिश थी, वहाँ काँग्रेस आ गयी! जिस स्थान पर काँग्रेस थी—वहाँ आज समाजवाद आ बैठा। परन्तु समाजवाद में उसका 'गाँधी' नहीं है। यदि समाजवाद कोई अपना गाँधी पा जावे तो समाजवाद की जय हो जावे और काँग्रेस अगले चुनाव में हार जावे।

हमारे योगीराज मंडल में समाजवाद के योग्य एक गाँधीजी भी हैं।

हम अपनी खुशी से आप के पास नहीं आवेंगे, क्योंकि हमें तो कोई व्यक्तिगत स्वार्थ नहीं है। यदि हम लोगों के बिना आप का काम न चल सके तो हम 10 योगीराजों को प्रार्थनापूर्वक बुलावें। हम 10 यदि 10 विषयों के मन्त्री बना दिये जावें तो हम अपने कामों का वेतन भी नहीं चाहेंगे। क्योंकि हमने अपने स्वार्थ को मार डाला है। हम लोग फकीर हैं। हमारा जीवन केवल परोपकार के लिए है।

क्या इस भाषण को बहरी सरकार सुनेगी?

बाजे डमरू ! नाचें महाकाल जगद्‌गुरु...!!

यह कल ही की तो बात है, वीरभद्र 'मतवाला' की भेंट हुई थी देवाधिदेव महाकाल महादेव से। कहाँ मिल गये महादेव ? आप पूछेंगे। आप कहेंगे कि महाकाल से मिलना खिलवाड़ नहीं। आप कहेंगे कौन ला सकता है ताबे जल्वए दीदार दोस्त ? हमारा उत्तर यह कि वीरभद्र 'मतवाला' महाकाल का रिपोर्टर होने के सबब शिवरात्रि वाली साढ़े बारह बजे रात महाश्मशान महाएकान्त में मिला था, महाकाल से, बाइ एप्वाइंटमेंट, उनकी इच्छा और अनुमति से।

मिलते ही भोला बाबा ने पूछा—"कहो वीरभद्र, छनी-घुटी है ? सब कुशल है ? भू-लोक का क्या समाचार है ?"

"भयानक भूतेश !" मतवाला ने स्पष्ट निवेदन किया, "न छानने का ठिकाना, न घोंटने का। प्रदेश में 'प्राहिविशन' रूपी प्रबल बहुरूपिया नशा-निषेध के नाम पर खुले बाजार को चोर बाज़ार बना रहा है। मतवाले ऐसे हम कि नशा बिना जी ही नहीं सकते; यह दुनिया नशे में ही भुगती जा सकती है क्योंकि।"

"खैर, इस बार जाना तो हमारे स्टाक से भंग, अफीम, वारुणी जितनी ज़रूरत हो साथ लेते जाना।" औढरदानी ने कहा।

"और पकड़ ले प्रान्त की सरकार तो ?" घबराकर मतवाला ने पूछा, "फोकट में उन जेलों में सड़ना पड़ेगा जिनमें बाबा आदम के वक्त से लेकर आज तक सहृदय सुधार हुए ही नहीं।"

"कैसी बातें करते हो !" महादेव ने कहा, "क्या भारत सरकार विदेशी राजदूतों को पीने की आजादी नहीं देती ? क्या मतवाला कैलास के कोर्ट का भारत में नियुक्त कौंसल नहीं ? प्राहिविशन हो पर महाकाल के दूतों को छूट रहेगी !"

"जय हो ! बं-बं-बं !" मतवाला ने परम प्रसन्नता प्रकट की निश्चय जानकर कि महाकाल की आज्ञा कोई टाल नहीं सकेगा।

"यह तो दुनिया के नशे की बात हुई, अब उसके होश की बात बतलाओ कुछ, वीरभद्र !"

''होश दुनिया के ठिकाने नहीं'' वीरभद्र मतवाला ने निवेदन किया—''आज दुनिया ढाई कैंपों में बँटी हुई है।''

''कैंप क्या वीरभद्र?''

''संघ समझे सदाशिव-एक ही विचार के लोगों का प्रचंडसंघ...माने एक कैम्प। इस तरह एक पूँजीवादी राष्ट्रों का कैम्प है और एक साम्यवादी राष्ट्रों का।''

''मैंने दो ही दलों की चर्चा सुनी थी''

—शंकर ने जिज्ञासी—''यह अढ़ाइवाँ संघ कौन है?''

''भारतीय संघ'' मतवाला ने सविनय सुनाया—''यह संघ महात्मा गाँधी के उठ जाने से अर्धप्राण-सा रह गया है जहाँ तक इसके आध्यत्मिक सन्देश के सक्रिय प्रयोग का सम्बन्ध है।''

''सक्रिय प्रयोग से क्या अभिप्राय है, वीरभद्र!''

''आदर्श कर्ममय न होकर जब कोरा प्रचारमय हो जाता है तब उसका रचनात्मक-प्रयोग रुक जाता है। सरकारी झंडे पर चक्र है पर विधान परिषद के एजेंडे पर चर्खा नहीं है। अहिंसावादी गाँधी को राष्ट्रगुरु माना जाता है पर अहिंसक बुनियाद पर सरकारी इमारत नहीं, बनाने की हिम्मत नहीं, हौंस नहीं। विडम्बना शहरी बुद्धिमानों की बुद्धि की! लोग हवाई जहाजों में सैर करते हुए भी गाँव-गाँव (काँव-काँव नहीं) रटते हैं पर दिल्ली में बस कर विधान बनाने की तरह गाँव में बसकर किसान के समान बनने की साधु इच्छा बड़े काँग्रेसी नेताओं में चिराग़ लेकर ढूँढ़ने से भी नज़र नहीं आती। गाँधी का यह बड़ा दुर्भाग्य रहा जगद्गुरू!'' मतवाला ने सुनाया।

''दुर्भाग्य कैसा?''

''यही कि योग्य अनुगामी महात्मा गाँधी को नहीं मिले...!''

''और स्टालिन को?''

''स्टालिन को सहस्त्र-सहस्त्र योग्य अनुगामी मिले।''

''और ट्रू मन को?''

''शत-शत!''

''ईसा को पहले कितनों ने समझा सही ढंग से?'' महाकाल ने पूछा इतिहास।

''मुश्किल से बारह ने; जिनमें से एक ने नकली भक्ति से गाल चूमकर पैग़म्बर को चाँदी के चन्द टुकड़ों पर हत्यारों के हाथ सौंप दिया था!''

''ईसा के समझने वाले बारह भी नहीं!''—और गाँधी के सच्चे अनुगामी कितने होंगे?'' पूछा सदाशिव ने।

''कहने को 32 करोड़, गिनने को एक भी नहीं!''

"एक भी नहीं गाँधी का उत्तराधिकारी भारत में—फिर यह आजादी कैसे मिली?"

"एक ही सत्यवान ने भारत को मुक्त किया। गाँधी दरिद्रनारायण के अवतार का उत्तराधिकारी होना सहज नहीं।"

"जवाहरलाल?"

"राजनीतिक उत्तराधिकारी मात्र। पर गाँधीजी के तेज के दो भाग थे एक राजनीतिक दूसरा आध्यात्मिक। महात्मा का आध्यात्मिक व्यक्तित्व अधिक प्रभावशाली था। उसी के पूरक अधिक होंगे जब तभी भारत अपने सतत प्रगतिशील पुराने विश्व-कल्याणकारी सन्मार्ग पर दुनिया को चला सकेगा। नहीं तो दुनिया की खैर नहीं। आदमी दया नहीं करेगा तो बुरी तरह याद करेगा माथा पीटकर कि करने का मौका था तो उसने क्या नहीं किया। इस समय दुनिया विश्व-विजय करने के मूड में है, दया-भाव शून्य! चारों ओर संघर्ष घनघोर। पता नहीं चलता कि भविष्य क्या है—भूतनाथ!"

"भूतनाथ भविष्य निर्माता हैं, भविष्यवक्ता नहीं। भविष्य की चिन्ता न कर तुम्हें अपना कर्तव्य करते रहना चाहिए।" भूतनाथ ने बतलाया।

"आँख मूँद कर?"

"और नहीं तो?"

"यही डिक्टेटरी है; रूस यही चाहता है। मार्क्स विप्लव चाहते थे, महात्मा विकास, क्या मैं पूँछूँ कि महाकाल को क्या पसन्द है?"

"मुझे विकास प्रिय है।" इसी समय महादेवी [वर्मा नहीं] प्रकट हुईं। शायद अन्तर्यामिनी ने हमारी चर्चा का उत्तरांश दूर से सुन लिया था।

"मुझे विनाश-विप्लव पसन्द है।" रुद्र ने राय दी।

"होगा क्या?" मतवाला ने पूछा। "जो है वह नहीं होगा।" महादेव ने भविष्यद्वाणी की।

माँ को पत्र

माँ! हम तुम्हारी सौभाग्यशाली सन्तान हैं। हमें अपने मुँह मियाँमिट्ठू बनते देख तू नाराज़ भी कैसे हो सकेगी। तूने ही तो हमें ऐन्द्रिय-जगत की उपभोग-भूमि का सबल अधिकारी बनाया है। हम देखते हैं माँ! तुम्हारी अन्य कतिपय सन्ततियाँ हमसे सुन्दर एवं संयमी जीवन बनाकर बड़े सुख का अनुभव करती हैं, पर हमारी उपभोग-लिप्सा का तो अन्त ही नहीं है। संयम के मोहजन्य दुरन्त उन्माद से आज हम मस्त एवम् आक्रान्त हैं। रात-दिन दूसरों का गला काटकर नस-नस का रक्त चूसकर आराम एवम शान से शेखी बघारने में ही हमें सन्तोष नहीं है, किन्तु अपनी विराट प्राण-प्रकृति के उन्मुक्त गौरवाकर्षण की गति कुंठित कर देने के लिए हम रात-दिन प्रयत्नशील भी हैं।

वृकोदर और कुम्भकर्णादि की कथाएँ नितान्त साधारण प्रतीत हो रही हैं, हमारी भूख़, नींद और विकरालता तो अद्भुत प्रभाव दिखा रही है, जैसे यह गौरव-शालिनी मानव प्रकृति को सत्वर समाप्त कर देने के लिए 'परमाणुबम' के रूप में प्रकट हुई है। तुम्हारी इस संहारकारिणी रहस्यमयी अभिव्यक्ति के एकान्त तमास पुजारी बनने में हम बड़े गौरव का अनुभव कर रहे हैं। हमारे पूँजी पोषक, क्रूर कौशल की, संचय की दुरन्त परम्परा के प्रचंड तांडव की, स्वार्थ-बर्बर, राक्षसी उत्पीड़न के कामरूप कुचक्र की क्या यह प्रतिक्रियात्मक-परिणति तो नहीं है माँ। अपने विषय-वह्नि की प्रलयंकारी लीला को देखकर हम जैसे परेशान हैं। इसका ज्वलन्त प्रकाश तो जैसे साम्राज्यवादी किले के आतंक-प्रदीप की अन्तिम भभक सा प्रतीत हो रहा है। कोई इसे मत्स्यन्याय की छीना-झपटी की भीषण परिणति भी कह रहे हैं।

इस रिसर्च पर हमें बड़ा नाज है, आसुरी अविनय की सुरक्षा के लिए इसे छोड़ दूसरी हमें आवश्यकता ही क्या है। शरीर से नस-नस का ख़ून चूस लें, पर मज़ाल क्या जो कोई चूँ बोले। हमारे तो आज पौ-बारह हैं, बड़े-बड़े सिद्धान्त-सिद्धान्तवादी भी हमारा मित्र होने के लिए अवसरवादी बन रहे हैं। इस यन्त्र-

मन्त्र को हमने छिपा रखा है। इसलिए कि यदि कहीं भेद खुला, तो हमारे उल्लूशाही शासन की फिर धाक ही क्या रह जाएगी।

मातः लक्ष्मी! यह उल्लू ही तुम्हारा वाहन भी तो है न। इसीलिए हम लोगों की इससे अभिन्न मित्रता है। लोग कहते हैं आज का वैज्ञानिक-युग मानव जाति के सांस्कृतिक गौरव की निर्मल व्याप्ति का शुभमुहूर्त है; पर हमारे उल्लूशाही क्रूर कुचक्र ने तो इसे अपनी अनन्त उपभोग-लिप्सा-पूर्ति का साधन बना लिया है। हम आँखें बन्द किये अपनी महफ़िली ऐय्याशी का निर्बाध मज़ा लूट रहे हैं। हमारे आतंकवर्द्धक प्रभुत्व से मस्त हो, आँख के अँधे और गाँठ के पूरे पिट्ठू, लोग अब हमारा अभिनन्दन करने और जी हुजूरी बजाने में गौरव का अनुभव करने लगे हैं। निर्लज्ज तथा पाखंडपूर्ण विज्ञापन का कार्य चापलूस पंडे केवल पेट भरने के आश्वासन पर बड़ी मुस्तैदी से सँभाल रहे हैं। वश्यवाक् तपस्वी लेखकों तथा कलाकारों की आप्त ध्वनियों को उपेक्षितकर दम्भी एवं वाचाल पंडों को ही प्रधानता शिक्षा केन्द्रों में भी शनैः शनैः दी जाने लगी है। जिससे जीवनव्यापी किंचज्ञता और दीनता के अँधकार में प्रभुत्व का निर्बाध सुख तथा चरणार्चन का गौरव, हमें सहज सुलभ हो रहा है। निरन्तर असंख्य निरपराध प्राणियों की बलि देकर हम तुम्हें सन्तुष्ट करने के लिए प्रयत्नशील हैं। असत्य हमारा अस्त्र है और अर्थ-लाभ ही चरम लक्ष्य। अतीत के स्वप्नों में भूली हुई निरक्षर, अँधी जनता में सत्य, न्याय और धर्म की झूठी दुहाई देकर विघटन की खाईं खोदनेवाले हीनवीर्य, एवम् उदम्भर प्रचारकों की भी हमें कमी नहीं है। उदर-पोषण का आश्वासन देकर दाने-दाने और टके-टके के लिए मुहताज़, अतृप्ति बर्बर जनता को बकरी के बच्चों की भाँति युद्ध की वेदी पर बलिदान होने के लिए खुशी-खुशी तैयार कर लेना हमारे बायें हाथ का खेल है।

प्रोपेगंडा के समस्त साधनों को छीनकर, वाणी और लेखनी पर आसुरी आतंक शासन को प्रतिष्ठित कर, प्राणवान बुद्धिजीवियों की पादाब्जसुरभि से जन-जीवन को वंचित रख सकने में यद्यपि हमें अब तक सफलता ही मिलती आ रही है, पर वैज्ञानिक अरुणोदय से संसार के एक भू-भाग में अतृप्ति-बर्बर-अँधकार का संहार भी प्रारम्भ हो चुका है, जिससे हमारी कुम्भकर्णी निद्रा को बाधा पहुँच रही है। हमारे कल-बल-छल का, भंडाफोड़ होने लगा है। हम सशंक हो उठे हैं। क्या भस्मासुर की भाँति यह विज्ञान का वरदान हमारे लिए अभिशाप तो नहीं सिद्ध होगा माँ!

तुम्हारी नारी-प्रकृति को चाँदी की बेड़ियों में जकड़कर हमने पहले से ही अबला बना दिया है, इसका तुम्हें क्षोभ तो नहीं है? क्या यह बला तुम्हारी अबलात्व-प्राप्ति की प्रतिक्रिया तो नहीं है। पूँजीवाद की जड़ पूजा-परम्परा से

प्रतिशोध लेने के लिए क्या तू अपनी महाकाली और महासरस्वती प्रकृति से तादात्म्य तो नहीं कर रही हो। माँ! विश्व के बुद्धिवैभव पर हमारे इस अपरिमित तथा उच्छृंखल अधिकार की सुरक्षा तुम्हारी असीम कृपादृष्टि से ही सम्भव है। विश्व को सभ्य बनाने की ठेकेदारी का पाखंडप्रलाप अब प्रभाव-शून्य होने लगा है। हमारे अधिकार-वैभव की चापलूसी के स्थान पर अब निष्पक्ष समीक्षा भी होने लगी है।

क्या हम आशा करें, कि हमारी संकटापन्न अहम्मन्यता की हस्ती को बचाकर, तू अपने वाहन [उलूक] की लाज रख सकोगी।

तुम्हारा ही—
पिंगाक्ष शिशु

आरम्भिक उद्देश्य : नियम और सफलताएँ

श्रीमान सम्पादकजी,
'हिन्दी स्वराज्य', खंडवा।

महोदय!

गत 19 नवम्बर के 'हिन्दी स्वराज्य' में इन्दौरीय मध्यभारत-हिन्दी-साहित्य-समिति पर जो मेरा लेख परम कृपापूर्वक आपने प्रकाशित किया था, उसके लिए मैं तो आपको हृदय से धन्यवाद देता ही हूँ, आप विश्वास रखिए आने वाली पीढ़ियाँ भी आपको शत-शत साधुवाद देंगी। धन्यवाद देंगी, इसलिए कि आपने हिम्मतपूर्वक हिन्दी साहित्य और मध्यभारत-हिन्दी साहित्य समिति के साथ-ही-साथ उस तेजस्वी राज्य की भी सेवा की है जिसकी रक्षा और उन्नति भगवती माता अहिल्याबाई होलकर की आत्मा, मेरे अनुभव और अनुमान से हमेशा किया करती है।

फिर भी हमारी देशी रियासतों का जो वातावरण है उससे आप भली-भाँति वाकिफ होंगे। इन राज्यों में कान के कच्चे बड़े अधिकारियों के पास जुबान के 'पक्के चलते' चंट लोग चकराया करते हैं और अच्छे-से-अच्छे बहादुर से बहादुर सज्जनों को बरबस अपने नरक में धकेल देते हैं। यही कारण है जो हमारे सूर्य और चन्द्र और अनेक दिव्य वंशोद्भव राजे-महाराजे अपने ही नौकरों के फैलाये घनघोर अँधकार में ठोकरें खाया करते हैं—उनकी, जिन्हें उनके वीर-पूर्वज ठोकर मारने के योग्य भी नहीं समझते थे। यही कारण है जो हमारे राजे यूरोप के दर्जनों क्षुद्र राज्यों से बड़े अधिकारी होते हुए भी उतने तेजधारी नहीं। और यही कारण खास है जो हमारे सीधे, सज्जन, अकूटनीतिज्ञ महाराजों के सिंहासन को साल में सवा-सौ बार आँधी में पीपल के पत्ते की तरह लरजाता रहता है! असल में हमारे सौ में निन्यानवे राज-महाराजे अपने पूर्वजों की तरह तेजस्वी, उदार और कुलीन है; मगर, उनके नीचे जो अतेजस्वी, अनुदार और अकुलीन 'परदेशी प्रीतम' के आशिक रहा करते हैं, उन्होंने हमारे रजत को रज और स्वर्णनगर को 'सोनापुर'

(श्मशान) बना रखा है। दुष्ट शासक का शत्रु होते हुए भी इन लकीरों का लेखक श्रीहर्ष और (अपने जीवन के उत्तरार्ध के) अशोक, महाराणा प्रताप और महाराज शिवाजी ऐसे सम्राटों और देव स्वामी महाराजों का समर्थक है। 'राजा' वह जो प्रजा का रंजन करे, सुख चेते। इसी अर्थ में हमारे त्यागी ब्राह्मण पूर्वजों ने अपने को राजाओं से भी बड़ा 'महाराज' सँवारा, जिन्हें देख राजा सिंहासन छोड़ खड़ा हो जाता था, आधे राज्यासन पर सादर आसीन करता था। और कुटुम्ब के साथ जिनका चरणोदक लेकर अपने को धन्य बनाता था! हाय रे! उन्हीं अपने देवता स्वरूप पूर्वजों के पुत्रों को आज स्वा[illegible] नाम पर राजा और राज और प्रजा और ब्राह्मणत्व सबसे विद्रोह करते देख कलेजा बरबस छलनी-सा छिद्रित हुआ जा रहा है। मगर...!

मगर जैसा मैंने इस लेख के आरम्भ में कहा है, होलकर राज्य पर मुझे माता अहिल्याबाई की शीतल कर-छाया नजर आती है। यही कारण है जो कभी इस राज्य के महाराज परम उग्र या तेजस्वी होते हैं और कभी परम उदार या तपस्वी। आज के कड़ुवे वातावरण में इन्दौर के किसी पुराने शासक की प्रशंसा कर मैं किसी अधिकारी या अधिकारियों या परदेशी भक्तों का मुँह फीका नहीं करना चाहता; अतः केवल माता अहिल्याबाई के प्रताप और पुण्य तथा आशीर्वाद की चर्चा मैं खुले हृदय से इस लेख में करता हूँ। साथ ही यह भी बतलाना चाहता हूँ कि राज्य के पुराने पुण्य-प्रताप ही से इन्दौर में एक न एक महापुरुष अक्सर आते और बसते तथा महारानी अहिल्याबाई के यश सौरभ को प्रसारित करते रहते हैं। राज्य के अनेक प्रधानमन्त्री इस बात के प्रमाण हैं और प्रमाण हैं—डॉक्टर सरजूप्रसाद जैसे स्व. पुण्य-पुरुष जिन्हें मैं देवी अहिल्याबाई का आशीर्वाद-स्वरूप मानता हूँ। अतः...

एक बात और बतलाकर मैं अपने विषय पर आऊँगा। 'मध्यभारत हिन्दी-साहित्य-समिति' विषयक पहला लेख आपके पास भेज देने के बाद मैंने सोचा कि अब होलकर राज्य के सुयोग्य और सिपाही तथा विचारवान महामन्त्री कर्नल श्री दीनानाथजी साहब से एक बार साक्षात कर लेने के बाद ही इस आन्दोलन को आगे बढ़ाना मुनासिब होगा। नहीं तो समिति के जो विनाशक हैं वही राज्य के इस या उस तरह से कृपापात्र भी हैं। और मेरे-जैसे 'उग्र' नवागत साहित्यिक के विरुद्ध अनायास ही कान भरने में पूरे निपुण हैं। मैं साहित्य-समिति का सुधार चाहता हूँ जिसको अपनी गद्दी बनाकर चन्द ढोंगी ईसा मसीह अपने मतलब के मिसिर की तरफ रपटे जा रहे हैं। अगर मैं अधिकारियों को अपनी इच्छा की स्पष्ट सूचना न दूँगा तो ये चलते-पुर्जे मेरे कलपुर्जे छिन्न-भिन्न कर देंगे। साहित्यिक आन्दोलन को राजनीतिक रंग दे देंगे। यद्यपि मेरा उद्देश्य इन्दौर के राजनीतिक

आन्दोलनों में पड़ने का नहीं, जिनकी बागडोर प्रजा मंडल और प्रजा संघ के हाथों में है जिनके सभी अच्छे कार्यकर्ता मेरे मित्र या परिचित भी हैं। राजनीतिक आन्दोलन से अलग रहकर अपनी चमड़ी बचाने की मेरी इच्छा हो सो बात नहीं। मेरा तो यह दावा है कि किसी भी क्षेत्र में शुद्ध सेवा करना किसी भी राजनीतिक या सामाजिक या धार्मिक सेवा से न्यून नहीं।

अत: गत 25 नवम्बर को जीवन में पहली बार मैं किसी राज्य के महामन्त्री से मिला। कर्नल दीनानाथजी सैनिक कठोरता सज्जित होने पर भी मुझे बादाम-से आदमी मालूम पड़े। ऊपर पत्थर से सख्त, अन्दर मक्खन से मुलायम। मैं खुद भी सख्त स्वभावी साहित्यिक हूँ। अत: कर्नल साहब की कठोरता मुझे बड़ी प्यारी मालूम पड़ी। भेंट होते ही, बड़ी उदारता से उन्होंने जिज्ञासा की कि मेरी आकांक्षा क्या है? मैंने निवेदन किया, "कुछ नहीं जनाब! मैं दस महीनों से होलकर-राज्य में रहता हूँ, अत: यहाँ के बड़े अधिकारी को बेकाम भी एक बार सलाम करना मेरा फर्ज है। रोम में पुरानी कहावत है, "सज्जन लोग रोमनों ही की तरह रहा करते हैं।" इसके बाद साहित्यिक चर्चा चलने पर पता लगा कि कर्नल साहब को मेरी साहित्यिक प्रगति का पूरा पता है। मैंने यह बतलाया कि इन्दौर में मेरा मकसद साहित्यिक-सेवा तथा आन्दोलन के अलावा और कुछ नहीं। और अगर कभी मेरी गतिविधि के बारे में उन्हें कोई अनुचित सूचना मिले तो वह फौरन मुझे बुलाकर विषय को साफ समझने और समझाने की कृपा करें। कर्नल दीनानाथजी जिस सज्जनता से मेरे साथ पेश आये, उससे मैं प्रसन्न हो गया। और अब बहुत कुछ कष्टों से निर्भय होकर मैं समिति-सुधारक आन्दोलन चला सकता हूँ, अत: अब मैं अपने विषय पर आता हूँ।

'आरम्भिक सफलताएँ।'

इस वक्त जो लोग 'मध्यभारत-हिन्दी-साहित्य-समिति' के तवे पर अपने मतलब की रोटियाँ सेंकना चाहते हैं, वे ही उसके संस्थापक बनने के सपने बर्राया करते हैं; मगर जिनकी आँखें खुली हैं वे जानते हैं कि समिति के प्रधान प्रेरक श्रीयुत गिरधर शर्मा नवरत्न हैं और पुष्ट प्रतिष्ठापक रायबहादुर डॉक्टर सरजूप्रसाद जी अमरलोकवासी थे। 'मध्य-भारत-हिन्दी-साहित्य-समिति' की नियमावलियों की दो पुस्तकें इस लेख के लिखने के वक्त मेरे सामने हैं। एक संवत् 1993 वि. की छपी हुई है और दूसरी संवत् 1997 वि. की।

और दोनों पुस्तकों में ही संस्था के नियम हैं जरूर, मगर संवत् 97 की पुस्तक में जो नियम छपे हैं वे 93 वाली से काफी भिन्न हैं और दोनों की भिन्नता में काफी मतलब है। खैर।

समिति के संस्थापकों ने आरम्भ में इसका उद्देश्य—'देवनागरी लिपि, हिन्दी

भाषा और हिन्दी-साहित्य का प्रचार करना' निश्चित किया और उक्त उद्देश्य की पूर्ति के लिए निम्नलिखित आधे दर्जन उप-उद्देश्य रचे गये:—

(क) हिन्दी-भाषा के उत्तमोत्तम ग्रन्थ लिखवाकर प्रकाशित करना।

(ख) योग्य विद्वानों, कवियों और लेखकों को उचित सत्कार अथवा प्रशंसा-पत्रों द्वारा उत्साहित करना।

(ग) विद्यार्थियों से निबन्ध लिखवाकर उनको साहित्य-प्रेमी बनाना।

(घ) हिन्दी-पाठशाला, पुस्तकालय, वाचनालय, ग्रन्थालय तथा मुद्रणालय आदि स्थापित करना अथवा कराना।

(ङ) मध्यभारत के राजा-महाराजा तथा धनीमानी आदि सज्जनों द्वारा हिन्दी की उन्नति कराना।

(च) यथासम्भव उन उपायों को ग्रहण करना जिनसे उपर्युक्त उद्देश्य को सफलता प्राप्त हो।

(छ) समय-समय पर मध्यभारत में हिन्दी-साहित्य-सम्मेलन कराना।

उक्त उद्देश्यों को सुकार्य रूप में परिणत करने के लिए अनेक नियम भी हैं जिनकी एक छोटी-मोटी पुस्तिका भी छपी है। इसके बाद सन् '14 ई. में समिति का काम चालू हुआ। शुरू की दिक्कतें जो रही होंगी उन्हें अमरपुरवासी डा. सरजूप्रसादजी की आत्मा ही जानती होगी। फिर भी आरम्भिक समिति-संस्थापकों में डॉक्टर साहब के बाद निम्नलिखित सज्जनों के नाम भी सम्मान के साथ स्मरण किये जा सकते हैं—(1) इन्दौर राज्य के भू. पू. प्रधानमन्त्री सर सिरेमलजी बापना; (2) सरदार माधव विनायकरावजी कीबे, (3) श्री रामसिंहजी वकील और (4) पंडित गिरिधरजी शर्मा 'नवरत्न' तथा 'सेठ' हुकुमचन्दजी जो अब 'सर' हैं—सरा-सर। समिति के आदि सभापति सेठ हुकुमचन्दजी और प्रधानमन्त्री डा. सरजूप्रसादजी चुने गये। पहले तुकोगंज के किराये के एक बंगले में समिति का 'श्रीगणेश' किया गया, और फिर डा. साहब के नेतृत्व में मुट्ठीभर उत्साही मित्रों ने समिति का कार्य आरम्भ कर दिया। मगर इतने ही से डॉक्टर साहब को सन्तोष कहाँ? वह तो बड़े-बड़े नेताओं की तरह अनवरत कार्यकर्ता थे। सन् सत्तरह में जबलपुर जाकर उन्होंने 'हिन्दी साहित्य सम्मेलन' में सोत्साह भाग लिया। और आठवें सम्मेलन के समारोह का निमन्त्रण भी इन्दौर की ओर से दे आये। उस साल इन्दौर साहित्य सम्मेलन की जो स्वागत समिति बनी थी उसमें संयुक्त प्रदेश के भूतपूर्व काँग्रेसी शिक्षा-मन्त्री श्री सम्पूर्णानन्दजी और 'घासलेट'-आन्दोलनकारी ओरछाबिहारी श्री बनारसीदास चतुर्वेदी भी थे। सम्मेलन का उक्त अधिवेशन महात्मा गाँधी के सभापतित्व में हुआ था तथा मद्रास में हिन्दी प्रचार ऐसा सुकार्य करने का निश्चय उसी अधिवेशन में हुआ था। उस अधिवेशन में महात्माजी ने

समिति-भवन की नींव भी डाली थी। कहा जाता है—वह अधिवेशन हिन्दी-साहित्य तथा भारत में राष्ट्रभाषा प्रचार तथा काँग्रेस द्वारा स्वीकार आदि अनेक कारणों से हिन्दुस्तान के इतिहास में अमर रहेगा।

'मध्यभारत-हिन्दी-साहित्य-समिति' का एक वार्षिक-अधिवेशन श्रीमान खिलचीपुर नरेश के सभापतित्व में मनाया गया था जिसमें 'समिति-प्रेस' की अपील स्व. डा. साहब ने जनता के सामने रखी और उसमें उचित सफलता पाते ही सन् सत्ताइस से 'वीणा' नामी मासिक-पत्रिका का प्रकाशन उन्होंने स्व. पं. अंबिकाप्रसादजी त्रिपाठी के सम्पादकत्व में आरम्भ किया। सन् तीस में समिति-भवन बनकर तैयार हो गया। जिसका उद्घाटन इन्दौर के वर्तमान महाराज यशवन्तराव बहादुर होलकर के कर कमलों द्वारा रीवा के कविराज ठाकुर गोपालशरण सिंह के सभापतित्व में हुआ था। आगे चलकर डा. साहब के उद्योग से सन्' पैंतीस में पुनः 'हिन्दी-साहित्य सम्मेलन' का चौबीसवां अधिवेशन एक बार फिर महात्मा गाँधी के सभापतित्व में मनाया गया। इस अधिवेशन के आरम्भ होते-न-होते श्रद्धेय डा. साहब शय्या-शायी हो गये थे—रोगाक्रान्त! और दर्शक लोग आज भी उस दिवंगत दिव्यात्मा के उन दर्शनों को याद रखते हैं जिनमें हिन्दी—गंगा का वह गांगेय हिन्दीभक्तों से लबालब पंडाल में मरण-सेज पर सुलाकर अपनी साध की पूर्ति का सुख लेने को लाया गया था, अपने अमरत्व का चित्र नश्वर नेत्रों से देखने को! वाह! वाह!!

महान-बेचारे मि. मीतल

'सहिजन अति फूले तऊ, डार-पात की हानि...'

लेकिन सन् '35 के सम्मेलन के सुअवसर पर स्वयं डॉक्टर सरजूप्रसादजी समिति के प्रधानमन्त्री के पद पर नहीं थे! अब प्रधानमन्त्री थे—मुन्तजिम बहादुर श्री जौहरीलालजी मीतल एम. ए., एल-एल बी.। मीतल महोदय उक्त पद पर अपने किन गुणों के कारण आसीन हुए या कराए गये, इसके बारे में जितने मुँह उतनी बातें हो सकती हैं, मगर यहाँ पर मैं रायरत्न श्री शिवसेवकजी तिवारी की बातें पहले उद्धृत करता हूँ 'वीणा' के 'डॉक्टर सरजूप्रसाद स्मृति-अंक' से। तिवारीजी, कालमों घसीट जाने के बाद फर्माते हैं—

सन् '30 से डॉक्टर साहब अक्सर कहा करते थे कि अब समिति के लिए मेरे रहते हुए दूसरा प्रधानमन्त्री ढूँढ़ लो। उन्हें कई नाम बतलाये गये। परन्तु उनसे वे सहमत नहीं हुए। जब उनसे मु. ब. जौहरीलालजी मीतल सा. के लिए कहा गया तो उन्होंने बड़ी प्रसन्नतापूर्वक कहा कि यदि वे मान जावें तो अच्छा हो, वे सम्पत्ति की देखभाल अच्छी तरह से कर सकेंगे। सन् '31 में डॉक्टर साहब के ही अनुरोध से श्री मीतल साहब 'मध्यभारत हिन्दी-साहित्य समिति' के प्रधानमन्त्री निर्वाचित किये गये...।''

मगर, पंडित शिवसेवकजी तिवारी ने अपने लेख में यह बतलाने की कृपा नहीं की कि सन् '30 में समिति के प्रधानमन्त्रित्व से एकाएक डॉक्टर सा. के मन में विराग क्यों पैदा हो गया? क्या स्वास्थ्य नष्ट हो जाने से? अथवा 'हाय बुढ़ापा तोहरे मारे, अब तो हम नकुवाइ गयन' से? या उन धूर्तों के उत्पात से जो रसाल-समिति के फल देख-देखकर मुख जल-जल हो रहे थे, और उस बनी-बनायी विभूति को अपने गाल में गपक लेना चाहते थे? इस बारे में तिवारीजी होशियारी से अपने लेख में मौन ही रहे, जबकि दूसरा ज्ञानी अवश्य जाँच-पड़ताल और छानबीन करता और मैंने खुद जब जाँच की तब उसी 'स्मृति-अंक' में ही—

डॉक्टर साहब के वैराग्य के कुछ पुष्ट कारण विद्वान पं. मन्नालालजी द्विवेदी के लेख में मिले, एक जगह द्विवेदीजी ने साफ लिखा है—

''शिलारोपण के पश्चात समिति का भवन आदि बनाने को कोई 40 हजार रुपयों का चन्दा डॉक्टर साहब ने अपने और मित्रों के सहाय्य से किया, पर इतनी ही रकम को इस कार्य के लिए पर्याप्त न समझकर वे प्रकट में कई वर्ष मौन हो गये। लोगों को ऐसा प्रतीत होने लगा कि डा. सा. इस दिशा में कोई कार्य नहीं करते हैं। इस मौनावलम्बन को अधिक बढ़ता हुआ देखकर बहुत से लोग निराश हो गये। उन्हें विश्वास हो गया कि समिति का भवन अब न बनेगा।''

''वे लोग समय-समय पर डा. सा. से प्रश्न भी करते, पर ठीक उत्तर न पाकर खिन्न हो जाते। इस उदासीन अवस्था का यह परिणाम हुआ कि लोग डा. साहब को भला-बुरा कहने लगे। प्रत्यक्ष में कटूक्तियाँ कही जाने लगीं। यह अपवाद फैल गया कि डॉक्टर सा. समिति के नाम से एकत्र किये हुए 40 हजार रुपये स्वाहा कर गये। ये बातें डॉक्टर साहब तक पहुँचती थीं। पर वे ''मौनश्चार्ध-सम्मतम्' की उक्ति के अनुसार कुछ जवाब न देकर मानो अपनी आधी सम्मति तो अवश्य दे देते थे।

''किन्तु सर्वसाधारण जन भीतरी रहस्य से अनभिज्ञ थे। सामान्यजन अपनी मानसिक अवस्था से डॉक्टर सा. की मानसिक अवस्था को तौलते थे। उस नाप का वही सामान्य मापदंड था, जिससे सामान्य मनुष्यों का मनोबल नापा जाता है। वे ये न जानते थे कि भीतर-ही-भीतर डॉक्टर सा. क्या कर रहे हैं। अन्त में जब उस पूँजी को दूनी से भी कुछ अधिक यानी 85 हजार के निकट डॉक्टर सा. ने कर लिया तो उसी 'सरस्वती-भवन' में सबको एकत्र कर सम्पूर्ण ब्योरा थोड़े में कुछ विनोद करते हुए, कह सुनाया। आप ने यह भी कहा कि लोगों के अविश्वास और दोषारोपण को मैं जानता और मानता था। लोगों की कटूक्तियाँ समय-समय पर सह लेता था पर उस समय मेरे पास इस नीति का सहारा लेने के सिवा और इलाज ही नहीं था... ।''

सो जिन कारणों को चतुर तिवारीजी अपने लेख में छोड़ गये उन्हें भोले दुबेजी ने अनायास ही, आनेवाले इतिहास-शोध के लिए लिख दिया है। और इसी तरह बाधक छन्नी से छनकर हमेशा सत्य-स्पष्ट और सुरक्षित बचता रहता है। मगर, मैं अभी मुन्तजिम बहादुर श्री जौहरीलाल मीतल की बातें कहूँगा जो एक जमाने में होलकर राज्य के सोना थे, मगर आज पीतल भी नहीं रहे! मीतल साहब को थोड़ा बहुत जानने का सौभाग्य मुझे भी है। मीतल साहब के परिचय को आज शायद ही होलकर राज में कोई 'सौभाग्य' समझे या कहे, लिखना तो दूर, इसीलिए मैंने वैसा ऊपर लिखा। मैं जब पहले पहल इन्दौर आया, तब भी

मीतल साहब का यहाँ बोल-बाला था। प्रधानमन्त्री सर सिरेमल बापना शासक रहे होंगे, हृदय पर मस्तिष्क की तरह अन्दरूनी मगर, राज में बाहुबल की तरह प्रचंड और विख्यात और प्रत्यक्ष थे मिस्टर मीतल! और वही थे मध्यभारत हिन्दी साहित्य समिति के प्रधानमन्त्री यानी कोतवाल के हाथ में कला अथवा साहित्य-प्रचारक का काम सौंप दिया गया था। मगर जैसा श्री शिवसेवकजी ने अपने लेख में डॉक्टर साहब के मुँह से कहलाया है—मीतल साहब 'सम्पत्ति' की रक्षा की नजर से चुने गये थे, न कि 'समिति रक्षा' की नज़र से यानी, वही कोतवाल का काम उन्हें करना था जो वह काफी नीरसता से सारे राज्य पर कर रहे थे। और ऐसी हालत में मीतल महोदय के जमाने में अगर मध्यभारत हिन्दी साहित्य समिति बहुत कुछ छोटी कोतवाली सी रह गयी हो, तो आश्चर्य नहीं। संकुचित, कपट भरी और पारस्परिक-षड्यन्त्रमयी! मीतल साहब के जमाने में, मैं मजे में जानता हूँ, कहने के पद और अधिकार गाहियों के थे, मगर, चलती थी एक उन्हीं की। समिति के सारे के सारे मन्त्री साँझ-सवेरे बँगले के बाहर—कंगलों से दर्शनों को उधार खाये घूमा करते थे। और वहीं सारे राज्य की चमक देख-देखकर चकराया करते थे। खासकर श्री शिवसेवकजी तिवारी की बाईसिकिल के चिकने चमचम पहिये तो हमेशा उन्हीं के बँगले की ओर आतुर सनकते थे। 'वीणा' सम्पादक का भी मिस्टर मीतल से कम चिकना-चुपड़ा सम्बन्ध नहीं था। कोई करता भी क्या—देशी राज्यों में खरबूजे से खरबूजा रंग पकड़ता है। और मीतल साहब के समय में शायद ही किसी ने साहित्य-सेवा की हो, यह मैं आगे साबित करूँगा। समिति का उद्देश्य सवा इंच भी आगे नहीं बढ़ा और मिस्टर मीतल सवा सात साल प्रधानमन्त्री के पद पर डटे रहे।

मैं मि. मीतल को जानता हूँ। वह योग्य हिन्दी लेखक भी हैं। समिति प्रसंग में मैं उनको अयोग्य नहीं अभागा मानता हूँ। वह दूसरे डॉक्टर सरजूप्रसाद हो सकते थे, उनसे भी शक्तिशाली! वह समिति में सोना मढ़ा सकते थे। डा. सरजूप्रसाद की गति में बिजली भर सकते थे। मैं जानता हूँ बड़े-बड़े करोड़पति एक दिन मि. मीतल का मुँह देखा करते थे; समय! उस दिन मिस्टर मीतल बहुत कुछ कर सकते थे। उनके सलाहकार उनसे सब कुछ करा भी सकते थे। मगर समय रहते कुछ भी करा-कराया नहीं गया। और समय आया और जवानी की तरह चन्द साल सरस, मस्त मुस्कराकर चला गया। और मिस्टर मीतल हाय रे समय—देखते ही देखते, सोना से पीतल बज उठे! उनका रंग ऐसे उखड़ा जैसे पतझड़ पेड़ का। पेड़ का वसंत तो पतझड़ के पास ही सुना है सदा, मगर समय चूके मनुष्य के भाग्य ऐसे कहाँ! कहाँ??

चतुर और भोंदू...

बचपन में एक देहाती कहानी सुनी थी। समिति-प्रसंग में एक दो चंट व्यक्तियों को पहचानने पर अक्सर मुझे उस कहानी की याद आती है। कहानी में 'चतुर' नाम का एक स्यार था और दूसरा, भोंदू नाम का ऊँट। स्यार इतना चतुर था, जिसका अन्दाज भी नहीं लगाया जा सकता। ऊँट इतना 'भोंदू' कि सारे प्रदेश में बेजोड़। एक दिन नदी किनारे आसावरी गाते टहलते स्यार ने उस पार देखा। देखा फूटों का अपार खेत और पके-पके हजारों फूट! मगर, स्यार देव और फूट के खेत के बीच में तीव्र बाधा थी। वह नदी गहरी और काफी चौड़ी। उस पार ये फूट के मीठे सुगन्धित फल। अब सफलता मिले तो कैसे मिले? स्यार होशियार सोच में पड़ गया।

और उसे अपने पुराने परिचित मित्र ऊँट की याद आयी। ऊँट अगर मदद करे तो स्यार की मनोकामना अनायास ही पूरी हो जाए। वह भागा हुआ ऊँट के पास आया, बोला—

"भाई भोंदू...!"

"आज्ञा, भाई चतुर! मैं किस सेवा लायक...?

"छिः!" स्यार ने सावधानी से समझाकर कहा, "आपसे सेवा भला मैं ले सकता हूँ! मैं स्वयं सेवा कुछ करने, आपकी सेवा में हाजिर हुआ हूँ।"

"मैं किस सेवा लायक हूँ।"

"नदी पार..." स्यार ने बतलाया, "फूटों की भारी खेती मेरे एक दोस्त किसान ने करायी है। आज मैं आपको फूट खाने की दावत देने आया हूँ।"

"बड़ी खुशी की बात है!" बलबला कर ऊँट उठा और स्यार के साथ दावत खाने नदी की ओर चल पड़ा। नदी तट पर आकर स्यार ने फिर बातें बनायीं—

"मेरा दोस्त किसान अपनी नाव लेकर शायद कहीं चला गया...। जरा रुकना पड़ेगा।"

'मगर, रुकने की जरूरत?" मुँह फैला कर भोंदू ने लगाम ली, "तुम मेरी

पीठ पर उछल बैठो, मैं अभी तैर कर उस पार चलता हूँ, रुकने से क्या फायदा?"

इस तरह स्यार ने अपनी इच्छा ऊँट से पूरी करा ली। उस पार जाने पर स्यार ने कहा, "इन्तजार की कोई जरूरत नहीं। खेत अपना है। लगे लग्गा—उड़ें फूट!"

अविलम्ब दोनों बन्धु फूट-भोजन में मशगूल हो गये। खाने की रफ्तार में स्यार बहुत तेज और थूथन से मलमल कर खानेवाला ऊँट निहायत सुस्त निकला। अभी ऊँट ने खाना शुरू ही किया होगा कि स्यार का पेट भर चला। दो चार मुँह और मार तथा व्यर्थ ही बीसों फूटों को विदार—विनष्ट कर वह ऊँट के पास आया,

"कहो भाई," पूछा उसने, "भरा पेट कि नहीं अभी?"

"अजी अभी तो मैंने डेढ़ फूट भी मजे में नहीं चखा। तुम क्या खा चुके...?"

"कभी! अब तो मेरे गाने का वक्त भी हो गया। मैं हर काम समय पर सम्पादित करने का शौकीन हूँ।"

"मगर यह भी कोई गाने का वक्त है। फिजूल शोर मचेगा, खेतवाला आ जाएगा।"

"अजी खेतवाला मेरा दोस्त है—खुले खाने का हुक्म है। तुम खाओ। मैं—गा—गा—हुआँ! हुआँ!!!"

स्यार ने अचानक सन्नाटे में शोर डाल दिया जिसे सुनते ही खेतवाला डंडा ले दौड़ा। हालत नाजुक देख चतुर तो ऊँट के पास से नौ दो ग्यारह हो गया। मगर, क्रुद्ध किसान ने मार-मार डंडों के भोंदू का थूथन लहूलुहान कर दिया और उसे नदी किनारे खदेड़ दिया। लेकिन किसान के जाते ही मि. चतुर पुनः भोंदू के सामने पीठ पर बैठकर उस पार जाने को हाजिर।

"हिश!" अब वह बनकर बिगड़ा किसान पर, "साले ने पहचाना नहीं; नया नौकर था, मेरे दोस्त का! कोई हर्ज नहीं भाई भोंदू! पिट तो आप बुरे गये, मुझे माफ करिए, मैं कल उस नौकर को जरूर बर्खास्त करा दूँगा। चलिए, पहले उस पार चलें!"

स्यार पुनः ऊँट की गर्दन पर चढ़ बैठा। भोंदू पानी में तैरने लगा। और इतनी कहानी, पुरानी कहानी का पूर्वार्ध मात्र है। उत्तरार्ध इस वक्त सुनाने की जरूरत महसूस नहीं करता। कहानी का वह भाग किंचित अश्लील हो सकता है—श्लीलाभिमानियों की आँखों में, इसलिए। स्वयं मैं संसार में कुछ भी अश्लील नहीं मानता...खैर।

'मध्यभारत हिन्दी-साहित्य समिति' के संचालन में मेरे अनुभव से उक्त चतुर और भोंदू की कहानी चरितार्थ हुई है। चतुर हैं एक सज्जन और भोंदू हैं समिति के संचालकों का अधिकांश। (मुझे माफ किया जाए, बहुत चतुर होने से

भोंदू होना मैं भला समझता हूँ...।) चतुरों ने मेरे मत से, भोंदुओं को आगे-आगे, झंडा की तरह रखा है, डंडा अपने हाथ में रखकर!

और अगर चतुर या भोंदू अपने घर के व्यापार से ऐसा खिलवाड़ करते तो मैं उस पर पब्लिक-विचार न करता। अपने घर में भले ही कोई घासलेट लगाये। लेकिन मुहल्ले में आग सुलगानेवाला—चतुर हो या भोंदू—मुहल्ले भर से सुधारा जाएगा। 'मध्यभारत हिन्दी साहित्य समिति' एक मुहल्ला है, हिन्दी सेवकों का। इसमें नाम-सेवक या दाम-सेवक, चाम या काम-सेवकों को बहुत देर तक विनाश का विष फैलाने देना हर्गिज नहीं चाहिए। इस संस्था का सम्बन्ध विद्यार्थियों से है, कलाकारों से है, देश की संस्कृति के संरक्षकों और नवनिर्माताओं से है। यह संस्था राज्य से अलग रहकर भी होलकर राज्य में एक अनोखी चीज हो सकती है। यह संस्था राजनीति से दूर रहकर भी राज्य की जो सेवा कर सकती है, उसे कूता नहीं जा सकता।

यह संस्था होलकर राज्य के माथे पर चन्दन बिन्दु-सी है। मुँह पर सुन्दर पॉलिश की तरह। इसमें स्वार्थ, द्वेष, क्षुद्रता, गुलामी के कुबीज—इसके उद्देश्यों के बिलकुल विरुद्ध—कौन बो सकता है? तपस्वियों के इस संघ को कभी कोतवाली और कभी शेयर-बाजार बनाने की हिमाकत कौन कर सकता है?

इस बार मैं भोंदू की कहानी न सुनाकर समिति के प्रधानमन्त्री सेठी भंवरलाल की चर्चा करनेवाला था, मगर, सेठी भंवरलालजी को मैं उपयोगी सज्जन (अगर धनिकों को हमारे कम्युनिस्ट भाई सज्जन मानें) समझता हूँ। यद्यपि ऐसे सज्जन, कुजनों के जाल में फँस जाने पर कुकर्म कर बैठते हैं; फिर भी उन्हें क्षमा जल्द मिल जाती है; उनकी विवशता के कारण।

मैं नहीं चाहता था हजार बार कि इस तरह लिखा-पढ़ी समिति के बारे में आम जनता में की जाए। इसके अनेक प्रमाण हैं। गत सितम्बर के चुनाव के वक्त ही मैंने प्रधानमन्त्री श्री, सेठीजी को सूचना दे दी थी कि अब मामला गर्दन तक आ गया है। अगर वह अपने मन्त्रिमंडल में से कुछ को सादर बाहर कर वातावरण शुद्ध नहीं करेंगे तो अब घोर अहित होगा। अब हाथ-पर-हाथ रखकर काम करने की पॉलिसी छोड़नी होगी। काम कुछ करना होगा, या रास्ता छोड़ना। रास्ते में गन्दगी फैलानेवाला अब आदर की दृष्टि से नहीं देखा जाएगा। अगर किसी डर से कोई आगे नहीं आएगा तो यह काम मैं करूँगा। मुझे खूब फुर्सत है।

मगर, सेठीजी ने नये मन्त्रिमंडल में भी उन चतुरों को न छोड़ा, जो फूट की खेती चरकर आसावरी गाने में अभ्यस्त हैं। और मैं सजग मौन रहा। सोचा—शायद धमकी ही से काम चल जाए और पुराने ही नये रंग से काम करने लगें।

उद्देश्य अपना काम से है। मैं एक महीने के लिए उज्जैन चला गया। मगर लौटने पर मालूम हुआ कि चतुरों ने मेरी गैरहाजरी में मुझे समिति से हटाने का इन्तजाम पूरा कर रखा है। प्रधानमन्त्री से लेकर 'वीणा' सम्पादक तक मेरे सहायक नहीं। भगाने को सभी तैयार। फिर भी समिति का नौकर या कोई पदाधिकारी न होते हुए भी मैंने सेवा की है। सारी जिन्दगी में 'वीणा' के अगर चार 'विशेषांक' निकले तो तीन मेरे सामने गत दस महीनों में! मैंने मन्त्रियों की आज्ञा से विद्यालय में पढ़ाया, भाषण दिये, कभी कुछ बदले में माँगा नहीं, चाहा नहीं। इसका दंड यह कि मैं समिति-भवन में ठहरने भी न पाऊँ। मैं समिति-भवन में इसलिए ठहरता हूँ कि यही मुझ जैसों के ठहरने योग्य जगह है। मगर चतुरों को यह गवारा नहीं। क्योंकि मेरी उपस्थिति में उनकी गन्दी गोटी पकती नहीं, इस स्थिति में वे अपने भविष्य का मुख अँधकार में देखते हैं।

और उज्जैन से लौटने पर जब चतुरों ने मुझे ललकारा तभी मैंने यह लेख-माला लिखने और बात जनता की अदालत में रख देने का निश्चय किया। आज, वे चतुर, जनता का रुख देखकर चकित हैं; चिन्तित भी—किंकर्तव्यविमूढ़! आज वे इस या उस तरह की सुलह भी चाहते हैं; और चाहते हैं अपनी इज्जत बचाना। मगर समिति छोड़ना वे सपने में भी नहीं चाहते। इधर उचित समझकर, उन्हें समिति से अलग करा देने का मैंने संकल्प कर लिया है। अब यह उन चतुरों के हाथ की बात है कि विवाद कहाँ तक लम्बा हो और विक्रित। सेठी श्री भंवरलालजी एम. एल. सी. की चर्चा मैं अगले अंक में करूँगा।

मध्यभारत हिन्दी साहित्य-समिति

सेठ, सेठी और सेठुल्ले : बनियापन और साहित्य-सेवा

'वाणिज्य-भूषण', 'रायबहादुर' आदि-आदि-आदि श्री लालचन्दजी सेठी का नाम मैं सन्'24 से जानता हूँ और उसी सन् में बम्बई में हमारी पहली भेंट भी हुई। 'भेंट हुई', इसमें कोई 'अर्थ' नहीं जोड़ना चाहिए, नहीं तो अमीरों और वेश्याओं की भेंट में लोग हमेशा कोई-न-कोई 'काम' जरूर तलाशते हैं। असल में मैं मसलहतन गोरखपुर से जारी हुए दफा 124 अ. के वारंट से उड़कर बनारस (यू. पी.) से बंगाल और बंगाल से बम्बई भाग गया था। बम्बई में उन दिनों मेरे स्व. बन्धु पंडित भगवतीप्रसाद जी मिश्र तेजस्वी और प्रतिभाशाली फिल्म-डायरेक्टर थे। मगर, वह कहाँ थे सो तो मुझे मालूम न था, अतः जब तक उनका पता न चले तब तक मैंने प्रसिद्ध प्रकाशक श्री नाथूरामजी 'प्रेमी' के यहाँ डेरा डाला। मगर, उनके यहाँ भी स्थानाभाव; अतः चिरंजीव हेमचन्द्र मोदी (अपने पुत्र) के साथ उन्होंने मुझे एक ऐसी जगह भेज दिया, जहाँ रात काटने के सारे साधन उनकी समझ से, समुचित थे। राह में हेमचन्द्र ने बतलाया कि वह मुझे श्री लालचन्द जी सेठी की कोठी पर ले जा रहे हैं और सेठीजी बड़े अमीर, विद्या-व्यसनी और साहित्य-रसिक हैं।

और सेठीजी का भरा दरबार मैंने देखा। वह मेरे नाम से वाफिक थे जरूर, मगर यह मैं नहीं कह सकता कि 'चाकलेट' की कहानियों के कारण या उस वक्त तक मेरे एकमात्र प्रकाशित नाटक 'महात्मा ईसा' से। 'चाकलेट' की चर्चा उनकी मजलिस में काफी थी ऐसा मुझे याद है। और एक रात मैंने करोड़पतियों की भूलेश्वरवाली कोठी में काटी—124 अ. के भगोड़े की शक्ल में बेशक, मगर, मैं भगोड़ा हूँ यह न तो प्रेमीजी जानते थे और न रा. ब. सेठी। ऐसा जानते तो—दोनों ही—विश्वास रखिये—मेरी छाया से भी दूर भागते। उसी रात सेठीजी की मजलिस में, पहले-पहल श्रद्धेय डा. सरजूप्रसाद जी का नाम सुना; मगर तब इसका अनुमान भी न कर सका था कि उन्हीं डॉक्टर साहब की रचना को लेकर एक

दिन मुझे इन्दौर में कुछ करने को तैयार होना पड़ेगा। फल भी चन्द खाये मैंने, मगर भोजन दूसरे दिन 'डायरेक्टर मिश्रा'—जैसा कि भाई भगवती को बम्बईवाले जानते हैं—ही के यहाँ किया। और कोई चार महीने तक पुलिस मुझे न पा सकी गोकि, मैं बम्बई ऐसे शहर में दिनदहाड़े फिल्म का काम मिश्रजी के साथ किया करता था। इसके बाद चन्द नरम मुख मित्रों की कृपा से मैं पकड़ा और तीन रायफलों के बीच, हथकड़ी से लैस, गोरखपुर भेजा गया। फिर जेल की चहारदिवारी के अन्दर बन्द भी कर दिया गया। इन सब में बीता तो एक ही वर्ष मगर उस वर्ष को जीवन में मैं बहुत मंगलमय मानता हूँ। जेल में मेरी प्रतिभा खासी मँजकर निकली जैसे आग से सोना और बाहर आते ही सोना बरसने लगा। सत्ताइस-अट्ठाइस सन् में 'मतवाला' वाले सेठ महादेवप्रसाद स्वर्गीय ने क्या कमाया सो तो राम जानें, पर यह मैं जानता हूँ, कि पच्चीस सैकड़े रायलटी में—उन्होंने करीबन दस हजार रुपये मुझे दिए।

उन्हीं दिनों एक दिन 'मतवाला' आफिस में मझोले कद के चश्मा-चर्चित एक सुन्दर पुरुष पधारे जिनके पीछे राजपूती पगड़ी बाँधे कोई और भी था। मैं और महादेव बाबू आफिस में थे। आनेवाले सज्जन ने दरियाफ्त किया कि 'उग्र' जी कहाँ हैं? मैंने पूछा क्यों? आप कौन? इस पर उन सज्जन के पगड़ीवाले मित्र या सेवक ने अदब से जवाब दिया कि चश्माधारी जी वाणिज्य भूषण सेठ लालचन्द जी हैं। उसी बार मैं और महादेवप्रसाद सेठ—दोनों ही एक दोपहर सेठीजी की कलकत्ते की कोठी पर गये थे और तब भी हमने सेठीजी के यहाँ फलाहार ही किया। तीसरी बार मेरी और लालचन्दजी की विचित्र मुलाकात हुई पुनः बम्बई में। मैं अपनी ही लिखी किसी कहानी का कोई रूप भरे परम-चलते मुहल्ले फोर्ट में, चम-चम सुनहले कपड़ों और गम-गम पाउडर से सज्जित नाटक कर रहा था। मेरे पीछे मित्र कलाकारों का एक दल था; दो-तीन मोटरें भी। और जहाँ मेरा चित्र लिया जा रहा था, किसी बड़े आफिस के सामने, वहीं एक दूसरी मोटर एकाएक आ रुकी और उसमें से निकले रायबहादुर श्री लालचन्दजी सेठी। उन्होंने पहले मुझे देखा या सुनहले ड्रेस-पाउडर को, कह नहीं सकता; मगर, पहचाना तुरन्त, पूछा—"उग्रजी! यह कैसा स्वांग है?" मैंने जवाब दिया—"स्वागों के संसार में एक स्वांग मेरा है तो दूसरा आपका।" इस पर तुरन्त ही वह अपनी राह बढ़े और मैं 'कैमरा' के सामने एक्टिंग करने लगा। इसके बाद सेठीजी से मेरी एक लिखने लायक मुलाकात और भी हुई है, मगर, उसकी चर्चा फिर कभी करूँगा— अभी तो मैं उस भेंट की बात बतलाता हूँ, जिसमें विनोदी भवन में जब सेठीजी और रा. ब. सेठ हीरालाल—दोनों मेरे सामने आये तब, आकर्षित रहा मैं सेठी जी से ही। हीरालालजी में मुझे कोई भी दमक नजर न आयी। मैंने समझा सेठीजी

के साथ ऐसे तो एकाध रहते ही हैं। मगर सेठी लालचन्दजी सावधान हो गये, मेरी असावधानी से—"उग्रजी, आप जानते नहीं—रा. ब. सेठ हीरालालजी...!" और मैं धन्य हुआ जानकर! मेरा परिचय जिस अधहलके लहजे में सेठीजी ने सेठजी को दिया उससे कहने-सुनने वालों की तबीयत का काफी अन्दाजा लग सकता है...।

"आप उग्रजी हैं" सेठी ने सेठ को सुनाया, "बड़े मस्त लेखक! कहिए..." तुरन्त ही उन्होंने मुझसे पूछा—"आजकल वो' चीज (हाथ से बोतल का इशारा कर) छनती है?" फिर उन्होंने हीरालालजी से कहा, "मस्त हैं-खूब छानते हैं!" इस बार सेठीजी ने शराब की चर्चा में मेरे लिए आदर प्रदर्शक 'हैं' कहा या अनादरक 'है'—कह नहीं सकता।

श्री भँवरलाल सेठी

और श्री भँवरलालजी सेठी के बारे में लिखने का वायदा कर मैं रा. ब. लालचन्द जी की चर्चा—अपने इतिहास के साथ करने लगा, यह बात किसी प्रेमी पाठक को खल भी सकती है, मगर भँवरलालजी के आसपास कम-से-कम आधे दर्जन करोड़ और अध-करोड़ तथा पाव करोड़पतियों की चर्चा मुझे करनी ही पड़ेगी। क्योंकि, ये सारे-के-सारे अमीर, साहित्यिकों की पवित्र-संस्था ... को अपने 'कु' अधिक और 'सु'-प्रभाव से कम-घेरे हुए हैं! समिति के आरम्भकों में सर सेठ हुकुमचन्दजी का नाम आदर से लिया जा सकता है। उनसे जरा ही पीछे उनके दामाद रा. ब. लालचन्दजी सेठी नजर आते हैं। सेठ हीरालालजी देखने में चमकदार भले ही न हों, मगर समिति के सर पर तो आप भी खासे चमकीले हैं और आप सेठ हुकुमचन्दजी के आदि पुत्र (की तरह) हैं। सेठ भँवरलालजी, रा. ब. लालचन्द सेठी के भतीजे ही हुए। इस तरह सभापति, सर हुकुमचन्दजी, उप सभापति, रा. ब. हीरालालजी; तथा रा. ब. लालचन्दजी सेठी, प्रधानमन्त्री सेठ भँवरलाल सेठी जी तथा कार्यकारिणी के मेम्बरों में उक्त सर-सेठ-सेठी के तीन-तीन सुपुत्र—सेठुल्ले, समिति के प्रधान-प्रधान पदों पर हैं। इन्होंने चिक-चिक चमकीले प्रभाव से समिति को पंगु बना रखा है। एक तरह से एक ही खानदान के अनेक नेकबख्त सज्जनों ने समिति को ही अपने विस्तार का ठेला बनाया है। मगर मेरी यह बात सबसे बुरी रायरतन श्री शिवसेवकजी तिवारी को लगेगी जो समिति में अमीरों को भरने के प्रबल पक्षपाती हैं। एक दिन, एक अमीर ही की कोठी पर जब मैंने समिति पर उनके प्रभाव की निन्दा की, तो तिवारी जी उस धनिक के आड़े ऐसे आये जैसे रण में राम के आड़े जामवन्त। कहने लगे चमक कर—

"आप अमीरों का प्रभाव समिति से हटाना चाहते हैं—जानते नहीं? अमीरों

का ही धन था जिससे समिति की बिल्डिंग बनी हुई है और संस्था सम्पन्न है।'' और मैं बिगड़ पड़ा यह धनिक-स्तुति या चापलूसी सुनते ही, ''नाश हो ऐसे धन का'' मैंने तमक कर कहा, ''जिसका प्रभाव समाज पर स्वस्थ न पड़े! आग लगे उस सोने में जिससे कान फटे!''

मगर, ढीठ-प्रतिभा जरा तिवारी जी की देखिए! उन्होंने एक ढेले में दो शिकार मारे। अमीर को प्रसन्न किया इधर, उधर मुझे न्याय से भरा जवाब भी दे दिया, अगर मैं भोंदू होता तो। तिवारी जी की यह तलवार ऐसी तेज है कि सारे शहर में मशहूर है। इसी तलवार की मदद से—कानूनों के पंडित न होते हुए भी—आप बड़े-बड़े कानूनगोओं को 'बनाया' करते हैं। तिवारी जी की यह प्रतिभा उनके या चन्द मित्रों के लिए भले ही चमचम हो; मगर समिति में तो अँधेरा फैला देती है।

''अमीर और धनिक तो आज भी हैं'' मैंने कहा, ''मगर अब वे—धन और इमारत—क्यों नहीं समिति को सौंपते? समिति में जो भी कुछ है उसे मैं किसी अमीर की उदारता न मानकर केवल डॉक्टर सरजूप्रसाद का पुण्य मानता हूँ।'' वैसे जिन्होंने दान दिये उनकी कोई बुराई नहीं—'येनकेन विधि दीन्हेउँ, दान करे कल्यान'। मगर, दान में शुद्ध त्याग होना चाहिए। यों नहीं कि नाम किया दान का और पुश्तहापुश्त के लिए एक गद्दी तैयार कर डाली। गद्दी भी ऐसी जिसे बाहर वाले मठ या मन्दिर मानें और गद्दीधर को, साधु! इन सेठों को छोड़िये; मैंने देखा है, बीसवीं सदी की हवा खाने वाले सेठिये अपने पापों को पचाने-छिपाने के लिए, अक्सर दान किया करते हैं अथवा बड़े-बड़े रोजगारों को चलाने या जीवित रखने के लिए। दान सेठियों के स्वार्थ-स्वर्ग का सरल सोपान बन गया है! ऐसे दानियों और दानों को मैं नफरत से देखता हूँ। अगर अपने क्षुद्र दानों से मालवा या इन्दौर के चन्द सेठ इस समिति पर एहसान-भरा कब्जा रखना चाहते हैं, तो मैं कहूँगा—यह सारे मालवा, मध्यभारत का अपमान है, जिस नाम से 'मध्यभारत-हिन्दी-साहित्य-समिति' प्रतिष्ठित और विख्यात है। यह 'करोड़पति हिन्दी साहित्य समिति' नहीं है और न 'सेठ-सेठी -सेठुल्ला-समिति'; पर इसका तो गौरवमय नाम है—'मध्यभारत हिन्दी साहित्य समिति।' इसके प्राण चन्द धनिक ही नहीं—सारे मध्यभारत की हिन्दी भाषी देवियाँ और सज्जन हैं।

'सज्जन'—मैंने सेठ भँवरलालजी को खास तौर से 17 दिसम्बर के 'स्वराज्य' में लिखा है और भँवरलालजी किसी से कम न तो सेठ हैं और न धनिक। धनिकों के सभी गुण(!) उनके चारों तरफ विपुल हैं। फिर धनमय नागलोक का कोई प्राणी विषहीन या कम जहरीला कैसे हो सकता है! इस बारे में अपना अनुमान और अनुभव मैं आप की परीक्षा के लिए पेश करता हूँ।

बलन्दी के नसीबों में... : पस्ती

श्रीमान सेठ भँवरलालजी सेठी एम. एल. सी. की तस्वीर को सही फिट करने के लिए देशी राज्यों के वर्तमान वातावरण का फ्रेम पेश करना होगा। किसी राज्य में न पनप कर सेठीजी ब्रिटिश-इंडिया से होते तो निश्चय ही आज आपका रूप कुछ और ही होता। इन राज्यों में सौ में निन्यानवे नवयुवकों की जवानी, अधेड़ और बूढ़ों के दबाव में बीतती है। उसी वक्त बड़े बुजुर्गों से वे "राज्य में गुजरने के हथकंडे" सीखते हैं, गुरु-दक्षिणा में घोर अपमानित होकर और खुशामदें कर के। वे ही जवान जब खुद ऐसी ट्रेनिंग में बढ़ और पढ़कर अधेड़ और बुजुर्ग बनते हैं तब नई पीढ़ी के नौनिहालों के सिर पर अपने अनुभव के उस्तरे को आजमाते हैं। इन रियासतों के युवक अक्सर मुझे बुजदिल—पिलपिल मिले। बातें तो ये अफलातून से शुरू करेंगे और गौतम बुद्ध तक बघार डालेंगे; मगर, मामूली-से-मामूली जिम्मेदारी लेने के वक्त बगलें झाँकते नजर आवेंगे। चन्द चाँदी के टुकड़ों के लिए मसीहा तक को क्रूस पर टँगवाने को तैयार हो जाएँगे। ये फिर भी, दावा यह करते हैं कि बाइबल उनकी बहत्तर बार पढ़ी पोथी है। यही काम अगर इधर के अधेड़ या बूढ़े हाथ में लेंगे तो स्वयं कभी मसीहा के खिलाफ नजर न आवेंगे लेकिन अन्दर-ही-अन्दर उनके पाँव की पृथ्वी पोली करते जाएँगे। यहूदियों ने मसीहा को रोमनों से मरवाना मुनासिब समझा, तो ये, अधिकारी और राजा की तलवार से गर्दनें मरवाते हैं, अपने शिकारों और भले मानसों की, साथ ही, मातमपुर्सी के लिए मरनेवाले के घर सबसे आगे पहुँचते हैं। धोखे की यह कला दो हजार बरस पहले के यहूदी-रोमनों को भी शायद ही मालूम रही हो। और देशी राज्यों के अधिकतर जवान, अधेड़ और बूढ़े भाइयों को उक्त रीति से मन्द मानकर मैं कोई मधुपान का सुख पा रहा हूँ, सो बात नहीं; मेरा तो कलेजा घुलता है, टीसता है फोड़े की तरह, इस ऐसे सुन्दर घर में ऐसा राजरोग देखकर। मन्द कर्मों से खास या टिकाऊ कमाई कोई कर पाया हो सो भी बात नहीं, फिर मन्द कर्म कोई करता क्यों है? जो जिसे मिलता है वह तो उसके भाग्य में है

ही, फिर, अपना निश्चित भाग्य प्राप्त करने में कमीनी तरकीबें क्यों लगायी जाएँ, और इस तरह अपने भाग्य को मन्द और स्वर्ग के दरवाजे को बन्द क्यों किया जाए? मगर, आदमी को जो न करना चाहिए, सौ में सवा सौ बार, वह बेअख्तियार वही करता है—बेचारा! इसीलिए 'आदमी' की शिकायत करने में डर लगता है, मगर इस डर के नाम पर कोई अंग में फोड़े को तो नहीं पालेगा। अतः समष्टि के हित के लिए 'परानुग्रह कांक्षया' आदमी की शिकायत की जा सकती है।

उक्त परिस्थितियों में पैंतालीस बरस तक पले सेठी भँवरलालजी 'भारी सेठों' में गिने जा सकते हैं, मगर, मैं इसलिए उन्हें महत्त्व नहीं देता, उनसे भारी सेठ उनका पड़ोसी हो सकता है जिसके मकान के सामने उससे भी भारी सेठ का घंटाघर है। यह मेरी हिमाकत हो सकती है, लेकिन सेठों में मैं 'कल्चर' तलाश करता हूँ (क्या करूँ 'कल्चर' का अनुवाद जो उचित हो) सुधरी-सुथरी आदतें, संस्कृत-स्वभाव! मैं लक्ष्मी-पात्रों को लक्ष्मी-वाहन के रूप में नहीं देखना चाहता—उनमें वैष्णवी तेज तलाश करता हूँ। महज लक्ष्मी वाहन लक्ष्मीवान होने पर हैवान होने को हो-हल्ला मचाता है, इसीलिए सुथरे भाग्यवान धनिक—स्वच्छ और शान्त—भले मालूम पड़ते हैं। सेठ भँवरलालजी में स्वच्छता—बाहर भीतर दोनों तरफ की—सन्तोषजनक मात्रा में मुझे नजर आयी। बाहरी सावधानी और स्वच्छता तो आप हद से हाथों आगे रखते हैं। जब भी मैं आपके बँगले पर गया, हमेशा कोई न कोई डॉक्टरी बात सुनने को मिली। बिना डॉक्टरी पास किये भँवरलालजी मेरी राय से अच्छे डॉक्टर हैं (गोकि बीमार निहायत कम पड़ने के कारण डॉक्टरी पर राय देने का मैं बिलकुल अधिकारी नहीं)। इतनी हिफाजत में आपके घर के बच्चे—वही क्यों कुत्ते तक—पलते हैं कि उतनी अगर किसी गरीब परिवार की 'केयर' की जाए तो सुफल के बदले कुफल की ही सम्भावना घनी हो। फिर भी, अन्य मारवाड़ियों की गन्दी लापरवाही से यह अति-परवाह अधिक अच्छी चीज है। कठोर न होने पर भी आपका नियन्त्रण घर पर ऐसा मालूम पड़ता है कि आपके परिवारी 'आजादी' के हिज्जे शायद ही सही कर सकें। ब्रिटिश-भारत में यह बात भली न मानी जाएगी, मगर रियासतों में, मैं समझता हूँ, यही जरूरी है। असभ्य आजादी पाने से यहाँ के नौजवान गन्दे और गन्दी मनोवृत्ति के जल्द ही बन जाते हैं। आपकी कंजूसी या उदारता से मेरी भेंट नहीं, फिर भी, मैं आपको किफायतशार-रईस मानता हूँ। किफायतशार रईस वह जिसका रंग 'चोखा' चारों ओर दिखे मगर 'हर्रे-फिटकरी' लगे कम! हर्रे-फिटकरीदार इमारत चमकाने के आप साफ खिलाफ दिखते हैं, फिर भी इन राज्यों में बिना हर्रे-फिटकरी लगाये कोई काम बनता है? लगाते ही बनती है।

श्री भँवरलालजी सेठी मुझे 'बिड़ला बैंड' के मारवाड़ी सज्जन मालूम पड़े,

अगर बिड़लों की 'पब्लिसिटी' (या दान) उनमें से घटा दी जाए। बिड़ले काफी सुथरे हैं सुना है; सुना है काफी डॉक्टर पसन्द! मगर देखने में सेठीजी बीसवीं सदी के कम और उन्नीसवीं के अधिक मालूम पड़ते हैं। उधर बिड़ले कई, 'लेटेस्ट कट' के हैं। जो हो, सेठी भँवरलालजी की जितनी प्रशंसा मैंने की है उतनी चन्द चुनों ही की कर सकता हूँ। मुझे सेठीजी का भविष्य परमोज्ज्वल नजर आता है, अगर किसी तरह आप 'मैं' की जगह 'हम' की उपासना करने लगें। लेकिन उक्त कथन का यही अर्थ नहीं कि सेठी भँवरलालजी समिति की कोई खास सेवा कर रहे हैं। सेवा करने की फुर्सत उन्हें हो, ऐसा तो मैंने कभी सुना या देखा भी नहीं। सेवा करने समिति में वैसे आता ही कौन है? साहित्य-मन्त्री अध्यापक कमलाशंकरजी? प्रेस-मन्त्री रुई-रजिस्ट्रार रायरत्नजी? यह जी—वह जी? अपने-अपने धँधे से अगर कभी फुर्सत हो तो रंग बाँधना सभी चाहते हैं। ऐसे रंगबन्धकों के सरनामे सरताज तो तिवाराजी महाराज हैं, मगर प्रधानमन्त्री सेठीजी भी कम नहीं हैं। अकलमन्द होने पर भी आप न जाने किस भय या स्वार्थ से दूसरों के साथ समिति का अहित-पर-अहित करते जा रहे हैं। एक उदाहरण पेश करता हूँ। समिति-भवन के ठीक पीछे—सड़क के इस कोने से उस कोने तक विस्तृत एक मैदान है जिसे चन्द ही महीनों में वैसा रहना उसका अपमान होगा। जल्द ही उस पर श्रीमानों और राज्य के अधिकारियों के बँगले बन जाएँगे, बन रहे हैं। कहा जाता है—सप्रमाण—कि डॉक्टर सरजूप्रसादजी ने उस मैदान को पाँच साल के लिए इन्दौर म्युनिसिपैलिटी और राज्य की कृपा से प्राप्त कर लिया था; इस बहाने कि मैदान पर बच्चों के खेलने का इन्तजाम किया जाएगा। आगे कोई दूसरा रूपक रचकर डॉक्टर साहब मैदान को हमेशा के लिए समिति के कब्जे में रखना चाहते थे। उधर तिवारी शिवसेवकजी ऐसे महापुरुष समिति को डॉक्टर साहब से खींचकर मि. मीतल के हवाले करना चाहते थे। अतः मि. मीतल; गये स्वर्ग में श्रद्धेय डॉक्टर सा. और फिर उचित रूप से मैदान पर कब्जा करने का प्रयत्न किसी ने न किया और धीरे-धीरे राज्य ने उसे अधिकारियों को बँगले बनवाने के लिए देने का निश्चय कर लिया। मीतल साहब का दिग्दाहक प्रभाव समिति की सहायता न कर सका। बड़े-बड़े सेठों का सभापति या उपसभापति रहना व्यर्थ रहा; भँवरलाल सेठी की 'बिड़ला-ब्रैंड बुद्धि' भी कारगर न हुई और जमीन बिक गयी! समिति के पीछे, जहाँ श्रद्धेय डॉक्टर साहब ने कम-से-कम बच्चों के मुस्कराने का इन्तजाम करना चाहा था वहीं उनके अयोग्य उत्तराधिकारियों (यानी मेसर्स मीतल-भँवरलाल) ने अफसरों के बँगलों के बाजार बनवा दिये।

सेठीजी का दावा है कि काफी दाम देकर—कोई साढ़े चार हजार कलदार—समिति के ठीक पीछे जरा सी जो जमीन उन्होंने प्राप्त कर ली है वह काम कुछ

कम नहीं। अब उस पर बिल्डिंग बना कर भाड़े पर उठाने की बात सोची जा रही है। मैं रुपये देकर जमीन पाने के विरुद्ध तो हूँ ही, समिति के धन से मकान बनाकर भाड़े पर उठाने के तो मुतलक खिलाफ हूँ। समिति के धन से उज्ज्वल साहित्यिक व्यापार ही होना चाहिए—पत्रिका, प्रेस, प्रकाशनादि, न कि भाड़े के घर बनवाना और सूद चलाना। मगर, ये सेठ-सेठिये, चिकनी अक्लवाले, प्रखर-साहित्यिक प्रोग्राम सोच ही नहीं सकते, कार्य रूप में परिणत करना तो दूर की बात। समिति के प्रधानमन्त्री में इतना ओज होना चाहिए था कि राज्य के महामन्त्री से मैदान को वह पा जाता, नहीं तो जमीन के एक टुकड़े पर बेचारी समिति के कई हजार रुपये लापरवाही से खर्च तो न कराता! मगर अपने निजी काम, इन लोगों के, राज्य के प्रधानमन्त्री से इतने होते हैं कि समिति के लिए अपील करने की इन्हें हिम्मत ही नहीं होती। फिर, अपने किस गुण पर ये समिति के प्रधानमन्त्री चुने गए हैं? साहित्यिक ये नहीं, उदार नहीं, समिति के, राजदरबार में सहायक भी ये नहीं, फिर ये क्या हैं? क्या रायबहादुर श्री लालचन्दजी सेठी (उपसभापति और ट्रस्टी) ने उचित रूप और रुपयों से इस संस्था की सहायता की है? भँवरलालजी का दान कितना है समिति के सिर पर? हीरालालजी रायबहादुर इस बेचारी पर कभी सुप्रसन्न क्यों नहीं होते? सर हुकुमचन्दजी का प्रभाव अगर शुभ और मंगलमय है तो समिति बेचारी अब तक उतने ही रुपयों के सूद पर क्यों लुढ़क रही है जितने डॉक्टर साहब के सामने जुड़े थे? ये एक-एक सेठ, समिति को लाख-लाख दे सकते थे, (और हैं; अतः समिति-सम्बन्ध में इन्हें बिल्कुल छोड़ देने को कोई इधर का समझदार शायद ही तैयार हो) फिर क्यों नहीं दिया? मैं कहूँगा, लेनेवाले नहीं थे। थे एक डॉक्टर सा. और वही इन धनिकों की नस मजे में जानते थे। वह समिति-सुधार के लिए रोज घंटों अपना बहुमूल्य समय भी देते थे ईमानदारी से। अब वैसा कोई बड़ा आदमी नहीं जो कुछ समय इस संस्था को शुद्ध हृदय से दे। दुनिया के सारे खेल, खेल लेने के बाद जो लोग समिति में त्याग का खेल खेलने आते हैं वे खासे खिलाड़ी भले ही हों, मगर भलाई संस्था की जरा भी नहीं कर सकते।

यह धन, देखो धन की होली विलायत में! यह बल—देखो बल का विमर्दन चारों ओर! धन की शोभा उदारता में, दान में है; बल की विश्व-कल्याण में। मेरा दावा है, इन्दौर और मालवा पर इन जैनी धनिकों का प्रभाव अनायास ही अधिक है। किसी पुण्य से इनमें कई, कई पुश्तों से धनिक भी हैं। मगर, आजकल अपने प्रभाव की किरणें जो ये धनिक वितरित करते हैं वे मन्द हैं, उनका ही मतलब चमकाती नजर आती हैं! ऐसों की खुशामद तिवारी जी करें या मिश्रा जी—रस इनमें जरा भी नहीं है।

बँगला न. 36 में निराली नौकरशाही नीति

पंडित रामभरोसे तिवारी उर्फ 'भैयाजी' स्वर्गीय डॉक्टर सरजूप्रसादजी के सुपुत्र हैं। आप इन लकीरों के लेखक की जाति के कुलीन और सज्जनमना व्यक्ति हैं। फिर भी, आप से इन लकीरों के लेखक की तबीयत बहुत कुढ़ा करती है। आप अगर इतने हलवा—(हलवे में जोर होता है, रामभरोसेजी की शिथिलता को लत्ता-चिथड़ा कहना सत्य होगा) हृदय न होते तो अपने विख्यात बाप के बाद, जो चाहते समिति में वही सुकार्य कर-करा सकते थे। सन् उन्तालीस के चुनाव में भैया रामभरोसे को प्रधानमन्त्री चुनने के लिए बहुत आदमी उत्सुक थे। सुना है, वर्तमान प्रचार-मन्त्री और पुस्तकालय-मन्त्री, दोनों ही उस समय रामभरोसेजी के सपोर्टरों में से थे। रामभरोसेजी दृढ़ रहते और अपने पूज्य पिता की तरह समिति के लिए कुछ करने को उत्सुक, तो कौन जाने आज समिति का प्रधानमन्त्री कौन होता। रामभरोसेजी के फिसड्डीपन का लोगों को मार्मिक दुःख है। ऐन वक्त पर, सुना है, उन्होंने ननु-नच करना शुरू किया और अपनी सारी सहायता उसकी शरण में धर दी, जो आज समिति में उनका सरदार है। सुना है, उस चुनाव में ताजे-ताजे साहित्यिक सदस्य मिलों से 'बना' कर लाये गये थे, जिनमें अनेक तो कलम से अधिक डंडे का प्रयोग जानते थे। उनमें हो-हल्ला मचाकर 'मिलरों' को पदाधिकारी बनवा देने की पूरी क्षमंता थी और तब तक ताजा बना सदस्य भी प्रधानमन्त्री को चुनने की क्षमता—'वोट्'—रखता था। स्वयं गद्दी पाने पर सेठ भँवरलाल ने ताजे-सदस्य की वह ताकत तोड़ दी। नये नियम गढ़कर 'पास' करा लिये मुट्ठी भर 'साधारणों' से कि—"प्रबन्धकारिणी के निर्वाचन में समिति के सभी श्रेणी के सदस्य मत देने के पात्र हो सकेंगे जो लगातार कम-से-कम एक वर्ष के सदस्य हैं।" ऐसे ही सदस्य प्रबन्धकारिणी में दाखिल होने के उम्मीदवार भी हो सकेंगे और जिसे कम-से-कम एक वर्ष का प्रबन्धकारिणी का अनुभव हो, वही पदाधिकारी चुना जा सकेगा।

भँवरलालजी के प्रधानमन्त्रित्व में सबसे जरूरी घटना उक्त नव्य-नियमों का

निर्माण ही कहा जा सकता है; जिससे अब ताजे 'मिल-मेड'-सदस्य नहीं चल सकेंगे; मगर, कुर्सी भी सेठीजी की अब समिति में अचल-सी हो गयी है। नियम, साधारणों की जिस सभा में स्वीकृत हुए थे, उसमें मैं भी था—(मगर मैं तब सदस्य नहीं था) तमाशबीन। मुझे याद है, उपस्थिति सन्तोषजनक हर्गिज नहीं थी। महज मुट्ठी-भर आदमी थे। सब सधा-सधाया खेल-सा मालूम पड़ता था। और अब उस खेल का परिणाम ये नियम हैं जो दुष्टों को तो समिति से दूर शायद ही रख सकें हाँ, सज्जनों को सतर्कता से रख सकते हैं। एक बात और मजेदार दिखायी पड़ती है। समिति के ट्रस्टियों की जो कमेटी है, उसमें कुल 5 सदस्य होते हैं कोरम 3 का; और मन्त्री होता है समिति का प्रधानमन्त्री। वर्तमान ट्रस्टियों के शुभ-नाम हैं, (1) सर सेठ हुकुमचन्दजी, (2) रा. ब. सेठ लालचन्दजी सेठी, (3) रा. ब. डॉक्टर एस. एच. पंडित, (4) रा. ब. सरदार माधव बिनायकरावजी किबे, और (5) एक सदस्य होलकर सरकार के शिक्षा-विभाग के डायरेक्टर साहब। इस तरह देखिए तो ट्रस्ट कमेटी में भी एक ही खानदान के अनेक प्रभावशाली सज्जन जुट जाते हैं। वे करेंगे नहीं—विश्वास है; मगर, चाहें तो समिति को स्याह से सफेद और सफेद से स्याह कर सकते हैं। कोई खास भलाई संस्था की जब तक न हो मैं एकत्रीकरण (अनायास ही सही) अनुचित समझता हूँ। और अब सम्भवत: मैंने इस लेख माला के प्रथम लेख में प्रकाशित प्रश्न—"समिति पर श्री भँवरलालजी सेठी का कब्जा क्यों और किन परिस्थितियों में हुआ?"—का काफी उत्तर दे दिया। श्री भँवरलालजी और श्री रामभरोसेजी, दोनों ही उपयोगी सज्जन हैं। एक को दूसरे से बुद्धि विशेष है और दूसरे को पहले से वक्त बहुत। मगर समिति-संचालकों में कुछ तो रियासती हवा और बहुत-कुछ मिस्टर मीतल के समय से नौकरशाही आदतें आ गयी हैं जिनके कारण बेचारे वैतनिक कर्मचारी एक दूसरे की निन्दा पर जीवनयापन करने का पाप किया करते हैं। समिति की फाइलें ऐसी शिकायतों और गृह-कलहों से कितनी स्थूल हैं, जाँच करने ही पर जाना जा सकता है। मैनेजर (प्रेस) की शिकायत सम्पादक (वीणा) करे, दोनों की शिकायतें क्लार्क करे और तीनों के ऊपर एक एक मामूली मुनीम—श्री शिव-सेवकजी की ऑफिस का रत्न! पिछले कई बरसों से शायद हरेक डिपार्टमेंट का कार्यकर्ता यही समझता रहा है कि अपने संगी (कामरेड) की शिकायत ऊपर के पदाधिकारी से करते रहना ही उसका खास काम है। अपने-अपने विभाग में उचित अनुराग लेना, नये सुधार करना-कराना तो दूर, मन्त्री लोग नीचेवालों को अपने घर पर बुलाने ही में मन्त्रित्व की चरम सफलता मानते हैं। और ये सब आदतें न तो सेवकों की हैं और न तपस्वियों की।

विगत सप्ताह के 'स्वराज्य' में इसके योग्य सम्पादक ने मेरे लेखों की चर्चा

में लिखा है कि इनसे कम-से-कम यह जाहिर होता है कि 'आल इज नाट वेल'—मामला दुरुस्त नहीं है। मैं जोर देकर लिखता हूँ कि 'नथिंग इज वेल' समिति का कोई भी अंग दुरुस्त नहीं है। इतने दिनों में 'वीणा' अभी वहाँ नहीं पहुँच सकी जहाँ उसे होना चाहिए। इतने बरसों में समिति का छापाखाना वही अठारहवीं सदी का कतवारखाना है जब कि उसे होलकर-राज्य का प्रधान प्रेस होना चाहिए था। प्रकाशन की तो हालत ही न पूछिए; समितिवाले सँभाल नहीं सकते इसलिए उसे एक दूसरे बुकसेलर के हवाले कर दिया गया है। सुनिएगा—'मध्यभारत हिन्दी-साहित्य-समिति' ऐसी जग-जाहिर संस्था—की प्रकाशति पुस्तकें संस्था से प्रचारित नहीं हो सकतीं अतः उन्हें बेचने का ठेका शहर का कोई बुकसलेर पा जाता है। पुस्तकालय में इतने सुधारों की गुन्जाइश है, गोया अभी काम शुरू ही नहीं हुआ है। प्रथम श्रेणी तो दूर, समिति का पुस्तकालय या वाचनालय थर्ड-क्लास के भी नहीं हैं! उक्त सारी बातें कोई जाँचे तो फौरन स्पष्ट हो; फिर भी, आगे मैं विशद रूप से प्रमाणित करूँ. तो, सच्चाई।

और 'मध्यभारत हिन्दी-साहित्य-समिति' भवन का नम्बर है 36 जिसे फूट का सूचक हमारा देश मानता है। यही देखने में भी आता है। समिति में काम कुछ भी नहीं के बराबर होता है; मगर, छत्तीसी लीलाएँ बहुत होती हैं। एक दूसरे की तोड़-फोड़ ही में लोग लगे रहते हैं। अपने-अपने विभाग से अनजान अक्सर मन्त्री लोग दूसरों के विभाग की बातों में दस्तन्दाजी करते रहते हैं। कुछ चंट ऐसे हैं जो राज्य के प्रधानमन्त्री के दरवाजे का दुमदार अपने को बतला कर दूसरों को डराया करते हैं। मेरा खयाल है, वे इसी तरह राज्य के प्रधानमन्त्री को भी संस्था और साहित्यिकों का भय दिखलाते होंगे और इस तरह दोनों तरफ गन्दगी फैलाते होंगे। खुद मुझे उज्जैन से लौटने पर राज्य के प्रधानमन्त्री के नाम पर समिति छोड़ने को कहा गया था। लेकिन जब मैं खुद प्रधानमन्त्री महोदय से मिला तब उन्होंने इसका जिक्र तक न किया। मुझ पर जब ऐसे डोरे डाले जाते हैं, तब सर्व-साधारण की क्या कही जाए। शालिग्राम को जो भूनना जानते हैं, उनके आगे बेचारे बैंगनों की गिनती ही क्या?

मगर राज्य के प्रधानमन्त्री महोदय को इतनी फुरसत कहाँ जो किसी उग्र या अनुग्र साहित्यिक को निकालने-रखने की बातें सोचें। उनके हाथ तो राजकीय बातों से ही भरे रहते हैं। असल में 'कर्मवीर' में जो मैंने 'स्वर्ण लंगर' वाला लेख लिखा था, वही समिति छोड़ने का नोटिस बन गयी। उसी से सम्बद्ध सेठियों को प्रसन्न करने के लिए चरण सेवकों ने यह माया रची थी। अब जरा 'स्वराज्य' की लेखमाला ही को लीजिए। जब तक तिवारी-मिश्र और बाबूजी की बातें थीं, कोई बात न थीं, मगर, सेठ-सेठुल्लों की चर्चा आते ही पुनः नोटिसें मुझे मिलने

लगीं, "समिति छोड़ो! छोड़ो समिति!!" और समिति में रहकर मैं कोई रंगमहल या कंचनबाग के मजे नहीं पा रहा हूँ। पिछले ग्यारह महीने से मैं कड़ी सजा भोग रहा हूँ इस जेलखाने में। मगर, इसी जेल में 'वीणा' सम्पादक ही नहीं सारा परिवार—छोटे-छोटे बच्चे तक, रहते हैं; प्रेस मैनेजर श्री दामोदरदास द्विवेदीजी के बच्चे न तो कम हैं और न कम सुकुमार। मुख्य लेखक (क्लार्क) श्री वर्मा जी और पुस्तकाध्यक्ष श्री निर्मोहीजी बच्चेवाले अभी जरूर नहीं हैं, मगर उनकी पत्नियाँ ही अभी ऐसी हैं कि अगर सेठों की बहुएँ होतीं तो 'लाड़ी-लाड़ी' बजती और 'पलंग-पीठ तजि गोद हिंडोरा—कठोरा भूमि' पर पग भी न देतीं। मगर समिति की भूमि कैसी है—कठोर या मुलायम—कोई जानता है? कैसी रहती है यहां की जमीन गर्मी में, कैसी पावस में, कैसी पूर्णिमा में और कैसी अमावस में कोई बतलाएगा? भूमि नहीं, उपज के लोभी ये सेठ-सेठी-सेठुल्ले सात जन्म में भी समिति कर्मचारियों के दुखड़े नहीं जान सकते। ये उन्हें नौकर समझते हैं। जो! उन भाइयों, बहनों, बच्चों और माताओं की तकलीफें मुझसे पूछिए। मैंने उनके सुर में सुर मिलाकर अर्से तक वह रागिनी गायी है जो कहने को तो 'सोहनी' कही जाती है, मगर सुनने में आँसुओं की लड़ी बाँध देती है। मैं समिति छोड़ कहीं अन्यत्र रहूँ तो काफी आराम मिले—कई जगहें ऐसी सुलभ भी हैं मुझे—मगर समिति के अलावा अन्य मुफ्त की कोठियों में मैं रहना नहीं चाहता और भाड़ा देने भर यहाँ मेरी कमाई या आमदनी नहीं। आकाशवृत्ति का सहारा है। पत्रों में दो एक कहानी लिख भेजता हूँ और उसी में जो कुछ मिल जाए, खुश रहता हूँ। फिर भी युद्ध को हर तरह से पाक रखने के लिए मैं समिति में रहना बन्द कर दूँगा, जरा सुविधा होते ही। समिति के रहनेवालों की दुर्दशा बतलाने के लिए शीघ्र ही मैं एक लेख लिखूँगा—"समिति में एक साल।"

तीन लेख और—और यह लेखमाला (दुष्ट विध्वंसिनी) सम्पूर्ण हो जाएगी; मगर समिति का आन्दोलन अब रुकनेवाला नहीं है। इसके बाद 'समिति में क्या-क्या सुधार हों' पर एक लेखमाला और तैयार करूँगा। लेकिन, उक्त तीनों लेखों के पहले, मध्य और अन्त में मैं आधा दर्जन खुली चिट्ठियाँ—समिति हितार्थ, साहित्यिक—लिखूँगा। क्रम चाहे कुछ रहे, पर जिनके नाम चिट्ठियाँ लिखी जाएँगी वे सज्जन हैं (1) कर्नल श्री दीनानाथजी, (2) सर सेठ हुकुमचन्दजी, (3) रा. ब. सेठ लालचन्दजी सेठी, (4) रा. ब. सेठ हीरालालजी कासलीवाल, (5) सेठ श्री भँवरलालजी सेठी और (6) इन्दौर की जनता। आगामी 'स्वराज्य' में 'इन्दौर की जोशीली जनता के नाम खुली चिट्ठी' प्रकाशित होगी।

मिट जाएगा सर गर तेरा पत्थर न घिसेगा

इन्दौर की जोशीली जनता के नाम—खुली चिट्ठी

देवियो और दोस्तो!

मैंने इन्दौर की जनता को 'जोशीली' लिखा है। मगर, मैं जानता हूँ, जोश के नाम पर बूढ़े भाई कोतवाल ठंडे पड़ जाते हैं। उस दिन कन्हैयालालजी खादी वाले की विदाई में जो जोश इन्दौर की जनता ने दिखाया, उसकी भाई कोतवाल ने ऐसे-ऐसे मतलबी समाचार-पत्रों में निन्दा छपायी कि तौबा मेरी! लेकिन ईश्वर की कृपा से मैं भाई कोतवाल नहीं; अत: जोश को जीवन के लिए बहुत जरूरी जानता हूँ। ख-मंडल के किसी जोश का परिणाम एक टक्कर और पृथ्वी उर्वर है। जोश ही की मादक-मूर्छा में मनुष्य स्वयं पैदा होता है। पानी, जरा जोश खाते ही इंजनों—डिब्बों शत-शत प्राणियों को पटने से पुष्कर पहुँचाने लायक हो जाता है। होशवाला कोई आदमी जोश को सर्वथा दोषपूर्ण नहीं कह सकता। मैं तो जोश को ही जीवन मानता हूँ; जिसके ठंडा पड़ते ही प्राणी मर जाता है! सो देखिए और दोस्तो! मैं आपके जोश की जय बोलकर अपनी विनय पेश करता हूँ कि जोश का उपयोग उचित होना चाहिए। आसमानी तारों की टक्करवाले जोश में वसुन्धरा ऐसी दृष्टि थी; सृष्टिमय जोश समाज के लिए स्वास्थकर है। यानी जोश खाते पानी में चावल ही पकाना चाहिए; बनानेवाले की अँगुली नहीं। तभी जोश कल्याणप्रद रह सकेगा। मैं इन्दौर की जनता से कहता हूँ—आपमें जोश काफी है; जो जीवन का प्रत्यक्ष प्रमाण है। फिर उसका उचित उपयोग कर आप अपने घर-आँगन की सफाई क्यों नहीं कर डालते? आप कर सकते हैं, बहुत कुछ। दीगर बातें अलग रख जरा 'मध्यभारत-हिन्दी-साहित्य-समिति' ही का मसला लीजिए। महीनों से मैं 'स्वराज्य' के कालम-पर-कालम काले करता जा रहा हूँ। आप लेखों को बड़े जोश से खरीदते और पढ़ते भी हैं; मगर कभी समिति-भवन में आकर स्वयं जाँच कर नहीं देखते कि असल बात क्या है। आप घातक आलस्य में पड़े

रहते हैं; भयानक भ्रम में। आप जानते नहीं कि यह समिति होलकर-राजतन्त्र में अनायास ही प्रजातन्त्र है? साहित्य से ही यदि किसी देश की संस्कृति का परिज्ञान सम्भव है, तो समिति द्वारा ही वह काम सरलता से हो सकता है। आओ—देवियो और दोस्तो!—मैं आप लोगों को निमन्त्रण देता हूँ। 'मध्यभारत हिन्दी-साहित्य-समिति' के सदस्य बनिए, हजार-हजार की संख्या में, और अपने बच्चों के लिए इस संस्था को सुन्दर से सुन्दरतर और सुन्दरतम सँवारिए। होलकर-सरकार का शिक्षा-विभाग जो प्राणप्रद साहित्य आपको कभी नहीं दे सकेगा उसे यह समिति देगी—दे सकती है। आप कहते हैं—समिति दूर है, दुरुस्त भी नहीं है। शहर की यह या वह लाइब्रेरी समिति से सौगुना सुन्दर है और निकट है। मैं कहता हूँ, कोई भी लाइब्रेरी या संस्था शहर की ऐसी मजबूत या आजाद बुनियाद पर नहीं है जैसी हमारी यह समिति है। इसकी नींव महात्मा गाँधी के विश्वविख्यात हाथों द्वारा दिलाई गयी है। इसकी बुनियाद में तपस्वी ब्राह्मणों का मुक्त आशीर्वाद है। आप लोग इस संस्था का महत्त्व समझ नहीं रहे हैं। इसके पास जर-जमीन की भी कमी नहीं हो सकती, अगर इन्दौर की जनता इसे सँभाले। किसी भी लाइब्रेरी की क्या मजाल जो समिति का सामना सोचे, अगर आप इधर नजर दें। मैं आपको बतलाऊँगा, बतलाता हूँ—'मध्यभारत हिन्दी साहित्य समिति' को आप कलाओं का केन्द्र, दूसरा शान्ति-निकेतन बना सकते हैं। हिन्दी प्रचार का वर्धा या साबरमती भी यह समिति आप के प्रयत्न से अनायास ही बन सकती है। फिर आप लोग ऐसे उदासीन क्यों हैं कि समिति के पदों पर नौकरशाही मनोवृत्ति के लोग डटे हैं जो कल्पवृक्ष के काटने और बबूलों के बोनेवाले हैं। आप 'प्रजा मंडल' या 'प्रजा-संघ' के फेर में पड़ें, मगर समिति को मैं उक्त दोनों संस्थाओं से अधिक उपयोगी मानता हूँ। इसके विधान के अनुसार बहुमत का मन्त्रिमंडल बनाकर राज्य के अन्दर आप दूसरा राज्य ज्ञान का चला सकते हैं। फिलहाल समिति ही आपको प्रजातन्त्र के अधिक निकट पहुँचा सकती है, ऐसा मेरा दावा है। तब आप चुप क्यों हैं? अपने जोश का समुद्र इधर क्यों नहीं लहराते। महज चार आने महीने की बात है, जिसे आप चाहें तो बहुमत से घटा-बढ़ा भी सकते हैं। इसके बाद हर तरह की साहित्यिक सुविधा आप समिति से ले सकते हैं। मासिक 'वीणा' की तरह समिति आपको साप्ताहिक और दैनिक पत्र भी दे सकती है निहायत खूबसूरती से। आसपास की सारी रियासतों में समिति हिन्दी प्रचार का कार्य करा सकती है—सारे मध्यप्रदेश में इसके प्रचारक प्रतिष्ठित हो सकते हैं। समिति की सहायता से यहाँ, और कहीं भी हिन्दी विद्यालय और विश्वविद्यालय खोले जा सकते हैं। ये सारे काम इस संस्था द्वारा होने को थे मगर नहीं हुए। क्यों? मैं कहूँगा, इन्दौर की जनता की उदासीनता या शिथिलता अथवा मूर्खता से यहाँ की जनता

बहुत कुछ उदासीन-शिथिल और मूर्ख रहने को विवश भी है, रियासती वजूहात और सेठों की जमात के कारण अकसर लोग इधर या उधर नौकर या आश्रित एवं परतन्त्र हैं, अत: उचित बातों पर भी चूँ करने की जरूरत नहीं रखते। मगर मध्य भारत हिन्दी-साहित्य समिति तो साहित्यिक संस्था है। साहित्यिक दरबार में राजा-रंक, अमीर-गरीब, अधिकारी और जनसाधारण सभी समान हैं। यहां आप लोगों को निर्भय-चित्त आना और निर्भय रहना चाहिए।

और जब मैं उक्त बातें कहता हूँ तब मेरी मंशा यह हरगिज नहीं कि मैं आप को समिति के वर्तमान मन्त्रिमंडल या प्रधानमन्त्री अथवा किसी खास मन्त्री के विरुद्ध बलवा करने को बुलाऊँ; मैं तो आपका प्रेम चाहता हूँ। चाहता हूँ, उदासीन, इस संस्था की ओर से अब आप न रहें। इसमें आपकी बदनामी और अहित है, आनेवाली पीढ़ी का भारी नुकसान। समिति को शहर से दूर बतलाकर दूर भागना अक्ल से किनाराकशी है। समिति में अगर आज लीला देसाई या शान्ता आप्टे आवें तो इन्दौर की जोशीली जनता टूट ही पड़े। उग्रजी का नंगा नाच देखने के लिए भी कम भीड़ न हो। फिर संस्था की बहबूदी के लिए ही हम नहीं जुट सकते? अफसोस की बात है, देवियो और दोस्तो! अब अगर आप लोग यह कहें कि समिति के मामले में पड़ने से बड़े-बड़ों का विरोध मोल लेना होगा, तो मैं कहूँगा, स्वागत है, यह कोई राजनीतिक विरोध थोड़े ही है जिसे सर्वसाधारण न कर सके। सैद्धान्तिक—सत्कर्म के लिए—विरोध करना बहुत ऊँची बात है। उचित विरोध जीवन का लक्षण और समाज का संरक्षण है। अत: कर्मवीरों को चाहिए, समिति में आकर आलसियों का विरोध करें—करना सीखें। ऐसे घबराने, अलसाने, भागने से काम बिगड़ेगा ही—बनेगा कुछ भी नहीं।

भविष्यत्वाणी।

देवियो और दोस्तो! क्या आपको आनेवाले उस 'कल' का पता है जिसमें आज के तेजस्वी योद्धा एक नया ही युग रचते होंगे? मालूम पड़ता है, आप लोग अखबारों को महज पढ़ लेते हैं, समझते नहीं। नहीं तो आपको यह समझना चाहिए कि महाकाल आजकल संसार की अग्नि-परीक्षा ले रहे हैं। जर्मनी, ब्रिटेन, फ्रांस, इटली, जापान, चीन—चारों ओर आग-ही-आग नजर आ रही है। ऐसी ही कुछ आग सन् 'चौदह से अठारह' तक लगी थी जिसमें तपकर कुछ विश्व-क्रान्तिकारी पैदा हुए थे—हिटलर, मुसोलिनी, लेनिन, कमाल वगैरह। आज उक्त व्यक्तियों के कु या सु प्रभाव से संसार डावाँडोल है। लेकिन इस बार की अग्निलीला उस बार से सौगुनी अधिक भयावनी है, अत: जरूर इस युद्ध से जो महापुरुष पैदा होंगे वे गत युद्धवालों से सौगुने अधिक तेजस्वी और बलवान होंगे। वे, जो आज बड़े-बड़े हवाई जहाजों, सबमेरीनों और क्रूजरों में प्राणों का खेल खेलते हैं, जीवन

की बाजी लगा-लगाकर साधारण माता-पिता से उत्पन्न होते हुए भी असाधारण महापुरुष हैं। युद्ध समाप्त होने पर बल या विज्ञान से वे ही संसार पर हुकूमत करेंगे। मैं कहता हूँ कि बराबरी तो दूर की बात, उनके युग में रहने की योग्यता भी आप में है? फिर? आने वाले युग के महापुरुष आप लोगों को क्या समझेंगे? असभ्य? पशु? मृत? हाँ।

देशी राज्यों की जनता अभी काँग्रेस से कदम मिलाकर नहीं चल सकती। प्रजा-मंडलों का पूरे जोर से साथ देना भी उसके बूते-बाहर की बात है। 'प्रजा-संघ' ऐसी संस्थाएँ किसकी सेवा के लिए हैं, ईश्वर ही जानता होगा। अतः हर नजर से समिति जैसी साहित्यिक—सांस्कृतिक—संस्थाएँ ही आपके लिए उपयोगिनी और वरदानमयी हो सकती हैं। समिति द्वारा राजा की जय मनाते हुए भी आप प्रजा को विजय मार्ग पर दौड़ा सकते हैं। विजयी बना सकते हैं। अतः आओ! छोड़ो आलस्य अब—देवियो और दोस्तो! समिति की सेवा में सन्नद्ध हो स्वयं योग्य बनो और साथ ही अपने बच्चों को भी बनाओ! श्रद्धेय स्व. डॉक्टर सरजूप्रसाद को अपना अमर मसीहा मानो जिन्होंने भविष्यत् रोगों की दवा म. भा. हिं. सा.—समिति अनायास ही आपके आँगन में सुरक्षित रख छोड़ी है। भगवान मेरी प्रार्थना समझने की समझ इन्दौर की जोशीली जनता को दे—एवमस्तु!

दीवान श्री दीनानाथजी के नाम खुली चिट्ठी

तुम जानो तुमको ग़ैर से जो रस्मोराह हो,
मुझको भी पूछते रहो तो क्या गुनाह हो?

बख़िदमत,

ऐतमादुद्दौला, रा. ब. कर्नल श्री दीनानाथजी साहिब, बी. ए. (आक्सन) बैरिस्टर-ऐट-ला, प्रधानमन्त्री, होलकर राज्य।

जनाबमन! मैं खुश हूँ। मैं खुश हूँ यह महसूस कर कि आपकी वजारत होलकर-राज्य में खासा रंग पकड़ रही है। साथ ही मतलबी रंग बाँधनेवाले का रंग धड़ाधड़ उखड़ता जा रहा है, यह भी मैं बखूबी देख रहा हूँ। आपके हाथ बली हैं, चालें मजबूत, ऐसी हालत में विरोधी अगर मुँह की खाते जाएँ तो ठीक ही है। मुझे मजबूती और मजबूत आदमी अधिक भाते हैं, इसीलिए मैं आपकी तरक्की से खुश हूँ।

हजरत! होंगे वैसे प्रधानमन्त्री बीसियों राज्यों में, मगर उन सबमें मैं आपको ज्यादा किस्मतवर मानता हूँ। पहली बात तो यह कि सिपाहियों के जमाने में—मि. चर्चिल की तरह आप सिपाही वजीरेआजम हैं। दूसरी बात, आप ऐसी रियासत के अगुवा हैं जो हिन्दुस्तान में सबसे ज्यादा जागरित है; खतरों के इस युग में आपकी कुर्सी काफी खतरनाक नाके पर है। तीसरी बात, आप जिसके प्रधान हैं उस राज्य की प्रधान संस्थापिका और संरक्षिका धर्मवती माता अहिल्याबाई हैं, जिनकी कृपा से इन्दौर में हिन्दू, मुसलमान, सिख, ईसाई, ब्रह्म-समाजी और आर्य-समाजी सभी के धर्म-मन्दिर हैं। इस राज्य में शिक्षा-संस्थाएँ अनेक और कई कॉलेज भी हैं। हिन्दी और मराठी साहित्य के प्रचार के लिए 'मध्यभारत हिन्दी-साहित्य-समिति' और 'महाराष्ट्र-साहित्य-सभा' की तरह संस्थाएँ भी हैं।

मैं 'मध्यभारत हिन्दी साहित्य समिति' की तरफ से आपसे यह अर्ज करना चाहता हूँ कि आप इस संस्था पर अपनी मेहरबानी की मुनासिब नजर डालें। यह संस्था औरों से कहीं ज्यादा आप की नजरे-मेहर की मुस्तहक है। क्योंकि यह

हिन्दुस्तान की उस जबान की हामी है, तरक्की देनेवाली है, जिसे कम-से-कम तीस करोड़ जनता समझती-बोलती है। दूसरी जबानवाले आम-फहमियत का ऐसा दावा पेश नहीं कर सकते। यहाँ तक कि आपकी गुरुमुखी भाषा और अक्षर भी नागरीनुमा ही हैं। गुरुओं की दिव्य वाणी के सौ-सौ गीत उसी जबान में हैं जिसका प्रचार मध्य-भारत हिन्दी-साहित्य-समिति करती है। इसलिए गुजारिश यह है कि मदद राज्य की तरफ से आप सभी अदबी जमातों या साहित्यिक संस्थाओं की करें, मगर इस संस्था की मदद खास ढंग और रंग से करें। आपके पहले वाले प्रधानमन्त्री सर सिरेमलजी बापना साहिब, डा. सरजूप्रसाद के जमाने में समिति सुधार में काफी दिलचस्पी लेते थे। समिति-भवन में वे पधारते भी थे। समिति के कागजों पर सुना है, उनके दस्तखत तक हैं। आज वह जमाना नहीं, जो बापना साहब के वक्त में था। आज राज्य के प्रधानमन्त्री के माथे पर काम का वजन हर तरह से पहले से ज्यादा है। इसलिए बहुत वक्त आपका न माँग कर भी प्रेम आपका बहुत-बहुत मैं इस संस्था के पक्ष में चाहता हूँ इस संस्था में आप जो कुछ बोवेंगे उसके फल इस और उस दोनों लोक में मीठे मिलेंगे!

श्रीमान! मैं म. भा. हिं. सा. स. की वर्तमान कारगुजारियों को खराब और मन्त्रिमंडल को नालायक और नाकाबिल मानता हूँ। मैं इस खराबी की जड़ में सबसे ज्यादा रायरत्न श्री शिवसेवक तिवारी को देखता हूँ। तिवारीजी आपके 'कस्टम' विभाग के लिए सोना भले ही हों; मगर हमारी साहित्यिक-समिति के लिए वैसे नहीं हैं। फिर भी घुसे रहते हैं आप लोगों की कृपा की हवा से। इस तरह आपके बेजाने साहित्यिक संस्था में होलकर राज्य की कूटनीति घुस आती है। उसको निकालने में सोधे-से-सीधे आदमी को राज्य-विरोध का सामना करना पड़ सकता है। यह बात अच्छी नहीं; और आपको अच्छाई ही के साथ रहना चाहिए। क्या आप पंडित शिवसेवक तिवारी की खूबियों को बखूबी नहीं जानते हैं—कौन नहीं जानता इन्दौर शहर में? फिर मेरे इतने शोर मचाने पर भी साहित्यिक संस्था की गर्दन पर ये क्यों सवार हैं? आपको जाँच करनी-करानी चाहिए, सफाई से। मेरी अगर गलती हो तो मुझे सजा देनी चाहिए—सख्त-से-सख्त। आप कृपा कर जाँचिए—रायरत्न तिवारीजी ने पिछले बीसों वर्षों में इस समिति की सेवा अधिक की है या गलत आदमियों तथा कारगुजारियों से नुकसान किया-कराया है? समिति की कौन-सी भलाई उन्होंने की है?

माननीय महोदय! गत सन् उनतालीस की अगस्त की 'वीणा' में आपका वह भाषण या जवाब छपा है जिसे आपने समिति के अभिनन्दन-पत्र के उत्तर में दिया था। उससे पता चलता है कि एक जमाने—यानी सन चौदह से हिन्दी की तरफ आपकी नजरे-इनायत है। उसमें आपने यह भी फरमाया है कि "मैं

समझता हूँ कि काम दिन-ब-दिन बढ़ रहा है और समिति को ज्यादा स्थान की जरूरत है। जो माँग आपने की है उस पर सरकार पूरा गौर करेगी।'' आपने उस उत्तर में बड़ी उदारता से यह भी फर्माया है कि, ''मैं इस मौके का फायदा उठाकर जोर से कहना चाहता हूँ कि सरकार की पालिसी है कि प्रजा के मुतल्लिक जिन लोगों के ख्यालात हैं कि प्रजा की सेवा करे तथा राजा और प्रजा के सम्बन्ध को मजबूत करे, उन्हें हमेशा सरकार का समर्थन (सपोर्ट) मिलेगा...।'' अब मैं आपसे पूछता हूँ कि जब आपने समिति को ज्यादा जगह की जरूरत महसूस की, खुद, तब उस छोटे जमीन के टुकड़े के लिए कई हजार की चपत समिति के गाल पर क्यों चिपकाई गयी है? जब मैं समिति का सुधार कर राजा और प्रजा के सम्बन्ध को मजबूत और सरस बनाने की कोशिश में हूँ तब आप मुझे अपना सच्चा सपोर्ट क्यों नहीं देते?—यह मुझे नहीं कहना चाहिए, आपकी कृपा है, तभी तो मैं इतना कुछ लिख रहा हूँ और जैन मुनि श्री चन्द्रसागरजी की तरह मेरा बहिष्कार 'लहड़े' या 'बड़े साजन' नहीं कर पा रहे हैं। स्टेट की इस 'डेमोक्रेटिक पालिसी' के लिए मैं शुक्रिया अदा करता हूँ। मगर अभी आप कहीं अधिक सपोर्ट मुझे दे कर समिति और राज्य दोनों की भलाई कर सकते हैं। समिति को जो कुछ करना चाहिए उस लिहाज से वह कुछ भी नहीं कर रही है। अधिकारी या ऑफिसर लोग महज रंग बाँधने के लिए इस पर कब्जा किये बैठे हैं। फलत: जो संस्था सारे मालवा और मध्यप्रदेश के लिए उपयोगी हो सकती थी उसमें चन्द चिथड़ू महज कलह कोलाहल किया करते हैं। अगर समिति के आजाद विधानों के कारण दुर्बलों का निकलना नामुमकिन हो, तो मैं यहाँ तक कहूँगा कि यह संस्था राज्य के एजूकेशन विभाग के हवाले कर दी जाए। मुमकिन है, शिक्षा-विभाग वाले मेरे मन या हमारे लायक समिति का शृंगार न करें—मुमकिन है, मौलिक उद्देश्यों के विरुद्ध भी करें—फिर भी वे कुछ करेंगे तो? आज-कल की तरह श्मशानी सन्नाटा, मौत के लक्षण तो नजर न आएँगे! देखिए, जिसे जो करना आता हो वही वह करे। सेठ लोग अपनी मिलों को सँभालें, रुई रजिस्ट्रारजी अपना ऑफिस। समिति सँभालनेवाले ये नहीं बन सकते। उसके लिए उन्हें आगे बढ़ाइए—बढ़ने दीजिए—जो संग्रह नहीं त्याग के भक्त, राजनीति नहीं, साहित्य के सेवक हैं। हैं वे बहुत आपके राज्य में, आपका राज्य बहुत बड़ा है।

जनाब! समितिवाले 'उत्तर' में बराबर माफी माँगते हुए भी आपने राजनीति की चर्चा की थी। प्रजा-मंडलवालों पर अपनी तीखी राय जाहिर की थी। वैसे ही अगर साहित्यिक बात में राजनीतिक चर्चा चलाने की माफी मुझे भी दी जाए, तो मैं यह अर्ज करूँगा कि अगर अकेली समिति को ही आप सँभाल दें तो सत्रह प्रजा-संघों के गुप्त या प्रकट संचालन से अधिक काम हो। और ठोस काम हो।

'ग्राम सुधार', आदि पत्र जो राज्य की तरफ से असफल और दिखावे मात्र को निकलते हैं, समिति से कहीं अच्छे निकाले जा सकते हैं। ग्रामों के प्रचारक भी समिति अच्छे चुन सकती है—शांत उद्देश्यों से प्रौढ़ शिक्षा का काम तो समिति ही करा सकती है। ऐसे इन बाबूजियों की बुढ़ौती भले ही आप धन्य करें, मगर जनता का विश्वास नहीं पा सकते। समिति द्वारा जो कार्य होंगे उन पर सब की श्रद्धा कहीं ज्यादा होगी। सबकी या बहुतों की श्रद्धा पानेवाली संस्था और सज्जन ही, आनवाले जमाने में किसी गिनती में रहेंगे। हमेशा से ऐसा ही होता आ रहा है। समिति में सच्चे साहित्य-सेवकों को जुटाकर, उनसे होलकर-राज्य, मालवा और मध्यभारत का अज्ञान-अँधकार दूर कर आप अपना नाम सोने के अक्षरों में लिखा सकते हैं। देखिए, मौका है; वक्त है, जो बार-बार नहीं आता है। 'मध्यभारत हिन्दी-साहित्य-समिति' के हित में आप बहुत कुछ कर सकते हैं—कुछ तो कीजिए। 'वीणा' वगैरह खरीद कर, राज्य, समिति की जो मदद करता है वह दाल में नमक बराबर भी नहीं है। सुना है, पहले राज्य की तरफ से ढाई-ढाई हजार रुपये समिति और महाराष्ट्र-साहित्य सभा—दोनों को दिए जाते थे, जो अब बन्द कर दिए गये हैं। मैं चाहता हूँ, दोनों संस्थाओं को वैसी मदद राज्य पुनः दे और 'हिन्दी साहित्य समिति' को अधिक दे।

और महोदय! एक बात कहूँ, मानिएगा? मैं किसी का शत्रु नहीं। किसी के खिलाफ आपके दिल में जहर भरना मेरा शेवा नहीं। मैं महज समिति की तरक्की चाहता हूँ। उसकी तरक्की की राह में जो रोड़े आएँगे, लाचार होकर, उन्हें तोड़ना ही पड़ेगा। नहीं तो इस आन्दोलन में मैं जिनका विरोध कर रहा हूँ उन्हें भी उदास देखकर दुखी होता हूँ—

''वाँ उसको हौल दिल है,
तो याँ मैं हूँ शर्मसार।
याने, ये मेरी आह की,
तासीर से न हो।''

एक साल की तपस्या

तपस्वियों के देश और खानदान में पैदा होने पर भी मेरे स्वभाव में तपस्या नहीं। कभी-कभी ऐसा मालूम पड़ता है गोया अपने सभी पूर्वजों के कठोर तप का बदला घोर विलास से चुकाने के लिए मैं पैदा हुआ हूँ। फिर भी खान्दानियत कहीं जाती है? बहुत नहीं तो थोड़ा-थोड़ा। समय-समय पर प्रकृति और परमेश्वर—ब्राह्मण का बिगड़ा बालक जानकर, मुझसे जबरन तप करा ही लेते हैं। विश्व-विभु की ऐसी ही कृपाओं के फल से साल में छह महीने मैं अकारण ही अनर्थक (बिना पैसे का) रहता हूँ। इसलिए नहीं कि प्रतिभा या पुरुषार्थ की कमी हो जाती है, बल्कि इसलिये कि पैसा और पैसेवालों के प्रति मन में घोर घृणा भर जाती है। जैसे रोगी जुलाबी-टट्टियाँ आने पर संडास से आजिज आता है, अधिक कमाई के विलास से यही अवस्था मेरी होती है। बम्बई-कलकत्ता में पैसा कमा-कमाकर रेस खेलते-खेलते और शराब पीते-पीते कभी-कभी मन ऐसा ऊब उठता है कि घोड़ों की हत्या कर, बोतलों को तोड़ कहीं घोर घनवन में भाग जाने की इच्छा होती है। शराब पीने पर भी नशा नहीं करती—महज बेचैनी बढ़ाती है। रेस खेलने पर भी जोश नहीं आता केवल झुँझलाहट पैदा होती है। और तब मैं समझता हूँ कि अब खाया नहीं जाएगा—पेट भर गया, और तभी मैं बम्बई-कलकत्ता, पैसा और पैसेवालों से दूर भागता हूँ। लक्ष्मी को चंचला और पुरुष पुरातन (बूढ़े) की बीबी कहता हूँ; कलाकारों की दासी। तभी चन्द दिनों मैं हिन्दी के साधारण दरिद्र-साहित्यिकों की कोटि में आता हूँ और कहानी का दूसरा—अँधेरा—पक्ष भी देख पाता हूँ। नहीं तो, मैं नहीं जानता कि हमारे साहित्य में कोरे कलम से मुझसे अधिक मजे कौन मार सकता है? दम्भ नहीं, मैंने जितना जुआ खेला है दूसरे उतनी 'रायल्टी' अपनी रचनाओं की शायद न पावेंगे; 'रायल्टी' जितनी ली है उतना पुरस्कार, उन्हें कोई भी 'मंगलाप्रसाद' न दे सकेगा। अमरकोषकार ने जिस लक्ष्मी को (इन्दिरा, लोकमाता) मा कहा है उसका मैं अपने को माशूक मानता हूँ। बेवफाई उसके साथ मैं करता हूँ; रूठता उससे मैं हूँ, वह बेचारी तो (जब से मेरा उसका

परिचय हुआ तब से हमेशा) विष्णु-लोक को छोड़ मेरे ही इर्द-गिर्द चक्कर काटा करती है। जो हो...!

'सन्' 39-'40 के दिसम्बर-जनवरी महीनों में मैं बम्बई की चौपाटी के एक फ्लैट में रहता था और 'नेशनल स्टूडियो' की एक कहानी का डायलाग (संवाद) लिख रहा था। मगर जी मेरा बम्बई से उचटा हुआ था, वहाँ मज़ों की अधिकता से। सोचा, चलूँ चन्द दिन इन्दौर की हवा खाता आऊँ। इन्दौर में मेरे दो प्रकाशक हैं, उनसे पुस्तकों की 'रायल्टी' का हिसाब भी समझना था। ठहरने का विचार समिति ही में था, क्योंकि एक साल पहले यह संस्था मेरे दिल में जगह कर चुकी थी। फिर भी समिति को लेकर जो कुछ कर रहा हूँ या करनेवाला हूँ वैसा कुछ आन्दोलन करने का इरादा मेरा मुतलक नहीं था। समिति एक ऐसी जगह है जहाँ अनायास ही हर तरह के लोग मिल सकते हैं। 'वीणा' विभाग से साहित्यिक गतिविधियों का पता भी मज़े में चल सकता है। केवल इन्हीं कारणों से मैं यहीं पुन: आ ठहरा और इस बार ऐसा ठहरा जैसे प्रेमिका के दिल में प्रेमी (हिन्दी ग्रन्थ रत्नाकरवाले नहीं) की तस्वीर। वैसे अधिक-से-अधिक एक साल मैंने जेल में बिताया। इसी पहली फरवरी को समितिवास के बारह मास भी भले पूरे हो जाएँगे। अत: समिति की 'बारहमासा' अब मैं आपको अच्छी तरह सुना सकता हूँ, सुनिये कृपया—

फरवरी

समिति में सवा तीन इमारतें जिनमें से सवा तीनवीं इमरात नहीं, तीन कोठरियों का 'बंपुलिस' है। सबसे आगे मुख्य भवन है सबसे पीछे 'बंपुलिस'। बीच में दाहिनी तरफ नौकरों (सम्पादक, मैनेजर, लायब्रेरियन और क्लर्क) के क्वार्टर और बायीं तरफ समिति प्रेस की क्षुद्र बिल्डिंग जिसे प्रेस नहीं, गोदाम होना चाहिए था। आगे पीछे, दाहिने-बायें, चारों तरफ जंगली और उजाड़ वातावरण, दर्जनों बरसों से बिना खाद की बेखुदी बंजर जमीन जिसमें कुछ बोने से फूल-फल की आशा तो दूर, अंकुर की उम्मीद भी आकाश-कुसुम हो जाए। खाद के अभाव से गुलाब की जड़ें पीली सूखी-सूखी, रोग से अमरूद (जाम) के पत्ते लाल रूखे-रूखे! जाम के फल बेर की तरह, बेर के सरसों की नाईं! माली, चौकीदार, नौकर सब की जगह 10 रुपये महीने का एक दुबला दु:स्वभावी ब्राह्मण जो पूरी तनख्वाह गोरखपुर (घर) भेजकर फाकों के बल पर बागवानी, चौकीदारी और चाकरी करने में निपुण है। नौकरों के क्वार्टर चार घरों की बैरक-सी डेढ़ ईंट की दीवार टीन से छाई हुई। उक्त घरों को समिति के वैतनिक उच्च कर्मचारियों के रहने योग्य मैं बिलकुल नहीं मानता। उनमें सही कोठरी एक भी नहीं। एक छोटा परिवार भी वैसे घर में प्रसन्न नहीं रह सकता। क्वार्टरों के पीछे कच्ची नाली

जो बदबू, मच्छरों और नरक से बारह मास पुर रहती है। मगर मैं नौकरों के क्वार्टरों में नहीं, समिति के मुख्य भवन में सम्पादक की कोठरी में सोता हूँ। केवल खाने के लिए मैं सम्पादक के क्वार्टर में जाता हूँ, और तभी देखता हूँ कि जिस घर में तीन आदमियों को भी न रहना चाहिए उसमें तेरह-तेरह रहते हैं! सम्पादक और उनका अनुज और अंडे बच्चे। मैनेजर और मेहमान और परिवार की पूरी पलटन। लायब्रेरियन और उनके बड़े भाई और पलटन! फिर भी पानी का कल एक, (एक सन सत्तावन का टूटा कुआँ) नहाने की जगह भी एक, पाखाने की कोठरियाँ महज 3 और प्रयोगक पलटन-पर-पलटन! प्रेस के दर्जनों आदमी भी इन्हीं पाखानों पर स्वस्थ रहने के आदी, इसी एक कल और टूटे कूप से! मैं जहाँ सोता हूँ वहाँ से नहाने की जगह 200 गज पर है तो नहाने की 250 और पाखाने की 500 गज पर। बीच की राहें ऊबड़-खाबड़, कुश-कंकड़मयी हैं।

मार्च

समिति में रहता हूँ अत: कुछ सेवा भी उसकी हो इस इरादे से मैंने सम्पादक की कृपा और सलाह से 'वीणा' का 'होलिकांक' निकालने की तैयारी की। मौसम मालवे का वैसे धोखेबाज होता है। मार्च में भी अक्सर दिसम्बर की सर्दी की लज्जत चखा देता है। मगर होली तक मामला काफी गर्म हो चुका था। दिन इधर के निहायत रूखे लगते हैं, हाँ रातें रसीली होती हैं। होली आयी। बनारसी बेहूदगी इन्दौर में भी नजर आने लगी। एक दिन मैं मोरसली गली में भंग पीने भी नहीं गया—होलिहारों के डर से। मगर समिति में कोई रंग नहीं, राग-द्वेष को छोड़।

अप्रैल

'वीणा' का 'होलिकांक', जिसमें हास्य कम और कटुता—आवश्यक—अधिक मैंने सजायी। बाहरवालों की तो बात अलग, रियासत के अच्छे-अच्छों पर छींटे डाले। पर, बाहर से नाखुश नजर कोई न आया। अन्दर से आतंकित चन्द लगे, मगर बाहर से निर्भय। अब गर्मी अच्छी पड़ने लगी। मैं सम्पादक की संकुचित कोठरी छोड़ समिति की विस्तृत छत पर सोने लगा।

मई-जून-जुलाई

'वीणा' में 'बाकी बातें' और वातावरण में भयानक गर्मी, रातें बेशक आनंदिनि। समिति के एकमात्र कल पर नहानेवालों की भीड़। जनानियों का धोबी-घाट। औरतें नल पर हों तो मर्द इन्तजार करें; मर्द हों तो औरतें। ईश्वर के कोप से पर्दा असम्भव! समिति-भवन की छत तवेसी तपती है फिर कर्मचारियों के क्वार्टरों के टिनों की

कहानी क्या कहूँ जिसके नीचे सुकुमार स्त्रियाँ और कोमल बच्चे तपते—तपते—तपते! "देखि दुपहरी जेठ की छाहौं। चाहित छाँह" के दिनों में क्वार्टरवाले अपने नरकों से भाग अक्सर मुख्य भवन की छाया में विश्राम लेते। पुरुष और बच्चे ही ऐसा करते—स्त्रियाँ लज्जा से अग्निमय टिनों के नीचे ही भुनती रहतीं—गर्भवती माताएँ तक! नवजात बच्चे तक!! जून निहायत खराब बीता, हाँ, जुलाई के अन्त में सरस बरसात के साथ शान्ति की उम्मीदें बँधने लगीं।

अगस्त

और आयी बरसात; मगर समिति-भवन में शान्ति वह न ला सकी। बे-सिलसिला जमीन ने चारों तरफ नदी-नालों की सूरत धर ली। पक्की बनी सड़क पर भी बेमरम्मती से पानी जमने लगा। क्वार्टरों के रहनेवाले जब रात को सोते तो टिन पर बूँदें भड़भूँजे के भाड़ का गीत गातीं—तड़-तड़-तड़-तड़ड़ड़ड़! उसी में जवान सोते, 'वीणा' के सम्पादक और प्रेस के मैनेजर सोते। लाचार-झखमार सोते! मैंने सोचा, "अगर जेल में सरकार इन्हें इतना कष्ट देती तो अखबारों के कालम-पर-कालम रंग डाले जाते।" अपनी पसन्द की जेल—संसार में आदमी कितनी खुशी से क्या-क्या नहीं करता! और वही तीन कोठरियों का पाखाना और परिवार-पर-परिवार—बच्चों के लिए अलग व्यवस्था नहीं— अक्सर उनके बचपन से संडास सुसज्जित! जहाँ मैं सोता वहाँ से, क्वार्टरों या कहीं से, संडासों तक सड़क नहीं। चारों ओर पानी-ही-पानी। टट्टी जाना। प्रलय का सामना। तिस पर मेरी आदत हमेशा साढ़े चार बजे तड़के उठने की—बरसात, अन्धकार, पानी, कीच के बीच कूप स्नान और स्नान कर कमरे तक लौटने तक पुनः मेघ-स्नान! कुछ दिनों से समिति के विद्यालय में मैं पढ़ाने भी जाता हूँ—आधुनिक-कविता और कहानी-साहित्य। 'बाँकी बातें' अब लोगों को खासी चुभने लगी हैं। 'वीणा' में मेरा हाथ देख लोग चिढ़ने-चौंकने लगे हैं—अपनी कमजोरियों से। भंड़ाफोड़ के डर से। मेरे दिल में भी, अब कुछ लोग खटकने लगे।

सितम्बर-अक्टूबर

नये चुनाव के पहले कुछ लोगों के बारे में मैंने समिति के प्रधानमन्त्री को एक पत्र लिखकर बतलाया कि नये मंत्रिमंडल में कृपया उन्हें स्थान वे न दें; मगर उन्होंने मेरी सलाह मानने की कृपा न की। बस्ते (फाइल्स) चन्द बदले गये, मगर, व्यक्ति वे के वे ही रहे। मैंने सोचा अब तो समिति का आन्दोलन चलाना ही होगा। मैं बहाना ढूँढ़ने लगा—कोई अच्छा मौका। आया मौका लिखा मैंने 'कर्मवीर' में वह लेख—'स्वर्ण लंगर' और उठा प्याले में तूफान। कोई महीने भर भगवान

महाकालेश्वर की प्रेरणा से मैं उज्जैन 'भारती भवन' में रहा। इसी बीच में 'स्वर्ण लंगर' लेख का बदला लेने के लिए एक सज्जन ने 'वीणा' की चन्द बातों पर ऐतराज उठा मन्त्रिमंडल और समिति की कार्यकारिणी को उभारा। आगे एक थे जिनके पीछे अनेक मतलबी। देखते-ही-देखते 'वीणा' सम्पादक के सिर पर मुसीबत के बादल छा दिये गये। मुझे समिति से निकाल देने के मंसूबे राज्य के बड़े-बड़ों के नाम पर बाँधे जाने लगे। उज्जैन से महाकालेश्वर का प्रसाद पाकर मैं पुनः लौटा। इस बार समिति--सुधार के लिए कटिबद्ध होकर।

नवम्बर-दिसम्बर

उज्जैन से लौटते ही मैं होलकर राज्य के प्रधानमन्त्री कर्नल दीनानाथ जी से मिला। शायद दीवानी फौजदारी की भी नौबत आये यह सोचकर श्री भानुदास शाह और श्री भवानीप्रसाद से भी मिला। अब श्री आगरकरजी की कृपा से 'स्वराज्य' में मैंने समिति के कुसंचालकों पर हल्ला बोल दिया—कलमी। उज्जैन से मेरे लौटने पर कोई दस दिनों तक समिति के कुमन्त्रियों, उनके सधे मित्रों तथा कार्यकारिणी के अधिकतर मेम्बरों में खासा कोलाहल रहा। मन्त्रिमंडल की कई बैठकें भी हुईं। 'वीणा'-सम्पादक को बुरे जाल में सब ने फँसाया और उनके सिर पर एक समिति बैठाई गयी। उनके उन कार्यवाहियों की जाँच के लिए जिनमें मेरी मदद अनुमानी गयी थी। 'वीणा' सम्पादक को भी अपनी कुर्सी का इतना लोभ कि उसके लिए वह सब कुछ करने को भी तैयार अयोग्यों के सामने बार-बार झुकने को भी! सारे साहित्य को पिटवाने के बाद श्री कालिकाप्रसाद दीक्षित अपनी चमड़ी-दमड़ी की रक्षा में ऐसे दिखे मैं मित्र मानते हुए भी दीक्षितजी को अनुचित स्वार्थी कमजोरों का शेर और मजबूतों का चूहा-सम्पादक मानता हूँ। इस बिराने देश में अगर मैं जीवटवाला न होता और चार ईमानदार सहायक न होते तो निश्चय ही आज वे क्या नहीं कर डालते। सम्पादकीय कुर्सी के लिए साहित्य-समिति के हरलायकों से मुझे बेइज्जत करा मारते। एक जिम्मेदार संस्था और इज्जतदार पत्रिका के सम्पादक का, जो औरों के लिए अनायास ही तीसमारखाँ बन सकता हो, ऐसा आचरण सर्वथा अयोग्य और अनुचित है। इस नजर से देखा जाए तो तिवारीजी सम्पादकजी की जाति में कोई फर्क नहीं है, मगर 'वीणा' के सम्पादकीय पहलू पर कभी फिर मैं प्रकाश डालूँगा। अभी तो सर्दियों में समिति कैसी रहती है सो सुनिये। इन महीनों में टिनवाले घरों में जिन लोगों को रहना पड़ता है उन पर सर्दी की भी गर्मी बरसात की तरह खास कृपा होती है—गरीबी में शिमला दार्जिलिंग का मज़ा मिल जाता है। और कम वेतनवालों के पास अगर कपड़े कम हों और बेमौसमी बरसात हो जाए तो फिर कहना ही क्या!

जनवरी '41

दो-तीन नोटिस मिलने पर भी 14 जनवरी सन् '40 में मैं समिति भवन न छोड़ सका; कुछ अर्थाभाव लेकिन बहुत कुछ समिति सुधार के इरादे से। मेरे जैसा आदमी समिति भवन में रहकर जो सुधार महीनों में कर सकता वह बाहर से युगों में भी सम्भव नहीं। प्रेस-प्रकाशन, पुस्तकालय, पत्रिका-प्रचार, पढ़ाई ईश्वर की कृपा से सभी कामों को मैं कमीबेशी योग्यता से कर सकता हूँ बिना वेतन के मोह के। 'स्वराज्य' में प्रकाशित मेरे लेखों का प्रकट फल तो अभी कुछ नज़र नहीं आ रहा है; मगर अप्रकट काफी असर पड़ा है। अतः अब घातक आलोचनाएँ कम कर रचनात्मक काम बहुत करने का मौका आ गया है। ऐसा मैं सन '40 के अन्त से ही महसूस कर रहा था और सन् '41 के आरम्भ में एक रात घनघोर बरसात आयी, बिजली चमकी, आँधी-तूफान का यह अवसर ही काम शुरू करने का वक्त है। संयुक्त प्रधानमन्त्री श्रीराम भरोसे तिवारी से मैंने प्रार्थना की कि समिति के या मेरे खुद के व्यय से एक बार सारी जमीन जोता देने की आशा वह मुझे दें जिससे उसकी बंजरता दूर कर बागीचा लगाया जा सके। भैयाजी ने कृपा कर आज्ञा दे दी और लो! युगों बाद समिति में हल चलने लगे। जैसे बरसों बाद किसी सुन्दरी के केशों में कंघा फिरे! अब आकर कोई देखे, मैंने सारी समिति सुता डाली है, झाड़-झंखाड़ फेंके हैं और दर्जनों दुर्दल और कंटकी और रद्दी दरख्तों को कटवा चुका हूँ (जैसे मन्त्रियों को छँटवाना चाहता हूँ)। मेरी अर्ज पर समिति के दरिद्र कुएँ की मरम्मत करा उस पर जगत बनवा देने को वही सेठ घीसालालजी राजी हो गये हैं जिनका एक छोटा-सा महावीर का मन्दिर भी समिति के हाते में सुशोभित है। इन बातों को मैं शुभ लक्षण मानता हूँ और मेरा विश्वास है कि निकट भविष्य में इन्दौर और मालवे की जनता समिति सुधार में उचित दिलचस्पी लेगी। समिति-सुधार सम्बन्धिनी योजनाओं की सिद्धि के लिए सवा लाख रुपये की एक अपील भी जनता और अमीरों तथा होलकर राज्य के सामने रखाने की कोशिश में मैं हूँ।

सर सेठ हुकुमचन्दजी के नाम खुली चिट्ठी

सेवा में,

श्रीमान दानवीर, रायबहादुर, राज्य-भूषण, राज्य-रत्न, तीर्थ-भक्त-शिरोमणि, जैन-दिवाकर सर हुकुमचन्दजी की।

श्रीमान! यद्यपि मेरा आपका परिचय नहीं, फिर भी मैं आपको ऐसा व्यक्ति मानता हूँ जो परिचयों से परे है। आपको कौन नहीं जानता? आप हमारी मध्यभारत हिन्दी-साहित्य-समिति के सभापति तभी से हैं जब से समिति ने अपने अथ का 'अ' देखा है। सुना है, डा. सरजूप्रसादजी ने सबसे पहले इस संस्था के लिए आप ही से मदद ली थी। सुना है, डॉक्टर साहब में और आप में प्रेम भी पर्याप्त था। समय-समय पर समिति-हितार्थ—अथवा—सम्मेलनार्थ—दान भी आपने किया है, यह भी मुझे मालूम है; इसीलिए आज जब कि हम समिति का नवनिर्माण करना चाहते हैं, मैं आपकी तरफ आशा और विश्वास की नजर से देख रहा हूँ।

जैन-रत्न! कुछ लोग आपको बूढ़ा और पुराने विचारोंवाला सिद्ध करना चाहते हैं—अपने महत्त्व को मजे में न समझकर अक्सर आप उनके सुर-में-सुर मिलाते भी नजर आते हैं, मगर हैं असल में आप प्रगतिशील विचारों के प्रतिभाशाली समाज-सुधारक सज्जन हो। धर्म आपका जैन भले ही, मगर दान आपने सभी धर्मों के प्रचार में दिये हैं। शिक्षा-संस्थाओं, विश्वविद्यालयों में आपकी सुयश चर्चा चमकीली है। जिस बन्दर के अंग लगवाने से आपकी लोग बदनामी करते हैं—जैन शिरोमणे! उसी कर्म में आप क्रान्तिकारी समाजसुधारक हैं। इसीलिए पिछले दिनों मुनि चन्द्रसागरजी के विपक्ष आपका नाम देख मुझे आश्चर्य हुआ। और जिस ढंग की थुक्का-फजीहत उक्त मुनि और धनिक विवाद में छापकर प्रकट हुई, उसे देखकर तो और भी अचम्भा हुआ। समिति-सुधार के सिलसिले में जो लोग मेरी कड़ी बातें तक सुनने को तैयार नहीं उन्होंने मुनि चन्द्रसागर के विवाद में क्या-क्या कुकर्म किये-कराये हैं कि सोचकर उनकी समझ पर दया आती है। यह भी पता चला कि इधर के बड़े-बड़े जैनी कागजों पर कैसी अहिंसा बरतते हैं। यद्यपि

यहाँ कहने की यह बात नहीं, फिर भी मैं भाड़े पर लिखकर आपके दल की तरफ से मुनि-विरोध के लिए बुलाया गया था। इसीलिए याद दिलाता हूँ। ऐसे विवादों में इस तरह पड़ना कम से कम आपके लिए शोभा की बात नहीं। आप ऐसे प्रतिभाशाली सज्जन हैं जैसे घर-घर और दर-दर पर नहीं होते। जैसे सिंहों के लँहड़े नहीं, साधु न चलें जमात—वैसे ही सर हुकुमचन्द भारतवर्ष में दो नहीं हैं। मैं अक्सर आपको उस खूँटे की शक्ल में देखता हूँ जिसके बल पर अनेक रायबहादुर और सेठ-सेठी-सेठुल्ले तथा दर्जनों दूसरे अमीर अनापशनाप उछला करते हैं। वैसे अपने मन से भले ही आप दकियानूसों में मिलें—प्राचीन-पन्थी बनें—पर आनेवाला युग आपको सरासर नवीन विचारों का पोषक पावेगा।

राज्यभूषण! एक दिन मैं इस बात पर अफसोस कर रहा था कि समिति के मैदान में उसके संस्थापक स्वर्गीय श्रद्धेय डॉक्टर साहब की एक मूर्ति क्यों नहीं खड़ी की गयी! फिर सोचा कि जो लोग उनके जीवन ही में इस संस्था से उन्हें अलग कर देने की धुन में सफल थे, भला मर जाने पर उनकी मूर्ति खड़ी करने की फिक्र उन्हें क्यों होगी? जब तक बापना साहब होलकर राज्य के प्रधान थे, खुशामदियों की भीड़ तब तक उनके चरणों के पास ही रहती थी मगर आज जब वे नहीं रहे उक्त कुर्सी पर, तब—तब तैयार होने पर भी समिति में उनका चित्र टँगवानेवाला कोई नहीं है! बापना साहब से भी न तो मेरा परिचय है और न याराना, मगर यहाँ के लोगों की तोताचश्मी देखकर कलेजा कुढ़ता है। डा. सरजूप्रसाद का जन्म या निधन-दिवस भी समिति में कभी नहीं मनाया गया। मूर्ति-स्थापन की बात तो दूर की कौड़ी कही जा सकती है। इधर मेरा इरादा यह है कि जल्द-से-जल्द समिति भवन में श्रद्धेय डा. साहब की विशाल लौहमूर्ति खड़ी की जाए। माता अहिल्याबाई, महाराज शिवाजीराव और सेठ कस्तूरचन्दजी की मूर्तियाँ भी समिति के अहाते में मैं देखना चाहता हूँ। साथ ही आपकी भी। धीरे-धीरे तुलसी, सुर, केशव, कबीर ही नहीं, आधुनिक हिन्दी-साहित्य-सृष्टाओं की मूर्तियाँ और भवन में सजवाना चाहता हूँ। अतः...।

दानवीर! एक बार आपको जरा कृपा कर समिति पर अधिक कृपा करना चाहिए। एक बार मुक्त हृदय और मुक्तहस्त इस संस्था को आर्थिक सहायता देनी चाहिए। मैंने पहले ही कहा—समय-समय पर आपने समिति को काफी धन दिया है; फिर भी, आपके बड़प्पन के सामने आज तक का समिति-विषयक दान मुझे नाकाफी नजर आता है। जो शख्स करोड़ों के घाटे मुनाफे के दुखद और सुखद धक्के झेल सकता हो और युगों तक लक्ष्मी का लाड़ला बना रहकर सोने-चाँदी के खेल, खेल सकता हो उसकी प्रतिष्ठायोग्य दान, समिति की तरफ आपका नहीं है। जिनके दान पर भवन बना है उन भाग्य और पुण्यवान स्वर्गीय सेठ कस्तूरचन्दजी

ही की तरह बल्कि उनसे भी बढ़कर कुछ समिति के लिए आपको करना चाहिए। यह कहना मैं छोटे मुँह की बड़ी बात नहीं समझता कि इस संस्था को अब आप से एक लाख रुपये से कम की रकम दान की शक्ल में न मिलनी चाहिए। तभी आप अपनी प्रतिष्ठा के अनुकूल कुछ कर सकेंगे। आपने बाहर की विविध संस्थाओं को जो दान दिये हैं सो मस्जिद में चिराग जलाने-सा होगा लेकिन घर का अँधकार भी तो दूर कीजिए। यह समिति आपका घर है। डा. सरजूप्रसादजी से जो आप का घनिष्ट सम्बन्ध था उससे भी यही सिद्ध है।

जैन-दिवाकर! मुनिजी को लेकर आपकी जो पर्चेबाजियाँ हुईं उनसे हमारे ऐसे लेखकों को कई मजेदार बातें मालूम पड़ीं। जैसे यही कि आप पूजन के समय पुष्प का नाम लेकर फूल चढ़ाते नहीं और न फल का नाम लेकर फल ही भगवान को देते हैं। खैर, इसमें अगर आप लोगों की भूल भी हो तो भगवान का कुछ अधिक नुकसान नहीं। चार भक्ति निष्फल करते हैं तो चौदह सफल करनेवाले भी होंगे। मगर 'म. भा. हि. साहित्य समिति' तो भगवान नहीं, भगवान की कृति (मनुष्य) की कृति है। फूल फल के नाम पर सूखे श्लोक सुनाने से यह बेचारी अधिक काल तक महाकाल के गाल में गये बगैर न रह सकेगी। वैसे आपकी जरा-सी निगाह हो जाए तो यह संस्था कुछ से कुछ बन जाए। याद रखिए। जब न तो मैं रहूँगा और न आप तब पुतलीघर में नहीं समिति भवन ही में हमारा यश सुरक्षित रहेगा। इस समिति का आरम्भ ही आपके हाथों से हुआ है। मैं कहता हूँ, रंगमहल और शीशमहल से अधिक सुयश आपको समीति से मिलता है। उन महलों में होंगी देवों की मूर्तियाँ मगर समिति भवन में तो आपका विशाल रंगीन चित्र सुशोभित है, पवित्र कर्मा डॉक्टर सरजूप्रसाद और सेठ कस्तूरचन्दजी के पड़ोस में। इन तीनों चित्रों को मैं लोहे की विशाल मूर्तियों में बदल कर भवन मैदान में सजवाना चाहता हूँ, यह तभी सम्भव होगा जब एक बार हृदय से स्वर्गीय डॉक्टर साहब को स्मरण कर धन से समिति की उचित मदद आप पुनः करेंगे। तब कीजिए न तीर्थ भक्त शिरोमणे! और आनेवाले युग को ऐसा मौका न दीजिए कि आपके हृदय-मन्दिर के देवता को नेत्रहीन देखें। तथास्तु।

चार खुले पुर्जे...

पंडित ख्यालीराम वैद्य, डॉक्टर पंडित, सरदार किबे और अध्यापक कमला और शंकर मिश्र के नाम

सेवा में,

पीयूषपाणि, वैद्यराज, आदरणीय पंडित ख्यालीराम जी की।

दयालो! उस दिन जब समिति में मैंने आपको मधुर धमकाया था कि अब तो इस संस्था के लिए कुछ करना ही पड़ेगा, तब आप सहानुभूति से महज मुस्कराकर रह गये थे। मगर अब मुझे आपकी जरूरत है। यहाँ की जनता में, राज में, और धनिकों में मुझे मजे में मालूम है, आपका प्रभाव प्रचुर और पावन है। समिति का नया प्रोग्राम बिना काफी धन के चलना कठिन यों कि जहाँ धन न हो वहां तन-मन लगाकर सच्ची सेवा करनेवाले होने चाहिए, सो सेवक यहाँ तैयार करना पड़ेंगे। और धन तैयार है, बहुत—बहुत—बहुत। केवल कुछ प्रभावशाली सज्जन चाहिए जो धनिकों को समझा सकें कि इस युद्ध के बाद 'गोल्ड स्टैंडर्ड', 'ओल्ड स्टैंडर्ड' हो जाएगा। यानी केवल धन की ढेरी जोड़नेवाला सब कुछ न रह जाएगा, क्योंकि 'बाइबल' में लिखा है कि भले ही सुई के छेद से ऊँट निकल जाए, मगर ये थैली जोड़क-'गोल्ड स्टैंडर्ड' वाले स्वर्ग के फाटक से हर्गिज गुजर नहीं सकते।

वैद्यराज! वैसे मैं कैसा हूँ—इन रियासती 'बड़ों-बड़ों' से कितना ऊँचा या नीचा हूँ—इसे तो सर्वान्तर्यामी ही जानते होंगे मगर यहाँ के अमीर 'उग्र' नाम से वैसे ही घबराते हैं जैसे बच्चे काल्पनिक हौए से? मुझे उसका दुख नहीं प्रसन्नता ही है। 'कौन रूठा और क्या बचा' वाली कहावत है। लेकिन यह सर्वथा सच है कि मैं चन्दा माँग नहीं सकता। शर्म की वजह से नहीं उग्र स्वभाव के डर से! उतनी नम्रता मुझ में नहीं सौभाग्य से! जितनी श्रद्धेय पंडित मदन मोहन मालवीय में है। आप में वह चीज खूब है। मैं जिससे जो देने को कहूँ सो यदि वह न दे तो उसे चटपट शाप ही दे मारूँ मगर आप तक ऐसी नौबत आ ही

नहीं सकती। आप खड़े हो तो दूसरे डा. सरजूप्रसाद समिति को मिल जाएँ। बुरा न मानिए, कहावत है, वैराग्य के लिए कि—"श्रवन समीप भये, सित केसा—मनहु जरठपन जस उपदेसा—सुत कहं राज समर्पि वन भजउ जाइ रघुनाथ।" लेकिन भजन की पद्धति इन दिनों बदल दी गयी है; भगवान का रूप भी। वैसे हरि-अनन्त हरि-कथा-अनन्ता से बाहर कुछ है भी तो नहीं। अब शुद्ध हृदय से जनता की सेवा करना ही हरि-भजन और ईश्वर पूजा मानी जाती है। मानी तो यह बात हमेशा से जा रही है, हाँ, बीच-बीच में कभी-कभी अविवेकी राजा और प्रजा के कारण उक्त मान्यता दब-सी जाती है। निस्सन्देह पृथ्वी पर भगवान का रूप आदमी है और उसकी सेवा भगवद् सेवा है। अतः आर्य! आप अब अविलम्ब-अग्रणी बनिये समिति प्रसंग में घर को लड़कों के हवाले कीजिए, जर को भी। और शेष जीवन—समिति सेवार्थ प्रदान कीजिए। मालवे से युक्त प्रदेश में बस कर अगर एक मालवीय ब्राह्मण ने काशी में विश्वविद्यालय खड़ा कर दिया है, तो अब यू. पी. के किसी ब्राह्मण की बारी आनी चाहिए जो उज्जयिनि के निकट मालवा को अपनी संस्कृति का सुफल दे। मेरी नजर में श्रद्धेय डॉक्टर सरजूप्रसाद जी स्वर्गीय के बाद आप से बढ़कर उक्त कार्य का सम्पादन दूसरा कोई नहीं कर सकता। अतः आइए। इस काम को आप सँभालिए और बुढ़ापे में वही कमाई करिए जो आर्य लोग सफलता से करते आये हैं—आत्मत्याग।

सेवा में,

राय बहादुर डॉक्टर एस. एच. पंडित एम. डी. की।

महोदय! आपसे मुझे कभी मिल भी लेना चाहिए था, मगर मेलोमिल्लत से अभी जरा मैं दूर ही रहता हूँ। नहीं तो, आपका तो असली बँगला समिति कम्पाउंड से सटा है। मालूम नहीं आप अपने बँगले में कभी आते हैं, कि नहीं समिति में जितना पधारते हैं वह तो मुझे मजे में मालूम है। अब मैंने शिकायतों का सिलसिला बन्द कर दिया है नहीं तो समिति के आप ट्रस्टी और उपसभापति हैं, अतएव शिकायतें आपकी अभी भी हो सकती थीं, हैं। मगर आप आदमी नेक हैं, भले ही समिति की जिम्मेदारी में गाफिल हों। गफलत—कृपया, अब छोड़नी चाहिए और जिसके पदों पर आप अर्से से सुशोभित हैं उसकी कुछ सच्ची सेवा भी करनी चाहिए। पंडित ख्यालीराम वैद्य के पत्र में जो बातें लिखीं हैं वे ही आपको भी लिखी जा सकती थीं, मगर समिति से आँखें फेरकर आप तो संसार की आँखें देखने में व्यस्त रहते हैं।

श्रीमन्! आप में एक खूबी मैं यह पाता हूँ कि संसार, आँखें दिखने पर भी आपको आँखें दिखाने को दीवाना रहता है (अल्ला मुझे उस संसार से बचावे।)

आप चाहें तो बड़ों-बड़ों की आँख में अँगुली डालकर उसे समिति की सच्ची शक्ति दिखला सकते हैं। ऐसा न चाहने का हक अब आपने खो दिया है। क्योंकि इसके गार्जियन की गादी पर आप दिनों से बैठे हैं। केवल इसी की लाज रखने के लिए समिति में आपको बहुत कुछ करना पड़ेगा, तैयार रहिए।

सेवा में

वजीरुद्दौला, रावबहादुर, सरदार श्री माधव विनायकरावजी किबे एम. ए. एम. आर. ए. एस. की।

आदरणीय महोदय दूर से देखने में मुझे आप गुमसुम पत्थर के उस बुत से मालूम पड़ते हैं जिसके अन्तर का रहस्य समझना युगों का भगीरथ प्रयत्न हो। इसलिए मैंने शब्दों की बाँकी-टाँकी से कभी आपको तोड़ने की कोशिश नहीं की। सच्ची बुत-शिकनी अपना मजहब भी तो नहीं। हाँ कच्ची मिट्टी के धोंदे मसकाना दूसरी बात है। समिति की नजर से बुत (देव-मूर्ति) की तरह पूज्य भी आप हो सकते हैं क्योंकि श्रद्धेय डॉक्टर सरजूप्रसादजी से सदा ही आपका निकट-घर की तरह सम्बन्ध रहा है। अभी मेरा विचार श्रद्धेय डॉक्टर साहब की जीवनी विस्तृत लिखने का दृढ़ है और उनके बारे में जितनी सामग्री मुझे आप और देवी सौभाग्यवती कमलाबाई किबे से मिल सकती है उतनी दूसरे से शायद ही मिल सके।

विद्वद्वर! तब तो सवा सोलह-आने यह संस्था आप ही की है। आपको दया कर कुछ दिनों समिति की सक्रिय सहायता इसलिए करनी चाहिए कि यह संस्था शीघ्र ही नवयुग के निर्माण और संस्थापन में देश और समाज और राज की रहनुमाई या सेवा उचित कर सके। पंडित ख्यालीरामजी के पत्र की बातें सबसे पहले आप ही के वास्ते हो सकती हैं। आप और सौ. कमलाबाई दोनों ही इसका पुनर्निर्माण करने पर कमर कस लें अगर, तो उसे नये माता और पिता प्राप्त हो जाएँ। नये काम क्या-क्या हो सकते हैं, आप भी जानते होंगे और मुझ से अधिक, मगर मैं एक 'पंचवर्षीय प्रोग्राम' शीघ्र ही 'स्वराज्य' के सहारे सबके सामने रखूँगा। उस पर आप गौर करें उसे घटावें—बढ़ावें, सुधारें। कुछ भी करें मगर, इस संस्था को चमकाकर सच्ची लोकसेवा साहित्य द्वारा आप आगे बढ़ें और बढ़ें आगे समय रहते रहते—वैसे, आप काफी आगे बढ़े हुए सज्जन हैं यह स्वीकार लेने में किसी को जरा भी आगा-पीछा देखने की जरूरत नहीं।

सेवा में

अध्यापक पं. कमलाशंकरजी मिश्र, एम. ए., साहित्य मन्त्री म. भा. हि. सा. समिति की।

महोदय! मैं आपको भूल जाना चाहता था, क्योंकि आप विद्या द्वारा सेवा नहीं किसी और ही सिद्धि में सफल होने को उत्सुक लगते हैं। मैं धन या धनिकों की तरफ जीभ लपकानेवाले व्यक्ति को बहुत बढ़िया नहीं मानता, फिर ब्राह्मण की तो बात और जिम्मेदारी ही दीगर है। मैं फिर कलम को रोकता हूँ।

पंडितजी! आपको कृपा कर अब हठधर्मी और झूठी शर्म छोड़ देनी चाहिए और अगर आप ठीक रीति से संस्था की सेवा नहीं कर सकते तो अलग हो जाना और उसी की तरफ प्राणप्रण से झुकना चाहिए, जिधर आपका झुकाव सच्चा हो। युगों से आप साहित्य मन्त्री और प्रधानमन्त्री रहते आये हैं—क्यों? क्या केवल प्रोफेसरी पर समिति की पालिश चढ़ाकर सेठ-सेठी-सेठुल्लों की आँखों में चकाचौंध पैदा करने.को जिस कॉलेज के आप हिन्दी के 'हेड पर सवार हैं उसमें 'वीणा' की एक कापी तक नहीं जा रही है! और आप सत्रहसाले साहित्यमन्त्री के कान पर जूँ तक नहीं रेंगती! 'इन्दौर राज का इतिहास'—श्रद्धेय डॉक्टर सरजूप्रसाद लिखित ग्रन्थ—पुराना पड़ा, सड़ा, कोर्स, से निकाल बाहर भी किया गया; मगर आप कॉलेज में कबीर का कचूमर ही काढ़ते रहे। क्यों नहीं; उस पुस्तक को समय रहते शुद्ध कराया गया? और इस तरह उसके द्वारा होनेवाली समिति की आमदनी नष्ट कर दी गयी क्यों? क्या कोई आप से पूछ सकता है? नहीं शायद। क्योंकि पूछनेवालों के हाथ में आप ने अपनी पूँछ पकड़ा रखी है। या उनकी पूँछ को प्रोफेसरी, पैरों के नीचे खुद दबा रखा है? वल्लाह! आप भी अजीब नजर आये! खजुरी बाजार का वह बुकसेलर बेशक भारी भाग्यवान होगा जिसे आपने समिति के प्रकाशन विभाग का सर्वेसर्वा बनवा देने का सफल हिटलर-प्रयत्न किया है। और उस संस्था के दुर्भाग्य में कोई शक हो सकता है जिसका नाम हो तो बड़ेरा और दर्शन हों बहुत थोड़े!

'राय-रत्न'—प्रिय! अप्रिय होगा, बहुत मेरे लिए आपको कष्ट देना, मगर, आ रहे हैं आप आड़े इस संस्था के ! कृपा कीजिए, सीधे आइये पंडितजी महाराज! ''रह रौ चले है राह को हम वार देखकर...।''

रा. ब. सेठ हीरालालजी के नाम खुली चिट्ठी

'दीवानों को जो खत लिखूँ, बतलाओ क्या लिखूँ?'

—मीर

सेवा, में

श्रीमान दानवीर, रायबहादुर, राज्यभूषण जैनरत्न सेठ श्री हीरालालजी कासलीवाल की।

श्रीमन्

इस चिट्ठी की हेडिंग के 'दीवानों' लफ्ज ही से आप भड़केंगे और मैं अपने उद्देश्य—समिति के लिए सहायता पाने—में असफल हो जाऊँगा; फिर भी, मैं आप को विश्वास दिलाता हूँ कि 'दीवाना' लफ्ज उतना बुरा नहीं जितना हम अक्सर उसे मान लेते हैं। योगिराज भर्तृहरि ने तो सारे संसार को दीवाना—पीत्वा मोहमयी प्रमाद-मदिरा मुन्मत्तभूत्वा जगत—कहा है। मगर श्रीभर्तृहरि के उन्मत्तों के अलावा भी कुछ दीवाने दुनिया में नजर आते हैं। जैसे—'वह कबीर दीवाना' या 'मीरा दीवानी' अथवा बकौल उस्ताद 'गालिब'—दीवानगी से दोश पे जिन्नार भी नहीं, याने, हमारी जेब में एकतार भी नहीं।" रंगवाले अहले-दिल या सहृदय सज्जन! क्या ही खूब होता, अगर मैं ऐसे किसी दीवाने के नाम यह चिट्ठी रचता होता—मगर नहीं, जैन-रत्न! आप वैसे दीवाने नहीं हैं, ऐसा मेरी दीवानगी का दावा है। और अफसोस है कि इस पागलखाने में दुनिया के दीवाने भी तरह-तरह के हैं और एक तरह के नहीं हैं। एक दीवाने वह भी थे—दिगम्बर तीर्थंकर जिनको हमारा अज्ञान कभी श्वेताम्बर और कभी पीताम्बर पहनाकर भी समझ नहीं पाता। एक दीवाना यह गाँधी है अपना। आप तो जरूर देखते होंगे 'स्टेट्समैन' में Oranks Corner (सनकियों का कोना)? भला इन्हें देखते हुए आप ऐसे रईस को कोई दीवाना कह सकता है! आपके तिरपन पुतलीघर—करोड़ थान कपड़े; उनके तन पर एक सूत नहीं। आप महलों के महारथी, उनके माथे पर महज आसमानी धानी

चाँदोवा। आप धन के मक्खन (चर्बी); वे गरीबी के पानी (जीवन)—आह! खाक को आस्मां से क्या निस्बत? में सपने मैं भी आप को दीवाना नहीं मान सकता।

मगर सेठ साहब! वह जो योगिराज भर्तृहरि थे उनका कोई इलाज नहीं। विक्रमादित्य सम्राट के अग्रज होने के कारण अवश्य ही वह मालवीय महापुरुष महाराज महाकवि थे। और आप हैं मालवे के माने हुए मालदार! अतः मालवीय मालदार पर मालवीय महाकवि का प्रभाव जरूर पड़ना चाहिए। उन्होंने जब जगत को प्रमाद मदिरा से पागल कहा है तब आप जगत के बाहर तो हैं नहीं? सो मेरे न चाहने पर भी (देखिये तो!) आप दीवाने हैं—उन्मत्त हैं—मालवीय महाकवि के कथन से—प्रमाद मदिरा पीकर। बाप रे! इन कवियों को वकीलों के बँगलों और 'पिनलकोडों' का पता मुतलक नहीं शायद, नहीं तो 'जगत' के बारे में ऐसी आसानी से फतवा कैसे देते!

राज्यभूषण! यहाँ पर एक पुराने दीवाने की कहानी मुझे और याद आती है जिसे बरसों पहले मैंने पुरानी 'बायबिल' में पढ़ा था। 'सडोम' नामक परमविलासी नगर में 'लूत' नाम का एक सत्पुरुष रहा करता था। 'सुडोम' को हम चाहें तो आजकल का पेरिस या उससे भी नंगा कह सकते हैं। वेश्यागमन, चाकलेट-पंथी-पाप, जुआ, व्यभिचार, राग-द्वेष, हत्या—सभी जघन्य कर्म पके कोढ़ की तरह उस सडोम में तेजी पर थे। शायद 'लूत' ही एक ऐसा शख्स था जिसे परमात्मा का डर था और धर्म का ध्यान! सो एक रात स्वर्ग के देवदूतों ने 'लूत' को सपने में दर्शन दिये और कहा कि—"ए नेकबख्त! इस शहर पर जल्द ही आग और तेजाब और गन्धक बरसाए जाएँगे क्योंकि यहाँ के लोगों के पापों की कोई हद नहीं।" लूत ने फरिश्तों से हाथ जोड़कर पूछा कि—"क्या चन्द पापियों के लिए सारा सडोम नष्ट किया जाएगा?" इस पर देवदूतों ने बतलाया कि—"अगर सौ सच्चे आदमी इस शहर में होंगे तो सर्वनाश से बच जाएगा। सौ क्या, एक भी सच्चा आदमी सडोम को बचा सकता है।" और दूसरे दिन सारे शहर की गलियों में अब्राहम के खानदान का वह नेक आदमी दौड़ता—चिल्लाता फिरा कि, "गुनाहों से बचो! बदकारी से तौबा करो! नहीं तो सडोम जल्द ही गन्धक, तेजाब और आग से जलाकर शुद्ध कर दिया जाएगा।" लेकिन उस विलासी शहरवालों ने 'लूत' की बात पर मुतलक ध्यान नहीं दिया। वे साधुपुरुष को सनकी, पागल और दीवाना समझ कर उसकी खिल्लियाँ उड़ाते रहे। और फैसले का दिन आ ही गया? सारे सडोमवासियों के सिर पर आखिर—प्रलायाग्नि की वृष्टि शुरू हो गयी! और तब लोगों ने समझा कि असली पागल 'लूत' नहीं था बल्कि वे थे जिन्होंने उसे समझा नहीं। वह तो भविष्य वक्ता था, पैगम्बर था सिर पर मँडराने

से पहले ही साँघातिक विपित्ति की सबको सूचना देनेवाला था।

महोदय! मैं यह नहीं कहता कि आप 'सडोम'-वासी हैं, सडोम-वासियों के जो लोग होंगे उन पर तो तेजाब, गन्धक और आग की वृष्टि आज भी हो रही होगी। युद्धों में बरसनेवाले बमों में तेजाब, गन्धक और आग ही के तत्व होते हैं। मगर मेरा दावा यह है कि जो लोग इस जमाने में तेजाब, गन्धक, बारूद के ढेर के सन्निकट हैं। उन्हें बहुत सावधान और सच्चा होना ही चाहिए नहीं तो, 'उघरे अन्त न होंहि निबाहू। कालनेमि जिमि रावन राहू॥' की कहावत चरितार्थ होगी—होकर रहेगी। मैं जो कहता हूँ उसे अनुचित समझनेवालों के बच्चे आगे सर्वथा उचित ही समझेंगे। निस्संदेह। दानवीर! आप में बड़ी ताकत है। पब्लिक कामों में (उलटे या सीधे) मालवे के सभी सेठों के आप अग्रणी हैं। कितने इन्द्र, वरुण, कुबेर आपके दरबार में त्याग के नाम पर ग्रहण के गरबे गाया करते हैं। फिर भी मुझे भय है जनता में आप की सेवाओं और दोनों का उचित आदर नहीं है। क्यों? सो बतलाने का यह अवसर नहीं। मैं तो यही कहता हूँ कि अगर आप जनता के निकट हैं तो उसका विश्वास पाने का प्रयत्न कीजिए। जनता के लिए इससे बढ़कर सौभाग्य की दूसरी बात हो ही नहीं सकती कि उसे आप ऐसे श्रीमानों की सहानुभूति प्राप्त हो। और जनता ही की एक संस्था यह म. भा. हिं. सा. समिति भी है जिसके आप उप-सभापित हैं। इसके द्वारा आप जनता की जो सेवा कर सकते हैं—पुष्ट साहित्य प्रचार से—वह और किसी भी साधन से सम्भव नहीं। न जाने क्यों आपके सलाहकारों ने कभी इस संस्था को उचित रीति से मदद देने की राय आपको न दी? आपका प्रभाव होलकर राज के वर्तमान पर इतना गहरा मालूम पड़ता है कि बिना आपकी कृपा के यहाँ कुछ भी होना नामुमकिन है। यह शक्ति आप के पास अनोखी-चोखी और ऐसी है जिससे आप जनता के हृदय तक ठेठ पहुँचा सकते हैं। जनता का स्वभाव विचित्र होता है। वह जिसकी आलोचनाएँ करती है, मौका आने पर उसी के पीछे पागल बनकर अनुगमन करने को दौड़ती भी है। मैं बहुत गम्भीर भेद बतला रहा हूँ, आप कृपया गौर कीजिएगा।

श्रीमन्! समिति को कितनी और कैसी सहायता आप से मिलनी चाहिए, इसे आप ही सोच विचार कर तय कर सकते हैं। क्योंकि यह संस्था आप ही के आँगन की शोभा है। मैं परदेसी पँछी आज हूँ तो जो उचित अनुचित समझता हूँ, कहता हूँ। कल नहीं रहूँ तो यह संस्था तो आप ही की रहेगी (जैसी कि अभी है)! इसकी नेकनामी या बदनामी आप ही लोगों के माथे पर अन्त में सजेगी। फिर आइए न श्रीमन्! इस संस्था की गति सुधारिए। इसमें गति भरिये। तभी आप वैसे दीवानों में गिने जा सकेंगे जिनकी सादर चर्चा करने के लिए इतिहास के चमचम पन्ने हमेशा खुले रहते हैं।

पंचवर्षीय प्रोग्राम...

पंचवर्षीय प्रोग्रामों का प्रयोग राजनीतिक, व्यापारिक और सामाजिक सुधारों के लिए पहले कम्युनिस्ट रूसियों ने शुरू किया या नाजी जर्मनी ने, मुझे ठीक याद नहीं। मगर म. भा. हिं. सा. समिति के उद्धार के लिए जब मैं पंचवर्षीय प्रोग्राम पेश करता हूँ, तो उसमें रूसी या जर्मन रंग ढूँढ़ने की कोई जरूरत नहीं। यद्यपि अच्छाई की दाद में रूसी या जर्मन रंग पकड़ने में कोई हर्ज नहीं। जबरदस्तों के मौलिक रंग इतने जोरदार होते भी हैं कि जिस-तिस पर तो अनायास ही हावी हो जाते हैं। गालियाँ देते हुए भी रूस और जर्मनी से अनेक विरोधियों ने काफी सबक लिया है। आज भी अँग्रेज, जर्मन ढंग का Blitz (विद्युत्) प्रहार या आक्रमण करने ही में अपना गौरव और कुशल अनुभव करते हैं। सो पंचवर्षीय प्रोग्राम पहले चाहे किसी के हों, लेकिन प्रयोग और साधना उसकी रूसी और जर्मन दृढ़ता या कठोरता से करनी होगी। बिना दृढ़ और कठोर बने कोई भी साधना सम्भव नहीं इसे हमारे आर्य-पूर्वज अच्छी तरह जानते थे। इसलिए उनका इतिहास आज भी अचम्भाजनक है। होंगे हेर हिटलर इस महाभारत के सबसे बड़े पुरुष, मगर अपने महाभारत के महापुरुषों के पासंग में भी प्रचंड-दोर्दंड हैं उनको नहीं पता। हमारे पूर्वज धर्म और सिद्धान्तप्रिय प्रचंड पुरुष थे; जैसे, भीष्म। बाल ब्रह्मचारी, गांगेय सर्वदमन भीष्म ने अकेले जितनी हत्याएँ की होंगी। (देखिए महाभारत में संख्या और जोड़) जर्मनी का बेचारा 'फ्यूहेरर' उसका सौंवा हिस्सा भी नहीं कर सकता। बला से लाख हों। उसकी मेकनाइज्ड (आधुनिक वैज्ञानिक मशीनमयी) सेनाएँ। भीष्म ने अकेले महाभारत ही में जो संहार किया और जिस विद्युत्गति (Blitz) से, उससे आज भी पश्चिम के जर्मन सबक लिया करें और (आईने में अच्छी तरह, अपना 'मेकी' मुख देखे बगैर) अपने को आर्य विधेषित किया करें।

मैं यह कहना चाहता हूँ कि पंचवर्षीय प्रोग्राम बनाकर भी मैं कोई नई—बात करने के लिए किसी से नहीं कह रहा हूँ। समिति के आरम्भ में जो उद्देश्य निश्चय हुए थे उन्हीं की अभी उचित रीति से सिद्धि नहीं हो पायी है। और उसके

उद्देश्य इतने व्यापक हैं कि उनसे हमारा काम अच्छी तरह चल जाता है। इस लेखमाला के दूसरे ही लेख में समिति की नियमावली पुस्तिका से मैंने उक्त उद्देश्यों को उद्धृत भी किया है। पाठकों की सुविधा के लिए उन्हें मैं यहाँ फिर से दुहराता हूँ:—

मौलिक उद्देश्य

(1) देवनागरी लिपि, हिन्दी भाषा और हिन्दी साहित्य का प्रचार करना इस समिति का उद्देश्य रहेगा। जिसकी पूर्ति के लिए समिति की ओर से निम्नलिखित कार्य किये जाएँगे—

(क) हिन्दी भाषा में उत्तमोत्तम ग्रन्थ लिखाकर प्रकाशित करना।

(ख) योग्य विद्वानों कवियों, और लेखकों को उचित सत्कार अथवा प्रशंसापत्रों द्वारा उत्साहित करना।

(ग) विद्यार्थियों से निबन्ध लिखवाकर उनको हिन्दी-प्रेमी बनाना।

(घ) हिन्दी पाठशाला, पुस्तकालय, वाचनालय, ग्रन्थालय तथा मुद्रणालय, आदि स्थापित करना या कराना।

(ङ) मध्यभारत के राजा, महाराजा और धनी-मानी आदि सज्जनों द्वारा हिन्दी की उन्नति कराना।

(च) यथासम्भव उन उपायों को ग्रहण करना जिनसे उपयुक्त उद्देश्य को सफलता प्राप्त हो।

(छ) समय-समय पर हिन्दी साहित्य के सम्मेलन कराना।

उक्त उद्देश्यों की कसौटी पर अगर कसा जाए तो 'म. भा. हि. सा. समिति' ने अभी कुछ भी नहीं किया है। इसमें दोष किसका या किनका है इन बातों को दरगुजरकर अब असली दोषी उन्हें मानना होगा जो सलाई लगाने पर भी देखते नहीं। जो काम करना ही नहीं चाहते और न गद्दी से उतरना। समिति की तरफ सारे मध्य भारत या मालवे में वाचनालय या पुस्तकालय खोलवाने की बात तो दरकिनार खुद समिति के वाचनालय और पुस्तकालय व्यर्थ के बड़े-बड़े भाते (?) हैं। मुद्रणालय (प्रेस) कहीं और स्थापित कराना तो दूर स्वयं संस्था का प्रेस वहीं 'घरहू' का भाई 'कतवारू' है। योग्य विद्वानों से सदग्रन्थ समिति की ओर से कितने लिखाए गये या जा रहे हैं उसका नमूना तो प्रकाशन की लिस्ट ही से मिल जाता है। राजा-महाराजा और धनी-मानियों से समितिवाले हिन्दी की कौन-सी उन्नति करा रहे हैं? विश्वास रखिए! समिति में कुछ भी नहीं हो रहा है। इसके सभी उद्देश्य क ख ग ङ अभी सफलता के सूर्य का मुँह देखने की लालसा में हैं। इसीलिए जरूरत यह है कि कुछ कर्मण्य सज्जन तन-मन-धन से जुटकर इस संस्था की सेवा करें। इस पत्थर की मूर्ति में प्राण-प्रतिष्ठा करें और इस तरह अनायास ही अपने तप से मालवे का अँधकार

दूर कर दें, सारे मध्यभारत में साहित्य प्रभाकर प्रभा को प्रवाहित करा दें। इसके लिए सवा लाख रुपये भी चाहिए, जैसा कि मैंने अगले लेखों में सूचित किया है। मगर, सवा लाख एक मुश्त न भी मिलने से थोड़े-थोड़े से भी नये काम शुरू किये जा सकते हैं और फिर लोगों का अधिक विश्वास संग्रह कर अधिक इकट्ठा किया जा सकता है। फिर भी, 'नवनिर्माण कोष' में बिना 25000) रुपये रखे आगे बढ़ना व्यर्थ होगा। मेरा ख्याल है कि पचीस हजार रुपये समिति को आनन-फानन में मिल सकते हैं बशर्ते कि सेठी भवरलालजी, रा. ब. हीरालालजी, सरदार किबे वैद्यवर ख्यालीरामजी और भैया रामभरोसेजी आगे बढ़ें।

सो मैं चाहता हूँ कि उक्त सज्जन नये चुनाव के पहले यानी आगामी अगस्त महीने तक पंचवर्षीय कार्यक्रम की आरम्भिक निधि इक्ट्ठी कर लें। इसके बाद सितम्बर में नया चुनाव कर हम नवनिर्माण में लग सकते हैं। प्रोग्राम के पहले वर्ष यानी 41-42 में अधिक काम हमें समिति में ही करना होगा, जैसे कि (1) वाचनालय—पुस्तकालय सुधार, (क) बच्चों और (ख) स्त्रियों के लिए समिति-पुस्तकालय में विशेष प्रबन्ध कराना। (2) संस्था के पिछड़े-बिगड़े प्रकाशन को 'पुश' करना, (क) सस्ती पुस्तकमाला (भरसक मध्यभारतीय लेखकों की कलम से) सजवाना, (ख) समिति की पुस्तकों के लिए शहर में एक दूकान खोलवाना। (3) प्रेस में (क) सेलेंडर मशीन मँगवाना (ख) टाइप फाउंडरी चलाना और (ग) मिलों का काम पाने की कोशिश। (4) 'वीणा' (क) सम्पादक और विज्ञापन 'बटोरक' के पद अलग कर संपादन और विज्ञापन का महत्त्व अलग-अलग समझना, (ख) पत्रिका का सम्पादकीय 'टोन' बुलन्द करना, (ग) 'प्र. सम्पादक' के ऊपर या नीचे 'सम्पादक मंडल' या 'सहकारी सम्पादक' रखना, (घ) हो सके तो प्रचार के लिए कोई 'बुलेटिन' या पाक्षिक पत्र और निकालना जिसका 'वीणा' की गम्भीरता से कोई सम्बन्ध न रहे। (5) विद्यालय की पढ़ाई की ऊँची व्यवस्था करना, वैतनिक अध्यापक रखना। (6) जनरल (क) समिति में एक जिम्मेदार ऑफिस (यद्यपि है, मगर जाने भी दीजिए!) की स्थापना, और बुद्धिमान मैनेजर की, जो कि संस्था के सारे सूत्रों को समझकर सँभाल सके । यह सब मैं बहुत संक्षेप में कह रहा हूँ क्योंकि विस्तार, करने के वक्त ही करना उचित होगा। इस तरह अगर पचीस हजार रुपये इकट्ठे कर हम चलें, तो सन् 41-42 में इतना काम बखूबी कर सकते हैं कि 42-43 के प्रोग्राम के लिए जनता, राजा और रईस से माथा तानकर जो चाहें वही माँगें और बिना सिर झुकाये पा जाएँ। इसके बाद हम समिति को होलकर राज्य के एक-एक गाँव, मालवा के हर एक कस्बा तथा मध्यभारत के प्रत्येक शहर में प्रतिष्ठित करने का कार्य अपने हाथ में लेंगे और घोर तप कर यह देखेंगे कि किस तरह काम करनेवाले पाँच ही वर्ष में वह काम कर सकते हैं जिसे निकम्मे पचीस साल में सोच और समझ भी न पावें।

'उग्र' और रा. ब. लालचन्दजी सेठी की चिट्ठियाँ

1

उग्रजी की चिट्ठी

श्रीमान सेठ लालचन्दजी सेठी, महोदय, चिरंजीव।

मैंने सुना है कि आप मेरे किसी परिचित से यह शिकायत कर रहे थे कि वह आपको मेरे द्वारा गालियाँ क्यों दिलवा रहे हैं?

'उग्र', किसी के कहने मात्र से किसी मित्र या अमित्र को गालियाँ दे सकता है यह सोचकर और उसका विज्ञापन कर निस्सन्देह आपने मेरा अनायास ही अपमान किया है। खैर मालवा आपका मुहल्ला है—हम परदेशी—आप सब कुछ कह सकते हैं।

अभी आपके नाम एक खुली चिट्ठी 'स्वराज्य' में छपनेवाली है। उसके पहले ही अगर आप कृपा कर समिति मैदान में वह 'विमल हॉल' बनवाना स्वीकार कर लें तो बड़ा आनन्द आ जाए और मेरा मन भी आपकी धन जन्य बुराइयों से जरा धुल जाए।

मैं पूछता हूँ 'मध्यभारत हिन्दी साहित्य समिति' मैदान से बढ़कर 'विमल-हॉल' के लिए स्थान कहाँ मिलेगा। युगों बीते अब तक तो उस हॉल से आप सुयश फैलाते होते—स्वर्गात्मा और अपना दोनों ही का। अब तक उस हॉल से समाज का कितना उपकार हुआ होता? मैं कहता हूँ सत्कर्म में वे 'स्लो' क्यों नजर आवें, अन्य कर्मों में जिनकी गति जर्मन सेना-सी रहती है। आप यह कहकर कँधे नहीं झटक सकते कि आप समिति-पद पर दर्शनी हुण्डी से बने रहते हैं। युग वह आ रहा है जब आप से हम सब से बहुत जल्द अपने आमालनामों का हिसाब पूछा जाएगा।

कोई कल ही से तो हाथ नहीं लगेगा, मैं चाहता हूँ विमल हॉल समिति में बनवाने की घोषणा आप कर दें, इस पत्र के उत्तर में; और फिर देखें कि 'उग्र' महज गालियाँ देना ही नहीं जानता। सफल आशीर्वाद भी दे सकता है।

उत्तर अवश्य, अस्तु,

बस,

पांडेय बेचन शर्मा 'उग्र'

पुनश्च—

मैं पत्र न लिखकर आप की सेवा में उज्जैन आनेवाला था, मगर पाँव में—फिसलने से मुझे जरा चोट आ गयी है। 'उग्र'!

2

सेठजी का उत्तर

विनोद भवन, उज्जैन

ता. 12-3-40

प्रिय उग्रजी,

चिरकाल के पश्चात आपका ता. 7/3/41 का पत्र मिला जिसके लिए धन्यवाद!

यह जानकर दुःख हुआ कि आपके पाँव में फिसल जाने से चोट आ गयी है। आशा है, उचित उपचार से अब उसमें आराम होगा। लिखिएगा।

मुझे यह पढ़कर आश्चर्य हुआ कि मैंने आपके किसी परिचित से अपने को गालियाँ दिलवाने के लिए आप की शिकायत की है और उसे आपने अपने लिए अपमानजनक समझा है। किन्तु मैं आपको यह विश्वास दिलाता हूँ कि वह बात प्रथम तो सहज स्वभाव से कही गयी है जिसमें मेरा अपमान करने की लेशमात्र भावना नहीं थी। दूसरे, मेरे हृदय में किसी के भी अपमान की भावना प्रत्यक्ष या अप्रत्यक्ष रूप से बहुत ही कम आती है। फिर आपके प्रति तो वह कैसे सम्भव है जो मेरे चिरपरिचित और विशेष अभिरुचिवाले साहित्यकार हैं।

आपने लिखा है कि, "मालवा आपका मुहल्ला है, हम परदेशी हैं, आप सब कुछ कर सकते हैं।" परन्तु अब तक तो ऐसा नहीं हुआ है। फिर आप एक प्रकार से हमारे घर ही आये हैं। अतएव अतिथि रूप में आप भला-बुरा जो कुछ भी कह रहे हैं, वह सब अब तक मेरे लिए शिरोधार्य ही हो रहा है।

आपका-मेरा पुराना स्नेह है। क्योंकि साहित्य और साहित्यिकों के प्रति मेरे हृदय में आरम्भ से ही अनुराग रहा और अब भी है। आपके साथ विशेष स्नेह होने से ही मैं जब कलकत्ते गया आपसे बराबर मिला। साहित्य-चर्चा ही आपके मेरे स्नेह बन्धन को बाँधनेवाली रही है क्योंकि आपकी लेखन शैली मुझे बहुत पसन्द है। बम्बई में भी आपका-मेरा रात और दिन का सहवास रहा किन्तु मुझे आश्चर्य है कि उन मधुर स्मृतियों को आपने एकदम ही भुला दिया और बिना विशेष कारण के ही अपने विचार-प्रवाह को विरुद्ध दिशा में प्रवाहित करना आरम्भ कर दिया।

मेरी दृष्टि में साहित्य की विचारधारा सरिता के स्वच्छ जल के प्रवाह के समान है। अतः साहित्यकार एक सुन्दर सरोवर की भाँति होने चाहिए। सरिता का प्रवाह उचित रूप में योग्य दिशा की ओर प्रवाहित होता है तो उससे मानव समाज को अनेक प्रकार से लाभ पहुँचता और वह लोक-कल्याणकारी ही सिद्ध होता है। किन्तु जब वही प्रवाह अनियमित मार्ग से बहने लगता है तो अनेक प्रकार से हानि का ही कारण बन जाता है।

समिति के उद्धार के लिए आप कटिबद्ध हुए हैं यह बड़ी प्रसन्नता की बात है किन्तु आपने जो मार्ग ग्रहण किया है उससे मैं सहमत नहीं हूँ। अब तक आपने प्रायः सुनी—सुनाई बातों के आधार पर ही अपनी विचार-भित्ति का निर्माण किया है। प्रत्यक्ष लोक-व्यवहार में भाग लेकर वैसा किया जाता तो उसका कुछ और ही स्वरूप होता। मैं चाहता हूँ कि आप भी प्रत्यक्ष अनुभव करें। यदि ऐसा करें तो आपको निश्चय ही अपने विचार बदलने पड़ेंगे।

इन्दौर जैसे विशाल नगर में जहाँ धनिकों की कमी नहीं है और नवीन लक्ष्मीपात्रों की सृष्टि भी सामयिक परिस्थिति के कारण अच्छी निर्माण हुई है— यदि आपकी क्रान्तिकारी विचारधारा से प्रभावित होकर विशेष दानी अपनी मातृ-भाषा के प्रति विशेष श्रद्धांजलि अर्पण करने को तैयार हो जाएँ, अथवा आपकी प्रभावशालिनी भाषा, मातृभाषा प्रेमियों की हृतंत्री को झंकृत कर आपके उद्देश्य की पूर्ति में सहायक हो सके तो मुझे बड़ी प्रसन्नता होगी। मैं चाहता हूँ आप अवश्य ही इस ओर भी प्रयत्न करें। तब बहुत सम्भव है आप वस्तु-स्थिति भिन्न ही देखेंगे जैसी कि आज देख रहे हैं।

मनुष्य जब तक मनुष्य है, सदोष है। उसमें भी मेरे जैसा तो इस दृष्टि से अपने को बहुत ही सदोष मानता है। मैं जो कुछ था और हूँ उसमें परिस्थिति एवं घटना चक्रों ने बहुत कुछ परिवर्तन कर दिया है। मैं समझता हूँ इन दिनों मेरे लिए आपने बहुत कुछ सुना होगा और वह भी कई प्रकार की बुराई को लेकर—न मालूम कितने बड़े-बड़े रूपों में! बहुत सम्भव है उन्हीं पर आपने अपनी सम्मति निर्धारित की हो।

ईश्वर ने आपकी लेखनी में शक्ति दी है। आपने खूब पढ़ा और लिखा भी है तथा सैर-सपाटे करके दुनिया का अच्छा अनुभव भी कर लिया है। ऐसी दशा में अब आप में और विशेषकर आपकी लेखनी में सहनशीलता होनी चाहिए और भारतवर्ष में जहाँ झगड़ों की, विवादों की और वैमनस्य की कमी नहीं है उसे मिटाने के लिए सहनशीलता और शक्ति का सन्देश देते हुए उग्रता (शीघ्रता) से बढ़ना चाहिए। मेरी तो ऐसी ही आकांक्षा है। आगे जैसी आपकी इच्छा।

लक्ष्मी बुरा मानने की वस्तु तो नहीं हैं। स्वयं भगवान तक ने सरस्वती के

साथ-साथ उसे भी अपनाया है। इस विषय में भी आप जैसे साहित्यकार को तो आजकल के सामान्य लेखकों की अपेक्षा बहुत ऊपर की स्थिति में देखने की आशा की जा सकती है।

'विमल-हॉल' के लिए आपने लिखा सो मैं 'समिति' में उसकी विशेष आवश्यकता नहीं समझ रहा हूँ। परन्तु आप ने तो उसे विचार-विनिमय का विषय बनाने के पहले ही साहित्यिक अखाड़े में उतरकर सफाई के हाथ दिखाना आरम्भ कर दिया, अब तक के परिचय और स्नेह को भी जला-सा दिया खैर। चिकनाहट आपके हृदय में अभी शेष है तो स्नेह का दीपक फिर भी प्रज्वलित होगा। इस पत्र को मैं उसी स्नेह का द्योतक समझता हूँ।

आपने अपने-अपने आमालनामों का हिसाब देने की जो बात लिखी है सो हम लोग तो व्यापारी होने के कारण सदैव हिसाब-किताब तैयार रखते हैं और वैसे सच्चा आमालनामा तो स्वयं यमराज के सामने ही हो सकता है। पत्र देवें। प्रसन्नता के समाचार लिखें।

आपका
लालचन्द सेठी

3

एक पोस्टकार्ड
इन्दौर
18-3-41

श्रीमान् सेठीजी!
बेशक, वर्तमान परिस्थिति में समिति में 'विमल भवन' की कोई जरूरत नहीं; जरूरत होने पर विचार-विनिमय के लिए जो द्वार-मुक्त होने की आपके पत्र में सूचना है—तदर्थ धन्यवाद!

आपका पत्र हिन्दी 'स्वराज्य' में प्रकाशित होने जा रहा है, मेरी चिट्ठी के साथ, जनसाधारण के हितार्थ। उसके प्रकाशन से आपका मान बढ़ेगा।

'उग्र'

दोजख में डाल दो कोई लेकर बहिश्त को
एक नयी नजर

महाकाल नाच रहे हैं सुनो हो बेखुदो! देखो हो दीवानो! कान खोलो, आँख खोलो, होश में आओ। गया—तेज-उड़ा—जा रहा है यह जमाना जिसमें सुना करते तुम एशो-इशरत का तराना! सुख-विलास, धन-पागलपन, सब पर मर्मर पद, खर्पर कर, प्रलयंकर महाकाल नाच रहे हैं!

तुम समझते हो कि जो जहाज 'एटलांटिक' या 'पैसिफिक' महासागरों में डूब रहे हैं, रोज-ब-रोज, उनमें तुम्हारा कुछ भी नुकसान नहीं हो रहा है? नादान हो—भोले हो—नजदीकी प्याले निवाले के आगे तुम्हें कुछ नजर नहीं आ रहा है। तुम अगर यों ही गाफिल रहे तो कल जो पार्टी इस महायुद्ध में जीतेगी वह ये सारे-के-सारे जहाजों के डूबने का खर्च तुमसे लेगी, उनसे जो उस वक्त विलास में डूबे रहे जबकि मुल्कों की इज्जत के जहाज-पर-जहाज डूबे जा रहे थे। इसलिए दोस्त! यह न समझो कि तुम प्रलयंकर के चर्मर-मर्मर पदों से बहुत परे और विपदों से उबरे हो! हरे! हरे!! महाकाल नाच रहे हैं!

डमरू उनका बजता है, रव भैरव! डिम् डिम् डम बॉम-बॉम!! सुन्दरी वसुन्धरा की छोहमयी छाती फटती है, फूटता है धुआँ—हो हो! हा हा! लन्दन जलता है—जलता है देश जर्मनी का! राशि-राशि-राशि पूँजीपतियों की धनराशि—तिनके-सी—कूड़े सी जलती है (और मुझे आती हँसी!) दूध मुख बालक, कमल मुखी बालिकाएँ, व धुएँ, बहनें, माताएँ रूप की जीवन भरी गंगाएँ, जलती हैं, बलती हैं—बात मानो, गलती हैं गजबीले गोलों से! मृत्यु सुन्दरी के आसमानी खिलवाड़ में उड़ाए हुए जहरीले, आग भरे, ओलों से! और तुम देखते हो (बाँधे हुए बाँकी पाग, ओठों मे भरे राग, बाग-बाग मन) मीनाबाजार! डमरू उनका बजता है—रवभैरव! डिम् डिम् डम् बॉम बॉम! महाकाल! नाच रहे हैं।

आप कहेंगे मैंने गद्य काव्य रचना शुरू कर दिया और मैं आपके आरोप को

नामंजूर न करूँगा। म. भा. हि. सा. समिति साहित्यिक संस्था है, अतः उसकी चर्चा में बला से गम्भीर-से-गम्भीर साहित्यिक रूप रंग रखना ही मुझे रुचिकर रहा है और उचित भी। फिर, मेरा यह दावा है कि इस युद्ध के बाद शुद्ध साहित्य का ही बोलबाला नजर आएगा। मेरा जोड़ यह भी है कि आजकल के राजनीतिज्ञ (सारे संसार के) साहित्य से (जानते हुए भी व्यवहार में) कोरे होते हैं। कोरी राजनीति—हृदयविहीन राजनीति मेरी राय से बिना पानी का आटा है जो बहुत दिनों तक फाँका नहीं जा सकता। यानी मैं साहित्यिक हृदयवान राजनीतिज्ञ चाहता हूँ न कि शुष्क लुटेरे। यानी, जैसे हमारे वे सम्राट गुजर गये हैं— देवप्रिय अशोक— जिनकी मुद्राओं (सिक्कों) पर उनका चित्र वीणा बजाते हुए अंकित होता था, वही जिनके जोड़ का विश्व-विजयी सम्राट सारे जगत के जानकारों की जानकारी में दूसरा नहीं।

पिछले दो ढाई सौ बरसों से तो राजनीति में साहित्य का बिलकुल ही अभाव हो गया था। वह चेले की तरह चँप कर, गुरु पालिटिक्स के पीछे चलता था। और 'जातीयता' के बहाने आदमी-आदमी में वैमनस्य तफाक पैदा कराता। क्यों? जर्मन साहित्यिकों ने अपने ही फादरलैंड को सबसे श्रेष्ठ गाया? क्यों अँग्रेज कवि ने 'ब्रिटेनियाँ' ही के माथे पर 'वेव्ज' को 'रूल' करने का सेहरा सजाया? मुसोलिनी के काले कमीजियों के कंठ से रोमन कवि के कोलाहलकारी अत्याचारी फासिस्ट गान क्यों निकलते हैं? इसीलिए तो कि पिछली कई सदियों से संसार में सरल हृदय-साहित्य कूट राजनीतिज्ञों की आवश्यकता पूरी करता रहा है। जिसका नाम उन्होंने—जातीयता भर, 'नेशनेलटी', रख छोड़ा है। अब 'तुलसी' ने 'सियाराम-मय-सब जग' गाया तब 'अनजियों, (रोमन स्वर्गीय महान अग्निगायक) ने रोमनों—अपने भाइयों ही को, 'सब जग का योग्य शासक' क्यों गाया? अरे, हमारे 'एकबाल' ही ने 'सारे जहाँ से अच्छा हिन्दोस्ताँ' गाने के बाद अपने तराने का राग बेगाना क्यों कर मारा—"मुस्लिम हैं हम वतन है सारा जहाँ हमारा?" वही साहित्य को आदमी ने मक्कार सियासत का शागिर्द बना दिया। जबकि उस दिलदार को रियासत के उस्ताद के पद पर प्रतिष्ठित करना मुनासिब था।

नतीजा? दिल की जगह पत्थर के जम जाने का फल? देखिए प्रकट विश्व का यह महाकोलाहल! राजनीति के नेतृत्व की यह भयानक असफलता! क्योंकि राजनीति में अगर सत्य था तो उसके प्रसाद से संसार को सुख मिलना चाहिए था न कि बार-बार भयानक-से-भयानक दुख। राजनीति या कूटनीति से संसार की भलाई नहीं हो सकती, यह सिद्ध हजार बार हो जाने पर भी स्वार्थ के गुड़ में फँसा मनुष्य-मच्छड़, मुक्त साहित्यिक (हृदय) वायु में उड़ता नहीं! फल? कैपिटल! जन, महाजन;—महाजन, राजा;—राजा, सम्राट;—सम्राट (अब कहाँ

जाए?) के रुकते ही जन (ता) सम्राटत्व के निकट (उसी राजनीतिक विकास की वायु में—हाँ!) जन सम्राट से बढ़ तक गया (जैसे रूस में, जर्मनी और इटली में)! सब कुछ हुआ—मगर मनुष्यता के विक्षत वक्षस्थल पर मरहम न लग सका—घाव-पर-घाव ही लगते रहे! यहाँ तक कि देखिए आजकल संसार का सारा शरीर लहूलुहान हो रहा है। राजनीति के इस संकुचित 'नेशन'—धन साधन—की महफिल (दुनिया) से जो भी गुजरा परेशान ही गुजरा...! लानत रे! एक 'नेशन' के लिए दूसरे 'नेशन' का अर्क उतार लिया जाए! अर्क बूढ़ों का, बच्चों का, औरतों-अनपढ़ों और अनबलों का? राजनीति के आगे बढ़ जाने का फल आग! लन्दन में आग! बर्लिन में आग! पानी में, हवा में; पृथ्वी में, व्योम में—विश्वविधाता के संसार के—रोम-रोम में आग-आग-आग! लो!!

मुझे ऐसा लगता है कि पिछले कई बरसों और खासकर गत शताब्दी से संसार की लक्ष्मी भाग्य के भरोसे नहीं डंडे के बल पर 'हँकाई' जा रही थी। जिसका डंडा मजबूत रहा, इन्दिरा, उसी के द्वार की दासी होने को विवश थी। भगवान शेषशायी उसकी रक्षा करने में असमर्थ हो रहे थे। अतः अब संसार की सौभाग्यलक्ष्मी रूठ गयी हैं और सदल-बल पिता के घर मायके जा रही हैं। ये जो हजारों जहाज लाखों 'टन' के दनादन डूब रहे हैं—क्या है? महालक्ष्मी को पितृ सदन पहुँचाने के तीव्र साधन ही तो? सबमेरीन डूबती है, यूबेट डूबता है, क्रूजर डूबते हैं, बैटिलशिप और हवाईजहाज ढोनेवाले जहाज भी डूबते हैं; और इनके साथ लाखों नहीं करोड़ों नहीं, अरबों-खरबों रुपये डूब रहे हैं। महालक्ष्मी पितापुर जा रही हैं। विष्णु उनकी रक्षा—महाकाल के चेले इन 'डिक्टेटरों' और 'पूँजीपतियों' से नहीं कर सकते, बेचारे नरम विश्व-पालक! कवि ने गाया—'बिहिश्त को लेकर कोई दोजख में डाल दो।' लोगों ने समझा कवि पागल है। मगर देखो तो आजकल लोग रोज ही अपने-अपने बिहिश्त को—युद्धों के मैदानों में—दोजख में डाल रहे हैं! दोजख, अग्निमय नरक में! 'बिहिश्त को लेकर,' प्राप्त कर, दोजख में डालना कोई मामूली काम नहीं है। ये सुन्दर बलिष्ठ नौजवान जो (दोनों पक्षों की) आनबान के लिए आसमान तक उड़ान मार, अग्नि की बौछार पार कर युद्ध विहार करते हैं आखिर अपने बिहिश्त को दोखज में तपाते—जलाते ही तो हैं? संसार के बाजार में मंगलमय मरण-मेला लगा है! धन्य हैं वे जो कर्तव्य समझकर सर्वश्रेष्ठ तन-धन, स्वजन—भयानक भट्टी में भुना रहे हैं; क्योंकि स्वर्ग का राज्य उन्हीं का है।

मैं कहता हूँ, राजनीति के इस दाहक घात-प्रतिघात के बाद बची-खुची मनुष्यता को ठंडे सुखद मरहम की जरूरत होगी और वह मरहम है शुद्ध साहित्य-सन्देश। उस मरहम के बनाने का खास एक कारखाना मरहूम बुजुर्ग डॉक्टर

सरजूप्रसादजी, 'मध्यभारत हिन्दी-साहित्य-समिति' के नाम से अर्से से खोल गये हैं; लेकिन इन्दौर की जनता की लापरवाही और रईसों के मधुर मगर घातक आलस्य से वह कारखाना मरहम न बनाकर गोंद तैयार कर रहा है जिससे कुछ सज्जन अजरामरवत् सटाये या चिपकाए जा सकें! खैर, अब तक की गफलतों को दरगुजर कर अब तो सच्चे, सहृदय सज्जनों को सँभाल लेना चाहिए! और अपने तथा समाज के तथा होलकर राज के भविष्य के लिए इस संस्था को उचित रीति से चलाना, चमकाना—मरहम की तरह उपयोगी बनाना चाहिए। इसके लिए त्यागी साहित्यिक कार्यकर्ता, और धन की आवश्यकता प्रचुर है। इन्दौर में (मालवे को अलग रखिए) मेरी नजर में दर्जनों जवान तथा अधेड़ ऐसे हैं जिन्हें बात-की-बात में पुष्ट साहित्यिक प्रमाणित किया जा सकता है—जरा सी खराद तथा 'पालिश' के बाद! और धन! तो जिस दिन भव्य भँवरलालजी सेठी और उनके पितृव्य सहृदय श्री लालचन्दजी सेठी और उनके प्रसिद्ध तथा उदार और रसिक पड़ौसी रायबहादुर श्री हीरालालजी कासलीवाल सपने में भी सोचेंगे उस दिन समिति के "नवनिर्माण कोष" में चाँदी की चाँदनी रौशन हो जाएगी।

❐❐❐

णाणं पयासयं

वीर नि. सं. 2470

ई.सन् 1944

भारतीय ज्ञानपीठ